中国言实出版社

花开岁月

肖彭 著

‖ 主要人物表 ‖

常菁菁

女，九龙沟村回乡创业青年、村团支部书记、旅游开发公司董事长

欢 庆

男，北京某律师事务所律师，常菁菁的男朋友

沈 耀

男，东洲房地产公司董事长，九龙沟旅游开发公司股东

李小芬

女，九龙沟村回乡创业青年，旅游开发公司部门经理

冯俊才

男，李小芬的男朋友，九龙沟旅游开发公司部门经理

瑶 瑶

女，九龙沟村团支部副书记，旅游开发公司成员

赵明明

男，九龙沟村青年，旅游开发公司部门经理

东 东

女，九龙沟村团员，旅游开发公司成员

马 鸣

男，九龙沟村青年，旅游开发公司成员

马　凯

　　男，九龙沟村青年，旅游开发公司成员

苹　苹

　　女，九龙沟青年，赵明明之妻，旅游开发公司股东

康爷爷

　　男，九龙沟村党支部书记

康奶奶

　　女，康爷爷之妻，九龙沟村民

二　月

　　女，康爷爷的外孙女，旅游开发公司成员

蕾　蕾

　　女，九龙沟回乡创业青年，九龙沟旅游开发公司成员

杨　柳

　　女，北京某旅游公司董事长

马　坡

　　男，九龙沟村民委员会主任

黄　涛

　　男，镇党委书记

常　乐

　　男，常菁菁之父，九龙沟村民

刘县长

　　男，县长

韩　春

　　女，常务副县长，原团县委书记

孙　同

　　男，团县委书记

孙　志

　　男，北京业余摄影家，欢庆的朋友

雪 花

　　女，九龙沟村民，马坡的媳妇

雪 莲

　　女，九龙沟村民，雪花的妹妹

马联合

　　男，马坡的侄子，九龙沟村联防队长

李小良

　　男，李小芬的三哥，九龙沟村联防队员

孙石头

　　男，东东的父亲，九龙沟村民

"工农兵"

　　女，苹苹的妈妈，九龙沟村民

牛副所长

　　男，派出所副所长

常菁菁的妈妈

马联合的媳妇

欢庆的爸爸

欢庆的妈妈

目 录

她怕杨柳误解她。其实，她刚才给杨柳说的是实话。她在火车上的的确确反复考虑了沈耀的建议，折腾得一夜都没有睡好。听了杨柳的话，她突然为自己的动摇感到懊悔，觉得太对不起杨柳，一时沉默了。

欢庆这几句冷嘲热讽的话和他很不友好的表现，让常菁菁有些生气，有些失望，同时也让她觉得没有面子。她强压着心中的火，强忍着眼里的泪，扶着李小芬往电梯里走。

常菁菁的手机来了短信。她看了一眼，是欢庆发来的。短信上说："菁菁，我不想解释什么，也不想阻拦你，但是，我也不祝贺你。我个人建议，你还是多想想……"

她妈妈说："听听人家左邻右舍怎么说你吧，我就没见有几个说你好的。现在不是五十年前你爹你娘年轻那个时代了。哪还有人放着舒心日子不过去受苦的？所以，说你不是神经出了毛病就是在北京犯了事……"

引　子

　　常菁菁刚登上开往北京的列车，手机突然响了。她打开手机，里边响起李小芬急切的叫声："菁菁，咱家出大事了，你快别走了……"

　　常菁菁以为李小芬又在搞恶作剧。刚分手不一会儿，能出什么大事？再说还有十分钟就要开车了。她笑着冲李小芬说："再大的事还有你李小芬摆不平的啊？"

　　"咦……你以为我骗你啊？赵明明和东东跳楼了！"李小芬的声音充满焦急和惊慌。

　　常菁菁大吃一惊，一下子从铺上跳起来，把正在往行李架上放行李的旅客撞了个趔趄。她向那人说了句"对不起"，接着又嗔怪李小芬："这样的玩笑你也敢开？不怕烂舌头？！"

　　李小芬说的赵明明和东东，都和常菁菁与李小芬同村，从小一起长大的伙伴。赵明明长常菁菁两岁，过去在深圳打工，前年和她的同班同学苹苹结婚，苹苹去年生了个女孩后，他辞掉工作回了家。东东则和她与李小芬一样，这几年一直在北京打工，今年她爸爸孙石头开了个"农家乐"饭店，让她回家帮忙。常菁菁国庆节假日在家时，还和赵明明、东东及一帮青年在东东家的饭店一起聚过。赵明明和东东怎么可能突然跳楼呢？再说，老家也没有楼，他们往哪跳？所以，李小芬的话既让她吃惊，又让她怀疑。她问李小芬："他们在哪里跳的楼？"

李小芬气喘吁吁地说："在省城的东洲大厦！我正在往现场赶。这回我真没骗你。我操，没想到赵明明和东东做出这样惊天动地的壮举，英雄啊！"

常菁菁听出李小芬不像是开玩笑。她丝毫没有犹豫，转身跳下火车，把正准备关车门的列车员又撞了个趔趄。女列车员忍不住爆出一句粗口："嘛呢？找男人练呀？"常菁菁没理她，一路小跑直奔出站口。她一边跑一边同李小芬通话。

李小芬说是东东给她打的电话："东东的腔调都变了，就像，就像……鸭子叫，不对不对，像驴叫，也不对。反正不像人叫。我敢说就是她亲爹死了她也不会哭成那样。我说谁让你傻X？赵明明说跳楼老板就给钱你就信啊。跳楼给了钱你也花不着了。操，要是换我才不那样傻呢。"

"东洲大厦是不是在咱村投资的哪家公司？"常菁菁有些疑惑，问道。

李小芬说："好像是那个东洲公司。你快点过来吧。我已经到东洲大厦了。"

常菁菁一边催促出租汽车司机开快点，一边快速回忆着在家时的所见所闻，想找到一点与赵明明、东东跳楼有关的线索。

第一章

　　常菁菁是国庆节假日回的家乡九龙沟，与她同行的是
她的男朋友欢庆，和欢庆的朋友孙志。她和欢庆恋爱快一
年了。最近，他几次向她提出想娶她，她也答应考虑。这
次，她让欢庆和自己一起回老家，就是想让爸爸妈妈见他
一面，听听爸爸妈妈的意见。孙志是一个专业摄影师，又
是几家旅行杂志的自由撰稿人。按他的成就，早就应该叫
摄影家，但他坚称自己只是个照相的。他经常听常菁菁夸
家乡九龙沟风景好，早就嚷嚷着要到九龙沟看看，一听欢
庆要和常菁菁同行，死乞白赖地跟着上了火车。一路上，
孙志跟他俩说新疆，说西藏，说内蒙，说非洲……把他俩
说得两眼放光。

深秋的九龙沟一派金碧辉煌。各种树木的叶子开始变黄变红，在阳光的映照下，五光十色，光彩夺目。一些知名和不知名的红的、黄的、白的、紫的花儿从密密麻麻的树丛中纷纷露出脸儿，热情而又丰富的笑容招引着一群群蝴蝶与之亲近。从沟里流出的溪水也脚步轻松，欢快流畅。尤其是百鸟齐鸣时，满山遍野一阵阵悦耳动听的回声，让整个山都显得更加生机盎然。孙志一进九龙沟就惊喜地叫了起来："我靠，一个令人神往的地方啊！山好水好，不出美女就出领导。"他一会儿攀上高坡，一会儿跳到崖下，手里的相机不停地拍摄。到了三华庄，他的眼睛乐得一个劲儿眨巴。

三华庄的老房子是明朝初年的建筑。一块块大小不均、棱角不同的石头，被恰到好处地镶嵌成墙，整个墙壁如同一幅水彩画。墙壁的石头上，还有一组组清晰可见的画面，大多是一群或几只鸭子，也有小猫小狗小鸡和猪牛羊一类……孙志说他见过宁夏贺兰山岩画，让人非常震撼，没想到三华庄也有同样动人心魂的壁画。他说："这些墙画，记录了三华庄一代代人的生活习俗，十分珍贵。如果宣传出去，肯定会是个旅游热点。"

华爷爷正巧在家。他热情地向孙志和欢庆讲了他从老人那里听到的关于三华庄的历史。三华庄过去荒无人烟。明朝初年，一家姓华的逃难来到这里落了户，发现山间有水，就以养鸭子为生。还没等这个庄子有名字，老爷子就去世了。他的三个儿子不久都成家立户，当地人称其为三华庄。经过一代代人的繁衍生息，传宗接代，现在已经有几十户人家。村里几乎所有人家都有后院，后院里一个方方正正的小水塘，是养鸭子用的。说话间，一位头发和胡子都白了的老人从屋里出来，肩上扛着根扁担，扁担上拴着绳子，一看就是要出门做活的。华爷爷说那老人是他的父亲，已经一百零三岁了。欢庆惊讶地连说了几遍："风水宝地，养人。"接着跑上前，拉着老人照了几张相。

离开三华庄，孙志一眼就看见不远处山坡上一片浓郁的绿荫，忍不住高喊起来："那有一片祥云！怪不得你常菁菁的家乡这么美，原来有祥云罩着。"常菁菁说："那就是我常说的九龙松！"孙志甩开欢庆和常菁菁，兴致勃勃地跑了过去，到跟前一看，九龙松还有一道墙围着。门前的几个妇女拦住他，带头的妇女嚷嚷着："要照相，二十元；要进院，二十元；要摸摸九龙松，二十元！"孙志嬉皮笑脸地说："你们是穷疯了吧？把这棵神树也围起来。"

那个妇女弯腰捡起一块石，口里骂着："哪儿钻出的流氓？信不信我砸碎你的狗头！"孙志没恼，嘻嘻哈哈地说："我狗头我狗头。我和站你一起，你说我是狗那你是什么？"

常菁菁和欢庆赶到后，认出带头的妇女是马联合的媳妇，就对她说："嫂子，这是我北京来的朋友！他们想看看九龙松。"马联合的媳妇白了常菁菁一眼："北京来的怎么样？联合国来的也要买门票，照相要交钱摸树也得交钱。"

她又不怀好意地对周围几个妇女说："看看，带一个男人不够，还带了两个来。骗能！不就是长得好看点吗？"一个妇女接上说："光自己享福，老爸躺家也不管。不想想自己漂亮的脸蛋和身子谁给的。"

坐在院门口小房子里售票的年轻女人走出来，热情地拉着常菁菁的手，带着几分歉意说："菁菁，你别理她们，我带你们进去看看！"

常菁菁认出她是马坡的小姨子雪莲。马联合的媳妇见雪莲出了面，不敢吱声了。常菁菁气得脸色发青，胸脯也不停地起伏，身子也有点抖。她对雪莲说了句"谢谢"，然后拧着头，转过身，不愿再进院子。欢庆知道常菁菁倔，就让孙志跟雪莲进去照相，自己陪着常菁菁在门外等候。常菁菁心里非常难过，一是自己在朋友面前丢了面子，一是乡亲把她视作了不孝之女。欢庆却毫不在意地说："很多景点这样。你们家乡旅游不规范，你别往心里去！"说完，悄悄地拉住了她的手。

孙志照完相出来，连连称赞九龙松说："神树！神树！我的天哪，就是花二百元门票看也值！"

路越来越难行。他们大汗淋漓地刚进入一片果园，就听见了争吵声。

"今年我们这些家的水果，家家得少收入上千块，你说找谁赔？"常菁菁听出是赵明明媳妇苹苹的声音。"你家明明不是到县城上访过了吗？有本事就再多拉上几个人上省城闹，让姓沈的害怕。最好是堵省政府大门。"常菁菁听着声音很熟悉，却一时想不起是谁。

"马联合你还是人吗？你站着说话不腰痛。要闹你叔咋不去，你咋不去？你叔和你要是带头，就是刀山火海我也跟你们去。"常菁菁这回听清楚了，是苹苹在和马联合吵架。接着就听见马联合粗暴地说："当初要搞开发，也是你们同意的。你男人从广东打工的厂子回来砍了树……"苹苹气愤地说："那还不是被你们骗了。""你再这样说，我把你嘴给撕破！"马联合咆哮着说，声音传出很远，"你这是污蔑村委会领导。告诉你，马主任说了，那些阻碍九龙沟经济发展的人，要喝药不夺瓶，要上吊不夺绳，要跳河不拦路，要自焚不灭火，你自己看着用哪种方式好就干吧。"

欢庆低声说了句："法盲！"

常菁菁脸上一阵发烧。她不想让欢庆和孙志看自己乡亲的笑话，就和他俩折回头往村里走去。刚进村，孙志惊叫一声："我的个亲娘来，山沟里咋也有这家伙！"常菁菁一看，马坡披着灰色西装，一手拿着泡着浓茶的保温瓶，另一只手牵着一只身材酷似牛犊的动物，趾高气扬地站在路边的银杏树下，远远地朝常菁菁喊："是我大侄女吧？老远我就看见你们仨了。我正琢磨从哪来的游客呢，没想到是我大侄女！"

常菁菁叫了一句："马主任！"马坡立即认真地纠正："喊叔！"他见常菁菁脸色不好，问道："怎么了菁菁，和谁生气啦？"常菁菁愤愤不平地说："我打小就在九龙松树下玩，现在却连边也沾不上了！"马坡一愣，继而笑了："大侄女，你别生气。这九龙松被人承包了，人家收门票也正常。市场经济嘛！不过，他们要是拦你，叔整治他们！"

常菁菁向欢庆和孙志介绍了马坡。马坡一边和两人握手一边寒暄："哎呀呀，这两个一表人才的北京人，哪个是我的侄女婿呀？"孙志把身子一挺："我是！"马坡眯缝着眼睛，把孙志从头到脚地打量了一会儿，摇摇头："不像！"孙志笑着把欢庆推出来："主任好眼力，这个才是真的，大律师。"马坡又打量着欢庆，拍了拍他的肩膀："这个靠谱，怎么称呼来着？瞧我这记性！"

"徐欢庆，双人徐，又欠欢，广大庆。"欢庆故作认真地说。

"咱九龙沟的水好，养人，不然怎么养出我菁菁侄女这么水灵的姑娘。"马坡说。他手中的绳子忽紧忽松，那只牛犊似的动物也忽儿走在前边忽儿走在后边，不时凶相毕露地看着常菁菁、欢庆和孙志。欢庆吓得缩溜在常菁菁的身后。常菁菁也很紧张。她看那动物有点儿像狮子，又有点儿像老虎，在什么地方见过，又想不起来。再看它的两只眼睛，像自己小时候打过的灯笼。她不由得笑了。那动物看见她笑，目光竟然也变得温和了。

常菁菁说："叔，我进了村还没回家呢。我得回家看看我爸我妈，还得等一个北京老板。"马坡听了，两眼露出惊喜，看了看常菁菁，说："叔听说你在北京发展得不错。你可得多给咱村介绍几个老板。你要给咱村招商引资来了，叔给你奖励，帮你们家盖座小楼。"

与马坡分手后，欢庆擦了一下脸上的冷汗。孙志却感慨万端地说："这种藏獒是富人养的，一只少说几十万。菁菁，你们这山沟里还有这么有钱的人。"

就在这时，从果园里修整果树，背着一捆树枝回家的康爷爷过来了。康爷爷是村里的党支书，常菁菁从小就敬重的长辈。当她看到康爷爷第一眼时，不禁愣住了，老人家苍老得几乎让她认不出来。他满头蓬乱的银发，脸上布满皱纹，目光显得有些呆滞，举动也显得有些笨拙。康奶奶迈着沉重的脚步跟在后边。她见了常菁菁亲热得不得了，拉着她的手半天也没放。她一边听常菁菁介绍一边打量着欢庆，连连点着头："菁菁真有眼光，看看这小伙子长得多精明！"

"康爷爷，我常听菁菁夸您，早想来看看您老人家。"欢庆说着，连抢带夺把康爷爷肩上的树枝捆拿到了自己肩上，又说："您老人家年岁大了，虽说身子骨还很硬朗，但毕竟不是年轻的时候了，要多注意休息啊！"

几个人边走边谈。康爷爷问常菁菁见到她爸爸妈妈了吗？见她摇头，他叹了口气，说："你爸爸年轻时那身子骨壮得像头牛犊子。咱村学大寨修水渠那几年，他年年是模范，受表扬。省里的领导还给他戴过大红花。"

康奶奶火了："有什么用？那时候只顾不要命地干，不藏力不偷懒。到现在真不能动了，有谁管呢？你康爷爷去年查出肝病，住院要花两万多，乡里老书记找了现任姓黄的书记好几次才给解决两千元。要不是你爸爸挨家挨户动员父老乡亲捐钱，把老头子送医院治疗，这回你就见不到你康爷爷了！"

常菁菁想起去年她爸爸着急上火地向她要过五千元钱，说是修房子用，但后来没修房子。现在看来是给康爷爷治病用的。

康奶奶越说怨气越大："去年支部改选时，你爷爷要退下来。乡里不同意，那个姓黄的书记要你爷爷讲觉悟、讲奉献。我当时气不过，当面顶撞他说，你们最好也讲点人性。一个月的补助金不够称几斤肉，还拖三拉四的，又没有保险。哪天他要是累倒下了，你们是不是管到底？那个姓黄的眼皮看着房顶假装没听见。"康奶奶的话中满是牢骚和不满，要是在过去，康爷爷一定会制止她。但这次康爷爷却沉默不语，目光无奈地望着远处。

欢庆安慰康爷爷和康奶奶说："这几年中央对'三农'越来越重视，出台了不少好的政策，免除了农业税，还免了孩子们的学杂费，往后，农民的日子会越过越好。"

康爷爷点了点头，表示同意他的观点。他说："中央是重视，政策也对路，咱们也一直想着找条致富的路子。可要技术没技术，要资金没资金，弄什么能让老少爷们富起来？前些年我和你华爷爷抓养殖，养鸭子。马坡当村委会主任后，说养鸭子容易传播禽流感，让屠宰了。他要搞旅游开发，捣鼓两年也没见多大成效……"

常菁菁知道康爷爷说的是实情，所以没有接话。

康爷爷说："现在有人在打咱山里小煤窑的主意。五十年前大跃进那次开矿，井下冒水，死了几个人。专家说咱这小煤窑地质结构复杂不适宜开采，上边让炸了。事后有人说我到县里告了黑状。我告状顶个屁用！"因为生气，他咳嗽了一阵。过了一会儿才说："从马坡当村委会主任后，挖小煤窑的风越刮越紧。这小煤窑要真开，首先得砍了九龙松，还有咱辛辛苦苦花了几十年保护下的好山好水都会毁坏……"说到这里，他眼里全是担心与绝望。

上个世纪 50 年代末期，九龙沟发生过一次山洪。那时，九龙沟四周还是荒山，山上光秃秃的。洪水过后，村里清点了一下，几乎房无一间完整，地无一片平整，人也死了几个。在县城上高中的康爷爷听到这个消息连夜赶回来。当他看见被洪水冲毁的村庄时，跪在山坡上放声痛哭。那时豫剧《朝阳沟》正在上演，剧中自愿回乡务农的栓宝的事迹家喻户晓。康爷爷放弃了学业回乡务农，先是担任青年突击队长，后来又担任生产队长、村党支部书记。他带领九龙沟的群众，一块田一块田地治理，一道坡一道坡地修整，山上植树，坡上种果，沟里封山育林。他还请来了县农技站的技术员，帮着搞规划……几十年过去了，九龙沟到处绿树环绕，瓜果飘香。洪涝灾害也一去不复返了。但是，因为地处闭塞的山沟，农产品没有特色，缺乏市场竞争力，加上价格低成本高，又时常波动，卖不上好价钱，老百姓依然收入微薄。虽然这两年喊出了搞旅游开发，但进展迟缓。康爷爷说："老少爷们真的一窝蜂地支持挖煤窑，后果不敢想啊！"

"不具备条件，谁还敢顶风开采？"常菁菁有些疑惑。康爷爷感叹地说："听说有人花钱打通了关系，要否定 50 年代的专家评定的意见……"欢庆在一旁果断地说："如果弄虚作假！就是违法犯罪行为。康爷爷您老放心，金钱也不是万能的。"

康爷爷深情地四下看了看，又问："你们山上山下看过了吗？"欢庆回答："看了看了，九龙沟藏在深山无人知。我个人认为，你们现在旅游搞得不太规范，如果好好整理整理，再包装宣传一下，肯定会红火。"康爷爷一下站住了，看着欢庆足足一分多钟，然后重重地拍了拍他的肩膀，称赞说："小伙子，有思想，有见地，有眼光。"孙志接上说："我帮你们拍一组片子，写点文章，保证我最铁的几家旅游杂志能发。可以提高你们的知名度。"常菁菁说："免了吧。我们家穷，拿不起版面费。"孙志说："那倒不要。我的照片和文章都是特邀的，得给我稿费。"常菁菁说："那我们也付不起你的稿费。"孙志大度地拍了拍胸脯："免费，请我吃饭就行了。"他的话惹得几个人笑了一阵。

笑罢，康爷爷看着常菁菁，像是自言自语又像是对她说："不是王婆卖瓜——自卖自夸，咱九龙沟搞旅游真是个好地方。和咱村一山之隔的邻县那个村早十年就搞了旅游开发，听说现在效益年年上升。说来说去，咱村还是缺人才，年轻人都到城里打工去了，家里老的老小的小，找个有文化、年轻点的干部都难。"

孙志接上说："康爷爷，你可以招聘年轻人哪！你要看我行，我来这儿搞旅游开发。"康爷爷笑了笑："那敢情好。"孙志把常菁菁向康爷爷面前一推，说："老康爷爷，你这跟前不就现成的人才。菁菁是搞旅游的，又是你们村的人。她现在函授大学也毕业了，还拿了个硕士学位，你干脆让她回村当大学生村官……"他话没说完，见欢庆沉着脸，才发觉自己嘴上没有站岗的，于是向欢庆吐了下舌头。

康爷爷沉吟了片刻，打量着常菁菁，直截了当地问："菁菁，你愿意回来吗？"常菁菁没有任何思想准备，头摇得像个货郎鼓，毫不迟疑地回答："爷爷，你甭听孙志瞎闹的话。我可没想过回来。"康爷爷看了欢庆一眼："是怕这小子不同意吧？"常菁菁红了脸。欢庆哈哈一笑，脱口而出："她要愿意回来，我不反对。"

康爷爷的神情渐渐变得沉重了。他心中仿佛有万千感慨，指着山上的梯田，声音十分苍凉："这一层层梯田，是我们那代人建起来的，后来到了菁菁爸爸那代人，又修了水渠引水上山。我不反对年轻人到城里甚至到国外去，可是农村也需要人干事。再说，现在又不是我们年轻时回来单纯种地。现在搞开发的政策是谁开发谁受益。我虽然不太懂市场经济，但我敢说就凭九龙沟的资源条件，谁开发了绝不会赔本。菁菁，你要是带个头，回来开发咱村的旅游，我看行。你现在是村里出去的年轻人中干得比较好的，又是团支书。你要是带了头，年轻人都会响应。"

康爷爷的一席话不仅让常菁菁感到惊异，欢庆和孙志也惊奇地张大了嘴巴。他们没想到康爷爷突然认真起来。最悔之莫及的是欢庆，他本来是随口说说，逗老头开心，老爷爷却较起劲来。常菁菁多年来一直对康爷爷充满敬佩，几十年来，他把自己的青春、自己的热血都贡献给了这片土地。到了晚年，他仍然关心着这片土地的命运和未来。她想，与康爷爷以至她爸爸两代人相比，她对生养了自己的这片土地的感情没有那么深厚，更没有他们那种改天换地的激情。与康爷爷分手后，她的心情一下子沉重起来，低着头在前边走，欢庆和孙志跟在她后边也默不作声。

常菁菁去年回家时从姥姥家抱来的小黄狗已经长成大黄狗。她一进家门，大黄狗就从屋里蹿出来，摇头摆尾地围着她亲亲热热地绕了一圈，接着把她引到她爸爸常乐的床头前。常乐看见她和欢庆、孙志时，非常高兴，想坐起来，但挪动了几下都没成功。她这才知道爸爸已两个月下不了床。她像个孩子一下子扑到爸爸怀里。

常菁菁两岁时，爸爸还是民兵营长。有一年秋天发大水，爸爸带着一些劳力在泥水里一连泡了七八天，连吃喝拉撒睡都在水里，因此落下了病根。这些年为了给爸爸治病，他们家欠下一笔债务。村里不少人为她爸爸打抱不平，说她爸爸无论怎么说也是为集体落下的病，村里应当给予照顾。可是村民分田单干了，村里又没有集体经济，这个"集体"一夜之间就蒸发了。前些年，爸爸还拖着生病的身体，做些力所能及的活，像养鸭子和编织。"非典"那年，爸爸又大病一场。常菁菁外出打工的一个重要原因，就是为了挣钱给爸爸治病。春节她回家过年，临走时爸爸还拄着拐杖把她送到村口。每次她给家里打电话，爸爸妈妈都说爸爸的身体没事，让她不要牵挂……她坐在爸爸的床头，看着他蜡黄的脸，想起刚才在九龙松那个妇女讥讽她的话，心里既难过又内疚，眼泪像断了线的珠子往下流。

欢庆和孙志看到这个场景，心里也不是滋味。

"爸怎么突然就，就这样了？"她哽咽着问，然后埋怨妈妈，"爸都下不了床，您也不告诉我。您知道村里人怎样议论您女儿吗？"妈没有吱声，招呼欢庆和孙志到屋当门坐。她不时看欢庆一眼，掩饰不住心里的满意和高兴。屋当门就是进门的那间屋，与里屋只一墙之隔，所以，常菁菁和爸爸在里间的对话，坐在屋当门的人听得一清二楚。

"爸，您跟我回北京吧。我找个专家给您看看，根除您的老病根！"常菁菁哽咽着说。常乐说："看了好多医生了。医生说我这病只能吃中药慢慢地养。去北京住院治疗花钱太多，也说不准有多大作用。"停顿片刻，他又安慰常菁菁："你安心工作。我有你妈照看着，吃点药，慢慢会好起来。"常乐越是这样说，常菁菁的心里越内疚，越不安，越难过。她赌气地说："您要是不去北京治病，我就辞职回家来伺候您。您一辈子不去，我在家陪您一辈子。"

常菁菁的妈妈一听急了。她放下手中的活儿，转身进了里间屋，没好气地说女儿："咋就像个倔驴，你说你能替你爸吃药还是能替他痛苦！"

常菁菁心里憋着劲儿，说："你真要让我放心就陪爸爸跟我到北京去治病。要不我就在老家给你们找个倒插门的女婿……"

欢庆听到这里，心里咯噔一下，皱了皱眉头。孙志拍了拍欢庆的肩膀，挑逗地说："小心呀，大律师，你女朋友一会儿要搞开发当老板，一会儿又要找倒插门女婿……"

常菁菁的妈妈白了她一眼，用手指了指屋当门，嗔怪地说："人还没疯怎么说起疯话了。你看人家欢庆多好，快点定下来吧，好好过日子。"

欢庆见常菁菁心事重重，也劝慰她说："我个人认为，你妈说得对。你不应想着回来尽孝。你在北京越是做得好，越有成就，二位老人就越高兴，越能显示你对他们的孝心。我个人建议，等咱结了婚，把二位老人接到北京，那样就方便照顾他们了。"他说话常常把"我个人"放在前边，比如"我个人认为"、"我个人打算"、"我个人建议"、"我个人同意"。他说这样等于亮明了自己的观点，也是对他人的尊重。

常菁菁委屈地说："村里人说我的话你也听到了，好像我是个不孝之女。我受不了！"

这时，从外边嘻嘻哈哈进来一帮女孩子，为首的是也在北京打工、国庆节同常菁菁一起回家的李小芬，后边跟着瑶瑶、东东、二月等一帮常菁菁的同学和伙伴。让常菁菁惊奇的是，她们中间还有一个用红围巾当盖头蒙着脸的人。二月调皮地问常菁菁："菁菁姐，你猜猜她是谁？"

常菁菁从盖着头巾的人的身材和衣着上已经认出了来者，上前一下子把那人抱住，激动地说："杨姐，您真来了。谢谢你！谢谢你！"

她称为杨姐的人叫杨柳，是她供职的北京那家旅游公司的董事长。这几年，她对常菁菁一直很关心，两人处得像亲姐妹。杨柳是利用国庆节假日到省城看望姨妈，和常菁菁约好顺道到九龙沟来看看。常乐和妻子多次听女儿讲过杨柳对她如何好，心里对她非常感激，说了一大堆感谢的话，弄得杨柳有些不好意思。她告诉常菁菁，她到村口时碰到了李小芬和东东。她俩因为常到公司找常菁菁，所以和她都熟悉。李小芬出了这么个点子，说是逗一逗常菁菁。

常菁菁家一下子热闹起来，屋当门的小方桌坐不下那么多人，有的人只能站着。李小芬大大咧咧地朝常乐的床沿上一坐，张口就说："常乐叔，我回到家就听我爸了，你是被马坡个狗日的活活给气的……"她还没说完，常乐就扯了一下她的衣角，暗示她别说。她一时没理解，问常乐："咋的，您没告诉菁菁？"常菁菁望了一眼爸爸，又望了一眼李小芬，不解地问："怎么了？爸，马坡欺负您了？"常乐赶忙摇头："小芬你不了解情况，别乱说。"李小芬说："我不了解情况，可我爸了解情况吧。我爸还能骗我。您心疼您闺女，不想让她知道。可这是能遮能瞒的事吗？"李小芬这样一说，常菁菁断定爸爸有事瞒着她，就把李小芬从床沿上拉起来，力逼着她说："小芬，到底出了什么事，你告诉我？"

李小芬刚刚嗑了几个瓜子。她吐了个瓜子皮，看了常乐一眼，见常乐有点无奈地低着头，才不紧不慢地说："马坡说要开发旅游，在水库北边那面山坡上建高档别墅度假村，让村民把承包地上的果树砍了，赵明明、东东、蕾蕾的爸爸等十几家稀里糊涂地就把果树都砍了，地也平整了。操，真有傻X，让你砍你就砍了。"她转过头又问常乐："常叔，听说您不愿砍您家的果树，和马坡吵了一架。马坡指使人把您家果园的路堵了，往您家大门上抹屎，还放出风来要整您。您才气得旧病复发，是不是？"

常菁菁的妈妈从屋当门走进来，两个巴掌拍得噼里啪啦响，骂开了："马坡根本算不上人。要不是你爸拦着，我早跟他拼命了！"常乐说："他既然不算人，您跟他计较啥？狗咬人一口，人还能咬狗一口啊？"常菁菁的妈妈理直气壮地说："反正地是我家的承包地，果树长在我家的承包地里。我家不砍他要是真敢砍，我就去告他。"李小芬乐得一下子抱住常菁菁的妈妈："婶，您不要怕马坡个狗日的。您闺女找的老公是北京的大律师，要告状准能赢！"

常菁菁知道爸爸妈妈是不想让她担心和操心。但是，爸爸妈妈受人欺辱，她怎么也不能接受。她忽地一下站了起来，一边嚷着"我现在就去找马坡"，一边向外走。常乐忘记了自己躺在床上，赶忙伸手去拉她，由于用力过猛，脸一下子磕在墙上，蹭破了一层皮。常菁菁跪下身子扶起常乐，泪水止不住流了下来。常乐说："你去找他是能和他打架还是能和他骂架？再说，那些事他都是偷偷摸摸做的，你又没证据。"常菁菁的妈妈也在一旁说道："你就是找他吵一顿又有什么用？你走了，我和你爸爸在家还不是要受他的气。""那我就回来，看他还敢欺负人！"常菁菁愤愤不平地说。常菁菁的妈妈"咦"了一声，说："人家能受，我和你爸爸就能受。"

瑶瑶、东东、二月也都挤了进来，你一言我一语地说开了。瑶瑶说："菁菁你别忙着生气。常乐叔说得对，马坡就喜欢偷偷摸摸地做事。赵明明一开始说不给土地补偿费不砍树，结果让马联合找个茬子打得鼻青脸肿。苹苹怕马坡再使出更坏的招，就逼着他把树砍了。"东东一撇嘴："咦，赵明明够穰劲的！他能护他媳妇？马联合是做过胆摘除的，就他那身子骨，赵明明还怕他呀？"李小芬吐了个瓜子皮，说："马联合是胆摘除，赵明明是没长胆。"常乐说："这也不全怪明明。自打马坡当上村委会主任，马联合觉得自己是村里的二把手，不管男女老少，只要让他不高兴了，张口就骂，抬手就打……"

二月说："你们看看咱村里村外乱成了啥。离村头几里远就有人用树枝、石头堵路'截客'。来旅游的车辆没有人组织，田头路边随便放，有的停人家的家门口堵了路。为了争客人吵架动手的三天两头发生，有的还强买强卖把客人的头打破。这叫啥发展旅游。"李小芬说："我操，还旅游呢，叫'游驴'还差不多。有人来了就逮着宰一刀。九龙沟的名声都让搞臭了！要是以后游客多了，动刀子的事都会出来。我看网上骂九龙沟的帖子不少。"

常乐在一旁感慨万端地叹着气，说："搞旅游本来是好事，可以让乡亲们弄点现金收入。但这事得有人组织呀！康爷爷没那么多精力，马坡的心事不在发展旅游上……"

"不是说省城有家公司投资了吗？"常菁菁曾听东东说过这件事。常乐摇摇头，想说什么，看了李小芬一眼，又把到嘴边的话咽了回去。李小芬却不管三七二十一地骂开了："常叔您甭提马坡。我听了他的名字就觉得恶心。咱村就数他会日哄人！他回村竞选村委会主任时说得比唱得还好听，什么发展旅游，振兴家乡，造福百姓。狗屁，他就在村口盖了个大门楼，在山上毁了几片林，占了几片地，啥也没干，光盖大门楼工程他就从中捞了十几万。"

"你又不在家，没证据的话别瞎说。"常菁菁严肃地对李小芬说。李小芬正嗑着瓜子，不服地两手一拍："你也不是没长眼睛。你看看咱村有多大变化？路更难走了，水更难喝了，鸭子都赶尽杀绝了。听说要建度假村的省城那家公司投了几百万，钱扔哪儿了？人家怕钱打水漂，不愿投了。"

一直待在屋当门的欢庆听到这里，大声插话说："村民得不到土地补偿费，可以诉诸法律嘛！"

常菁菁的妈妈见把自己家未来的女婿也惊动了，觉得很不好意思，就让常菁菁她们一起回到屋当门，重又坐在方桌旁。场面一时有点尴尬和冷清。李小芬的目光四下扫视了一遍，扑哧一声笑了，说："我给你们讲个北京聪明孩子的故事吧！"说完，她不等别人发言就绘声绘色地讲起来："有一对北京夫妻，结婚不久女的怀了孕，到了六七个月的时候，男的经常回家很晚，女的告诉男的，咱这孩子可聪明了，他给我说爸爸在外边学坏了……""你这是编着瞎话骂北京人！"孙志打断李小芬的话说："我严正抗议，严正抗议！"李小芬说："咦……我还没讲完，你咋知道是骂人。操，你也太武断了吧。"她接着往下讲："那个男人在外边真有了外遇。他怕媳妇怀疑他，就提出和媳妇干那事。

媳妇说那怎么行，孩子会有感觉。男的不信。什么他妈的孩子有感觉，你要是不同意，就别怪我到外边找别的女人。媳妇没办法答应了他。"

常菁菁踢了李小芬一脚："你能不能讲点素的，别老是来荤的，小心发胖。"

李小芬不理不睬，津津有味地讲："几个月后，他们的孩子出世了。是个男孩子，大额头、大眼睛、大鼻子、大嘴巴……反正什么都是大大方方。那孩子绝顶聪明，一生下来就会说话，睁开眼就认出了他爸爸。他让他爸爸伸过头，用小手连续点着他爸爸的额头问，这样捣你，你疼不疼……"

李小芬的话没落音，屋子就一阵哄堂大笑，气氛又回到了热烈。

常菁菁的妈妈准备做午饭，常菁菁钻到锅屋里帮她，让她给赶了出来。她说："你那个杨姐刚到，你领她去转转看看吧。让小芬她们都走，别在这咋咋呼呼地让你爸生气，我跟着闹心。"常菁菁一听，正合她意，拉上杨柳说："杨姐，我陪你去摸摸九龙松吧！回来多吃点山里的饭。"欢庆说看过了，在家陪老爷子下棋；孙志说要再换几个角度拍点照片，让李小芬陪着他；东东说家里有事要回家。瑶瑶和二月陪着杨柳、常菁菁上了山。她们的第一个目标就是九龙松。这一次只有雪莲和两个女孩在。她打开大门让常菁菁一行进去，还说了几句欢迎的话。杨柳对九龙松一见钟情，围着九龙松走了十几圈，兴奋不已地说："'商人摸摸九龙松，生意越做越兴隆'，'官员摸摸九龙松，官运步步往上升'，'老人摸摸九龙松，眼不花来耳不聋'，'孩子摸摸九龙松，官运财运样样通……先人们编得这些词真生动。但关键还不是词好，是这棵千年神树自身太让人惊叹。"她沉吟片刻，又感叹地说："一个方方正正的院子里围着一棵树，也就是一个木，念'困'字，不吉利啊！"瑶瑶在一旁不满地说："这是马坡的侄子和小姨子承包的，拉了院子好收费挣钱。"

接下来，常菁菁她们又陪着杨柳到山上和沟里看了看。一路上杨柳时而赞不绝口，说九龙沟的生态环境和自然风光好，时而感慨万端，批评没有规划，管理得不好。她指着水库说："那么大一片水库就安排了钓鱼项目，游客的参与性不强，内容单一，很难满足旅游者多样的需求。这片水库实际上已经形成了湖泊，又在两山中间，美丽壮观，非常清纯，没有污染。荷花开了的时候，水面上全是荷花。我想象得出如果在月光下多么生动。可以借用朱自清的《荷塘月色》，搞个'荷湖月色'……"

常菁菁、瑶瑶和二月被杨柳说得发了呆。杨柳环顾四周，凝思了一会儿，痛惜地说："一个很好的乡村旅游题材就这样被浪费了！可惜啊可惜，还要建别墅度假村，开煤窑……唉，喊着搞旅游开发的人，其实就没做旅游开发规划！"二月说："我爷爷早看出马坡的心事不在旅游上，就连建度假村都是糊弄省城那个老板的。我二姨夫是银行管贷款的。他说去年就有个县领导找过他，让他给九龙沟煤窑贷款。我二姨夫说'三证'全无，又没有资产抵押，谁敢给他贷？"常菁菁不太相信二月的话，问："你说是位领导？"二月说："是领导，但我二姨夫没说是谁。不过，他说咱村有个姓马的主任也在场，吃饭就是姓马的买的单。咱村姓马的主任不就马坡一人？"

杨柳听到这里，不无忧虑地说："这可是个关键问题。领导要是不积极不支持，旅游开发恐怕……"瑶瑶激动地脱口而出："杨总，不杨姐，你不能来我们这里开发旅游吗？"杨柳笑了笑，坦率地说："我前些日子听说国家旅游局正在调研，准备结合新农村建设，搞一个发展乡村旅游的长期规划。这是一个好机遇，我的确动过搞乡村旅游题材景点的念头。可是，你们的村主任还有你们说的省城那家投了资的公司，会把九龙沟这块肥肉让我吃吗？"

"他们自己不好好干，还不兴别人干？恶霸！"二月愤愤不平地说。瑶瑶说："还就有这样的人，马坡就是！"

杨柳突然专注地看了常菁菁一会儿，说："菁菁，我看你在你们村青年人中挺有人缘，你又是本村人，不如回来挑个头？"瑶瑶和二月几乎异口同声地说："好。菁菁回来干，我们都死心塌地追随。"常菁菁笑了："杨姐，你给我开这么大的玩笑。你要是真有兴趣，我把你引荐给康爷爷，你要是在我们这儿投资，我就回来替你盯着，保证不让你失望，行吗？"

杨柳笑着拍了拍常菁菁的肩膀。

中午，常菁菁家正儿八经地摆了一桌宴席。她家乡一带有个规矩，没结婚的女婿或儿媳到家里来，家里要摆宴席，还要请几个有头有脸的人物和本族长辈"陪客"。常菁菁把康爷爷请到家里。她没请马坡，一方面是她一直尊重康爷爷，一方面是她对马坡不但有成见还有恨。李小芬拉着二月，在常菁菁家门口放了两挂鞭炮，招引来邻居家的一些妇女孩子围在常菁菁家门前看热闹，吵吵着要见北京来的"新郎官"。常菁菁的爸爸妈妈都是笑意写在脸上。常菁菁心里兴奋，但不好意思出去。欢庆却大大方方地拉着她的手走到大门口，热情洋溢地和看热闹的人们打招呼，还给孩子们发了从北京带来的喜糖。

康爷爷心里高兴，精神也好起来，不时地给杨柳、欢庆和孙志介绍九龙沟的历史和逸闻趣事。他讲九龙松的来历、传说时，杨柳听得格外认真。他说，过去九龙松不远处还有一座龙王庙。平时，到龙王庙祭拜的人不少，到了二月二龙抬头前后尤其是当天更是人山人海。"文革"的时候，造反派把庙拆了，还要把九龙松锯了，可是几个造反派拉着大锯锯了一天一夜，才锯开一条口子。第二天早上，人们发现锯开的口子里流出鲜红鲜红的液体。这一下九龙沟的百姓不干了，说神树受了伤，要报复人类。那些造反派是城里来的学生娃，哪见过这样的世面，慌慌忙忙跑了……

杨柳听了，两眼露出惊喜，说："那就再重建一座龙王庙嘛！"康爷爷笑了："那得要钱。"

就在这时，马坡和马联合来了。马坡知道常菁菁带了一个北京老板来，而且是搞旅游的，听上去是来旅游，但他猜测那个老板看上了九龙沟。谁能看着一块价廉物美的肥肉不张嘴呢？除非他是圣人！世上有真正的圣人吗？他还看上了那个女老板，多漂亮多有魅力的一个少妇啊！电视剧《刘老根》里的刘老根不就拉了城里的女老板投资，还和女老板有一腿吗？说是没有，没有那个叫什么什么的寡妇怎么老和刘老根闹？如果这北京女老板也来投资，用不多久他就会弄上床。所以，他不请自来，想与那个女老板谈一谈。

常菁菁的妈妈热情地搬来了椅子让他们就座。马坡也不客气，大大方方地在康爷爷旁边坐下。他快速地打量了一下北京来的几个人，凭自己的经验认定，眼前的这个少妇是眼下时髦称呼中的"女强人"。他恭敬地说："杨总，听说你是个很成功的企业家，在北京有几家公司，旅游的业务还做到了国外。真是让人佩服啊！"马坡在县城经商几年，世面是见过，谈吐也不像一些没出过山门的村干部那样粗鲁。他先把杨柳奉承一番，然后直奔主题："听说杨总马上要回去。咱们就开门见山，请您谈一谈对九龙沟旅游开发的高见。"

杨柳很坦诚，把给常菁菁她们说过的几点意见向马坡重又说了一遍。最后，她谦虚地说只是个人的一点浅见。马坡压根儿就没听进心里去。表面上，他却仍然装出十分高兴，连说几声"谢谢"，"杨总真是高人啊。听你这么一说，我的信心更大了。这说明我们村委会开发九龙沟旅游的决策是英明的、正确的。那些老的村领导干了几十年，天天喊着带领乡亲致富，两眼像驴戴套一抹黑，找不到好路子"。这个时候，他也没忘攻击康爷爷："老是说保护生态环境，开发才是最好的保护。没有钱你保护什么？"

孙志在一旁打抱不平说："没有生态环境保护得好，也没有今天九龙沟的旅游资源啊！中国人有句俗话，叫吃水不忘挖井人。要是连这点也做不到，会让人贻笑大方。"

马坡白了孙志一眼，接着问杨柳："杨总，你有没有意思来九龙沟搞旅游开发啊？我可以给你最优惠的政策。咱这儿土地林地价格低得很，劳动力资源就更不用说了……"他见杨柳只是看着自己，没有说话，又信誓旦旦地说："如果你来投资，你要什么优惠条件我都给你，村民的土地补偿费、集体的山地林地统统给你免了……"常菁菁在一旁听了很是反感。她了解杨柳的为人。马坡越是这样霸道，不按规矩办事，杨柳越会不放心与他合作。果然，杨柳一边听一边思索，等马坡说完，她坚定地摇摇头，说："我们公司目前主要在做台湾旅游。再说，你们不是与省城一家公司在合作吗？我个人建议最好不要频繁更换合作伙伴。至于以后，我们会考虑乡村旅游这个项目的。"

马坡愣了一会儿，然后哈哈大笑："现在农村的工作千头万绪，别看我这个村委会主任级别低，可省长市长县长乡长抓什么我就得抓什么。上边千根线，到了我这里就一根针。再说，我也不懂旅游开发业务……"他突然把话锋一转，对常菁菁说："小爷们，听说你是杨总一手培养起来的人才，懂旅游。有没有兴趣回家乡来搞旅游开发？"

马坡的这一手是常菁菁和在场的人都没想到的，一时面面相觑，不知如何回答。李小芬心直口快，抢了话题："咦……马主任的眼睛还真毒，的确让你发现了一个好人才。"马坡说："人财人财，有人还得有财，离了钱办不成事。菁菁你要把钱给我拉来，我让你干！"说罢大声笑了。屋子里的人都笑了。但是，每个人笑中的含义不同。

杨柳当天就走了。第二天，欢庆和孙志也回了北京。欢庆临走时和常菁菁的爸爸妈妈约定，他回北京和他爸爸妈妈商定了结婚的日子再专程来告诉他们。常菁菁又在家里待了几天。她在北京时就和李小芬商量好，过节时把从外地打工回来过节和在家的伙伴请到一起聚一聚。外出前，她是村里的团支部书记，她走这几年是瑶瑶在主持。汶川大地震时，她在北京通过互联网和手机短信，与本村在外打工的团员青年联系，向地震灾区捐款。这件事被团县委作为典型向全县介绍，说是新的形势下团的工作的一种创新。从那以后，她和瑶瑶就经常通过网上与本村的团员青年联系，交流思想，沟通信息。

她所在的村几乎家家都有在外打工的。和她年龄相仿的年轻人，有一部分回来过节了，加上在家的有四十多人。东东家去年新盖了两层小楼，房子大一些，聚会就定在她家。常菁菁想给东东帮忙，下午就约瑶瑶去了东东家。东东家前挂着一块十分醒目的牌子——"农家乐饭店"，屋子里放了五六张桌子。常菁菁看了看菜谱，乐了，说："怪不得你三天两头往家里跑，感情是把你这几年在饭店工作的经验都搬到你家来了。你看看这番茄、土豆都成了涮菜，新鲜呢！"东东说："打从'非典'过后，来咱这儿旅游的多了。有客就得有客饭，所以我爸就开了个饭店，有客人就做客饭，没客人就歇着。城里人稀奇，来了点名吃青菜，我就借鉴北京的涮锅，让我爸搞涮菜，没想到还真受欢迎。"瑶瑶在一旁接上说："市里县里一直到省城到了周末都有人来咱这玩。最多的时候一天几百号子人。二月二龙抬头那天，差不多有五六千人。我要不是当着教师，真想办一个旅游公司，弄个老板当当。"东东说："省城一家公司要在咱这投资开发旅游。我就是听说了这事，才打算辞职回来正儿八经开个饭店。没想到，省城那家公司又停了！"瑶瑶说："他这一停，赵明明和东东你们十几家果园的损失海了去了。"

李小芬问东东："你们没跟那公司和村委签合同吗？"东东摇摇头，反问："什么合同？"李小芬给了东东后脑勺一个耳光："咦……你在北京几年，连签合同都不懂，怎么混得你？"东东不服气，顶撞李小芬说："我就是个饭店服务员，我和谁签订合同？你到饭店吃饭人家还跟你签合同？"李小芬说："都是省城那家公司说话不算话。东东你不是说要去省城找他们吗？要去就快点去，等金融危机影响到他们，他们公司一关门，你更甭想见钱了。"

没容常菁菁多想，大伙就陆续来了，结了婚有了孩子的还带了孩子，一时间大人谈笑，孩子吵闹，屋子里像刚揭盖的蒸笼热气腾腾。从小一起长大的同学、伙伴如今天各一方，见了面自然而然地谈起了各自的工作、生活以及感情经历。聚会快结束时，不知谁先开头提起了村里搞旅游开发的事，气氛急转直下，由晴转阴，屋里响起一片骂声。有的骂马坡打着搞旅游开发的名义圈地，有的骂马坡见了好处自己捞，想把整个九龙沟变成他家的私有财产……赵明明一副苦大仇深的表情，站在屋子中央像发表演讲一样，一会儿双臂挥舞，一会儿两手摊开，声音也是一会儿轻一会儿重："九龙沟黑了天了。不是共产党领导了，老百姓没有说话的权利了！"

李小芬冲赵明明叫起来："咦……这家伙整个就是一表演艺术家，不如把你们家苹苹给休了考中戏北影去。"说完，她带着几分醉意，跳到桌子上，大声喊道："咱弄掉马坡个狗日的，大伙同意不同意？"在场的几乎异口同声地喊着："同意！"瑶瑶小心翼翼地问了一句："弄掉他，让谁当村委会主任？"李小芬指着常菁菁说："咱选常菁菁……"大伙又是异口同声地喊着："同意！"常菁菁冲李小芬吼道："李小芬你喝醉了，赶快回家吧！"

那天晚上，他们一直闹腾到凌晨两点。常菁菁喝了不少酒，有点醉意朦胧。她回到家给欢庆打了个电话。正在酣睡中的欢庆被她的电话叫醒，还以为她出了什么事情，张口第一句话就问："菁菁你怎么了？"

常菁菁说："我觉得心里特别不好受。"接着，她把与伙伴聚会的事和自己的感想给欢庆描述了一遍。说着说着，她竟然哭出了声。欢庆赶忙劝导她："我个人认为，你们家乡贫穷落后的面貌不是一天形成的，改变它要有一个过程；在外打工和在家务农的年轻人经受一些挫折也是很多青年人都要经历的，与你这个团支书扯不上边。你不要心情那么沉重。我知道你是个重情义的人，所以你看着这样心里不好受可以理解。不过，这些都不是你能改变的。我个人建议，你要不忍心看下去，就早一点回来……"常菁菁说："我一生气真想和伙伴一起回来干！"欢庆沉吟片刻，说："别说气话了。我等你回来"。

第二章

出租汽车司机的话打断了常菁菁的回忆。他告诉常菁菁眼前的十层白色大楼就是东州大厦。

常菁菁下了车，一眼就看到楼下围了很多人，警察已经拉上了警戒线，消防队员在楼下充起了一人多高的安全气垫。电视台的记者也来了，扛着机器在现场采访。楼下围观的人们都很激动，议论纷纷。有的说："现在有些当老板的心太黑，不是占了农民的地不给钱，就是欠着农民工工资不给，包二奶玩女人却舍得大把大把花钱。"有的说："不到万不得已，谁愿意舍命。你看看楼上那个女孩，要不是被逼急了，能这么做吗？"有两个年轻人在一旁抱怨："怎么还不跳呢！"仿佛他们买了票，来看一场活人告别这个世界的表演，如果上面的人不跳就是违约，他们就会打12315维权。

常菁菁一边往里挤，一边往楼上看。她看到了身材敦实的赵明明、胖乎乎的东东和她身后不远处有点丰满的李小芬。李小芬一边比画一边激动地跟东东说着什么。他们周围还有穿着制服的警察以及记者和几个干部模样的人。她松了一口气。这个李小芬把准备跳楼说成了跳楼，还说没骗人？她毕竟第一次见到这样的场面，心里既紧张又恐惧。她不顾一切地分开人群挤进去，钻过警戒线往楼里面跑。有两个警察在电梯门口堵着，不让上人。她毫不迟疑地从楼梯向上跑。不知哪儿来的力量，她一口气跑上了十楼的楼顶。在楼顶出口处，一个警察拦住了她。警察以为她是记者，说："你不能上去，要采访得找我们领导批准。"

常菁菁指着楼顶说："我是那个要跳楼的女孩的姐姐。"

警察犹豫一下才放她过去。那些记者一听说她是要跳楼女孩的姐姐，马上把她围个水泄不通。"请问你妹妹为什么要跳楼？你能不能给我们讲一讲原因？""和你妹妹一起要跳楼的是她什么人？""东洲公司占了地不付土地赔偿费是不是真的？欠了你们多少钱？"……

常菁菁直接走到东东面前。东东看见常菁菁，哇的一声哭起来。常菁菁清楚地看见，东东的两只脚都踏在楼顶的边缘，只要歪一下身子，整个人就会掉下去。她让李小芬先下来，然后平静地对东东说："东东，你听我说，你们家果园的补偿费全部算上也不值得你拿命去换。"东东说："我也不全是为了钱，为了争一口气。他们当老板的凭什么拿咱们老百姓不当人？他把俺们一家人的饭碗都抢了去，连个理也不给，太欺负人了吧？"常菁菁说："他不拿咱当人，咱更要堂堂正正地做人。你这样做，不是便宜了他们。"李小芬接着常菁菁的话，说："你东东要是死了才更窝囊。他欠钱你就要钱。他不给钱你不会点把火把他的公司烧了，先烧死他个孙子。"

常菁菁趁李小芬与东东说话，东东注意力分散的瞬间，走上前一把把东东给拉下来。她向楼下看了一眼，吓得赶忙缩回头。东东的脸色苍白，浑身颤抖，趴在常菁菁的怀里放声大哭："我不想死，我不想死。"李小芬气得脸色苍白。她照着东东的脑袋就是几巴掌："咦……还没见过你这样的傻女子。你命就这么贱？"打完，抱着东东也哭起来。

常菁菁深深地呼吸着，刚才上楼时跑得太快，现在腿软得几乎站不住了。她突然感到自己的同伴自己的乡亲，在遇到一些不公时显得是那么无助，那么可怜，心里一阵酸楚。

赵明明还倔强地坚持让警察把董事长找来："你们赶快把沈耀叫来。我要他给我说清楚，把我们的钱赔了。他不答应我真的死给你们看。"

一个记者问赵明明："东洲公司欠你们土地补偿费的事，你们村你们镇领导知道吗？你们向他们反映过吗？"

"他们……"赵明明刚想开骂，又停住了。他不愿意对着摄影镜头说出得罪村镇领导的话。

李小芬对着记者的镜头，说："他们要是为老百姓主持公道能到今天这样子吗？我们村那个主任自己腰包鼓起来了，小洋楼住上了，小汽车开上了，小情人搂上了，革命的小酒天天醉，他还管你老百姓？你们到我们村去听一听就知道了，老百姓说他一个活土匪。"

那个记者又问："那你们村的村民为什么不把他选下去？"李小芬白了那个记者一眼："咦……你问我，我问谁？"

常菁菁让李小芬看着东东不要让记者打扰。她对李小芬说："你就少说几句人家也不会把你当哑巴。你以为咱村这些家丑是光彩事呀？"接着，她又劝赵明明，让他先下来。赵明明不听："我家还有那几十家的损失你赔啊？"

常菁菁了解赵明明的性格，对警察说："别管他。咱们一走，他就会下来了。"几个警察半信半疑，跟着常菁菁往楼下走。果然，他们刚到电梯口，就听见赵明明大哭："东东，你给我回来。你要不回来，我就不替你们家要钱了。"

常菁菁严厉地对赵明明说："赵明明，你这是给九龙沟父老乡亲丢人你知不知道。想办法讨回你的钱，保护你的权益才是真本事。"

赵明明抹着眼泪，委屈地说："你以为我想走这一步？我也是没有办法。姓沈的那么大的公司，十万八万不算回事。可是我得干多少年出多少力流多少血汗才能挣到。"常菁菁说："那你也不能用这种方式！你可以请律师，通过法律追讨。"赵明明一屁股坐在地上，像个受了很大委屈的妇女，无可奈何地说："你说得比唱得好听。我们哪里有钱请律师？"

常菁菁听到这里，马上想起了欢庆。她掏出手机，准备给欢庆打电话，没想到欢庆的电话先到了。

欢庆昨天与常菁菁电话中约好到车站去接她。所以，他打电话过来想问一下常菁菁到站的准确时间。因为火车误点是家常便饭，北京堵车又是老生常谈。常菁菁告诉他没走，他一听就急了："哎，我说你个常菁菁，两个小时前我打电话问你，你还说已经到了车站，正准备剪票上车，怎么又变了？你逗我玩呢？"常菁菁说："我没时间给你解释，我现在想请你帮忙。你国庆节过来时，有人提过那档子事，我一帮子老乡遇上了经济纠纷，你愿不愿意当他们的代理律师？"欢庆毫不犹豫地一口答应下来："当然可以！我就是做律师的，这是我的本职工作嘛。"常菁菁说："我的老乡付不起律师费。我是想请你对他们法律援助。""那也没问题。我经常免费帮弱势人群打官司。我曾帮在北京的农民工打讨薪官司，这一点你也知道的。"欢庆又满口答应了。不过，他又补充一句："我个人建议，你抓紧时间回来，咱们当面说说。"常菁菁沉思了片刻，回答说："好吧，我今天晚上回去。"

挂断欢庆的电话，常菁菁对赵明明说："律师给你请好了，免费帮你们打官司。你看你是下来准备打官司，通过法律解决，还是跳下去，就是解决了，你也看不到钱了。"赵明明从地上站起来，拍拍屁股上的土："常菁菁你本事大，我服你。"

李小芬骂赵明明窝囊："咦……换了我是苹苹，不给你戴绿帽子才怪呢！动不动就拿命相拼，让媳妇为你守寡呀！"

旁边几个警察指着常菁菁窃窃私语，说这个女的还真行。

赵明明、东东先是在派出所接受调查，然后又被省信访局接过去了解情况。东洲房地产开发公司的一位副总也被找到了信访局。那个副总说董事长到附近一个城市出差办事去了，听到消息后正在往回赶。他表示虚心接受信访部门的批评，绝不让事态继续扩大。然后，他把赵明明、东东一行接回东洲公司。

常菁菁、李小芬一直和赵明明、东东在一起，东东一刻也不想让李小芬和常菁菁离开。这样，常菁菁和李小芬也一起到了东洲的公司。李小芬在情急的情形下，也不停地嗑瓜子，故意把瓜子皮吐在东洲公司接她们的车上。

刚开始谈，那位副总就摆出了许多困难："我们这个公司是做房地产的，按说，我们不该投资旅游项目。你们可能也从报纸、电视上看到了，房地产受金融危机影响，从年初就不太景气……"

"你的公司不景气也不是我们造成的。可是我们的损失是你造成的！"东东打断那位副总的话说。那位副总神气十足，指着东东训斥道："你的损失怎么是我们造成的？我们公司是拔你家树了还是刨你家地了？"东东脸涨得通红，一时说不出话。李小芬拍案而起，一下跳到那位副总的桌前，指着他的鼻子骂道："咦……人都让你们逼得要跳楼了，你还推卸责任。你还有没有点人味了？"那位副总毫不相让，也指着李小芬问道："如果我到你家门前喊着自杀，你也有责任了？"李小芬骂了一句"我操"，就找不到反驳的词了。

"反正是你们占了我们的地，钱也没给，不能扔下不管。"东东说着看了赵明明一眼。赵明明的身子还在颤抖，苍白的脸上看不到一点血丝。她说："赵明明你说话呀！"赵明明吞吞吐吐了一会儿，说了句"我要上厕所"，起身出去了，气得李小芬朝他后背扔了一个废纸团。

这边屋子里的争吵声，惊动了隔壁房间的董事长沈耀。他本来不想出面，听到吵起来，才坐不住了。他从门缝往里看，第一眼就看见了常菁菁。他感到眼前一亮，这个身材修长、五官清秀，有点文质彬彬的姑娘让他觉得好面熟，一时又想不起在哪里见过。为了探明常菁菁的身份，同时也缓和一下紧张的气氛，他推门走了进去。

"对不起，我出差刚回来。"沈耀热情地和屋子里的人握手。到了常菁菁身边时，他故意看了常菁菁一会儿，面露惊讶："你，你是不是在小镇中学上过学？"常菁菁一愣。她的确是小镇中学毕业的，于是点了点头。同时，她礼貌地站了起来，面带微笑地看着沈耀。

沈耀显得异常兴奋："这下子我想起来了。你在小镇中学读高中时，是学校的团委副书记。有一年校庆……对了，是02年那年的四十年校庆，我去参加了。你在联欢会上唱了一首《谁不说咱家乡好》，唱得很多从外地赶来参加活动的同学掉了眼泪。那时我就记住了你的名字，你叫常菁菁，对不对……"

沈耀的话把常菁菁拉回到中学时代。她也兴奋起来，脸上的笑容像雨后的阳光一样妩媚、生动。

李小芬不无嫉妒地插话："咦……沈总怕不是记住了常菁菁的歌声，而是记住了她漂亮的脸蛋吧？那天她唱歌我伴舞，你咋就没记住我呢？"

沈耀抱歉地笑了笑。他接着告诉常菁菁，她上高中时，他已经大学毕业，在省城一国家机关工作两年后下海开公司了。他说："那时公司刚刚起步，说来惭愧，校庆时我只赞助母校一万块钱。"

"前年你是不是又给母校赞助了一个图书馆？"常菁菁这下想起来了。她听班主任说过，有一位小镇中学毕业的学生、省城的房地产老板投资一百万，给小镇中学建了一所全省农村中学一流的图书馆。李小芬又插话："你怎么没叫沈耀图书馆？我在北京好几所大学都见过以出钱人的名字命名的图书馆，还有游泳馆。"沈耀颇有风度地摆摆手，说："不足挂齿，不足挂齿。再说，我一不是名人二不是领导，只是一个学生为自己母校做点应当做的事，就像一个孩子孝敬父母一样。"

沈耀这几句话，给常菁菁留下了良好的印象。因为攀上了校友，谈话也自然亲切了。

沈耀告诉常菁菁她们，半年前，也就是春天的时候，他去过一趟常菁菁的家乡九龙沟。他指着墙上的几幅照片，说："你们看，这都是在九龙沟拍的。我要是不说明，你们恐怕也认不出这就是自己的家乡吧？"

常菁菁他们不约而同地把目光转向墙上的几张照片。那是经过电脑制作放大了的照片。一张是一群鸭子在湖水里嬉戏，其中一只乳鸭从母亲的翅膀下调皮地探出毛茸茸的脑袋，两眼既有些恐惧又有些好奇地四下张望，神乎其神的样子非常可爱。照片取名为"鸭趣"。

东东指着照片说："这是华联产家养的鸭子。他爷爷怕和别人家的混了，在每只鸭子的鸭脖子上都系了红绳。"李小芬说："你只说对了一半。其实华爷爷不用看鸭脖子上的红绳子，也能认出他家的鸭子。你小时候没听说过华爷爷一眼就能分出水中的鸭子是公是母？""那还不算啥。我听说华爷爷的本事可大了。小蚊子从他眼前飞过，他都能认出公母。咱村人自编自创的歇后语还有一句叫，华爷爷的眼光——毒！"东东的话把在场的人都逗笑了。赵明明从进屋后一直默不作声地坐在一边，沈耀倒的茶也没碰一下。现在也端起杯子喝茶了。一张是九龙松的照片。那是位于九龙沟山半坡的一棵有上千年树龄的松树。这棵松树历经千年的风雨沧桑，巍然屹立在山坡上。它有九根树干。这九根树干都曲曲折折，形似飞腾的巨龙，所以人们称它为九龙松。九龙沟的名字也由此而来。常菁菁他们小时候就经常看到周边村子的老人带着孩子到九龙松来求吉祥。它的树干的树皮像出了一层油一样又黑又亮。那是人们为了求吉祥，经常抚摸留下的痕迹。"摸摸九龙松，官级步步升""摸摸九龙松，年年好光景""摸摸九龙松，官运财运通"……这些句子，常菁菁她们从小就耳熟能详。这张照片取名为"神树"。沈耀说："我最敬仰这棵老松树。因为它具有雄性的阳刚之美。再说，它毕竟同人类一起生活了上千年，也是我们的长辈。"

其他几张都是风景照片，让常菁菁这些九龙沟长大的孩子看了激动不已。李小芬的一句话说出了他们的心声："咦……在九龙沟生活这么多年，怎么就没发现这么多美景呢？！"

沈耀站在宽敞的大厅中间，两手有节奏地挥动着，绘声绘色地描述着九龙沟。他描述的春天的九龙沟有着令人震惊的美，山上的梯田像一行行诗，一幅幅画，坡上和沟里，杏花和桃花相继开放，热烈的阳光，点亮了雪白的、粉红的、胭脂色的桃花。热闹而喧嚣的桃花，一树树、一簇簇、一丛丛、一片片铺排成满山遍野的亮丽，一道道山沟里，桃花汇成了一条条浩荡的大河。沉甸甸的阳光，压在绿油油的枝头，压在桃花喧闹的枝头，压在从或远或近的山上蜿蜒而下的九条小溪上，绿叶、桃花、河水就有了玉一般的质感。他说："我被你们九龙沟的美惊呆了。这真是人间仙境。当时我的楼盘卖得还很火爆，半个月就要调高一次价格。公司董事会决定对资源类项目投资。我去九龙沟，是我的高中同学你们小镇党委书记黄涛陪同去的，你们村委会主任老马全程陪同我们。老马很会煽动，他一路都滔滔不绝地介绍九龙沟的旅游资源优势，劝我投资开发九龙沟旅游。"

沈耀又接着说："我开头兴趣并不高。因为我对旅游开发是门外汉。可是我那个同学在一边鼓动，说是国家搞新农村建设的政策好，现在是乡村旅游热，等等。从九龙沟回去的路上，他还说我要在九龙沟投资，也是帮他一个大忙，因为他和镇里其他干部一样，每年有五百万的招商引资任务。唉，现在这些乡镇干部担子也确实太重了……"

李小芬见常菁菁他们都不说话，忍不住问了一句："你就跑了一趟九龙沟，就定了？"沈耀说："我回到省城后的第二天，黄涛就带着马坡到公司登门拜访。马坡还带来了经过有关部门批准的九龙沟旅游开发的规划等一堆东西。我安排公司投资部门带着专家去九龙沟进行了实地考察，还对省城周边几个乡村旅游景点做了调查。公司投资部门最后提交给董事会的报告说，九龙沟旅游开发门槛低、成本低，前景很好。这样，公司董事会才最后下了决心。"

其实，他并没有把他的真实想法告诉常菁菁他们。他是看好了九龙沟有山有水有景点，离省城只有两个小时的车程，离九龙沟所在的市只有不到一小时的车程，开发高档别墅也就是人们常说的第二居所会有较好的收益。如果以旅游开发的名义搞，可以规避国家土地政策的风险，也可以降低土地补偿费用，还可以节省自己的投资，这一点上，他和马坡是不谋而合。但是，他的目的是垄断九龙沟的旅游资源，然后克隆这种模式，在省内外寻求新的发展。这又和马坡挖煤窑的目的截然不同。他不知道马坡的真实目的，同样，马坡也不知道他的真实目的。他现在当然也不会对常菁菁她们说。他是一个商人，一个成熟的商人。他知道该说什么不该说什么。在他的公司制作的开发规划上，是在沿水库景观带的北侧建上一批别墅、会馆等组成的依山傍水的休闲度假村。马坡前期很积极，让村民把树砍了，地平整了。沈耀也投资把周边的路修了。可是，半年多过去了，他公司的施工队伍一直进不了九龙沟。他隐约感觉到马坡背着他在做手脚，但究竟是怎么回事，他不清楚。他唯一能做的是停止了投资，通过各种关系给马坡施加压力。

东东说："你占我们的地，说好了给补偿费，到现在我们也没见一分钱；你们说建别墅度假村，半年多了连个鸡窝也没盖……"沈耀打断东东的话说："你们问问你们的村委会主任不就清楚了吗！"他没有说前期已支付了三百万，因为他也觉得纳闷儿。

东东说："我们找他多次了。别看都在一个村子里，抬脚就到他家。就这样要是把去他家的次数加起来，也差不多从九龙沟到你这公司了！马主任先是推说规划没批下来，后来又说还有十几户人家没砍树、整地，影响整体进度，前些天又告诉我们是你们的责任，说你们的资金没到位。"

李小芬生气地质问沈耀："你们这不是拿农民当猴儿耍吗？果树没了，收入没了，你难道不应当赔偿？"

"这个马坡，那么大的人了，连话也不会说！"沈耀显然有些不高兴。

"咦………你不会说你没有责任吧？"李小芬站起来指着沈耀说，"东东是个很本分的女孩，她被逼的到你这儿跳楼，你难道没有责任？"

那位副总刚要争辩，沈耀摆摆手示意他出去。那位副总出去后，他对李小芬笑着说："责任也有大有小啊！"

常菁菁敏感地意识到，沈耀与九龙沟的合作，或者说与马坡的合作之间一定出了问题。这其中的缘由，沈耀没有说出来，必定有难言之隐。当务之急是怎样找到一个减少赵明明、东东和那些砍了树的村民直接经济损失的办法。她想到这里，就问沈耀："那你与九龙沟的合作是不是不打算继续下去了？你刚才不是还说九龙沟旅游开发前景好吗？"

沈耀沉思了一会儿，突然说出一句让常菁菁和所有在场的人都很吃惊的话："九龙沟的旅游是可以做的，附近就有做得很不错的嘛！关键还是看怎么运作。如果不按市场规律办事，靠搞行政命令，更有甚者以权谋私，再好的资源也变不成资金……"他说这话时，目光一直看着常菁菁，看得她有点不好意思了。沉思片刻，他突然问道："常菁菁你是不是打算回九龙沟创业？""没有啊！"常菁菁摇摇头。她有点茫然地看着沈耀。赵明明、李小芬、东东也觉得突然，都把目光投到常菁菁身上。

沈耀神情严肃，一本正经地说："这几年，有些农村在外务工的青年在新农村建设的好政策鼓励下回乡创业，党中央、国务院和各级政府都很支持，树了一些典型。我觉得，只要是真心实意想干事，农村还是能成就人的。你们那地方要是有个好的带头人，肯定能火起来。我听老师和同学说，你家在九龙沟有影响，你在九龙沟青年中有影响，你在北京这几年又一直在做旅游，而且做得不错。你要是回九龙沟搞旅游开发，我愿意与你合作。"他说着，还伸出手来，表示想和常菁菁联手。

面对沈耀突如其来的这番话，常菁菁一下子愣住了。她看了一眼赵明明、东东，他们脸上都写着惊讶。再看李小芬，李小芬却诡异地朝她笑着，好像另有想法。她心里一时慌乱，冲沈耀摆着手，很有礼貌地说："我是想过回来待一段时间，给我爸爸看看病，陪陪他，你说的回乡创业，我还没想过。"她又笑着摇摇头，说："没敢想！"

李小芬惊奇地问："沈老板你是搞间谍的吧？你怎么对常菁菁这么了解啊？"

沈耀坦诚地回答说："实不相瞒，也不怕你们笑话，我一到九龙沟，就打听菁菁……"

李小芬长长地"咦"了一声，说："这么说你一直惦念着常菁菁啊？！"她见沈耀和常菁菁的脸都红了，装作没看见，接着说："你还真是好眼力。我们这位常大美女要真的回来和你合作，你的事业保准会兴旺发达。"她停顿一下，冲常菁菁挤巴挤巴眼睛，又接着对沈耀说："不过，俺们家菁菁也是事业有成的人物。你要拉她合作，得看条件合不合适！"沈耀笑了，说："条件可以谈嘛！我说的事你们想想。我是认真的。北京是个好地方，就是地盘太大，水也太深。我经常去北京。北京的朋友也动员我到北京发展。我一直没动心。"他说到这里摇了摇头，又说："你要是回来搞旅游开发，出不了几年，九龙沟就能搞成一个旅游热点。"

常菁菁直言不讳地说："我在北京那家旅游公司就是个打工的。没有开发旅游产业这方面的经验。"

沈耀说："等你有了经验，头发都该变白了。我当初来省城创业时大学刚毕业，不也是没有经验吗？再说，过去没想过的事，可能是条件限制不敢想，不等于现在不能想啊！"

李小芬抢着说："她早就想当老板了，就是没有钱投资！"

常菁菁白了李小芬一眼。李小芬故意把脸转向一边，装作没看见。

沈耀说："钱不是主要问题。有人守着千百万不干事，那些钱不就成了废纸。有人能让一百元钱变成一百万，那才叫会赚钱。我刚创业时，一个农民的孩子、机关里的小科员，有多少钱？实不相瞒，我和我的一个同学两个人的钱加起来才一万出头，又向亲戚朋友借了十几万。我那个同学现在还常常说，当初如果没有破釜沉舟的决心就没有今天。常菁菁你要回来干，还是你们村出资源，我投资嘛！"

常菁菁的心怦然一动。自己当老板，这是她和许许多多远离家乡在外务工的青年人的梦想。只是机遇并不那么容易碰上。现在，机遇突如其来地降临自己面前，她一时不知如何应对。杨柳这次来九龙沟，也说九龙沟旅游开发有前途，还说让她回来搞旅游开发，康爷爷也劝她，但她都没有认真考虑，以为只是一句玩笑，而不是机遇。

沈耀看出了常菁菁的心思，接着说："你真可以考虑考虑我的建议。过了这个村可就找不到这家店了啊。我知道有人盯着九龙沟这块肥肉。"

沈耀安排常菁菁几个人在东洲宾馆休息。进了宾馆，李小芬朝床上一躺，看样子想睡一觉，可是她马上又翻身坐了起来，看着常菁菁："咦……我看姓沈的可能看上你了，要拉你合作。"常菁菁不以为然："你听他的。他不就是那样说说。他还不是想让咱们尤其是明明和东东安定下来，先回家去，不要再在这里做出让他难堪的事。"东东一听就急了："照你这样说姓沈的是不想在九龙沟投资了？他也不打算赔偿我们损失了？"

李小芬吐了个瓜子皮，狠狠地说："他敢不赔！我操，他要是不赔，我找人黑他！"接着，李小芬又把东东数落一通，说她做事盲目，合同不签就砍果树。说得东东直掉眼泪。常菁菁一时弄不清沈耀的真实想法。她劝导东东说："你先别急。就给他几天时间，看看他搞什么。反正我已经替你们请好了律师。现在关键问题要弄清马坡和姓沈的定的合同是怎么说的。我从姓沈的话中听出他好像有些事情没告诉咱们。"

李小芬又急了："咦……你对姓沈的印象也不坏哩！这次要不是有我们几个人在，说不定沈耀拿酒把你给弄翻了呢！"常菁菁问："弄翻了又怎样？"李小芬拍了她一巴掌："操，连这也不懂。弄翻了把你给办了！"常菁菁一用力，把李小芬推倒在床上："你能不能有点文化？"

李小芬从床上下来，一边嗑着瓜子，一边满腹狐疑地说："我看姓沈的不是随便说说。他对你可能动真的了。"常菁菁有点不耐烦地说："李小芬你能不能不烦人？一面之交，动什么真的？"东东说："菁菁你说得不对。自古以来一见钟情的男女还少吗！"李小芬说："姓沈的早注意你了。他刚才不是说到咱村找过你。"

李小芬和东东一唱一和，让常菁菁有些招架不住。她索性躺下，拉被子蒙上了头。李小芬把被子掀开，咄咄逼人地问："他要说得是实话，又真的继续在咱那儿投资,你愿意回去吗?"

常菁菁毫无准备,反问一句:"你愿意回去吗?"李小芬痛快地说:"只要有老板支持,我愿意回来。你以为我愿意当一辈子'北漂'。"

常菁菁笑了笑,然后就沉默不语了。她不敢相信沈耀说的是真话,她也没想过回九龙沟当老板。再说,很快就要在北京结婚成家,自己跑回九龙沟算啥事?让欢庆举办一场"没有新娘的婚礼"啊?

东东说:"从'非典'过后每到周末就有城里人到九龙沟来,多的时候一天有几千人。你可能不信,我家饭店最多的时候一天赚了一千多。"

李小芬接上说:"怪不得你家盖小楼了!"

东东说:"九龙松就是棵摇钱树。不过,马联合拉了个院子收费,吓得很多游客不敢来。"她又诚恳地说:"菁菁姐,你回来吧。只要你挑头,我们都跟着你干,等姓沈的赔了我家的土地补偿费,我全交给你。"李小芬也一本正经地说:"沈耀说得还真对,要想把九龙沟干好,你常菁菁这个青年的头头是首要人选。你常菁菁要干,我支持你!"

常菁菁问:"我干,我拿什么干?"李小芬说:"你怎么不能干?姓沈的不是说你要回来干,他继续投钱吗?再说,你要是干,咱村里的团员青年保准都支持。我把打算在北京买房子的首付款先投给你!"常菁菁说:"你打住!万一赔了,我可不想真跳楼。"东东说:"你怕跳楼,就不怕哪天马坡把你家果树砍了地平了,你爸你妈气得跳河?"

东东的话,让常菁菁陷入了思考。她对马坡并没有太多了解。她还三四岁时,马坡因为犯罪入狱。她上中学时,马坡虽然出狱了,但没有回九龙沟,而是在县城做起了生意。她只是从乡亲的议论中知道马坡先是开了家饭店,后来又开了一个歌厅、一个洗浴城。村民们说马坡在监狱里多年不仅没学好,相反更狡诈、更心黑、更胆大妄为。他编织一个关系网。"非典"时,他也回九龙沟住了一段时间。那时,村党支部、团支部都动员村民为抗击"非典"捐款,在深圳的秦晖捐了十万,常菁菁和一些在外打工的也都捐了款,马坡却置若罔闻,一分钱也没捐。村民为此对他意见很大,认为他为富不仁。可是,前年春节前夕,马坡突然对家乡的事情热情起来。他捐款一万元,把村小学进行了改造;捐款两万元,修了九龙河上的桥,还时常往村民们家里送东西,有时干脆就送钱。他做那些是为回村竞选村民委员会主任打基础的。他在当上村民委员会主任后的一次酒醉时公开说:"为了当村民委员会主任,我上上下下打点和给村里的投入花了十多万。我得想办法把它捞回来。不然,我傻蛋啊!"这些,都是常菁菁回家时从爸爸妈妈的议论和乡亲们的牢骚里听到的。这次回乡的见闻已经让她感觉到,准确地说让她了解到,马坡是个一手遮天,什么胡作非为的事都做得出来的人。她家果园被占,大门上被人抹屎,鸭子被人药死,这些事情都不光明正大。像杨柳这样经过风雨见过世面的人,见九龙沟有这么一个人都望而却步,自己就更不能蹚这浑水了。

李小芬见常菁菁不说话,知道她在想心思,于是又靠近了她,怂恿地说:"菁菁,你回来干我第一个跟你回来。"常菁菁忧心忡忡地说:"马坡要是不让咱干呢?"李小芬说:"他要是不让咱干,我就给他来黑的,让他也干不成事。咱青年人多力量也大……"常菁菁叹息一声,说:"咱的钱从哪来?"李小芬说:"沈老板不是说要继续投资吗?你是不是不信他?"她见常菁菁没回答,又接着说:"我看沈总是认真的。他说得很实在,一是不想放弃九龙沟的项目,二是想找个可靠的合伙人,还有一点很重要,就是想和你成一家人……"常菁菁踢了她一脚:"说正经的,别胡闹。"

东东认真地看着常菁菁,问:"菁菁,你要是回来干,投资的钱也到了,你打算先做什么?"李小芬抢着回答:"那还用说,先重建龙王庙!吸引人。"东东说:"我的意见先把路修好。"常菁菁没有说话,若有所思地看着天花板。

下午,沈耀派车送赵明明、东东回九龙沟。李小芬说要回去一趟,也搭车走了。常菁菁是晚上九点的火车。她原准备与东东一起退房,自己到省城大街上走一走,然后去车站乘车。沈耀坚持让她在宾馆休息,说是晚上请她吃饭,送她上火车。沈耀说得理直气壮:"咱们是校友,现在认识了又成了朋友,以后说不定是'发友',也就是开发友。我怎么能不尽一份地主之谊呢!"

李小芬临上车时还冲常菁菁扮着鬼脸:"你一个,千万别让他进房间和你谈事啊!我可是一直以你这个九龙沟的老处女骄傲啊!"常菁菁在她头上轻轻拍了一巴掌:"你就一天到晚想着那些肮脏事。"

晚上,沈耀选了个咖啡馆。咖啡馆的商务区宽大而舒适,两个暗红色的皮质长沙发相对着，中间是镶着木边的玻璃茶几，茶几的侧面是一只单人沙发。沈耀坐在单人沙发上，侧面对着常菁菁，常菁菁用余光看着沈耀，沈耀的侧面轮廓除了鼻子稍低，确实挑不出什么缺点。她对沈耀的第一印象，说不上好，也说不上不好，给常菁菁的感觉，他又像商人，又像艺术家。

沈耀抽完一支烟，看了看常菁菁，问："菁菁，你这次在家也转了转吗？"

沈耀的话勾起了常菁菁的回忆。国庆节期间，她也抽时间在九龙沟转了转。九龙沟的秋意正浓。沟里坡里，红彤彤的苹果在枝头招摇；房前屋后，鲜艳的石榴在太阳下咧嘴傻笑；梯田边的柿子树上，橘色的柿子挂满了一树树的灯笼；沟旁路边的山枣棵子，星星点点的枣儿烧出簇簇火红。蓝蓝的天空下，九条蜿蜒的小河，一路奔来耗尽了热情，在水库里汇聚成一片平静，像一块巨大的玉佩挂在山腰间。空气里，充斥着阳光的气息、泥土的气息、果树的气息、成熟的庄稼的气息。秋阳高照，听得见阳光啷啷有声；熏风走过，看得见满山色彩的律动。九龙沟的秋天，像是一个孩童涂抹的画布，嚣张而又拘谨，放肆却又平静。想到这里，她感慨地说："也许是很长时间没回来了，有些陌生了，才会觉得家乡那么美……"

沈耀从常菁菁的表情上看出她对九龙沟的感情，不失时机地劝她："菁菁，我今天说的事情你考虑了吗？"

"什么事情呀？"常菁菁故意笑着反问道。沈耀也笑了："看不出来，你还挺幽默。"他接着收起笑容，说："我可是非常认真啊！今天下午的董事会上，我已经把我的想法提出来了。"

常菁菁说："沈总你没事逗我玩啊？我一没钱投资，二没开公司的经验，三没有领导能力，你让我拿你的钱打水漂呀？"

沈耀严肃地说："重复的话我不想说了。我把我们公司投资和咨询两个部关于九龙沟旅游开发报告给你带来了。你带回去好好看一看。"常菁菁接过沈耀递过去的材料，郑重地装进包里。

沈耀接着告诉常菁菁，他的公司与马坡代表的九龙沟村委会签订的旅游开发合同规定，农民承包土地、集体林地租赁事项由村委会负责，沈耀的公司支付补偿款，先期的三百万补偿费已经给过了。他们还投资修了水库周边的路。可是，他公司投资部人员反映，马坡并没有把这笔补偿费支付给村民，公司开发人员一进九龙沟村民就闹，因此做不了前期工作。公司几次催促马坡说清楚，马坡以种种理由推诿、拖延，至今也不与他们公司接触，甚至不接他们公司业务人员的电话。所以，公司董事会决定推迟下边的拨款，马坡却倒打一把，说他们公司违约，还鼓动赵明明这些人来省城闹事。他说："咱们是校友，我就实事求是地给你说吧，我们公司董事会的同志都认为马坡这人不可靠，如果与他继续合作下去只能是越陷越深，弄不好赔了夫人又折兵。所以，必须换人。"

"那你们公司都有些什么打算？"常菁菁问。

沈耀说："董事会的意见不统一。现在闹金融危机，楼市下一步形势不明朗。公司董事会有的建议撤销与九龙沟的合作，依法向九龙沟追讨债务。不过……"沈耀好像故意停下话头，看看常菁菁的反映。常菁菁无动于衷，脸上挂着亲切的微笑，两眼期待地望着沈耀。沈耀心里想，眼前这个常菁菁很不普通。他点燃一支烟，抽了几口，说："如果那样，受损失最大的是九龙沟的老百姓，当然也包括你们家。"

常菁菁听出了沈耀话中的意思，问他："你这个董事长的意见呢？"

沈耀说："我还在考虑。不管怎么说我也是那一带的人，不能看着自己的老乡受损失。再说，我们公司毕竟请旅游方面的专家对九龙沟的旅游资源、市场进行过评估，认为九龙沟旅游开发是个好项目。如果能继续合作，我们又何必放弃！"他顿了一下，问常菁菁："你知不知道，九龙松、三华庄已经申报为省级文物古迹。"

常菁菁点点头。她在北京时就听说了这个消息。

沈耀又郑重地强调说："我们的确不想放弃这个项目。马坡也许看到了这一点，才故意在那儿磨蹭，想多诈点钱。这么给你说吧，九龙沟真的能圆了你当老板的梦，干事业的梦。"常菁菁说："马坡是村委会主任，要换得经过他同意。"沈耀淡然一笑，说："这是个战术问题，不是战略问题。好办。我早已看出来，马坡的心事根本不在旅游开发上，不然也不会有今天的局面。"

常菁菁想起康爷爷的话，故意问了一句："九龙沟除了搞旅游还有前途，搞别的恐怕不行。"她是想引沈耀把马坡的真实意图说出来。

沈耀狡黠地一笑，吐了口烟圈，说："事在人为。不论搞什么开发，都得先开发人的思想。今年就是改革开放三十年了。人的一生有几个三十年。我是改革开放那年出生的，今年整整三十岁。我之所以没谈女朋友，就是我当年辞职下海时给自己定的目标是三个三，一是年龄三十岁以上，二是资产达到三千万……"说到这里，他自嘲地笑了笑："第三点是附加的，或者说是要碰的，就是女朋友小我三岁以下。前边两个三都到了，最后这个三嘛……"

"人家老板都喜欢找比自己小十几岁甚至二十几岁的女朋友，有句顺口溜说'男人五十才学坏，怀里爱抱下一代'你怎么成老板中的另类了。"常菁菁说着说着，笑了。

沈耀说："这不是我的本意，是一位大师给我算的。那位大师还说我的女朋友老家和我老家三里之外，身高一米六三以上……"

常菁菁没等沈耀说完脸就红了。她借口看看天气，走到窗前。这几年，追求她的男人很多，有在网上坚持不懈的，有在她上班的公司楼下苦苦等待的，还有一个连续两个月给她送花的。这些人中，有比她大十岁二十岁的老板，有处于创业阶段的同龄人，有富二代的公子哥，还有比她小几岁的大学生，她从没有动过心。直到遇上欢庆，她才有了恋爱的念头。不知为什么，此刻面对沈耀的暗示，她心里竟然有些紧张不安。

这时，常菁菁的手机的音乐声响了。她看了一眼，又是欢庆打来的。欢庆在电话中问常菁菁在哪里，她回答说在一个咖啡厅用餐。欢庆问是不是和她上午说的那个老板。她回答说是。欢庆一听不高兴了："你拖延回京的时间就是和老板吃饭啊？"常菁菁是个自尊心很强的女孩。她没让欢庆说完就生气地挂断了电话。

沈耀看常菁菁情绪有了变化，就没再说九龙沟的事，而是把话题引到了金融危机上。他谈了自己对金融危机的一些看法。他说："这次金融危机让我们都不能不重新认识市场，重新认识自己，重新找到定位。从当前看，由于金融危机影响，旅游业投资回报率可能会低于其他行业。但从长期看，旅游业在我国毕竟是个新兴产业、朝阳产业，一旦经济回暖，投资回报率一定会高于其他行业平均水平。有不少专家学者认为，现在是投资旅游业的最佳时机，我是深表赞成的。"

常菁菁是搞旅游的，她认可沈耀的观点。她说："旅游是个有希望的产业，但投入很大。九龙沟之所以没开发起来，最大的问题还是在钱上。"

沈耀高兴地说："你说得对。九龙沟的旅游开发好了，不仅能安排很多人就业，而且能让更多的人富起来。咱不说有多大的抱负，多高的觉悟，就从个人发家致富说，现在也不比以往。你要想富，就得占有资源。"他突然握住常菁菁的手，真挚地说："菁菁，我真诚地希望，今后咱们能越来越志同道合……"

常菁菁听出他话中有一层别的意思，淡淡一笑，说："沈总你得让我考虑考虑吧！"

沈耀说："我等你一个星期吧。"

在去火车站的路上，沈耀车上放的是刀郎的《冲动的处罚》，其中有一句："我也不相信，第一次见到你，就爱你爱得那么干脆……"沈耀跟着唱出了声。常菁菁眼睛看着窗外，一直没有说话。直到她要上车时，沈耀才说："菁菁，我相信你会考虑我的建议。"

第三章

列车进入北京地界时已是早晨。常菁菁下了火车，一眼就看见了欢庆。欢庆的个子高，又长了个与众不同的高鼻子，李小芬曾开玩笑说欢庆是"杂交品种"。他是做律师的，干事情讲究诚信和效率，所以他是准点到达的车站。

"早上也没洗漱。我的样子是不是很狼狈？"常菁菁上车后，一边对着车前窗的镜子整理着蓬乱的头发，一边问欢庆。

欢庆看了她一眼，调皮地说："瞧，我还是第一次看见你不带妆的样子。比起带妆更美。这叫什么来着……对，叫未施粉亦红。"常菁菁听了，心里美滋滋的。欢庆把空着的右手放在她的手上，她立刻像触了电，心跳得剧烈起来。

她把欢庆的手拉到自己胸前，仿佛想让欢庆感受到她的心跳。

"你在省城见到的那位朋友，是不是挺喜欢你？"欢庆开门见山地问。

"别鬼扯了！"常菁菁敏感地说，"刚刚认识，怎么能谈得上喜欢不喜欢。那我不太有魅力了？""瞧，你自己都不知道自己魅力四射！"欢庆笑了，"这也过于谦虚了吧？有个伟人说过，谦虚过度就是骄傲。"常菁菁也有点不好意思地笑了："你也会贫呀！"

"哎，问你个敏感的问题，"欢庆小心翼翼地说，"你在家后边的几天，还有没有人动员你回九龙沟呀？"

常菁菁没想到欢庆说的"敏感问题"是这件事，赶忙摇了摇头。

"你爸你妈对我印象不错吧？"欢庆说着，自己得意地笑了。常菁菁故意逗他："想听真话吗？"欢庆一愣，点了点头。

常菁菁一下子变了脸，愁眉不展地低下头。欢庆急了，把车停在路边，捧着她的脸，看着她的表情，问道："怎么啦？你爸爸妈妈什么意见？"

常菁菁说："我爸爸妈妈说了，说了……""说了什么，你想急死我啊？""我爸爸妈妈说，欢庆这孩子要真对你好，你也喜欢他，就定下吧！""你这个坏蛋，你这个坏蛋！"欢庆边说边在常菁菁脸上吻了几下。常菁菁突然想到了沈耀说的话，抱紧了欢庆。

到了常菁菁的住处，欢庆说今天上午要参加开庭，让她好好休息一下，晚上再一起吃饭。常菁菁不想休息，更不想白白耽误将近一天的时间，简单洗漱一下就去了公司。

常菁菁虽然到了公司上班，但脑子里一会儿想着沈耀的话，一会儿想着爸爸的病，不时走神，偶尔还轻声叹息。

常菁菁本来学习成绩不错，老师和同学都看好她。高考前一个月，父亲病情变化住进医院，她在医院里陪护了半个月，学习被耽误了一些，加上为给父亲治疗，母亲每天为借债愁眉不展，对她的情绪也有影响，所以发挥得不正常。高考落榜后，她为了陪伴父亲，加上心情也不好，在家里待了一年。她的同学中有不少一出校门就外出务工了。蕾蕾高中还没毕业就去了深圳，东东毕业后去了北京……这期间，村团支部改选，她被选为团支部书记。青年人不多，又没有阵地，团支部的活动很难开展，基本上没有多少事做。本来，她想拉李小芬一起回校复读，再考一年。她的老师也动员她回校复读。但是，看着每天愁眉苦脸的母亲，看着拖着有病的身子却还在她面前装着若无其事的父亲，想到家中沉重的债务，她又犹豫不决了。李小芬、华联产等人不住地怂恿她去北京。李小芬几乎每天都朝她家跑。她爸爸妈妈也支持她出去闯一闯。这样，她和李小芬一起到了北京。

她到北京做的第一件工作是一家酒店的迎宾小姐，不久又升为楼面经理。虽然她并不喜欢那份工作，但也一遍遍告诫自己要好好工作，挣点钱给爸爸治病，帮家里还债务。在偏远山村过惯了艰苦生活的她，看不惯那些掷金如土的人。不少客人一桌饭花一万两万，让她瞠目结舌：这顶得上山区农民一家几年的收入。在她家乡那个地方，可以买几头牛盖几间房。李小芬说她自己还朝鱼翅里吐过唾液。李小芬愤愤不平，振振有词地说："一碗鱼翅的钱相当于俺爸俺哥撅着屁股干一年的收入，凭什么啊？"有一回，她们几个老乡聚会，谈到这些时，华联产竟然痛哭失声，哽咽着说："同在一片蓝天下，为什么贫富差距那么大？俺太爷爷俺爷爷和俺爸几辈子吃的肉加起来，都买不起现在有钱人吃的一只鲍鱼！"

常菁菁每次给客人点菜时，根据客人的人数，诚实地告诉客人菜量够了。有的客人夸奖她诚实，替客人着想，也有的客人不理解。有一次，四个客人要了一个包间，点了六道凉菜，在热菜点到六个时，她微笑着说："你们四个人，一人三个菜足够了！"没想到那个点菜的客人大为恼火，骂她多管闲事："你是看不起我吗？别说吃一顿饭钱，就是你们这个饭店我也买得起。"他叫来了饭店老板，告了她一状。老板骂她死心眼，那有放着钱不挣的。还警告她下次再出现这样的事就解聘她。她感到委屈，一气之下辞了职。

此后，她与许多"北漂"一样，频繁地"跳槽"。这里干几个月，那里干几个月。她做过商品推销，卖过保险，售过楼，干的最短的工作是夜场也就是歌厅服务员，只干了一个晚上。生活的后顾之忧常常出现。最困难的时候，她身上只有一元钱，连一碗方便面也买不起。后来，她父亲病情加重，她买了张火车票就回了家。

她回到村里不久，"非典"出现了。她再一次挑起团支部书记的担子。村团支部当时的工作就是围绕着抗击"非典"开展。她几乎是拼命地忘我地工作，组织团员青年排演抗击"非典"的文艺节目，宣传抗击"非典"的知识，发放药品和相关用品，排查"非典"疑似患者……那一阵，她觉得自己过得有声有色，红红火火。她们村团支部后来受到县团委的表彰。"非典"时期，城里一些在九龙沟有亲戚朋友的，纷纷投奔来"躲非典"，说九龙沟虽然穷，但山清水秀，环境优美，是块没有污染的净土。有的老人甚至要到九龙沟安度晚年。一个从上海来的老人，还说九龙沟如果搞旅游可以发财。她也和许多村民一样，听了，也就一笑了之，没朝心里放。就是在"非典"期间，爸爸又住了一次医院，花了近万元钱。她在家待不下去了。爸爸长期服药需要钱，家里生活需要钱。她也习惯了城市的繁华与喧嚣，加上李小芬的不停劝说，所以，再一次离开了九龙沟。

她和李小芬到了一家酒店做服务员，两个人管着一层楼六十多个房间的保洁。没干几天，李小芬就吵着太累辞了职。她对这份工作也不满意，但是做起来却很认真。一方面自己一时找不到更好的工作，一方面她认为做了就做好。因为她工作表现好，加上形象好，连续几个月被评为"星级服务员"，不久又被聘为楼面经理。楼面经理是搞管理的。她过去没做过管理工作，所以十分用心，每天都很努力地工作，虚心向一些老同事学习，业余时间还读了一些管理方面的书。有一次，北京一家旅游公司在宾馆举办迎奥运旅游研讨会，她被抽去做会议服务，认识了旅游公司老板杨柳。

没多久，酒店老板开始注意上了她，一连几次到她当经理的楼面去视察。楼面的同事告诉她，自从她来后，老板才开始"深入基层"。她听得出同事话中的意思，但是没有往心里放。她想靠自己的工作来让同事信服。过了没几天，老板说她工作比较努力，几次表扬她，并把她调到与他办公室相邻的公关部做经理。有一次，她去老板的办公室汇报工作，前来开门的是老板的秘书，一个漂亮的南方女孩。那个女孩一见她就满脸冷漠，眼神充满敌意。对于她的不友好，她没有理睬，径自走到老板面前，公事公办地汇报了自己的工作并提出了一些个人建议。午餐时，她与那个女孩在餐厅不期而遇，大庭广众之下那个女孩警告她离老板远点儿。那个女孩的嚣张让她忍无可忍，她指着那个女孩的鼻子义正词严地说："别把任何人都想象得跟你一样！你的行为对于我来说是一种耻辱。"说完她头也不回地走了。留下气急败坏的那个女孩独自愣怔在原地，让围观者的哄笑萦绕着。

走出餐厅，她怎么也轻松不起来，尽管她捍卫了自己的尊严，心里却隐隐多了一种不安。这种不安很快应验了。第二天她走进老板办公室汇报工作，他心不在焉地听了一半就打断了，直截了当地告诉她："你真的很单纯。你看不出因为我喜欢你？"他还开诚布公地告诉她，如果她做他的女朋友，给她年薪三十万并为她买一栋房子，其条件是陪他三到五年。她闻言差点没把肺气炸，颤抖着双手将手里的文件夹劈头盖脸地朝他扔去，转身冲出了办公室，屈辱和心酸纠集，眼泪不知不觉地潸然而下。她曾想过回家乡，但是一想起生病需要吃药的父亲和辛勤劳碌了大半生的母亲，终于没有下决心。她试着给杨柳打了个电话，没想到杨柳当即派车把她接了过去，办理了聘用手续。

杨柳比常菁菁的年龄整整大一轮。这几年，她一直像个大姐姐一样关注和照顾常菁菁。常菁菁也把她当成自己的亲姐姐一样敬重，遇事总爱和杨柳商量，哪怕是买一件新衣服，也让杨柳当"顾问"。杨柳皱下眉头，她就毫不犹豫地去换一件。她在杨柳的公司一边上班一边读函授大学，每个学期都有两周集中学习的时间，杨柳不仅不扣她的工资，还给她报销了一部分学费，使她顺利地完成了大学本科的学习。她工作上很积极，每年都被评为公司优秀员工。杨柳在员工会上公开申明，每一个业绩连续五年第一，并且连续五年被评为优秀员工的同志，公司会考虑重点培养，给予奖励，优秀者吸纳为公司股东。她尤其说我们需要常菁菁这样的同志，要留住常菁菁这样的人才，要奖励常菁菁这样为公司发展做出过贡献的同志。去年，杨柳还以公司名义，推荐她为全区在京优秀务工青年代表。她因为对杨柳充满了感激，才几次拒绝了别的公司甚至跨国公司更高薪酬的邀请，踏踏实实地在杨柳的公司工作。

有一次，她对李小芬说："我能有今天全靠杨柳姐，我打算永远跟她干！"

李小芬嘲讽地笑了笑："咦……你就不想自己当老板？"她看了李小芬一眼，毫不迟疑地回答道："你以为老板那么好当？再说，人要是没有感恩之心，还能做成什么事？"在九龙沟杨柳说过让她回去搞旅游开发，她以为只是杨柳随随便便说出来的一句玩笑话。"如果我真的回九龙沟，岂不是违背了自己当初的诺言，对不起杨柳姐？"她不敢往下想。

常菁菁的变化，让细心的杨柳看得非常清楚。她把常菁菁叫到自己的办公室，开门见山地问："菁菁，回来也不看看大姐。家里是不是有什么事？有事可不许瞒着我。"

杨柳是个非常美丽的女人，那种天生丽质是与生俱来的，而那种从容淡定则发自内心深处。看见杨柳，常菁菁突然意识到，她在和客户谈事的时候，总爱模仿杨柳。她自己的潜意识里实际上就是想成为杨柳那样的人。一个当代女人，如果能像杨柳那样，就是成功。也许在别人眼里，这是因为杨柳拥有自己的公司，千万资产，以及名车、别墅，而在常菁菁心目中，杨柳则是以其智慧、胆识，尤其丰富的市场打拼经验而让她敬慕。她每次和杨柳说话，都觉得很放松。这也许就叫谈得来吧！实际上，谈话也是人们的一种生活方式。人的思想、智慧，精神、情绪往往通过谈话表现出来。中国自古就有"听君一席话，胜读十年书"以及"话不投机半句多"之说。常菁菁觉得，杨柳不管是在公司有关会议上讲话，还是私下聊天，她的话都能让她从中学到知识、智慧和经验。正是因为她比较用心向杨柳学习，所以杨柳和公司其他领导评价她"进步很快"。她现在已经做上了杨柳的行政助理。杨柳跟她说过，公司里能力比她强的人有，但比她更适合的没有，能力与适合不是一回事。常菁菁知道杨柳说的"适合"，指的是她诚实、谦恭和能吃苦耐劳的本色。

常菁菁说家里没什么事。杨柳不信，问："那你怎么晚来了半天，还改了车次？"

常菁菁知道杨柳的性格，对她说话最好不要瞒着掖着。她像以往给杨柳汇报工作和谈心时一样，没做任何隐瞒，也没做任何修饰，原原本本地把赵明明和东东到东洲公司讨土地补偿费，然后见到了东洲公司的老板，再然后沈耀邀她回乡搞旅游开发的事说了一遍。杨柳听别人陈述时从来都很认真，而且不轻易中间插话或打断别人的话。这就是一种修养，一种处世风格。

杨柳认真地听完，想了想，开门见山地问："菁菁，你是不是让那位姓沈的老板说得动心了？"常菁菁如实地回答说："我一路上想了很多。实话说，我真有点动心，但是……"杨柳很含蓄地笑了笑，把头转向窗外，看着街道旁的一株株绿树，又转过头来看着她，感慨地说："我非常理解。哪有不想长成参天大树的树啊？！"

常菁菁一愣："杨姐，你说这句话什么意思？"她的心里的确有点慌乱。她怕杨柳误解她。其实，她刚才给杨柳说的是实话。她在火车上的的确确反复考虑了沈耀的建议，折腾得一夜都没有睡好。听了杨柳的话，她突然为自己的动摇感到懊悔，觉得太对不起杨柳，一时沉默了。

杨柳打开手提电脑，然后又打开一个文件夹让常菁菁看。常菁菁一眼就认出那个文件夹里的照片全都来自九龙沟：九龙松、水库、梯田、知青村、三华庄狭窄的村巷……她看了感到非常高兴、非常振奋。她不由得问了一句："杨姐，你存了九龙沟那么多照片，是不是想到我们家乡投资啊？"

杨柳果断地摇摇头，真诚地说："现在不行。你们那条沟里的水太深也太浑，我没那么多时间和精力去理清，我怕呛着。"常菁菁明白杨柳话中所指，接上说："我也对沈老板说了，你都对付不了马坡，我，就是再加上我的一群年轻的伙伴，也对付不了。"

杨柳说："问题的关键不在这里。沈老板的房地产公司做得很大，九龙沟旅游开发在他的那盘棋上只是个小卒子。他的主要精力不会放在小卒子上。小卒子如果拱过河，也就是说他建了度假村，他当然乐意，如果不成功，他的损失也不大。闹腾了半年，他不就投了三百万在九龙沟，想占几百亩地吗？"

常菁菁似乎听明白了一些，但还不清楚，催促杨柳说："杨姐你接着说。你说他沈耀为什么突然提出要我回去和他搞旅游开发？"

杨柳沉思了一会儿，说："这个问题，沈老板自己已经给你回答了三分之一，李小芬给你回答了三分之一，还有三分之一，我估摸着是因为你是村里的团支部书记。团支部在团员青年中有影响，有号召力。你们这些"80后"、"90后"大多是独生子女，在家庭的地位显赫，不然人们怎么会称独生子女是王子公主……"

常菁菁似懂非懂，点了点头，很快又摇了摇头。"康爷爷是村里的党支部书记，他都管不住马坡，何况我这个团支部书记，又是个女孩子。"当然这是她心里想的，没有说出口。

杨柳看出了常菁菁的心事，坦率地对她说："我认真地读过一本叫《中国农民工调查》的书。书中讲到了农村劳动力结构现状。随着外出务工的人越来越多，农村剩下的大多老人孩子。像搞旅游开发这样的大事，当然是要年轻人挑大梁。我看康爷爷和沈老板在这点上想到了一起。"又说："菁菁，你在咱们公司干得很好，我没理由放你走。我也知道，你不是甘愿一辈子打工的人。"杨柳说到这里，突然停顿住了。她仔细地盯着常菁菁，仿佛要从常菁菁的眼神中读出一些深刻的内容。

常菁菁说："姐，我真的心甘情愿跟你干一辈子！"

杨柳拍了拍她的肩膀，说："你说的这点我信。不过，在你家你的屋子里看了满墙的奖状，我悟到了……"

常菁菁的屋子的墙上贴着的一张张奖状，那是她从小学到高中成长的纪录。每个学期，她都会领回几张奖状，有三好学生的，有优秀班干部的，有文艺表演的，还有各种各样竞赛的。她妈妈总是小心翼翼地把她领来的奖状贴在墙上，家里来了客人或串门的邻居，她妈妈都会把他们带到常菁菁住的房子里，指着奖状给他们看。常菁菁不知杨柳从她的奖状上能悟出什么，追问道："姐你有话就说，别让我猜好吗？"

杨柳说："这样一个一步步成长起来的女孩子，一定不会心甘情愿地一辈子打工，也不应该一辈子随波逐流……"

常菁菁不好意思地说："杨姐你笑话我啊？我不随波逐流又能怎么样？"

"那就看机遇啊！"杨柳说，"正像李小芬说你得那样，你过去是没机遇。机遇是人人心向往之的。现在有了机遇，就是沈老板既要继续往下做，又不想和马主任合作，想拉你。设身处地，我要是你可能已经答应了。我当年搞旅游公司，条件多差啊？有人投资，做梦呢？这些年有不少农村在城里务工的人员回乡创业，有的很成功。农村毕竟天地广阔，资源丰富，大有可为。"杨柳说到这里，端起茶杯想喝水，看看杯里没水了，起身去加水。常菁菁把茶杯抢过去，一边加水一边说："杨姐，你往下说。"

杨柳接过茶杯，喝了一口水，又看了看电脑里九龙沟的照片，接着说："九龙沟旅游开发是关系你家乡发展的大事。大河流水小河满。你家乡发展好了，你爸爸妈妈的生活宽裕了，你的精神负担经济负担也就小了。如果你家乡旅游开发好了，村民靠旅游开发走上了富裕道路，那么，这个致富带头人一定会有成就感。所以说，你的价值包含在里面，你做人的责任也包含在里面。再一个方面说，你爸爸病重，家里只有你这唯一一个女孩，在父亲面前尽孝，也是你的责任！"杨柳顿了一下，加重语气说："还有一点，可能更重要一些，沈老板已经点给你了：谁拥有了资源就拥有了财富。"

常菁菁被杨柳这番话说得热血沸腾起来。她觉得自己一路上想的，只是围绕着九龙沟的旅游能不能开发，投资和收入有没有保证，从北京回山村别人会怎么看，欢庆会不会反对？而没有杨柳想的那么深刻，那么高远。她诚心诚意地说："杨姐，我对自己没有太大的把握，不知道行不行。"

"你连试都没有试怎么知道自己行与不行？"杨柳接着给她讲了一个有关自己童年的故事。她说在她上小学一年级的时候，学校组织文艺汇演。班级里推荐她参加一个集体舞。她推说自己不行，甚至在老师面前哭鼻子。老师就说你没试怎么知道自己不行，硬是让她参加。结果，她还得了个"最佳舞台形象奖"。她说："从那以后到大学，我一直是学校的文艺骨干。我经常想，如果没有文艺舞台的锻炼，我在人生舞台和市场经济舞台上也不会信心十足。"

杨柳讲的这个故事，常菁菁以前就听她说过。今天听起来却觉得意义非凡。她感觉到了杨柳在鼓励她。她想了想，说："杨姐，听了你今天的话，我觉得我应当认真考虑。不过……"

杨柳打断她的话，郑重其事地说："菁菁，我知道你想说什么。其实，你不用说。我看报纸和电视中讲，党和政府鼓励农民工回乡创业，团组织还专门设立了青年创业基金。我想过，农民工回乡创业，绝不仅仅是为了自己就业，这其中包含着一种责任，往大了说是国家的一个长远发展战略。现在农村劳动力结构的确让人担心。我们虽然是民营公司，但我一直不敢忘记自己的社会责任。公司为了培养你，的确在你身上做了些投资。可是，一方面你为公司做出了贡献，一方面为社会培养更多优秀的人才也是公司的责任。所以，你不必因为违约有顾虑。"

常菁菁感动地眼睛潮湿了。

杨柳又认真地说："再说，你回去把你那个景点建好了，对咱们公司来说未尝不是一件好事，能给咱们公司带来新的增长点。咱们也会有更大的合作空间。我也可以建议董事会向你们那儿投资……"

没等杨柳说完，常菁菁感动的泪水已夺眶而出。她激动地紧紧拥抱着杨柳，哽咽了好大一会儿，才说出了句："谢谢你——杨姐！"

杨柳又问了些沈耀的情况，常菁菁对沈耀知道的不多，就把赵明明和东东跳楼的原因跟杨柳说了。杨柳边听边思考。常菁菁说完，她说："这位姓沈的老板有眼光，当初投资九龙沟做度假村项目是有见地的或者说正确的，通过小规模的投资控制九龙沟的资源。在国际金融危机、房地产受冲击的情况下，他仍然不愿放弃那个项目，也说明他对那块资源有比较清醒的认识，也许……""也许什么，杨姐？"常菁菁急不可耐地问。

杨柳笑了笑，说："就得看你的判断了。我觉得他会继续投资往下做，就是你不回去照样会……"

常菁菁一边听一边点头。她和沈耀谈的时候，总觉得在前面的过程里面有一个结。沈耀为什么要和她合作，她应该用什么方式跟沈耀合作，沈耀和马坡是什么关系？这个结她打不开，也没想过要打开。杨柳一说，她才意识到，这个结不是她想不想打开的问题，而是必须打开。见杨柳不说了，她催促道："接着说呀杨姐。"

杨柳："说完了。"常菁菁："你没说完，你只是提出了问题，没说解决问题的办法。"

杨柳依然是不紧不慢地说："你呀，非要我说不可的话，两条路你都可以走。一是留在公司做你的白领，接下来，和你的欢庆先生结婚。"说着，她的神情渐渐严肃起来，看着常菁菁："菁菁，你还年轻。年轻人应当不怕冒险，不怕挫折，不怕失败。这是第二条路。"

常菁菁说："杨姐，你清楚我，以我的能力，我确实弄不清楚应该怎么办。"

杨柳笑了，说："你呀，你要是现在什么都清楚，国务院就该请你做参事了。"说得常菁菁不好意思地笑了。

杨柳办公桌的电话响了，她拿起来听了几句，看着常菁菁，说："那就是常菁菁带团吧！"放下电话，她告诉常菁菁，有一个到苏北汉武帝刘邦家乡旅游的海华刘氏旅游团，让常菁菁准备带团去。接着，她又说："别看康爷爷身居山沟，但是对天下大事了如指掌。我们毕竟处在信息时代，党中央、国务院这些年又非常重视农村广播电视网络的普及，国内外的一些事情，农民同城里人一样可以随时了解。我听他话中的一些词句，在电视上都听到过。听得出来，你康爷爷这些年也动了不少脑筋，想了一些办法，想让你们村的百姓致富，但从没有动过牺牲环境的念头。如果九龙沟的环境牺牲了，资源让那些利欲熏心的人拿了去，老百姓的收入也不一定提高。一些地方的煤矿主，把地下资源挖了，钱装进口袋了，在北京、上海大城市买房子，住着豪华别墅，开着高级轿车，搂着漂亮小姐，村民仍旧生活贫困。你康爷爷一定不希望这样的事发生在九龙沟。他是希望你能担起重任，带着九龙沟青年一代，把九龙沟开发好，让老百姓富起来。我看李小芬那些年轻人也拥护你支持你，这都是基础。从大的方面上说，你回乡创业，是为了父老乡亲，一方百姓；从个人方面上说，你也能从中得到收益。要让我为你拿主意、做决策，我还不敢武断。我只能说我处在你这个身份，会回去，一定会回去！"

常菁菁问："杨姐，你也得说说问题啊。"

杨柳坦诚地说："我觉得是三乱，一是规划混乱，比较明显的基础设施落后，交通不畅，通信设施不完善。你自己也很清楚，比如排污设施，卫生设施都不行。服务配套功能就更不用说了，举一个简单例子，游客多了，你们连个停车的地方都没有，吃饭也没法解决。二是管理服务散乱，用地结构、布局没有统一的标准要求，缺少整洁的住宿环境、干净的洗漱环境、卫生的饮食环境，服务内容不够丰富，还不足以充分满足都市人的需求。三是景点零乱，就那棵九龙松还拉了个院墙。其他景点开发的深度不够。说到底，还是在你们家就说过的，沈老板和你们的村主任就没有认真做规划。第三点是从业人员素质和服务水平问题。现在看，从村领导到村民都存在'小农思想'，没有长远的发展意识和现代经营管理意识，没有专业系统的培训和教育，也没有有效的管理和监督，当然，融资渠道不畅通也是一个大问题。"说完，她笑了笑，"我说了一堆问题和困难，不会吓倒你吧？"

常菁菁的心的确动摇了。一方面，她有改变家乡贫穷落后面貌的热情，有让父母平安生活的渴求，一方面，她也懂得资源在市场经济中的位置，希望机遇降临。面对机遇，她不想放弃。

杨柳又喝了一口茶，突然问到了常菁菁的个人问题："你和欢庆的关系发展到什么程度了？怎么在这件事上不及时向我这个当姐姐的汇报？如果我没猜错的话，你今天下了火车，是他接的你，对吧？"常菁菁事前没有心理准备，加上想逗一下杨柳，就反问了一句："姐什么时候成了算命的大师了？"

杨柳说："这根本不用算。我又不是没恋爱过。"她沉吟了一下，郑重地说："回乡与留京可是关系到你一生的大事，你一定得慎重考虑再做决定……"说着，她突然笑了。常菁菁问她笑什么？她说："你们这帮人也挺有意思。你常菁菁倔，小芬粗，瑶瑶细，东东急，二月有点嫩，真是各种各样的性格。"

常菁菁把沈耀给她的、她在火车上已经看了几遍的沈耀的公司投资部做的九龙沟旅游开发考察报告和规划给了杨柳："杨姐，你看看，帮我下下决心。"

杨柳接过来翻了几页，放在包里，然后关切地对常菁菁说："这件事你一定要想好怎么给欢庆说。"

常菁菁说："等几天吧。这次带团来回需要几天时间。我再想一想……"

晚上是和欢庆独处的时间，常菁菁想想就高兴。不知为什么，她今晚不想和他下饭馆，也不想去酒吧，只想跟他两个人待着。她住的两室一厅的房子是与公司另一个女孩合租的，一人一间。那个女孩带团外出了，因此她约欢庆到自己住的地方来。她去超市买了红酒、蔬菜，还买了排骨。红酒和蔬菜沙拉是一种浪漫，排骨则是要好好喂一下这光吃不胖的小子。

欢庆敲门的时候，常菁菁已经拌好了沙拉，炖上了排骨。听见敲门声，故意问："什么人？"欢庆答："你的宠物。"

常菁菁打开门，一束鲜艳的玫瑰挤了进来，然后是西装革履的欢庆。常菁菁心里一阵温暖，情不自禁地贴近了欢庆。欢庆趁势把她紧紧地搂在怀里。本来欢庆还想升级，可常菁菁不想这么早就破坏了她精心准备的浪漫，说了一句"排骨糊了！"推开了欢庆。

常菁菁从厨房出来的时候，欢庆已经点燃了他带来的两支红烛，播放了理查德·克莱德曼的音乐，并很绅士地示意她就座，然后得意地说："浪漫，是要两个人营造的。"常菁菁有意打击他："可你的音乐有点过时。"欢庆亲吻了她一下，一语双关地应："喜欢的，永远新鲜，就像你。"常菁菁说："贫吧你。"和欢庆在一起的时候，她总是略占上风。在法庭上思维缜密、条理清晰、辩才出众的欢庆，在她这里便不再是平时那个法学硕士，不是小有名气的律师，而是一个有点笨拙，有点羞涩，有点任性，有点小心眼的大男孩。这也是她最喜欢他的地方。她觉得他事事都表现出对她的尊重。相对于欢庆，她则正好相反，在其他场合，她多少会有些羞怯，但和欢庆一起，她却有点伶牙俐齿。在两个人的世界里，他给了她足够的施展空间，在这个空间里，她充满了自信。即使在他们之间发生争论时，最后的胜利者往往也是她。因而，欢庆说她倔。

　　常菁菁没有说起回九龙沟的事。她不想在这个时候说起，她现在只想闭着眼睛靠在欢庆怀里，享受一下温暖的感觉。欢庆肚子里的叫声打破了这一切。她一把推开欢庆，笑得弯下了腰："你的肚子里像个抽水马桶。"接着她进了厨房，不一会儿就把排骨端了上来，命令欢庆："吃！"欢庆笑了笑，风卷残云般把一盘排骨吃了大半。常菁菁看着欢庆的吃相，涌上一阵幸福的感觉。

　　吃完排骨，欢庆拍拍肚子，从包里拿出笔记本电脑："你说要请我当律师，跟我详细说说吧。"这就是欢庆，做任何事情都认真、投入。

　　常菁菁问："现在说？"接着就把昨天发生的赵明明和东东跳楼的事，沈耀和马坡合作扯皮的事，一股脑地对欢庆说了。不过，她隐瞒了沈耀邀请她回乡共同开发九龙沟旅游，只说沈耀作为校友请她吃了顿饭。因为她拿不准欢庆会是什么态度。假如欢庆不支持，她不知道自己应当怎样面对。

　　就在这个时候，李小芬打来电话。她的嗓门儿大，声音又高："菁菁，我已经坐今天下午的飞机回到北京了。赵明明和东东他们都急得像热锅上的蚂蚁，巴望着你早一点回九龙沟，赶着我回来找你。"她的话让坐在常菁菁旁边的欢庆听得清清楚楚。欢庆瞪大了眼睛看着常菁菁，目光中含着疑问。其实，他心里早已生出疑惑，只是没有刨根问底。他也怕一旦点破了那层窗户纸，不好面对往下的各种矛盾。

　　常菁菁不想让欢庆听见和李小芬的通话，所以，就拿着手机走到阳台上，对李小芬嗔怪地说："你别这样又吼又叫的行不？我这儿有人说话呢。"李小芬丝毫没有回避："咦……你常菁菁不是在约会吧？你现在在哪里，我这就去找你。"常菁菁说："又不是一分钱两分钱的事，也不是找个活干的事。那么大的事，着什么急？"李小芬不满地大声叫着："咦……不是我急，是赵明明他们急。你说个痛快话吧。如果你恋着北京不愿回去，就别理老家的事。我就告诉明明东东他们，让他们不要对你抱什么希望了。"

常菁菁想冲李小芬发火，但是看到欢庆拿着她的外套向阳台走来，又强装笑颜，温和地说："小芬，我也是今天刚回来，只不过比你早到了几个小时。我正在做些咨询和分析工作。这样吧，咱们明天见一面商量商量。"她不等李小芬再向下说就把电话挂断了。

欢庆已经把外套帮她披在了身上，又从身后轻轻地搂住她的腰，关切地说："夜已经凉了，当心受凉！"常菁菁心里一阵温暖。她对欢庆说是一个老乡打来的电话。接着，她又把刚才没说完的话向欢庆讲了。欢庆把常菁菁说的一条一条地记下来。常菁菁说完后，欢庆沉吟了很长时间，自言自语地说有点复杂："听你这样说，东洲公司并没有和赵明明、东东等村民签订合同，他们只能把村委会作为被告。"

"告村委会？"常菁菁惊奇地睁大眼睛。

欢庆点点头，说："村委会怎么不能告？乡政府、县政府只要违了法，公民也有权告！现在是法治社会。"

常菁菁告诉欢庆，情况可能要比欢庆说的复杂。她又把九龙沟的现状和康爷爷说的话跟欢庆说了。欢庆不解地问："康爷爷是村支书，难道他都没办法制止马坡？你们村是支书大还是主任大？"常菁菁回答："现在不是搞村民自治吗？村委会主任是行政长官，加上他上边有关系，他有事不告诉康爷爷，康爷爷实际上大权旁落。"

她说的是实话。村里的党员多数出外打工，剩下的基本上都和康爷爷的年龄差不多，有的已经当上了太爷爷。党支部的活动常常开展不起来。村里的工作实际上是村委会主任马坡说了算。马坡不是党员，不是他不想入党，是他入不了。他每年都写入党申请书，党员会就是通不过。用马坡的话说，他一直还是党的"外甥"。但马坡却花钱从一个普通农民变成了村委会主任，村民中有人反映马坡搞贿选。康爷爷找他谈，他说："你老爷子别把话说得那么难听，小爷们这叫投资，等你老死了，小爷们还是要党政一把抓，我等，我等，我等得起。"华爷爷说："幸亏没让这小子入党，要是让他党政一把抓了，九龙沟就回到万恶的旧社会去了。"说是这么说，可是九龙沟没有一个正派的接班人，始终是他们的一块心病。

欢庆听后，神情有点沉重。他说："这不是九龙沟一个村的事情，全国各地都有类似的情况，咱们现在处在一个大变革的时代，包括农村基层政权的建设。我个人认为，这需要时间，更需要人，要有人忘我地投入，不说一心为老百姓也得心里装着老百姓，逐步在农村形成一个有知识、有能力、有强烈的法律观念、还要年轻化的现代政权结构。"说着，他突然问常菁菁："你那个康爷爷有点文化底蕴，是不是你给我讲过的那个什么《朝阳沟》里的男主角式的人物？"

常菁菁自豪地告诉欢庆，康爷爷是上个世纪 50 年代的高中生，而且在校时成绩也不错，村里人都说他要是参加高考，保准能考上个名牌大学。北京、上海、兰州等很多地方都有他高中时的同学，是考上大学后分配到那些地方工作的。他们回乡探亲时，大多到九龙沟看看康爷爷，为他当初的选择感到惋惜。康爷爷的的确确是受当时红遍全国的《朝阳沟》的影响，自愿回乡务农的。他既有文化知识，又有农村实践经验。

欢庆说："他的同学为什么替他惋惜，还不是说他这一辈子待在山沟里没有……对，没有发挥更大的作用？"常菁菁说："你理解有问题。什么叫没有更大作用？康爷爷是全省全国劳动模范，这是人人都能当上的吗？"说完，就生气地转过身去。欢庆推了推她："不高兴了？"她没有回答，目光望着窗外北京辉煌的夜色，仿佛在深思。

欢庆又说："跟我说说，你有多么不高兴？"她说："很不高兴，非常不高兴，十分不高兴。"欢庆调皮地抚了抚她的头发："那我怎么才能让你高兴呢？"常菁菁看了他一眼，说："让我干我想干的事！"

这回轮到欢庆不高兴了，睁大眼睛看着常菁菁，常菁菁毫不示弱，也睁大眼睛看着欢庆。他们就这么盯着对方，欢庆突然噗的一声笑了："常菁菁你真行，能够四目相对的，不是伟人就是白痴！你是哪一种？"

常菁菁也笑了："咱俩谁也别说谁，都是白痴。"

欢庆把常菁菁揽在怀里。常菁菁觉得有点累，她不想在这个夜晚再讨论下去了。她静静地靠在欢庆的怀里，听着欢庆的呼吸，听着自己的心跳。她很佩服欢庆，欢庆谈到工作总是很投入，总是有条有理，他生在北京长在北京，对农村的事情知道很少，但从欢庆刚才说的，就能感觉到他是一个用心的人，有责任感的人。想到这里，她对欢庆说："我听马坡那么欺负我爸我妈和乡亲，心里就是不服气。"

欢庆并不吃惊，说："我知道。"

常菁菁一愣，试探地又问："如果我要是真回老家去做事，比如搞旅游开发，你支持我吗？"欢庆认真地回答："不支持。"常菁菁抬起头看着欢庆，撒娇地说："可是我想呀。"她用手比画着一个圆形，说："我们家的资源就像个大蛋糕，其中也有我一份。现在有人想独吞这个蛋糕，你说是让他独吞了好呢，还是大家人人一份好呢？"

欢庆抚摸着她的头发："可是理想和现实不是一回事，冲动往往要付出代价甚至牺牲。"

常菁菁说："你还记得你带我去重庆旅游时，咱们看了渣子洞，你曾说过的一段话吗？"欢庆愣了一下，没有回答。常菁菁说："你说，每一个时代，在一个国家或者一个组织中，都有这样一群人：他们具有远大的理想和抱负，把国家的振兴、民族的兴亡和人民大众的幸福看得至高无上。为了实现理想，他们会发愤图强，会坚持不渝，会前赴后继，会赴汤蹈火，甚至随时献出宝贵的生命……"欢庆刚要开口，常菁菁又说："你还说，一个国家或者说一个组织如果没有这样一群人，这个国家和民族就没有希望。"欢庆显得有点尴尬，叹息一声，说："那是说的政治家，咱们是凡夫俗子。再说，那也是有感而发啊！"

他见时间不早了，起身要走，到了门口又停下脚步，用渴望的目光看着常菁菁，犹豫了一会儿，说："菁菁，我，我今晚是不是可以留下来？……"

常菁菁脸一红，摇摇头。欢庆把常菁菁拉到怀里一阵狂吻，仿佛明天就要分别。常菁菁浑身的血液都像被煮沸了一样。有一瞬间，她甚至动摇了，想让欢庆留下来。但是这个念头一闪即逝。欢庆走后，她坐了很长时间，想了很长时间。

第四章

　　到了沈耀与常菁菁约定的第五天，常菁菁正带团在汉高祖故里旅游，沈耀如约打来了电话。沈耀告诉常菁菁，赵明明和东东跳楼的事情，省城几家报纸都登了出来，还配发了大幅照片。他说："就因为他们闹大了。政府责成我们要继续把九龙沟的项目做下去，保持社会稳定。刘县长刚从我这儿走，给我做了半天工作。一句话，我们现在不能撤也不敢撤，否则，就要担起影响社会稳定的责任。"

　　没等常菁菁开口，沈耀接着说："我也把董事会的意见给刘县长说了。刘县长当场表态，'沈总，你不要对马坡个狗日的含糊。你就明着告诉他不再与他合作。不合作旅游开发，还可以合作别的嘛！'刘县长走后，我就开了董事会，把你的情况在会上讲了。你从小长在九龙沟，当过村里团支部书记。你的爷爷、爸爸都做过村组干部，在九龙沟有影响力。你本人在北京几年又从事旅游工作，对旅游比较熟悉。最关键的一点是你有改变家乡面貌的一腔热情。董事会成员对你比较认可。"

"我如果不回去，你不也得往下做吗？"常菁菁说。她没有和欢庆挑明，生怕欢庆不同意不支持，所以不好马上答应沈耀。

沈耀毫不犹豫地回答："那也得换人。你要是不与我合作，我就把这个项目转让给别人做。其他董事也推荐了人选。"

常菁菁听出沈耀这话不是威胁，心里咯噔一下，莫明其妙地紧张起来。她相信沈耀的话，大多数老板在选择合作者时都不会只选择一个对象，除非这个对象与他关系相当不一般，比如一些家族企业父选子。毕竟沈耀现在对她仅仅是一种冲动，或者说是一种试探，而不是非她莫属。她想到这里，不安地问道："那你们是不是要继续投资？"她说出了自己最担心的问题，才意识到自己实际上已经有了回九龙沟搞旅游开发的打算，对沈耀来说，等于是她已接受了他的邀请。所以，沈耀毫不迟疑地回答说："这一点毫无疑问！资金方面你尽管放心。说实话，资金我已经安排了。"

常菁菁一时想不起还有什么问题，于是沉默了。沈耀紧跟着追问道："菁菁，你考虑好了吧？"

常菁菁说："说好一周，还不到啊！"

沈耀笑了："那要看怎么算。除去周末两天，也算是一周。"说完大笑："好吧，再给你两天时间！"

放下沈耀的电话没多会儿，李小芬的电话就打了过来。她张口就责怪她说："我真不明白你常菁菁怎么想的。沈老板不是答应给你投资吗？这多好的机会。要换我就答应。反正先把他的钱拿过来。到时候经营失败了，他也找不到你头上。"

常菁菁很认真地说："你以为是小孩子过家家。我可经不起失败。再说，那样也对不起九龙沟的父老兄弟。"

李小芬接着嚷嚷："咦……你现在不干都不行了。不光赵明明、东东，就连瑶瑶、华联产、秦峰、蕾蕾也知道你要回乡创业，都等着你招呼。告诉你吧，冯俊才听说了，还要跟着咱们一起去九龙沟呢！"

李小芬前边说的一大串名字，有的是九龙沟在外务工的，有的是还在家里的。冯俊才则是她在北京的男朋友之一，浙江人，大学学的是建筑设计。他的家庭拥有亿万财产，但是他从到北京上大学后就没再花家里的钱。一开始，他利用周末和课余时间打些零工，大三那年他在官园批发市场租了一个档位，聘了两个工人，一边上学一边当老板。他和李小芬就是在那里认识的。李小芬的确喜欢他，但又对他有很多怨言。他平时除了给李小芬一点生活费，不给她零花钱。他还一直动员李小芬学点文化知识，学点市场经验。他说："一个女人的前途命运如果拴在一个男人腰带上，早晚一天会后悔莫及。"李小芬就因为这一点上对他有意见。李小芬认为，男人就得养活自己喜欢的女人。她因此也觉得冯俊才没有安全感，一直与一位姓何的老板保持关系。

常菁菁一听李小芬的话，有点急了："这八字儿还没一撇，你怎么就漫无边际地做起广告了？"

李小芬哈哈大笑："这就是逼上梁山。"然后又说："我也是帮你呀！你就不需要一百零八将了？你知道吗？他们都同意跟着你干。蕾蕾说就是把她的店卖了……"

"你，你怎么能这样？"常菁菁越听越生气，问道，"你还记不记得你当初怎么说的？打死也不回九龙沟。怎么现在又拉又逼地让我回去？"

李小芬回答："此一时彼一时也！现在有人投资让你做老板，你不做才傻呀？咱不说别的，就冲你爸被马坡欺负得躺在家里，你也该回家跟姓马的搏一搏，尽尽孝心。"

李小芬的话让常菁菁感到脸上一阵发烧。她心里想：就是为了爸爸的健康，为了爸爸妈妈不受人欺辱，我也要回九龙沟做一番事业。否则，做儿女还不如一条黄狗。

李小芬见常菁菁不说话，又问她什么时候回北京。她告诉李小芬要等到明天晚上。李小芬急了："就那地方有什么看头？你都走三天了，我在北京等你等四天了。"

常菁菁说："你李小芬孤陋寡闻了吧。人家这地方不但文物古迹保护得好，新农村建设搞得好，乡村旅游也开发得好。这些游客开始是寻根而来，看着看着对乡村旅游有了兴趣。跑了几个村，每个村有每个村的特色，叫'一村一品'。我们现在在鸭乡……"说着说着，她突然停住了，一个疑问在脑海里出现："杨柳该不会故意安排我带这个团，想让我受点启示或者教育吧？"

"喂，你怎么了菁菁，不说话了？"李小芬着急地说，"那就等你回来再细谈吧！"说完就挂断了电话。

常菁菁因为有了刚才的想法，所以再到乡村景点时看得比较认真。回北京的路上，她把此行几天的见闻总结了一下，得出一个让她非常兴奋的结论：农村的确是个有潜力、有作为的大市场，乡村旅游也的确是个有发展前途、十分光明的事业。

常菁菁刚回到北京，一直与她电话不断联系的李小芬就找上门来，告诉她："沈总到北京了。他要见你，我就是坐他的车来接你的。"

常菁菁心想得先给欢庆打个电话，问问他今晚还见不见。她有点生欢庆的气，一天了，欢庆一个电话没给她打。明知道她今天回京也不联系。她打通了欢庆的电话，说："我回来了！"欢庆那边好像有事，说："你跑了几天也累了，就好好休息吧，明天再联系。"说完就急忙挂断了。她有点不太高兴，转身下了楼。

常菁菁一上车，李小芬诡秘地笑了笑："咦……这位沈大官人还挺急，这么晚了接你去陪夜呀？"常菁菁生气地说："你李小芬狗嘴里就是吐不出象牙，不是你来拉的我啊？你说吧，咱去还是不去？"李小芬说："当然去了！为啥不去？他还敢抱你上床不成？"常菁菁说："要去你就得跟着我，咱俩一起。他要想上床也得你先上。"

路上，李小芬反反复复地说着沈耀。她说她断定沈耀是看上常菁菁了："操，要不是看上你，怎么跟口香糖一样黏你黏得那么紧？"她吐了口瓜子皮，接着说："我已经帮你打听清楚了，姓沈的确实没有女朋友。当然，接触的女人还是有的。不过，他是想拉着你做事，给你提供创业的舞台，欢庆最大的问题是不支持你搞事业。他就是想把你当花瓶摆着……"

常菁菁说："你就一张破磨嘴。要是这两个男人最后都和我成不了，我就撕了你的破磨嘴。"过了一会儿，她又不解地问李小芬："你不是说一提九龙沟就头疼吗？怎么现在又急不可耐地要回去？"

李小芬告诉她，这段时间陷在两个男人之间不能自拔，想回家静一静。然后她又愤愤不平地说："我看不惯马坡欺负自己乡亲的操性，想弄倒他！他占你家的地，封你家果园的路，让人往你家大门上糊屎，把你爸气得下不了床，你心里不恨他？"

常菁菁问："就那么简单？"

李小芬说："当然也想赚钱。如果旅游开发搞起来，我怎么也算一个股东吧。旅游是一辈子的事，等于开了个小银行。这也是一个理由。"她说完又叮嘱常菁菁："你给沈老板谈时要价得拣高的说。不能让他骗了，也不能让他小看咱！"

沈耀在一家五星级大酒店摆了宴席，专门请常菁菁和李小芬。一见面他就开玩笑，说："能和两位美女一起吃饭，真是幸福啊！"

李小芬说："不对，一位美女，一位陪女。"

沈耀哈哈大笑："好！说得好，都是美女都是美女！我跟你们说，别看你们现在嘴挺甜的，背地里早把我骂成乌龟王八蛋了。"

常菁菁说："还真骂过你，就是赵明明和东东跳楼的时候。"

"理解理解，"沈耀说，"搁我，我也骂，骂得比你们还狠。"

李小芬说："我们现在知道了，你是给过了一部分土地补偿费，但马坡并没给村民。赵明明和东东跳楼就是马坡给撺掇的。"

沈耀大度地笑了笑，说："这并非意料之外的事。我就此事与黄涛谈过，黄涛说很多村里都这样干，拿了土地补偿费，要么不给村民，要么少给村民，一些群体性事件就是由此引发的。你要是查吧，他村干部能拿出账目给你看，说是用在为村民办事上了。大多数村里没有集体收入，又要给老百姓办实事，他不东借西拆怎么办。用黄涛的话说，村干部单薄的身子不是造钱机器，也不能屙出钱来。"

李小芬急了："咦……那你是认可马坡的所作所为了？"

沈耀点燃一支烟，放在嘴唇边夹着，然后打开皮包，取出一份精装的文件，放在常菁菁和李小芬面前。常菁菁正在犹豫，李小芬已经打开看了起来。她见常菁菁还坐着，伸手把她拉起来："咦……人家沈总是请你合作，你坐那么远，是千里眼呀？"

常菁菁和李小芬仔细看了那份文件。文件里有马坡代表村委会与东洲公司签订的开发协议书，有度假村规划图，有工程概算等。她和李小芬对其中两个文件看得比较仔细。一个是协议中注明了土地补偿费用数额，东洲公司在协议签订后一周内先支付三百万元定金。再一个是规划图，图上标示的别墅度假村的地址，的确是被称为村民的"钱袋子"的果园。常菁菁家的果园也在其中。她心里不由得涌上一股被出卖的悲愤感。她知道，这些怪不着沈耀和他的公司，作为商人，沈耀可以无限想象，可以按他的想法在任何可能的地方按照商业规则进行开发，他只是一个买方，买方可以买任何他想要的东西。她的悲愤来自于被出卖，卖方表面上是九龙沟村委会，实际就是马坡，马坡把他们的承包地都给卖了，并且已经收了钱，或者叫定金。

常菁菁发呆的时候，服务员进来续水。沈耀见常菁菁发呆，说："本来我不应该让你们看这些。但是，如果要与你常菁菁合作，我也不能隐瞒你。"

李小芬的怒气未消，故意把嗑的瓜子皮扔得满桌都是。沈耀假装没看见，对常菁菁说："我已经给你说过，现在就两条路：一是双方继续履行合同，但是要换一种合作方式，就是成立新公司。刘县长支持。他说只要不让农民受损失，不让农民闹事影响稳定，他都支持。一是以马坡违约并毁坏东洲公司名誉的理由中止合同，起诉追讨那笔钱。菁菁，你考虑的意见呢？"

常菁菁沉吟一会儿，说："你们公司要是中止了合同，接下来就会追讨那笔款，马坡如果不愿退，或者是一下子退不出来怎么办？就是把他送监狱，那我们几十家的损失也没希望补偿了。"

"一语中的！"沈耀拍了下桌子，"我没看错你常菁菁，你说的是问题的要害。所以我们决定变更合作方式，成立新的旅游开发公司。这样，我们支付的土地补偿费可以作为股份转到旅游开发公司。"

"那就是说你不打算再投钱了？"李小芬一听就着急上火地说，"你入股的那笔款新的公司没见到，不等于是空头白纸一张嘛！咦……奸商奸商，我今天算真正认识什么是奸商了。"她说着给常菁菁递了个眼色，示意常菁菁接上她的话茬儿往下说。常菁菁担心李小芬的话惹恼了沈耀，赶忙拉了她一把。

沈耀并没生气，相反还乐哈哈地笑了："我可不是奸商，而是在商言商。

那么大一笔款，我总不能白白扔了吧？我这样做一是减少公司损失，二是帮了新的旅游开发公司。新的旅游开发公司等于不用投入现金，可以从马坡手里接过那片林地和土地。否则，马坡不同意你们搞旅游开发，你们谁有办法？"

沈耀的一番话，让常菁菁和李小芬都说不出话了。常菁菁想了想，平静地说："沈总，不管什么合作方式，都必须坚持共赢这个原则。对于村民的损失，必须放在第一位考虑。"

沈耀点点头，惊喜地问："菁菁，你是不是已经考虑好了？"

常菁菁说："不是我考虑好了，是有经验可以借鉴。就像你上次在省城给我说的那样，改革开放都三十年了，有很多地方创造了很多值得学习的经验。"接着，她告诉沈耀，她在网上看过一篇文章，介绍的是本省一个乡镇农村土地流转改革的。他们的主要经验或者叫做法是在农民自愿的情况下，将农民的宅基地、土地承包经营权、林权、集体经济土地使用权进行确权评估，作为股份流转到投资方，农民可以享受分红。她说："我从电视和报纸上看到过这方面的报道。所以，上网一搜，这方面的材料都出来了。"

李小芬没弄明白其中的含义，问："马坡要是不退钱，这事你也接手啊？"

常菁菁又把刚才的话重复了一遍，说：'如果咱九龙沟的村民同意以土地承包经营权、林权在新公司入股，也就成了新公司的股东。"

李小芬似懂非懂，点了点头，很快又摇摇头。

沈耀看了一下手表，招呼常菁菁和李小芬到餐厅用餐。他打开一瓶茅台酒，说："这是我专门从特供点买的，不假。"常菁菁摇摇头，说："我不会喝酒。"李小芬却直言不讳地说："你沈哥要让我喝酒，就得有说法。"沈耀说："行，你要什么说法？"

李小芬说："等我上完厕所回来再给你谈条件。"说完，转身进了卫生间。

沈耀给常菁菁夹了几块西瓜，然后问："菁菁，你是不是还没下决心？"常菁菁笑了笑，没有回答。从卫生间出来的李小芬抢着回答："她怕她男朋友不同意、不支持。"

沈耀脸上的笑容瞬间消逝了。他用不安的目光看着常菁菁，想说什么，张了张口，又把话咽了回去。

李小芬好像看出了点什么，哈哈大笑几声，接着说道："咦……没让我猜错吧？沈老板是嫉妒了呢还是担心了呢？我刚才的话是考验考验你的。看你对菁菁是不是真心。"

常菁菁脸红红的，不好意思地笑了笑。

李小芬说："有点饿了，我把沈总你这当自己家，就不客气了。"她说着吃了几口菜，然后又愤愤不平地说："马坡吃独食，咱不能这样便宜了他。"

常菁菁说："没人说便宜了他。"

李小芬说："他不退钱还不是便宜了他？再说，他不把那三百万吐出来，咱回去搞什么开发创哪门子业？"

沈耀说："刚才菁菁已经把话说得很明白了。新公司要用新的运作模式和经营模式，他的那三百万还在他身上背着，到了一定的时候他自然要说清楚"。

李小芬问："那你打算再投多少？"

沈耀说："我有三百万在你们九龙沟，现在也就是在新公司里了。"

李小芬把手伸了过去，几乎挨着沈耀的脸："在哪里，你拿给我看看！"

常菁菁制止了李小芬，对沈耀说："在你们公司与九龙沟村委的合同中，支付的土地补偿费是五百万，还承诺了其他条件。你与新公司合作算是继续履行合同，这些也得继续兑现。"

沈耀连连点头："菁菁，我真是没看错，你要是谈判，肯定是思维清晰，滴水不漏。对我这边，你放心。"

常菁菁说："你别夸我了。我还有个问题想问问行吗？"沈耀点点头，做了个请问的手势。常菁菁不紧不慢地说："按这份附件的描述，你的投资少说也要过亿，你把这么多钱投在九龙沟，对回收有把握吗？"

沈耀说："这个问题是我最先考虑，也是一直在考虑的。在商言商，我投资就是为了赚钱，天经地义。九龙沟的自然环境已经完全具备了高档商务开发的条件，也符合高档休闲度假甚至第二住宅的开发要求，但这不是孤立的，必须把整体的人气做起来。做起人气最好的办法是把当地的旅游发展起来。"

沈耀并没隐瞒自己搞变相房地产开发的目的，而靠旅游开发提高人气确实是最佳途径。但在这个思路下，旅游开发只是服务于地产开发的一种手段，受益的还不是最广大的农民，而是沈耀的东洲公司。常菁菁这一刻异常的冷静，她一方面为九龙沟的前景担忧，一方面又十分佩服沈耀作为一个商人的商业智慧，同时，也对沈耀的坦率印象不错。沈耀的形象在她的心里不降反升，她自己都觉得奇怪。常菁菁由衷地说："沈总真是坦率。"

沈耀点着一支烟，抽了一口，慢慢地说："对你没法不坦率，即便我不说，被你识破也是早晚的事，到那时你会有一种上当的感觉。还不如现在说了，倒能落得个坦率的评价和好感。"说完又自我解嘲地哈哈大笑。

李小芬说："你们别老是说些没用的。要是成立新公司，你打算再投入多少资金？"

沈耀轻轻叹了口气，指了指桌上的电脑屏幕："说实话，我本来打算投一点二亿，现在，这个金融危机越演越烈，目前对我所有的项目影响都不大，但一个月以后，两个月以后，很难说。一旦出现楼盘滞销，问题就大了。"停了一下，他看常菁菁脸色有些忧郁，又说："九龙沟的项目我是一定要做的。新公司注册，我继续履行合同，补上二百万。为了支持你常菁菁工作，我再给你三百万启动资金。"

李小芬说："这两项加起来就五百万，够做什么的？我看你沈老板心不诚！"

沈耀略一沉吟，笑了笑："我说的是启动资金。一旦启动了，后期的资金当然会跟着到位。你动都没动，我投资做什么，继续填马坡那个黑洞啊？"

沈耀说得很诚恳，入情入理。常菁菁心里踏实了许多。沈耀没有让她斗智斗勇，而是坦率地把自己的意图说得很清楚。她想了想，又问到新公司注册，以及马坡那边的土地流转等问题。在她看来，这些问题都很棘手。不说别的，就九龙松承包这事，想收到新公司恐怕都有很大阻力。没想到沈耀轻描淡写地说了一句："这些不用你操心。我会为你排除万难。你现在要做的是下决心！咱们约定一周时间，现在是第六天，明天最后一天。你要是考虑好了咱先签个协议。"说着，他拿出了事先起草好的协议书交给了常菁菁。

李小芬已经把一只二两装的大酒杯斟满了酒，趁常菁菁埋头看协议书的机会，痛痛快快地说："沈总，我刚才说了，让我喝酒得有回报。我喝一杯酒，你往九龙沟新公司投多少钱？"

沈耀毫不犹豫地回答："一万！"李小芬把酒杯往桌上一蹾，不屑一顾地说："咦……这么大一杯酒才换一万，不干！"说着，她又嗑她的瓜子了。

沈耀心想你李小芬一个女孩子张狂什么？今天就让你站着进来抬着出去。他说："这样吧，你干一杯，我增加十万！"

李小芬霍地站起来："军中无戏言啊！"说完，她端起酒杯，一仰脖子喝了个底朝天。接着又倒了一杯，又是喝个净光，她一连喝了三杯，还要再喝时，被常菁菁拦住了。她把杯子朝常菁菁面前晃了晃："我可给你拉了三十万的投资！"说完，她的身子开始晃荡起来。

沈耀见状，叫来了服务员，让服务员给李小芬上了一杯蜂蜜水饮下，然后把李小芬扶到沙发上休息，并且拿来一件毛毯盖在她身上。他做这些事看上去很平常，但是让常菁菁感觉到很人性化，不禁对他又多了几分好感。

这时，常菁菁的手机响了。她看了一眼来电显示，是欢庆打来的，赶忙接听。欢庆张口就问："常菁菁你在哪里？"她犹豫了一下，回答说："我在和朋友吃饭。"欢庆又问："是男的吧？"常菁菁听了，一股火焰从心中腾空而起，正要发作，见沈耀在看着自己又忍住了，生气地挂断了电话。不知为什么，她突然觉得欢庆太小心眼，甚至不讲道理。我给你电话，明明是你说明天再联系，怎么管起我和谁一起吃饭。她是个喜怒哀乐都表现在脸上的人，虽然对沈耀笑了笑，想掩饰一下心中的不快，但目光依然含着埋怨，神情也带着委屈。沈耀看在眼里，却装作没看见。

门开了，饭店的经理在服务员陪同下走进来，笑容可掬地给沈耀和常菁菁敬酒。常菁菁从经理对沈耀的态度和他们之间的对话中，看出沈耀是这个饭店的常客。经理给常菁菁敬酒时，惊讶地看了她片刻，对沈耀伸出了大拇指："OK，沈总好眼力。怪不得你一直不找女朋友，原来有这么个大美女……"

沈耀见常菁菁脸红了，对经理笑了笑，说："这是我朋友，也是合作伙伴。"

经理走后，沈耀又问常菁菁对协议有什么意见。常菁菁指着自己的名字，皱了皱眉，不解地问："沈总，你怎么写的让我做新的旅游开发公司董事长？你自己为什么不做？"

沈耀说："你是不是担心我给你拴个套呀？大可不必这么想。"接着，他给常菁菁做了解释："第一，九龙沟的旅游开发，应当以你们为主体，也就是你们唱主角，这样便于调动九龙沟方方面面的积极性；第二，你们村民如果以承包的土地入股，尽管股份不大但股东多；第三，我的主要精力还在东洲公司这边，九龙沟只不过是我公司的一小部分……响鼓不用重槌，这样说你明白了吧？"

常菁菁点点头，又不安地说："可是，我的能力有限，担当不起。"

沈耀笑了："你又不是孤军作战。不用担心。"

李小芬有点半醉半醒，吵着要回家。常菁菁看看表，时间已经接近十点，也提出回去休息。沈耀当即答应了。

上了车，沈耀问先送谁，李小芬毫不犹豫地抢着回答说："我去菁菁那儿！"

到了常菁菁住处的楼下，常菁菁扶着李小芬刚下车，欢庆突然钻了出来，让常菁菁大吃一惊。不过，她很快就镇定下来，指着沈耀说："这是沈总……"没等她介绍完，欢庆就接上了，冷嘲热讽地说："我知道，沈耀沈大老板。沈大老板什么时候大驾光临的北京啊？"沈耀大度地笑了笑，回答说："今天刚到。"接着伸出手想和欢庆握，欢庆假装没看见，又转脸对常菁菁讥讽地说："怪不得回来也不见，和沈老板有约在先啊！你常菁菁现在知道自己的魅力了吧？"欢庆这几句冷嘲热讽的话和他很不友好的表现，让常菁菁有些生气，有些失望，同时也让她觉得没有面子。她强压着心中的火，强忍着眼里的泪，扶着李小芬往电梯里走。李小芬突然回转身，对欢庆吼道："欢庆你神气什么？凭什么那么说我朋友。我今天替常菁菁告诉你，她要回九龙沟和沈老板一起搞旅游开发了。你说怎么着吧？！"

李小芬的话让在场的人一下子都沉默了。常菁菁心里一阵紧张。她不敢回头看欢庆的表情和眼神，赶忙关上了电梯的门。

进了常菁菁的房间，李小芬一头扎进卫生间，过了好大一会儿才从卫生间出来，她拍了拍肚子："全都吐出来了。再和姓沈的喝半斤都没事。"

常菁菁生气地瞪了李小芬一眼，就进到卫生间冲澡去了。她一边冲澡一边想着欢庆。此刻欢庆在想什么？他一定气得发了疯。李小芬啊李小芬，你怎么这么冲动这么莽撞呢？你让我怎么向欢庆解释？……她一边冲澡一边想，不时关上淋浴器，侧耳听一听。她非常希望听到手机铃声响起，然后听到欢庆的声音，那怕是他发牢骚，说气话。她冲完澡，穿着睡衣出来，李小芬目不转睛地看了她一会儿，突然从床上跳下来，扑过去抱住她，大笑着说："常菁菁呀常菁菁，我真他娘的嫉妒你。你不光有一张迷人的脸，还有一副动人心魄的好身材。怎么什么好事都让你摊上？你瞧瞧沈耀那眼神，那叫一个温柔，那叫一个含情脉脉。如果他现在看见你，保不准会……"

常菁菁朝李小芬屁股上轻轻踢了一脚："滚蛋，惹事精。"

李小芬不服气地说："你是嫌我刚才对欢庆说了实话是不是？告诉你，我好多事上都服你。你聪明伶俐，学东西比我快；你做事认真，干什么事比我有耐心；你为人诚实，比我重情重义。但是，就你在感情上的黏黏糊糊，该断不断，让我瞧不上。你要是怕欢庆因为你回九龙沟干自己的事和你分手，而你又真的离开他就不能生活，就不要举棋不定，不管谁说谁劝，就是那儿摆着金山银山也甭动心。你要是觉得回咱老家能干一番大事业，挣一笔大钱，让自己的价值最大化，你就不要顾虑欢庆怎么想怎么做，就是前边横着刀山火海也往前走……"

李小芬的这番话，说得常菁菁心潮起伏。她踌躇片刻，对李小芬说："你说得慷慨激昂，我问你，你给冯俊才是怎么说的？"李小芬说："我不想给你说过程和细节。我已经告诉你，冯俊才追我屁股后边要跟我去九龙沟。"常菁菁叹息一声："可欢庆不是冯俊才呀！"

李小芬钻进常菁菁的被窝里，转了个话题说："哎，沈老板对你真好呀，我看你不如就跟了他吧。"常菁菁说："跟他？那欢庆咋办？"李小芬说："欢庆当情人呗，你又没卖给他。哎，你跟欢庆上过床了？"常菁菁轻轻打了她一个耳光，生气地说："你才跟他上过床呢！"李小芬一骨碌翻了个身："你说你个常菁菁，你他娘的白活了二十多岁，连个男人都没见识过，我都替你亏得慌！"常菁菁说："你能不能说点正经的李小芬！"李小芬说："说正经的，这就是正经的。我觉得沈耀比欢庆好，我要是你，就跟了沈耀，要是还惦着欢庆，就跟他也好着。"常菁菁说："让我学你？"李小芬认真起来："真的常菁菁，我觉得姓沈的人不错。欢庆如果不支持你，你就和他分手，跟沈耀好！"

接着，李小芬告诉常菁菁，她现在徘徊在两个男人之间。何老板待她不错，像个父亲那样关心她、爱护她，尤其是能容忍她。何老板知道她和冯俊才在恋爱，不仅没有打她骂她赶她离开，还嘱咐她好好对待冯俊才。何老板从李小芬这里得到的也不仅是肌肤之欢，同样也从她这里得到了慰藉、放松和温暖。李小芬从未想过让何老板离婚，那不符合她的道德准则，即便是取代了何老板的老婆她立刻就会拥有何老板的亿万家产，她也不愿何老板的老婆因她而受到实质性的伤害。两个人在一起彼此都没有感情负担。有一回，何老板要带她去海南。二人已经到了机场，何老板接了他媳妇的电话，说是要随他一起去。李小芬二话没说就退了机票。何老板很不好意思，连说对不起小芬，李小芬却哈哈一笑："咦……这算什么？又不是给俺爹奔丧！"所以，何老板才更加喜欢她，甚至是尊重她。冯俊才与她分别只有国庆假日短短的一周，却想她想得死去活来。他给她发信息说想她想得快受不了。她回到北京就给冯俊才挑明准备回九龙沟。冯俊才不仅不反对，还要陪她一起回去。她说她把和何老板一起，和冯俊才一起看成是享受生命的一种方式，一个过程。她告诉常菁菁，想到何老板，她就觉得有依靠；想到冯俊才，就会感受到身体里蓬勃的生机和火烈的力量。

常菁菁说："李小芬你越来越不像话了！"李小芬说："你就是菜鸟一个。"接着揶揄常菁菁："菁菁这回你得让欢庆给上了，保准你上一次想两次，上一回尝尝？他上了你，才不会轻易放弃你。"常菁菁乐了，她知道李小芬说的是东华门小吃一条街那个卖爆肚的吆喝的广告语，人家吆喝的是：吃一碗想两碗，来一碗尝尝。她和李小芬去吃爆肚时李小芬就篡改过。她让李小芬说得心里热乎乎的，身上也热乎乎的，有一种按捺不住的冲动。她推了一下李小芬，忧心忡忡地问她："说正经事。你觉得沈耀还真诚吧？他一下拿出五百万应该不会食言吧？"

李小芬说："别费那么多心思了，老得快！要我说，一是看姓沈的合同怎么签，钱到不到位；二是看看马坡的态度，让不让咱。对咱有利就干，没有利咱拍拍屁股回北京，又没有什么损失！"

常菁菁长长地叹息一声，然后拿起手机看了一眼。李小芬说："你这一会儿都看好几遍了。有电话来手机铃声还不响啊？你是不是担心欢庆会为你自杀？把心放肚子里，睡吧。"李小芬说完转身睡了。

常菁菁睡不着。她了解欢庆，在她面前欢庆不是那个绅士般的沉稳的法学硕士和律师，而是更像一个孩子，他需要爱，需要温情，需要安抚，需要撒点娇。他几次表明要和她结婚。她都说："咱才认识多长时间，等一等吧！"可是欢庆一句话就说得她心动："我都三十多了，才刚刚找到自己的爱情。你让我等到什么时候呀？"她答应欢庆认真考虑考虑。国庆节她和欢庆回九龙沟见了她爸爸妈妈，爸爸妈妈对欢庆非常满意，基本同意了她和欢庆的婚事。如果这时候自己回九龙沟，欢庆会怎样想和怎样做呢？

就在这时，她的手机电话响了。她赶忙拿起来接听，传来的却不是欢庆的声音，而是孙志焦急的声音："菁菁，你过来一下吧！"

第五章

　　常菁菁接到孙志的电话，赶忙下楼打了辆车，直奔三里屯。下车时，她习惯地看了一眼手机上的时钟，时针正指向凌晨两点。这时的酒吧里，依然是灯红酒绿，一片喧嚣。那些买醉寻欢的人们一个个意犹未尽。这就是大都市的夜生活。她借着扑朔迷离的灯光，费了好大的劲儿，才在一个角落里找到了喝得烂醉如泥，趴在桌上蜷缩成虾状的欢庆和一脸无奈坐在他旁边不知所措的孙志。孙志看见她，礼貌地站起身来，带着几分歉意地说："我怎么劝，他都不走。没辙了，才给你打的电话。"

　　常菁菁冲孙志苦涩地笑了笑，径自走到欢庆身边，轻轻摇着他的肩膀，一连叫了几遍他的名字。欢庆无力地扭过脸，朝她翻了翻眼皮，含混地说："你，你要是回你那个什么沟，就，就是逼我不得不考虑重新选择！你可别怪我无情无义。"说完，他又昏睡过去。

听完他的话，常菁菁呆住了，神情一片迷茫，心里一阵酸楚，铁青的脸在昏黄的灯光下显得冷峻而又沉重。她想扭头就走，孙志拉住了她，劝慰她说："菁菁，欢庆他喝高了，你别往心里去。"接着，他喊来酒吧的服务生，连拖带拉地把欢庆弄上车。一路上，常菁菁默默无言。孙志偷偷看了一眼，见她眼里含着泪花。他张了张口想说什么，但是又咽了回去。

到了欢庆的住处，把欢庆抬到床上，常菁菁到卫生间淘了毛巾给欢庆擦脸。望着酩酊大醉的欢庆，她心潮起伏难平。

去年夏季的一个周末，她带团去宁夏中卫的沙坡头旅游。欢庆就在这个旅游团里。第二天，离开中卫回北京，到了机场，欢庆才发现自己的索尼牌录音笔忘在了宾馆的房间里。他十分着急，因为录音笔里有很重要的录音。常菁菁马上和中卫那间宾馆联系，当得知欢庆的录音笔已经被服务员打扫房间拾到交到了礼宾部后，她当即打了辆出租车赶到中卫取了回来。第二天到北京后，她把笔送到欢庆手里。欢庆提出要感谢她，被她礼貌地谢绝了。她说："大叔，这是我应该做的！"她发现欢庆看她时的目光都直了。

当天晚上，她就收到了欢庆发的短信："常菁菁，你好！谢谢你为我找到至关重要的录音笔。倘若你不介意，能否赏光容我当面感谢？"面对他彬彬有礼的邀请，她毫不迟疑地婉拒了："您不必客气，那是我应该做的。"给他回完短信，她并没有把这事放在心上。

接下来的三天里，她接连收到欢庆发给她的三条信息。内容都是诚心诚意地希望见见。她每次都很礼貌地给他回一条信息，内容也都重复告诉他不要把这事放在心上。到了第四天，他竟然将电话打了过来："你好，常菁菁小姐，我是欢庆，晚上请你吃个便饭好吗？"面对他的再三邀请，她的心莫名其妙的紧张起来，对着手机半天说不出话。"你别误会，我只是真诚地想当面跟你说声谢谢。没准儿我们还能成为好朋友呢！你说呢？"听着他的话，她犹豫着不知道该如何回答。"要不这样吧，我不请你吃饭，喝喝茶总可以吧？你现在不用给我肯定答案，考虑好后给我发个信息。"他似乎察觉到了她的犹豫，说完让她拥有考虑空间的话，就挂断了电话。

一整个下午，她瞻前顾后地考虑了半天，在心里做了无数次的否决和认可。她把这事告诉了杨柳，杨柳笑了："交个朋友嘛，我支持！"这样，她才给他发了决定赴邀的信息。他回复说她给了他一个意外的惊喜。

　　她因为是乘坐公交车，风尘仆仆地来到约定的茶座后，欢庆早已在等候。他礼貌地站起身，伸出手示意她在他对面的椅子上坐下，为她倒了一杯茶。她有些局促不安，低着头，双手端着茶杯不知所措。

　　"呵呵，别老端着茶杯啊，小心杯里的热茶被你手上的温度烤沸了。那样可就得不偿失呀！赶紧放下吧！"欢庆十分幽默的话，让她忍俊不禁扑哧一下笑出声来。渐渐的，她被他幽默的语言和绅士风度所吸引，谈话的氛围变得融洽起来。他总是在交谈的空隙适时而细心地为她倒满水，引导般地询问她工作和家里的情况，她都简单而真诚地做了回答。从他的口中，她也知道了一些关于他和他家里的情况：他拿到博士学位后，曾经在法院工作了几年，后来辞职做了专业律师，现在是一家律师事务所的合伙人。今年他已经三十五岁了，至今没有结婚。当他知道她高中毕业就来北京打工后，劝她抓紧年轻的时机继续读书。

　　常菁菁回到宿舍刚洗漱完，就收到了欢庆的短信："菁菁，请允许我如此冒昧的称呼你。谢谢你陪我度过了短暂的三小时，它将成为我人生当中最快乐、最美好的记忆。莫名的有些喜欢上了你，真的。希望我的坦言没有吓着你，好梦！"

　　看着他的信息，她不禁脸红心跳起来，隐隐有一种甜蜜的感觉涌起。她关上手机躺在床上，翻来覆去怎么也睡不着，虽然在心里不住地提醒自己要清醒，别瞎想，不要以为别人的几句随口话就想入非非。可仍然管不住自己的心，脑海里全是欢庆的影子，耳边总是萦绕着他关爱的声音，并且在心里默默地与其他曾追求过她的人作着对比。欢庆虽然其貌不扬，但五官端正；财富虽然不多，但事业也算有成；他谈吐幽默不失优雅和涵养，对人体贴又细心；而重要的是他对人的那份坦诚，足以看出他的人品。如此比较了一番，她更加没有了睡意，两眼望着天花板，把手机开了关、关了开的细细品味着他给她的短信。直到凌晨才昏昏然睡去。

　　第二天整个上午，她都是在神思恍惚中度过的。心里渴望着能与欢庆意外相遇。在患得患失的情绪中，终于收到了他发来的短信："菁菁，昨晚睡得可好？我可是为你失眠一夜啊！上午开庭辩护时差点儿出了错。很奇怪对你的感觉，我想我是真的喜欢上你了，千万不要怪罪我的坦白啊！一见钟情的奇迹终于发生在我身上了，我好庆幸！但是你会怎么想呢？想我是个莫名其妙的男人吗？让上帝做证！好想见你，真的。你会答应吗？等你的回信。"读完这条信息，她突然觉得心慌意乱起来，渴望与迟疑在脑海中来回翻转，拿着手机的手禁不住有些颤抖。直到下午下班，她都没有勇气给他回短信，内心始终矛盾不已。

欢庆似乎揣测到了她的心思，没有再发短信询问她。但是，欢庆对她真的是穷追不舍。晚上，她一回到宿舍，同室的女孩一下子围住了她。"菁菁，有个标准北京口音男的下午来找你，还送了你一束玫瑰花。"她走到床头看到那束鲜艳的玫瑰正绽放在一个精美时尚的花瓶里。"他是喜欢上你了，常菁菁。我们既为你高兴又嫉妒啊！你可得请客！"女孩子们在她身边笑闹着，一阵羞涩的幸福霎时传遍她的全身。她好不容易躲开了她们的嬉闹，抽身跑进洗手间，平静了一下自己的情绪，以嗔怪的口吻给欢庆发了一条短信："我想你真的是一个莫名其妙的男人！让上帝做证！"仅过了一分钟，他回复道："请小心，你似乎剽窃了我的语言专利，难道就不怕侵权吗？"他如此幽默的话语，逗得她心花怒放，所有的顾虑霎时消失得无影无踪。

接下来的一个月里，欢庆每天都要送去一束鲜花。他出差的时候，就委托孙志送去。常菁菁的同事见了，既羡慕她又嫉妒她。

她与欢庆就这样相恋了，相恋的日子充实而又甜蜜。可是，李小芬和东东没少了在她耳边吹风，劝她不要太投入感情。有一回，她与李小芬还吵了个一塌糊涂。那天，李小芬喝了点酒，坦诚地说："你千千万万不要告诉我你们是伟大的爱情。现在什么年代了，啊？！你没听人都在说爱情是股份制。女人投入的是青春，男人投入的是资金，不然的话，你拿青春玩呢？"

常菁菁有点恼火，反驳说："你不要拿你对感情的观点强加于人。如果人人都像你这个观点，爱情两个字岂不就要从字典里删除了？"

李小芬毫不相让，振振有词地说："除了傻子才相信那些神话一样的爱情。如果你常菁菁长得不是那么出众，欢庆能爱你？如果欢庆是个一贫如洗的穷书生，你常菁菁又能接受他的爱？"

常菁菁理直气壮地回答："就是他一贫如洗了，我也不会离开他。"

李小芬冷笑一声，说："咱们骑驴看唱本，走着瞧吧。我可是全心全意为你好。等到哪一天他和你分手了，你可别在哥们面前哭鼻子，否则我会抽你！"

想到这里，常菁菁突然动摇了。她甚至觉得自己有些草率，或者说感情用事。孙志看出了她的心思，认真地问："菁菁，你真的铁了心回老家了吗？"

常菁菁没有正面回答。孙志看得出她很矛盾，感叹地说："人生的路十分漫长，关键时候千万不能走错。我劝欢庆理解你、支持你。可是他一时想不通，担心……"孙志"唉"了一声，没有再往下说。

常菁菁强忍着，没让眼泪落下来。

孙志说："我觉得你的选择是对的。我认识的一位湖南朋友，去年就回家乡创业了。他说虽然有困难，甚至有痛苦，但感觉很快乐……我今天就出卖欢庆这个朋友一回。告诉你，该回去就回去吧。欢庆虽说舍不得，也可能会有一段时间不理你。但只要你不背叛他，他也不会放弃你们的感情。我太了解我的这个哥们了！"

常菁菁拎起包，看了一眼欢庆，怏怏不乐地离开了欢庆的住处。到了楼下，她没有马上离开，徘徊了很长时间。她既放心不下欢庆，又生他的气。你怎么能说出那种话呢？而且是当着孙志。你以为我常菁菁离开你就生活不下去啊？！终于，她还是回了自己的住处。躺了一会儿，她又给孙志打了个电话，问他欢庆是不是醒了。孙志让她放心睡一觉，有话明天再说。

可是，已陷入了困境的她怎么也睡不着。她一会儿想着欢庆可能会因她回乡而"忍痛割爱"。对于像她这样第一次恋爱的女孩子来说，来自感情上的打击远远超过其他方面的压力。她不禁对自己的选择产生了困惑："难道我的选择错了吗？是的，我在北京有一份稳定的工作，收入相当可观，而且有了深爱着自己的欢庆，只要我同意，很快就可以建设一个家庭。这对于许多在北京打工的外地女孩来说是梦寐以求的。我完全可以按照欢庆的思路，把爸爸接到北京住院治疗，病好后他和妈妈就在北京定居。这样，我的生活可能没有风险和压力，与欢庆的感情也不会发生危机……"但是，她马上又否定了自己刚才的想法，又想："生存就是一场拼搏。没有拼搏精神就无法适应消费主义时代生活。一个人只有拥有了自己的事业，才能活得踏踏实实。过去，我一直没找到自我发展的机遇。现在机遇出现了，而且可能是稍纵即逝的机遇，我不能轻易放弃。"

她也想到了沈耀。尽管与沈耀接触时间不长也不多，沈耀对她的追求方式太直接，让她感到不太适应。但是，正如李小芬说的那样，沈耀这些年可能遇到过很多女人，其中不乏优秀女性，但是，他之所以没结婚，就是因为缘分未到。有的男人和女人经常在一起，甚至恋爱几年，到了谈婚论嫁的时候，却会突然发现对方并不尽如人意，不是理想的伴侣；而有的男人和女人只是偶然相遇，或者说一面之交，却会给对方留下刻骨铭心的记忆，不管千难万难，会走到一起。也许……她不由得把欢庆和沈耀做了比较，一时间竟然找不到答案……

她在恍惚中睡去了。第二天早晨醒来，李小芬说是要回去收拾行李，连饭没吃就走了。常菁菁忙活了大半天，把床上的用品洗了，把屋子的地板擦了，把厨房也清洗了。她一边默默地做着这些，一边默默地流泪。毕竟这里是她青春成长的地方。八点钟，她妈妈打来电话，劈头盖脸就把她说了一通："听说你要回来，你是疯了还是傻了？咱不说你回来能不能干成事挣着钱，不让马坡和姓沈的算计都难说。你要是弄出个三长两短，再回头都来不及……"妈妈说着说着就在电话那边哭了起来。常菁菁的心乱如麻，甚至有些犹豫了。如果欢庆这时来找她，哪怕打个电话劝阻她，她都可能会改变主意。

然而打来电话的是沈耀。常菁菁开始不想接。她有点生气，有点烦。你怎么这么烦人，步步紧逼？让人连和亲朋好友好好沟通的时间也不给。所以，她接了电话，第一句就问："你怎么这个时候来电话？"

沈耀好像没听出她不高兴，说："怎么，和你那个律师朋友恋恋不舍地在一起吧？怕他听见吃醋啊？我就是要让他吃醋。有本事和我公平竞争！"

常菁菁说："有什么事，说吧。"

沈耀沉吟了片刻，说："我就想告诉你一句话，不骗你说啊，你是第一个让我神魂颠倒的女孩。刀郎的歌《冲动的惩罚》中有一句最能代表我。"说着，他轻声唱起来："我也不相信，第一次看见你，就爱你爱的那么干脆……"

常菁菁说："咱们才认识几天，见过几面，你这样说我承受不起……"

沈耀说："不对，不对。我说过你上学时我就喜欢你了。你一直是我的梦中情人。你算算，你这个梦中情人当了多少年了？"说着，他又唱了刀郎的《冲动的处罚》中的又一句："所以我以为，你会明白我的良苦用心……"

常菁菁的心情不好，坦率地说："沈总还有事吗？没事我挂了！"

沈耀说："我今天听李小芬说，你还是，还是……"常菁菁问："还是什么？……"沈耀笑了："你自己还不明白你自己？这可是打着灯笼也难找到。"

常菁菁马上明白了沈耀话中的意思。她一下子恼火了，看上去人五人六的大老板，怎么私下里议论女孩子的隐私？她生气地挂断了电话。不一会儿，手机的信息提示音响了。她以为是欢庆发来的信息，急忙打开，一看又是沈耀的，只有两句话："我知道你已下了决心。为了表示对你信守承诺的感谢和我的真诚，我会送你一个惊喜。"

放下沈耀的电话，常菁菁想，姓沈的死缠烂打，说明他喜欢自己，在乎自己。这不正是很多女孩子对男朋友的基本要求，甚至说是唯一要求吗？她看看时间已到八点半，来不及想下去，背起包准备去公司。她刚下楼，欢庆就迎了上来，好像什么事情也没发生一样，拉着她的手上了车。

欢庆把车开到北三环时，常菁菁好像明白了什么。欢庆曾经给她说过，他在北三环买了一套三室两厅的房子，准备结婚用的。欢庆带她到北三环来，八成是带她看房子。果然不出常菁菁所料，欢庆把她带到了一处新楼盘，上了十八楼，进了一个三室一厅的房子。房子是毛坯房，还没有装修。不过，她和欢庆的一张合影照片却醒目地挂在一进门的客厅里。那张照片是"五一"节日期间，她和欢庆、孙志去五台山旅游时，孙志抓拍的。孙志曾对欢庆和常菁菁说过，是他这几年抓拍的最满意的照片。

那天是一个天高气爽、阳光明媚的日子。他们到山上时，遇到一个骑马的旅游项目，从山下骑到山上，再从山上骑下来。常菁菁和欢庆同骑着一匹枣红马。她坐在前边，欢庆在后边抱着她。骑在马上，居高临下，越看山越高大越险峻，而人与天的距离一下子拉近了很多，仿佛伸手就可触摸到白云。人在马背上的颠三倒四、摇摇欲坠，加上耳边呼啸而过的山风，具有强烈的刺激性。尤其下坡的时候，人的身体必须后倾，才能保持平衡。常菁菁是第一次骑马，又是在崎岖不平的山道上，尽管表面上欢呼雀跃，心情却一直非常紧张，身子不停地微微颤抖。细心的欢庆敏锐地感受到了这一点，把她抱得很紧。当那匹枣红马跃过一块岩石时前蹄被绊了一下，身子突然前倾，好像要栽倒，她吓得惊叫一声，几乎要从马背上跳下去。欢庆在后边抱紧了她，在她耳边鼓励她说："没事，别紧张，有我呢！"他的那句话在那个关键的时候说出来，让她感动不已，刻骨铭心。所以，当枣红马重又恢复平衡，她的身子平稳以后，情不自禁扭过头，给了欢庆一个深深的亲吻。走在一边一直举着相机在捕捉镜头的孙志不失时机地拍下了这张照片。不过，沉浸在幸福之中的常菁菁和欢庆都没有察觉。孙志回到北京，把照片加工出来以后，送给了欢庆。此刻，看到照片上她和他头顶蓝天，背对青山，相依在枣红马上深情亲吻的浪漫情景，她脸红了。孙志给照片起的名字叫"动心"，这两个字也让她心情激动。她突然产生了从没有过的冲动，转过身面对着欢庆，身子竟轻轻地抖个不停。

欢庆一下子把她紧紧地抱在了怀里，说："这是我为咱们准备的新家。我希望能按照你的设想装修。"接着，他拉着常菁菁的手，逐个房间看了一遍。"这个朝阳的是主卧室，咱们幸福的地方。这个可以做书房。你不是还想读研吗？我相信这个房间会走出一位才女。这个房是客房，不，不对，是儿童房，咱们有了宝宝……"

常菁菁没让欢庆说下去，用手捂住了他的嘴。她已经意识到，欢庆让她来看新房，就是想进一步明确表示他的态度。如果她坚持回老家，欢庆一定接受不了。所以，她不想让欢庆说下去，搅得自己心乱。她已经有点受不了。

欢庆见她不说话，开诚布公地说："我知道你怎么想的。你还是想回去搞你的旅游公司。"

常菁菁说："本来我不想今天说的。"

欢庆说："你真傻，早晚都得说啊，绕是绕不过去的。"

常菁菁哭了："我不想让你难受，也不想让自己难受。"

欢庆一边给她擦拭着泪水，一边说："要不怎么说你傻？早晚都得难受。"常菁菁声音哽咽了："那我宁可晚一点难受。"

沉默了一会儿，欢庆又问："不回去行吗，菁菁？"见她没吭声，他接着不悦地说："就知道是不行。想知道我是怎么想的吗？我想和你结婚。"常菁菁喃喃地说："我也想啊。"欢庆高兴地把她抱了起来："那你不走了？"

常菁菁逐渐清醒起来，她知道今天无论如何是要谈这个严肃的问题了，就抬起头来对欢庆说："我也想和你结婚，我也想走。"

欢庆看着她，无奈地笑了："还是个孩子你。结婚就得过日子，哪有结了婚就分居的？"

"所以人家就跟你商量啊。"常菁菁撒娇地说，"你不同意，我很难过。"

欢庆郑重地说："我理解你，也尊重你，但是我个人认为，你在北京也一样可以做一番自己的事业，不一定非得回乡去出那个风头。"

常菁菁一脸严肃："我不是感情用事，不是出风头，也不是为了出名，更不是背叛你。我就是想找个机遇试一试。你要是不支持我，我不怪你。我只是希望你常去看看我。"

欢庆没说话，抚着她的头发作为回应。常菁菁接着说："其实我早就想干一点自己想干的事，说白了早就想有个自己的舞台。我如果失败了，你想分手我绝不怪你。如果成功了，我会回到北京来更加好好地爱你。"说着，泪水情不自禁地落了下来。

欢庆渐渐冷静下来。他看出了常菁菁心理很矛盾。他不想逼她。但是，他的心里也很矛盾，很痛苦。他走到阳台前，默默地看着窗外，好长时间没有再说一句话。常菁菁生怕自己真的受不了欢庆感情的羁绊，动摇了回九龙沟的决心，于是悄悄地打开门，走了出去。上电梯时，她听见屋子里什么东西"砰"地响了一声。她的泪水又夺眶而出。

杨柳尽管很忙，还是抽出时间与回到公司的常菁菁见了一面。她开门见山地问常菁菁是不是已经下定了决心。常菁菁沉默了一会儿，才点点头。杨柳笑了："你呀，是不是举棋不定？这可是大忌啊！还没出师，就已经犹豫不决了，万一遇到挫折怎么办？"

常菁菁说："不是举棋不定，我是怕……"她低下头，不敢看杨柳锐利的眼神。

杨柳最欣赏常菁菁的忠诚老实。她放下手中的文件，拉着常菁菁的手坐在沙发上，诚挚地说："菁菁，没有人一生下来就什么都懂，就有经验，就是天才。咱们搞市场经济才多少年？那成千上万个从庄稼地里走出来的泥腿子成了千万亿万富翁，哪个不经历过万般磨难，哪个不摔了多少次跟头。你要是不敢走出这第一步，就永远走不出第二步。"

常菁菁攥着杨柳的手越来越紧，杨柳疼得咧着嘴，但没有叫出声。

"你是怕欢庆和你分手吧？"杨柳一语中的，"那就更不应该了。你没听人说，该是你的，你不用使尽浑身解数，到头来还是你的；不该是你的，你就是赴汤蹈火也得不到。"

常菁菁点了点头。不知是表示听懂了，还是表示对杨柳的感激。杨柳也没在意。她说："我回来后再三考虑，觉得九龙沟搞旅游开发真的很有前途。对你，对你们家，对你们的九龙沟来说，这都是关系长远的好事。所以，我支持你！"

常菁菁激动地点了点头，说："姐，有你这句话，我心里就踏实了。不过……"

杨柳严肃地说："我知道你想说什么。我告诉你，公司董事会已经研究决定了，你必须辞职。今天就办移交手续。"

"可是，可是……万一……"常菁菁有点语无伦次。

杨柳说："没有可是，也没有万一。你只能干好。"

常菁菁明白了杨柳的一片苦心，就没再说下去。杨柳见常菁菁神色不好，想了想，问："哎，说说你和欢庆吧。他支持你回九龙沟吗？"

"他？不支持，"常菁菁有点难过，"我刚才和他谈过，他反对！"

杨柳看了一眼常菁菁的表情，认真地说："欢庆是个不错的人。这种男人让人费心，但不让人操心，可靠，值得珍惜。他对你很用心，你可别伤了他。"

"我就是不想伤了他，才一直没法下决心。姐，你能抽空跟他谈谈吗？"常菁菁神情有些沮丧。

"能，但不能刻意，要找机会。你也别心太重，不会有什么事的。"杨柳说得很肯定，"现在不是过去了，谁还把有没有北京户口是不是北京人看得那么重？凭我的直觉，欢庆不支持你，但也不会轻易放弃你。说不定，你在九龙沟干好了，他会更喜欢你。"

接下来，常菁菁开始办理交接手续。手续快办完时，孙志打来电话，说是欢庆请她一起吃饭。她心里突然生出一种失落感，心想："这不会是最后的午餐吧？"

上了车，孙志说："欢庆有点事，抽不开身来接你，你别介意。"常菁菁埋怨地说："他这人就这样。有一次，他让我在雨中等了他整整一个小时。"孙志笑着说："这事我听欢庆说过。他那天记错了时间，又赶上路上塞车，所以迟到了。他从来不轻易发脾气。那天，他一路上和几个加塞的吵架，甚至要动手。可见，他不是故意迟到。他很在意你啊！"常菁菁说："你是他哥们，当然替他说话了。"孙志说："冤枉啊！我这是替弱势群体打抱不平。现在的女孩子不知怎么了，事事处处都要占上风。"

说话之间，到了欢庆约定的北海。常菁菁第一次与欢庆约会就是在这里。她马上明白了欢庆的用心。可是，进了包间，她本来已经沉重的心情又蒙上一层阴云。在包间里等待她和孙志的，除了欢庆，还有一位女孩。不用问，这个女孩是欢庆带来的。他俩谈得热火朝天。那女孩的肩膀几乎挨着欢庆。常菁菁见过这个女孩一面。她叫姚渺渺，是去年新分到欢庆那个律师事务所的大学生。姚渺渺长得娇小玲珑，楚楚动人，一副典型的苏杭古典美女形象。她气质高雅，谈吐清新，据有一种天生的亲和力、吸引力。有一次，欢庆去广州出差，常菁菁到机场送他。欢庆下车时，姚渺渺正站在出发的门口等他。见他到了，姚渺渺满面春风地迎上前去，接过他手中的行李箱。看见他的领带歪了，她还帮他整理了一下。欢庆回头向常菁菁招手时，常菁菁发现欢庆的目光有点不安。那以后，她曾经问过欢庆和姚渺渺的关系。欢庆轻描淡写地说了一句："小妹妹！"今天看见姚渺渺和欢庆在一起，常菁菁在门口愣怔地站住了。那一刻，她说不上是嫉妒还是生气，心中像打翻了五味瓶，酸甜苦辣咸都有。

"进来吧！怎么还站着。"孙志停好车走过来。他看了一眼就明白发生了什么事，推了常菁菁一把，低声说了一句："这小子怎么把她带来了？"

欢庆听见了孙志说话，抬头看了一眼。他马上从常菁菁的目光猜到了她的心理。他连忙站起来，向常菁菁招手："菁菁，快过来坐。"常菁菁后来给李小芬说到这里时，李小芬说："要是换我，我准发脾气，骂他！"当时，常菁菁没有发火。她想了想，让自己心情平静下来，大大方方地走过去坐下了。

姚渺渺给常菁菁又是倒茶，又是拿擦手用的纸巾，热情得让常菁菁有点不好意思。

"小姚，常菁菁马上要回乡创业了。过几年，她就是大老板了。"孙志说，"对了，过几年她也就成你师母了！"姚渺渺一愣，手中的纸巾掉在地上。她看了看欢庆，又看了看常菁菁，脸上的表情说不清是笑还是哭。屋子里气氛也变得很紧张。常菁菁把姚渺渺的情绪变化看在了眼里。她敏感地意识到，这个女孩子对欢庆有想法。她冲孙志说了句："你是我肚子里的蛔虫啊？我说过非他不嫁吗？"

孙志忙说："开个玩笑。大家都是成年人了，还不能经风雨见世面？"

就在这时，李小芬打来电话，问常菁菁准备得怎么样了。她说："晚上的火车票我已经拿到手了。到时，我去接你。"

"我不走了！"常菁菁对着电话吼了一声。她的声音夹杂着不解、夹杂着不满、夹杂着不安，欢庆和孙志都感觉到了。姚渺渺更是吓得差点跳起来。

常菁菁挂断了电话。李小芬又打了过来。李小芬说："咦……你常菁菁也有脾气啊？你吃错药了怎么的？你不走了，那么简单啊？！你动员这个入股那个入股，你信誓旦旦回乡创业，你答应人家沈老板……我操，说变就变，你就不怕赵明明、东东他们把你家房子给点了？他们不敢点，我也给点了！"

李小芬的话无疑是火上浇油。常菁菁对孙志说了一声："我有事，先走了！"然后，看也没看欢庆一眼就走了出去。孙志追到门外，喊了她几声，她头也没回。她拦了一辆出租车，上车后泪水就流了下来，回到住处，忍不住放声大哭。她从来没有感到像今天这样委屈，这样恼羞成怒。你欢庆太不在乎我的感受了。既然如此，咱们先就分开吧！想到这里，她给欢庆写了条短信：

"你要是因为我回老家就和我分手，我也不怪你。你还没有让我爱你爱到不能不爱的地步。"

到了第二年国庆节前夕，她和欢庆准备结婚时，孙志才告诉她，那顿饭和那个场面是他故意安排的。他说："我知道你性子倔。你见欢庆不顾你的感受，在你最需要他表示忠诚的时候，却偏偏表现得相反，你一定会生气，坚定回你那个九龙沟！我是想帮你下决心……"她嗔怪地说："你就不怕欢庆憋出病？"孙志笑了："你那天生气走后，欢庆追你没追上，拉着我到火车站等了你半天……"

那天，她刚发完信息，李小芬打来电话说："菁菁，我来接你了！"常菁菁说："离火车开车还有六七个小时，你着什么急？"李小芬说："咱不坐火车了。咱们开车回去！""车，哪来的车？谁的车？"常菁菁感到惊奇，问道。李小芬只是笑，没有回答。常菁菁下了楼，看见李小芬和沈耀在一辆切诺基车前说话。李小芬看见常菁菁，夸张地弯了弯腰："常总好！"常菁菁照李小芬后背拍了一巴掌："贫嘛！"

沈耀让常菁菁坐到驾驶位上。常菁菁看看沈耀，又看看李小芬。两个人都咧着嘴在笑。沈耀说："常菁菁你别想法太多。你要在九龙沟搞旅游开发，整天坐三轮太危险，没辆越野车不行。咱们既然合作了，就是一家人，这辆车我扔在北京也用不上，就算公司给你配的车吧！"

常菁菁感动得眼泪流了出来。沈耀说是在北京还有事要办，让常菁菁和李小芬先开车回去。他拍了拍自己的腮帮子，给常菁菁一个示意的眼神。常菁菁毫不犹豫地朝他的腮帮子上亲了一口，把他给乐得蹦了起来。

上路后，常菁菁想给欢庆打个电话，想了想又放弃了。她既怕自己在这个关键时候动摇，又对欢庆中午的表现耿耿于怀，余气未消。李小芬的手机电话却不断。一会儿是老何打来的，一会儿是冯俊才打来的，还有她在北京认识的朋友打来的。李小芬和他们谈笑风生，打情骂俏，没有一丝一毫难过，一丝一毫恋恋不舍。常菁菁心里有事，铁青着脸，一名句话不说，车子开得也很慢，仿佛后边有车子要追上来。

"哎，我说，你要是到我家那边养鸭子，保准比在官园摆摊发得快！我家那边有个很大很大的水库。"李小芬在电话里和冯俊才开玩笑，"这样，你也天天能和我在一起了！"

常菁菁听了李小芬的话，突然把车开到路边停了下来。她对李小芬说："咱们得拐个弯去一个地方。""干吗？你不是在外边还有相好吧？"李小芬惊奇地问。常菁菁说："到那里你就知道了。就是多走两小时的路。"

李小芬想了想，回答："操，舍命赔君子。我既然能陪你回九龙沟，还怕多走两小时路。"说完，她又说："不过，我也有个条件！你得把车让我开。就你这样磨磨蹭蹭，慢慢腾腾，两小时的路得再多走两小时。"常菁菁说："就你这电话不断，精力不集中，再开快车，我可不敢坐。"李小芬把手机关了："这样可以了吧？"

常菁菁把车让给了李小芬。李小芬一边开车一边唠叨："操，这几天累死了。今天老何，明天冯俊才，弄得我肚子疼。"常菁菁说："你不能老是这样，冯俊才要是合适你就跟何老板断了吧。"李小芬说："常菁菁你听我跟你总结：

冯俊才的优点，一，做爱特棒，简直就是驴托生的，整得你死去活来的；二，脑子好用，做事不惜力，整天跟上了弦似的；三，对我特好，算是个专一的男人。"常菁菁说："这不就挺好吗？你就知足吧。"李小芬说："你还没听我说完呢，这孙子的缺点是一根筋，他们家的家产好几个亿。他放着那么有钱的家不回在北京漂着，今天官园，明天动物园，扛着大包，一身臭汗，也不知他咋想的！"常菁菁说："人家那是有志气，靠自己奋斗，这是优点。"李小芬嗤之以鼻："常菁菁你少跟我唱高调，狗屁志气！我可不想跟着他吃了白天没晚上的。"常菁菁反驳道："那你怎么和我回九龙沟？九龙沟可没金子等你拣！""这不一样。九龙沟是我家，'还有那衰老的爹娘'。"李小芬唱了后边一句，脸色一下子变了，恶狠狠地说："我就是要把马坡给整下去，让他不能再欺负人。"

常菁菁的手机来了短信。她看了一眼，是欢庆发来的。短信上说：

"菁菁，我不想解释什么，也不想阻拦你。但是，我也不祝贺你。我个人建议，你还是多想想……"

她看完，眼里含着泪光。李小芬看出了什么，说："菁菁，我看你就甭理欢庆了。沈耀沈老板哪点比她差。年龄比你只大五岁，欢庆比你大十几岁。他是北京人，沈老板在北京有别墅有车比他还阔气。再说，沈老板对你事业上支持啊……"

常菁菁吼了一声："你住嘴，停车！"李小芬一惊，赶忙把车停在路边。常菁菁下了车，让泪水尽情地流了一会儿，才平静下来。

重新上路后，李小芬告诉常菁菁，何老板给了她一笔钱，二十万。她说："这回还亏着把你抬出来。"常菁菁不解："我又不认识老何，你抬我有什么用？"李小芬说："我告诉老何，人家常菁菁回乡创业，她老公给了五百万。"

常菁菁说："老何是大老板，能那么傻？谁给我五百万？你说他就信？"李小芬说："咦……我说了就得让他信。我说的是沈耀。他不是答应五百万吗！"常菁菁给了她一拳头："你丫德行！你就脚踩两只船吧！哪天这两只船一分开不把你也一劈两半？！"

李小芬说："你还是想想你自己吧。你在北京有个欢庆，老家那边又追上来个沈老板。我看你怎么对付。"

李小芬的话让常菁菁陷入了沉思。

第六章

离开北京五个多小时后，车子驶入山东和江苏交界的地方，一片辽阔的湖泊出现在常菁菁和李小芬面前。常菁菁告诉李小芬，这是微山湖，中国北方最大的淡水湖。李小芬不解地问："你带我来旅游啊？"常菁菁笑而未答，让李小芬停下车，指着湖面滩地让她看。李小芬这才发现那里成群的"湖鸭"。橘黄色的夕阳下，一个小伙子哼着轻松的小调，撑着小船从湖汊里出来，小船的前后左右鸭子争相追逐、嬉戏。一幅美丽动人的水上图画。

小伙子泊好船，上了岸，吹了几声口哨，喊了几句号子，鸭子争先恐后地向岸边涌去。他看见两个女孩，热情地和她们打招呼。常菁菁问："你养了多少只鸭子？"小伙子伸出两个手指，说："两千多只，全是蛋鸭。""你喂它们什么？"常菁菁又问。小伙子回答："主要靠饲料喂养，每天定时放鸭子出来，到水面上运动运动，补充鸭子喜欢吃的水中的小鱼小虾，这样产蛋多，蛋的质量高。这两千只鸭子，每天要下一千八百枚鸭蛋，我从早上四点钟起床拾鸭蛋，一直要拾到天大亮。"

"好卖吗？"李小芬问。小伙子得意地笑了："你该问好买吗？给你说吧，我这鸭蛋供不应求，但是因为和人家有订单合同，不能随便卖。"他说完，认真地看了常菁菁一眼，有点喜出望外："你是北京那个导游小姐吧，你前几天不来过吗？"

常菁菁看看天色已晚，没敢和小伙子多聊，就和李小芬又上了路。不一会儿，她们又到了一个养鸭基地。车灯照射过去，一栋栋、一排排宽敞别致的鸭舍让李小芬感叹不已。她停好车，钻进一个鸭棚里。一群群不同品种的鸭们"嘎嘎"地叫着，有的像在聊天，有的像在私语，有的则像在争吵。她不禁脱口而出地称赞道："操，好一个鸭的王国！"

主人告诉她们，这个基地有标准鸭棚五百栋，年出栏生态肉鸭一千万羽以上。他说："在树林里养鸭环境好，特别是夏天，树林能调节温度，有利于肉鸭生长。我们采取接茬轮养的办法，一年放养八茬，比国外还多养两茬，年利润可达两千万元。"

"两千万？我的娘来！"李小芬吐了下舌头，"我到你这打工算了！"

主人介绍，这几年鸭肉以其独特风味和滋补保健功效大受青睐，市场潜力巨大。当地县委县政府通过市场调查，在全县推广了英国瘦肉型樱桃谷鸭、法国番鸭等优良品种。这些肉鸭肉质细嫩，爽口不腻，高蛋白，低脂肪，在市场上很受欢迎。他自豪地说："现在，全国人吃的肉鸭，每八只里就有我们这儿的一只……"他看常菁菁是有目的而来，又热情地向她和李小芬介绍了林地养鸭的好处。他说："林间空地有养生态肉鸭的资源优势，冬暖夏凉、空气清新。林宜鸭居，鸭肥育林，既可节约土地，又可获得林、鸭双丰收，同时还是旅游景点，一举四得。如果把每只肉鸭消耗垫料约两公斤，可以解决农作物秸秆还田的问题再加上，就是一举五得。"最后，他特别提到，这个基地是镇团委牵头，青年养殖协会办起来的，在这里工作的全是团员青年。

再上路时，李小芬十分激动。她说："我真服你常菁菁了。原来，你早有了打算。"接着，她又给冯俊才打电话，把这事告诉了冯俊才，最后说："你过来当鸭司令吧！我给你当压寨夫人。"

冯俊才说："我是学建筑设计的，不会养鸭子！"李小芬"咦"了一声，说："那你卖服装和建筑设计有什么关系？你不来算了，大不了我再找个鸭司令。"接着，把电话关了机。

常菁菁和李小芬回到九龙沟时，已是深夜十二点多。她没想到，瑶瑶、赵明明等一大帮年轻人都在东东家里等候着她和李小芬。

"菁菁，你真回来了，我们以后有主心骨了！"瑶瑶抱着常菁菁，半天没有松开。李小芬踢了瑶瑶一脚："哟，光抱她不抱我啊？"瑶瑶又回过身来紧紧抱住李小芬："你身上肉比菁菁多！得减肥了。"

常菁菁之所以没有直接回家，是怕妈妈看见她回来了生气。尤其是她妈妈这几天跟她通电话时，说话也没好气。她清楚在她回乡这件事情上，爸爸妈妈的意见有分歧。所以，她不想和伙伴们在自己家里商量事情。东东做了一大盆羊肉面。常菁菁和李小芬一坐下，热腾腾的羊肉面就摆到她们面前。常菁菁这时才发现，她的这群伙伴的确真心希望她回来。她的眼睛湿润了。

常菁菁在村里团员青年中享有一定的威望。她很小的时候，常乐是生产队长、民兵营长，她也算村里的"干部子女"，别人家的孩子都给点面子。上学以后，因为她的个子高，学习成绩也一直不错，所以从小学到高中毕业，她都是班长。很多男孩女孩喜欢和漂亮的女孩子接触，好像旁边有个漂亮出众的女孩子，会给自己增不少光彩。她的人缘不错既和她的漂亮有关，也与她的为人热心分不开。渐渐地，她自然而然地成了一帮年轻人的"头"。她一招呼，村里在家的团员青年就呼啦啦来了。抗"非典"时，九龙沟团员青年起了很大作用，就因为能够团结一致。她先把杨柳考察九龙沟后的意见讲了，又把同沈耀交谈的结果说了，然后把她和李小芬回村的想法和经过给大伙复述了一遍。她深情地望着几个小时一起长大的伙伴，在等待他们的回答。

"干吧，还等什么！"李小芬首先表态，"咦……还等着马坡把九龙沟的资源都糟蹋完了，把咱们的地占光了，爸爸妈妈气死啊？"

马鸣嘲笑说："别太拿咱村旅游当回事。这几年城里有人来咱九龙沟旅游，那都是些挎包里没钱又想学有钱人休闲的人。要是咱这能成旅游区，那九寨沟就该关闭了。"他的话引起一片骚动。马鸣外号叫"二红砖"。简单地说，"二红砖"就是没有烧熟。因为土质的关系，砖瓦窑烧出的砖瓦大都红色，那种没有烧透，说红不红，说青不青，就叫二红。再说深一点也是骂人，意思是爹妈没生养好、教化好。

李小芬马上顶撞他，说："你怎么不说有了黄山，庐山、泰山、华山就应该封山；再说难听点，九龙沟村有很多男孩子，你爸爸妈妈就不应该再生你！"她的话刚落音，会场上哄堂大笑。

李小芬的李姓，在村子里不是大姓。但她爸爸妈妈第一胎第二胎生的都是男孩，而她爸爸妈妈与其他人想法不一样，一心要个女孩，所以又生了第三胎、第四胎，直到第五胎才生下她。她从小就娇生惯养，养成了天不怕地不怕的个性。她的四个哥哥个个长得膀大腰圆，力气很大，被称为李家四只虎。村里像她爸爸妈妈这个年龄的，大多是一两个孩子，所以，她家成了村里最强大的家庭。在农村法制尚不健全的情况下，"拳头"就是理。一般的人都让她家几分。"二红砖"被李小芬骂了，也只有憋着气说了句："好男不和女斗，好狗不和鸡斗。"

"钱呢，钱从哪来？"赵明明一脸苦难的表情，说，"虽然咱的旅游开发搞了，但投资不大，大都是一家一户你搞你的采摘，我搞我的餐饮，乱七八糟，闹哄哄的，基础设施没大搞……"

"我投二十万！"李小芬说，"这可是我从牙缝里积攒下来，打算在北京买房子的首付款。操，反正我结婚前也不想在北京待，先把这钱用在该用的地方，等分了红再说。"

其他人面面相觑，没有一个说话的。不管是在外务工回来的，还是在家务农或做小买卖的，收入都不太高，即使手里有点积蓄的，也因农村社会保障工作还不到位，投资理财理念仍然停留在传统的建房、结婚、生儿育女和赡养老人方面。所以，常菁菁非常理解伙伴们的心情。李小芬却气急败坏，骂那些人只会耍嘴皮子练嘴上功夫。她说："别一个个拉着驴脸。告诉你们，有人给咱投钱！"

"还是那个姓沈的老板吧？"赵明明问。接着又说："他的话只能当过耳的风儿听听，千万别让他给忽悠了。"

李小芬急了："你赵明明咋这个熊样？他当着咱几个的面对菁菁说的话你忘了？"

瑶瑶说："各级团委都有支持青年创业的政策和基金，咱也可以争取！"

"要真有人投资，还不如投资开煤窑呢！"有人低声咕哝一句。

九龙沟的年轻人都听说过水库后边的山沟里有座曾开过的小煤窑，因地质条件不符合开采要求停了，现在，马坡四处拉投资准备再开起来。他们中有的支持挖煤窑。那样，他们就可以去挖煤挣钱。这比较现实。因而这部分人对于开发旅游没有太大的积极性。也有的对挖煤不热心。他们一方面支持保护九龙沟的生态，担心水土流失，环境污染，一方面觉得开小煤窑不安全。这几年，报纸电视里经常有矿难新闻报道，大的事故死亡几百人，小的事故也要伤几个人。有的记者说矿难如麻，层出不穷。他们从关爱自己生命和生存的环境出发，说是宁愿再到城里打工，也不下井挖煤。所以，那个人的话落声后，引起了一片骚动。

常菁菁在下决心回九龙沟之前，曾上过团中央的网站和其他一些国内网站，查看了不少资料。团的负责同志说得很对，在新时期、新阶段、新的历史条件下，基层团组织尤其是农村基层团组织，要增强吸引力、凝聚力，把团员青年真正组织起来，必须把工作重心转移到发展经济，共同致富，建设家乡上来。所以，她不急不躁，从人们的消费观念、旅游产业的发展趋势，讲到九龙沟的旅游资源优势和发展前景。中间，也举了不少例子。总之，从宏观到微观都讲到了。她讲得很动情，极富煽动性，不时被掌声打断。

也有人在窃窃私语："常菁菁过去就能说会道，在北京打拼这几年，嘴皮磨砺得跟刀子样了！""提人家刘老根干吗？那不是电视剧虚构的吗？"在一片嘈杂声中，马鸣站了起来，摇头晃脑地说："常菁菁，我听你讲了半天，好像听明白了一点，想请教请教。"

李小芬忽地一下站起来，指着马鸣说："马鸣你是存心想操蛋是吧？"

马鸣不甘示弱，反驳道："怎么，你们还没在那里就想大权独揽，像他妈的那个混蛋村主任一样搞一言堂？"

常菁菁制止了李小芬，让马鸣提问。马鸣故意咳嗽几声，像是清嗓子，然后不无尖刻地说："你在北京已经做到白领，年收入十几万，听说还在北京找了男朋友，准备在北京安家落户。你又杀回九龙沟，是不是想趁着金融危机，抢占九龙沟的资源。你说吧，我们要跟着你搞旅游开发，年收入能有多少？"他的话说完，响起一片附和之声。

"对，马鸣说的实在话。我们总不能勒着裤腰带在这保护什么生态，搞什么旅游吧？""在城里打工，一年收入个万儿八千没问题。你得给我们说个底，让我们好做选择。"

常菁菁对这些问题早有准备。她从容、坦诚地说："刚开始，我们的收入可能不会很高，甚至还有赔本的风险。但是真正开发起来以后，收入一定会逐年提高。最重要的一点是，咱大家都做股东，风险共担，利益共享，不会出现有富有穷的，而是共同致富。"

瑶瑶说："本来菁菁可以自己当老板，咱们跟着打工。但是，她让咱们都入股当股东，就是为了大家共同致富。"

李小芬见大家不说话，有点急了："咦……你们说来说去就是车轱辘话，要我说，挖煤确实能挣钱，可挣大钱的是老板。挖煤的挣的是卖命的钱。要是有一天你们给砸死了，赔的钱给谁？给你们老婆，你们老婆拿着钱，一转脸就便宜了别的光棍，像马鸣这样的！"

马鸣立刻应承着："是啊是啊，谁他妈的要是死了，老婆都归我，就像歌里唱的，带上你的钱财，领着你的孩子，开着那汽车来。"这家伙边说边唱还扭着屁股。惹得支持挖煤的一阵臭骂。马鸣挨骂像是受到了一种鼓励，接着说："我他娘的不想下窑子挖煤，弄得跟非洲兄弟似的，女人跟你睡一夜，得尿三天黑尿！"刚说完，一只鞋就飞到了他脸上。是李小芬的。

李小芬骂："马鸣你他娘的别捣乱！"

马鸣说："唉，你怎么了？咱俩是一头的。"

李小芬说："谁跟你一头，去你娘那头睡去。"大家又是一阵哄笑。

常菁菁等大家逐渐安静下来，才循循善诱地说："李小芬的话糙理不糙。咱九龙沟的小煤窑如果没有问题，上个世纪 50 年代就不会停下来，现在也不会办不下开采证、生产许可证和安全许可证。就算能挖出煤，可矿产资源是不可再生的，过了十年二十年煤挖完了，九龙沟要想恢复到现在的样子，恐怕把所有挣来的钱都投进去也不够。留下个黑秃秃寸草不生的荒山，下一代怎么活？"

李小芬说："我再说几句。我在北京打工认识一个朋友。她家那边开了几个小煤窑，村里老百姓没有因为挖煤发了财，漫山遍野的黑土煤灰没少了喝。九龙沟是咱们的家，咱们不能让九龙沟变成那个样子。搞旅游可能比挖煤挣钱慢，可搞旅游是让大家每一个人都挣钱。不光咱们这一代挣钱，下一代会更挣钱，子孙后代都会因为咱们端上金饭碗。"

马鸣说："李小芬到北京几年，个子没见长，思想觉悟却长高了啊！"

李小芬说："不是我思想觉悟长高了，是人长大了。跟你们说实话，我李小芬在北京不缺钱。可是，我老是觉得压抑，觉得痛苦。我痛苦的是不知自己能干些什么。一句话，找不到北，没有归属感。"说着，她的眼圈红了。她抹了把脸，又说："我跟菁菁回来，就是想看看自己还能不能独立自主地做点事。古人说：天有三宝日月星，地有三宝土木水，人有三宝精气神。我看我的精气神还能不能提起来！"

马鸣感动地说："真想不到李小芬也有这么好的口才！说得我全身血液都像在燃烧。"

瑶瑶说："人家小芬不光是口才好，是理说得好。"

李小芬说："今个参加会的不能支持挖煤窑！咱不能干杀鸡取蛋的事！谁要是变了卦，我跑他家门前骂三天三夜，保证骂的话不一样。在北京这几年，天南海北的人见了，天南海北的骂也学会了。"

赵明明纠正她说："那叫杀鸡取卵。"

李小芬回应："卵你个头，我要是说卵你听得懂吗？"

有人问："就咱这个山沟，光搞旅游能让大伙富吗？"

常菁菁诚恳地回答说："旅游是一个产业，围绕着旅游可以做很多事，比如吃的住的玩的用的。真的搞起来了，咱村的劳力还不够，得招聘大学生和外来务工的人。"

有人说："那我就买辆面包车拉游客，也不少挣钱！"

有的说："我开个带食宿的饭店，保证让客人满意！"

一时间，大伙对旅游开发的情绪高涨起来。马鸣说："菁菁你就领着我们干吧，谁要是敢动你，我就剁了他！"

在场的年轻人跟着一片呼应。这个说："菁菁你是团支部书记，我们这些团员你也了解，团的决定我们坚决服从！"那个说："早就看着马坡弄不出个什么名堂，咱要是干了保准比他干得好！"还有的说："菁菁和小芬说的都在理，离咱这不远的什么沟，自然风光还不如咱，七八年前搞旅游开发，现在见效益了。那时投了百把万，现在评估都过七八千万了。"

常菁菁觉得自己的血往上涌，她从来没有这么激动过，这一刻，她觉得自己开始懂得了什么叫事业。李小芬更激动，把羊绒大衣都脱了。她对东东说："去，再整一大盆羊肉面条来，外加一瓶白酒！"

马鸣说："一瓶白酒不够我漱口的，得两瓶。"

不一会儿，一大盆热气腾腾的羊肉面上来了，两瓶白酒也上来了。不过，这次是东东的爸爸孙石头送上来的。他两眼里清晰可见红红的血丝，不住地打着哈欠。他看了看赵明明，又看了看常菁菁和李小芬，没有想离开的意思。李小芬马上明白了他的心思，掏出一张一百元的票子给他："咦，我以为是你们家东东请客呢！"

孙石头把钱举得很高，仰起脸，对着灯光照了照，然后才装进衣袋里，嘴上说："小本买卖，小本买卖，还差两元五就算叔请你们了。"

李小芬又掏出一张五元钱的票子给了他："叔，别让你吃亏。多的两块五算给你的加班费。"

东东在一旁拿眼生气地瞪着孙石头，但是没敢发作。

孙石头高兴了，端起酒杯喝了一口酒，对常菁菁她们说："叔刚才听你们在议论旅游开发的事？"屋子里的人没人回答。马鸣扔了一支烟给他，他点燃后抽了几口，又说："这事你们得小心了。马主任正为这事闹心，说是咱村里有阶级斗争新动向。他说了，谁他妈的说阶级斗争不存在，九龙沟就有阶级斗争。"

李小芬把刚放到嘴里的瓜子吐了出来："咦……啥叫阶级斗争？我还是小学时听说过这个词，这么多年都没听提阶级了。马坡这是搞倒退吧。"

二月说："他不是搞倒退，是把自己放到了和群众对立的阶级。"

东东说："我打小就看马坡不是个好东西。长着一双老鼠眼，看人都没正经过。"

孙石头转过脸来骂东东："你一个女儿家就不该抛头露面。人家那十几家子没几个出头，就你会逞熊能，还跟着上省城闹……"

东东觉得有常菁菁一帮子伙伴撑腰，胆子也壮了，马上就顶了孙石头："你就会跟着狗舔屎！要不是你积极带头把树砍了，明明哥他们还不会砍呢。"

孙石头抬手想打东东，马鸣一伸腿挡住了。

孙石头的话又把大伙引到了土地补偿问题上。有的说："马坡就是想压制老百姓，不让老百姓说话。"有的说："咱们还得联合大伙向上边反映。"赵明明说："就一句话，让马坡把钱给我们！"马鸣也上劲了："马坡要是不还我们钱，我先把他养的那只神犬偷了卖出去，怎么也值几十万吧！够我和明明、东东家的赔偿费了。"

孙石头不想再和那帮年轻人说下去，他转身走时，丢下一句话："胳膊肘儿能扭过大腿，就你们能把马坡马主任怎么着？"

马鸣来了劲："要不是怕给你们添麻烦，老子早把马坡的腿给卸了喂狗了。"他关上门，转过头来时看见李小芬从北京带回来、放在桌子上供大伙吃的北京果脯抢了过去，独自吃了起来。常菁菁从苏北养鸭基地带来的宣传画册也放在桌上，封面是一个漂亮的乡村女孩开心地逗鸭子玩的照片。马鸣拿起看了看，然后给大家人手一册。他问："菁菁支书，你不是要带我们搞旅游吗，不会让我们养鸭子吧？"

常菁菁笑了笑，还没来得及回答，赵明明就抢着说话了："菁菁，你先前说的我都听明白了，我从来都没有这么明白过。咱们新成立的旅游公司没马坡什么事，对吧？那行，咱先干咱的事，反正钱是砸死了拿在马坡手上了，他想赖也赖不掉。过一段，我们再请你那个律师帮着上法院告他狗日的，他再不给钱，法院会抓他，蹲在牢里还怕他不给钱？"

李小芬说："咦……我以为你有什么好屁放呢，说来说起还是你的钱！"

赵明明让李小芬噎得直翻眼睛，忙说："我还有话呢我还有话呢！你听着。我刚才说的那是其一。"李小芬说："你就快说其二吧。"赵明明说："其二就是咱和沈耀合作，那咱就给姓沈的个面子，暂时不闹着找他要钱。往后走着看，他要是不投钱或者日哄咱，再给他新账旧账一起算。这是其二。其三，常菁菁你再给我来杯水。"李小芬骂了一句："驴啊你？"赵明明接过水说："这其三，我前些年在深圳打工是挣了一点钱，去年盖新房子都花光了，现在我就用承包的地入股吧。那我就是股东了！"

马鸣说："你咕咚，我也得咕咚。"说着还做了个倒下的动作。

赵明明摆摆手，示意马鸣不要打断他的话，然后接着说："沈耀并不知道马坡没给村民签土地流转协议，是马坡涮了他。咱们先与村民签，沈耀、马坡想占那块地也没法了。"李小芬照赵明明后脑袋瓜子上拍了一下："咦……这家伙鬼主意还不少！"赵明明说："别打岔，我还有其四呢。"李小芬说："四你娘了个蛋，有完没完你？"

常菁菁摆摆手，示意让赵明明说。

赵明明说："其四，再过一两年，咱再让沈耀建度假村。一来那总比挖煤窑好；二来游客多了，什么身份的都有，有的客人你还真得到他度假村那样高档地方住；三来他那度假村总得用人吧？用人还是得用咱九龙沟的人吧？还不是肉烂在锅里！"

常菁菁说："明明看得还挺清楚，真不能小看你小子！不过你有些出发点是有点毛病，咱就算和沈耀合作，那也是光明正大，不能算计人家。你算计人家，人家算计你，那还怎么合作？再说，沈耀也绝不是等闲之辈，要说算计，你算计不过他。"赵明明连忙说："是，是，咱不是算计他，咱是先小人后君子，咱不是怕吃亏嘛。"

一直憋着没吭声的马鸣举了举手："我有话说。"

李小芬看了看手表，有点不耐烦了："有话说有屁放！"

马鸣恨恨地说："凭什么呀马坡这狗日的！咱就拿他没办法？老康爷爷怎么也不想办法把他给弄下来呀！"

常菁菁说："马坡是通过选举当上村委会主任的，国家有个《村民委员会组织法》，要想拿掉他，必须通过改选。"

赵明明说："他是花钱买的选票。"李小芬问："咦……给了你多少钱？"赵明明说："一百，一百块钱外加一盒黄金叶。可是我拿了钱还是没选他。"李小芬说："你选没选鬼才知道！"赵明明说："你也别光知道说我，你三哥李小良还整天跟马坡腚后边当狗腿子呢，你咋不说？"

李小芬遭了赵明明抢白，一时很憋气，发着狠说："我三哥那个不争气的东西，哪天我跟马坡干一仗，看他向着谁！"

马鸣说："你哪天干仗，你三哥要是不向着你我向着你，咱俩在一头干。"见李小芬准备脱鞋，马鸣撒腿跑到门外去。

瑶瑶是团支部副书记。她小心翼翼地问："团支部能搞旅游开发吗？"

常菁菁说："咱们团支部先搞一个青年创业协会。然后由协会成立公司。这叫'支部＋协会＋公司＋农户'，是一种新的模式。"接着，她又说："咱们搞乡村旅游的根本目的，是通过发展旅游调整咱的结构，发展现代农业。真正要把旅游开发起来，形成支柱产业，还得有一个周期。这期间还得有比较好的产业支撑着。"

赵明明说："菁菁你想得很周到。别说让老百姓等一年两年才见到钱，就是让他们等三个月，他们就会变。不过，九龙沟目前能形成规模产业的还真没有。果树是不少，几乎家家都有，但规模不大，收入也不高；康爷爷前两年动员搞苗圃，树苗也不好卖，因此种得少了；养鸭子的人家倒不少，可是家家就那么十只几十只，最多是华爷爷家，也就千儿八百只。"

常菁菁说："我就是想把生态养鸭搞成一个新产业。"她让大伙把她和李小芬带回的宣传画册打开，讲了她两次去苏北鸭乡参观的感受，以及拉长旅游产业链条的一些设想，重点说到了三华庄。

过去，有个说三华庄的顺口溜：三华庄两大件，鸭脖子辣豆干，吃不完还能往怀里揣。意思是说，农村中称大菜叫大件，过去婚丧嫁娶办席时兴八大件，其中三华庄的鸭脖子和辣豆干占了两件。吃不完往怀里揣，简单地说是能方便拿走。从华联产的太爷爷的太爷爷起就开始养鸭子、做豆腐。三华庄老房子墙上的石头壁画就有养鸭子的生动记录。三华庄的肉鸭肉比较嫩，营养价值高，有人形容说"三华庄的肉鸭放到嘴里就化了"，所以在这一带名声很响。就是在上个世纪70年代到处割资本主义尾巴时，三华庄也养了上千只鸭子。不是三华庄的人胆大，是上边不让停，县里乡里食堂做菜都要用肉鸭，老百姓家改善生活也要吃肉鸭，只是那时不让卖钱，是用山芋干或者其他粮食换。那个时候，生产队每天都要派出十几个劳动力，有的推着车，有的骑着自行车，到周边去卖苗鸭。常菁菁小的时候和伙伴喜欢养小鸭子。那首"生产队里养了一群小鸭子"的歌天天挂在口头上。前几年，九龙沟几乎家家户户都养鸭子，但都是规模较小，多的几百只少的十几只，一年养一茬子，收入不是太高。马坡任村委会主任后，说养鸭子不挣钱，又容易招禽流感，让村民把鸭子卖了或者杀了，只有三华庄华爷爷那几家还养着千余只。常菁菁说："能揣走就是方便带走，就能作为旅游产品。我们可以把养鸭发展成一个产业。这次回来的路上，我和小芬又顺便去看了。照当地人介绍，咱这滩地、水库都可以养鸭。一个八分地的大棚，每年收入两万多元。"

李小芬也绘声绘色地把在养鸭基地的见闻讲了一遍，让在场的人个个兴致勃勃。

常菁菁又说："肉鸭养殖搞起来后，一是可以增加旅游特色。鸡鸭成群，这是乡村的一个特色嘛！二是可以解决咱这儿玉米的销路，因为玉米可以作为鸭子的饲料。"东东接上说："现在县城有一家供货商每天都派车到九龙沟来收鸭子。那个供货商说县城里的人下饭店，都喜欢点九龙沟的鸭子吃。他们现在还给省城供货。"马鸣说："我有个建议。咱村养鸭大棚不能让外村的知道了。他们要是也都发展养鸭大棚，跟咱竞争，咱们的鸭子也会像苹果一样不好卖了。"常菁菁说："我的想法恰恰和你相反。我想咱们的养鸭大棚发展起来了，欢迎咱们镇、咱们县的群众都发展养鸭大棚。这样才能形成一个大的产业，才能形成咱们县的特色。到那时，才能吸引厂家来投资，或者咱们再投资搞一个加工厂，形成系列产品，打出品牌。"东东说："这事要是华联产在最合适。他从小就在鸭子圈子里长大，连鸭子说话他都能听懂。"瑶瑶说："不行的话让赵明明先干，再动员华联产回来呗。"赵明明一听急了："我家过去养过鸭子，但就几十只，最多时几百只，让我搞成产业，我没能力没把握。再说，我这个团支部委员年龄大了，早该退休了。"一向以老好人著称的瑶瑶急了："赵明明你怎么能这样？菁菁没回来的时候吧，就数你猴急猴急的，菁菁放弃了好工作好收入回来领大伙干了吧，你又像只缩头乌龟。你不当团支委，还可以在青年创业协会和公司任职。"

赵明明没等常菁菁说完就已心领神会。他说："我听明白了听明白了。我去那边参观取经的路费你得解决。"瑶瑶说："你赵明明只有听到钱才会动心。"

李小芬说："他早该改姓钱了。"赵明明不好意思地笑了笑："你们怎么还那么落后？现在这社会谈钱挣钱是最光荣的事。"

不知不觉之间，天已经亮了。东东熄灭了电灯，晨曦从窗户的玻璃透进屋子里。常菁菁扫视了一眼伙伴们，个个依然精神抖擞。她心里非常高兴，再一次感受到了一种蓬勃的活力。不过，她最后还是说了一句："大伙都再好好想一想。"

从东东家出来，李小芬不满地说："常菁菁你什么意思，让大伙再好好想一想。你不如干脆说你还得想一想，或者说你还得和那个欢庆一起想一想。"

常菁菁让李小芬说得一句话也回答不上来，同时感到脸上发烧。瑶瑶好像想到了什么，对常菁菁说："咱得和康爷爷说说吧？看老人家怎么想。"常菁菁也正想去康爷爷那儿，于是同意了。

康爷爷听常菁菁、李小芬和瑶瑶你一言我一语介绍的团员青年骨干商量的意见后，非常高兴，说："我没看错。我怎么想，觉得九龙沟"80后"一代不会没人站出来创一番大业！"

瑶瑶说："这是您老人家带出来的好传统。九龙沟每一代人中都会出个像您这样的创业人。不然的话，就不叫九龙沟了。"

康爷爷拿出一摞旧报纸。他说是他这两年收藏的。大多数是介绍一些农村党的建设、发展经济和农民致富的经验的文章。他指着其中一张对常菁菁和瑶瑶说："这是我专门挑的一份介绍农村团支部带领青年创业的文章。这个地方的团支部就是用咱说的'支部＋协会＋公司＋农户'的方式，中央领导参观后给予了充分肯定。你们看看，学习学习。"

常菁菁忽然明白了，康爷爷早已有心培养九龙沟的年轻一代，说难听点早已打她的主意了。

康爷爷说："你们这一代人，大多数是独生子女，在家里是宠儿，地位高，父母亲尊重你们的意见。你们要干事，而且是干好事，家里都会支持。再说，多年的经验证明，青年人创业热情高，有干劲。"停了一下，他语重心长地说："我觉得当务之急是把事干起来。昨天又有几个在广东那边打工的回来了。我估摸着可能还会有陆续回来的。回来了没事做没收入，人会怎么样呢……"

常菁菁明白康爷爷话中更深刻的含义。外出务工回乡人员回家后没事做，肯定迫切需要再就业。在这种情况下，马坡一煽动，有可能增加对开小煤窑的支持率。那样，旅游开发的难度会增大，困难会增多。她对康爷爷说："我们打算这两天就开青年创业协会的成立会！"

康爷爷送她们出门时，不无忧虑地说了一句："现在还不知马坡是什么态度。他要是从中阻拦，你们的麻烦可能就多一些。不过，村党支部会全力支持你们！"

出了康爷爷家，瑶瑶对常菁菁说："康爷爷到底是老支书，有谋略。"80后"大多是独生子女，如果抱成一团，就会影响整个村的形势。"

常菁菁的爸爸妈妈对她回乡是两种截然不同的态度。她爸爸就一句话："在咱家门口也能当老板，就看你有没有真本事。"她妈妈则是重三道四说些埋怨和责备她的话，中心内容都是强调她不应当放弃北京那么好的工作条件和收入，以及和欢庆的婚姻。她妈妈说："听听人家左邻右舍怎么说你吧，我就没见有几个说你好的。现在不是五十年前你爹你娘年轻那个时代了。哪还有人放着舒心的日子不过去受苦的？所以，说你不是神经出了毛病就是在北京犯了事……"

常菁菁知道妈妈本来心情就不好，不能再让她气上加气，任凭妈妈怎么叨唠，她都不说话。过了一会儿，她不想听妈再啰嗦下去，起身到厨房去给爸爸煎药。接着，她听见了爸爸和妈妈的争吵声。

妈妈说："咱们家菁菁都是你从小带成这个样子。她上小学时，你就鼓励她当班长当少先队的小队长中队长大队长，中学时又当团支部书记，多少年来把荣誉、集体看得太重了。"

爸爸说："如果人人都不想着集体，不想给大伙做点事，这社会还不乱了？再说，一个人从小讲荣誉重荣誉也没错。"

妈妈说："这倒好了，她在北京有工作有收入还马上要结婚，却回来搞什么旅游开发。九龙沟出去的也不是她一个，那么多人怎么不回来创业。万一欢庆真的和咱们家菁菁吹了，看……"

妈的话还没说完，爸爸就火了："万一怎么着？咱家菁菁还找不到老公了。我相信欢庆生气归生气，不会和菁菁吹。就是万一他和菁菁吹了也不一定不是好事。你想一想，一个男的要是因为自己的女朋友换了一个环境想干点事就吹了，那还能算是真正的爱情吗？就是结了婚又能过长久吗？"

妈妈说："她一个女孩子能当了什么家做什么主？"

爸爸说："在你当妈的眼里她还是孩子，其实孩子早长大了。她在北京不就管着大公司的一个部门。再说，当年修水库时，老康叔让我当民兵营长那会儿我才多大，才十七岁。我不照样带着咱九龙沟民兵扛了多少面红旗回来……"

妈妈也丝毫不相让，顶撞爸爸说："你们爷俩是一个模子做出来的。我一个人说不过你们俩。不过，我先把话撂这儿，如果菁菁以后干得不顺利，过得不顺心，可别怪我这个当妈的没尽到责任。"

常菁菁听了爸爸的话心里很感动。她觉得有爸爸，有康爷爷、华爷爷在后边全力支持，心里踏实了好多。

安顿下来，她打开了手提电脑，看到邮箱里有欢庆简短的一封信：

> 菁菁：我知道那天让你受了刺激，受了委屈，你生气你埋怨你不辞而别，我都不会怪你。可是，我担心的是九龙沟的政治环境、人文环境对你创业的不利影响……听我一句忠告，回来吧，别蹚那片浑水。

看完欢庆的信，常菁菁有些后悔。不是后悔自己回乡创业的选择，而是后悔与欢庆分别时的冲动。现在看来自己有可能错怪了他，他并不是故意带姚渺渺去气自己，或者说给自己一个下马威。想到这里，她给欢庆写了简短的回信。可是要发送时又停下来。她想，我现在还不能请求他原谅。请求他原谅就等于向他认了错。不，我没错。我要让他看到是他的错，让他后悔。让他想着我……她想着想着，暗自笑了。笑罢，她又想起康爷爷送她们出门时说的那句话，于是给沈耀打了个电话。

"哟，大美女半夜想我，让我好感动，好激动，好冲动！"沈耀一连说了三个"动"，把常菁菁逗乐了。她说："我以为你不像会贫的人，看起来是走了眼。"接下来，她把回到九龙沟和团员青年骨干商量的结果，村党支部书记康爷爷的态度给沈耀说了，最后强调说："我还没有和马坡马主任谈，不知他的态度……"沈耀没等她说完，就打断了她的话，直率地说："马坡那边我敢给你常菁菁拍胸脯保证没问题。我已经到了县城，明天就约他来谈。"

第七章

其实，马坡已经知道常菁菁要回九龙沟搞旅游开发的事。有李小芬那个快嘴快舌的，还有东东这个心急火燎的，消息不传得快才怪呢。马联合听到这个消息后，急得像热锅上的蚂蚁，赶忙去找马坡。马坡正仰面躺在二楼卧室的大床上，他小姨子雪莲大汗淋漓地给他按摩。卧室里的空调开着暖风，整个房间温暖如春，与室外的气温形成很大差异。马联合一进去，马坡就知道有事，挥挥手让雪莲出去。雪莲出去后，他点燃了一支烟，慢腾腾地抽着，斜着眼睛看了马联合一眼，咳嗽了一声。他是用这种动作下达一种"指令"，让马联合说话。他当上村委会主任后，对村里人都是用这种方式。只有这样才能显示自己的权威。

马联合把从村民中听到的常菁菁回九龙沟来搞旅游开发的消息告诉了马坡，然后气急败坏地说："这妮子真他妈的脑子进水了。在北京有一份好工作，一个月收入好几千，还找了个北京老公，偏要回来搞什么旅游开发。她一回来，说不定有多少在外打工的跟着回来。我估摸是咱占她家的地、朝她家门上抹屎的事她知道了，回来想带一帮毛头青年和咱对着干！她正在筹备什么青年创业协会……"

马坡"哼"了一声，没有说话。马联合说："还有就是我也听说，姓沈的要与她合作！这狗日的是不是发觉了咱挖煤窑的意图？"马坡又"哼"了一声，还是没有说话。马联合急了："叔，您得想想办法……"

马联合还没说完，马坡扔掉烟头，拍了下茶几，生气地说："看你个穰熊样，能成什么大事？我现在是九龙沟的村委会主任。我不开口不点头，谁能从咱手上夺一草一木？你回头给我看着点。我正等他们来找我！"

马坡之所以不急不躁，就是因为他自以为在九龙沟他是皇帝老子。皇帝老子不开口的事别人办不了。

马坡的本意不是搞旅游开发。他的朋友给他出的主意是，让他先当上村委会主任，然后以搞旅游开发的名义，从村民手里把承包的土地林地收过来。这样做的投资少、成本低，上边也好批，等基础做好了再挖煤窑。他开始是按部就班地进行，先是大张旗鼓地宣传旅游开发，连康支书也给了他很大支持。他如愿地找到了东洲公司这个投资方，拿到了一笔土地补偿费，一些村民也果真把树砍了地平整了。但是，这些村民因为土地补偿问题争执不下，纠缠不休，影响了工程。殊不知这正是他所需要的。他对别墅度假村不感兴趣。即使那些没拿到土地补偿的村民不闹，那块地将来也是做煤场用。这一点只有他自己知道。他没想到沈耀很精明，适时放慢了投资，而且大有毁约之势。他十分清楚，如果上边查下来，或者东洲公资毁约要求赔偿，他的问题立马就会暴露。东洲公司前期入账的三百万，他用三十万盖了个村门楼，吃了十万的回扣，或者说叫受贿；修了村里一段路，花了八十多万，又从中捞了十多万；他给镇党委书记黄涛换了一辆小轿车，花了三十多万；自己买了一辆车，又花去二十多万。他还挪用其中的五十万，替儿子付了在省城买房子的首付款，五十万交一个黑道上的朋友办挖煤窑的证；自己在县城的洗浴中心装修用了二十多万……

所以，他一方面把责任朝东洲公司身上推，让马联合鼓动村民去东洲公司闹事施压，促东洲公司继续投钱，一方面想尽快再找一个新的投资人。他的心事任何人不知道，就连他最信任的亲侄子马联合也没说过。他这些年的经验是任何人也不能相信，尤其是不能对任何人交根交底。

因为度假村工程搁浅，沈耀已经有一个多月没和他来往，连电话也没通一个。这期间，沈耀公司负责投资的部门经理和公司一位副总先后找他谈过，提出，要么办理好土地确权评估以及转让手续，要么退回公司的先期费用。这两条他目前都做不到。土地补偿费没发到村民手里，村民不让使用土地。九龙沟和很多山区村一样，村民承包的土地比较分散，人均一亩半地分散在几个地方。沈耀看上的地方虽然不是粮田，但是果园或经济林，是很多人家的"钱袋子"。有十几户村民不同意征用他们的承包地。退款他也做不到。哪有吃到肚子里吐出来的？他一开始是用拖的办法应付沈耀派去的人。你来了，我好吃好喝地接待，让你酩酊大醉，再带点土特产回去，最多请你到县城洗浴中心洗个澡，找个小姐陪一陪。他还总结出了一个顺口溜："客人来了怎么办？带到山上转一转（看风景）；转完以后怎么办？酒桌上边灌一灌（喝酒）；灌完以后怎么办？洗浴城里按一按（按摩）；按完以后怎么办？客人和小姐商量办……"马联合和李小良交口称赞他有才，就连黄涛听了，也拍着他的肩膀说："你狗日的经验挺丰富！"再后来，沈耀既不派人来谈，也不理他。这样，他心里更不停地犯嘀咕。妈的，这些儿子老板真是高深莫测。他们不像一些父辈老板那样喜欢张扬，而是非常低调；他们不像一些父辈老板那样在汗里血里摸爬滚打出来，而是靠高科技或资本运作很快成功；他们不像父辈老板那样，遇到问题时剑拔弩张甚至大打出手，而是动辄拉你上法庭……妈的，太难捉摸了。越是难捉摸，他心里越慌张。他知道，不论是经济实力还是上层关系，他都不能和沈耀相比。他想象不出沈耀会怎样对付他。当他听说沈耀想拉常菁菁合作的消息后，心里才有了底："说到底你沈耀不是舍不得我这儿的资源吗？别以为老子看不出你的心思。你还是想盖别墅，挣房地产的钱。你真想搞旅游开发，为九龙沟老百姓造福啊？哄常菁菁那乳臭未干的妮子去吧。"他断定沈耀会来找他甚至于求他。到那时他就有了主动权，操你妈的那三百万不用还了不说，你还得再给我继续补偿。

果然，常菁菁回到九龙沟的第二天，沈耀就约他到县城去谈。不过电话不是沈耀亲自打的，而是刘县长打来的。刘县长说："马坡你狗日的钻哪去了，好长时间不露个鸡巴头？"马坡说："我去日本了！"他说的是玩笑话。刘县长外号"刘日本"，他一提日本两个字，刘县长就敏感地笑了："你个大爷，放下电话给我马上到县城的东洲宾馆来！"

　　东洲宾馆是沈耀在县城投资兴建的四星级宾馆，是这个贫困县唯一的四星级宾馆。宾馆开业时，沈耀请来北京一位刚退下的部长、省政协一位副主席。县四大班子在家的领导全部到场陪同，县各局、办，各乡镇的领导无一缺席，各个国企的正副职悉数全到，政法口、武警消防、工商税务城管等职能部门所有带"长"的、带"主任"的、带"书记"的也都来了。刘县长亲自主持开业典礼仪式。浩浩荡荡的嘉宾拥满了东洲宾馆的宴会厅，所有贵宾人人胸前一朵红花，每个人都喜笑颜开。宾馆所在辖区城管的一个小头头因为没接到请束，觉得没面子，故意找茬说车停得太乱，要罚款。宾馆经理给沈耀汇报，说是打算给那人送个红包。沈耀勃然大怒："去他妈的！老子最恨两种人，一是欺骗，二是讹诈。你警告他，再不滚蛋，我明天就摘他的大盖帽！"那个小头头果然灰溜溜地走了。这事传来传去，把小头头就传成了县城管局长，还有的传成公安局长。县城人对这家星级宾馆刮目相看。东洲宾馆开业庆典的三天时间，成了县里最为盛大的节日。县人大的一位退休领导不无醋意地调侃说，要是在现场开各级领导大会，是人到得最齐的一次。

　　东洲宾馆开业庆典刚结束，就发生了汶川大地震。沈耀的东洲宾馆向灾区捐款一百万元，是全县里捐款最多的大户，给县长脸上贴足了金。让老百姓说不清楚的是，这家坐落在连公教人员工资都不能按时发放的贫困县的四星级宾馆，竟然每天宾客盈门。有人说只要看东洲宾馆门前没有刘县长的车，就知道他出国或者去省市开会了。第一个月下来，宾馆就赢利几十万。在这个小县里，去东洲，那是荣誉，住东洲，那是地位，胸前戴着东洲牌牌的人走在大街上腰杆都是挺得直直的。

　　东洲宾馆六楼的套间，装修得像是总统套房。这样的套间有两间，住过的最大的官员是联合国粮农组织的官员，最小的是九龙沟村委会主任马坡。沈耀到县里来，就住在其中的 A 套房里。马坡到后，沈耀没有马上见他，让他在大厅里等了两个小时。沈耀和投资部的经理以及法律顾问，就公司与九龙沟下步合作的事起草了一份合同。合同中明确规定，东洲公司前期支付的三百万土地补偿款转到新的旅游开发公司作为股份。他觉得满意了，才让把马坡叫到会客室。

"沈总你好！这段时间忙死累死了，又要整地，又要修路，还得没日没夜地与那些农民磨嘴皮子，也没顾上和你联系……"马坡一见面就说了一大堆理由。

沈耀一边抽着烟，一边摆弄着从美国买来的高级打火机，连看也不看马坡一眼。马坡觉得再说下去没有意义，停下话头沉默了一会儿后，他才不冷不淡地问了一句："说完了吗？该说正经事了吧！"说着把合同样本丢给了马坡。

马坡忐忑不安地从地上捡起合同样本，看也没看一眼，又恭恭敬敬地放到沈耀的办公桌上："沈总，你定，你定！我都听你的。"

沈耀并没有马上拍板。他说要接待一位领导，起身走了。临走，交代法律顾问把合同的内容向马坡讲一遍。马坡听得很仔细，法律顾问讲完问他的意见时，他犹豫了一会儿，问了一句："这新公司与村委会什么关系？"法律顾问告诉他，新公司是东洲公司与其他股东共同注册成立的独立法人的公司，与村委会没有直接关系。马坡一下子愣了，也急了："沈老板这是要把我一脚踹开啊？！这，这太不够意思了吧？"

沈耀的法律顾问盛气凌人地说："你姓马的够意思吗？你他妈的把我们的三百万拿去干了些什么？村民的补偿费你没给，说好的地你没整出来……好了，我没心情和你扯那些狗连蛋的事。你要不同意就直接告诉沈老板。"

马坡不服，吭哧吭哧好大会儿，才低声说了一句："你们踹开我，是你们违约，我可没办法还你们那三百万了。"沈耀的律师告诉马坡，这样做是为了让他解脱。一来，与村民的土地矛盾转移到新公司；二来，他马坡可以脱开身干自己想干的事。"他故意把"你想干的事"说得很重，"旅游开发公司搞好了，你马坡有成绩，是给你脸上贴金，你的村委会还可以增加收入，搞不好，你可以把责任推得一干二净。"

法律顾问把话刚给马坡讲完，沈耀和刘县长一同进来了。刘县长又矮又胖，在搀扶着他的身材高挑的女服务员面前显得有些猥琐，但他的胸脯挺得很高，加上长方脸上的神情威严，多少有点风度。他握着马坡的手，开门见山地问："老马，沈总把话给你挑明了吧？我认为沈总还是很大度的。沈总要是告你，够你狗日的喝一壶的。"

马坡琢磨了一会儿，觉得沈耀的那几条协议对他并无多大影响，换句话说对他有利。但是，他又怀疑沈耀的出发点。他看沈耀神情不再像刚进门时那样严肃，就开门见山地问沈耀："沈总，这新公司法人是东洲公司的人还是从村里选？"沈耀回答说："我已经选了一个合适的人。"马坡愣了愣，问："沈总选的是不是九龙沟在北京打工的常菁菁？"

沈耀没有肯定也没否定，而是目不转睛地看着马坡，好像要从马坡狡赖的目光中找到对他的这一决策的态度。

马坡犹豫片刻，说："常菁菁那妮子可不行。她到北京好几年了，工作不错，收入不低，还找了个当律师的老公，马上要结婚。这样好的条件，她为什么还回九龙沟？国庆节，她老公和一个搞旅游的老板专门到九龙沟来过，我也见了。那个北京小子贼精。他们对外说是来旅游，屁，能哄了老子！她们就是想借金融危机抢夺俺九龙沟的资源。"

沈耀脸上掠过一丝嘲弄的笑意："你要是早搞好了，谁能抢得走。"

马坡说："沈总，不，兄弟你可别大意。九龙沟可不是我马坡一个人的利益在那儿……"他看了一眼刘县长，把到嘴边的话又咽了回去。刘县长没听出马坡的话中之意，高兴地说："老马你能想着九龙沟全体老百姓的利益，这很不错嘛！"说完，他又想起了什么，问沈耀："那个姓常的女孩你很熟悉啊？"

沈耀回答："老同学。"

马坡想了想，接着又说："她一个女孩子，就算工作不错收入也可以，毕竟是个打工的，手里没钱投资。你沈总投资，还是你当法人，当董事长。"沈耀有点不高兴了，说："这与你没关系。你让我当法人当董事长，有点屁大的事都来找我啊？这个公司在我公司充其量是个孙子辈的公司，我当法人当董事长，变相说当你的村民，亏你想得出来！"刘县长也不高兴地说："你马坡管那么多干吗？你当你的村委会主任。他们搞旅游不也是为你脸上贴金？"

马坡听到这里有点明白，心想："肯定是你姓沈的狗日的看上了那妮子。好吧，你愿意往坑里跳就跳吧，只要不让我吃亏。爷爷不陪你玩了。"马坡生下来就是"四类分子"子弟，属于专政对象。在学校上学时没有孩子和他玩，在家务农时干得比别人多挣得工分比别人少，还三天两头地被叫去开会被训话，天天义务打扫村里的公共厕所。到了搞对象的年龄谁家的闺女都不跟他，直到摘了帽子才把一个病病快快的女人娶回家。改革开放了，他又因为盗窃蹲了几年大牢。直到从牢里放出来在县城开了饭馆歌厅洗浴城才渐渐有了人样。康爷爷很早就说过马坡也是个苦孩子，心态是给压制坏了。马坡看人看事，总是留有余地。他需要沈耀投资，所以才愿意在沈耀面前低头。不就是低个头吗？我也不是向你姓沈的低头，是向钱低头。向钱低头不算下作。多少个省长部长市长县长还因为金钱杀了头呢！想到这里，他摸起沈耀办公桌上的合同书和笔，痛痛快快地签下了他的名字。然后又改口说："菁菁那妮子是不错。不说别的，人长得水灵，我敢说你在咱全县都难找出第二个。在北京几年，也不知用了什么药，胸前那两个大妈妈（乳房）挺得，嘿，用现在时尚话说真像青藏高原……"他一边说，一边看刘县长。发现刘县长的眼睛都直了，又说："刘县长你哪天去看看，保准咱县里挑不出第二个这样的美人儿！"

沈耀瞪了马坡一眼，指了指他的鼻子："你他妈的还是长辈，说话一点不注意！"马坡不以为然地笑了笑："谁还不知怎么回事。"沈耀口气非常严厉地对马坡说："老马，我可警告你。你他妈的少打常菁菁的主意！"他的话是对马坡说，但眼睛去看着刘县长。

马坡连忙点头："是，是。我有那个贼心有那个贼胆也付不起费啊！不像你沈老板一掷千金，更不比刘县长手中大权在握！"说完，一脸淫笑。

刘县长哈哈大笑："走吧走吧，该吃饭了。沈总你今天得把十五年茅台酒拿出来让我和老马品尝品尝！"

马坡在东洲宾馆酒足饭饱以后开车返回九龙沟，一路上他一直在想着下一步棋。他不缺钱，确切地说是不缺小钱。在县城，他有一家集歌厅洗浴一身的娱乐城。凭着这些生意和家产，就是在县城他也算得上富足了。当初他花了十几万，费尽心机当村委会主任，根本就没想过搞旅游捞上个仨瓜俩枣，那样太没有志向，那不是他马坡的志向。十年前他父亲临咽气前，说出了压在心底多年的想法，就是他爷爷生前在山坡上靠近九龙松选的一块墓地。他父亲说听他爷爷说那是一块风水宝地。"如果不是风水好，那棵松树怎么会活那么大年纪而且枝繁叶茂？"他爷爷花了十亩地的钱买下那块地，准备给自己和马家后代做墓地的。解放初土改时，那块地被收了。他父亲咽气的当天，他就找到康支书，提出要把他父亲葬在那块地上，并且把他爷爷的墓也迁过来。康爷爷当即严词拒绝，对他拍了桌子："你马坡是不是想翻攻倒算？告诉你，休想！"他吓得出了一身冷汗，从此不敢再提此事。当时，他的一位朋友告诉他："你要想把那块风水宝地拿回来，就得回村里当村长。"他不以为然地说："村官算个鸡巴！小到夹在屁眼里都不嫌硌得慌。我不能为了一块墓地，去受那份罪。"

不过，他从此也对康爷爷耿耿于怀。

他小时候跟着父亲下地干活时，父亲曾指着九龙沟山上山下告诉他："过去在九龙沟就数咱家大业大，这些地方都姓马。"父亲说他爷爷过去也很贫穷，但是他爷爷能吃苦，又能干，会过日子，慢慢地有了些积蓄，有了积蓄就置地，几十年过去，滚雪球一样越滚越大……在那个阶级斗争天天讲的年代，他父亲作为地主，还受着贫下中农的管制，给他说这些话无疑冒着"复辟变天"的风险。其实，他长大后才明白，父亲说那些并不是为了让他记着对贫下中农的"阶级仇恨"，而是教育他像爷爷那样吃苦耐劳，将来能干点事。在他看来，他爷爷是干大事的人，他也和爷爷一样是干大事情的人。他不知道他要干的事情有多大，但他知道多大的事情才值得干。比如现在他正在忙活的挖煤窑。

两年前，还是那个曾劝他回村竞选村委会主任的朋友找到他，说是九龙沟有个年产十五万吨的小煤窑。马坡说："屌，那个小煤窑地质条件不好，不能开采。我小时候就听说被判了死刑。这几十年也没有人提过。"那个朋友说："不是没有人提，是提了你们村的头头不同意。你没听人说，'要想富两条路，挖煤窑、开药铺'，'房地产三年不开张，开张吃三年；煤矿三年不开张，开张吃三代'。你要是把那个小煤窑干起来，等于开了家银行！"他蹲大牢时的一个狱友，出来后开了个小煤矿，两年的工夫，开着大奔来看他。再过了两年出门坐劳斯莱斯，浩浩荡荡一个车队。有的地方官见了他，腰躬得像只大虾，脸上笑得像只花猫。身边的女人换得像走马灯。那他娘的什么劲头什么排场？就冲这个，马坡也要挖煤窑。他当时拍着胸脯说："如果真的有人投资，我保证能拿下那煤窑。"他兴致勃勃地回了一趟九龙沟，专程找康爷爷和华爷爷说了这件事。没想到康爷爷和华爷爷都明确反对。他悻悻不乐地回到县城。那个朋友劝他说："你要想挖那个煤窑，就得先想法当上村长。"他说："当了村长也没用，老康头不点头，啥事都办不成。"那个朋友对他说："村官小，但村官实用。村官是选上去的，只要抓不住大的把柄，谁也拿不掉。现在上边强调村民自治。你村委会通过的事情，党支部拿你也没办法。现在挖煤窑虽然不需要村里同意，但是你占地得老百姓同意。老百姓的工作还得村里做。"

朋友的话给了马坡提醒。他开始活动回村竞选村委会主任。他的那个朋友介绍他认识了新上任的镇党委书记黄涛。他趁黄涛到县城开会的机会，请黄涛在他的洗浴中心"放松"了几次，又送了黄涛两万现金，还承诺小煤窑开了给黄涛"干股"。黄涛满口答应支持他回村参加竞选，而且说得冠冕堂皇："咱们村一级干部中就缺像马老板这样的能人！"黄涛的工作做通后，他又拉上孙石头、马联合、李小良等人为他在村民中做工作。

对于马坡花钱竞选村委会主任，马坡的老婆十分心疼。但她说了不算，甚至不敢说。老婆是什么？在马坡看来，老婆是家的符号，有家就要有老婆。老婆和女人的区别不是本质上的，只是形式，不缺她吃不缺她穿，有兴致了再弄她一回，这就够了。他能把小姨子雪莲弄到家里跟老婆放在一个床上干，他老婆心甘情愿。别的男人有这种一夫两妻的福分吗？人要敢想，还要敢做，不然枉为人一世。

村委会主任当上了。有人给上边写信反映他搞贿选。镇党委书记黄涛带人到村里转了一天，回去汇报说"查无事实"，把这事挡了。风水转到今天终于给了马家一个显山露水的机会。第一次村民大会上，他说："养鸭子不挣钱，还容易得禽流感，都给我杀了。你不杀，我派人杀，你得缴屠宰费，一只十元！"第二天，很多人家就把鸭子杀了。当然，也有不听他的，那毕竟极少数。他就让马联合给那些人家的鸭子下药给药死。你要告吗？随你到哪儿告，最后还得到镇里黄书记那儿。黄书记一句"反映情况不实"就给抹了。马坡体验到了权力的威力。九龙沟有一千多号人，在这一千多号人面前放屁山响，跺脚地动，打个嗝就家喻户晓的感觉也十分美好。这种感觉值多少钱？

令马坡感到不顺的是入不了党。这是他的一块心病。这块心病使他十分别扭。本来觉得简单的事，花钱就能摆平的事，却让他像老牛掉进枯井里，有劲使不出。在入党的事情上，他的钱花不掉。他曾给康爷爷和华爷爷各送了一千元，都被原封不动地退了回来。入不了党就做不到党政一把抓，不能党政一把抓就有缺憾，就憋气，就别扭。那个又老又穷的老康头子挡在他面前就像是一堵棉花做的墙，你使多大劲都能给你吸收掉，还不显山不露水，还他娘的烟不出火不冒。这令他十分不爽，非常不爽。如果他马坡要是党政一把抓了，挖煤窑那一定是顺风顺水。就是这个小到不能再小的村支书搞不定，掀不翻。马坡认为这需要智慧和耐力。当年他因犯罪关进大牢容易吗？忍了几年熬了几年也就出来了。从牢里出来开饭店容易吗？工商税务公检法，城管市容防疫站，地痞流氓滚刀肉，三教九流排成串，到后来怎样？还不都成了朋友为他所用？开歌厅、开洗浴城就容易多了。有些当官的"好一口"，大不了让小姐拿圆滚滚的奶子多喂他们几回，拿热乎乎的屁股多蹭他们几下，把白花花的大腿跷高一些，劈大一些，让他们白日弄几回。说是白日弄，天下哪有白日弄的好事？你硬邦邦地进去软塌塌地出来，音都给你录下了，像都给你摄下了，刀把子命根子都在姓马的手里攥着，你还能咋地？这最要命的一招不能使出来，使出来就像是泄了的玩意儿，硬不起来了。就像打牌，最厉害的牌是正炸弹，但这张牌不能打出来，除非你后面有绝胜的杀招。黄涛就是他马坡手里的一张牌。

　　黄涛为了让马坡顺利开小煤窑，没少了帮着出主意。他想过免康老头的职，但免职得有理由，老康头没做什么坏事你怎么免他职？再说，免了老康头，马坡连个党员都不是也接不了党支书。他拉了沈耀过来投资。但是，他知道沈耀贼精，像九龙沟里那个既无采矿证，又无生产许可证和安全许可证，没经过论证、"环评"等，所有证件全无的小煤窑，沈耀不会投资。他和马坡商量了几次，决定以投资旅游开发，建度假村的名义先把沈耀的投资拉过来搞基础建设。同时，以发展乡村旅游的名义争取土地等政策支持。等到小煤窑可以开采了，生米做成熟饭了，再给沈耀说明，他见比旅游更好挣钱的项目，一定会加入进来。沈耀果然看上九龙沟的度假村项目。马坡拿到钱，加快了开采小煤窑的步伐。让他没想到的是市场变化太快，国际金融危机爆发以后，煤炭价格突然一路下滑。但是，他那个朋友告诉他，煤炭毕竟是资源性的产业，用不了多久还会好起来。马坡去县城住了几天，找了几拨人探讨，最后下决心往下搞。这回，他又拉上了几个股东，其中有黄涛和县里两个局长。又让他没想到的是，沈耀对他有了成见，拉上常菁菁合作了。这让他十分恼火。日你个姥姥，省城县城多少个漂亮妮子你不找，非找这个熊妮子。那好吧，老子就陪你玩玩。老虎不发威，还当是病猫。

马坡经过镇上时，找黄涛谈了沈耀变更合同和合作方式的事。黄涛沉思良久，才说："我这个同学说一不二，而且做事非常专一。他既然定了，就依他吧。再说，刘县长也发了话。还是那句话，你小煤窑一开，他就会转过来贴你。再说，他要和姓常的女孩子成了，和咱一起做，也未尝不是好事。"

马坡回到家，立马叫来马联合，告诉他沈耀要与常菁菁合作的事。马联合没听完就火了："狗日的姓沈的咋这么干呢？！他这不是一脚把咱蹬了！"

马坡冷冷一笑，说："骑驴看唱本——走着瞧吧！他以为老子就是山沟里不识几个大字的农民，屁！老子搞市场经济时他还穿开裆裤呢。"

马坡没心事和马联合讲道理，他让马联合起草一份村委会的文件，就是几条他想好了的条款，至于村民的土地补偿款，则故意忽略了……说白了，马坡给常菁菁下了个"套"。前期征用村民的承包地和一些林地的补偿费总计到了三百万。他并没有把征地款付给村民，村民一旦闹起来，阻止开发，常菁菁就没有保证。对于他来说，那三百万不用偿还了，而旅游开发要修路，要用地，要改造电……用黄涛的话说，这些都是为他挖煤窑打基础。再说，他的村民委员会主任的任期也快到了，得做点正儿八经的政绩，好争取下一届连任。自己既不要花钱投资，坐享其成，又可以挣政绩挣荣誉，何乐不为？

常菁菁当然不知道这是马坡拴的"套"。在马坡看来，这个套的绳头在他马坡手里。他想什么时候勒紧只消动一动手指头。在这方面常菁菁李小芬瑶瑶这帮年轻人都不是他的对手，那个康老头也不行。把在生意场上的圈套用在行政权力上，往往会产生倍增的效果，会发挥致人死地的功效，会成为所向披靡的利器。马坡在当村委会主任之前没做过官，但他见识过，他在县城的歌厅和洗浴城是学习各种官场手段的绝好场所。有的官员和商人谈交易、谈事情是在那种场合。他在那些场合认识了一些官员和商人，同时，他本身具有这方面的天赋，往往一点就懂。他记得在一次酒场上，县里一位局长对一位在县城很有名气的企业家说："你们时刻不要忘记和领导搞好关系，不然的话，你随时都会从亿万富翁变成穷光蛋，弄不好还得成囚犯。记住一句话：再黑你也黑不过权力，再大也大不过权力。"马坡牢记住了这句话。只要权在手，凭你折腾去！

他想好、想透了，想彻底了，才叫马联合去找常菁菁。马联合对常菁菁说："你马叔想和你谈谈！"

常菁菁一只脚刚迈进马坡的家门，忽然惊叫一声，整个身子又退了回来。马坡院子里拴着的那只长着狮头型头、体格高大的动物看见她时吼了一声。她想起孙志说过那动物的厉害，浑身不住战栗。但是，她又不甘心转身回去。一只动物叫了一声就把你吓怕了，怎么再经风雨？

这时，马坡家的门开了。马坡看见常菁菁，先是一惊，然后笑容可掬地招呼她进屋里坐。他见常菁菁神情慌张，目光东躲西藏，马上明白了怎么回事。他把那只动物抱在怀里。让常菁菁不解的是，那只在她眼里充满野性、强悍凶猛的动物在马坡面前却摇头晃脑，亲热至极。她仔细观察了一下那个动物。它的头大而方，额面宽，眼睛黑黄，嘴短而粗，嘴角略重，吻短鼻宽，舌大唇厚。颈粗有力，颈下有垂，形体健壮，全身黑色被毛长而密。它的目光炯炯有神，含蓄而深邃。她突然想起孙志说过这种叫藏獒的动物。孙志的影集里有不少张这种动物的照片。孙志说这种动物产于西藏和青海，力大凶猛，护领地，护食物，善攻击，是看家护院、牧马放羊的得力助手。它力壮如牛，刚柔兼备，能牧牛羊、能解主人之意，在西藏被喻为"天狗"，而西方人则称其为"东方神犬"。近年来，养藏獒成为一种身份的象征，一只好的藏獒能卖到上百万甚至几百万，就是一般的也能卖到十几万。

马坡把藏獒拴好，才让常菁菁进了屋。他刚洗完澡。常菁菁来之前他正坐在沙发上搓着脚气。他招呼常菁菁坐下，然后给常菁菁泡了一杯茶："菁菁爷们，这可是朋友送的最高级的信阳毛尖，夏天喝了清凉，冬天喝了热火。"

常菁菁见马坡手也没洗就去泡茶，从心里感到恶心，接过茶杯轻轻地放到了一边。

谈话直奔主题。马坡说："叔上次给你说的话可是真心实意。你只要回来，什么条件叔都答应你。"他一只手搓脚气，一只手抚摸着那只藏獒。那只藏獒此刻变得十分温驯，看常菁菁的目光也不再凶狠。常菁菁冲它甜美地笑着。它竟然还有点羞涩地低下了头。

"马叔，我要说要钱，你给吗？"常菁菁半是玩笑半是认真地说。

马坡从枕头下拿出一个黑皮本本翻了几页，皱着眉头说："这前期搞基础建设已经欠了一百多万，都是我东挪西借亲戚朋友的。我早说过，谁要是来咱九龙沟搞开发，谁得先把这个窟窿给我补上。"

常菁菁虽然心里十分生气，但脸上却仍然带着笑容。她记着康爷爷和沈耀的话，现在不和马坡纠缠账务上的事。她介绍了一些地方团支部牵头成立青年创业协会，由协会组织经济联合体，也就是公司，用"支部＋协会＋公司＋农户"的模式运作的经验，然后充满期待地看着马坡。马坡直截了当地说："不管什么模式，首先得有钱。没人投资，我把九龙沟都给了你，你也弄不出个娘娘来！"他是想难为一下常菁菁。熊妮子，别不知深浅！

常菁菁看出了马坡的心事，没有吱声。

马坡笑了："大侄女，你是不是和沈耀合作啊？"

常菁菁心里想，你马坡这是明知故问。她没有正面回答，也没有否认。

马坡笑着说："这是好事。菁菁小爷们，叔给你说实话，我早看出沈总对你印象不错。他这个人我还是了解的，年轻，但事业做得很成功。不瞒你说，咱县咱市一直到咱省，有几个领导对他很看好。不过，他在感情这方面上却是失败的，到现在还没有正儿八经的女人。"他一边说着一边不停地搓着脚气，让常菁菁甚至想呕吐。她几次忍不住想赶快离开又都忍住了。她在心里劝告自己不能因小失大。

马坡说："现在的女孩子就得现实一点。不能光看男人住哪里，是城市还是农村户口，关键要看他有没有钱有没有能力。北京大吧，那也不是哪一家一户一个人的，在北京没有钱也活不出个滋味来。"他说着，不时抬头看看常菁菁隆起的胸部。

常菁菁听得出他想说什么，一直没有接茬。马坡见状，不好意思地改变了话题。他又说了一堆旅游开发的困难，像交通、用电，村民的土地补偿和村里的稳定等。他见常菁菁只管听，不表态，脸上的表情也没变化，就解释说：

"我是长辈，得关心你，所以把困难讲得多了些。其实在农村干事情没那么复杂。比如说土地，农民爱怎么闹怎么闹去。要想发展经济，让一部分人先富起来，就得牺牲一部分人的利益。"

"混蛋逻辑！"常菁菁在心里骂了一句。

马坡说："其实，你要是不想干还有人干。"

马坡的这句话提醒了常菁菁。马坡现在一是急需转移矛盾，二是急需拉资金补窟窿。她如果不干，马坡还会找别人。那样，到最后九龙沟的老百姓跟着受害，当然也包括她家。她坦率地对马坡说："马叔，谢谢你。我和沈老板已经谈好了。"她之所以抬出沈耀，是因为她知道马坡现在忱他。

离开马坡家，拴在院子里的藏獒叫了一声，吓得常菁菁浑身哆嗦了一下。她原来想赶快离开，却又站住了。她想，如果连这只庞大的动物都不能治服，下一步的困难又怎么面对呢？她对着藏獒睁大了眼睛，也虎视眈眈地看着它，藏獒和她对视了一会儿，把目光转向了天空。当它的目光再转向常菁菁时，常菁菁已经换上了亲切、友好的笑容，她向它温柔地挥了挥手。它竟然冲常菁菁晃了晃脑袋。

康爷爷生怕马坡出坏点子，催促村团支部抓紧召开青年创业协会会议。两天后，在九龙沟青年大会上，常菁菁当选为青年创业协会会长。常菁菁激动地流下了热泪。她说谢谢伙伴们还这么信任自己。自己一定不负厚望。接着，她按照事前考虑成熟了的思路，先给大伙算了一笔账。马坡与东洲公司的协议中规定，村民的土地补偿费是每亩一万五千元，而经过七扣八扣，实际到村民手里的也就七八千元。这七八千元是二十年的使用权。平均下来，一年才几百元。如果入了股，即使前一二年收入少，而后边十八九年每亩地的收入要远远大出补偿费几倍甚至几十倍。她说："更重要的是不仅咱这代人富裕了，下一代人的日子也会越过越好。"她这样的开头，一下子抓住了很多人。

接下来，她又说到旅游开发公司入股的事，介绍了入股的几种方式。与会的大多数人听常菁菁说可以以承包的土地、林地入股，每年参加分红，人还可以在旅游开发公司工作，每月领工资，认为是好事。也有人迟疑不决，问："土地这样流转合不合法？"康爷爷当即表态，说："只要是自觉自愿，又经过确权评估，签订合同，就可以流转。"大多数与会的青年表示支持搞旅游开发，并同意以自家承包的土地、林地入股。瑶瑶说："咱村年轻人还是听菁菁的！"李小芬说："你别拍马屁，这是政策好时机好。"

让常菁菁怎么也想不到的是欢庆和孙志突然来了。他们到时已是晚上。常菁菁和瑶瑶、李小芬几个人到康爷爷家商量下一步工作，回到家才看见他俩。她看爸爸的神态很平静，妈妈却铁青着脸，想了想，拉上欢庆和孙志说出去走走。孙志提出把李小芬找来，她当即给李小芬打了电话。

当晚天气晴朗，一轮满月挂在当空，清辉泻地，山村朦胧而安静，使人产生能乘着月光滑行的错觉。山上的水库里，偶尔有鱼搅起水花，发出很大的"哗啦"声，像是梦呓。路上，孙志、李小芬走在前边，与常菁菁和欢庆拉开一段距离，让常菁菁和欢庆说说悄悄话。

常菁菁和欢庆静默无言地走了一段路。两个人都有心事，都有话要对对方说，可是又都不愿先开口。最后，还是欢庆先说话了。欢庆说："知道我来干什么吗？"常菁菁应道："你想拉我回去。"

欢庆默认了，好大一会儿没说话，突然抱住了常菁菁，附在她的耳边对她说："宝贝，我爱你。答应我，别干那个旅游开发，回北京，咱们结婚。"

水库里的月亮还是又大又圆，干净得像是洗刷了一千遍的银盆。一条鱼"泼剌"一声搅动了水面，水里的银盆晃动起来。常菁菁觉得自己也被那波浪轻轻地晃着，波浪很轻，一波一波荡进她的心里。她知道欢庆爱她，尤其是欢庆现在追来，更让她相信欢庆对她是真诚的。她也知道回北京将是平坦的路，富足的生活；她更知道留在九龙沟等待她的将是什么，创业的艰辛不说，就连她和欢庆的关系都会经历一次难以承受的考验。见她不回答，欢庆以为她动摇了，又在她耳边说："宝贝，我个人认为，你做不了救世主，别犯傻。"欢庆说得很诚恳："现在不是上个世纪五六十年代，年轻人在激情的口号中生活。我这次来就是想拉你回去！你知道，我三十多岁了……"

常菁菁没让欢庆说话，用亲吻的方式堵住了他的嘴。过了一会儿才对他说："现在的年轻人也都在积极寻找创业的机遇。九龙沟，我的家乡现在有了这样的机遇，我自己有了这样的机遇，我打心里不想放过。放过了，我可能会后悔一辈子。你能喜欢我一辈子爱我一辈子，但你不能让我因后悔痛苦一辈子！"她也说得很真切很动情。

"我个人认为，没有你九龙沟照样生活，年复一年，世世代代都这样。"欢庆有点不解。

"正因为这样，我才下定了决心！"常菁菁说。接着，她告诉欢庆九龙沟青年创业协会已经成立，她当选为会长，大多数村民尤其是团员青年对旅游开发很支持，不少人已经答应以承包的土地入股……欢庆听罢，长叹一声："看来，你是下定决心了！"常菁菁反过来抱紧了欢庆："欢庆，我希望你能理解我支持我。你来做我们的法律顾问好吗？"

欢庆心里非常痛苦，但是，他还是点点头答应了。他知道事已至此，埋怨、争吵、生气都不可能改变常菁菁的立场。双方搞得不愉快，只能导致尽快分手。那不是他想要的结果。

常菁菁和欢庆、孙志外出的时候，她妈妈已在家把房间收拾好了，安排欢庆和孙志住在一起。孙志一回来就嚷着要看一部电视连续剧，说是很吸引人，他一集也没漏掉过，然后就钻到放电视机的屋当门，与常菁菁的爸爸妈妈一边聊天一边看电视。常菁菁明白孙志是想让她和欢庆单独待一会儿。

没有办法洗澡，是九龙沟和很多农村一样的通病。报纸上曾登过一则新闻，说一位国家领导人几次含泪说到：我的愿望是让农民一年能洗上几次澡。那则新闻让很多像常菁菁一样的农村孩子感动不已。在农村，到了夏天村民们晚上下到河里洗澡。一条河里，这头是男人，那头是女人，相互打情骂俏，月光亮堂的时候，甚至能相互看见对方赤裸的身子。冬天天气冷，没办法洗澡了，很多人家就在家里烧开水烫脚。常菁菁到北京后，发现大街小巷里到处都有洗脚房，有的几层楼全是这种房间。她开始时感到奇怪：自己在家烧水洗脚就可以了，有必要花钱吗？后来，她才明白洗脚可以促使人的血液流通，增进健康。

常菁菁的妈妈考虑很周到，已经烧了一锅开水。常菁菁给欢庆打了一盆热水，不由分说，脱下他的袜子，把他的两只脚按到热水盆里。欢庆长长地吸了一口气，说："真舒服啊！等咱俩结了婚，你要天天给我烧洗脚水。"

常菁菁的心怦然一动，挥着拳头轻轻地打了他一下。他顺势把她拉在怀里。什么也没说，只是紧紧抱着她。她感觉到他的心跳激动不已，像是在对她说话。她也听得懂其中的意思。她深情地抚摸着他松软的头发，心中也是感慨万端。

后来，常菁菁才明白，那天晚上，她和他都表现出了对对方的深深依恋。

第八章

　　欢庆和孙志第二天一早就回了北京。此后一连几天，常菁菁和沈耀派来的一位副总一起研究制定公司章程，股东大会、董事会系列规章制度，还要同康爷爷、华爷爷等人一起研究村民土地流转入股的协议等，每天都忙到深夜。这期间，她没少了找欢庆帮忙，一些重要文件、章程、协议等，大都是欢庆帮着她做的。虽然欢庆每次接电话的态度忽冷忽热，让她的心中忐忑不安，但欢庆对她委托的事还都非常认真对待。尤其是他做的文件都遵循国家的法律或有关规定，严谨、严密、严格。他发现马坡和东洲公司都没有与村民签订土地流转协议，提醒她一定要与村民签订土地流转协议，并要按照有关规定通过确权、评估和认证，不能给马坡和沈耀留下可钻的空子。常菁菁在网上问他："你怎么把沈耀也扯上了？"欢庆没有正面回答，而是回了简短一句话："一女二嫁能没有麻烦吗？"

常菁菁看出有几份材料是欢庆让姚渺渺做的。她没有挑破。每次想到欢庆和姚渺渺，她的心就被刺痛一下，那种痛她深深地藏着，不想让任何人看见，当然也包括欢庆。欢庆也同样就事说事。两个人都小心翼翼地回避感情问题，生怕刺激对方。再说，她的心事被千头万绪的事情缠绕，无法分心。一直到马坡因为村民土地流转问题找茬时——因为新的旅游开发公司与村民有土地流转协议，受法律保护，而无论马坡还是东洲公司都没有与那些户签订协议，没有法律效应——她才明白，欢庆虽然一开始不赞成她回乡，但她真的回乡以后，他暗地里给她帮了不少忙。姚渺渺也很认真，她对保护村民以及中小股东利益提出了自己的建议，并整理出一份和沈耀的东洲公司的补充协议。这份文本在保护村民和弱小股东利益方面起到了重要的作用。

在准备这些必需的材料的同时，常菁菁还和李小芬、瑶瑶等人一起，在村里大张旗鼓地宣传旅游开发。那几天里，随处可见村民三五成群地聚在一起议论和讨论。有的疑问："土地流转入股，这样做行吗？违背政策吗？要真是行，那倒是好事。咱一亩地再挣能挣几个钱？"有的不解："常家的妮子在北京干得好好的，跑回九龙沟带一帮子年轻人捣鼓旅游开发，她行吗？咱要真把地流转给她们，到年底不能分红，还不如自己种着踏实！"一时间赞成的、反对的都有，更多是观望的。第一次村民会议讨论了半天，争论了半天，没有结果。

青年创业协会的成员大多比较积极做家里人的工作，但是，以土地流转入股毕竟是新鲜事，很多青年人的长辈拿不准，犹豫不决。有的家里为此吵翻了天。马坡找常菁菁谈了一次，假惺惺地让她注意影响，不要给村里的稳定带来麻烦。康爷爷却专门开了一个在家的党员会，要求党员带头支持，并且要帮着做村民的工作。他也和常菁菁谈了一次，让她们不要着急，要耐心。

杨柳给常菁菁出了个主意，常菁菁觉得可行。她向沈耀的东洲公司借了五辆大轿车，动员村民到附近几家起步早、搞得好的乡村旅游景点去旅游。凡是去旅游的村民，除了交通、吃住免费外，还发两天的误工补贴。康爷爷和华爷爷带头报了名，全村一下子去了百多人。李小芬心疼钱，说："来回要花那么多钱，值吗？"常菁菁笑笑，没回答。两天后，外出旅游的村民回来了，都很高兴。有的说："那几个地方的山水还不如咱好看，人家能搞起来咱咋搞不起来？"有的说："放着好山好水也是放着，搞旅游能挣钱何乐不为呢？"常菁菁借着很多村民外出旅游回来兴致正高的时机，和伙伴们一家一户登门做工作，强调愿意入股的，就签订土地流转、资源转让合同，在评估确权后计算股份，不愿意也不勉强，但是，旅游开发公司的大门始终打开，什么时候愿意进来都欢迎。大多数村民见常菁菁他态度诚恳，说理透彻，加上子女加入了青年创业协会，利用在家里的影响力，不断推波助澜地动员，陆陆续续就答应了。东东和她爸爸孙石头因为观点不同，闹别扭，孙石头不愿入股。东东就拉上母亲、奶奶入股。一家四口人承包的土地等于分开了。

李小芬和二月、苹苹等负责动员村民把一些陈旧的用品卖给旅游公司。因为是用"买"的方式，所以效果非常明显。不少古旧的东西，在村民家里闲置着，等于废品，拿到这里还可以卖钱，何乐而不为呢？马鸣的奶奶拿来一双小脚粗布鞋，说是她奶奶留下的压箱子的礼物。按照时间推算，这双小脚粗布鞋有上百年的历史，十分珍贵。瑶瑶问马鸣奶奶要多少钱。马鸣奶奶迟疑一会儿，开价五十元。瑶瑶说："我给您老人家一百元吧！但是您以后不能反悔。"常菁菁听说后，让瑶瑶又给马鸣奶奶加了一百元。两天下来，各种各样的东西收了两百多件，有旧家具、农具，也有一些装饰品、日用品。马坡的媳妇雪花也从家里拿来一台上个世纪70年代的半导体收音机，说是当年知青用的。当时全村就这一只半导体收音机，那个上海来的知青很大方，到了晚上就把半导体收音机放在村中间的树下，让大伙一边乘凉一边听着里边的新闻和文艺节目。伟大领袖毛主席去世的消息，村民们就是在晚饭后听收音机广播知道的。当时，整个村里哭声一片……那个知青后来说半导体丢了。当时的村革委会负责人还派人查了几天，最后不了了之。马坡媳妇张口要两百元，瑶瑶不同意，打电话问常菁菁的意见，常菁菁表示三百元也收下。

常菁菁考虑再三，决定以三华庄旧宅院为突破口，带动村民以资源入股。她通过网上征求杨柳的意见，杨柳支持。华联产的太爷爷很保守，不愿意让游客进他家院。李小芬去找他，刚说明来意，老人家就摇头摆手："俺们是住家，住家哪有让别人随随便便来参观的？你回去问问你爹妈，你们家随便让外人看吗？"李小芬尽管脾气暴躁，在这位老人面前也不敢说一句大话粗话。她和他谈了半天，嘴皮都磨破一层皮，他硬是不答应。常菁菁给在北京的华联产打了个电话，让他马上请假回家一趟，做做他太爷爷的工作。

华联产听说宅子也可以算股份，答应了，可是推说买不上火车票。

常菁菁知道他很小气，这几年在北京的老乡聚会，他每次都积极参加，可没有一次买单。有一次几个老乡在一起吃火锅，他说他想喝矿泉水，李小芬说想喝你去买呀！他竟然说了一句那就算了，气得李小芬一下子买了十瓶扔给他，让他慢慢喝。他接过时脸也不红，还美滋滋的，走时把剩下的两瓶也带上了。这次，常菁菁主动提出给他报销回家的往返火车票。他还是吞吞吐吐不痛快。没有办法，常菁菁只好给欢庆打电话，想让他帮华联产买张火车票，电话通了，欢庆却不接。常菁菁有点上火。你不接我就一直打，看你到底接不接。她一边拨电话，一边想着欢庆会在做什么。开庭，不可能，因为她了解欢庆的习惯，只要开庭，他一定会关机。他说过这不仅是法庭的要求，也是对法官和法庭的尊重。他在办公室写材料，也不可能。难道他又和姚渺渺在一起？她心里有些烦乱。过了半小时，她再打过去，欢庆的手机电话果然是姚渺渺接的。常菁菁毫不客气地说："我是他女朋友。你告诉他，我请他帮一位老乡买一张从北京回家的火车票，要卧铺。"放下电话后，她说："如果欢庆不帮华联产买车票，我常菁菁发誓以后再不和他联系。"

瑶瑶和李小芬听常菁菁这样一说，笑得前仰后合。瑶瑶说："你就是太累了。爱一个人不能让自己太累。你觉得累了的时候，对方一定比你还累"。常菁菁毫不隐瞒地说："我在乎他。"瑶瑶说："你在乎他就得疑神疑鬼啊？！越在乎越应该相信对方。"李小芬说："你发现没有？常菁菁进步了，现在敢承认隐私了。表扬表扬。那你对沈老板什么意思啊？能坦白吗？"

常菁菁瞪了李小芬一眼，说："你真该打扫打扫心底了！"

两小时后，华联产来了电话，说是已经拿到了火车票。常菁菁悬着的一颗心落到了实处。欢庆没有放弃她，至少到现在为止没有。她在心里安慰自己。

华联产回来后，用了两天的时间才说服他太爷爷同意把三华庄作为旅游开发的一个景点，以资源入股。过了几天，召开第二次村民会议时，全村有三分之二的村民愿意以宅基地、承包的土地、林地和地面上的资源入股。马坡没有阻拦，但也没有出面。他让村委会副主任孙石头代表村委会，同沈耀请来的专家对村民的承包地等资源进行了评估，并到镇、县有关部门办理了确权手续。协议签订后，第一批股东就确定了。

常菁菁又动员华联产回村来搞肉鸭养殖。华联产起初不同意。他说："菁菁姐你饶了我吧。我可不想当鸭子王。我女朋友到现在还说我身上有一股鸭粪味。"李小芬惊异地看了华联产一眼："咦……是不是给那个四川女孩也讲过你小时候埋死鸭子的故事？操，你不说，她怎么知道你们家养鸭子？你们庄你们家还做豆腐，她怎么没说你是豆腐王子？"

华联产小时候很喜欢鸭子。有一回，他最喜欢的一只黑鸭子病死了，他哭得一天没吃饭。在掩埋那只黑鸭子时，他用石头块给那只黑鸭子立了个碑，还对着那块碑磕了三个头。上高中时，李小芬曾跟他开玩笑："你华联产可以写一篇《葬鸭吟》，说不定能赶上林黛玉的《葬花吟》。"

华联产反过来劝常菁菁："菁菁姐你别小看养鸭子的事。这鸭子好养，可是那么多鸭子销售问题怎么解决？当初马坡为什么说一声养鸭不挣钱，很多人家就把鸭子卖了杀了？还不是愁销路。你搞大棚养鸭投资多，万一销售不好，会遭人骂！"

常菁菁说："我在沛县参观时见过他们县的县长，县长说欢迎外地的肉鸭养殖大户给那儿的肉鸭加工企业供货。"华联产答应考虑。过了一夜，他告诉常菁菁考虑好了。常菁菁问他考虑结果，他皱着眉说："北京……"常菁菁急了："你回北京？"他哈哈一笑，仰天大叫："北京，大爷我不回去了！"常菁菁兴奋地踹了他一脚。

九龙松青年旅游开发公司很快就注册下来。沈耀亲自送来了"九龙松青年旅游开发公司"的相关证件。常菁菁看到登记证书的法人代表栏上自己的名字时，愣了好大一会儿。李小芬在旁边掐了她一下，见她咧了咧嘴，说："操，你还知道疼，说明你清醒！北京有个中青旅，咱这是九青旅，以后可以上下联动。"她又笑着问沈耀："你怎么办得这么快，不会是你造了假的吧？"

沈耀笑了："这就叫特事特办！"他说："你们要感谢首先得感谢党中央、国务院的好政策。金融危机出现后，一些农民工因为企业减员回乡，党中央、国务院出台了鼓励支持农民工回乡创业和就业的政策，你们赶上了。"常菁菁说："那也得谢谢你！"沈耀说："我只是协调和催促有关部门办得快一些。"说完，他面露惊异，接着说："常菁菁你行啊，在县里也有知名度。"

常菁菁被沈耀说得有些莫明其妙，问："沈总你啥意思？"

沈耀说："我见到韩春了。"常菁菁问："你说团县委书记韩春？"沈耀说："你在村里当团支书时，她是团县委书记。后来到一个乡里任党委书记，现在是常务副县长，农民工回乡创业这一块就归她管。我见到她，她听我说你回九龙沟搞旅游开发，非常不高兴，我看她的圆脸都成长方形了。"

常菁菁和李小芬都愣了，不安地看着沈耀。

沈耀学着女人说话的声音，说："好啊这个常菁菁，当初离开九龙沟时就不打个招呼，这次回来又招呼不打。我得好好批评批评她……"常菁菁心里有些感动，说："人家都当县长了，还记得我这个一面之交的小小老百姓。"沈耀说："韩春不光记得你，还记得你当村团支部书记时红红火火做的工作。我看你得去找她汇报汇报。"常菁菁说："别扯了。我又不想当官，找人家县长干什么？再说，县长工作多忙呀！"沈耀说："以后你慢慢地就明白了！"

常菁菁心里想，这个沈耀的能力不可低估。如果用好了，对自己的事业、对九龙沟的旅游开发肯定会帮助很大。反之，如果用不好，也可能是最直接和最大的威胁。她问沈耀："让我当法人，你怎么想的？"沈耀说得很干脆："你们入股的村民作为股东人数多，流转的土地、林地和各类资源经过评估，投资比例大，所以你理所当然是法人，就不必推辞了。"常菁菁开始想的是法人的责任大、担子重，沈耀别拴个套让她钻，现在听沈耀一说，心里踏实了。

沈耀还把往新公司汇款的银行底联给了常菁菁。然后笑着问："什么时候搞公司成立庆典，我找个大师看看，定了时间再通知你们。这次咱得搞得声势浩大些。我从省里请个政协副主席，这样，市县镇领导都会出席……"常菁菁没等他说完，赶忙摇头，说："别搞了。有那些钱你还不如多投到新公司里。"李小芬在一旁接上说："沈总你就依着菁菁吧。她怕树大招风，又怕以后搞不好下不了台。"沈耀说："理解。理解。"他伸出手和常菁菁李小芬使劲握了握，然后问常菁菁："咱都是一家人了，为了庆祝一下，是不是还有个拥抱的礼节？"

常菁菁就笑着和他拥抱了一下，接着沈耀又拥抱了一下李小芬。沈耀手下的工作人员拍下了他们拥抱的镜头。沈耀兴致很高，说："今天是个好日子，拥抱了两位美女。"

沈耀问常菁菁还有什么困难。常菁菁直言不讳地告诉他："马坡虽然让孙石头代表村委会与我们签订了集体林地承租协议，但九龙松不好收回来，马联合的媳妇几个人躺在那里不让。"沈耀深思了片刻，拿起手机给马坡打了个电话。电话通了后，他拿着手机到屋外边与马坡说的话，常菁菁她们没有听到。不过，那个电话时间不长就结束了。他回到屋里，高兴地说："全都摆平了。"临走时，他拍了拍切诺基，认真地跟常菁菁说："你要是喜欢越野车，就把我的沙漠王开去吧，正好也是白色的。"

李小芬说："你要真是想给菁菁定情信物，就送她一架白色的直升飞机。"

沈耀打着哈哈说："可以可以，只要菁菁点头，送宇宙飞船都可以。"

沈耀的车走远后，常菁菁嗔怪地对李小芬说："你能不能别老是把我和姓沈的往一块拉？"

李小芬说："沈总是真心实意对你好，真心真意和咱合作。他的两百万股金打入账上了，还把和我喝酒打赌赔的三十万打来了。这样说话算话的男人才叫顶天立地。"

常菁菁没说话。她的目光一直看着沈耀的越野车消失在山的那边。李小芬问了她一句："怎么样，动心了吧？"常菁菁瞪了她一眼："不会是你自己动心了吧？"

当天晚上，常菁菁团支部、青年创业协会的骨干开了一个会，对分工进行了调整。

李小芬是负责景点开发建设的。她心里没有多大的底，第二天一早就和马鸣到康爷爷家，想让康爷爷帮着把沈耀公司做的规划重新调整一下。

康爷爷家至今还是上个世纪 60 年代盖的茅草房，一个用石头块垒起的院子。康爷爷曾不止一次说过，等全村人都住上了砖瓦房，他再盖新房子。他这样做，既赢得了尊重，也受到了攻击。马坡曾在不少场合公开说康爷爷是无能的表现："中央早就让党员干部带头致富，你守着小煤窑不开发就是端着聚宝盆不会赚钱，活该受穷！"

康爷爷家院子里，有一座石磨。这座石磨在康爷爷小时候就已经有了。常菁菁、李小芬小的时候，石磨已经不再用来磨面，但是，这一带村民有喝豆半粥的习俗，一些人家经常到康爷爷家用石磨轧豆子。常菁菁、李小芬她们都跟着大人来康爷爷家轧过豆子。所以，李小芬一见石磨，惊喜地摸起石磨的推杆："咦……康爷爷，你这也算一个景点啊！"

康爷爷指着石磨下边的一块石板让马鸣掀开。马鸣费了很大的劲，石板丝毫没动。李小芬急得直嚷："马鸣你能不能把吃奶的劲也使上啊？"二月找了一根杠子，和李小芬一起嘿哟嘿哟地费了很大劲，才帮着马鸣把石板撬开。石板撬开后，露出一个很大的洞口。马鸣往洞里丢了块石头，听到下边"咚"的响了一声，惊奇地叫起来："康爷爷，您家还别有洞天啊！"

康爷爷问："你们谁知道这是干什么用的？"

李小芬抢着回答："咦……这不是放土豆白薯的地窖子吗？我小时候还跟我爸下去码过山芋。"

康爷爷摇摇头，说："后来是做存放土豆山芋的窖子，但起先不是。这是上个世纪70年代响应毛主席深挖洞、广积粮、不称霸的号召，挖的防空洞。当时，不光咱们村家家户户都挖了，全国城市农村也都挖了。你们在城里见过的地下商场、地下旅社，很多就是当年的防空洞改造的。"

马鸣想了半天，疑惑地问："我们家怎么没有？"

康爷爷叹息着说："那时讲阶级斗争。你们家是地主，是管制对象，按规定你们家不让挖地洞。"

李小芬乐了："马鸣你们家是阶级敌人啊！"

马鸣笑了："阶级敌人就得等着被炸死啊！真能想得出来。"他的话是笑着说出来的，但话中含义十分沉重。

李小芬拍拍他的肩膀："别难过，你们家跟敌人是一头的，敌人不会往你们家扔炸弹。"

康爷爷说据他掌握，现在至少有百分之三十以上的人家还保留着防空洞，用来存土豆、山芋、水果、大白菜，防空洞是好地方，既不占房子的空间，冬天又不易冻坏。城市里的一些防空洞发挥了效用，有的改成地下商场，有的改成仓库冷库。

李小芬打电话给常菁菁，告诉她说发现一个有特色的景点。常菁菁和瑶瑶急忙赶来。她们看了以后也很高兴。瑶瑶对康爷爷说："康爷爷，您老人家对我们还保守，这么好玩的景点也不告诉我们啊？！"康爷爷乐了，说："我要知道这也是景点，早些就对外开放，收参观门票挣钱了！"马鸣跟上说："我奶奶说了，要早知道小脚布鞋也能卖钱，当初就让你老太太多攒几双。"说得在场人都笑了。

常菁菁说："这防空地道是一个时代留下的烙印，也可以说是中国特色的民俗，我觉得可以作为一个景点。"她在九龙沟生活了二十多年，还是第一次见到这样的防空洞，显得非常兴奋。

李小芬嘲讽地说："算了算了，地下洞有什么好看的？"

康爷爷想了想，说："要说看还真有的看。你们想想，那时天天讲准备打仗，挖防空洞就是为了备战，得考虑在洞里长期生活。我记得那时宣传怎么防原子弹。美帝苏修打了原子弹，你躲在地下就不吃不喝不拉屎撒尿了？所以，咱们是绞尽脑汁，知青们想的点子最多。咱村的防空洞里还有大会议室、大教室、大练兵操场、大食堂、大通铺、大仓库、大厕所，还有地下井、磨面房、牛棚猪圈……当时的省革委会一个头头来视察，看了后赞不绝口。说咱们村地道挖得也好，就把咱这里定为点，说将来和美帝苏修打仗了，省一级的指挥部就放这里。他这一说，当时的地区、县里都很重视，派专家来指导，派解放军帮忙把防空洞用钢筋水泥加固。尽管以后很多地段填平了，但保留下来的修复修复，肯定有人愿意看！"

二月高兴地说："听爷爷一说，我觉得就是一个'村下村'。"

常菁菁点点头："'村下村'，这个说法好。"

"美帝苏修是干啥的，有拉登厉害吗？"马鸣问。

康爷爷拍了拍他的头，没有回答，而是接着说："因为那个头头是造反派起家，后来被打倒了。咱们村为此还受过批判，说是那个坏头头树的典型。成也萧何败也萧何，有不少人家把防空洞填埋了。从此以后，人人都不愿再提防空洞。你们这茬孩子大多数都不知道这回事。"

马鸣又问："谁是萧何？"李小芬说："咦……你连萧何也不认识？他是你大爷。"马鸣说："你骗鬼呢？我大爷不姓萧！"

大伙一阵大笑。笑罢，康爷爷又说："咱这地下防空洞要修复很容易，因为当初解放军帮着做了安全防护措施，不要花多少钱就能修复好。"马鸣兴奋得像个孩子，哧溜一声钻进防空洞。康爷爷急忙喊："别走远，看一会儿就回来！"马鸣在里面答应："放心吧！"他的声音在地道里变得瓮声瓮气的。

　　常菁菁说："这完全可以做一个景点。咱们把九龙沟有特色的旅游景点一个个挖掘出来，一个个开发。"

　　瑶瑶和二月也很兴奋。二月说："咱炒它一把，就说九龙沟惊现上个世纪70年代的地下人防地道。不，就叫'村下村'。有不少古城有城下城，村下村还不多见。这个标题一定吸引人。菁菁姐，你们要是同意，这件事交给我办"。

　　李小芬见大伙都支持这一景点，也同意了。她拍着二月的脑袋，说："操，二月点子不少呢！"二月说："现在不兴叫点子，要叫创意。我这就是地地道道的创意。"

　　康爷爷见几个骨干都在，就对他们说："以前我最担心的是村民对土地流转入股的认识和态度问题，现在看差不多都解决了，下一步就靠你们干了。搞旅游开发，说到底是为了九龙沟的乡亲富起来，当然也得兼顾投资人的利益。千万不能像有些人那样，利用老百姓共有的资源，只顾自己发家致富。"

　　常菁菁郑重地点点头。那一刻，她竟然觉得自己很高尚。

　　康爷爷又叮嘱说："同村里的资源使用合同要做细点，最好让欢庆帮着看看，推敲推敲，千万不能留漏洞。"常菁菁明白康爷爷的用心，郑重地点点头。

　　这时李小芬突然想起马鸣已经进洞很长时间了，连忙朝洞里喊："马鸣，马鸣，你他娘的是不是在里头拉屎呢？"洞里没有回答。康爷爷说："再喊。"大家就齐声往洞里喊叫。康爷爷说："洞里已经很多年没有进去人了，空气不流动，就怕缺氧。"大家又拼命地朝洞里喊："马鸣，你死了吗马鸣？"

　　"哎！叫我干吗？"大家回身一看，马鸣已经站在背后了。李小芬乐了："咦……你从哪里钻出来的？吓死我了！还以为你憋死了呢。"

　　康爷爷也问："你从哪里出来的？"马鸣说："是华联产家，他家的洞口在茅房里，我费了九牛二虎之力，刚推开盖板，听见呼啦啦一声响。原来，他爸正在拉屎，吓得他差点掉茅坑里。弄得我一身臭味。"他说着凑近李小芬拉着自己的衣服说："你闻闻你闻闻，鲜屎味。"李小芬就去脱脚上的鞋，马鸣赶忙躲到康爷爷身后。康爷爷见他们说笑，自己也乐呵呵地说："跟你们一起，我好像都年轻了二十岁。"

马鸣说："这真是个好地方，开个地下赌场保准兴起来！"

李小芬骂他就知道赌："你不是保证不赌了吗？再赌，我敢保证你连媳妇也找不上。"

马鸣冲李小芬扮了个鬼脸，转头问康爷爷："这洞能通到哪里？"

康爷爷说："刚开始是家家都通，现在只有到三华庄这一段还通。是我和你华爷爷坚持保留下来的。"

马鸣说："这地道真得好好修一修，里边不少地方有塌方和积水，不能过人。"他看着常菁菁和李小芬："你们要对我马鸣放心，这件事就交给我，我保证办好，办得漂漂亮亮。"

常菁菁和李小芬用眼神交换了一下意见。见常菁菁点了点头，李小芬对马鸣说："好吧，就交你做地下村的村长！不过，我是景点负责人，你归我管，随时要向我汇报。"马鸣嬉皮笑脸地说："那就是说你在我上边……"李小芬没等他往下说，就弯腰做出脱鞋的动作。

回到家，常菁菁打电话告诉了杨柳地下防空洞的消息。杨柳听了也很兴奋。她说："二月的建议好，就叫村下村。"她嘱咐常菁菁先把'村下村'设计一下，发动群众认真修复，争取搞成特色景点。

"杨姐，我觉得原来的规划真的不中用！"常菁菁说，"我们又没有这方面的人。"她没说完，杨柳就明确告诉她："这点我早给你说过，也帮你想了。我帮你们找了个乡村旅游规划设计的能人，几天后就过去。"

放下杨柳的电话，常菁菁就去找康爷爷，告诉他杨柳派的专家很快过来。康爷爷拿出他保留的相册，找到了几张发黄的旧照片。有一张是他和常乐挖洞时的，有一张是民兵在洞底下学习毛主席著作的，还有一张是在省里开会受奖时的……大约有六七张。常菁菁惊喜地跳了起来："太珍贵了！太珍贵了！"

没想到，杨柳请的专家第二天就到了。康爷爷带着常菁菁他们，用一周的时间把所有的景点认真评估了一遍。专家在九龙沟期间，就把意见写出来了。有的景点不需要动用资金，像九龙松，只需把围墙拆了，梯田、采摘园和准备二期开发的水库都基本不用投资；有的不用太多资金，只是做些保护和整理，如三华庄旧宅院、游击队旧址、打麦场、生产队的仓库、村民磨面用的石磨等，只需要简单修复，恢复当年的状态和情景，一是修旧如旧，二是恢复原貌。知青点当年就是石头墙茅草顶，修一修就能用。"村下村"要投资。关键是龙王庙的修复投资大，也需要学过建筑设计的专门人才。李小芬想到了冯俊才，她说："这家伙肯定有这个本事。"

常菁菁打趣说："你是不是想他了？"

李小芬毫不隐瞒地说："就是想了。一想到他就百爪挠心似的闹得慌。"

常菁菁明确地意识到了人的重要性。她现在缺的不光是钱，还有人，人可能更重要。常菁菁意识到修复景点并不是施工那么简单，需要规划、设计和品位。李小芬建议的冯俊才在大学时是学建筑设计的，可又不是九龙沟人，他会来吗？李小芬说这事包在我身上。

第二天一大早李小芬就从被窝里把常菁菁给拎起来，急火火地说："快点跟我走！"常菁菁问："这么早到哪去？"李小芬回答说："去县城。"常菁菁迷迷糊糊地问："去县城干吗？"李小芬说："去了你就知道了，到了县城我请你吃汤包。"常菁菁说："我不吃汤包我吃手抓肉。"李小芬说："行！只要你别吃龙肉就行。"常菁菁不知她葫芦里又在卖什么药，就开车跟她出了村。太阳刚刚露头，红得像一团火。她降下车窗，清晨的风吹进来，湿漉漉、甜丝丝的，她觉得浑身上下清透极了。

"小芬，你说实话，是不是去接冯俊才？"李小芬正对着挡风玻璃窗上的镜子化妆，听了常菁菁的话，只是得意地笑了笑。

"你现在就拉人家来倒插门？"

李小芬这回急了："常菁菁我可把话说前边。我给你请来的是人才不是我李小芬的老公，所以，他的吃喝拉撒睡都得你管！"

常菁菁笑了："好！我管，我管。"

说完冯俊才，常菁菁又想起了欢庆，心里就像喝了醋，有点酸溜溜的。

果然是接冯俊才。这家伙大箱子小箱子带了六七个，车的后备箱没装下，后座上也摆满了。常菁菁说："你这是打算安家落户了？"

冯俊才看了李小芬一眼，说："我嫁给李小芬了！"

李小芬一撇嘴："咦……怎么没见你'赶着你的马车，带着那钱财来？'"

说着，亲昵地在冯俊才头上拍了一巴掌。

冯俊才说："我就是钱财。"

常菁菁一本正经地告诉冯俊才，现在旅游开发刚起步，甚至还不算起步，没有工资给他，只能管他的吃住。冯俊才也一本正经地回答："我就是想找个平台干点事情，钱不钱的留在以后说。"说完，他又问常菁菁打算给他个什么职务。常菁菁说："你就当规划部经理吧！"冯俊才问："是不是有职有权？"常菁菁说："职也给你权也给你。不过，你要干不好，就马上撤职！"

冯俊才自信地笑了："那你看着吧！我不会让你失望。"

常菁菁和李小芬在去县城的路上就已经商量好，让冯俊才先住到知青点。常菁菁把冯俊才送到知青点，正准备走时，冯俊才追了出来，交给她一本书。她看了一眼，是一本写旅游的书。冯俊才见李小芬也出来了，就给常菁菁使了个眼色，然后拥抱着李小芬回屋里去了。常菁菁没弄懂冯俊才葫芦里装的什么药，打开书一看，里边夹着一张信用卡，还有一张纸条。纸条上简单地写着两行字："这二十万是我入股的股金。不要告诉李小芬。"她觉得有点莫明其妙：这个冯俊才原来并不信任李小芬。

冯俊才一到九龙沟安顿下来，就像一只上了弦的手表，一刻也不停歇。常菁菁给了他三天时间让他熟悉九龙沟的景点情况，他说三天不够，最少五天。说完他就钻进了山里。这家伙每天带着俩干馒头早出晚归，李小芬责怪他除了做爱能找到他，其他时间鬼都不知他在干什么。常菁菁说："我看出来了，冯俊才身上有一股劲。"李小芬一脸惊讶："咦……你又没跟他干过，你怎么知道他有一股劲？"气得常菁菁追着打她，追不上，也学着她打马鸣那样，脱了鞋扔过去。

常菁菁和她的伙伴们沉浸在创业的喜悦和激情之中。李小芬说马鸣变化最明显，公司安排他负责修防空洞。他一天到晚都钻在洞里。

其实，这活让马鸣很兴奋。这家伙贪玩，一下到洞里就像个孩子，几天下来，居然画出了一幅九龙沟地下防空洞的示意图。他不懂画图，只是在纸上标出哪一段可以修复，这条洞和那条洞在什么地方相连。常菁菁一看就懂了，她把九龙村的平面图拿来，照着马鸣的示意图很快就按比例制作出了一份详图。

开会研究时，大伙的积极性都很高。

二月提出："咱'村下村'的帖子在网上发出后，跟帖有好几千个了，有不少网友说没见过，要过来看呢，还有人不信，说咱可能是忽悠。马鸣你得加快进度。到时人来看了，就是破破烂烂的地洞，不骂咱才怪。"

李小芬责怪二月："你这新闻发布的也太早了点。你让常董事长多拨点钱，咱多雇人，进度才能快。"

常菁菁对二月发布"村下村"的消息很赞赏，不管怎样，九龙沟引起外界关注了。她拍了拍二月的肩膀说："继续努力。我再给你加个职务，九龙沟青年旅游开发公司广播台台长！"二月说："有人说我们90后的孩子有时候工作起来像是玩，玩起来又像是在工作。其实，这是对工作的理解不同。你工作着时感觉是快乐的、幸福的，那才是一种境界！常董事长，我建议咱赶快搞个网站。"常菁菁点了点头。

马鸣说："有的地段保存得比较好，有的地方毁坏严重。我们加班加点干，估计到元旦有的地段就能参观。"见马鸣表现得好，常菁菁由衷地夸奖了他几句。马鸣说："常总不要夸我，留着以后我犯错误时抵罪就行了。"

此后，李小芬和马鸣采用康爷爷的建议，实行定额制作业。农村长大的孩子，按定额计算工钱似乎是一种本能，干多少活拿多少钱，童叟不欺老少不骗。只不过在常菁菁的建议下又多了一种更灵活的方式：谁家地下的防空洞谁优先出工，工钱可以领现金，这样一来，很多村民的积极性高涨起来。

不仅是在村的青年积极性高涨，在外务工的年轻人也很振奋，不断通过电话、手机短信和上网与常菁菁、李小芬、瑶瑶、东东等联系。旅游公司的每一步的进展他们几乎都是同步知道。深圳的秦晖和蕾蕾以及其他几个老乡，都非常支持常菁菁。秦晖的电子公司已经有了一些规模，离不开。他已经交了三十万股金，又动员已被他接到深圳的父母以土地入股。蕾蕾和几个朋友开了个小美发厅。她早就想回去，在深圳她可以挣钱但不舒心，回去舒心又不挣钱。现在好了，从小一起长大的常菁菁李小芬等一大帮人都在家，回去就可以风风火火地干起来，又舒心又有了自己的事业。她觉得自己已好长时间没有这样激动过了。她把自己在美容美发厅的股份转了出去，得了二十万现金。她要带着这二十万回九龙沟。秦晖把她送到车站，说："你帮我给常菁菁带份礼。"

蕾蕾伸出手，问："你送人家菁菁的礼呢？"秦晖说："我送的是敬意！"

蕾蕾到家的时候，常菁菁正和几个团员骨干同时也是公司管理人员开会。蕾蕾一进门屋里立刻就开了锅。大家都有一年甚至两年没见了，见了面还没来得及说话眼泪就有点止不住。蕾蕾一个一个地叫着名字，一个一个地拥抱。这些山里的孩子，高中毕业后，翅膀还没长硬就一个一个远走高飞，在那遥远的异乡默默地拼打着自己的前程。四周见不到熟悉的身影，耳畔听不到亲切的乡音，高兴时不敢忘形，忧伤时独自流泪，没有人说话，没有人倾听。在异乡那个陌生的世界里像一粒沙子，被挤着，被压着，被踩着，像一粒浮尘，风吹着，雨打着，漫无着落地飘荡着。乡音藏在肚里，乡情埋在心里，说着异乡话脱不掉老家的味，说着家乡话竟割不断异乡的尾音。还要不时地对爹娘说好，一切都好，什么都好。真的是好想好想，好想和儿时的伙伴放肆地说着家乡话唱着家乡歌大醉一场，好想好想，好想对着家里老屋的山墙大哭一场。

家，老家，远走他乡的孩子回来了。先不说他乡的话好吗？先不唱他乡的歌好吗？

受了蕾蕾的感染，几个女孩泪流满面。马鸣、赵明明和华联产鼻子也酸酸的，眼圈红红的，躲到了门外。蕾蕾突然哭出了声，几个女孩就抱在了一起。很久很久了，什么都往下咽，很久很久了……已经忘了什么叫宣泄，很久很久了。哭罢，蕾蕾说："秦晖让我给你们带份大礼。"说完，她认认真真地向常菁菁她们弯下腰，深深鞠了个躬，"秦晖说这是第一个大礼！他还说了，只要钱用在了正经地方，赔了也算是给家乡做点贡献。"

李小芬上去给了她一拳："咦……净说不吉利话。"

晚上喝酒。在东东家的农家饭店里，常菁菁一改平时的稳重矜持："咱今天什么都不说，就喝酒，谁愿意喝多少就喝多少，想喝醉就喝醉，喝！"常菁菁带头，大家就喝得尽兴。李小芬本来就能喝，一旦放开了，白酒就和凉水差不多，她的目标是把所有的人全喝趴下。只有一个人没喝趴下，那就是马鸣。马鸣喝了一斤多白酒，基本头脑清醒走路不晃。不是他酒量大，喝一会儿他就出去一趟用食指和中指捅嗓子眼，哗哗地吐完，回来再喝。最后李小芬也喝趴下了。马鸣把他们一个一个地送回家。

其实常菁菁也没醉。马鸣把她送回家后，她给欢庆打了个电话。电话打通了几次都没人接。她又生气又不安，这么晚了他在干吗？为什么不接电话？是不是和姚渺渺在一起？姚渺渺是大学生，文静、漂亮、有教养，从她见了姚渺渺第一面起，就隐隐感觉到是一个竞争对手。常菁菁一遍一遍地想着，由不安变得烦躁起来。就在这时，她手里的电话响了，是欢庆打来的。让自己镇静下来才打开接听。欢庆问："菁菁你有什么事吗？"她回答："没事。"欢庆说："我刚才在洗澡，没及时接你电话，别生气。"她不信，问："你在哪洗澡？"欢庆笑了："在家洗澡呀。你怎么了？"常菁菁说："没事。随便问问。"欢庆沉吟片刻，说："那你想想有什么要我做的，当然得是我能做的。"

她爽快地回答说："真没事。"

她挂断了电话，才发现自己竟然不知不觉流了眼泪。

第九章

　　常菁菁走后，欢庆着急上火，拉上孙志去了一趟九龙沟，想把她劝回来，没想到事与愿违，无功而返。他心里很不高兴，甚至有些心理不平衡，经常无缘无故地对姚渺渺和同事发火。到了晚上，加班的时间少了，泡酒吧、歌厅借酒消愁和呼朋引伴狂欢打发孤独。孙志劝他，他骂孙志，甚至把孙志的电话添加到手机的"来电卫士"中，让孙志的电话打不进来。被人称为"剩男"的他，第一次真正感受到没有爱围绕身旁的空虚。他尤其不敢面对别人出双入对，卿卿我我的场面。

　　"刚刚煮熟的鸭子又飞了！"这是他妈妈生气说的一句话。

他不断想着常菁菁魅力四射的目光，想着常菁菁阳光灿烂的笑容，想着常菁菁生气时噘起的小嘴……他尤其心驰神往的是和常菁菁在一起时，她给他带来的让常人无法理解的主题。很多女孩子喜欢男人欣赏自己的美丽，有的女孩子甚至把自己的美丽当作资源与男人交易，而常菁菁偏偏不喜欢听别人，尤其是男人夸她美丽。有一次，他在给她的信息中说了一句"你真美"，她回短信说："一个只懂得欣赏女人姿色的男人，是没有内涵没有个性没有出息的男人。这种男人会让女人失去安全感。"从那以后，他没有再夸她的美丽。

认识常菁菁不久，他就发现了她的一个不同寻常的"爱好"。她喜欢走在马路边看人家的阳台。她说那是各种各样堆满杂草或冠冕堂皇的"小角落"。那些点缀在楼宇中间的阳台或神秘的帷幔低垂，或夸张的窗户敞开。阳台上放着五彩缤纷的花盆，晾晒着五颜六色的衣服。有的还放着孩子们的廉价玩具。他看了，觉得人类的细节多么不堪推敲，多么不堪玩弄，因而，他变得有些多愁善感，就算是幸福生活的见证，他也会为之热泪盈眶。

他最喜欢常菁菁的是她身上透露出的傲气和勇气。有时候，他在讲述自己亲历的一些案子，为弱者的不幸而热泪盈眶时，她取笑他的性格——他比她大十多岁，他比她经过了许多事情的历练，他不知道自己为什么还会如此脆弱。那时，他就会有些苦恼，不安地说："是的，是的，碰到强势、碰到可怕的境遇，我的心肠也许可以更硬，但看到那些弱势，看到那些小而软的景象，比如，那些陌生而似曾相识的阳台，没有办法，我就会伤感。可能就是这样，我能经受住肤浅的、粗糙的痛苦，但只要稍微精致一点、深情一点，我就会失去全部武装……"

常菁菁一边全神贯注地看着他，一边洗耳恭听，偶尔会伸出又白又嫩的手摸摸他的手，甚至会摸摸他的脑袋，似乎听懂了。不知为什么，常菁菁越是让他感到抓不住，他抓住她的欲望越是强烈。他生怕与常菁菁之间出现裂缝，总是小心翼翼地注意着两人交往过程中的每一个细节。妈妈对常菁菁不满意，他为了便于同常菁菁的交往，自己在外租了房子，后来又买了房子。常菁菁心里有北京与外地、城市与乡村的隔膜，他也觉得像青瓷瓶上一个极小的裂纹，自己必须反复验看，心怀惴惴。

然而，裂纹还是不约而来。虽然他不知道他与常菁菁的这次分开算不算得上也是一次大裂缝。但是，她离开他时那种毅然决然，那种头也不回，尽管有误会在，但让他感到其实裂缝已经产生。而且这个裂缝的表现形式令他非常诧异，令他措手不及。似乎他们之间连最起码的禁忌与默契都没有似的。

想着想着，他觉得屋内有些燥热，于是便走向阳台，拉开多日以来不曾打开的窗帘，阳光迎面扑向他，他下意识地眯缝起了眼睛。在适应了半晌后，他推开与阳台之隔的玻璃门，迎着呼呼而至的风，缓缓走向阳台。十八层的高度，足以让他将整个京城尽收眼底。他将身体靠在护栏上，眺望着远方。他想此时的常菁菁不知道怎么样。她走后，虽然在网上、手机信息里和他交流过几次，但都是为了她的旅游开发，为了九龙沟的事，避而不谈感情问题。他虽然在情感上比较脆弱，但他倔强的性格却始终没有变。他和常菁菁性格很相似，有时候一旦双方抵触起来，谁也不愿意认输。他反应在沉默和逃避上，而她则会选择离去。他不知道他们彼此会这样坚持多久，即使他身边有坚持不懈向他示爱的姚渺渺，她身边也有一个死缠烂打，追求她的沈耀。他知道自己心里存有嫉妒和无法推敲的猜疑，甚至因嫉妒而变得烦躁的心情，他都不愿意直面面对。他知道，这就是自己的情感脆弱，无法言说和理解的情感脆弱！

他猜想今天姚渺渺一定会给他打电话，所以他直接将手机设置在了无法接通的模式上，而家里的电话，即使通了，他也可以不接，这样说明他没有在家。或许她会不断地留言，那也没有关系，听与不听全在于他的兴趣。

他不愿意在这样的心境下见到姚渺渺，其实他并不讨厌她，说句实在话，自己有些喜欢她。但是那种喜欢，跟男女关系和情感上的喜欢截然不同。他曾经跟她说过，但姚渺渺并没有因此而真正懂得他的意思，反而迎难而上，愈合了伤疤接着又对他持之以恒地开始了情感守望。

他想起姚渺渺曾经给他说过这样一段话，或许是因为当时她听完他说起与常菁菁相识、相知和相恋的历程时，太过感叹的原因。她说，她原本也有一个感情很深的男朋友，但那个人跟欢庆不同。那个人的好，全在明处，是大写的，人人都可以感知；而欢庆的好，是细小状微的，常人通常会忽略，但对于她来说，她却常常会有一种安之若素的感觉。所以，她喜欢欢庆带给她的这种感觉：让别人忽略，让自己沉醉。那时候，他没有太多的去理解和体会姚渺的这段话，现在想起，他觉得这个在他眼睛里的小女孩对情感的领悟和感知，与他相比有过之而无不及。他暗问自己，他对常菁菁的感情，会像姚渺渺一样吗？

他不相信上个世纪 50 年代由文人编出来的、已经老掉了牙的《朝阳沟》里的故事会在今天再次发生，因为他不是栓宝，常菁菁也不是银环。这些年，人们的价值观念发生了翻天覆地的变化。所以，他给常菁菁安排了一系列的事情，如新房的装修设计；家具的样式和颜色；地板的品质。他还想好了，结婚后的第一个冬天，他们俩带着相机驾车去郊外拍各种与"冰"有关的事物和人；第二年的春天，找个机会去乡下，拍农家贴门框上快要剥落的对联和门神。他本来是想，就这样一直下去，已经是他最想要的结果。可是，让他没想到的是，她还是走了，毅然决然地走了。

这以后，他们谁也没有再提感情两个字，好像过去只是普通朋友，有时通电话还像刚认识的朋友。或许他们都在等待对方的解释与行动，请求理解与宽宥；并且在设想，重新见面之后，该组织怎样的自我辩护之辞……但这种等待，有一个微妙的度。在这个度之内，大家尚可以拥抱在一起相互抚慰，甚至小小地争执一番，然后热泪盈眶地重归于好，那种滋味，就像他喜欢的回锅肉，可以吃起来更香。但一旦过了那个度，像下游的河岸，越来越宽，手伸不过去了，就再也架不起任何形式的桥梁了。

或许他们之间，就会这样出乎意料地结束，那样真就成了无疾而终——但现在的他们，仅仅只是不再联络了而已。他忽然有些忧心忡忡起来，自己会不会与常菁菁的距离越来越远？他长长地叹了口气。回到屋里，他快速地打开电脑，看到常菁菁在博客中写的发现"村下村"的文章，喜悦之情溢于言表。让他想不到的是这篇博客一夜之间有几百条跟帖，有的是表示惊奇的，有的是想去看看的，有的是称赞当年深挖洞的奇迹的……他想了想，用"老虎"的名字也写了一个帖子：

> 既然叫村，总得有个村的样子吧。我个人建议你们，把当年模拟演练时村民在防空洞里生活的场景修复一下，让其更真实，更有旅游价值……

写完，他看了一遍，把"我个人建议"几个字删除了。

常菁菁自从回村以后，给自己定了个规矩，无论再忙，只要是在九龙沟，每天早晨给爸爸煎中药，中午或者晚上要陪爸爸妈妈吃一顿饭。离家几年，是该在爸爸妈妈面前尽一下孝心了。这天早晨，她像往常一样，脸没洗，头没梳就钻在锅屋里，一边给爸爸煎药，一边帮妈妈做饭。蕾蕾十万火急地跑来告诉她，李小芬、马鸣他们和马联合的媳妇一伙打起来了。

蕾蕾上气不接下气地说："马联合带着一帮人也过去了。我刚问了一句你们要干什么，马联合就张牙舞爪地要动拳头！吓得我出了一身汗。"

常菁菁感到非常震惊，一下子愣住了。砂锅里的药沸腾着，把盖顶掉了，她竟忘记了用布包着，伸出右手去拿，食指和中指被烫了一下，疼得她眼泪都快掉下来了。妈从来没见过她如此失态，一边接过她手中的活，一边推她，嘴里嘟哝着："快走快走，这点家务活你都干不了，还要在农村干大事！"

事情是由拆九龙松周边的院子引发的。马坡虽然同意由青年创业协会牵头成立新的旅游开发公司，并且把集体的林地转租给了新的公司。但是，他说九龙松是有人承包的，不好收回来。九龙松是九龙沟旅游的最主要景点，或者说是九龙沟旅游的引子，不收回九龙松，九龙沟的旅游开发没法进行。后来，沈耀给马坡打了电话，马坡无奈同意了。可是，马联合的媳妇硬说拉围墙花了一万多，让常菁菁她们先付这笔钱。依着李小芬和马鸣的意见，根本不要理马联合的媳妇，先把院子拆了。常菁菁没同意。她不想一开始就和马联合的媳妇顶牛或者动粗的，让村民觉得他们强夺。她劝李小芬多做些耐心细致的工作，同时评估一下马联合拉围墙的实际花销，该补偿的还得补偿。没想到马联合的媳妇得寸进尺，又把补偿费提到了两万。这样，李小芬就和马联合的媳妇较上了劲。她对常菁菁说："咱不能惯这种人。要是她开了个头，以后这个要钱那个要钱，咱哪来钱？你常菁菁要不让我做这个主，我就打道回府回北京！"没想到，她今天一大早，真的和马鸣带着一些人去拆九龙松的围墙，同马联合发生了冲突。

常菁菁她们赶到时，李小芬、马鸣等人正在院门口站着，马联合和李小良带的人看样子想冲进去，与李小芬、马鸣等人虎视眈眈地对视着。两边的人手里都有家伙。马坡不在现场，但是马坡养的那只强悍的藏獒，龙骧虎视地站在马联合身边，目光如炬地望着周围的人们。赵明明、东东也早一步到了，但心有余悸地站在一旁不敢上前。

常菁菁刚要上前，被赶来的康爷爷拦住了。他告诉常菁菁："无论发生了什么事你都不要上前。你现在千万要注意自己的形象。"

马联合看见康爷爷走过来，镇定自若，竟然像什么事情也没发生一样，指挥着李小良等人把院门打开。马鸣示威性地挥了挥手中的军刺，朝马联合那边的人吼道："要怕死的就上来。老子把你们一个个捅成马蜂窝！"

马联合那边的人只是在一旁嚷嚷，没有一个敢上前。就连马联合本人也两腿哆嗦，不住地向媳妇的身后躲。马坡这时到了。他一边推开围观的人群，一边大声吆喝："干什么干什么？想翻天啊？"那只藏獒也好像受到了指令，浑身用力一抖，发出一声吼叫。在场的很多人一阵惊慌，毛骨悚然。康爷爷却面不改色，毅然地挡住了马坡。

康爷爷因为过于愤怒，两眼瞪得几乎要跳出眼眶，脸上的皱褶在颤抖，说话的声音也有些粗豪："马联合，你个狗日的胆大包天。你赶快给我滚开，不然的话……"

"不然的话能怎么着？你还能咬人？"马联合说。

康爷爷转过身来，用颤抖的手指着马坡说："姓马的，你必须对你今天的行为负责！"

马坡冷冷一笑，无所顾忌地说："我做事有过不负责任的吗？这个地方是村集体林地，我作为村委会主任，有权进行处置和安排。你要是不服气，可以到镇党委和县委去告我。"

李小芬说："马主任你还要不要脸，这片林地已经租给我们公司了。我们也付了费用。你有什么权力处置和安排？"

康爷爷也大义凛然地说："马坡，你马上叫马联合他们撤走，否则……"

马坡丝毫不相让，反过来威胁康爷爷："你否则什么？你能把我怎么样？打我？看看你那三年自然灾害样子的身子骨吧！撤我？你又没那个权力！我是村民选出来的村委会主任，不是你党支部任命的。别说你一个村党支部书记，就是镇党委、县委不通过村民代表大会，也免不了我。"

康爷爷气得浑身发抖，说话的声音也在颤抖："你，你不要忘了，九龙沟还是共产党领导的地方。"

马坡不以为然地笑了笑，反驳道："现在是搞村民自治，别老跟我提共产党的领导。你代表不了党。带领群众致富是共产党的政策，我这是在贯彻落实共产党的政策。像你这样不能带领群众致富的人，早就该退出历史舞台了。"

马坡的话刚说完，马联合等人就跟着起哄。一个大粗嗓门在喊："老家伙下台吧！我们不要你领导。"常菁菁看了看，说这话的是李小芬的三哥李小良。

马联合说得更过分："你别占着茅坑不拉屎。要是我马坡叔早几年上台，九龙沟早富得流油了。"

康爷爷不屈不挠地站在门前，两只手臂张开，昂首挺胸撑在门框上，那形象，活生生就是常菁菁他们小时候在电影中见过的临危不惧的共产党员形象。常菁菁不由自主地站到了康爷爷旁边。蕾蕾也跟着站了过去。马联合气急败坏地摸了根棍子，拉出要打架的姿势。马坡耀武扬威地牵着那只藏獒，好像随时要放开它伤人。

围观的人越来越多。华爷爷也闻讯赶过来了。他是村党支部的老支委，任职时间比康爷爷还长。他的手里拿着一把三齿铁叉子，腰板挺得很直，一路边走边骂："我操你八辈祖宗，想在九龙沟翻天啊？！"华联产紧随爷爷的身后，手中也拎着一根碗口粗的棍子。华爷爷和康爷爷站到了一起，四只目光逼视着马坡。他们向前走了两步，马坡赶忙向后退去。

孙石头走到马坡面前，低声对马坡嘀咕道："康老头和华老头一个老头都不好惹，两个老头就更不好惹。"

马坡见状，气急败坏地匆匆走了，下了山坡，钻进他用沈耀的前期投资款买的丰田吉普车里扬长而去。

马联合的媳妇不依不饶，一头扑在康爷爷脚下，又哭又喊："姓康的你偏心眼，你独裁，俺承包好好的凭什么给姓常的妮子？给了姓常的妮子又凭什么不还俺拉院子的钱？"

李小芬"呸"了一口，说："你拉这个院子只是为自己挣钱，破坏了九龙松的风景，破坏了九龙沟的风水……"她的话没说完，周围的群众就喊起来："这搞独裁的是姓马的。他们什么都占了！"

"马坡的爷爷就是大地主。他这几年在县城挣了点荤钱，也想做大地主。"

"这就叫大地主复辟。马坡爷爷没做到的，马坡今天都想做到。"

听着人们的议论，康爷爷靠在门框上望着远处的山，他的眼睛里蓄满了悲愤。华爷爷拎着铁叉子围着院子转了一圈，骂了句："马坡你个驴操的！"接着就摸起马鸣那些人带来的大铁锤，"咣当咣当"地朝围墙上砸去。围墙本来就是石头垒的，没有用水泥加固。大铁锤砸下去，一下子倒了半边。马联合的媳妇爬起来就要跟华爷爷拼命，被常菁菁抱住了。她对马联合的媳妇说："嫂子，你别急，有事咱们好好商量。"

马联合的媳妇哪里听得进去，扬手打了常菁菁一个耳光。她出手很重。那一记耳光很响亮，在场的人都听见了，也看见了。人群一下子静了下来，所有人的目光都聚集到常菁菁身上。最担心的是康爷爷。他了解"80后"孩子的性格，从小娇生惯养，被当作家中"皇帝"，不肯受人欺负。他赶忙上前一步，拉开马联合的媳妇。如果常菁菁还手，他也好拦阻。让所有人没想到的是，常菁菁脸上的怒气很快就消失了。她对马联合的媳妇说："我知道你有气。我不怪你。不过我要告诉你嫂子，你也知道这地的确让我们公司承租了，你再在这里闹，就是违法。至于你的院墙的投资，我们可以好好谈。"

常菁菁的态度，赢得了在场群众一片喝彩。只有李小芬不高兴。她手里举着一根木杠，对马联合和他媳妇说："你们自己选择，要打，我们赔着！"

马联合见到了这步田地，软了下来。他对常菁菁说了一句："你们要是不赔我的损失，我跟你们没完。"说完，拉着他媳妇，和李小良等人下山了。

马鸣喊了一声："给我拆！"他带来的人一拥而上动起手。

回村的路上，康爷爷和华爷爷不住地夸奖常菁菁今天的姿态好，同时也对马坡的嚣张表示不满。康爷爷说，上个世纪80年代，马坡因为搞经济（那时叫投机倒把）成了第一个万元户，县长亲自到九龙沟给他挂大红花，授锦旗和奖牌。现在的刘县长当时还是乡长，亲自给马坡牵马。不久，马坡向康爷爷提出要把九龙松旁边一块土改时分给农民后来归集体的那块地收回，在那块地上给他爷爷建坟墓。他说那个地方是他爷爷活着的时候亲自选的，风水比较好。康爷爷和村党支部当然不同意。华爷爷说："你想要回土改后的土地，就他娘的是反攻倒算！还没有人敢这样跟共产党叫板！"康爷爷说："要是在前几年，我马上就把你当反革命抓起来。"马坡竟然毫不畏惧说："你们真是高粱花脑袋。现在政策变了，你难道睁眼瞎看不见。我才万元户，县长都给我发奖。我爷爷那时可是几十万啊！你要不信走着看，过不了几年，我爷爷就会被平反。我要让我爷爷我爹风风光光地迁进这块风水宝地。"康爷爷说："你做梦吧。只要共产党还领导，你就别想。"后来，刘县长找康爷爷，让把那块地给马坡用，康爷爷坚决顶住了，村支部的二十多个党员也没有一个人同意。从此，马坡对康爷爷就记下了仇。他曾对别人说，他之所以从县城回村当村民委员会主任，就是一定要把老康头子搞下去。康爷爷讲到这里，沉重地说："马坡是想让马联合先承包九龙松，然后慢慢地实现他在那片地上建祖林的目的。你们新公司要租，他斗不过沈耀，就用马联合来打击你们！"

常菁菁了解他们此刻的心情。马坡做的事毫无道理，但说的话却无懈可击。村民委员会主任的确是选举产生的，现在也的确是在搞村民自治。她在北京看报纸、看电视新闻时也看到过这类消息，有的村民委员会主任不服从村党支部的领导，以村民自治为由，把村党支部变成空中楼阁。这类事情，党和政府是坚决禁止的。但是，具体到某一个村，上级党委也不一定都清楚。她反过来劝康爷爷不必生气："马坡这样做不会有好下场。"常菁菁这样说的时候，自己都觉得很空洞很无力。其实，她的心情也不比康爷爷和华爷爷好。马坡利用村民委员会这个合法的外衣与康爷爷公开对抗，今天唆使马联合和他媳妇上演了这样一场闹剧，明天真的不知还会发生什么事情。

常菁菁回到利用知青宿舍改造的公司办公室里，才忍不住哭出了声。打小，爸爸妈妈也没像马联合的媳妇那样打过自己，而且又是当众。她问自己，难道我真的不应该回来？难道我做错了什么？她想给欢庆打电话，拨着号又停下了。给他说什么呢？他要是劝我回去怎么办？真的扔下这一摊子不管不问就走？不行，做人不能没有责任感。吃亏人常在，难道我就吃了这个亏？她正在想着，李小芬和冯俊才到了。李小芬上前摸了摸她的腮帮："疼不疼？操，他马联合的媳妇太猖狂了！要是换我，非把她摁倒了好好揍一顿不可！"

冯俊才说："我最看不惯你李小芬这一套。咱回来不是打架的。要打架咱就不回来了。"

冯俊才的话，让常菁菁平静下来。她对冯俊才说："不好意思，让你看笑话了。"冯俊才说："这不算什么笑话。我们老家村民和村干部的矛盾冲突也很激烈。"李小芬说："冯俊才你傻X呀？这不是村民和村干部掐，是村委会和党支部掐。"冯俊才一点也不觉得意外："让他们掐好啦，他们的职责就是掐架，天天掐就不会犯错误了。"

李小芬被他气乐了，对常菁菁说："你说这孙子是不是缺心眼呀，合着来九龙沟看热闹来了！"

冯俊才说："我说的是实话嘛，很简单的。就你常菁菁这个团支部书记硬起来，马坡拿你也没法，你是团员选的嘛！"冯俊才看门前的切诺基车窗上蒙了一层泥土，他走过去用手一抹，车窗干净了，然后转过脸来说："掐架就像擦玻璃，越擦越干净。"

常菁菁直截了当地告诉李小芬，抓紧把马联合家拉九龙松围墙的钱给结了。李小芬还想争辩，冯俊才劝她："你就听董事长的吧。董事长有战略考虑。"李小芬说："什么战略不战略，我不懂。你是董事长，你说给我就给，反正不花我一分钱！"

当天晚上的碰头会一开始，李小芬就叫嚷开了"操，马坡也太嚣张了。马鸣你早上怎么不揍他个狗日的。"马鸣说："你嘴也干净点。马坡和我爹是一个爷爷的，你骂他狗日的不就是骂我吗？你三哥李小良整天跟着马坡的屁股转，你咋不骂他？"李小芬说："你怎么知道我没骂他。我什么时候见他，什么时候唤狗一样叫他。我就说他替狗吃屎！"她一边说一边做着动作。惹得大伙一阵笑声。瑶瑶不无担心地说："马坡和马联合这次等于给咱下了战书。咱得想办法对付他。"马鸣说："办法有，但最简单的办法，我以后见马坡马联合就骂，让他个狗日的看看咱也不穰！"

李小芬听了，哈哈大笑。大伙正为她突如其来的大笑莫明其妙，她指着马鸣说："咦……马鸣你自己承认马坡是个狗日的……"马鸣这才意识到自己刚才说错了，扇了自己几个嘴巴，后悔不迭地说："我被你李小芬给带坏了！"

瑶瑶对马鸣的意见明确反对："你这样干，他也和你针尖对麦芒。在村里，这叫窝里斗；传出去，人说咱狗咬狗。再说，闹得狼烟四起，游客谁还敢来咱这儿？"

蕾蕾、二月也都明确反对马鸣的意见。

马鸣十分不满，说："跟你们娘们干事太窝囊。按我的想法，先把狗日的养的那只藏獒药死……"他的话没说完，常菁菁就坚决地打断了他的话："那可是神犬。你知道吗，它在西藏被喻为'天狗'。再说，它也分不清人世间的是是非非。今个说明了，谁都不能动它的主意。"接着，她又严肃地说："今后，咱们不要动不动就骂就动手，咱得依法办事。"

马鸣说："在咱这里，你要是依法就办不了事。你没听顺口溜说：'村干部是打出来的，乡干部是跑出来的，县干部是送出来的……'"他的话没说完，又被常菁菁打断了。常菁菁说："发牢骚，说怪话，骂娘，甚至于打打杀杀解决不了实际问题。即使一时得逞，也不能长久。你们听说什么地方的经济是靠这样发展的？"

蕾蕾说："咱们的青年创业协会成员一多半家庭都有，只要咱团结一心，马坡对咱的力量不能不打怵。"

冯俊才坐在角落里一直没有吭声。李小芬不紧不慢地嗑着瓜子，过一会儿把手放在他的衣服上擦一擦。常菁菁忽然想起还没给大家介绍冯俊才，她走到冯俊才跟前，把他拉起来，郑重地对大家说："我忘了介绍了，这位是——"她还没说完，马鸣就接过去说："不用介绍了，冯俊才，小芬的那个，温州人，北京的大学生，我兄弟！我都请他喝几场了！"大家笑起来。

原来，这几天冯俊才私下没少了和一些年轻人接触。他站起来朝大家点点头，笑嘻嘻地说："承蒙各位关照。我还有一个重要的职务，九龙沟旅游开发规划部经理，还是，还应当是总策划……"

李小芬喜滋滋地说："咦……你还挺能装，菁菁让你说你就说说。"冯俊才说："我在读大学时基本上不多讲话，更不会讲激动人心的话。要是让我说，我就一句话，你觉得这事值得你去做，就别磨蹭，别犹豫，别瞻前顾后。我首先想提出申请，我想入股，不知大家同意不同意。"大家都愣了一下。李小芬说："你不是开玩笑吧？"冯俊才说："我是认真的。"李小芬说："你搞突然袭击，怎么不事前和我商量？你打算拿多少股金？"冯俊才说："那没法子计算！"李小芬急了，踢了他一脚："到底多少？你哪来的钱？"冯俊才看了常菁菁一眼，这才认真地说："我把北京的摊位卖了，二十万全入股。还有我这个人也死心塌地地扑在这里了。"赵明明说："小冯用爱情入股了。"马鸣过来搂着冯俊才说："我就看着你像是自家兄弟。"常菁菁说："大家欢迎冯俊才入伙吧。"说着鼓起掌来，屋子里掌声一片，就像暴雨打在芦席上。其实，冯俊才刚才公开说出入股的事以及投资款，还是常菁菁让他这样做的。她说："你入股不需要偷偷摸摸。"冯俊才说是担心李小芬把他的钱要了去糟蹋了。她就让冯俊才公开在会上提出来。

冯俊才恢复了他的幽默和活跃，站到了屋子的中央。他说："我入了伙了就是一家子了。咱们是国军，不是游击队，家有千口，主事一人，我建议，在工作的场合，对常菁菁要称呼职务。公司的事咱称常总，团支部的事咱称书记。"大家一齐说："同意！"冯俊才说："大家跟着我喊：常总好！"大家跟着就起哄："常总好！"弄得常菁菁满脸通红。冯俊才又说："我发现你们很多人回来后都讲方言，说普通话怕老乡骂'烧包'。我认为不对，既然搞旅游公司，要接待四面八方的游客，就应当讲普通话。我建议今后大伙都讲普通话。"

大伙你看看我，我看看你，都笑了。瑶瑶问："在家跟爸爸妈妈也讲普通话吗？"冯俊才说："就是跟你家的小狗也得讲普通话！"

李小芬用当地的土话骂了冯俊才一句："你贫吗？小心瑶瑶劈脸扇你！"

"啥叫劈脸扇？"冯俊才说，"大伙刚刚通过的约定你又违反。今后，谁不讲普通话，罚款！"

大伙又是一阵乐。

冯俊才见自己的意见被大伙接受了，更是洋洋得意。他说："没入股之前，我没有发言权。如今我是股东，我拿自己当九龙沟人了，师出有名了。我觉得咱们自己要有信心。现在是旅游淡季，咱们正好抓紧时间搞景点的修复和整理，明年开春后，九龙沟一定是一个崭新的面貌，谁也挡不住！"

瑶瑶说："要干就得排除杂念。我建议咱们青年创业协会提出个口号，叫'大干一百天'。到明年二月二龙抬头的时候搞试营业！咱有九龙松，就得打龙的牌子，谁也没条件和咱争！"

瑶瑶的话得到了大多数人的认可。

马鸣又说："小冯兄弟说的实在，菁菁你就大胆地领着大家干吧，对了错了我们都跟着。好汉护三村，好狗护三邻，连自己家都保护不了，就连狗都不如！"马鸣说着跳上凳子打着拍子对大家说："跟我唱：风在吼，马在叫，黄河在咆哮，黄河在咆哮……"

李小芬冲马鸣喊："咦……马鸣你嚎什么嚎，又不是抗日！"马鸣不理她。赵明明、华联产、冯俊才也跟着唱："拿起了土枪洋枪，挥动着大刀长矛，保卫家乡，保卫黄河，保卫华北，保卫全中国！"

常菁菁和其他的几个女孩被他们感染了，她们看见这几个男人的眼睛晶亮晶亮的。她们感受到了一种汹涌的激情和不可阻挡的力量。

这就是这群年轻人和马坡他们最为显著的区别。

常菁菁和她的伙伴们为建设家乡激情澎湃的这个晚上，马坡带着马联合和李小良也在省城的宾馆里抒发着自己的激情。这是省城的一家五星级宾馆，这家宾馆马坡已经说不清来过多少次，尤其是最近几个月要办挖煤窑相关证件来得就更勤了。师出无名，没有各种许可证你敢动工？他对收了他五十万帮着他办证的那个朋友也不放心。那人是马联合前几年被刑事拘留时在看守所认识的。马联合一个土包子能有什么上得了台面的朋友？今天晚上，马联合的那个朋友带了个矮胖老头来，说是省里一个厅的厅长。他看那老头的言谈举止，根本不像一个在机关工作而且担任重要职务的高官。一个镇长副镇长，见了他这样的村干部都趾高气扬，而那个厅长却在他面前低三下四。尤其饭后，一说找个三陪小姐玩玩，那老头两眼都流着淫荡。他有点后悔当时自己的冲动，一把就把沉甸甸的五十万现金拍给了那个留着光头肥头大耳的家伙。但他明白，这五十万必须花，花了这五十万，他就向自己的目标实实在在地前进了一步。即便是被涮了，花的也不是自己的钱。他自从当上村委会主任，就没再花过自家一分钱，包括今晚激情的开销，他也不用花自己的钱。

丰满结实的女孩没敲门就进来了。女孩进了门顺手就把门反锁了，挑战似的把马坡三个人扫了一眼问："谁先来？"马坡向藏獒招了招手，藏獒一声呼啸向那女孩扑过去。女孩吓得大喊大叫躲到李小良身后："大哥，我是伺候人的，不是伺候狗的！"马坡把藏獒安顿好，招招手让女孩站到他面前。他两把扯掉了女孩的衣服，张口咬住女孩圆滚滚的奶子中的一个，嘬得嗞嗞响。女孩丝毫不害羞，伸手抚摸着他脑袋顶上耗子毛似的几根头发。马坡嘬了一会儿又换了另一个乳头叼着。完了捏了捏女孩翘翘的屁股，再捏捏白花花的大腿，最后照女孩的私处拍了一巴掌："好活！去跟他们玩去吧。"

马联合和李小良用石头剪子布的方式确定了顺序，由李小良先来。李小良饿狗般将黑黢黢的身子扑到女孩身上，让李小良的黑身子一衬，女孩的身子白得耀眼。李小良刚爬到女孩身上晃荡了几下，突然又下来，蹲在床下双手捂着脸哭开了。

"怎么了？怎么了？"马联合不解地看看李小良，又看看那个女孩。那个女孩拉了被子盖在身上，惊慌地连连摇头："不怪我，不怪我。"马坡经验丰富，一看就明白了。他厌恶地冲李小良吼了一声："真他妈的没用。"

马联合这才明白，李小良根本就没做成。他三下五除二脱光了衣服，把那个女孩压在身下："操，我要把我兄弟那份补上！"

马联合弄得山摇地动。马坡赤裸裸地围着床转，时不时地低着头从他们的身体结合部认真观看，仿佛一个尽职的摔跤裁判。一会儿又回到沙发上坐下，像一个极具权威的裁判长在观战，山羊胡子跟着马联合的动作一撅一撅的。马坡的面前放着一块劳力士手表，有言在先，李小良和马联合谁要是干不到三十分钟就罚喝一斤白酒。过了一会儿，马坡宣布："该换姿势了。"马联合就爬起来，让女孩撅起屁股……半个多小时后，他才大汗淋漓地下来。

马坡看了看手表，说："及格，三十四分钟。"

李小良却颓然躺倒在地毯上。

马联合完事的同时，马坡也泄了。女孩从床上下来，问马坡："你来？"马坡摇着头拍拍她的腿，她抬起腿，马坡看了看她有些红肿的私处，满意地拍出一千块钱。女孩飞快地套上衣服，朝马坡做了个打电话的手势，走了。

马坡说要到隔壁房间看看"厅长"的活漂亮不漂亮。他出去以后，一直呆呆坐在床沿上的李小良突然扑在床上放声大哭。马联合觉得莫明其妙，连问了他几句："你小子哭什么？谁他妈的招你惹你了？"李小良没回答。他起身钻进卫生间，嘴对着水龙头，喝了几口水。然后又把头埋进水池子里冲了一会儿。出来后，他才愤愤不平地骂道："操他个姥姥，就那么几下子，那娘们就挣了咱一千元钱。这，这太不公道了吧？"马联合这才明白李小良刚才为什么突然痛哭流涕，是心痛那一千元钱，也是心里不平。他踢了李小良一脚："你狗日的懂个屁？你没听我叔说过，这就是资源利用。给你说吧，咱村里在外的女孩干这种事的也不少。她常菁菁凭什么带着钱回九龙沟来搞开发，不就因为脸蛋和身材漂亮，挣的钱多。你妹妹也不干净……"

他的话还没落音，脸上就挨了李小良一拳。李小良说："你狗日的不许这样说我妹妹。再说，我撕了你的嘴喂藏獒。"话是这样说，他心里却真的对妹妹李小芬在北京做啥事犯了嘀咕。

马联合见李小良心情不好，想安慰一下他。他把酒柜上摆放的几只小酒瓶反复看了看，上边写的都是外文，看不懂。他拿了一瓶给了李小良，自己也开了一瓶喝起来。他说："小良，我叔为啥要挖煤？不就是为了让你这样的人挣点钱，盖新房，娶媳妇吗？你看看你刚才干事时那样子，大半天弄不到个真地方……"李小良说："你有你叔罩着，找女人当然比我方便了……"话没说完，他又哽咽了。马联合问："你又怎么了？"李小良一口气喝完了小瓶子里的酒，脸涨红了，眼睛也红了。他蹲在地上，用拳头狠狠地打着自己的头："我他妈今天也没看清女人下边啥样子，我，我真他妈的不中用！"马联合愣了一会儿，然后哈哈大笑。笑罢，他把李小良拉到床上："兄弟，你一定得支持我叔挖煤窑，就是赴汤蹈火也不能变心。我保证，挖煤窑第二年就给你找个比刚才那小姐还好看的媳妇。"

"常菁菁她们要搞旅游开发，不会坏咱挖煤窑的事吧？"李小良问。马联合说："她成不了气候，我叔早给她下好套了。"

李小良刚要再问，马坡开门进来了。他一眼就看见马联合和李小良喝的酒瓶，勃然大怒，一拳把马联合打倒在地上。"狗日的，你瞎了，没看见那是非赠送品。这一小瓶洋酒好几千，比找个小姐还贵！"

马联合呆若木鸡地站着。李小良却已烂醉如泥地睡着了。过了一会儿，马坡掏出烟，自己先点了一支，然后又扔一支给马联合。烟掉到了地上，马联合正要弯腰去捡，马坡踢了他一脚。"去，别那么小气。以后，和我在一起别干让人瞧不起的事。"他说着，又给了马联合一支烟，对马联合说，"在窑口的景点不能让他们先占了，你和李小良都给我摆平了！"

第十章

秋末一场淅淅沥沥的雨过后，九龙沟通往镇上的道路又成了稀泥汤，还有几处出现了塌方，连续几天不能行车。冯俊才着急去县档案馆查资料。没办法，康爷爷给他找了辆平板车，用牛拉着，一路颠簸把他送到镇上转乘公共汽车。他回来后就向常菁菁建议："这条路得好好修一修了。早在我小时候就看见路边的标语上写着'要想富先修路'，路不通你搞什么旅游？"

常菁菁心里也十分着急。她从初中到高中的六年里，吃过这条路的苦头太多了。夏天的雨季，路上布满了黄泥汤，她和伙伴们只有光着脚蹚，而到了雪天，路上结的冰化了，又不能光脚，只得绕十几里从后山翻过。去年，一位省城来的游客在省内一家报纸上撰文，对九龙沟的风光赞美一番之后，批评九龙沟的路难走，其中有两句话让九龙沟人刻骨铭心："在九龙沟走上一回，你会发现自己的脚板上长了酒窝，脸上涂了一层黄粉……"要开发九龙沟的旅游，路不修肯定不行。杨柳在谈到九龙沟发展旅游时，也把改善交通放在重要位置。可是，修路需要钱，这又让她犯了难。

常菁菁找康爷爷汇报，说："修路已是咱九龙沟的当务之急。一来开发旅游，你总得让车和人能进来吧！二来也想让村民看看我们这帮人是真心实意做事的。"

康爷爷说："咱县咱乡财政收入不高，国家安排的修路资金到了乡里，常常被挪用。这也能理解。政府工作人员、教师的工资拖欠着也不是办法啊！去年，马坡在上边争取了一点资金，多少钱不知道，只是做了些修修补补。"

常菁菁说："我也听说了，马主任把修路的工程交给了镇上黄书记的表弟，黄书记的表弟就是糊弄糊弄。"

"败家子，败家子！怪不得黄涛一听有人说路修得不好，就像烙铁烙了屁股一样坐不住！"康爷爷由于生气，咳嗽了一阵。停了一会儿才又接上说："咱们分两步走，一是向上级争取一点，二是自力更生一点，先用石子沙子和两合土把损坏严重的路段修补修补，再用压路机压实了，保证城里来的旅游车能顺利通行。不过，找镇上和县交通局争取资金的事情，你还得找一下马坡。这是村委会的事。否则，他又说我越俎代庖。"常菁菁认为康爷爷说的是目前最为可行的办法。她拉上李小芬一起去找马坡。

刚到马坡家门外，就听见院子里那只"天狗"骇人听闻的叫声。李小芬一下子站住了。常菁菁也犹豫了。马坡的媳妇雪花把大铁门打开了一条缝，探出头来看了常菁菁和李小芬一眼，没好气地说："你们不是自己搞公司了吗，还找他干吗？"

李小芬一听来了火："咦……怎么说他现在还占着村委会主任的茅坑，总不能占着茅坑不拉屎吧？操，没事谁愿意找他。"

雪花正要和李小芬翻脸，雪莲把她拉到一边，抱歉地对常菁菁和李小芬说马坡已经几天没回家了。

"咦……当着九龙沟的村委会主任，一天到晚不办九龙沟的事。"李小芬愤愤地骂道。

雪莲让常菁菁给马坡打手机，并且把马坡的手机号码告诉了她。

常菁菁打通了马坡的手机，把事情给马坡说了。马坡在电话里沉吟了一会儿，说："这件事情我当村委会主任不久就向镇里反映过。镇里也给县里反映过。县里去年春天拨款修了一次。到夏天一场大水又把路冲毁了。我又去找黄书记，黄书记骂我就会要饭吃。你马坡有本事自力更生把路修了。你伸手向我要钱，我向谁要去？告诉你，一根屌毛也不给你。你看看，你看看，我怎么再厚着脸皮向镇上写报告。"

常菁菁无奈地挂断电话。李小芬说："这事还得找沈耀，他是股东，不能只让咱一家修。"常菁菁也的确想不到更好的办法，考虑了好大会儿，才给沈耀打了个电话，说明了情况。

沈耀问："你想听真话吗？"常菁菁反问他："什么意思？"沈耀说："据我所知，交通部门去年要修那条路，是镇上和你们村上坚持承揽下了工程，还堂而皇之地说支持农民就业。交通部门就把修路钱拨给了镇上。钱不多，但真的是拨了。"常菁菁沉默了。沈耀听不到常菁菁的声音，一连"喂"了几声："菁菁，你在听我说话吗？"

常菁菁说："你说吧，我在听。"沈耀说："对不起了，我不该把你们村的事给你说的太多。这样会加重你的心理负担。不过，你可以去县里找一下韩春韩县长，我想她会支持你……"常菁菁很冷淡地问了一句："沈总你说完了吧？没事我挂了！"沈耀马上明白常菁菁不高兴了，凭常菁菁的个性，她的确不会去找韩春谈困难、要钱。他马上又问常菁菁："修路需要多少钱。"常菁菁说："我们打算先做些修修补补能通汽车。康爷爷说这条路他认真看过一遍，也计算了一下，石子、沙子我们自己采，自己供两合土，就是用些沥青……"

沈耀问："人工工资呢？"常菁菁说："我们动员团员青年出义务工，那些在外务工回来的人员按工计酬，工资可以往后拖一拖，到时付利息呗！"

沈耀说："我真相信你常菁菁是来建设家乡的。我也越来越喜欢你了！这样吧，我给刘日本说说，争取让县里拨一部分，我们公司再投一部分。"

常菁菁感动地说："那就谢天谢地谢沈总了。哪天一起吃饭，我好好给你端两杯酒。"沈耀说："我就是要让你知道，男人应当怎样对待自己喜欢的女人。再苦不能苦了自己心爱的女人。还是刀郎歌中唱的，'我也不相信，第一次看见你，就爱你爱得那么干脆……'"

常菁菁笑着说："你是不是给很多女孩这样说过。看来刀郎这句歌词你用得最多。小心人家问你收费！"

挂断电话后，常菁菁不解地问李小芬："刘日本是谁啊？"李小芬笑得弯了腰，吐出个瓜子皮，说："就是咱们现在的县长。他身材矮胖，又留着小胡子，样子很凶，说话还狠，县机关干部叫他刘日本。"常菁菁说："我听说咱们县长抓工作很硬……"李小芬说："你没听说他下边家伙更硬。"常菁菁觉得奇怪，堂堂一县之长，怎么会背上这样的外号？

第二天，沈耀果然如约把钱打到了账上。他的这一举动让常菁菁很感动。

没想到，常菁菁她们刚把方案做好，人组织好，马坡在联席会上却主动提出要当指挥长。他说："修路是村委会的职责，我马坡当仁不让。在我当选村民委员会主任那天，我就承诺给村民办十件大事，修路就是其中之一。"

李小芬吐了个瓜子皮："咦……马主任还真心甘情愿地当人民公仆啊？你这十件事办了几件，说来我们听听。"

马坡闹了个大红脸，转头瞪了康爷爷一眼："操，我倒是想办，可得有钱啊！现在办什么事离得了钱？我任村委会主任时，村的账上趴着几十万欠款……"常菁菁看马坡把矛头指向了康爷爷，赶忙转移话题。她说："村委会理所当然要领导，这没有疑问。你马主任当指挥长我也完全同意。"

李小芬听了常菁菁的话，气得把瓜子皮朝地上一扔，起身走了出去。

康爷爷也同意常菁菁的意见。他说："马坡你当指挥长我没意见。不过，工程不能再转包，也不能交给马联合。"

马坡的脚气又犯了。他当众脱下皮鞋和袜子，用手搓起脚来。他说："你让马联合干这事他还不愿意呢。你这点钱还不够塞牙缝的。"

康爷爷说："施工的事就给赵明明吧。我尽尽义务，做个顾问。"

马坡同意了。他指着赵明明说："你小子他妈的可得给我保证质量。我随时都会到工地监理。监理，你懂吗？我要是发现质量问题，决不轻易放过！你小子要是偷工减料，看我怎么收拾你！"说完，他扬长而去。

马坡一走，李小芬回来了。原来，她因为生气出去了一会儿，并没有走远。她一回到屋里就冲常菁菁发火："咦……你常菁菁真会演戏。修路那么大的事你怎么能交给姓马的。那钱到他手里就得缩水。他能用一半在路上，你都抠我的两眼"。康爷爷说："小芬你错了。菁菁比你看得明白。这回马坡争着当指挥长不是冲着钱，他不是看不上，而是油水不大。说到底，马坡就是想争功。他快到届了，想为自己捞点政治资本。咱不要虚名，把虚名都给他。他怎么也得出点力吧！让赵明明实际负责，我可以帮帮他。咱要的是质量。"

李小芬脸上这才云消雾散。她抓了一把瓜子给常菁菁，嬉皮笑脸地说："菁菁，你别生气，我请你吃瓜子。"常菁菁没理李小芬，对康爷爷说："您这么大年纪了，不能让您亲自上阵。"康爷爷说："你就放心吧，我这身体一时半会儿没问题。再说，我人头熟，用材料用机器什么的比你们方便。"

常菁菁想换个人顶替赵明明。她说："马凯一直在做工程，是个工程队的小头头。修路他比明明有经验。"她作为村团支部书记，一直通过互联网与村里在外务工和在家的团员青年联系。外出务工的谁在哪个城市，做什么工作，学了什么样的技术，收入如何，生活过得怎么样，甚至于谈恋爱结婚，她都了如指掌。有一位报社记者曾称她是"网络团支书"。一开始谈修路的事，她就想到了马凯。可是，她给马凯打了几次电话都没打通。她问蕾蕾，蕾蕾说汶川大地震的第二天，马凯就带着十几个伙伴去了汶川，她回家之前试图联系他，看他能不能投资入股，也没有联系上。常菁菁之所以没当着马坡的面说换赵明明，是她不想告诉马坡她准备派赵明明和华联产、东东到苏北沛县去学习大棚养鸭技术的事。

常菁菁回到家，刚刚洗罢脸，正想打开电脑，东东急急忙忙地跑了来，拉着她的手就走。常菁菁一连问了几个干什么去，她也不回答。到了办公室门口，东东指着坐在门口的一个人对常菁菁说："看看这是谁？"常菁菁看见雪莲扶着一个蓬头垢面衣衫褴褛的人半睡半醒地靠在那里。她摇了摇头。东东说："真认不出来呀？马凯呀！"说着拍了拍马凯的脸："醒醒醒醒，咱们的团支书菁菁来了。"常菁菁惊喜交集："真是说曹操曹操就到。我刚才还在和李小芬念叨马凯，没想到他到了。"她弯下身子，抱住了马凯的头，使劲地摇了几下："马凯，你跑哪去了，怎么也联系不上，你想死我们了！"

雪莲在一旁说："还是菁菁你有号召力。我叫他几次都叫不醒，你一叫他就睁眼了！"她告诉常菁菁，她从她姐姐雪花家回家，快到家门口时发现路边的沟里躺着一个人。她认出是马凯，就把他背回了家。回到家又后悔了。她老公在县城马坡的洗浴中心当收银员，她一个女人把一个男人放家里不方便。她想把马凯送回家，在路上遇到了东东和李小芬，李小芬就把马凯直接带公司来了。马凯这时睁开眼，看了常菁菁一眼："我要吃羊肉面。"

常菁菁他们连拉带扯地把马凯带到东东家。在昏暗的灯光下看马凯，又黑又瘦，头发向上支棱着，衣服已经破得看不出原来的款式，活脱脱一个小老头。东东手脚麻利地做好了羊肉面，热腾腾的大黑碗端给了马凯。马凯饿痨似的呼呼啦啦就吃光了，东东又盛给他一碗，马凯接过去又要"辣子"。东东放上辣子。马凯又要"醋"。东东又给他放上醋。这时，听到消息的蕾蕾、瑶瑶、赵明明、马鸣也先后走进来，大家眼睛红红的，一言不发地看着马凯吃面。马凯把第二碗面吃完，不好意思地冲大家笑了笑说："饿死我了。"李小芬帮马凯整了整头发："你个该死的跑到哪去了？几个月都没有音信，还以为你死了呢。"说着笑出了一个鼻涕泡。

常菁菁问："你怎么回来的？"

马凯指了指放在办公室门口的一辆摩托车，说："骑着它回来的，跑了一个月。"

常菁菁问："从四川回来？"马凯点了点头："耶。"

马凯带着工程队的十几个弟兄都是干了几年、有一定经验的，所以到了汶川发挥了作用。几个月干下来，他们再要回原来的施工单位时，老板却说工程已经结束，不需要人了。又赶上金融危机，老板说："工钱以后再说，还说如果不是看在你们去四川抗震救灾的分上，我还得追究你们违约的责任呢！"马凯说："那些弟兄没有一个后悔的，都说以后有了工程，还跟马凯干。"马凯用手中仅剩下的三百元钱，买了一辆二手摩托车，就回家来了。他说："一路上见的光景多了去了！一路上吃的苦，嗨，怎么说呢？开始是更著风和雨，接下来是屋漏偏逢连阴雨，再后来是雪上加霜。我多少次脑子里都生出了"风萧萧兮易水寒"，"挥手自兹去，萧萧班马鸣"之类的悲壮。过了八百里秦岭，秦岭的下面是八百里秦川，再往前是黄土高原，再往前就找得到咱的家了。"他说再往前，他成了一台破机器，成了一段不会思想的烂木头，只知道往前，往前。翻秦岭用了三天，撞山一次，钻到大货车屁股底下一次，等油等了半天。陕西的交警给了他一桶油，马凯用这一桶油跑到了西安。在西安北郊的小饭店免费吃了一顿羊肉泡馍，还带上了十个白花花的大馒头。在接下来的行程中，马凯专给小加油站打工，工价是一桶汽油两顿饭外加十个大馒头。

马凯终于回到了地图上根本就找不到的九龙沟。他那为了不至散架而绳捆索绑的一堆废铁肮脏不堪地趴在那里，成了他从外出打工几年带回来的唯一物件。

蕾蕾说："马凯你个该死的东西你傻呀？你就不知道打个电话呀？你眼里还有我们这些老乡这些同学吗？"马凯说："我一个爷们，要是自己都活不了人，那还能干什么？我就是想较这个劲，我就是想看看我是不是个废物。东东，再给哥来碗面。"

马凯吃第三碗面时，在场的人都流下了眼泪。

常菁菁没有马上给马凯安排工作。第二天上午，她先给赵明明、华联产和东东布置完去江苏学习的事，送他们上了路，才让李小芬把马凯找来，把"支部＋协会＋公司＋农户"搞旅游开发的事给马凯讲了。

马凯听了咧着嘴笑："菁菁，不错，你做得不错。我给你说实话你也别生气。我在工地闲着没事的时候，经常给我那帮子兄弟讲我有个梦中情人，不但人长得好，心眼也好，本事也好……你别误解，我说的不是床上的本事，是说你干事业……"

李小芬说："你马凯也别贫了。我听说你们野外工作的男人有的是办法解决性饥渴问题。"

马凯说："那都是他妈的扯淡！小芬我给你说，哥哥的小鸡不打鸣了。"

常菁菁脸红了一阵。她制止了李小芬和马凯的打情骂俏，把修路的事给马凯说了一遍。马凯一听来了劲："这活我能干，而且能干好。你就交给我吧。我马上打电话把我带的施工队那帮弟兄叫来，让他们帮着干。"

李小芬说："你叫他们来，谁给工钱？"

马凯说："我明白你的意思了。我这帮子兄弟虽然都不富，但是只要我开了口，他们不会给我提工钱的事。我们在汶川地震灾区没日没夜地干了这几个月，全都明白了一个道理，人不能只为钱活着。"

李小芬给了他一拳头："咦……你小子觉悟提高得蛮快。上学的时候让你帮我背一会儿书包，你都得问我要块糖吃。"

马凯感慨万端地说："大彻大悟啊！小芬你要不信也去地震灾区待上一段，我保你不出一个月灵魂就会净化。"

事情果然像常菁菁和康爷爷预料一样。马坡第二天就召开了一个全村村民大会。他先是大吹大擂自己如何关心群众生产生活，如何想方设法解决行路难问题。他说得声嘶力竭："当官不为民做主，不如回家卖红薯。我马坡就是要让九龙沟的父老兄弟都发财才回来的。这个村委会主任算个鸡巴官？夹在屁股里看不见。不像人家沿海地区一些富得流油的村，有大把大把的钱花。我实话不瞒老少爷们，我回村才两年多一点，倒贴的钱把我家那两层小楼已经贴出去一层了！"

他的话没说完，人群中一片哗然。

有的说："没见你马主任卖红薯，倒是把地卖了！"有的说："你家二层小楼不是又新贴了瓷砖、装了空调吗？"有的说："你天天喊着挖煤窑挖煤窑，我们光听见水响就是不见鳖出来。你把人家投资的钱都捣弄哪儿去了？"有的说的更难听："你家那只'天狗'也是今年刚买的，听说好几十万，比养个爹娘还贵呢！"

马凯这时站了出来，对骚动的人群挥了挥手，大声喊道："马主任从任村委会主任那天起就整天琢磨怎么让咱们挣钱。不说别的，看九龙松的不就挣了钱！""那也是你们姓马的挣了钱！"有人大声喊道。

马坡气急败坏地挥着手："狗日的反了，反了！告诉你们，谁和老子做对谁家就别想清净。骑驴看唱本——走着瞧！"他还想往下骂，马凯拉着他一边往家走，一边劝他说："叔，你就别和这帮无知的山民生气了。你是村委会主任，是咱村的皇帝，你该怎么办怎么办，他们翻不了天！"马坡高兴地拍着他的肩膀："好，好，爷们你回来的是时候。你打算干点什么？"马凯说："我打算跟常菁菁干，我看她能开出个什么娘娘来！"马坡一愣，上上下下看了马凯一眼："你也跟她干？"马凯虔诚地对他说："叔，这么给你说吧，咱家得有人在那边盯着，好随时知道她的动静。您老人家放心，我不会像马鸣那样胳膊肘儿朝外拐，不识相，看不明白你才是好乘凉的大树！"他这句话说完，让马坡心里乐得屁颠屁颠的。回到家里，他拿了一包烟给了马凯。马凯临出门时，看到雪莲正在洗衣机旁洗衣服。两人互视了一眼，没有说话。

这边会场上，马坡走了，康爷爷又得收拾残局。这两年，他没少了给马坡擦屁股。但是，康爷爷没有多讲，而是让常菁菁就村民提出些实质问题如修路的经费、出工的报酬等，一一做了回答。大伙这下明白了，修路还是常菁菁办的一件实事。

马凯在会场上的表现，让李小芬她们非常生气。马凯回到会场，会已散了。他又去了公司，李小芬上前抓住他的衣襟，他没防备，被李小芬摔了个趔趄。李小芬骂道："操你个马凯，一回来就帮狗吃屎。你也看看马鸣，人家怎么和马坡划清的阶级界限。你要和马坡穿一条裤子，还不如不回来。"马凯笑了笑："你小芬懂什么。给你说句老话你记牢了：'路遥知马力，日久见人心。'我有我的处事方法。"

常菁菁没有计较马凯对马坡的态度。她再三叮嘱马凯，一定要听康爷爷的。马凯说："明白，早请示，晚汇报！"

康爷爷多年来没少了和路打交道，村里村外、山上山下，他带着九龙沟父老乡亲，修了多少路都无法计算了，在这方面很有经验。马凯也果然如约地喊来了他带过的工程队的十几个工人。康爷爷根据马凯的建议，把这十几个人分别安排到几个施工分队里，当了分队长和技术员，分别包干十个点段。马凯提议，施工队的工资按土石方量结算，验收合格后由旅游公司出具结算证明，算作借款，等有了钱，结账时工钱和利息一起支付。他还对下雨的雨量也做了约定，总雨量超过十毫米，可以两场雨或三场雨累计。

康爷爷说："路修的好不好，下过雨见分晓。"

九龙沟青年创业协会的成员，除了已经有明确分工的，都包了工段。石子是村里组织石工自采的，土方是用的村里二十年前的旧石灰窑的旧渣土，又有石灰又有土，天生的两合土，再好不过了；还用了当年解放军开山洞的废石渣。康爷爷说用废石渣一举两得，既清理了山上的环境又解决了修路的用料。

土方和石料都不花钱，只出装车费和运费。

马凯提出，为了加快进度，最好办一个集体大食堂，省得一些人还得回家做饭吃饭，误时误工，再说外地那些工人的吃饭问题也解决了。常菁菁觉得他说的有道理就答应了。没想到马凯提出让雪莲管食堂。常菁菁听了，愣了一下，看着马凯，问："你就不怕李小芬她们骂你拍马坡的马屁？"

马凯认真地说："我觉得雪莲和她姐姐姐夫不是一类人。她心地善良，为人实在，做事也有板有眼。再说，咱把九龙松收回来了，她失业了。如果没事做，还不得马坡养着……"

常菁菁拍了下马凯的肩膀，说："我支持你！李小芬她们要说，我去解释。"

果然，到了会上李小芬一听就急了："马坡凭什么摘桃子，他为咱们公司做过什么好事多大贡献？再说，马坡和雪莲的那种关系全村人人皆知。如果雪莲那个破鞋弄虚作假，出了问题，咱们到时怎么处理？"

会场上冷了一会儿。最后，常菁菁还是采用老办法表决，通过了她的提议，让雪莲在工地大食堂负责。散会后常菁菁专门找雪莲认真地谈了一次，说马凯信任她，大伙也都信任她，让她好好干。雪莲虽然比她只大四岁，但辈份长她，所以常菁菁称她为雪莲姨。她说："雪莲姨，我可把这个责任交给你了。作为晚辈，我说话也许不中听，但无论于公于私，我还是要说。这工地上有百十人吃饭，你一定把好关，要既卫生又吃得好。"

雪莲拉着常菁菁的手，眼含泪水："菁菁，你说的话，姨句句都记住了。说真的，姨前几年家里生活不好，做了错事，我知道村里很多人看不起我。可是，姨始终觉得，一个女人的好与坏，不在于她是不是生活作风上出了轨，而是她是不是善良、诚实。在这方面，姨敢说村里没有人不承认姨的。我今天第一次对外人说，我姐她妇科病多年，根本不能过夫妻生活。那个男人让我姐要么和他离婚，让他重新找一个女人，要么就同意他在外边乱搞。我姐考虑到孩子，考虑到面子，就默认了他对我做那种事。我从心底恨他……"

常菁菁见她的话已远离了主题，就劝住她。其实，她说的这些全是实话，她爸爸和妈妈在家议论过她和马坡的事，也是这样认为的。妈说凭雪莲那个老实巴交样，不会真心喜欢马坡，做对不起她姐姐的事。

一周下来，雪莲的行为让马凯越来越信任，越来越放心。她起早贪黑，吃苦耐劳，勤勤恳恳，不仅饭菜做得好，对人也好，马凯外地的那些哥们都说雪莲大姐长得好心眼好手艺也好。雪莲管食堂的采买。她每天天不亮就骑着自行车到镇上去采购。有一天，马凯无意看到她的记账本，发现上边记得非常详细：镇东头张三家小摊上萝卜和镇西头李四家小摊上的萝卜，谁的价格低一分钱；镇南关王五店里的猪肉和镇北关孙六店里的猪肉，谁的更新鲜……她还记着马坡到大食堂吃过一个馒头，雪花到大食堂拿过一次菜，她都替付了钱。马凯看了很感动。他后来对常菁菁说："雪莲这人值得处！"

常菁菁每天去工地，开始是步行去，再后来是骑着摩托车去，弄得李小芬和瑶瑶说她的定情信物切诺基派不了用场。

马坡也表现出了空前的热情，只要他人在九龙沟，每天都到现场转两趟。到了工地就两手叉腰这里看看那里踩踩，俨然是一位业主。他还从县报请来了个记者，给自己拍了好几个劳动的镜头，在县报第二版的头条发表了。照片上马坡两手叉腰站在路上，脖子上还搭了条白毛巾。马坡身后面的施工工地，背景里有一个拿着铁锹干活的老头，那老头就是康爷爷。

不过，县报的宣传倒是帮了九龙沟的忙。县委主要领导看到报上介绍九龙沟自力更生修路很是感动，同时也很生气地给交通局领导打了个电话，问："九龙沟那条路怎么还没修好？"刘县长还亲自带着交通局领导来现场考察了一趟。刘县长先是一头钻进马坡家里。事后有人说刘县长到马坡家不久，雪莲就被雪花拉扯着进了马坡家。接着，雪花牵着那只又高又大又猛的"虎狗"（村里人不习惯称藏獒）到门口转悠，实际上在放哨。"刘县长肯定和雪莲有一腿。马坡当时就不在家，他钻他家里大半天干啥子了？"

刘县长到了工地上，见一小伙子在抢大铁锤，二话没说，把大衣朝地上一扔，又朝手心里吐了口唾液，搓了搓手，夺过大铁锤就抡起来。他的劲头还真大，一口气抡了两百多锤，还意犹未尽。县长秘书看他脸上出了汗，拉着马坡一起，给刘县长好说歹说，最后马坡还是动手去夺，他才停下来。马坡陪着他，不时和他搭搭肩，还故意从他口袋里掏出他的"软中华"，散给会抽烟的人："来，这是我刘大哥刘县长慰问大家的。"他当着很多人的面称刘县长"大哥"，让人觉得他和刘县长关系就是不一般。刘县长临要上车时，正碰上常菁菁过来。他的两眼都直了。当时他的一只脚已经上了车，忙不迭地想下来，敞开的羊绒大衣被车门一下剐破了个大口子。

"这位美女叫常菁菁，原来在北京打工……"马坡介绍说。他还没说完，刘县长的双手已紧紧握住常菁菁的手，惊异的目光不停地在常菁菁的脸上和胸前跳来跳去，嘴上不满地说："好你个马坡，这么个美女你藏着掖着不让我见。你什么意思啊？"

"我早已给你汇报过了，她原来在北京打工，现在回来搞旅游开发。"马坡说，"她的野心很大……"

刘县长："好，好，好！回乡创业，有理想，有抱负。我支持，我支持！有什么困难给我说。"他让秘书拿来自己的名片，又亲自写上手机号码，给了常菁菁。然后转过头来严厉地对马坡说："你狗日的要大力支持啊！要是常菁菁到我那儿告你的状，我饶不了你！"

秘书在一旁小心翼翼地催促道："县长，农业局的会议还等着您呢！"

刘县长瞪了秘书一眼："让他们等着吧！再催命我撤了局长的职。"他拉着常菁菁的手又说了一阵子。不过都是什么"回来创业好"、"我支持你们，有困难来找我！"等重三道四的话。

刘县长回去后的第二天，县交通部门就派来了施工设备和施工队。施工进度一下子加快了。最后，县交通部门又在路上铺了沥青。

路修通了，所有的村民都感受到了新路带来的方便和快捷。马坡说是自己通过刘县长的私人关系修了这条路。李小芬说是常菁菁的美丽和回乡创业的精神感动了刘县长。在这件事上，常菁菁和马坡在村民中得分各半，打了个平手。

马坡当然很得意。路通了，他的煤窑就省下了修路的费用，这条路就变成了煤矿的基础设施建设和煤矿的前期投入。他的确让马联合做了一笔五十万的修路支出账先放着。修路还替他争得了政绩，县报上已经发表了两篇关于他的事迹报道。他还找到常菁菁，说刘县长的大衣剐破了，咱得给赔个新的。常菁菁开始不同意，也想不通。马坡说："人家刘县长是为咱破衣，咱就该为他破费。你不赔，以后谁还支持你？"常菁菁又不想把这事让大伙知道，自己掏了五千元。

这期间，刘县长虽然没再来，但是给常菁菁发了好几次信息，内容都是"回乡创业好，有志气。我就喜欢和有志气的青年交朋友"，"有什么困难打我电话，来找我也欢迎"，"过了年，我命令交通部门给你们村修条水泥路"。常菁菁每次都回复两个字："谢谢！"

那边修路热火朝天，冯俊才这边也在争分夺秒。他在网上同杨柳和帮着九龙沟做规划的专家交换了几次意见，还到县、市、省城找专家做了些咨询和论证。规划正式出来后，常菁菁拿到会上做了讨论。

讨论的第一个景点是九龙松文化园。冯俊才在解释时说："九龙松不仅是奇树，还是神树，在本县本省，就是全国都罕见，它的价值不仅仅在于树龄多长，而在于它给人们精神上的寄托和希望。实际上，九龙松已经成为一种文化现象。九龙沟的旅游，首先要打九龙松这张牌！"

马鸣提议找个名人题个字。冯俊才当即摇头反对，他说："那样做相反降低了它的价值。"冯俊才展开他绘制的九龙松文化园草图，大家看了都说设计得很别致。

冯俊才还把搜集来的关于九龙松的传说讲给大伙听了。大伙都很激动。瑶瑶钦佩地说："就连我们这些土生土长的都没你知道的多。"

冯俊才说："传说传说，就是编出来的，否则就不叫传说了。"

谈到修建龙王庙。冯俊才说他早考虑好了。他胸有成竹地说："常书记你不用操心。我知道咱起步阶段最缺的是钱。要是不缺钱，你还不请专业设计大师来帮着搞设计啊？我问过了，咱九龙沟有在城里搞古建筑的，而且有的已经回来了。咱们自力更生自己建，用不了多少钱。另外……"

李小芬不高兴地踢了他一脚："你甭说话尽带省略号，有什么就说出来。"

冯俊才说："另外，我想请常董事长和董事会给我招商引资的权力。"马凯问："就一棵九龙松，你怎么招商引资？"冯俊才说："实话不瞒大伙。我把九龙松的信息发给了我老家几个朋友。他们说建龙王庙他们愿意投资。"马凯说："投资可是要回报的！"冯俊才说："这些老板信这个。他们经常到这里烧香到那里拜佛，也没说都要回报。"瑶瑶不安地问："那咱算不算搞封建迷信活动？"冯俊才笑了："这算啥子封建迷信？那歌里天天唱中国龙也是宣扬封建迷信啊？"

瑶瑶带头鼓掌，夸奖说："冯俊才你以后当编剧都称职！"

李小芬不满地白了瑶瑶一眼："咦……别让他当编剧，让他给你家编柳条筐准称职。"

冯俊才又提到的一个景点是抗日林。抗日战争时期，共产党领导的抗日游击队经常活动于九龙沟一带，在九龙沟的深沟里一片槐树林中，就曾驻过伤病员。后来，有人向日本人告密，日本人进沟围剿，伤病员拼死抵抗，几十人全部壮烈牺牲。日本人一把大火把槐树林烧成废墟，只残留了几十棵树奇迹般地活了下来。上个世纪50年代后期，康爷爷回村担任青年突击队长，带领村里的青年在那片山坡上重新植上槐树。那几十棵当年残留的槐树，一部分已经死亡，剩下的树干上还可以看到弹痕。冯俊才来到九龙沟后，李小芬带他进沟里参观。他看到了这片林子，当即来了灵感，建议作为一个景点，命名为抗日林。说既符合国家生态保护的政策，又能与省里县里共青团工作的重点联系起来。他说他已经到县文化馆、档案馆找来一些旧照片，打算仿照当年游击队驻地的情形，在林中用茅草搭建游击队员宿舍、学习、开会、做饭等用的房子以及训练场地，再引进北京正在流行的CS高仿真武器对抗射击项目，放置在营地，游客可以依托实际战场进行分组射击对抗，让人们能够身临其境地体会到当时游击队员和日本人无比惨烈的殊死战斗场面。

瑶瑶说："咱可以申请团县委把抗日林作为爱国主义教育基地，还可以联系省教委把这儿作为大中专学生军训基地！"

李小芬说："你是当老师的，总是忘不了学生。"

接下来，冯俊才建议，要把知青点建成一个互动的场所，让游客亲自在知青点当一天知青，亲自种田、磨面、做饭，让知青点成为游客食宿的一个重要的场所，这在一些旅游景点已经做了，叫自助游。

大家一致赞同冯俊才的建议，最高兴的自然是马鸣。马鸣早就把冯俊才当成了自己的兄弟，常菁菁征求意见时，马鸣迫不及待地说："常菁菁，让我兄弟给你当助理吧，你瞧瞧人家，不愧是上过大学见过世面的。"

李小芬心里高兴嘴上却说："这小子属孙猴子的，脑袋顶上要是没有个紧箍咒还不翻了天去！常菁菁你可要管紧着点。"

冯俊才不管好话坏话，一律是乐得咧着大嘴，显出一副没心没肺的样子。

瑶瑶说："冯俊才的样子特阳光，特性感，特偶像。"

弄得李小芬醋了吧唧地说瑶瑶："咦……你要真看着好就领回家吧，除了你说的，这小子还特驴，驴棒驴棒的，哈哈哈。"

瑶瑶当时脸就红了。

马鸣说："兄弟哎，你可不能吃着碗里的看着锅里的，一下子占了俩，怎么着也得匀一个给哥哥。"马鸣还没说完，脸上又挨了一鞋，不用说，又是李小芬的。

李小芬曾说过她和冯俊才的恋爱故事。她去官园批发市场买东西，发现冯俊才的摊档有一只很好看的包，于是就买下了。刚出门上了公共汽车，不知是被人挤的还是自己剐的，那只包的吊带断了。李小芬又回去找他，说是质量不好，两个人吵了起来。后来，市场监管人员来了，说是要对质量进行鉴定，让她留下电话先回去。几天之后，鉴定结果出来，不是质量问题。李小芬生气说不要那个包了。又过了几天，冯俊才给她打电话，说是给她换一个包，让她去取。李小芬比较重哥们义气，取了包后坚持请他吃饭。两人就这样开始了恋爱。其实冯俊才卖包的同时还兼着一份很重要的工作，就是为温州的厂家做市场调研。李小芬后来就有了数不清的新款式的包，她自己说一天换一个能换半年。

冯俊才在北京时根本就不发愁挣钱吃饭，他做什么事情首先考虑的不是挣多少钱，而是这件事能给他多大的信息量，能有多大的发展。大学毕业一年多时间他试着干了好几种生意，每一种生意不会超过三个月，摸清楚了就改行。所以一年多的时间他经历了很多，见识了很多，加上他生在温州，长在一个企业世家，他觉得自己已经具备了干自己喜欢的事情的能力。他早就想来九龙沟看看，李小芬打电话让她来九龙沟的时候，他毫不犹豫地低价盘掉了自己的摊位背上包就来了。

常菁菁按大家的意见，对分工又做了调整。公司的骨干都是团的骨干。九龙松旅游开发公司的班底，实际上也是九龙沟团支部和青年创业协会的班底，开团支部会也就能同时开股东会或者旅游公司各部门的负责人会议。常菁菁不知这样好不好，冯俊才认为，过渡时期，说不上好不好，能有效地发挥作用就行。

　　散会时，常菁菁把冯俊才和马鸣留下来。她打开从沈耀那里拿来的九龙沟地形图，指着九龙松对他俩说："这里就是马坡打主意挖煤窑的洞口。"她没有直接说怕马坡搞破坏，但冯俊才和马鸣都听明白了。

第十一章

随着国际金融危机影响的加深，沿海一些地方的企业因效益下滑减员，回乡的村民开始增多。这些人回到村子里看到常菁菁她们热火朝天地搞旅游开发，听说马坡紧锣密鼓地筹备开煤窑，对此，也是两种不同的态度。支持搞旅游开发和支持开煤窑的矛盾也进一步激化。和常菁菁年龄不相上下的年轻人多数都反对开煤窑，他们在深圳、在北京、在上海，在一切使他们能挣到钱的城市增长了见识，身上又没有养家的压力，本能地不愿在煤灰里刨食。再加上和常菁菁等先期回乡创业的年轻人同龄，从感情和喜好上很容易互通，所以常菁菁的拥趸者越来越多，青年创业协会的人数也在增加。支持开煤窑的多数是四十到五十岁的村民，像东东的爸爸孙石头。他们上有老下有小，养家的压力比天都大，一家老小期待的眼神远远大过自己的理智。扬汤止沸也好，饮鸩止渴也罢，总是要解一时之急。就像尿急，哪怕是在大街上哗哗地把一泡臊尿扬出来总比憋炸了尿泡好。支持旅游和支持开煤窑，逐渐形成了一种年龄的对垒。年轻的如常菁菁这一辈，年老的如康爷爷华爷爷那一辈，多数支持旅游开发；中年的如马坡、李石头等一辈，一半以上支持开煤窑。往往一个家庭里，老子支持马坡开煤窑，儿子支持常菁菁搞旅游，这就使选择旅游开发和选择开矿在一个家庭里超出了对与错、是与非的范畴。在九龙沟，每天都有家庭为支持旅游还是支持开矿吵架。最有代表性的是东东和她爸爸孙石头，李小芬和她哥哥李小良。

孙石头年轻时也当过生产队长，是一把种田好手。实行联产承包后的头几年，他一直在家干农活，上个世纪80年代后期，他随着村里一些人到广州打过几年工。种田是能手，到了城里打工却因没有一门熟练的技术而处处受制约，一直做些小工，收入不高而且辛苦，好歹撑到了女儿东东高中毕业外出打工了，他就回了家。马坡回村竞选村委会主任，也拉上了他，让他当了个村委，还支持他开了个饭店。他认为在村里和自己年龄不相上下的一代人中，马坡相对有能力，所以，他对马坡的一些想法尤其是开小煤窑十分支持。常菁菁她们突然从城里回来，要开发旅游，他并不支持，因此和热情支持旅游开发的女儿东东发生了冲突。

东东前几年在北京打工。孙石头家开了小饭店后，多次让东东回家来帮忙，东东一直不同意。有时回来几天又回去。常菁菁她们回村后，东东一心跟着常菁菁搞旅游开发，小饭店的事一点也不过问。孙石头说她，她不听，骂她，她不理，说多了骂多了，她和孙石头对着吵。孙石头的母亲又袒护孙女，弄得孙石头挠头。这天，东东从外地学习回来，爷俩在饭桌上又吵了起来。孙石头说："你甭跟着常家的丫头跑。她就是长了个美人胚子，没什么能耐。"

东东反驳说："说常菁菁没能耐的人，不是近视眼就是红眼病。"孙石头说："她的能耐在哪儿？不就是让姓沈的看上了，投钱给她，让她折腾自己的乡亲吗？你要是跟着她折腾，人家也会骂咱祖宗八辈！"

东东说："谁爱骂谁骂去，反正祖宗八辈在地下也听不见。马坡才是折腾老乡，今天让杀鸭子，明天让砍果树，你跟着他折腾，人家骂你多少回了，你不也是没改吗？"孙石头恼羞成怒，把筷子也扔了："你明天就给我滚回北京去，不许在九龙沟折腾。"

东东毫不相让，反唇相讥："你有本事在北京给我买好房子建好家，我就回去。你自己没本事，当初怎么不把我生在北京？现在都什么社会了，哪还有父母亲安排子女一生的？"说完，她丢下饭碗，起身走出了家门。

孙石头追到门口，看到村街上有人，又反身回来。他背着身子关院门，院门却被人顶着关不上。他以为是东东回来了，生气地骂道："你就跟姓常的丫头死在外边吧。你再进这个门，我砸断你的腿！"

身后有人说话："你开饭店还不让人进，要打断客人的腿，还不如关门呢！"

孙石头回头一看，来人是马联合和李小良，本来就窝火的心里更是火上浇油。他打心眼里不欢迎马联合和李小良。自打他的小饭店开业，马联合和李小良就是常客。马联合在他的小店里吃十次饭，能给他付一两次饭钱，其他次都是记账。过去是记在村委会账上，这一段时间记在煤矿筹备处账上。他前几天刚刚算过，马联合和李小良在他饭店的欠账一万多了，加上马坡在他的饭店招待客人欠的账，已经两万出头。他心里清楚，要等到马坡和马联合结账，除非太阳从西边出来那一天。可是，他又不敢得罪他们，只得装出一副歉意说："这两天没有游客来，所以也没买菜。"

马联合脸一沉："老孙，听你这话是嫌旅游开发搞晚了？看来你很欢迎常菁菁她们搞旅游开发啊！怪不得你把女儿也喊回来入了她们公司的股。"

孙石头心里骂着马联合，表面上还得笑脸相待。他说："爷们没说欢迎常菁菁。你进门时没看见我闺女被我骂跑了？我就巴望着马主任早点开煤窑。"

马联合已经到了餐厅坐下。他让孙石头按老规矩给他和李小良上一盘油炸花生米，一盘鸭脖子，再上一瓶白酒。他还振振有词地说："我和小良兄弟一天到晚忙着小煤窑的事。你要是真心支持开煤窑，可以找几个人一起到镇里上访……"

孙石头没有搭腔。他上了菜以后，就把账单拿出来，让马联合签字。马联合看了看账单，皱起了眉头："我说老孙你也不讲究吧。一盘油炸花生米你算了十元钱，一盘鸭脖子算了二十元钱，这，这不是抢钱吗？"

孙石头一本正经地回答："我这是市场经济嘛。油盐酱醋和煤气，还有工钱都得算上吧。再说，我没收你爷们服务费和利息费呢。"马联合摆摆手，大大方方地说："好了好了，等小煤窑一开，你这一盘花生米我给你五十元。"

孙石头见李小良默不作声，一脸愁苦，不解地问："小良爷们，你是不是嫌叔做的菜不好吃？"

马联合说："你别给他上眼药了。他和小芬见面就吵，已经好多天没回家了。"

孙石头问："是不是因为开煤窑的事？"

马联合点点头："我要是有这样一个妹妹，早把她赶滚蛋了。亲生的哥哥到现在说不上媳妇，急得见了老母狗都想脱裤子干那事，她也不知道给哥哥攒点钱。哥哥支持开煤窑挣钱，她还捣蛋。小良小时候白疼她了。"

马联合的话刺痛了李小良。他一连干了三杯酒，脸涨得通红，然后走到院子里，一屁股坐在地上，一边发狠地抽着烟，一边抹起了眼泪。

李小良比李小芬整整大十二岁，今年已经三十六了。他读小学五年级那年，李小芬出生。不久，大哥结婚成家，二哥外出打工，四弟刚读小学，对读书没有太大兴趣的李小良，小学毕业后就停了学，一边跟着父亲伺候几亩责任田，一边带妹妹。老亲舍邻们经常能看到，李小良推着两轮平车，车上垫着一块棉被，棉被里裹着一个大眼睛的小女孩。再往后，小女孩长出了两条小辫子，在平车上手舞足蹈，见了人就笑。挖山芋前后，到了半晌，李小良就会在地里挖一个槽，放上两块山芋，给李小芬烤山芋吃。李小良到北京打工后，每次和常菁菁、东东等老乡上街，看到烤山芋的都会停下来，深情地看一会儿。她说我三哥烤山芋时，像一只小狗趴在地上，嘴对着槽口吹风点火，眼泪和烟灰弄得脸上花里胡哨，那个样子成了我心中永恒的雕像。的确，在她心中，李小良比爸爸妈妈还疼她。

李小芬上中学后，李小良去了广州打工。两年后，他因为和几个农民工在工地偷盗，被当地公安部门遣送回乡。他说是为了给李小芬交学费和住校费，才走了那一步。爸爸妈妈不理解，骂他给李家丢了脸，一连好多天都不理他。家里给他介绍的对象，听说他是"犯事"回来的，也和他吹了。李小芬抱着他，哭成了泪人儿。她说："我高中毕业就出去打工，挣了钱都给三哥，给三哥盖房子娶媳妇。"在家过了一段时间，他又去北京打工。可是他文化水平不高，又没有专业技术，在工地上干小工，每月收入不多，几年下来，在家盖新房子的计划一直没能实现。一次，他在街上不小心碰了个女的一下。那女的说他摸她的胸，耍流氓。到了派出所，民警问他是不是摸了那个女的胸，他心急上火说话也急："我没摸，没摸。她的胸那么大，我不小碰着的。"民警一拍桌子，说："你没摸怎么知道她的胸大小？"民警虽然弄清了是那个女的想讹诈他，放了他，但他一恼之下便回了老家，再也不肯外出打工了。这时李小芬已经高中毕业，也准备外出务工。她临走前，还特意拉着李小良到地里给她烤了一次山芋。李小芬到北京务工后，第一个月领了三百元钱的工资。她用其中的一百五十元给李小良买了一件羊毛衫和一条裤子。

李小良和李小芬的矛盾起源于李小芬去北京务工后的第二年春节。

李小良的爸爸妈妈见李小良外出务工就"犯事"，下决心不让他再离开九龙沟。再说，家里的责任田也离不开人。可是，纯粹种地的农民一年到头艰辛不说，很难见到现金收入。有了点现金收入，还不够用来支付亲戚朋友、父老乡亲之间"红白"事情的来往费用。他抽烟喝酒只能靠"蹭"。谁让他"蹭"他就跟谁铁。渐渐地，他成了马坡和马联合最忠实的马崽。马坡回村竞选村委会主任，他跑前跑后，不是帮马坡给这家送点礼物，就是到对马坡不赞成的人家去骂阵，威逼恐吓，甚至做出了朝人家大门上抹粪便、泼脏水等乡下人最忌讳的事情。村里人骂他是马坡的一条狗。为此，李小芬在电话里骂过他，也痛哭流涕地劝过他，他说"有奶就是娘"，老子现在就认这个古理。李小芬过节回家时，也不止一次和他谈过，他只是低着头听，转身就扔到了九霄云外。李小芬这次和常菁菁一起回村搞旅游开发，兄妹俩围绕着搞旅游开发和开小煤窑，见面就争就吵，几乎到了水火不相容的地步。

孙石头见李小良在为李小芬生气，进一步挑拨说："其实，你们家小芬和我们家东东过去都很听话，都是常家那个死丫头给带坏了。"

马联合也在旁边火上浇油："石头大哥说的对。我叔早看透了常家那个死丫头。她现在说得好听，天花乱坠，什么共同致富，让李小芬、东东他们都入股。等到真正搞起来了，她就会一步步地把股权弄到自己手里。到那时，你们当爹的当哥的跟着哭去吧。"

李小良起了身，拍拍屁股上的土，回到餐厅又喝了一杯酒，转身看着孙石头和马联合："你们净拣些没用的说，不能想个办法！"

孙石头双手一摊，无奈地说："马主任都没办法，俺们能有啥法！"

马联合怕李小良失望，拍了拍他的肩膀说："别急。我叔马上就会有办法。"

李小良说："真他娘的急死人了。你看看他们的旅游开发搞得多火热。咱再拖泥带水下去，没人跟着响应了。"

事实上，旅游开发公司的进展的确比较快。冯俊才负责的九龙文化园一天一个变化。返乡的村民中有在城里做仿古建筑工程的，做出来的旧砖旧瓦旧石旧木就和真的一样，不是专业考古人员根本分辨不出来。与此同时，他负责的抗日林的景点建设也同步进行。他信誓旦旦地向常菁菁保证，春节前后就可以把龙王庙建起来，不耽误农历二月二开放。马凯喊来的原工程队的一些人，在路修好后大多数回去了，有几个说回家也没事干，不如和马哥一起创业。这样，冯俊才经常菁菁同意，安排马凯和那几个人协助冯俊才修建龙王庙。冯俊才家乡的几个老板到九龙沟来了一趟，兴致勃勃地在九龙松下转了转，又看了九龙庙的选址，回去后如约把钱打了过来。这笔钱有多少，只有常菁菁和冯俊才知道。李小芬问了冯俊才几次，冯俊才都说"够用的"，就是不告诉李小芬底子。气得李小芬几天不理他。

不过，李小芬自己倒轻松了，每天就是到几处景点工地转一转，看一看。马凯对冯俊才说："你这个媳妇成了'倒背手'。"

冯俊才说："我把你马凯当哥们，你能不能别净说些土话黑话让我费心劳神地猜好吗？"接着，他给马凯讲了一个故事："前不久的一天，我上山时忘记了带手机。上山后又光顾着干活，直到看到太阳照着树的影子有些倾斜了，才知道快到中午了。我想起与人家做仿古瓦的厂家约好，中午十二点送货到山下，就问一个刚从北京打工回家、在工地上工作的大叔几点钟了。他像样儿地看了看手表，用并不纯正的普通话告诉我，'刚才离末了一响是北京时间十二点整'。我听了差点儿晕过去。什么'离末了'啊？'离末了'到底是几点？"

马凯他们听了冯俊才的话，一个个笑得前仰后合。马凯说："'离末了'的确是土话，就是最后的意思。"

"'倒背手'又是什么意思？"冯俊才问。

马凯说："'倒背手'不是土话，而是官话。我们施工的工地，经常来一些视察的官员。不管官大官小，只要是官，走路时都喜欢倒背着手。所以，一听到喊'倒背手'来了，大伙马上就一本正经，进入状态。你在北京那么多年就没发现这一奇观？"

冯俊才笑得前仰后合。他说："我也听说过一件事。你们有一个老乡，在北京一家饭店吃饭，他对女服务员说要'馍馍'，女服务员以为他要摸人家，就骂他流氓，还喊来两个男服务员要对他动手。我和李小芬当时也正在那吃饭，赶忙上去帮着他解释了半天，这事才算完了。"

这回轮到马凯乐得在地上打滚，说："你小子瞎编吧！"

第二天晚上，冯俊才与李小芬约会时，把马凯给她起的外号说了。李小芬一听就乐了："咦……这狗日的马凯，还真学了点歪门邪道。"冯俊才嘻嘻哈哈，把李小芬的双手扳到背后："来，让我试试'倒背手'是什么感觉……"

两人正在床上使劲折腾，忽然听到敲门声。接着是马鸣喊冯俊才。冯俊才想起身，李小芬拦腰抱住了他："咦……好几天没见了，你就那么几下子应付我？你是不是又有新欢了？"冯俊才说："再不起来不及了，马鸣可是敢破门而入。"马鸣也听见了屋里说话的声音，故意大声喊冯俊才的名字："你小子再不开门，我可要踹了啊！"没等冯俊才回答，李小芬就骂开了："操你个马鸣，你爸妈干事的时候你也在旁边催呀？没有眼力见儿的东西。"马鸣说："好了好了，早说有事不就成了。冯俊才，山上出大事了，你不来可别后悔。"

马鸣这些天一直处于亢奋状态。自从负责地下防空洞修复工程以来，他像是换了个人。他尤其喜欢别人叫他村长。这是二月"口头任命"的。他说："既然是村长，就得把村子建得漂漂亮亮。"加上他梦寐以求的蕾蕾从深圳回来了，让他的追求有了方向，所以状态出奇的好。修起地道来，那劲头像是建自己结婚的新房。他对自己带的一帮青年说："人家九龙松文化园那边动作快，咱就是落后也不能太往后。"他一天三餐都在地下工地上吃，晚上吃完饭还再挑灯干一会儿。

蕾蕾知道马鸣喜欢自己。马鸣在上高中时就开始追求她。她家生活困难，但是她又不愿意让同学瞧不起，所以马鸣就经常帮她。不少女同学有手机，她也想要，马鸣就买了部手机送她，还按月送她充值卡。不过，她始终没有答应马鸣。后来，她去深圳打工。他也追着到了深圳，但是，他到深圳才半个月，就因为参与一起斗殴事件，打伤了人，被遣送回原籍"劳教"。蕾蕾回村参加旅游开发，他心里甭提多高兴，觉得机会又回到了自己身边。她对他观察得也比过去更仔细。她见他连续加班，就拿出在深圳学的手艺，煲了一锅老鸭汤。但是，她又不想自己一个人送过去。一方面她受不了和马鸣一起干活的那些年轻人荤腥的俏皮话，一方面她不想让马鸣觉得她在巴结他，就喊常菁菁一起去。常菁菁了解她的心思，也就答应了。一到地方，蕾蕾就大声喊道："老少爷们兄弟们，常书记常会长常董事长给大伙送温暖来了。"

马鸣明知是蕾蕾煲的汤，也没有点破，招呼一起干活的放下手中的活喝汤。他说："喝了常董事长送的温暖，身上保准长劲。"

一个青年人边喝汤边开玩笑："你马鸣再有劲也只能对着地道发泄，有本事你弄个那个什么道……"他的话没说完，身上就挨了马鸣一脚："操你大爷，没长眼睛，看不到这儿有纯情少女！"

地道里爆发出一阵痛快淋漓的笑声。

没想到马鸣还有半个烧饼没吃完，就接到了马凯的电话。他刚听了两句，脸色一下子变得铁青，从地上摸起一根杠子，转身要走，好像又觉得不妥，转过头来，带着几分歉意对常菁菁说："菁菁支书，我兄弟有点事，需要我过去摆平。这边工程的事你放心，我不会误了。"

常菁菁从他的神情变化，猜出他接的那个电话不平常。她拦住他："马鸣，你有什么事情这么着急？"

蕾蕾一针见血地说："不是又去和人打架吧？"

马鸣非常坦诚："不打架我的小兄弟就不用找我了。"说着，他出了洞口，发动了摩托车。常菁菁和蕾蕾追了上来。常菁菁诚恳地劝阻他："马鸣，你不能再和别人打架了。打架斗殴免不了受伤。你打伤了别人，要负法律责任；别人打伤了你，你要受罪。"蕾蕾也说："你就是狗改不了吃屎。常菁菁一心想让你好，让你当了个头头，领了那么多人，还管那么大一摊子事。如果你有个三长两短，把工程耽误了，对得起菁菁吗？"

马鸣听她说完，认真地说："菁菁支书，你说的话在理。可是我马鸣就这么点本事，如果关键时刻连这点本事也不愿出，兄弟们谁还会服我跟着我。"说完，他开着摩托车急忙走了。

蕾蕾感叹地对常菁菁说："你已经尽力了。别管他。他今天能听完你的话又没对你发火已经很不容易了。"

果然不出所料，马鸣走后不到半小时，有人就打电话给常菁菁报信，说山上打起来了。

山上的冲突又是马联合挑起的。马坡见常菁菁回来不到两个月，不但旅游景点的整理工作进展很快，而且团结的人越来越多。他心里十分着急。小煤窑的"筹备"工作一直处于停滞状态。一方面是一时半会儿无法拿到"三证"，一方面是投资不到位。他知道再等下去，旅游景点建好了，旅游开发搞起来了，对他开小煤窑更为不利。他琢磨要阻止旅游开发做大，得拉拢一部分村民站在自己一边。怎么拉拢，就是把开煤窑的牌子打出来，让那些想挣钱想疯了的人跟常菁菁他们闹。他把马联合、李小良和马凯找去骂了一通："你们他妈的都白吃干饭，都是猪脑子。你们都端着架子，等着老子我冲锋陷阵啊？那我要你们干吗？"

马联合早就窝了一肚子火。他包的村里的水库，由于没有承包合同，村党支部通过决议，由旅游开发公司作为一个景点承租下来，马坡在"两委"会上同康爷爷、华爷爷吵了半天，最后也只得同意了。他媳妇包的九龙松，在沈耀的压力下，也转给了新公司。他媳妇吵了闹了也打了常菁菁，最后以赔偿他八千元钱的拉院墙费了事。他一直算计着和常菁菁一拼高低。但是，没有马坡的话，他不敢私自行动。现在有了马坡的话，他觉得时机到了，和李小良捣鼓几次，最后决定先把地圈起来，让九龙文化园等景点不能继续施工建设。李小良当即拍着胸脯表示，赴汤蹈火也不怕。

马联合和李小良招呼了本村支持开煤窑和邻近村想到煤窑工作的二十多个人，在镇上吃饱喝足之后，趁着夜色上了山。一开始，他们还是蹑手蹑脚，十分小心，生怕弄出动静招来人。可是撒白灰画线能悄悄进行，打桩则是要动铁锤。铁锤与钢钎碰撞，想不出声也不行。加上这伙人都抽烟，一会儿就忍不住了。马联合心想一不做二不休，管他娘的，大不了揍一架，谁怕谁。叮当叮当的碰撞声惊动了九龙文化园的看夜人。这两个人是马凯从外地来的兄弟。他们一开始以为是本村的人在修景观的路，但听了一会儿觉得不对劲，就上前询问。马联合说是村委会的指示，他只是执行。于是，马凯的兄弟就给马凯打了电话。马凯就给马鸣打了电话。马鸣去找冯俊才，没想到挨了李小芬的骂。他气急败坏地回到家里，拿上军刺上了山。

当天的晚上月光如水，山上山下一片朦胧。马鸣到了现场，见看夜的人和马联合已经撕扯在一起了。他二话没说，上前踢了马联合一脚，揪住他的衣襟："你马联合想干什么？你给我睁开狗眼看一看，这是你捣蛋的地方吗？"马联合想推开马鸣的手，但是没有马鸣的力气大，被马鸣摔倒在地上。马联合喊着："兄弟爷们给我上，废了这个吃里爬外的东西！打死了我顶着。"李小良迟疑了一下，那伙人见李小良没动手，也都踌躇不前。

就在这时，常菁菁和蕾蕾赶到了。常菁菁见双方各有十几个人，手里都拿着打架的家伙，尤其是马鸣手里的军刺在月光下格外扎眼。这个时候，她突然感觉到了自己知识和经验的贫乏，面对这种局面，她茫然不知所措。

马鸣看见常菁菁来了，冲着她大声喊道："常董事长，你来得正好。马联合带人抢咱地盘了。"

常菁菁尽量让自己冷静下来，心平气和地对他说："马鸣，你冷静一下。他们的错误自然会有法处理，但你用这种方式也不合适。"

蕾蕾上前一步去夺马鸣手中的军刺。马鸣挣了一会儿，见蕾蕾流了眼泪，才松开了手。他说："菁菁啊你是不知，他们眼里有什么法，法算鸡巴毛。对他们这种人，就得用打的方式才能解决问题。"

事发的现场虽然在山坡上，但离村子不远。山坡上这一吵，引来了村子里的人。支持搞旅游开发的都站到了常菁菁身后，支持开煤窑的站到了对立面。马联合灵机一动，摸了块石头，狠了狠心，朝自己头上砸去，他的头上当即出了血。他一边挣脱了马鸣，一边捂着头高声喊叫："马鸣要杀人了。他把我的头砸出了血！"。

马联合这一招果然灵验。有人用手电筒朝他头上照了一下，见他头上确实出了血，纷纷指责马鸣，也有人把矛头指向常菁菁。马联合又生出了一个坏计，大声对现场的群众说："老少爷们你们都看见了吧。这起事件有幕后操纵人。这个人一心想独吞咱九龙沟的资源，想方设法拦着咱挡着咱挖煤窑。"

听了马联合的话，现场很多人跟着起哄。越来越多的人们把目光聚集到常菁菁身上。常菁菁只觉得脑袋发涨，两眼有些昏花。她尽量控制住自己的情绪，心平气和地对马联合说："这里有三十八户人家的承包地，已经有三十户和我们签订了土地流转协议；还有集体的林地，也由村委会与我们签订了承租协议。你们无权在旅游开发公司承租的土地上打桩！"

马联合说："集体的林地使用权归村委会。村委会归马主任。马主任说怎么用就怎么用。承包地早已卖给东洲公司了，你们想占也得有个先来后到。"

孙石头也在一旁接上说："我们家的承包地是我女儿背着我与你们签订的流转协议。我现在要收回来。"

孙石头的话一落音，有几个跟着他吵吵着要把地收回。

马鸣冲孙石头"呸"了一口，说："你孙石头在马坡面前真像个孙子。怪不得人们都说姓儿也比姓孙强。"

孙石头说："马鸣你狗日的怎么骂人？"

马鸣说："我骂你是看得起你。你再瞎掺和，信不信我把你的腿给卸了？！"

马联合急了，冲马鸣吼道："马鸣你个狗日的，胳膊肘儿朝外拐，不支持姓马的而听从外姓的，小心我叔办了你。"

马鸣冲马联合"呸"了一声，针锋相对地说："你别在我面前提马坡。他当初竞选村委会主任时甜言蜜语，让姓马的都投他的票，说他当了官不会让姓马的吃亏。他说一套做一套。狗日的拍拍良心，自打他上台，什么都朝自家捞，姓马的占上什么便宜了？"

马联合见马鸣当众揭马坡的短，恼羞成怒，吆喝李小良等人把马鸣捆起来："马鸣敢打村干部，你们怎么还不上？想开煤窑的给我上！"李小良见马鸣手中拿着军刺，上前几步又后退了。马联合脱下身上的大衣，朝地下一扔，冲着马鸣走了过去，一副大义凛然、视死如归的样子。

马鸣见状，有点儿紧张，握着军刺的手在发抖。人在被逼无奈、没有退路时，往往会做出不理智的事。常菁菁一见这种情景，心急如焚，不顾一切地冲到马鸣前边，用身子挡住了马鸣，同时指着马联合，厉声说道："现在大家都在这里，几百双眼睛可以证明，你要是再往前走一步，就是故意挑起事端，一切后果必须由你承担！"

马联合站住了。他和常菁菁面对面地站着，相隔只有一米远。他脸上神情的变化，可以看得清清楚楚。他先是愤懑，接着变得震惊，后来又变成无奈。马凯上前拉住他，劝他说："好男不和女斗。咱找马叔治治他们。你快去包扎一下伤口，小心得破伤风把命也丢了。"马凯这样做，不仅给了马联合一个台阶，同时也给常菁菁和马鸣解了围。

马联合从地上摸起一块石头，想趁着马鸣不注意，从马鸣的身后偷袭，被蕾蕾看见了。蕾蕾大声喊了一句："马联合你别像条狗偷着咬人！"

马联合急了，冲蕾蕾骂道："你个贱货，这里没你说话的份。"然后又冲马鸣说："你以为你马鸣拣了个宝，告诉你，派出所正要查她在深圳卖淫的事！"

此话一出，现场一片静寂。两边人的目光都转向了蕾蕾。常菁菁感到既震怒又震惊，用当地老百姓常说的一句话是"血涌脑门"。她清楚地看见蕾蕾浑身在抖，越抖越厉害。没等她走上前去拥抱蕾蕾，蕾蕾哭着向村里跑去。

蕾蕾回九龙沟来，是下决心要和常菁菁等从小一起长大的伙伴们一起干事的。她从小就争强好胜，特要面子、讲排场，做事不能比别人差。正是因为这样，一旦遇到复杂情况时才容易变化。这几年，她在深圳又经历了很多事情，遇事时冷静了一些。但是，今晚马联合骂她的话，让她无论如何也接受不了，更无法冷静下来。

常菁菁打心里喜欢蕾蕾。工作上，她能够独当一面，交给她的事可以放心。她在上高中时就是班里的宣传委员，字写得好，文章也很漂亮。所以，常菁菁把宣传的事交给了她。她把旅游开发的前期宣传工作搞得有声有色，红红火火，村里人几乎都被她的宣传感染了。经过她的宣传，加上伙伴们细致耐心的工作，又有一些村民签订了入股合同。她通过深圳的朋友，制作了九龙沟旅游宣传的录音和录像。录音在市县长途汽车、出租汽车上播放，录像也在市县电视台播出，提高了九龙沟的知名度。不仅游客增多了，附近村民看了后，有的找上门来要求入股，还有的来打工。她的工作是常菁菁最满意最放心的。

前些天，马坡的媳妇就对别人说过，蕾蕾在城里是坐台小姐，靠卖淫挣的钱投到村里搞旅游开发。这话经过一个人一个人的传播，到后来成了另一个版本，说蕾蕾在城里卖淫出了事被公安局追查，逃回老家来避难。常菁菁的妈妈也听到了这样的说法，问常菁菁是不是真有其事。常菁菁对妈妈生了气："这种话你也信吗？如果有人这样说我，你会怎么想怎么做？他们不是冲蕾蕾来的，是冲着我来的，目的是想把我们搞臭、赶跑。"马联合今晚能当面骂蕾蕾那样的话，让常菁菁更加相信有人想挤走蕾蕾，砍掉她的一只胳膊。她没有和马联合理论，把现场交给刚刚赶到的冯俊才，然后就往蕾蕾家赶。一路上，她一直在想着蕾蕾的事。

蕾蕾人长得很水灵。虽说个子不高，但小巧玲珑，在学校时就有很多男孩子追她。她到深圳工作的第二个月，就开始给家里寄钱。那时，常菁菁还没有外出，听人说她在深圳当坐台小姐，当时还想她太傻：每月寄钱能不让人怀疑吗？常菁菁曾以同学和好朋友的身份给她写过信，委婉地劝她在外打工要注意选择适合自己的职业。蕾蕾没有回信，而是给她回了个电话，在电话中只说了一句："咱有选择的资格吗？"常菁菁开始对这话不理解。她到北京打工的开始一段时间，曾和七八个女孩合租一间房子。其中有个女孩就是坐台小姐。那个坐台小姐每天晚上都喝得酩酊大醉，白天一睡就睡到下午两三点，简单吃点东西，又开始化妆出门了。常菁菁开始很讨厌她，不理她。有一天晚上，常菁菁发高烧，同住的另一个女孩很害怕，就给她打了电话。她赶回来把常菁菁送进了医院。在医院陪常菁菁时，她说了她和许多在歌厅坐台的女孩子踏进那种地方的理由：没有知识，不会技术，找不到工作，即使找到了工作，只能干一些伺候人的活，收入低不说，也经常受一些客人的骚扰，一不小心可能掉进坏男人的陷阱。与其被坏男人骗了感情又骗身子，不如陪人喝喝酒唱唱歌。当人家老板的二奶，收入稳定，也不要受累，但感觉上被困起来；再说，也不忍心破坏人家家庭。她的理由很简单：家里父母一年劳累下来，没有多少现金收入，房子怎么盖，父母生病怎么办？都是不能不面对的现实问题……告诉你，用漂亮口号要保持纯洁的人，一定是吃饱了不饿的人。他要真心关心年轻人关爱女孩子，让他帮助你就业，帮你解决住房。不然你不要信他……那个小姐的话，让常菁菁很尴尬。在资本主导的时代，一部分人先富起来，过着挥金如土的生活，一部分人还很贫困，生活水深火热。因此，你无论用任何激情的口号，任何严酷的措施，都不可能挡住那些贫穷的人追求富有的思想和步伐。官场上有人前仆后继倒在钱堆里，商场上有人你死我活地争斗。正因如此，一些受消费主义影响的女孩靠"色"的资本追求富有富足的生活，你不能用先进还是落后来评价她们的思想，也不能用传统的道德标准评判她们的行为。否则，她们会说，你给我个理由！这一次，蕾蕾毫不迟疑地卖掉自己在美容店的股份，把二十万积蓄全部拿了出来，并且说服秦晖也投了资，就是想和过去的生活一刀两断。马联合当众羞辱她，虽说不比人们常说的刨人家祖坟那么严重，但对于她这样一个没婚嫁的姑娘家来说，也相当于揭了一层皮。常菁菁把现场交给冯俊才处理，自己赶忙去追蕾蕾。

常菁菁赶到蕾蕾家时，蕾蕾已经上床了。她安慰她说："你也不要消沉。谁也不能保证自己一生不走错路。"蕾蕾显然不同意常菁菁的观点。她很激动地说："我怎么错了？那些有权有势有钱的男人在外搞女人错不错？他们不是照样活得自自在在。那些富甲一方，掷金如土的女人，有几个不是靠着各种各样的资源发财的。"

常菁菁也针锋相对地说："你这不是理由"。

蕾蕾哈哈大笑："那你给我个理由。外出打工的女孩子所谓正当行业的，充其量也只解决温饱。一个月那点血汗钱，交房租去掉三分之一，生活费去掉三分之一，能剩下多少？爸爸妈妈养大她们就是为了送她们到城里能吃饱饭吗？爸爸妈妈在农村谁养活？生病谁给看？自己也没有保险，病了怎么办？在城里买不起房，成不了家，总不能混一辈子吧。过几年年龄大了，该回来嫁人了，想想白白给城里人打了几年工。我认识湖南一个女孩，同一个男孩一起打工，处了几年朋友，准备结婚时没有钱。那个男孩和几个老乡一起抢劫，被判了刑。那个女孩说我就等他。他才是真正的英雄！"

常菁菁看蕾蕾心情不好，不想再和她争辩。蕾蕾见常菁菁不说话，换了个口气说："我已经想好了。我还是回去。我投入的那二十万块钱，你先用着。赔了，我不找你要，挣了，你再还给我。"常菁菁刚要开口说话，被她制止了。她穿好衣服，把常菁菁送到大门外。常菁菁刚走几步，蕾蕾突然扑上来紧紧抱着她，她感觉到蕾蕾的身子在颤抖。她的眼睛被泪水模糊了。

　　夜里，常菁菁翻来覆去睡不着。她不知怎样才能把蕾蕾留下来。蕾蕾要是现在就走，无疑让她有切肤之痛。然而，纠纷过后还有一系列问题，需要她正视和面对……

第十二章

　　蕾蕾走后的第二天中午，镇派出所牛副所长亲自带人到九龙沟把马鸣带走了。

　　常菁菁当时正在镇上。她是想到镇上找镇党委书记黄涛反映情况的。昨晚山上的冲突发生以后，她意识到马联合的背后有人在指使。她想了大半夜，决定去镇上找黄涛反映。她之所以没找康爷爷，是不想让康爷爷生气上火趴下了。她觉得自己有理：那块地明明是旅游开发公司转租下来的，并且和村民签订了土地流转合同，经过了村、镇同意，怎么又成了小煤窑征用的地？这明摆着是欢庆提醒过她的"一女二嫁"，肯定违反国家有关政策。

　　镇政府所在地是一个大集市。正是逢集的日子，本来就不宽敞的街道被各种各样的摊子占满了，大多是菜摊粮摊，也有几个摆台球的，小车根本无法开进去。没办法，常菁菁只好把车停在街头，步行朝里走。这时已是中午，街道两边的小饭馆、小吃摊上飘散的菜香气味沁人心脾，男人们猜拳行令的喊叫吵闹声不绝于耳，整条街道一片混浊。这种环境不是民俗，是一种无以复加的脏和乱，是一种与生俱来的慵懒和绝望。这种环境只会让旅游者厌恶和鄙视，九龙沟再好，也无法抹去周边环境造成的恶劣印迹。常菁菁暗下决心，等旅游开发起步后，一定要把九龙沟和周边的环境治理一下。当然，这不是她力所能及的，这需要借力。毫无疑问，政府是最好的借力对象。政府就如一个力大无比的巨人，一个积极的政府能拔山移海让人充满了希望和激情，同样，一个消极的政府昏沉肮脏能让所有的人绝望。

同许多贫困乡镇一样，镇子上的房子大多低矮破旧，只有信用社、工商税务、派出所等部门的楼房气派。镇政府是新盖的房子，据说挪用了国家的扶贫资金，黄涛前任的镇党委书记就是因为这个原因被撤职。常菁菁到了镇政府大门前，首先看到的是一字儿排开的长方形牌子，有白底红字的镇党委、有白底黑字的镇政府。对于这一点，她早就不感到稀奇。北京、省里市里县里也是如此。牌子不仅是单位的标志，也是权威的象征。用欢庆的话说这也是中国的一大特色。

镇政府传达室里有两个穿着保安服的人正在下棋，炉子上放着的烧开水的壶热气腾腾地冒着汽，他们也仿佛没看见。常菁菁敲着窗户上的玻璃，喊了几遍"同志"，才有一个抬头看了她一眼："叫魂呢？有什么屁事？看不见是中午休息时间啊？"常菁菁说："我想找黄书记。"那两个保安同时抬起头来看了她一眼。一个说："哪儿来的这么漂亮的妮子，过去来找黄书记的女孩没有一个像她这样水灵。"另一个说："那还不赶快给黄书记通报一声，要是误了黄书记的事，你还不卷铺盖滚蛋！"

有一个保安到里边屋里一会儿，出来时一脸的不高兴："操你个姥姥。黄书记说不认识，把我骂了一通。让把她赶走。"

常菁菁正要转身离开时，另一个保安喊住了她。指着镇政府对面一座红楼，挤巴了下眼睛："黄书记正和几个老板在那喝酒。"

常菁菁向小红楼看了一眼，顿时目瞪口呆。她看见一辆黑色奔驰吉普车停在院子里。那是沈耀的车，一点儿没错，车号也是对的。在沈耀的黑色奔驰吉普车旁边，停的是马坡的车。这就是说，沈耀、马坡也都在小红楼吃饭，很有可能和黄涛在一张酒桌上。这让她感到惊讶的同时，也感到不安。她在北京和一些同事、朋友聊天时，常常听到朋友感叹，说黑恶势力背后都有腐败官员支持，埋怨竞争环境不公平。她还时常劝那些朋友不要对我们的社会抱有成见和抵触情绪。现在看来，马坡之所以敢在九龙沟大胆妄为，背后的确有人支持。沈耀、马坡、黄涛……是巧合还是事先约定好的？按沈耀的习惯和风格，要是碰巧到镇上，一定会给她打电话和她贫上一通，或者干脆叫上她来镇上吃饭。不打招呼，说明他有着重要的不希望她知道的事情。那么这个事情一定和他参与的这顿酒席有关。马坡现在缺少的一是"三证"，二是钱，以沈耀的实力，马坡缺少的这两样东西他都可以帮上忙。可是，让常菁菁想不通的是沈耀是九龙沟旅游开发公司的股东，他还有一个建设九龙沟度假村的大手笔没有实施，如果他对马坡开煤窑提供支持不是给自己挖坑吗？常菁菁有了一种不祥的预感。

她经常在网上、电视上看到，一些地方父母官，热衷于同能给他们弄来钱的老板们打得火热，而不管投资项目是不是对环境对生态有危害。他们感兴趣的只是钱，有了钱就有了一切，把"前途"和"钱途"等同起来早已不是什么创造。常菁菁正烦，听到有人喊她的名字。回头一看，是李小芬的三哥李小良。她假装没听见，转过身不想理他。李小良见状，竟然走到常菁菁面前来了。

"菁菁，不是当哥的说你。你在北京有一份好工作，又找了一个好男人，不好好待着，回家来干吗？"李小良直率地说："给你说吧，咱村那个小煤窑项目黄书记很支持。这不，黄书记正和马主任沈老板一起喝酒。黄书记口口声声称沈老板哥们。我劝你别再反对了。老康头子当了几十年的书记，是个人物吧，他反对有什么用了吗？"

常菁菁问："沈老板同意对小煤窑投资了吗？"李小良警觉地四下看了一眼，说："黄书记说煤炭行情马上就会好起来。不过，沈老板没说什么。我看他好像还在犹豫。"常菁菁问："你是不是铁了心准备下井挖煤了？"李小良点点头。常菁菁说："我和小芬是好朋友。我一直把你当哥哥一样尊敬。没想到你太让小芬失望了。"李小良毫不在乎地说出心里话："别说小芬，就是我爹也挡不住我。你也知道，我兄弟四个，只有老二老三在外打工讨了媳妇。我们还有哥俩因为没钱讨不上老婆。只要有人给钱，我什么都敢做。有的女人男人给钱就上床，我一个穷汉子还怕钱咬手啊！"李小良说得理直气壮。

如果不是大街上众目睽睽，常菁菁真恨不能照着他那张愚蠢的脸打一记响亮的耳光。

"快走吧。你要真想干，就让咱村老百姓先看见点实惠。"李小良说完，上小红楼去了。他的这句话真正提醒了常菁菁。现在的人们已经不像上个世纪五六十年代那样，为了一个誓言，为了一句口号，为了一张大红纸奖状，就会赴汤蹈火，前仆后继，而是讲究实惠，必须用利益去调动他们的积极性。所以，当务之急是把旅游开发的利益机制建立起来。她正要发动车回九龙沟，手机响了。电话是李小芬打来的。李小芬着急地告诉她，她和马凯等几个人已经到了镇派出所。

"你们到镇派出所干吗？"常菁菁感到惊奇。

李小芬说来要人："咦……马鸣是咱协会的，是咱哥们。他的事咱要不管，谁还跟咱干。"

常菁菁马上调转车头去了派出所。她知道，她们这一代人与父辈处理问题的思维不同、方式不同。她们的父辈在受到欺辱时，往往采取息事宁人的态度，忍气吞声，有的性子倔的，就采用极端方式，要么自杀要么拼命。她们虽然在城市里没有户口，属性仍然是农民，戴着农民工或农民工二代的标签。不同的是，她们有和城市青年相同的观念，相同的意识，有超越城市与农村的理想，有对自己权利和价值的理性认知。不愿任人宰割，也不愿走向极端，而更愿讨个说法。

派出所里，喝得满脸通红的值班民警正在和几个联防队员打牌，听说常菁菁他们来保释马鸣，眼睛都直了，上上下下打量了常菁菁好大一会儿，才结结巴巴地问："你，你是什么人？"

马凯抢着回答说："她是我们九龙沟村的团支部书记，叫常菁菁。"

那个民警听了哈哈大笑，指着常菁菁嘲弄地说："什么团支部书记。算他妈的个屌官，也敢来派出所保人。给你说吧，我在九龙沟只认得马主任和联防队马队长。"

那几个联防队员也跟着起哄，又是嘲讽，又是骂娘。那一阵子，常菁菁只觉得血朝头上涌，浑身像火烧一般。她强压住火气，笑着对那个值班民警说："我这个官的确不算什么官。但是，当团员青年的利益受到侵害时，我有责任有权利保护他们……"

那个民警根本不听她讲下去，挥了挥手，骂了一句："滚你妈的，坐台去吧。像你这样漂亮的小姐坐台还能捞不少钱。"

他的这句话深深地刺伤了常菁菁。常菁菁张了张口竟无言以对，眼泪哗地流了一脸。李小芬却与常菁菁截然不同，她顺手摸起一把椅子，气势汹汹地骂着："你个狗日的有眼无珠，敢污辱我们九龙沟村团支部书记兼旅游开发公司的董事长。我现在就砸了你。"

那个民警被李小芬的气势吓得愣住了。几个联防队员反应很快，一起上前把李小芬手中的椅子夺下。

刚才这一吵，惊动了隔壁房间的牛副所长。牛副所长过来后，二话没说，就指着常菁菁和李小芬骂道："操你妈反了天了，闹到派出所来了。你们知道这是什么行为吗？"李小芬说："什么操你妈的行为。你没有调查就嚷嚷。"她指着那个值班民警："你问问他说的是人话吗？"

牛副所长从来没遇到过李小芬这样的女孩，敢和他这个副所长叫板。他愣了一下，让几个联防队员看着常菁菁几个人，把那个值班民警叫到隔壁屋子里去了。十分钟过去了，牛副所长和那个值班民警没回来；二十分钟过去了，他们还没回来。

苹苹急了，怪李小芬不应该和民警与牛副所长吵。她说："赵明明外出学习到现在没回来，家里还有孩子需要照顾。"李小芬没理她，在一旁用手机不知给谁发信息。常菁菁却是懊悔不该直接来派出所要人。同时，她也对刚才那个值班民警和牛副所长的行为感到不解和不满。你们是人民警察，应当为人民做主，怎么能用那样恶劣的语言和态度对待我们呢？

又过了几分钟，牛副所长笑容可掬地进来了。他说："对不起，这是一场误会，你们千万别生气。我刚才已经严厉批评了那个值班民警，让他停职检查。"他看了常菁菁一眼："你就是常菁菁常书记，不，不，常董事长吧？看你的气质就像。我代表派出所给你做检讨，请你一定多多原谅。"

常菁菁不知是什么原因让牛副所长的态度一下子变成这个样子，反倒有点不好意思了。她看了一眼李小芬。李小芬一副若无其事的表情。不过，常菁菁从她眼睛里跳动的狡黠的光亮，猜出这些与她有关。

牛副所长又说："马鸣的事我也问清楚了。他说他没砸伤马联合，是马联合自己摔破的头。马鸣的那把军刺是登记过的。我们对他已进行了教育。他现在可以和你们一起回家。不过，这事我们还要调查核实，还要看马联合的伤有没有造成后果。"常菁菁原本想和牛副所长理论几句，一听说马鸣可以和她们一起回家，又改变了态度，笑了笑，说："既然是误会也就算了。我们以后还得靠你们保驾护航啊！"

牛副所长说："有事尽管说话。"说着，他还把自己的名片给了常菁菁和李小芬。

马鸣上车后，余怒未消，发誓要同马坡等人干到底。李小芬把牛副所长的名片撕得粉碎，扔到窗外："操，什么东西。姑奶奶就是发了条短信，你不就从爷爷变成了孙子。"

常菁菁听了李小芬的话，马上想到她给沈耀发了短信。在这个地方，李小芬认识的而且能量又很大的人物也只有沈耀。她心里一时很不是滋味。但是，她没有埋怨或责备李小芬。她觉得既然如此，自己无论如何也应当给沈耀打个电话。

电话拨通后，她刚说了声"谢谢"，沈耀就打断了她的话，说："菁菁，不要说客气话。你回到九龙沟以后发生的事情真让人不安。这一个月没出，怎么就打了两回？我首先要向你检讨。这段时间，我被金融危机闹得心烦，没能及时到九龙沟去看你，和你商量一下公司的事，很对不起你。"

常菁菁听了沈耀的话，一阵疼痛感涌过心头，泪水也挤满眼眶。她哽咽着说："我也没想过会这么多事。要早知道这样，我还真的好好考虑考虑。"

沈耀忙说："你千万别说后悔话。说后悔话就是有了后悔心。有了后悔心就是勇气在减退。这次闹金融危机，我的公司受了很大影响，房子卖不动了，贷款利息要付，建筑施工单位的费用要支……可是，我给你说菁菁，我的勇气一点没减少，信心一点没动摇。我对自己说要坚持。我对员工也说要坚持。现在，我对你也要说，坚持，坚持！坚持就是胜利。"

常菁菁的眼泪不知不觉地流了下来。她突然感到，沈耀对自己的确是很用心很认真很投入。自从回到九龙沟，每次与欢庆通话，她心灵的压力就会加重一次，而与沈耀不管是通电话还是见面谈，则是如释重负。这难道就是人们常说的缘分？她觉得有点儿头疼，不愿再想下去。

沈耀说："我这个当哥的也得批评你几句。你的那些哥们也得好好学学法，不能动不动就吵就骂就动手就跳楼。这样下去，外边的人会说你们在使用黑社会。你一定不想听到这样的评价吧？"

他的这句话对常菁菁有所触动。她想，加强团员青年的法制教育刻不容缓。否则，今后因为资源，因为经营，因为竞争发生矛盾冲突甚至于流血事件很难避免。于是，她回答说："我也早有打算，准备办个青年普法班。只是现在头绪多，还没来得及。"

沈耀打断她的话："不要找推辞。我给你说这个班迫不及待。你赶快办，需要我怎么支持你，说句话。"接着，沈耀告诉常菁菁，镇里已经组织了工作组，这几天就要到九龙沟去。他说："等工作组走了，我这边也有空闲了，就到九龙沟去。咱们得好好聊一聊了。"

就在这个时候，常菁菁的手机电话响了。电话是杨柳打来的。杨柳告诉常菁菁，网上有关九龙松和"村下村"的发帖多了起来，有好几千条了，估计近期就会有游客冲着九龙松和"村下村"去旅游。常菁菁把手机开成免提，让李小芬他们都能听见。这对她们来说无疑是一个令人振奋的好消息。

果然，李小芬和瑶瑶都像注射了兴奋剂一样高兴起来。李小芬搂着常菁菁的脖子说："操，这下子九龙沟火了。常菁菁，如果不是我硬逼着你，你现在可能还在北京不回来呢！"

瑶瑶猜想深圳网上的消息一定是蕾蕾回到深圳后做的，就脱口而出地说："这个高潮十有八九是蕾蕾在深圳发起的。"

一提到蕾蕾，场面一下子冷清了。包括常菁菁本人，都觉得对蕾蕾有愧疚。自己的姐妹，从自己身边寒心地离开了，能不伤感吗？

"马坡个操蛋货，到现在像只缩头乌龟不露面，让咱弄不清他葫芦里卖的什么药？"李小芬说完，接着问马凯："你叔怎么老不出头露面，光让马联合和李小良这些虾兵蟹将蹦跶？"

马凯说："他不露面更好。咱反正有和村民签订的土地流转合同。咱理直气壮，不怕他！咱干咱的，他们再捣乱，咱就告他！"

镇里的工作组到了九龙沟。镇党委书记黄涛亲自任组长，让九龙沟村民不解的是，马坡也是调查组成员。

工作组分别找村民谈话。常菁菁是黄涛亲自谈话。常菁菁在谈话前，收到刘县长一条短信："菁菁，我前些日子出国考察去了。今天一下飞机就跟你联系。你那边旅游开发做的怎么样？有什么困难千万别客气。"他的短信看上去堂而皇之，是一个县长关心回乡创业青年，而常菁菁心里明白，其深处蕴含着这位县长的淫欲。她想了想，给刘县长回了一句简短的话："我现在接受工作组谈话。"刘县长回短信问："什么工作组，我怎么不知道？"常菁菁看后笑笑，没有再回复。

她在村里做团支部书记时，到镇上参加过计划生育、青年工作会议，尤其是"非典"时跑镇上更多，黄涛那时是副书记，分管群团，有过一些接触，对常菁菁印象还不错。

"北京不愧为首都，看看才几年时间，就把咱山沟沟里去的姑娘改变得这么时尚。如果不是你自报姓名，我还以为什么大模特、大明星来体验生活了呢。"黄涛一见面，握着常菁菁的手，夸奖了一番，后来又加上一句话："千变万变，还是咱九龙沟的好水土养的。"

坐下以后，常菁菁就开门见山地说："黄书记，您带工作组来九龙沟，我们热烈欢迎。我回来后就去找您，想向您汇报……"

黄涛一愣："没人告诉我啊！以后你可以直接打我的手机。"说完，他把手机号码发到了常菁菁的手机上。然后，他说："咱是老朋友了。有什么话直说好。你也回来一段时间了，我想听听你对九龙沟工作的意见。"

常菁菁向他说了开发九龙沟旅游的想法、规划。他表面上像在听，但又不时地翻着文件夹，看着里边的文件。常菁菁见他有点心不在焉，尽可能地简化语言。黄涛只是嗯、啊地应着，好像没听进去一样，等到常菁菁停下来，他才皮笑肉不笑地说："实话给你说，咱这个镇是全县最落后的镇，到现在还是贫困镇，财政收入几年负增长。全镇公教人员连续几个月都只发生活费。没办法啊！前边几任领导占着茅坑不拉屎。咱镇上明明有些矿产资源，你们九龙沟就有嘛！开发了能让老百姓富裕起来。他们却以保护资源环境为名不让开采。我真不知这些人怎么想的，资源不用永远是死的东西，这点起码的常识也没有！"

常菁菁这才明白他没有完全听懂自己的话，或者说他根本就没有认真听，而且有他自己的想法。一个镇党委书记、一个堂堂男子汉，怎么能这样对待一个女孩子呢？在北京这几年，常菁菁不论和什么人谈事，只要那人心不在焉，她马上就会离开。因为那是尊重。文明社会，一个男人对一个女人连点起码的礼貌都不讲，还算男人吗？在黄涛面前，常菁菁虽然强忍着，但心里的怨气已经产生。有些人从同志、好朋友甚至恋人、夫妻发展到水火不容，矛盾激化，往往都是一点点积怨，越积越深，到了最后一次性爆发。

黄涛见常菁菁不说话，又说："你们九龙沟从马坡当上村委会主任后，招商引资的成绩很显著，走到了全乡的前边。你还记得我当副书记，管组织人事时就说过吧，一个村一个单位能不能发展，关键在于一个好班子，而好班子的关键又在于一个好领头人。"他说着，点燃了一支中华烟，抽了几口，又接着说："当初，镇领导班子里尤其是你们村还有人反对马坡，说他私心重，拉帮派，搞小动作，生活作风也不好。我就不同意。人无完人。如果求全责备，我们谁也不要干工作了。现在事实证明，马坡同志是胜任的。他不是带领你们村村民，自力更生把路修了吗？最近，他要上马一个年产十五万吨的煤矿，这事你听说了吧？"黄涛边说，两眼咄咄逼人地看着常菁菁。

常菁菁已经听出他是在为马坡说话，所以直言不讳地说这件事她知道。她是坚决反对的，"理由也很简单，这个小煤窑地质条件不符合开采要求，它不仅会破坏九龙沟的生态生活，还会影响九龙沟以及周边群众的生存环境"。

黄涛笑了："那是五十年前的鉴定了。五十过去了，小孩子都长成老头子了，地质条件就不会变化吗？"

常菁菁说："那除非人为地改变！说穿了弄虚作假。"

黄涛脸上的笑容瞬间即逝，目光越来越严厉，说话也带着火药味："别人说你常菁菁带着人和钱回九龙沟抢资源，不是公平地和其他投资人竞争，而是利用与村支书老康的特殊家庭关系给别人设置障碍。"

常菁菁平静地说："不管别人怎么说，请黄书记调查嘛！"

黄涛粗野地挥了下手："这还用调查吗？你已经先入为主，给你的竞争对象下了判决书。你不愧在北京大城市待过几年，知道中央和国务院这些年强调科学发展，对环境保护十分重视。你这样说人家，人家怎么投资。"

常菁菁这才恍然大悟。原来，他是在变着法儿让她表达出对九龙沟开采煤窑的意见，然后再批评她。从他的话中，常菁菁已经听出了，他既知道开煤窑的事，又是持支持的态度。她一时气愤，顶撞了他："您黄书记的意思是说，我作为九龙沟的村民，对自己家乡环境连发表意见的权利也没有？"

黄涛愣怔了一下。也许他从来没有在他所管辖的镇子里听到过不同意见，更没有人像常菁菁那样嘲讽他。他的胸脯不停地起伏，脸上的肌肉也在抽动，仿佛怒火即将爆发。然而，他却笑了，喝了一口茶，语气缓和地说："这些具体事情，镇党委不管。开煤窑也好，搞旅游也好，都是主管部门的事情。他们批谁，镇党委控制不了。但是，如果出了什么事情，挑子却又都撂到镇里边。这就是中国特色，没有办法。咱们谈点别的吧。你现在回来了，还继续做村团支部书记。我想听听你对当前农村团的工作有什么考虑。"

他可能以为这对常菁菁来说是一个难题。他并不知道常菁菁对这个问题不仅有研究，也有考虑。在北京时，常菁菁平时十分关注电视和报纸上的青年栏目，对那些反映农村青年创业的文章和新闻比较感兴趣。她谈了一些意见后，说："前几年，大多数团员青年都外出打工了，现在金融危机，又有一些回家了。我们的团组织活动已经恢复起来，很多团员青年在旅游开发公司入了股，而且担负部门的负责工作；我们还打算给外出务工的团员青年所在单位发函，让他们在单位过组织生活……"

黄涛没等她说完，半是玩笑半是认真地说："你可不要利用团员青年给你的公司义务打工啊！"

常菁菁的倔脾气上来了，干脆不再说话。

黄涛并没有停住话头，接着说："你们团支部的干部也要纯洁，才能在团员青年中有号召力。听说你们团支部的委员和青年创业协会骨干中有人曾经在歌厅当过坐台小姐，还有的被老板包过二奶。有不少人说她们投入的钱不干净。邻村的人说得就更难听了，九龙沟弄了几个在城里伺候男人的人回来，是不是想开妓院啊？！"他说着，从文件夹中取出一张16开的打印好的信，在空中抖了几下。常菁菁想伸手去接，他又很快放进了文件夹中。

常菁菁怒不可遏地站了起来，由于起身猛，把面前的茶几也撞倒了。黄涛紧张地从椅子上站起来，一只手指着常菁菁，一只手去抓桌子上的笔筒，拉出一副自卫的架子："你，你要干什么？"

常菁菁的确非常愤怒："如果是一般百姓说出这样的话，我可能会给你解释。但是，你是镇党委书记，是这片土地的父母官，说出这种话，让我感到悲哀，感到痛苦，感到不满。别说我这几个老乡没坐过台，即使有人去坐台，也与你没能把这片土地的百姓带上致富之路有关系。你还当是前十几年几十年前那样'饿死不弯腰吗？'你还当这代人会在几句政治口号压力下，宁愿饿着肚皮也不愿想别的办法吗？不说别的，就是让你不抽中华烟换个差一点的，你会同意吗？你应当心中有愧。还有，当过坐台小姐就一定不干净吗？就不能回乡创业了吗？"说完，常菁菁愤慨地离开了。

黄涛呆若木鸡地站了半天，直到常菁菁的身影在他的视线里完全消失，才皮笑肉不笑地坐在椅子上。

常菁菁出了门，觉得脸上一阵冰冷，才发现自己已泪流满面。这个时候，她自然而然地想起了欢庆，赶忙给他打了个电话。这次欢庆很痛快地接了她的电话。欢庆听出她在哭，赶忙劝慰："菁菁，别难过，没什么大不了的事。我个人认为，你要是觉得困难，就回来吧。"他把"回来"两个字说得很重，让她心里顿感温暖如春，同时也增加了力量。那一刻，她的牛脾气上来了，对欢庆说："越是有人想赶我走，我才越不走。我就要做了让他们看看，我们"80后"的青年也能顶天立地。实现不了心愿，我决不回北京去。"

让常菁菁想不到的是，刘县长突然来了。不仅常菁菁想不到，黄涛也想不到，马坡也想不到。刘县长人还没进村，就给常菁菁打电话，让她到村口等他。一见面，她拿出一只漂亮的包给了常菁菁："这是我在法国给你买的。你是董事长了，出门要讲究气派！"当时，李小芬和瑶瑶也在场，弄得常菁菁很不好意思。李小芬一把接过包，推了常菁菁一下："咦……刘县长这么关心你，你应当好好谢谢刘县长！"常菁菁这才和刘县长握了握手。

刘县长说要了解情况，让常菁菁上了他的车。一上车，他又迫不及待地握住常菁菁的手，问："菁菁你告诉我，来的什么工作组？他们是不是让你受委屈了？"

常菁菁简单地把经过讲了，也把旅游开发公司与村民签订过土地流转协议的事说了。刘县长两只眼睛一直盯着她的脸，一边听还一边搓着她的手。他那双布满老茧的手，很快把她那双细嫩的手搓红了。她几次想抽回来，无奈刘县长抓得很紧，都没成功。这时，车子已进了村里，黄涛、马坡一行早在等候。刘县长这才恋恋不舍地松开常菁菁的手。他下了车，不分青红皂白地骂开了："黄涛你小子搞什么搞？你要是干不了就趁早卷铺盖给我滚蛋。"

黄涛和马坡看见常菁菁从刘县长的车上下来，一下子目瞪口呆，都不说话了。

刘县长对常菁菁说："菁菁，走，带我看看你们的景点。"

一路上，刘县长的嘴没闲着。他一会儿夸赞常菁菁"有眼力"："你这九龙沟就是聚宝盆，你回来挖宝就对了。"他一会儿又骂黄涛"没出息"："一个小小的乡镇你都不能治理好，天天有上访告状的。"不过，常菁菁发现，他对马坡一句也没骂，还偶尔拍拍他的肩膀表扬他几句。

到了九龙松，马坡让刘县长摸摸九龙松，刘县长不以为然地摆摆手，说："快退休了，不摸了，再摸也上不去了。"他转过头看着常菁菁："菁菁啊，你每天都过来摸几遍，要不了几年就财大气粗了！"

李小芬在一旁说："她不是气粗是气死。刘县长你也帮老百姓干点好事，把不干事和干坏事的干部撤职！"

刘县长哈哈一笑："我这辈子最恨不干事的干部。"他指着黄涛，又指着马坡，说："你们的镇书记和村委会主任都是干事的啊！"

马坡早已不耐烦了。他请刘县长到村委会办公室休息。刘县长一瞪眼："怎么，不请我到你家坐坐。我知道你家有好茶。再说，咱别揩公家的油水。"

刘县长和黄涛去了马坡家。李小芬看着他的背影，生气地说："不是打哈哈就是说偏话，他来了趟，看似对咱表示关心和支持，其实什么实质性的事也没帮咱办。"又说："他还不是来找雪莲的。雪莲不在家，他白跑一趟。这个包十有八九是给雪莲带的……"

瑶瑶说："也许他是把姓黄的和马坡叫过去开会的！"

李小芬瞪了瑶瑶一眼："咦……在你瑶瑶眼里，刘日本是个好干部吧？"

瑶瑶毫不隐藏自己的观点，回答说："他干过别的什么事我不知道。我我能知道县长干的事？反正咱村小学过去是危房，他来看了一次，拨款给建了新的。"

李小芬说："那叫什么，叫作秀！他是做给老百姓看的。再说，解决中小学危房是中央下的文件，他一个县长敢不执行！"

瑶瑶说："不管怎么说，咱们村的孩子在新教室上课，刮风下雨就是下冰块也不怕了。"

在李小芬和瑶瑶争论不下时，常菁菁一直在思考着下一步会出现的情况，她们与村民签订的承包的土地、林地流转协议会不会被黄涛、马坡废掉……回到公司办公室，她急忙打开电脑，想给欢庆写封信咨询一下，一眼就看到曾在她的博客中跟过帖的"老虎"发来的短信，要加入她的好友圈，和她探讨些问题。"老虎"在短信中说：

> 我知道你原来在北京打工，现在和一帮伙伴回老家创业。一方面我敬佩你和你的伙伴们这种精神，一方面我也不理解你们究竟为什么做出这样的选择？我说不清从什么时候开始就很难听到"大公无私"这个词了，好像它已经消失了。你们不怕别人说你们傻吗？

常菁菁想了一会儿，认真地回答道：

> 朋友，我很感谢你的信任。有些话我一时不好回答你。我只能告诉你，我们家乡有旅游资源优势，不信你可以来参观一下。我们要把这个资源优势转化为效益，让家乡百姓富裕起来，其中就包括了我们的家人，我们自己。建设家乡是大公，富裕自己是不是小私呢？大公无私的人在任何时代都有。但我们没有那么高的境界，所以从没宣称自己无私。我们最多是做到了先公后私。至于做网友，我很欢迎，愿聆听你的高见……

她把帖子发出后，立即给欢庆写了一封信，把事情的经过原原本本说了。写完信，她长长地吐了口闷气，觉得心情好了一些。

‖第十三章‖

镇工作组在九龙沟只待了一天就撤回去了。临走时，黄涛代表工作组与康爷爷和马坡谈话，说是群众的意见都了解了，回去向镇党委汇报，镇党委研究的结果再通知九龙沟村。实际上，工作组没有实质性的结论。康爷爷当场提出意见，黄涛没等康爷爷说完就拍了桌子，严肃地批评村党支部说："一个鸡巴大的村，不出一个月发生了两起群体事件，你党支部的战斗堡垒作用在哪儿了？再这样下去，我就换人！"说完扬长而去。

村子里一时间沸沸扬扬地传开了："老康头受批评了。说他死脑筋，黄书记说了，再不换脑子就换人。""康老头放着小煤窑不让开采是何苦呢？又不是你家的东西。"

马坡的媳妇雪花也在村民中放话说，常菁菁这妮子贱得很，勾了姓沈的老板，又勾上了刘县长。她还言之凿凿地说："姓刘的没进村就把常家那个死妮子叫了去。他们在车又搂又抱，还亲嘴了！"在农村常常是好话不出门，坏话一夜之间就传遍家家户户。

有人说："怪不得常菁菁从北京回来，一出手就不同凡响，马坡都不敢得罪她，原来她上边有人……让上边的人舒服了，啥事不好办。"

有人说："这是雪花朝人家菁菁身上泼脏水。"

李小芬听了，要去找雪花算账，被常菁菁拦住了。她对她们说："她打也好骂也好，不就是想挤我走吗？咱不理她，就是气她。"

李小芬吐了瓜子皮，笑了："常菁菁啊常菁菁，其实这样传也好，让那些想跟着马坡跑的人怵咱，对咱有好处……"她说是这样说，心里却对雪花怀了深仇大恨，几次和东东合计怎么报复雪花，给常菁菁出口恶气。

过了一周，镇政府来了位副镇长，宣布承认旅游开发公司和村民签订的土地流转合同有效。但是，村民愿意退出的有权退出。集体的林地承租的纠纷问题，还得由村委会按照有关政策法规执行。康爷爷和华爷爷对于这样的结果很不满意，这等于说给旅游开发公司留下了隐患。康爷爷打电话找黄涛，黄涛让他找镇长。康爷爷给镇长打电话，镇长又说要请示黄书记。康爷爷十分生气，在电话里骂了脏话："狗日的，都什么年代了，你们还搞老子天下第一这种作风？"

那位来九龙沟宣布调查处理意见的副镇长还对常菁菁说："小常你行啊，找的是北京的律师当法律顾问。那个律师写给县政府的法律意见书，几个领导看了都拍案叫绝。"

常菁菁听了，表面上无动于衷，心里却很感激欢庆。欢庆就是这种人，他做事不喜欢张扬，也不愿表露，不像沈耀那样，事还没做先喊出去，做了芝麻大的事，说成比西瓜还大。也许这也是她心里始终保留着欢庆的位置，不能接受沈耀的原因之一吧！

李小芬说："操，没让我说错吧？刘日本来了一趟，黄涛、马坡该怎么办还怎么办！要不是欢庆的法律意见书到了，韩县长等多数领导说了话，刘日本还不知给压哪儿呢！"

赵明明说："你傻呀？！他和黄涛马坡什么关系，那是利益共同体。他想菁菁的好事，菁菁不干，他凭什么支持咱。说人家婊子无情戏子无义，刘日本这样当官的是既无情又无义！"

集体的那块林地在旅游开发公司规划和建设的九龙文化园里，如果这块林地因争端搁置旅游开发公司现在也不能用，游客必须多绕行二里多陡坡路去龙王庙。常菁菁把冯俊才找来商量，让他出个主意。冯俊才说："常总你给我两天时间，我保证给你个满意的答复。"到了他说的第二天一早，果真来找常菁菁。他说："我反复走了几遍那个陡坡的路，又发现了新景点。这两个新景点不需多大投入，肯定有人看。"常菁菁听了很高兴，喊上瑶瑶、李小芬她们一起，跟着冯俊才去了。李小芬说："菁菁你不愧为杨柳的高徒，办事讲究效率，这叫现场办公吧！"

山上那二里多陡坡路不但弯弯曲曲，而且多年没人走过，路面坑坑洼洼，野草齐腰深，走起来非常困难。李小芬没走多远就喊起来："操，这路让那些上龙王庙烧香磕头的老头老太太爬得上来吗？你冯俊才真他娘会生歪点子！"冯俊才笑着去拉她，说："那些老头老太太比你心诚，比这再陡的坡他们也会爬。再说，咱以后可以搞电缆车！"李小芬撩起他的衣角擦了擦汗，嘲讽地说："你还真打算倒插门，在这待一辈子了？"

突然，冯俊才站住了。他指着一片松树让常菁菁他们看："常总，你看看这叫啥松？"李小芬看了看，不满地说："咦，你弄啥，我还以为你比那个发现新大陆的本事还大呢。不就一片松树吗？咱有九龙松了，还能再弄个九龙松的儿子孙子出来？！"

"小芬你还真有眼光"。常菁菁笑着说，"怪不得你和冯俊才是一对，这叫默契。"李小芬问："常菁菁你啥意思？"冯俊才没等常菁菁回答，对她屁股上拍了一巴掌，指着那片松树说："你看见最左边那棵松树的形状了吗？树枝朝下，像不像弯腰种地？你再看看中间那两棵缠在一起的松树，像不像咱俩人拥抱亲吻……"李小芬对她脸上轻轻打了一耳光："你说话小心点，这里有小孩。"冯俊才四下看了一眼，故作惊讶地问："谁，谁是小孩子？"李小芬朝瑶瑶努了努嘴，说："没沾过大老爷们的，我都叫他们小孩子！"瑶瑶瞪了李小芬一眼。常菁菁怕再开玩笑耽误时间不说，可能还会让瑶瑶恼火。她把话题转到那片松树上，让冯俊才把他的想法好好说一说。

冯俊才说："我看了这一片松树之后，来了灵感。我为什么昨天没告诉你呢？是我还要举一反三地想想。我拍了组片子，放到电脑里反复看了，又发给孙志，让他帮着参考。我们一致认为，这些松树的形状有的像在种田，有的像在纺织，有的像在恋爱，有的像在哺乳孩子……干脆就叫九龙子，就是九龙松的子女……"李小芬打断冯俊才的话，说："九龙松就一棵大树，你这一大片几十棵……"她没说完，自己先笑了："明白了，九龙松生了一大窝孩子。那时候还不兴计划生育。哈哈，哈哈……"

常菁菁和瑶瑶受了李小芬的感染，也都笑了。笑罢，瑶瑶问："光有子女还不够，还得有孙儿孙女吧？"冯俊才说："后代后代，你得往后再走一会儿。"于是，他们又向上走了半里多路，冯俊才指着对面山坡上一大片松树，从树的不同形状，给常菁菁她们讲了他的想法。他说："这就可以叫九龙孙。"常菁菁她们边看边想边点头。瑶瑶激动地看着冯俊才，如果李小芬不在场，她说不定会拥抱他。她说："过去咱怎么没看出来呢？"冯俊才说："一是角度不一样。我们浙江那儿还有一些地方的景区，有个说法叫移步换景，你从这边看和从另一个方向看就是不一样；二是咱没留心。就像你们过去在九龙沟生活好多年，没想到九龙沟的生态环境就是旅游资源一样。这样咱也好对外宣传，你不爬陡坡看不了九龙子、九龙孙。"

常菁菁和瑶瑶都称赞冯俊才想得好，说得也好。冯俊才不无得意地说："怎么着，我冯俊才以智慧到哪儿入股都可以挣大钱！"

常菁菁下山后就召集骨干人员开了个会。大伙听了冯俊才的介绍，看了他拍的照片，都说这个景点有创意，有新意。马鸣说："我小时候就看咱水库后边有块石头像个刚洗过澡的美女，没敢说出来。"二月问："鸣哥你为啥不早点说？"马鸣脸一红："我亲过那块石头美女……"大伙又是一阵开心的笑。

谈到修陡坡那段路时，冯俊才强调必须得加铁护栏，比较难上的地段还得修成阶梯。苹苹说钱有问题。她给大伙报了一笔账后，说："光看表面看不出来，这儿用点那儿用点，七扯八拉地没剩下多少。"

李小芬说："沈老板那边启动资金才到一半，不要菁菁出面，我去催。"她这样一说，苹苹才想起忘了一件事，拍了拍脑袋瓜子，说："看我这脑子，说忘就忘了。沈老板来电话说晚上过来！还有，镇里通知康爷爷去县委党校学习！"

"肯定又是马坡捣鬼。他让马联合骂跑了蕾蕾，又想支走康爷爷。"李小芬骂道："马坡是个胎里坏，生下来就不是好种！"

镇党委的确通知康爷爷到县委党校参加新农村建设培训班，时间是半个月。康爷爷算了一下，他这一去，要等到元旦才能回来。虽然半个月的时间不算长，但对于眼下的九龙沟来说，可是非常关键时刻，随时都可能有事情发生。临行前的晚上，他按多年和华爷爷养成的商量事的习惯，把华爷爷约出来，在山坡上边溜达边唠嗑。说着说着就到了村路上。华爷爷感慨地说："菁菁他们这些孩子是想干点事的。你看这路，说干就干起来了。"康爷爷正要搭话，身后响起一串自行车铃声。他轻轻的拉了华爷爷一把，站到路边上。由于天黑，几个骑自行车的年轻人没看清他们，一阵风似的过去了。康爷爷心里正寻思着这些人大晚上是去哪儿，那几个人的对话随风传了过来。

一个说："在城里打工虽然苦点累点，但每天都能洗个热水澡。回来半个月没洗澡，身上起了一片红疙瘩，又疼又痒，难受死了。"一个说："咱今天到镇上的洗浴中心好好泡一泡，晚上就睡那儿不回来，明天早上再泡一泡。新年就要到了，到时洗澡排队不说，一天到晚不换水，臭气熏天。"

康爷爷听了，心里敲起边鼓。他和华爷爷早就有建洗浴房的想法。但是，同马坡谈了以后，马坡并不积极，丢一句老话："钱打那儿来？我的老康叔！"康爷爷被马坡噎得半天没说上话。二月说他"是热脸贴上了冷屁股"。

华爷爷说："现在是时候了，咱找菁菁说说，她保准会支持。"康爷爷说："菁菁这时候不会在家，十有八九在公司里。"两个人就去了旅游开发公司办公室。果然那里几间办公室都亮着灯。常菁菁家的黄狗蹲在门口，两眼炯炯有神地看着来往的人们，俨然一位忠诚的卫士。从常菁菁回村后，它就成了她的"跟屁虫"。它和康爷爷比较熟悉。过去，每次看见康爷爷，都会摇头摆尾地迎上前，亲昵地围着康爷爷转。今天，它明明看见康爷爷，却仰起头，冲着天叫了几声。康爷爷马上就明白屋子里还有别人。

门开了，常菁菁走了出来。她看见康爷爷和华爷爷，高兴地走上前，一只手拉着一个："我听大黄的叫声，就知道有亲人来了。"

康爷爷和华爷爷一进屋，坐在椅子上的沈耀就站起来，彬彬有礼地上前和他俩握手，客套了一番。康爷爷刚要坐下，身后忽然飘过一阵风，接着是"哇"的一声，有人从身后抱住了他的脖子。康爷爷笑了："小芬你也别给老子装神弄鬼，我早看见你躲在门后了。"李小芬说："咦……老爷子怎么这么厉害？是不是后边也长了眼睛，让我看看！"她边说，边摆弄了一下康爷爷的头。常菁菁给了李小芬一巴掌："别没大没小的，快去倒水！"

康爷爷和华爷爷在外边冻了一会儿，骨头缝里都向外冒寒气。他们接过热腾腾的茶水喝了几口，身子稍稍暖和了一些，这才开始与沈耀和常菁菁、李小芬聊起来。康爷爷先对沈耀说感谢他来九龙沟投资。他指着李小芬刚刚加满了水的杯子说："九龙沟人的心就像这杯子里的水一样十成。以后，九龙沟人富了，不会忘记你沈老板。"沈耀说："我知道九龙沟山好水好人也好。至于说感谢，那就见外了。咱们这是互利互惠。九龙沟发展好了，我也受利嘛！"他说着，掏出中华烟递给华爷爷一颗。华爷爷接过去，夹在耳根上，然后掏出自己的旱烟袋："还是这个有劲。"他抽了几口烟，突然问沈耀："你这次来没见马坡吗？"

沈耀摇摇头。

李小芬忙抢着话头说："沈老板现在和菁菁处对象。"康爷爷和华爷爷愣住了，目光都转向了常菁菁。常菁菁没想到李小芬会说出这种话，急得心跳脸红，一时说不出话。沈耀开始也是吃惊，接着不安地摆了摆手，笑着指了指李小芬。李小芬一点也不紧张："咦……我说错什么了？我是说他们俩是合作对象，正在友好相处，不对吗？"她这样一说，康爷爷华爷爷哈哈大笑，常菁菁的脸色也恢复了正常。

"你那个度假村现在还建不建了？"华爷爷又问沈耀。

沈耀抽烟很有个性。他思考问题时，烟含在嘴角，任其慢慢自燃，两眼盯着说话的对方，脸上带着平常的笑容，让人很难猜透他的想法。他回答问题时，烟则夹在食指和中指之间，也是任其自燃，偶尔会弹弹烟灰。他的这一动作，让李小芬有些着迷，目不转睛地看着他手中的烟，仿佛在欣赏一种艺术。沈耀弹了下烟灰，很认真地回答道："刚才小芬已经说了，我现在是与常菁菁常董事长合作。那块地现阶段对于我们公司来说是不良资产，常董事长提出想先建几十个大棚养鸭子，我觉得在金融危机的形势下是个好出路。"

常菁菁接上沈耀的话说："还是我没经验，一开始对旅游开发理解的有点片面。旅游开发的前期投入太大，村民的实惠来得比较慢，所以，我才打算一边抓旅游开发，一边搞新的产业，让旅游和农业产业互补，然后形成产业链条……"

沈耀说："常菁菁的确是个不错的人才。我也是在农村长大的，感受很深刻。过去多年，年复一年搞运动，想用那种灌输式的方法教育农民热爱党热爱社会主义。农民表面上跟着喊口号，热烈拥护，干部一离开就骂娘，说是穷折腾。改革开放以来，农民得到了实惠，才真正从心眼里拥护共产党。这几年党中央、国务院出台了不少对农村农民的优惠政策，农民的利益得到了满足，所以打心眼里说共产党好、社会主义好。说到底，你让农民唱社会主义好，总得让他感受到好在哪里呀。说到九龙沟也是如此，你要让农民真心实意拥护你，让投资人也满意，就得让他们看得见摸得着实惠。"

康爷爷听了，满意地点点头："小芬你想想你哥李小良为什么跟着马坡干，就是想一下井就能挣点现钱，好娶媳妇。"李小芬说："别提那个操蛋货，我恶心。我好多天没和他吃一锅里的饭了。"常菁菁说："那是冯俊才来了，你和冯俊才弄一个锅里去了。怎么说那也是你哥。你连你哥也不认，还有人和你做朋友吗？你对他有意见，可以和他交换、交流、交谈，不能老是敌对态度，像朝鲜和韩国一样！"

华爷爷一直在边抽烟边思考。他抽完了一袋烟，把烟锅在桌子腿上磕了磕烟灰，然后慢腾腾地说："菁菁搞的是新鲜事，科技养鸭。我虽然不懂科技，但是懂养鸭子。咱这林地、水库都可以养鸭子，与大棚养鸭结合。鸭子进了大棚，这防疫可就是大事。"常菁菁说："让赵明明他们去了三个人，就是有考虑的。明明学防疫，联产学养殖，东东学销售。这也是一条龙。我早就考虑了，咱们旅游公司后边第一个加号，就是养殖协会。养、供、销一条龙，无论哪个环节赚的钱，都是股民也就是村民的。""就得这样干。"李小芬说，"不能让那些操蛋的什么这公司那公司把大钱赚走。"她发觉自己说错了话，冲沈耀伸了下舌头："沈总，我可不是说你。"

康爷爷觉得该说明找常菁菁的本意了，就直截了当地提出了建个浴池的意见。他说："以后旅游搞起来，游客没有个洗澡的地方怎么行？建个洗澡房，村民可以洗澡，游客也可以洗澡，一举两得。"李小芬又抢先说话："咦……康爷爷您真是想得周到。冯俊才对咱这意见最大就是没办法洗澡。他每天晚上只能烧点热水用毛巾擦一擦身子。"

康爷爷说有个老朋友姓牛，前几年在县城承包了一个浴室，后来马坡那样的大洗浴中心开得多了，有的还用一些黄赌项目招揽生意，老牛不愿做那种见不得人的事，浴室亏损被迫关张，锅炉就闲了下来。他找过康爷爷，说是想来建一个可以供一百多人使用的洗浴中心，全部用淋浴，投入不用太大。

沈耀当即表态："康支书您这也叫招商引资。有些服务项目不一定都村里人自己干嘛！"

常菁菁说："您和李小芬这一说，我身上都觉得有点痒了！"

康爷爷又交代说他离开九龙沟半个月中，由华爷爷主持村党支部的工作，让常菁菁遇事多和华爷爷商量。两位老人走时，李小芬说是天太黑，两位老人家腿脚不方便，去送送他们，也跟着走了。

屋子里只剩下沈耀和常菁菁。两个人一时沉默了。常菁菁感觉到沈耀的目光如炬地注视着她，心里有些慌张，手脚也不再利索。她起身去给沈耀倒水，水溢出了杯子。她回到自己的座位上，屁股坐了个空，差点儿跌倒。沈耀上前一步拦腰抱住了她，她赶忙挣开了。

"我们这里还没办宾馆旅社，住的条件不好……"常菁菁说。"你不是在赶我吧？"沈耀笑着说，"咱们还没来得及谈正经事呢。我如果走了，你一定会后悔的。"常菁菁说："有话你就说吧，我洗耳恭听。要不，我记录一下。"她说着，真的从抽屉里取出了笔和本子。沈耀隔着桌子把手伸过去，抓住了常菁菁的手："菁菁你是骂我呀！"常菁菁把手抽开，红着脸对沈耀说："沈总，你别这样。我已经有男朋友了。"沈耀不生气："我也早已声明，你一天不嫁人，没成为别人的老婆，我就跟他竞争一天。这也是战场，我不怕摔跟头。"

常菁菁认真地说："你不是要谈正经事吗？你先谈吧。感情上的事需要火候，得慢慢来。"

沈耀收敛起刚才的嬉皮笑脸，又点燃了一支软中华抽着，切入了正题。他说："前天镇里的黄书记和村里的马坡把我请到镇上谈了一次。"常菁菁直言不讳地说："我知道。我在镇上看到你停在酒店楼下的'大奔'了，挺扎眼的。"沈耀一愣："你常菁菁盯我的梢啊？我还没成你老公，你就对我不放心了啊？"常菁菁说："是偶遇。偶遇你懂吗？"

沈耀坦率地说："他们找我是商量九龙沟小煤窑的事，让我骂了一顿。我说敢情你马坡涮我呢？你开始可是和我谈的旅游开发，建度假村……黄涛说这两个项目并不矛盾。你沈总还怕项目多钱多咬手啊？"常菁菁一下子急了："沈总你不会阳奉阴违，两面三刀，说一套做一套吧？咱们可是有合同的。再说，我也早给你说过，那个小煤窑'三证'全无。"沈耀点点头，说："这些我也知道。"他若有所思地把目光转向窗外，有点动情地说："鱼和熊掌既然不能兼得，那我们至少也要得一样。有些当县领导乡领导村领导的，多年来放着资源不动，总觉得这是为国为民着想。邻近的县早在多年前就大打资源牌，别处不让建的化工厂，他们请过来；城里要迁出的造纸厂等污染性企业，他们给优惠政策。结果怎么样，经济上去了，贫困县的帽子摘掉了。中央电视台来曝过光，环境部门下过处罚单，那又怎样？得十罚一，得百罚一，怎么罚都罚不穷。领导有政绩了，也提拔了。地方财政收入搞上去了，工资发得下去，公教人员不再上访……环境保护得再好，经济上不去，天天挨批评，大会小会做检讨。公教人员工资发不出，一有上访的，县乡村级级领导受批评。谁理解了……"沈耀说完，见常菁菁一脸不满，才解释说："这些话是刘县长刘日本和一些官员说的。我只是鹦鹉学舌，给你说一遍。我是想让你了解一下，你们地方父母官的态度。"

常菁菁听到这里，长长地叹息一声。她被这一番话说得真有点哑口无言。你说他们说得不对吧，也确实是事实。你说他们说得对吧，又觉得不舒服。

沈耀说："你可以把自己想象成这帮子地方官，试试自己站在他们的位置上会怎么看，用你肚子里的学问说这叫设身处地，用现在的时尚说法叫换位思考。然后你就会发现，他们也有他们的难处。这也是中国的一个特色吧。"

常菁菁说："我就是换位思考，也还是不能支持挖煤窑。我觉得他们的肚子里有个东西在作怪，那就是雄心。在我的肚子里相同的位置，也有一个作怪的东西是良心。我不想说他们是野心。"

"你觉得给他们讲环境讲良心有用吗？"沈耀一脸高深，神情凝重地说，"我这些年没少了跟这些地方官打交道。他们也都是爹娘所生，也都长着一副血肉之躯，难道他们就都是想破坏环境甚至牺牲老百姓的生命财产安全换自己的乌纱吗？马坡一心想挖煤窑为自己发家致富，这另当别论；黄涛有私心作怪，咱也不算他好官。可是我敢打包票说刘县长和他们的出发点完全不同。他是县长，知道财政多困难。我刚才已经把他们的心思表达得淋漓尽致了。你如果是市委组织部长，下一个文件，规定环境保护得好，经济发展得慢一点，照样可以做官，我敢说刘县长不会支持九龙沟挖煤窑。"

常菁菁马上意识到沈耀的话中有话，着急地问："这么说，刘县长也支持开小煤窑？"沈耀没有正面回答，反问一句："刘县长最近来过两次吧？马坡放弃挖煤窑了吗？"

"那你也支持开煤窑，打算投资了？"常菁菁忽然觉得一种身单力薄孤独无助的悲凉涌上心头。

沈耀把手里夹着的烟头在烟灰缸上弹了又弹，刚要回答，李小芬进来了。她一眼就从常菁菁和沈耀两个人的表情看出他们现在的心情都不愉快。她掏出一把瓜子放在沈耀面前："沈总，别老是抽烟，抽烟对身体有害。来，吃点瓜子。"

常菁菁一边站起来向外走，一边对李小芬说："你帮我送送沈总，我有点累了。"李小芬见沈耀有点不高兴，拉住他说："咦……有一个美女送你还不够，要两个美女送啊？！"

常菁菁的家与公司所在的知青村只有一里多的路程，可是她却比过去多走了很长时间。月亮已经有了几分倦意，洒在地上的月光显得有些懒散。远处失去了绿色、黄色的庄稼覆盖的土地泛着一股强烈的土腥味，随着凌厉的风在村子里飘荡。跟在她身后的黄狗仿佛也闻到了那种气味，不安地摇着尾巴。此刻，她的心里江河奔流般难以平静。她抱着一腔热情回乡，坚信和伙伴们可以做出一番事业。可是，这些天的经历却让她感到自己像在洪水里挣扎的弱小动物，拼了命地想游向原本就看不见的岸，却随时面临灭顶之灾，又像一个固执的棋手，执拗地按着规则和棋谱出招，屡屡在博弈中损兵折将，却从未怀疑过棋谱的正确性……

她似乎把什么都想明白了。

夜里十二点，李小芬给常菁菁打来电话。这回，她没有大声嚷嚷，而是非常温柔："菁菁，你知道你今天干了件啥事吗？"

常菁菁早有思想准备。她说："不就是得罪了沈耀吗？"

"你不是一般得罪，而是得罪大了！"李小芬说话的态度不像以往那样直来直往，而是显得有些诡异："菁菁你想知道后果吗？"

常菁菁说："无所谓，大不了他抽回他的投资，再大不了我还回北京打工呗！反正，我是不会和一个口是心非的人共事。那样，今后的损失更大。"

李小芬一点也不惊奇。她说："我早就想到你会这样，沈老板也想到了。"

常菁菁突然间出奇的平静下来。李小芬来电话之前，她的确心烦意乱，想睡觉又睡不着，不睡又不知该做什么。她想给欢庆打电话，手机拿在手里，始终没有拨号。因为她不知道应该给欢庆说些什么。告诉她自己失败了，打算回北京了？不，她还没有承认自己失败。告诉她自己想他了，他又是重复了多少次的那句"那就回北京"的话。她生怕这个时候听见那句话受不了。她也想过给杨柳打电话，与她好好聊一聊九龙沟，聊聊沈耀，也被自己否定了。她知道杨柳如果听她说出动摇的话会失望。听了李小芬的话后，她反而有了一种顺其自然的想法。人就是这样，当你想得到一件东西而得不到时，可能会痛苦，可能会疯狂，然而，当那件东西真的消失时，你反而因为它不属于你而淡漠，甚至庆幸。此刻，常菁菁的心情就是如此。

李小芬见常菁菁不说话，忍不住笑了："告诉你吧，沈老板真是慧眼。他说常菁菁真他妈的是个人物。"

"你说什么？"常菁菁激动地从床上坐了起来。

李小芬说："我开始想好好劝劝沈耀。没等我说话，他反倒先劝起我来。他说常菁菁是我这么多年来少见的好女孩。要是换一个人，可能考虑到我是大股东，有投资，对我会恭恭敬敬，唯我独尊，或者说唯我是从。人品不好的女孩还可能会主动投入我的怀抱。这个常菁菁却不一样。她不卑不亢，处事不惊，很有大家风度。这种女人，既可以是事业的同志，又是称职的伴侣。"

常菁菁静静地听着李小芬往下说，心情却极不平静。欢庆从来没有这样评价过她。当然，这并不能说明欢庆对她的感情不真挚。但是，女人毕竟愿意听男人说自己的好话。人之所以发明了语言这个交流的工具，就是因为语言在人的感情世界中占有着其他方式不能替代的地位。否则，怎么会常常出现因为一句话就闹得夫妻反目，朋友不和甚至流血牺牲的事情。常菁菁此刻感觉到了自己其实就是一个很普通的女孩，需要安慰，需要同情，也需要爱。

"咦……我说常菁菁，你是不是钢筋铁骨做成的，一点感情也没有。我说了半天，怎么不见你心动。"常菁菁说："你要怎么样才算心动？"李小芬一时回答不上来，气急败坏地说："操，我真是咸吃萝卜淡操心。我告诉你吧，沈老板说有话和你当面说。"常菁菁问："他不是走了吗？"李小芬说："你真是个傻妮子。他来了一趟，什么也没说就那么走了吗？我们现在在冯俊才山上的窝子里，你要是想听听沈总下一步的想法就快点过来。我替沈老板给你限制个时间。半小时你如果不到，沈总就开溜。"

常菁菁已经从床上下来，匆匆穿上外衣，连围巾也忘了戴就向外跑。开大门时，她由于心慌，挂在门上的大铁锁接连发出几声咣当的声响，爸爸和妈妈几乎是异口同声地喝问："谁呀？这半夜三更的。"

常菁菁回答："爸、妈，是我。"

妈妈已经披着棉袄走了出来，开亮了院子里的电灯。常菁菁赶忙走到妈妈身边，把她推回屋里去："妈，我有点急事要出去见个人。你先睡下吧。"

她前脚刚走，妈妈就和爸爸吵开了。妈妈说："这半夜三更的，一个女孩子家向外跑，也不知又出了什么大事。当初我不同意她回来吧，你硬是和我对着干。现在看看吧，人都瘦了一圈，黑眼眶也出来了。再这样下去，不趴下才怪呢。"爸爸说："你就别操那么多心了。她已经二十好几，老大不小了。该做什么不该做什么，心里亮堂着呢。"妈妈说："你就擎好了吧，马坡是个什么样的人你不了解。他能眼看着别人在他的嘴头边抢肉吃？往后，少不了你闺女的罪受。"爸爸说："借他两个胆子。他要是真敢对菁菁胡来，我……"说着，又咳嗽起来。妈妈见状，也不敢再往下说。

常菁菁走出没多远，就碰上前来迎她的李小芬和冯俊才。李小芬说："冯俊才怕你一个女孩子走夜路不安全，硬是拉着我来迎你。我说他是怕我一个人和沈总在一起，让沈总扒了裤子给上了……"常菁菁说："李小芬你能不能正经点。姓沈的到底给你们说了些什么？"冯俊才说："常菁菁你说话别带你们。我可没跟她和姓沈的掺和。他们俩在那儿聊，我在山上巡察呢。"

常菁菁又转过来问冯俊才："那边还有人在吗？"

冯俊才回答："只有李小良带着几个外来的人在看守，其他人都回镇上去了。我现在才弄明白，马坡请来的工程队的头头是你们镇姓黄的书记的表弟。我问李小良好几次，黄书记和其他镇领导里有没有人在煤矿参股，李小良都说不知道。"

"你怎么会怀疑有领导参股？"常菁菁问。

冯俊才说："这还奇怪呀！你没在网上看一看，很多出安全事故的地方小煤窑都有当地的领导参股。领导不参股，没拿到好处，怎么会舍了官帽甚至身家性命充当煤老板的保护伞。这已经成了一种腐败现象，也可叫腐败风景。"

冯俊才的话提醒了常菁菁。她一直都认为是马坡利欲熏心，想开采小煤窑，没有把这件事同这些年出现的腐败现象联系在一起。如果真的像冯俊才猜想的那样，九龙沟的小煤窑有领导参股，那她们面临的形势将更加严峻。在这样的情况下，也更需要和沈耀这股力量拧在一起。这也许就是随波逐流。但是，人在风口浪尖上，不随波逐流行吗？

冯俊才刚来时住在知青村，后来，由于施工忙，加上马坡那边老是盯着九龙文化园的地，他就在工地搭了个棚子，临时住在山上。李小芬称他这个地方是"窝子"。地棚里只有两平米大，铺上地铺就没有活动空间。常菁菁掀开卷帘子门，看见沈耀斜着身子躺在地铺上，盖着白天穿的蓝色羊绒大衣，好像已经睡了。李小芬不容分说就把常菁菁往窝棚里推："你到窝棚里去吧。等沈总醒了，你们好好聊聊。你放心，他不是老虎，不能把你一口吃了。"

她这样一推一搡，把沈耀惊醒了。沈耀披着大衣从棚子里钻出来。他说："这山里真是个好地方，冬暖夏凉。要是在城里，我得开着暖气。在这里，身上却一点不觉得冷。"说着，他看了一眼常菁菁，又看了一眼李小芬，却对冯俊才说："小冯，耽误你睡觉了，不好意思。这样吧，你和小芬到棚里去，那里暖和一些。我和菁菁走走，谈谈。"

李小芬不等冯俊才表态，就把他拉进了棚子里。

"咱们随便走走吧！"沈耀对常菁菁说。常菁菁觉得到了这个份上，没有理由拒绝沈耀，就和沈耀一起沿着山上的小路向水库边走去。

"还在生气啊？"沈耀首先打破了沉寂，"这不是你常菁菁的为人呀。"

常菁菁说："你以为你是谁呀？我又不是塑料制品，每天不吃不喝，靠着气撑着。"沈耀笑了。他开朗的笑声，让冬日夜晚的山坡上顿时有了生机。一只野兔从林丛中蹿了出来，像波浪似的蹦跳着向山顶跑去。黄狗追了一会儿没有追上，气喘吁吁地回到常菁菁身边，好像犯了错误的孩子低着头。一些不知名的虫儿仿佛受了惊吓，争先恐后地叫着，此起彼落，格外生动。漫山遍野的各种树木也醒了，舞动着枝条，发出一阵阵美妙的声音。沈耀情不自禁地说："冬天真是一个收藏的好季节。"

常菁菁说："没想到沈总还有诗人的雅兴、诗人的才华。"沈耀说："不谦虚地说，我上中学的时候的理想就是当诗人。我的诗还真的在县报上发表过。后来，上了大学却是学理工。当然，写诗与学的什么专业没有太大关系。我是看写诗不能致富才丢下了。"常菁菁说："你这是什么歪理。你的兴趣、爱好、追求难道都有金钱这个标准？反正我不同意你的观点。"沈耀说："那就先把这个问题搁置一下，以后有时间咱们再讨论。"

接下来，他告诉常菁菁，他并没有答应黄涛和马坡投资开小煤窑。他说："如果我答应了，这山上现在早已机声隆隆，咱们还敢在这散步啊？再说，开煤窑前期投资太大，我的公司资金周转有困难。"常菁菁没有说话。她心里想，如果你的公司资金周转没困难呢？你是不是就会答应马坡他们。

沈耀好像猜出了常菁菁心里的想法。他知道再说开煤窑的事，哪怕再提煤这个字，常菁菁都会反感。所以，他把话题转到旅游开发上。他说："李小芬刚才陪我去看了九龙文化园。我觉得创意还不错。李小芬还骂我不履行股东的责任。我说我房地产那块够焦头烂额了，你让我省点心吧。该拨的钱我明天就办，再难也先给你们。"

沈耀的话让常菁菁确实感动，好大一会儿没说出话来。她突然发现，第一次和欢庆谈情时也是这样，是害羞，是紧张？她自己也不清楚。这时，棚子里传出李小芬快意的叫声。那种叫声让男人女人听了都会产生冲动。沈耀按捺不住，猛地把常菁菁抱在怀里，一边用力地抚摸她，一边低头吻她。常菁菁浑身的血一下子沸腾了，身子酥了。她仿佛依在欢庆的怀抱里，于是，她也抱紧了沈耀。沈耀在她的唇上脸上留下了一个个滚烫的吻。当沈耀的手触向她的胸前时，她战栗一下，清醒过来，轻轻推开沈耀。黄狗好像看懂了主人的心事，汪汪叫着去咬沈耀的裤脚。沈耀又把大衣披在她身上，不好意思地说："对不起，我太冲动了。菁菁，我是真心真意的。"

第十四章

这天下午，常菁菁刚到山上的工地，爸爸就打电话让她回家，说家里来了客人。快到家门口时，常菁菁看见大门外停着一辆北京牌号的福特全顺面包车，心一下子提到嗓子眼：难道是欢庆来了！她激动地加快了脚步。推开门，迎着她站起来的却是孙志。尽管不是欢庆，但孙志毕竟是她和欢庆共同的朋友，她仍然非常激动和兴奋，拉着孙志的手半天没有松开，不停地问："你怎么来了，你怎么来了？"

孙志上上下下打量了她一会儿，皱紧了眉头："看看，这才几天时间，就人比黄花瘦了，比吃减肥药还来得快。我看回去做个广告：要想肥变瘦，请到九龙沟。我保证每天都有人来……"说完，他自己先笑了。

爸爸妈妈和常菁菁也被他这席话逗笑了。

孙志与常菁菁很熟，说话也很直接。他说："从镇上到九龙沟，上次来时走了一个小时，这次才十几分钟，没想到一个多月就发生了这么大的变化。你常菁菁还真能干。"常菁菁说："先别说这么多，你吃了吗？"孙志说："中午饭现在还没吃呢。"常菁菁一听就急了，冲他发了一通火："你这人怎么这么虚伪啊！到了家该吃就吃该喝就喝。你还真拿自己当贵客让我爸我妈求着你吃饭啊！"

妈妈瞪了常菁菁一眼，意思说她话太难听。其实，她根本不了解，这一代人的友情正是在直截了当中建立的。谁要是掬着端着准没人拿你当朋友。上一代人谈恋爱，开始时像马拉松，酝酿写情书，写了情书又酝酿怎么传送，还怕对方翻脸到领导那儿告自己流氓习气。现在的年轻人恋爱，喜欢直接表示，或者发个信息，打个电话，你同意了就开始恋爱，恋爱就同居，不行就散伙。欢庆曾直言说中国人的情感表达方式也应当彻底改革，否则太影响效率。当然，说话归说话，做事还要一板一眼。常菁菁让孙志先喝点水，然后和妈钻到锅屋里做饭。

同村里家家户户的锅屋一样，常菁菁家的锅屋也是依着正房的一面墙搭建的，又低矮又狭窄，人进去有一种窒息的感觉。尤其是坐到锅台前，向锅灶里填着柴火，柴火点燃之后，浓烈的烟雾呛得流眼泪。看来，农村的锅灶改革也势在必行。她这样想着，仿佛天降大任于己身。妈见她被呛得咳嗽，就赶她出去。这正合她意，她趁机一溜烟窜出去，把孙志叫到院子里，悄悄地问他："欢庆知道你到我们家来吗？"

孙志摇了摇头。

常菁菁扬起手，做了个打人姿势："你想挨抽是不是？你以为你那双小眼睛能瞒天过海。告诉我，欢庆让你来做什么？"孙志把常菁菁拉到院子门口，一边说："你真是贵人多忘事，你不是在网上和我聊天时说准备搞个青年网吧吗？"一边打开车门让常菁菁看。面包车里装了半车电脑，足足二十台。

常菁菁跳起来照着孙志就亲了一口。她是太想欢庆了，以至于看见北京的车就只想着欢庆，倒把自己托欢庆买电脑的事情给忘了。她赶紧打电话叫来李小芬、瑶瑶、冯俊才、赵明明他们，大家围着孙志看着他吃下四个荷包蛋和一大碗面。

李小芬开玩笑说："咦……孙志你比生孩子的娘们还能吃呢。"孙志说："想嫂子呗！日夜兼程啊！"李小芬说："谁是你嫂子？你回去告诉那个大鼻子律师，他要是想娶九龙沟的美女做媳妇，就赶快来求婚，不然的话就花落人家了！"孙志说："你以为我嫂子像你那样花心呀！"他这样一说，倒是让常菁菁不好意思了。她想起前天晚上在山坡上和沈耀一起时的情景，心里一阵内疚。

孙志吃完就开车去知青点卸电脑。常菁菁规划的网吧就设在知青点旅游公司办公室的隔壁，过去男知青的大宿舍里。冯俊才是玩电脑高手，华联产在北京中关村的电脑公司打过工，两人搞起网吧的布线来轻车熟路。青年网吧是交给瑶瑶负责的。冯俊才干起来更积极。他对常菁菁说："常支书你放心，我帮着搞网吧，不会误了九龙文化园建设。"

趁大家忙碌，常菁菁拉着孙志来到了知青点后面的山坡上。在这里正好看见水库反射着细碎的阳光。孙志举起相机拍下驶入水面上细碎阳光里的一条小船。常菁菁清了清嗓子。孙志说："常菁菁你不要清嗓子了，我知道你想说什么，不就是担心着欢庆吗？"

常菁菁说："我就是担心欢庆，欢庆怎样了？说吧。"

孙志说："我真不想看着欢庆魂不守舍的样子。你也替他想一想。过去他下了班和你在一起，那是什么样的生活。尽管你们俩也吵架，也有过不欢而散，但哪一次坚持过两天。可你现在一走，就是那么多天，往后还不知何时是个头，他能不痛苦吗？我从你的电话中也可以听出你也很痛苦。与其两个人都痛苦，又何必要分开。"

常菁菁说："不分开也可以，你动员他到我这儿来投资创业呀。我这里还真缺欢庆那样的人才。"

孙志说："你有病呀？你听说过还是亲眼见过舍弃城市到农村生活的？除非是上个世纪50年代动员返乡，六七十年代国家动员上山下乡的时候……"

孙志的话没说完，常菁菁就打断他说："到农村投资创业就是改变生活了？我们这儿的资源就不是资源，不能转化为效益了？"

孙志本来还想争，看见常菁菁起急冒火的样子又乐了。他举起相机把睁着大眼睛的常菁菁给拍了下来，然后转过显示屏让常菁菁看："我告诉你常菁菁，我回去就把这张照片给欢庆看，让他看看常菁菁变成什么样子了。"

　　常菁菁带着孙志到山上和沟里走了一趟。她每天山上沟里地跑着，没觉得九龙沟有什么大的变化，孙志一个多月没来，这次看了连声说想不到想不到："常菁菁你让我刮目相看了，这才一个多月你就把景点弄得有模有样了，照这样的进度，春节就可以接待游客了。"常菁菁听了很高兴，一个月多来，她觉得自己忙得昏头昏脑的，第一次听见别人肯定的声音，并且这个声音来自见多识广的孙志，确实值得高兴一下。她暗想，孙志的话要是欢庆说出来那该多好。

　　接着常菁菁又带着孙志去看了"村下村"，刚走了几百米孙志就惊呆了。他的嘴张得像只水瓢，口水差点流出来，常菁菁看了直想笑。过了一会儿，孙志变得像个淘气的孩子，一会儿奔跑，一会儿攀爬，一会儿和常菁菁捉迷藏。孙志把他的十八般兵器都用上了，拍了数不清的照片，一边拍一边说："绝对轰动绝对轰动，这才叫迷宫。"

　　常菁菁一直想问欢庆和姚渺渺之间的事，又怕孙志见怪，直到快回到家门口时，才忍不住拐弯抹角地问："欢庆又带新徒弟了吗？"

　　孙志说："欢庆是什么水平，对人又好……"他发觉自己说走了嘴，赶忙指着常菁菁说："好你个常菁菁，你不和人家欢庆来往了，还不兴他和别的女孩子接触，太霸道了吧？"

　　常菁菁不高兴了。她说："他想和谁好和谁好去，我才不管那么多呢。"

　　孙志说："你这是假话，百分之百的假话。"

　　常菁菁强忍着没让自己的泪水落下来。

　　在我们的现实生活中，人人都强调要讲真话，对假话深恶痛绝。然而，人人又都不能不在一定的情况或者条件下讲假话。因为，假话在一定的情况下比真话更具有说服力。孙志这次到九龙沟来，在欢庆个人婚姻问题上就没有给常菁菁讲真话。

　　欢庆最近跟常菁菁的联系少了，一方面是随着金融危机不断加深，一些经济纠纷类案件相对增多，他的工作比过去忙了，一方面是来自家庭的压力也比过去增大。他毕竟是三十好几的人了，至今婚事未定。本来，他和常菁菁恋爱，妈妈不同意。为此，他和妈妈僵持了一段时间。就在他妈妈已经动摇，打算让欢庆带常菁菁回家"认门"的关键时候，常菁菁回了九龙沟老家。这样，欢庆的妈妈重又回到了原来的立场。那天，妈妈打电话让欢庆回家。欢庆怕听妈妈没完没了的唠叨，就把孙志也拉上了。

他们是下班后回的家。他爸爸还没有回来，妈妈做好了饭在等他。妈妈见了他就长长叹了口气说："你要是跟着你那个媳妇去山沟里'倒插门'，我这个当妈的想见儿子就更困难了。"她见欢庆不说话，又说："你是这个家庭的一员。你的一怒一乐都牵扯到整个家庭你知道吗？自从你和那个乡下女孩恋爱，爸爸妈妈过了几天好日子，有几天好心情？你也是有文化的人，能不能别那么自私！"

欢庆被妈妈这番话说得不好意思了。他自己清楚，因为和常菁菁恋爱，妈妈反对，他先是搬出家，几个月没有和爸爸妈妈来往。孙志等一帮朋友没少了骂他。为人子女不能把父母对自己的关爱视而不见，更不应该把自己的欢乐建立在父母痛苦之上。妈妈反对他与常菁菁恋爱，也有妈妈的理由。后来，在妈妈生病住院期间，他和家庭的关系才改善了。就在妈妈开始接受常菁菁的时候，常菁菁突然又回了农村，不仅爸爸妈妈不高兴，他本人也不同意。妈妈给他说："我可以接受你找一个外地来北京打工，但是有志气有抱负有能力的媳妇，无论如何也接受不了一个与你相隔千里之外的山沟里的媳妇。"这一回，他认为妈说得有道理。这些天，他烦恼，爸爸妈妈的心情也可想而知不会比他好多少。妈妈骂他，他当然理屈词穷。想到这里，他主动坐到妈的身边，像个犯了错误的大男孩一样，拉着妈的手，抱歉地说："妈，天冷了，你和爸要注意身体啊！出去锻炼身体时加件衣服。"

欢庆的妈妈脸上带着微笑，点了点头，问道："那个叫常菁菁的还没回来？"

欢庆点了点头。

孙志在一旁接上说："估计春节前菁菁会回来。"他觉得还不够，又顽皮地加了一句："她想欢庆都想得快疯了。"

欢庆的妈妈沉吟了片刻，平静地对欢庆说："儿子，你对常菁菁也算是仁至义尽了。让她自己去感受去想吧。她从一个端盘子、打扫卫生的打工仔，成了工商管理硕士、北京的白领。她觉得自己的翅膀硬了，可以不考虑你的感受你的感情了。她不仁你为什么就不能不义呢？我真不明白，一个堂堂的法学博士，又是地地道道的北京人，为什么找老婆那么没有自信。我看人家姚渺渺除了个子没有常菁菁高，眼睛没有常菁菁大，其他各个方面条件都比常菁菁好。人家姚渺渺是名牌大学毕业的，专业和你对口，虽然也是外地人，但人家的父母都是有地位的干部，从小的家庭教育就好，素质比常菁菁好多了。你看你那个常菁菁，到现在还像个山里的野妮子，天马行空独来独往，想干什么什么，还要回乡创业，理想挺远大呢！……"

姚渺渺的父母与欢庆的父母是老熟人，过去就经常来往。姚渺渺大学毕业留在北京工作，欢庆的爸爸没少了帮忙。姚渺渺对欢庆的学识、水平、为人处世都很敬佩，而且心里暗恋着欢庆。一个女孩的感情最难以掩饰，平常的一言一行、一举一动都能够淋漓尽致地表现出来。欢庆看出了姚渺渺对自己的心事，他爸爸妈妈也都看得很明白。姚渺渺的妈妈在欢庆的妈妈面前流露过想撮合欢庆和自己女儿婚事的想法。欢庆的妈妈时不时叫上姚渺渺来家里吃饭。说是吃饭，其实就是促进欢庆与姚渺渺联络感情。欢庆对姚渺渺的印象也很好，认为姚渺渺学习知识很刻苦，对待工作很负责，接物待人很谦虚，生活作风很严肃，是个不错的女孩。但是，他从没有想过与姚渺渺发展感情的事。妈妈已经不是第一次在他面前提起姚渺渺对他"有意思"，而且每次都强调姚渺渺比常菁菁条件好。他每次都坚持说常菁菁有常菁菁的优点，也是姚渺渺没法比的。这一次，妈妈又旧话重提，他却没有反驳，让孙志感到有些意外。

"妈，你和305医院那个老同学联系上了吗？"欢庆转了话题。

欢庆的妈妈责怪地说："你回家来敢情不是看妈妈的，还是为常菁菁家办事的。你还在想着那个端盘子的山里妮子？"

欢庆的妈妈有个同学是305医院某部门的负责人。欢庆上次从九龙沟回来，就托妈妈找那个同学，想安排常菁菁的父亲住院治疗。他妈妈也答应了。他妈妈说完，又说："你就放心吧。你妈妈不是那种不近人情的人！"

欢庆因为请妈妈找305医院给常菁菁爸爸住院的事办妥了，心情轻松了一些。他心里想的是，只要把常菁菁的爸爸从那个九龙沟接到北京来，常菁菁也就自然会跟着回北京。她爸爸在北京住上个半年，她搞旅游开发的事也就黄了，就可以安心待在北京了，他也就不要因为这件事闹心了。

欢庆的妈妈转过脸深情又无奈地看了欢庆一眼，说："欢庆啊，你都眼看着三十五岁了，总不能到了四十再要孩子吧。到那时候你妈妈老了，可没力气给你带孩子了。"

吃饭的时候，欢庆不断给妈妈夹菜，说些让妈妈高兴的话。妈妈尽管脸上带着笑容，但偶尔的一个皱眉、一声故意的咳嗽，都能让他感到妈妈心中的忧愁和不安。他不由在心里想，常菁菁啊常菁菁，你如果再任性，不光对不起我，也对不起我的父母，那样，就不能不让我考虑咱们的关系了。

从家里出来，孙志直截了当地问欢庆："如果常菁菁不让她爸爸到北京住院怎么办？如果她不回北京怎么办？"

欢庆一脸无奈地说："那我只有接受老妈的安排了！"

两人分手时，欢庆给了孙志一张信用卡，让他去中关村买十台新电脑，再到他的律师事务所拉十台退役的电脑，给常菁菁送去。孙志笑了："好你个欢庆口是心非，我要是个女人，非好好折腾你个死去活来！"

这次经历和这些话，孙志没有原原本本地告诉常菁菁。他问常菁菁："把你爸接北京 305 医院治病，你愿意不愿意？"

常菁菁马上意识到孙志说了假话，她问："是不是欢庆的意思？"

孙志赶忙摇头。他不但没有一点内疚，相反觉得心里很坦然。这就是人的生存方式。

常菁菁想了想，若有所思地说："过了春节吧。那时天暖和了，我这边也轻松了。"

电脑装好后，孙志从车里拿出他的笔记本电脑，把历次拍摄的九龙沟的照片都打开，足有上千幅。大家看傻了，在孙志的镜头里，九龙沟竟是那么漂亮，那么迷人。

马鸣说："没想到孙师傅水平那么高，您的照片把我们九龙沟拍神了，我看随便哪一张都能上画报。"李小芬说："操，你当人家孙志是个修车的？还师傅呢，得叫老师！"马鸣说："老师不好，女人的裤衩才老师（湿）呢。"李小芬没听懂，追着问马鸣："你他娘的说什么？"马鸣憋住笑问："你们女人的裤衩是不是老是湿的？"常菁菁这下听明白了，噗地一声笑喷了。李小芬飞快地脱下鞋，准确无误地砸到马鸣的那张黑脸上。李小芬的动作娴熟而连贯，十分具有可看性。屋里屋外的几十号年轻人哄堂大笑。

孙志帮常菁菁拷了一批照片，然后对常菁菁说："本来我想明天就走，现在看来走不成了。"常菁菁说："你要是不着急干脆就住几天。"孙志说："哪里呀，我是想和冯俊才一起做一个九龙沟旅游的网站，再把网上以前零星的宣传整理一下，尽快把九龙沟介绍出去。"

常菁菁说："那太好了，我得怎么感谢你才好呀？"孙志说："让你的兄弟以后别叫我老师（湿）就行了。"常菁菁看了看傻笑着的孙志，说："你这家伙刚过来半天就学坏了。"孙志指了指马鸣："都是跟我这个老湿学的。"

孙志到了任何地方，很快就能跟大家亲密无间，这是孙志和欢庆最大的区别。

雪莲和两个大食堂的妇女抬来一大盆拉面，让大家边干边吃。村里的年轻人来了有好几十个，有技术的就帮一下手，没技术的就围着一边看热闹，一边问这问那。大伙都很兴奋，仿佛办喜事一样。村里已经有很长时间没这么热闹了。

孙志在九龙沟住了两天，和冯俊才一起做了个九龙沟旅游网站。大量精美的图片令网站显得很有档次。尤其是孙志用了两天时间，反复选择角度拍下的九龙松照片，更是引人注目。九龙松有九根伸向四面八方的树枝，每一根都弯弯曲曲，有的枝头向天，显得高傲，有的枝头回首，显得气壮……果然像九条飞腾的巨龙。冯俊才新发现的九龙子、九龙孙也是活灵活现。孙志说："现在只有九龙沟秋天的图片，冬天的时候我再来，拍出九龙沟的雪景，然后春天的、夏天的，都拍全了，这个网站想不火都难。"

正在大伙欢天喜地地围观九龙沟网站的时候，门口有人喊了起来："哟，你们在这看热闹，把我们几个外线作战的兵团给忘记了吧？"大伙回头一看是赵明明。他手里拉着行李箱，身上背着行李包，一看就是刚从外地风尘仆仆地回来。李小芬上前一步，伸出两手在赵明明脸上摸了一会儿，又搓了搓："看看，都冻成红萝卜了！"

常菁菁也上前握了握赵明明的手，说："欢迎你们学成归来！"

赵明明说："菁菁说话的派头越来越像领导了！"

常菁菁四下看了一眼，惊异地问："怎么就你一个人回来？"赵明明朝门外一撇嘴："在卸车。华联产个小子非要带几十只小鸭子回来！"他的话一落音，李小芬一声招呼，大伙呼啦啦地拥向屋外，把华联产和东东，以及他们带的行李、鸭筐都搬进了屋。

鸭筐里有三十多只小鸭子，不光品种不同，外形色泽也不同，有黄的，有白的，有黑黑不溜秋的……小鸭子出生时间不长，稚嫩的生命充满活力。它们见了陌生人，没有一丝恐慌，眼睛四下张望，嘎嘎叫着表达一种亲切和喜悦。李小芬她们几个女孩子好奇地每人抱了一只小鸭子，玩得很开心。

赵明明喝干了一杯开水，让华联产讲讲去苏北参观学习的经过。华联产也没推辞，兴致勃勃地讲了学习的经过和体会，最后称赞说："那个县的县长人年轻，但很有魄力，人也真不错。他听说我们这里的情况后，说支援贫困地区发展是义不容辞的责任。他答应帮助咱们联系肉鸭加工企业，亲自给企业的老板打了电话，还安排专人陪我们去企业给谈……"

李小芬朝华联产扔了个瓜子皮，讥讽地说："还给谈呢？那叫洽谈！"

华联产脸红了："什么谈都得用嘴皮子对吧？一个意思。"他指了指东东："东东，还是你讲。"

东东先讲了个段子。他说到省城后，赵明明给了华联产和她一个地址，让他俩去长途车站买车票。华联产不认识"沛"字，就说是去市县，人家给了他三张泗县的票。华联产看字不对，就问售票员："我们去的市县，不是这个泗……"售票员没听完就火了："什么四了五了，泗县就这一个。我就这三张票了，你不要就退，好多人等着要呢。"这样，他们三人登上了去泗县的长途汽车，跋涉七八个小时，到那里才发现真的错了。华联产去找车站的人理论。车站的人听后笑了："你要去的那个地方是沛县，是汉高祖刘邦的老家。那个字念沛不念市。你自己说错了，怎么怪售票员呢？"

东东讲完，大伙笑得弯了腰。东东拿出两张车票："多跑了几百里冤枉路不说，三个人来回多花了两百多元钱。华联产不愿掏。赵明明更不认账款。董事长你得给我报啊！"

赵明明说："一个八分地的大棚能养三千只鸭子。我看咱山上那片闲置的地可以建五十个大棚，养十五万只。每只鸭子除去买苗鸭、饲料、人工的费用可以净赚两元钱，十五万只就是三十万，按两个月一茬，一年六茬就能赚到一百八十多万。可是，防疫问题、销售问题不解决，恐怕……"

常菁菁问他是不是把投资预算做出来了？赵明明说："没按人家那边的大棚预算，人家是用钢材做大棚的顶架，咱可以用木头，不过塑料薄膜要买的。五十个大棚，加上第一次买苗鸭，再怎么节俭也得投个二三十万。"

东东说："肉鸭加工的几个厂也跑了。人家老板说可以把咱们纳入订单单位。不过，要等前三茬鸭子出来后。第一茬二茬苗鸭也可以由他们提供，但苗鸭和饲料得花钱购。等签订了合同，他们就可以先投入了。"

"咱的鸭子养大后，他们检验合格就全收！"华联产补充说。

大伙听了，都觉得非常振奋。

赵明明仍然一脸苦难。他说出了他的担心：尽管九龙沟村民几十年来就有养鸭的习俗，但过去都是一家一户一只笼子的家庭式圈养，大棚养殖是件新鲜事，加上又是外国苗鸭，估计老百姓热情不会太高。

常菁菁说："你们既然知道大棚养殖鸭子收入可观，就不用着急。咱们青年创业协会的先带个头，养出几棚鸭子，卖了钱，还不信没人跟着干。钱我去找，你把该你们做的做好。你就准备上任吧！"

赵明明一愣："上任，我？……"

常菁菁笑了："是呀，你就要当鸭司令了。快回去告诉苹苹，让她也高兴高兴。"赵明明激动地上前握常菁菁的手。常菁菁问："你干吗呢？好像激动万分！"赵明明说："我就是激动。这事如果成了，你可是为咱村老百姓找了条致富的路子。"

马鸣说："赵明明、联产、东东，你们这回都成了养鸭子的老湿了。"

大伙又是一阵乐哈。华联产看了看表，说："都这个点了，我反正不能回去再把我妈提溜起来给我做饭，这顿饭这你董事长得管。"

李小芬把几个嗑好的瓜子塞到他手里，讥讽地说："你小子真那么孝顺？你不是怕麻烦你妈，是怕你家的饭菜麻烦……"接着大手一挥："走，咱去雪莲的大食堂搋一顿。我请客！"

常菁菁拉着孙志说一起去吃夜宵。路上，趁其他人说说笑笑不注意，她又问孙志："欢庆还去泡酒吧吗？"孙志没有正面回答，而是反过来笑着说："你还是不能不想欢庆吧。我才离开他两天都想他了。""你俩不是同性恋吧？"常菁菁说："怪不得你也不找媳妇。"孙志说："苍天呀大地呀，我向毛主席保证，我和欢庆只是亲密无间的好兄弟好朋友。他是个让人想的好人。"

常菁菁板着脸，严肃地说："孙志，既然咱们是朋友，你给我说老实话。这二十台电脑是不是欢庆让你送来的？"孙志坚定地摇头："不是，绝对不是。我向毛主席保证！你没看有十台旧的，十台新的。要是欢庆送，他能送旧的吗？不信，你可以问问他。"

九龙沟的青年网吧开张了。九龙沟旅游网站也同时开放。

令常菁菁意外的是，网吧开张时，镇团委、团县委负责人都来了。镇团委书记先下了车，指着后边一辆车，对常菁菁说："菁菁，你看看谁来了！"

后边的车门打开后，韩春从车上下来。常菁菁一下子目瞪口呆，不知所措。同韩春一起从后边车上下来的团县委书记孙同喊了一声："常菁菁，你傻了啊？"她才跑上前去抱住韩春，眼泪刷地流了下来，哽咽着说："韩书记，不，韩县长，对不起，我应当先去给您汇报。"

韩春拥抱了她好大一会儿，不住地拍着她的后背，然后帮她擦了擦眼泪，指着网站门头上的牌子问常菁菁："知道我为什么来吗？"没等常菁菁回答，她接着说："你这不仅是共青团网吧，还是咱们县第一个农村旅游网站。"

常菁菁又去和孙同握手。孙同张开双臂，玩笑地说："怎么，几年不见，也不抱一抱我？"常菁菁毫不犹豫地拥抱了孙同。

瑶瑶和镇团委书记也很熟悉，责怪她没事前通知。她说："你打个电话，我们好去接韩县长孙书记。"

韩春说："是我不让通知的。你们是共青团网吧。我们是一家人。一家人还客气啊？"她指着一行的人给他们做了介绍。这些人有的与常菁菁有一面之交，有的她不认识，有的现在还在团的部门任职，有的过去在团县委工作过。他们年轻活泼，朝气蓬勃，热情洋溢，思想更是比较开放和活跃。孙同是现任团县委书记，只有二十八岁。常菁菁抗"非典"时期在村里任团支书，因为工作出色，他作为团县委青农部长曾陪同当时的团县委书记韩春来做过调查。他故意当着韩春的面，生气地说："常菁菁同志，不，我说美女，这就不能怪我给你耍官腔，批评你了。你过去做过团的工作，回乡后又继续担任村团支部书记，为什么遇到困难和问题时不来找团县委反映呢？这里可是全县团员青年的娘家啊！"

常菁菁说："我认错。我认罚。我中午喝酒赔礼！"

同韩春一同来的老马，也曾经担任过团县委书记，现在是县发改委的党委书记。孙同对常菁菁说："你们有什么要求，就对老马说。"

韩春告诉常菁菁，县里根据党中央、国务院关于支持回乡农民工再就业的政策要求，安排给九龙沟旅游开发公司一笔创业资金。冯俊才感叹地说："党中央、国务院想得真到位真及时。"韩春说："这笔钱不多，你常菁菁可得用在刀刃上。"

常菁菁郑重其事地点了点头。

韩春在常菁菁的陪同下，看了在建的九龙文化园，看了"村下村"。当她来到养殖鸭子的大棚建设工地，听了赵明明、华联产和东东的介绍后，脸上的笑容更加灿烂。她说："你做得好，'支部＋协会＋公司＋农户'的模式在咱们县农村党支部早已经有了，但是团支部你们是第一个，村民以承包的土地入股好像也是第一个。你这是后浪追前浪，向康爷爷学着争当模范。我回去就向县委县政府主要领导汇报，再让有关部门来搞调研。你们千万不能搞保守啊！"

说到康爷爷，韩春有些动情地告诉常菁菁："康爷爷人在县委党校学习，心却牵挂着九龙沟。老人家已经到我办公室去了两趟。他第一趟去时，我在省里开会，没有见上。老人家第二次又去找我，给我讲了你们回乡这帮青年人创业的艰苦。老人家说，菁菁是我看着长大的，我支持她回乡创业，可是，我也心疼她……我让老人家说得差点掉泪了。"

韩春还告诉常菁菁："康爷爷已经把村洗浴中心的设备谈好了。老人家为了给你们村省钱，白天在党校听课，晚上去当焊工，真够难为他的。你们千万不能辜负了他老人家。"

常菁菁的眼睛在那一瞬间模糊了。

九龙沟过去多年是老模范，学大寨时是模范，搞联产承包时又是带头的，周边村跟九龙沟学习，生态环境保护做得都不错。韩春说："这回九龙沟又先走一步，周边的村都可以学九龙沟发展乡村旅游。如果搞好了，可以搞一个大的九龙旅游区。"她还让老马"一定当作一件大事来办"。她半是认真半是玩笑地说："老马，现在正在搞学习实践科学发展观教育。这件执政为民的大事可是要列入你们党委的教育活动中去，作为一项考核内容啊。"

老马连连点头。

孙同让常菁菁尽快写出一份九龙沟发展旅游的材料，说是有用。他把"有用"两个字说得很重。

常菁菁说："我不想宣传。说实话，我没有扎根九龙沟一辈子的打算，又不是回乡务农，说到底是来搞开发。所以……"

孙同没听她说完就急了："我说美女，你别误解。我既不是想给你做广告，也不是想给你做报道，这些都还为时过早。我还是那句话，有用！团中央和各级团委对青年人回乡创业都很重视，设立了创业基金，你们为什么不争取？"

常菁菁这才点头答应了。

"菁菁，你在北京有男朋友了吗？"老马问。见常菁菁点了点头，他又问："他对你回乡创业是什么态度？"

常菁菁犹豫片刻，觉得对他们没有必要隐瞒，所以实事求是地回答说："我男朋友不支持我回乡。他想让我回北京结婚。"

老马看了孙同一眼。孙同心领神会地说："好，新时期的《朝阳沟》。不过，人物角色变了。过去的《朝阳沟》是男主角栓宝回乡务农，女主角银环跟着到了朝阳沟，今天是女主角回乡创业，男主角反对……不对，男主角好像没跟着过来？"

常菁菁指着冯俊才和李小芬说："这不是男主角女主角都来了！"

韩春说："既然是新时期的《朝阳沟》，当然要有新时期的特点。男主角不一定跟着女主角回乡。他在精神上、感情上支持女主角投资就够了。"

孙同表示，对像常菁菁这样回乡创业的青年要大力宣传。老马不以为然地说这种典型恐怕不太符合时代精神吧？现在到处宣传农村青年外出务工，加快农村剩余劳动力转移，宣传回乡，是不是与时代不太适应？

韩春斩钉截铁地说："农村剩余劳动力转移和农村外出青年回乡创业并不矛盾。有志向回乡创业的青年，不仅可以带回资金，还可以带回技术，带回市场经济经验，带回先进的观念和理念，加快农村发展。我认为应当鼓励！"

李小芬会来事。她不失时机地向韩春讲了有人打算开小煤窑，阻止搞旅游开发。韩春听了，眉头一皱。她看了看像一个受了委屈的孩子低着头的常菁菁，以及周围几十双期待的目光，严肃地说："社会上对你们"80后"的一代有偏见，说你们自私，责任心和使命感不强。其实，每个时代的青年因为所处的历史时期不同、面临的形势不同，责任心和使命感表现的方式也不一样。"

老马接上说："是呀，让现在的青年人吃糠咽菜，勒紧裤腰带创业就不现实。首先你得有资金投入嘛！"

韩春沉吟片刻，又说："我喜欢读一些"80后"作家的作品，与上个世纪50年代、60年代那批优秀作家的作品相比，他们有他们的特色和特点，反映的是又一个真实的时代生存影像。"80后"的创业者们，看上去是在追求自己利益的最大化，实际上也在为社会做贡献。你们现在做的这些，就是最好的证明。旅游开发受益的不仅仅是你们这些股东，受益的是九龙沟的广大百姓，从长远看是九龙沟的子孙后代。"

常菁菁没有想到韩春给予她这么高的评价，感到有点诚惶诚恐，忙对韩春说："韩县长过奖了。我们几个一起回乡创业的和留在村里的伙伴意见很统一：九龙沟搞旅游开发，搞其他开发，受益的必须是九龙沟村民。九龙沟可能有先富后富的，但绝不能有不富的。"说完，又把下一步的计划给韩春详细汇报了一遍。韩春一边听，一边点头，不时还在本子上记。

韩春谈到有人想开煤窑时，说："这件事我不太了解，不好发表意见。但是，有一条意见我可以明确说，那就是国家对小煤窑开采有严格的政策规定，没有资源许可、生产许可和安全许可的小煤窑，绝对不允许开采！再说，即使够开采条件的煤窑，我们也要首先考虑九龙沟生态环境问题！"

韩春的话一落音，赢来一片热烈的掌声，就连一些在旁边围观的群众也鼓掌叫好。

时间到了中午。常菁菁请韩春一行到大食堂用餐。雪莲问常菁菁要不要加几个菜，如果要，她就赶快去镇上买。常菁菁没加思索，干脆利落地回答：

"不用了。全都上咱地里有的菜。"说完，又补充说："你多上几道咱三华庄的豆腐。"

韩春一行刚刚坐下，一群放学回来的孩子排着整齐划一的队伍有序地进来了。他们不用食堂服务员的引导，各自找到自己的位子坐下。一个佩戴少先队中队长臂章的女孩指挥着他们唱起了歌。韩春看了，惊奇地问："你们这食堂有老人有孩子，是村食堂吧？"

常菁菁向韩春做了介绍。这个食堂原来是给修路工地建的。可是，有的夫妻二人都在工地，做饭成了大问题，孩子放学回家要吃饭，家中老人要吃饭，于是，就有人把老人、孩子带到工地大食堂就餐。雪莲经马凯同意后，也就对他们"放了行"。没想到，越来越多的人家提到这个问题。一下子再弄一二百个老人孩子来吃饭，雪莲急了。马凯也急了，就去找苹苹和常菁菁汇报，要扩大食堂规模。他说："工地结束后，大食堂也可以继续保留，方便村民。"常菁菁去向康爷爷和华爷爷汇报。康爷爷听她说完，沉思一会儿，表示赞成。他说："上个世纪50年代的大食堂，最多时有上千个大人孩子吃饭。如果搞一个乡村大排档，能供四五百人同时用餐。这本身就是一道景致。"

华爷爷也说："办大食堂的办法可以试一试。工地上有外来的，我的豆腐厂也有外来的。他们都反映吃饭是个问题。如果有个食堂就解决了。再说，村里有些在外打工的，家中只剩下些老人孩子，他们的吃饭问题也解决了。"

康爷爷说："以后来旅游的人多了，也要吃饭，一举三得。"

康爷爷和马凯、雪莲带着一些人又干了三天三夜，搭建起了一座木栅栏围墙、山草作房顶的大排档。里边是石板长桌，木桩凳子，吃饭用的也是多年前的大黑碗。这些大黑碗也是到陶瓷厂专门定做的。陶瓷厂的技术员说好多年没生产了，一算价格每只黑碗比流行的白还贵几分钱，当然乐意，没几天就加工了出来。厨房里的大铁锅架起来后，很多老年人去看了，都说像上个世纪50年代曾经用过的大食堂。马凯建议就取名共产主义大食堂，作为"往事旅游"的一个景点。冯俊才也称赞是个很好的旅游创意。

大食堂建成后，仍然由雪莲负责，归到苹苹管的后勤那一块。常菁菁和苹苹、雪莲等人商量一下，请全村人集体吃一次大食堂，一是试营业，二是增强一下同村民的感情。没想到，试营业那天中午，全村几乎倾巢出动，来了几百人。尽管马坡事前安排马联合挨家警告不让马姓的人来"凑热闹",姓马的大部分都来了。大食堂用了三口大铁锅炒菜还供应不上。不少老人边吃边说多少年没吃过大锅做的饭菜,味道还真不错。最犯难的是搞服务的人手不够。苹苹和雪莲把村里愿意干的青年人和中年妇女都用上了,挑水的、洗菜的、做饭的、炒菜的、烧水的、洗碗的、端盘子端碗的,十几个人忙得不可开交,个个汗流满面。苹苹急了,喊了十几个放学回家的五年级的孩子帮忙端菜。一个孩子在上菜时,手一抖动,把碗摔了,自己的脚也被烫伤。还有的妇女洗菜时马虎,菜叶上的干泥巴没有洗掉,吃饭的人一个劲地埋怨。常菁菁在现场急得也出了一身汗。

那天饭后,有几个老人当场就给康爷爷和常菁菁提出,这个大食堂最好坚持办下去,不光可以供来旅游的游客用餐,还可以让那些家中只有老人孩子和劳动力少的家庭用餐,每月交成本伙食费。

这样,修路工程结束后,大食堂也保留了下来。

韩春和孙同、老马听了,又是一番赞扬。韩春走过去,抱起一个小学二年级的女孩,问了姓名又问了学习和家庭情况,当她听女孩说爸爸妈妈都在广东打工,她跟着爷爷奶奶生活时,韩春的神情渐渐严肃起来。她问女孩:"你喜欢吃这大食堂的饭吗?"女孩回答说:"喜欢。"又指着她的同学说:"他们都喜欢。""为什么呢?"韩春又问。女孩四下看了一眼,看到雪莲站在人群后边,就指了指雪莲说:"雪莲阿姨做的饭菜香,还疼我们!"马凯不等韩春叫,就把雪莲拉到了韩春面前。雪莲红着脸低着头,不敢正视韩春和常菁菁。韩春热情地握着雪莲的手,称赞说:"大姐,孩子嘴里吐实话。他们说你好,就说明你的饭菜做得真好。我吃了也觉得好。我想,孩子们的父母也感谢你!"

雪莲喃喃地说:"这都是菁菁她们支持我做的。没有旅游开发,没有团支部带头,没有这个食堂!"

马凯说:"雪莲姨你也别谦虚。"说着给雪莲挤巴了下眼睛。

韩春对常菁菁,也是对食堂吃饭的人们说:"这个食堂,就是旅游开发给村民带来的好处。上海、深圳等一些大城市社区,为了方便老人孩子办起了社区食堂,很受欢迎。我建议你们也叫'社区食堂'。"

食堂响起一片真诚的掌声。

韩春临走时，李小芬说："韩县长，您也给我们提点意见啊。"

韩春想了想，对常菁菁她们说了几条意见，比如村里的卫生问题，旅游市场的规范问题。她语重心长地对常菁菁她们说："你们要注意和村委会搞好关系。现在强调村民自治，村委会毕竟是行政领导，不能把关系搞得不正常。遇事多向村党支部、村委会汇报，求得他们对团的工作的支持。"最后她笑了："再给你李小芬提条意见，看看你米粒子菜汤瓜子皮沾了一身，不注意卫生……"

有个中学生当时在现场，听了韩春这句话，编了个顺口溜："提意见就找李小芬，米粒子菜花子沾一身。"此后，村里人就传开了，李小芬每次听了也不恼，相反高兴地说："这是县长大人送给我的题词，你们谁有？"

第十五章

不知不觉中，2009 年元旦到了。元旦期间，到九龙沟的游客与去年元旦明显增多了。他们有的说在网上看到了宣传九龙沟的文章，特意过来的；有的说过去来过，听说九龙沟又增加了新景点，再来看看；还有的每年这个时候都到九龙松来烧香求一年平安的。让村里很多人想不到的是，蕾蕾从广州带来了五个游客。

这一批游客五个人，都是退休的老同志。他们在上个世纪 60 年代，分别从北京、上海到农村上山下乡插过队，人人都会唱《朝阳沟》里的选段。他们兴致勃勃地参观了九龙文化园、九龙松、三华庄、抗日林、"大寨式梯田"、知青村、"村下村"，个个感慨万端。一位曾担任过市级领导的同志坚持要找村领导谈一谈。当时，刚从县委党校学习回来的康爷爷进城拖运锅炉，不在家里。马坡听说是从广州来的，又当过领导，以为对方可能要在九龙沟投资，喜出望外，马上安排在苹苹的妈妈"工农兵"的农家饭店吃中午饭。

苹苹的妈妈年轻的时候是九龙沟有名的美人。"文化大革命"开始时，她正在读初中，学校停课闹革命，她和同学们一起回了九龙沟。当时的造反派头头马坡听说她去过北京，在天安门广场接受过伟大领袖毛主席的检阅，如获至宝似的把她拉进造反派队伍，让她当了宣传员。宣传员就是每天从早到晚拿着铁皮卷成的话筒，在村里的最高处读"最高指示"。那个时代，农村人还没有几个用手绢的，手绢上印的花纹也与政治紧密联系，有的印着毛主席像，有的印着毛主席语录，有的印着红太阳……不久，这样的手绢又被查收，说是不能让伟大领袖替自己擦汗。于是，手绢上的花纹又改革了一回，其中有一种印有头戴钢盔、手握钢钎的工人，头顶白毛巾、抱着麦穗的农民和手持钢枪的士兵、统称"工农兵"的手绢。苹苹的妈妈就有这样一只手绢，村里人于是给她起了个外号叫"工农兵"。这些上一代人的外号，由于色彩鲜明，一直到现在村里还在叫。

九龙沟过去没有饭店。即使上级来检查工作，确实需要安排吃饭，康爷爷大都是把他们请到自己家中，吃一顿便饭。马坡当上村委会主任后，上级来了人，就带到镇上的饭店去吃喝，有时候还用车拉到县城他自己开的娱乐城，吃完喝完还要泡个澡或者洗脚，这些费用都由村里出，说白了就是村民均摊。有人曾为此到镇上告状，说马坡乱摊派："哪有到村检查工作，再回县城招待的？"黄涛书记说："告状的是些刁民。你们是不是想让上级的同志饿着肚皮为你们服务？"马坡借着黄涛的话，把到镇上告状的人狠狠地整治了一顿。此后就没人再告状。孙石头开了饭店后，马坡把客饭就安排在他的饭店里。孙石头因为马坡、马联合拖欠的费用太多，不堪重负，不久前停了业，承包了肉鸭养殖大棚。苹苹见游客逐渐多起来，就鼓动她妈妈"工农兵"开了饭店。她利用近水楼台先得月的便利，隔三差五从大食堂拿些菜过来，有时还从镇上采购的东西中扣一点下来。为了堵雪莲的嘴，她说是村委会接待用。这样，马坡就把这个饭店当作了他的"接待处"。

"工农兵"上的大多是土菜，也就是九龙沟自己地里长的、老百姓自家养的，时髦的话叫"绿色食品"。当然少不了三华庄的香辣豆腐干、嫩豆腐。那几位客人吃了赞不绝口，尤其说香辣豆腐干味道好极了。其中一位女同志让"工农兵"给代买斤香辣豆腐干，说是带回去让家里人也尝尝。"工农兵"让苹苹代她去三华庄买香辣豆腐干。苹苹说："这事你别管了，我给你办好就是了。"苹苹并没去三华庄，而是从大食堂里拿了几斤，用塑料袋装着给那位女同志送去。那位女同志一看包装，连连摇头，说："这么好的产品，怎么不好好搞一下包装呢？包装好了，来的游客都可以买上一点带走，这既可宣传你们的旅游，又可宣传你们的产品。"

那个老领导接上说："做旅游的要注意旅游产品的开发，拉长产业链条，实现利益最大化。"

马坡招呼客人喝酒，客人都说不会喝。他一点不顾及客人的感觉，开了一瓶酒，和李小良等人喝起来。

那个老领导说："马主任，我今天见你，不是为了喝酒，是想向你请教一个问题。实事求是地说，我对你十分敬佩啊！"

马坡一愣。客人的话让他有点摸不着头脑。

那位客人说："今天看了你们的小流域治理和梯田，让我深受感动。从上个世纪60年代到今天，四十多年了，你带着九龙沟的百姓，一个山坡一个山坡的治理，一片地一片地的开采，不仅开出了千亩良田，由原来人均不到七分地，变成人均一亩半，翻了一番还多，荒坡上还种上果树、花木，结合当地水土流失的实际，创造出了防止山洪冲击的固土奇迹。了不起啊！"

马坡这时才听明白，客人是在夸奖九龙沟的农田治理，说白了也是夸奖康爷爷。他打心里不高兴，问："你认识我们村的老康？"见那个老干部摇头，他惊讶地说："你不认识他，怎么拍他的马屁，替他吹牛。"

马坡的不礼貌让那个老干部十分生气，但人家毕竟有涵养，笑着说："正是因为不认识他，我才想见见这位为百姓造福的好干部。"马坡火了。他大口喝了一杯酒，说："他为百姓造个鸡巴福。梯田修得再好，还不是只长庄稼不长钱。环境再好，老百姓口袋里还不是没票子。我当村主任后才搞的旅游开发，看看，游客一年比一年多了。我现在招商引资，准备上一个年产十五万吨的煤窑。再过两年你来看看，我敢说九龙沟楼群成片成排，汽车遍地乱跑，老百姓西服革履。我接待你们也不是在这样的农家小院吃土菜，而是住度假村，吃海鲜。"

那个老干部边听边笑。马坡说完，他意味深长地问了一句："你说的是城市吧？那还叫农村吗？这些，我们那儿都有。"

另一位老同志问马坡："你说的小煤窑开采上级批了吗？我退休前是搞水利的，我奉劝你们一句，你们沟里那个水库，不仅仅是旅游的一个亮点，更重要的是九龙沟和下游村庄的生命之源。当干部的不能只认钱，要对子孙万代负责。"

"工农兵"正朝桌上送菜，听到这句话后大吃一惊："我们村的老支书说了，谁要污染了荷花湖水库，谁就是九龙沟和这一带百姓的罪人！"

马坡瞪了"工农兵"一眼："'工农兵'，你看看你那副瘦熊样，跟个秫秸杆子，没有个人形。你再瞎掺和，我就叫你这个饭店关门。""工农兵"涨红着脸，转身回厨房了。

那个老干部有点不快："马主任，你说你上任后为九龙沟招商引资功劳很大。我想请教一下，你们招商引资有哪些规定，比如哪些项目不能上？"

马坡带着点酒意，说话非常张狂："在九龙沟这地方，我说了就是法。你们要是有兴趣来投资，要啥条件只管说。说句不中听的话，你只要来投资，就是你开赌场开妓院，我都支持。"

那个老干部不高兴地转过脸，对那几个同行说："我觉得，一个领导人必须具有远大的政治理想和抱负，站得高，看得远，想得深，不能只考虑自己任上怎样出政绩，得到上一级领导的称赞，个人的职位再上一个台阶，更有甚者还贪污受贿，而不顾当地的实际，要么牺牲生态环境为代价，要么四处举债，要么侵害老百姓的利益。政声人去后，民意闲谈中。我退下来这些年，只要听到老百姓众口一词地指责哪片地方开发得有问题，哪个犯了罪的干部是我在任时提拔的，我心里就会疼，就会不安。"说完，他冷漠地看着马坡，一直到吃完饭没再说一句话。饭后，马坡让"工农兵"把吃饭的钱记在村委会账上，那个老干部坚持自己买了单。不过，那个老干部同马坡的谈话很快就传遍了九龙沟。有的村民认为那个老干部有见识有水平，对九龙沟和康爷爷的评价实事求是。也有一些村民认为马坡说的有道理，康爷爷毕竟没有让老百姓的钱袋子鼓起来。

常菁菁和康爷爷晚上从县城回来，那一拨游客还没走，住在一家农家旅店里。康爷爷和常菁菁去看他们。那几个老干部见了康爷爷，一个一个和康爷爷长时间地握手，那位和马坡争执的领导拉着康爷爷的手大半天没有松开，说："老康支书，咱们都记得毛主席说过，一个人做点好事并不难，难的是一辈子做好事。你用了一辈子把家乡建成了一片绿洲，真是太了不起了。"当他听说常菁菁是从北京回乡创业的，旅游开发就是她挑头干的，又紧紧握着常菁菁的手，连声称赞："了不起，了不起，你们九龙沟有希望啊。这就是新世纪的《朝阳沟》，新世纪的银环。我相信，农村外出务工人员回乡创业这个新生事物，一定会形成一个趋势，一个新的潮流。"

那一晚，他与康爷爷和常菁菁谈到深夜十二点。那个老干部不愧是在改革开放的前沿工作过，思想开放，思路开阔，思维活跃，让康爷爷和常菁菁上了一堂生动的市场经济课。最后，他握着常菁菁的手，语重心长地说："小常啊，康爷爷这一代人通过几十年的努力，把穷山恶水的九龙沟变成了花果飘香的九龙沟。他们为家乡贡献了青春。现在，到了你们这一代，你们会把九龙沟变成富裕小康的九龙沟！"

与那几个老干部分别后，常菁菁直奔蕾蕾家。蕾蕾还没有休息，见了她第一句话就说："菁菁姐，我知道你今天无论多晚，都会来找我。"

常菁菁感动地抱着蕾蕾，流下了泪水："蕾蕾，我现在想明白了，回乡创业不一定就是每天都在九龙沟待着。你这样做，实际上也是在为九龙沟创业。"

蕾蕾说明天还要陪同那几个老同志去省城旅游，今后打算把这些旅游景点联系起来，带动九龙沟一带的旅游。常菁菁非常赞成。说完了工作，常菁菁又问蕾蕾见没见马鸣，蕾蕾伤感地说："算了！我走后他发过两次短信，说的都是难听话。那还有什么可谈的。"接着，她又问起常菁菁个人问题。常菁菁一时不知如何回答，她已经几天没和欢庆通电话。前些天她和他通电话时，双方都小心翼翼地回避个人感情问题，生怕触到导火索。

蕾蕾见她不回答，直言不讳地说："你和你男朋友个人关系时而紧张时而轻松，我觉得你要负主要责任。你形象好、身材好，又有思想有文化，追你的男孩子多。换成我是你的男朋友也会有想法。而你为了把握住他，让他离不开你或者说让他不花心，总是摆出一副无所谓的态度。好像和他在一起也行，不和他在一起也可。这样，他怎么会踏实呢？"

常菁菁发自内心地说："我自己也知道自己的毛病。说到底是这几年受周围环境的影响，总认为男人没有不花心的。你看看那些被揭露出来的犯了罪的政府官员，有的还是政府要员，很多在外边养情妇的。所以，我总是心有余悸。平时，我男朋友接个女孩子的电话，稍稍亲热一点我就受不了。这些日子静下来想一想，你说得对，问题是在我身上。"

蕾蕾笑着说："你这样的在乎会把他吓跑。他也这样对你吗？"

常菁菁告诉蕾蕾："欢庆在这方面比我还甚。如果是哪个男的给我打电话，他一定会追根究底，什么关系？什么时候认识的？在什么场合认识的？那个男的做什么？为什么要给我打电话？直到我接受不了，发了火，吵一架。有时我实在气不过，就对他说，我以后什么也不干了，天天在家当你的囚徒。"

蕾蕾笑得腰都直不起来，眼泪也出来了。她说："你们太累了。人类说到底就男人和女人两种人，你要工作要生活，怎么能不和异性打交道呢？！再说重一点，你们两个人心态都不正常。其实，根本就没有必要这样做。感情好，谁也不能把他从你身边抢走；感情没有了，你用锁链也留不住他。"

常菁菁长长地叹息一声："分开这些日子，我也想明白了这一点。"

蕾蕾说："白天见到了沈耀。我一看他那脸端着，就像人人都欠着他的钱，就打心里不舒服。李小芬告诉我，他不是因为别的，是因为没看见你。李小芬说，他对你动了真情。"

常菁菁说："你别听李小芬瞎说。她狗嘴里长不出象牙。"

蕾蕾说："小芬嘴脏是脏一点，但她不说瞎话呀！我听她说你和沈老板合作得不错。他对你很放手，基本上不掺和咱的事。她还说你们谈得也很投机。"

常菁菁无话可说了。蕾蕾说的与沈耀合作得不错，到现在看基本属于事实。沈耀该投的资都到了账，她们用水库边计划用来建度假村的几十亩地建养殖大棚，他也无条件地同意了。至于自己和沈耀个人之间谈得也很投机，这话也没有多大偏差。只是并非个人感情方面。

蕾蕾见常菁菁不语，以为她默认了，高兴地捧着常菁菁的脸，上上下下端详了一会儿，不无自豪地说："菁菁你真为咱九龙沟的姐妹们争了光。你这张脸不但好看，还智慧！"

常菁菁推开蕾蕾的手，嗔怪地说："人来疯了吧！"

接下来，常菁菁又问蕾蕾客人对九龙沟的印象。蕾蕾说："咱是自家人不说外话。咱这看的东西是不错，蛮吸引人。不过，管理还有大差距。导游没经过专业训练，你争我抢，抢不过就骂就动手。今天一天，就有好几拨吵架骂架的。多影响咱形象啊。还有就是乱收费。有个阿姨说咱这旅游开发就像过去生产队的麦秸垛，谁想捞就捞一把……"

常菁菁觉得脸上发烧。蕾蕾的话，的确给了常菁菁启示。回家的路上，她边走边想着应该给欢庆发条信息，表示一下她这些天的感情感受和对他的歉意。但是，她又想到这个时候发给他，会让他怀疑自己动摇了。而现在她绝不是动摇的时候。她完全明白蕾蕾说的道理，只是做不到。世界上的事就是这样，许多道理都是明白的，但许多事都是模糊的，明白道理的人不一定做得了明白的事，做了明白事的又不一定都是明白人。在感情上尤其如此。所以在和欢庆的关系上，她经常歉疚，又经常原谅自己。

元旦过后的第二天一早，沈耀又来了。常菁菁一听他来，心里莫明其妙地紧张，想找个理由躲避他。没想到，李小芬直接把沈耀带到她家里。

沈耀今天换了一副打扮，穿的是一件红色滑雪服，脖子上系了一条雪白的围巾，整个人在阳光下显得格外精神。常菁菁的妈妈一见他，心里就生出几分好感，先是沏了茶，又端出核桃、瓜子、花生、豆干，摆了满满一桌子。李小芬把瓜子全装到自己随身带着的包里，说这是李小芬的专利。常菁菁的妈妈骂她贪嘴，又从屋里端出一盘瓜子。

沈耀彬彬有礼，说话也很得体。他见常乐坐在椅子上，说："这怎么行呢？大叔想出去看看咱们的旅游开发和九龙沟的变化，得坐轮椅。"常菁菁说："正准备买，我爸不让花钱。"沈耀什么也没说，到院子里打了个电话，回来后对常乐说："大叔，今个下午轮椅就给你送来，是自动控制的，只要有路的地方你可以来去自如。"

常菁菁的妈妈说："沈总太客气了，怎么能让你破费，不好意思。"

沈耀说："我是旅游公司的股东，咱们是一家人。"他还带来一堆礼品。说过新年了，代表东洲公司一方来慰问，每人一份。常菁菁的妈妈感动地说：

"沈总想得真周到，从来没听说过老板给员工送礼的。"

常菁菁看躲是躲不过去了，只好陪同沈耀去看在建的龙王庙。她让李小芬也跟着。不过，沈耀公司一员工拿着数码相机，她并没有引起注意，觉得这是工作需要。

初冬的九龙沟，空气格外清新。远处，山的皱褶里星星点点的水池在明亮的阳光下闪着耀眼的光；近处，村舍屋顶袅袅升起的炊烟，在阳光的映衬下仿佛飘动的诗歌。天上的云朵也显得亲切而温暖。麻雀像孩子们扔出的土块，在地上蹦跶着吵闹着享用被初雨滋润后变得胖大的麦粒和草籽。

常菁菁征求沈耀的意见，问他想看点什么。沈耀略一思忖，说："当然是所有项目。怎么，你还有需要对我保留的项目吗？"常菁菁笑了笑，说："那可要很累哟。"沈耀抬了抬腿："看见没有？我可是有备而来的。"常菁菁看了看，沈耀脚上穿的是一双旅游鞋。她忽然觉得沈耀像是一个运动员。

常菁菁和李小芬商议了一下，决定先看看"村下村"，一个小时后在华爷爷家吃刚出锅的豆腐。

进了"村下村"常菁菁和李小芬就后悔了。沈耀不是要走马观花，而是每个地段都走到，这样下来，最快也要一个小时。沈耀兴致很高，不时停下来，向讲解员提问。他看了驴槽和牛棚，笑得前仰后合，说："这是名副其实的'村下村'，连这种生产队时期的玩意儿都有，真是大开眼界。"

李小芬说："这是一位网友的提示给了我们启发。他说既然叫村，就得有个村的样子。我们才搞了这些复制品……"

在地下指挥部的大作战室里，挂着全国地图和全省地图。讲解员告诉沈耀，因为当时的省革委会头头打算把全省的战时指挥部设在这里，所以请解放军帮助建了这样一个作战室。沈耀见作战室里还设计了首长休息的大套间、小餐厅、卫生间，感叹地说："那时候一面叫革命委员会，一面还搞着特殊化，可见奢侈之风、腐败之风不是这个时期刮起的！"

"咦……沈总你可注意了，常菁菁给你使坏呢！"李小芬在一旁嚷嚷。

沈耀一愣。常菁菁也愕然，不知李小芬葫芦里装的什么药。

李小芬哈哈大笑说："有的是在人家的厕所下边。操，常菁菁不早些说明白，万一沈总经过时，人家家里人正屙屎撒尿，漏到沈总头上，还不……"

沈耀听了也哈哈大笑。常菁菁也开心地笑了。沈耀轻声说了一句："菁菁，你不仅人长得有魅力，笑声也特有魅力。"

　　常菁菁撇撇嘴，说："你别鬼扯了。小心上边掉大粪。"

　　到了华联产的爸爸家，李小芬顶开了上面的盖板，看了看说："今天没人拉屎，可以上去。"沈耀问："真是厕所？"常菁菁就笑着把马鸣上次从这里出去正好遇见华爷爷拉屎的事情说了。沈耀笑弯了腰，说："逗死我了，你们的地道真能当战备设施使用。"常菁菁说："你放心吧。我们早改造了，不然谁敢下来看。"

　　华爷爷见常菁菁和李小芬陪着沈耀来了，觉得既意外又高兴。他端上了三华庄豆制品厂所有的产品让几个人品尝。沈耀吃了几种豆干就找华爷爷要新出锅的豆腐吃。华爷爷高兴得眼睛都眯成一条缝了，说："还是沈老板识货，最好吃的就是这刚出锅的豆腐了。"说着切了几大块豆腐，分别打了花刀，又浇上自制的辣酱，端给他们。沈耀吃得有滋有味，连碗底也舔得一干二净。吃完后，他把碗递给华爷爷，擦了擦额头上的汗说："华厂长，太棒了，三华庄的豆腐真是名不虚传，就为了吃这口豆腐专程从县城跑来一趟都值得。"见常菁菁和李小芬看着他笑，又说："我小时候吃饭经常舔碗底，习惯了，劳动人民本色！"

　　华爷爷说："多亏了菁菁小芬他们这些孩子，投钱扩大生产，还上了质检设备，下面还得靠他们把豆制品打出去。"

　　李小芬说："不对，是县政府拨了创业资金，韩县长帮的大忙。"

　　沈耀说："小芬在批评我支持不够呢！这样吧，我在省城和县城的东洲大酒店包销你们生产的豆制产品。东洲酒店一带头，省城县城的大小饭店一半以上都得跟着。"

　　常菁菁说："那是好事，先谢谢沈总了。不过……"她皱了皱眉，欲言又止。沈耀看了她几眼，她也没有往下说。李小芬说："菁菁又和沈总客套了。咦……你不就是说定好的设备还没钱进嘛！操，和沈总都这么铁了，还羞羞答答的，我听了心烦。沈总，你说吧，你支持不支持？"

　　沈耀看着常菁菁，在等待常菁菁说话。常菁菁诚恳地说："沈总，扩大豆制品生产是我们的事，不能给你增加负担。我在网上看到有一种互利互惠，合作双赢的方式，就是租赁。设备你投资买来，我们算是租赁，每月支付租赁费用，到了一定的期限，你的投资收回了，也赢利了，设备归我们。"

沈耀边听边思考。常菁菁说完，他当即表态："好！就这么定了。"说完，他起身和常菁菁握了握手："你还真是与时俱进啊！"

从华联产家出来，常菁菁和李小芬又陪着沈耀看了九龙文化园。沈耀看了即将完工的龙王庙，心灵仿佛受了触动，闭着眼睛默默祈祷了一会儿，才对常菁菁说："你们修复龙王庙，不怕人说你团支部书记搞封建迷信？"常菁菁诚恳地说："这件事我们反复讨论过。龙王庙不仅是历史，也是一种文化。这与搞封建迷信是两回事！"

时间太紧，上午十一点出去，回到知青点天已经完全黑了。在知青点，沈耀又仔细地看了当年知青们使用的各种农具和物品，最后看了网吧。网吧里已经是满满当当，二十台电脑一个空位都没有，还有邻村的青年专程来上网的。

沈耀说："你们的投资不小啊。"李小芬说："这些电脑是菁菁北京的朋友送的，不要钱。"沈耀脸上掠过一丝不易察觉的妒意，不过很快就消失了。他仔细地看了每台上网的电脑屏幕，几乎所有上网的村民都是在看农业科技资讯和浏览新闻，也有的在和远方打工的亲人视频聊天。他拍了拍常菁菁的肩膀："你真是干了件天大的好事呀，就这个网吧，把九龙沟和整个世界都连接起来了。说说吧，你还需要我做什么？"

李小芬没等常菁菁说话就抢着说："咦……你这是明知故问。需要钱！我们现在最缺的就是钱。"沈耀说："这没太大问题。现在闹金融危机，一些有钱的老板投资很谨慎。我前几天看了一份内部材料，说是国家国资委的领导提醒那些国有企业的大老板要捂紧'钱袋子'。那些国有企业都是资产几十亿上百亿甚至上千亿，现在都慎重考虑投资，何况一些民营企业老板？不过，有好项目自然还有人投资。你们这些项目除了景点，都是能有回报的项目。我可以给你们拉点投资过来！"

常菁菁说："那就太谢谢你沈总了。但是，我们目前最需要的还是道义上的支持。"沈耀问常菁菁是不是遇到什么麻烦，他说："有麻烦就交给我。别的大话不敢说，在这个县这个镇我沈耀还能使得动风。"常菁菁打开九龙沟的旅游宣传网页，指着其中一篇文章对沈耀说："你先看看吧。"

这是一篇署名为"九龙沟百姓"的人发到网页上的文章。文章开门见山地点名骂常菁菁，称常菁菁等为"泼进来的脏水"。

> 人都说泼出去的脏水，为什么要泼出去，就是因为脏。九龙沟人也真节省，把脏水又泼了进来。她们是一伙坐台小姐、三陪女、盲流……脏水一来，臭气熏天，到处污染，九龙沟自己人遭殃了。已经要出煤的煤窑停了，老百姓的钱袋子让扎上了口；准备动工建设的别墅停了，盖了鸭圈。她们在干什么呢？她们真有本事吗？没有。她们挖地道，掘地三尺刨钱。她们以入股的名义向老百姓集资。有的老百姓被骗了钱，敢怒不敢言，因为党支部书记支持她们。九龙沟善良的人们要擦亮眼睛，行动起来，坚决与她们斗争，把她们泼出去！

接着有很多跟帖，有的跟帖质疑说那个年轻漂亮的女老板不是领导的情人就是老板的"二奶"。论据是曾经有个县官把自己认识的"坐台小姐"提拔为宣传部干部……李小芬没看过这篇文章。她看了几句就火了："咦……哪个狗日的干的好事？要是让我知道了，非把他的狗头拧下来。"她说着，又把冯俊才喊来："操你个冯俊才，你怎么管的网站。这样的破文章能登吗？要是让外边的人看了，九龙沟是个什么形象？"

冯俊才说："这是难免的。你整日不上网，怎么知道网上的事。网上骂人的话多了。咱们要在网上征求对旅游开发的意见，人家发表意见，怎么拦得住。"李小芬踢了冯俊才一脚："咦……你说这是意见？什么他妈的操蛋意见。你没看都是骂人的脏话、假话、坏话吗？你赶快把这个破帖子给我删除。不然的话，我就在董事会上提议叫你滚蛋！"常菁菁把李小芬拉开了。她说："这也不能怪冯俊才。咱网站才开通几天，他千头万绪的事，忙得脑袋都大了。"

沈耀也说："不要理它。我相信菁菁你不会被骂倒。不过，这也的确是个信号，就是说有人反对你们。"

常菁菁点了点头。

"树欲静而风不止啊！"沈耀感叹地说，"菁菁，用句上个世纪最流行的话，你们不能'埋头拉车不看路'。你得经常四下看看尤其是看看身后。"

李小芬转身看了一眼："操，我身后就冯俊才，他是坏人吗？"

沈耀和常菁菁都被她逗乐了。沈耀见常菁菁的头发上不知什么时候落了一片发黄的枯叶，没经她同意，伸手轻轻地帮着拿了下来。就在这个瞬间，沈耀公司那个背照相机的员工手中的数码相机亮了一下。

送走沈耀，常菁菁马上开了个紧急会议，传达了韩春考察九龙沟的讲话精神，以及蕾蕾带来的几个老同志在九龙沟旅游时提的建议。然后讨论县里拨下来的资金使用问题。大家一致同意把这笔钱一分为二，一半用在养殖大棚上，另一半用在三华庄豆干厂的扩建上。

三华庄豆干加工是旅游公司确定的旅游产品项目。上马旅游产品项目，杨柳曾经提过建议。她说上次到九龙沟看过后，回北京一直在想九龙沟有什么旅游产品。一般来说，每一个旅游景区都有自己的相关产品，不外乎吃的、用的、看的、收藏的这几类。她说："九龙沟的豆腐的确做的不错，干辣椒也特别有味道，苹果放到春节肯定也是抢手货，只是不好带，要好好做做文章。"这一次，蕾蕾带来的几个老同志又提出了三华庄的香辣豆腐干好，而且也建议把它作为旅游产品。所以，常菁菁一提出来，大伙一致同意。会上，决定由李小芬出面去做华老太爷的工作。

没想到华老太爷不是十分乐意。老人家诚实地对来找他谈的李小芬说："我的豆腐就是小买卖，供咱这一带父老乡亲吃还可以，要搞那么大的摊子，我想都没有想过。"

李小芬说："你有什么困难就说什么困难。你要是不想搞大摊子，说明你思想太保守太落后。摊子搞大了，产量增加了，名气大了，你的钱也就挣得多了，给你几个孙子盖房子娶媳妇也就有钱了。"

李小芬的话让华老太爷很不高兴："你才脱连裆裤子几天啊？怎么说话跟马坡似的没规矩？咱三华庄的豆腐怎么做的你知道吗？"说完，就把李小芬他们赶出了门。李小芬回来把情况跟常菁菁说了："这个老顽固蛋，根本不知道挣钱的路。"

常菁菁品味华老太爷的话，越品越觉得有道理。现在有人做豆腐为了获取高额利润，不惜掺假，把豆腐味都变了。三华庄的豆腐多年来一直受欢迎，就是仍然用的传统的配方、传统的原料、传统的制作方式，一句话说是原生态，时髦话说是绿色食品。绝不能因为挣钱就盲目扩大生产，必须做好科研和规划。为此，她和李小芬专门跑了一趟省城的食品卫生研究所。回来后，根据专家意见，拿出了扩大豆腐生产的可行性报告，比如扩大黄豆生产，保证原料；采用传统方法和现代技术结合的新的生产方式，提高效率。这次省城之行，她们还获得了豆制品系列产品的技术转让权，决定上马系列产品像豆腐皮、酱豆腐干、辣豆干。常菁菁拉上华爷爷、华联产，又找华老太爷谈了一次。华老太爷眯缝着眼，半醒半睡似的听了常菁菁的讲述、分析后，说得再考虑考虑。

常菁菁打电话把华联产叫到办公室，问他太爷爷到底还有没有别的顾虑。华联产说："你放心吧，我爷爷跟我太爷爷说了，常菁菁的话你们信就行了。她不会骗你们！我太爷爷解放前给人看相算命，他说看你面相就是个善人。"

常菁菁心里高兴，表面上却骂他："你小子心里怎么想的我很清楚。其实第一次给你太爷爷谈你就知道他们会同意的，对不对？你就是想把合作价码叫得高一些是不是？"

华联产笑了："常菁菁，我就服你。不过我要告诉你，我太爷爷和我爷爷都说了，我们家出技术，你要出钱。"

常菁菁笑着说："屁话，不出钱我跟你爷爷合作什么！"她接着又告诉华联产要多用一些村民，尤其是在外打工、因金融危机回乡的青壮年。

华联产说："不用人就我们家几个还不累死。"

旅游开发公司出面，给三华庄豆制品贷款买了设备。设备安装调试好后，华联产的太爷爷就来找常菁菁，郑重地表示同意旅游公司的意见，并且让华爷爷与公司签订了合同。华爷爷提出一个要求，要用"三华庄"品牌。他说："不为别的，有了牌子，大家都会珍惜。我爹说得好，钱再多也带不到坟墓里，名声才是大事。"常菁菁同意了，马上安排瑶瑶整理材料，注册"三华庄"品牌。

这个豆干厂边扩建边招工开始培训，安排了村里二十几个妇女就业。华爷爷自然成了三华庄豆干厂的厂长。

肉鸭养殖大棚建设的进展也很顺利。赵明明信誓旦旦地保证，春节前第一茬肉鸭就可以入棚。

第十六章

蕾蕾走的时候，冯俊才把九龙沟网站的后台用户名和密码给了她，这样蕾蕾在深圳也可以根据外部市场情况随时充实网站的内容。这种远程维护和管理的方式给了瑶瑶很大的启发，这些年九龙沟外出打工的中青年人有上百人，各行各业都有人干过，这些人里不乏各个行业的行家里手，把他们都调动起来，既抚慰了他们的乡情乡思，又能为家乡做很多意想不到的贡献。她的这个想法得到了大家一致支持。

冯俊才在网站上增加了"九龙乡情"和"乡我所想"这两个栏目。"九龙乡情"是展现九龙沟历史、现状和发展的动态栏目。九龙松的照片赫然放在首页显著位置。关于九龙松的传说、诗文也都在网上。冯俊才不知从哪个网上搜索到一位抗战时期老干部的回忆文章，文章中提到了九龙沟伏击战。他把文章略加修改，又添了几张战争的老照片，放到了网站上。"乡我所想"则是互动栏目，谁有好的建议或意见，可以随时发在网上，这些建议或意见已经采纳即赋予荣誉和物质上的奖励。

瑶瑶执笔起草了一封旅游公司给九龙沟村全体村民的信。她把信打印了几百份，九龙沟村的家家户户都有一份。李小芬和东东拿着信挨家挨户地送，赵明明则负责给在外务工还没有回来的村民寄信，村小学的学生由瑶瑶发放。瑶瑶给每个学生都写了信，学生们拿到自己平生第一次收到的信时激动万分，宝贝似的小心翼翼地放进书包，回家就迫不及待地读给父母和爷爷奶奶听。一时间，九龙沟的家家户户响起稚嫩的童音："我们是九龙沟的儿女，九龙沟是我们的家，是我们世世代代生活的地方……"

结合信的内容，瑶瑶又给学生们出了个作文题《我的家园》。学生们的作文交上来后，瑶瑶选择好的发到了网上"九龙乡情"栏目中。在外务工的村民收到旅游公司寄来的信后，都在第一时间登陆了九龙沟自己的网站，读到"九龙乡情"栏目小学生的作文后，留下了几百条评论，很多人用了热泪盈眶、泪流满面这样的词。省城一位电视编剧看了几个小学生的作文，半夜里打来电话。电话先是打到冯俊才的手机上，他说很想了解一下留守儿童的生存情况。冯俊才对这方面不太了解，就让他打电话找常菁菁。于是，那个编剧又把电话打给了常菁菁。

那个编剧报了自己写过的两部电视剧名字，常菁菁马上高兴地说看过，印象很深："刘编剧你的大名我早已如雷贯耳了。"刘编剧听了常菁菁的话也很高兴，说是没想到自己的作品还有那么大的影响。他告诉常菁菁："九龙沟在网上搞这样的活动不仅是个创新，而且非常实用。我看那几个孩子在网上与在外地打工的父母对话，眼睛都让泪水泡肿了。"接着，他说明了他的意图。

常菁菁没想到省城也看九龙沟的网站。她对刘编剧说："你要是真有兴趣写那些留守儿童，就来九龙沟采访吧。""你们会让我看真实情况，让我了解真实情况吗？"刘编剧有些担心。常菁菁说："这个你放心。九龙沟是搞旅游的，旅游自身就是一个开放的形态。"

常菁菁和刘编剧在电话中聊了四十分钟。刘编剧再三问常菁菁回乡创业的情况，说是想根据常菁菁的经历写部电视剧，常菁菁婉言谢绝了。

还有许多素不相识的网友，感动于这种网络上滚烫的乡情，也留了言。这些文章和留言也让常菁菁和冯俊才、瑶瑶、李小芬等人感动不已，于是不失时机地在团员青年中展开了"爱我九龙沟"的专题讨论。一对在深圳打工的夫妻在网上提出，他们家两岁多的孩子留在家里由父母带着，而父母年龄都大了，看不住调皮的孩子，即使能看得了也不能给予孩子学前教育。他们建议村里办个幼儿园，以解除他们的担心。常菁菁在网上答复说马上就办。

九龙沟网站轰轰烈烈的"爱家乡、评家乡、建家乡"活动引起了团县委的重视。团县委书记孙同用"赤子心"的网名在网上和常菁菁进行了一个多小时的对话，常菁菁热情洋溢地向网友"赤子心"介绍了九龙沟的风光、现状和发展构思，字里行间充满了对家乡的热爱和建设家乡的信心决心。"赤子心"也对她提了几条建议，比如九龙沟"垃圾围村"的问题要解决，新农村的内容之一就有"村容整洁"。常菁菁当即表示接受他的批评。后来，团县委的几个工作人员来到了九龙沟。见了常菁菁后，一位干事告诉她，"赤子心"是团县委孙同书记。

常菁菁一下子变得不好意思起来："孙同怎么不早说，害得我在他面前班门弄斧出洋相。"她和孙同认识，所以直呼其名。

团县委的同志参观了青年网吧和正在建设的养殖大棚以及几个景点后，专门开了个座谈会，研讨'支部＋协会＋公司＋农户'的模式。他们说这个模式对新时期、新形势下如何做好团的工作是一个探索和创新。常菁菁听了，心里非常高兴。这对于她来说，无疑是一种动力。

吃罢中午饭，李小芬提议说："我们请团县委的同志洗个澡吧，别让人家一身臭汗离开咱九龙沟。"团县委的那位干事惊奇地问："你们村也有浴室？"

李小芬说："咦……你这个同志怎么不相信人？我们的洗浴中心今天正式开业，叫大澡堂，以后我们还要开美容院、健身房呢。"

洗浴中心在一周前投入使用，开业当天，周边的村民来了不少。尽管洗浴设备还有些简陋，毕竟能洗澡了。澡堂的负责人反映，开业第一天，就有两百多个村民洗浴，最多的是老人妇女带着孩子。每人一元钱的澡票，收入了两百多块。第二天来了四五百人，邻近村子的就有一半以上。邻近村子的人对大澡堂评价很高，说没想到咱农村也有了澡堂子，想什么时候洗就什么时候洗，今年能干干净净过年了。邻村一位村干部说："我记得朱总理说过，他老人家最希望的是什么时候农民兄弟每天也能洗个澡。如果他知道这事九龙沟办到了，说不定会过来看看！"

一些外出务工回来的人也很高兴，说没想到不出村也能洗澡了。

大澡堂运营一周后，效果不错，所以今天正式开业。李小芬介绍完情况，对团县委的几个人说："你们是开业来的最高的官，就给我们剪彩吧！"

那个干事调皮地说："进了澡堂都光着身子，怎么剪彩？那不是一剪没了吗？"他的一句话把大家逗乐了。李小芬想脱鞋子打他，一想他不是冯俊才和马鸣，又把鞋子穿上了。

春节眼看就要到了。李小芬是个急性子，她在晚上的公司办公会上，郑重其事地建议春节期间旅游试营业。

冯俊才首先反对。他说："心急吃不了热豆腐。咱的景点还没完全建好，服务也跟不上，最好等到'五一'。"

李小芬翻了翻眼皮，不满地说："咦……你姓冯的当然不急。我还等着挣了钱在北京买房子呢！"

瑶瑶也支持冯俊才的意见。她说："咱这山区到了春节是旅游淡季。咱不提营业这个词，有人来咱就接待。这样，万一出了什么差错，不至于影响到整个公司的形象！"

李小芬十分恼火，骂冯俊才和瑶瑶穿连裆裤子："你们俩现在一尿就能尿到一个壶里！"她曾私下在常菁菁面前发牢骚，怀疑瑶瑶喜欢上冯俊才了。常菁菁劝她不要多疑。她只要听到瑶瑶说冯俊才的好就来气。

赵明明、东东也支持瑶瑶的意见。华联产则支持李小芬。争论了半天，最后还是瑶瑶的意见得到大多数支持。

常菁菁把上次蕾蕾走时留下的几条意见说了，比如导游和讲解员培训、农家饭店、旅店的规范化管理、后勤保障等，让大家发表意见。

苹苹说："原以为蕾蕾带人是来旅游的，没想到却是来挑刺的。咱们这是乡村旅游，她拿一些大景点比，当然到处是错了！"

赵明明打断苹苹的话，说："人家提的意见都很对。"

李小芬翻遍了口袋，装的瓜子早已没了。对她来说，没了瓜子就像抽烟的瘾君子没了烟，两手不知放那儿好。她急得团团转，想赶快结束会议，就抢着说："常菁菁你就决定吧。你决定了大伙执行就行了。"

冯俊才说："你李小芬又想当'倒背手'，什么事都推给董事长一人身上。"李小芬踢了冯俊才一脚："咦……你觉得'倒背手'刺激是不是？"

冯俊才没搭理李小芬。他认真地说："我提个建议，导游培训交给二月和瑶瑶，以二月为主；农家乐饭店旅店要制定统一标准，实行统一管理，这事还得苹苹抓……"他好像早已有所考虑，说得井井有条。

赵明明这次没支持冯俊才。他说："人家不归咱公司，你怎么'统一'人家？"他的话让常菁菁陷入了沉思。的确，旅游景区建设不同于一两个景点建设，景区的发展必须有一个统一的规划。她觉得应当考虑这件事了。

李小芬又提出一个建议，春节期间搞一个"九龙高跷比赛"，邀请周边乡村甚至全县的高跷队来参加，既可以宣传推荐九龙沟的旅游，树立九龙沟的形象，又可以让村民过一个欢乐祥和、热热闹闹的春节。她的提议得到了多数人赞成。二月说："小芬姐跟冯俊才大哥学会了创意！"李小芬听了，阴沉的脸上露出了笑容。她没等常菁菁总结就匆忙走了。

常菁菁回到家，一眼就看到屋子中央放着的一台轮椅车。不用问，是沈耀派人送来的。常菁菁的妈妈正在擦着轮椅车上的扶手，一脸得意洋洋。她对常菁菁说："我看这个姓沈的老板人不错，知书达理，很懂礼貌，还讲信用。"

常菁菁没有接妈妈的话茬。不过，她对沈耀的一片真诚还是非常感激。

老年人和妇女的高跷队成立起来了。第一次排练时，效果比想象的要好得多。在这一带农村踩高跷不稀奇，尤其是上个世纪五六十年代，只要农村有重大活动或者百姓家的庆典，高跷都是一马当先，出尽风头。九龙沟自古就有老人和妇女踩高跷的传统。刚解放的时候，九龙沟的高跷队还被请到省城，在欢迎大军入城的群众游行队伍中露了脸。到了七八十年代，一些地方踩高跷被其他形式替代了，九龙沟却保留了下来。这在其他地方是见不到的。为了调动老年人和妇女的积极性，同时也是按市场规律办事，九龙旅游开发公司与每一个队员都签订了演出合同，每演出一场，每人付十元钱的演出费。那些会踩高跷的老人妇女积极性很高。他们不仅找到了欢乐，也有了收入。但是，刚排练没几天，负责管理高跷队的李小芬就有些不安地提出一个难题，说是如果不解决，会影响老人和妇女的情绪和积极性：有的人家子女在外务工，孩子放在家里。村里没有幼儿园，孩子没地方放。已经有几个人退出了。李小芬说："今天退出一个，明天退出一个，到春节时没了人，我可负不起这个责任！"

常菁菁知道，李小芬是个沉不住气的人，已经把消息发到了网上。本县和邻县已经有十几个高跷队报名来参加比赛，万一九龙沟自己连个高跷队都组织不起来，势必影响九龙沟的形象。用"工农兵"的话说，是"丢人丢到姥姥家了"。她觉得这是件大事，就通知各部门负责人，开会讨论解决的办法。开会前，李小芬冲她发了几句牢骚："你常菁菁真是民主的典范，屁大点事也得开会商量，让大家发表意见。你就不能果断一点拍板？你没听都有人说你耳根子软，还有的说你没主见。"

常菁菁沉吟了一会儿，说："我不怕别人怎么说。我个人认为，一个组织，比如咱们团支部、青年创业协会、咱这样的公司的领导人，不能靠在组织中的地位、权威来对他人发号施令，而是应当集思广益，博采众长，这样才能减少决策的失误。一个没有民主的组织，注定不会有生命力！"

李小芬笑了："我他妈的真服你了。你是在给我上团课吧？"过一会儿又说："你听听你三句话离不开'我个人'，不愧是和欢庆钻过一个被窝的！"

常菁菁踢了她一脚："滚蛋，一边玩去。谁和他钻过一个被窝？"

李小芬一愣："真的，你真没和他办过事？"

到了会上，李小芬先讲了情况。她的话一说完，瑶瑶首先发言："我们办个幼儿园吧。菁菁上次给深圳打工的小两口回信承诺过了。只是一时找不到幼儿园园长合适人选。办了幼儿园既能让老人和妇女放心地参加演出，也能让在外务工的人安心工作。"

大伙都没表态，就连平时像小钢炮一样的李小芬也选择了沉默。瑶瑶看看这个，又看看那个，觉得不可思议："我，我说错了吗？"

常菁菁想了想，在瑶瑶建议的基础上，提了个方案。她说："我统计过了，咱们村有三十多个该上幼儿园的孩子，这些孩子的父母大多在城里务工，也就是现在时髦地称呼'留守儿童'。如果每个儿童都免费上幼儿园也不公平，能不能变个法子，凡是参加高跷队的人家，孩子免费上幼儿园。我们也不要给那些家的老人和妇女付演出费用。那些有能力支付学习费用的，咱们可以平价收费。"

苹苹说："那样吃亏的还是咱们公司。"

常菁菁说："咱们回乡创业，不就是为咱自己的父母和父老乡亲能过上小康生活吗？这点亏咱得吃。九龙沟不光是要自然环境好，还要软环境、人文环境好，这样才能让游客真正喜欢这里。咱们现在做的这些，也是为旅游开发服务，是旅游开发的一个组成部分。"

大多数董事支持常菁菁的意见，这一项就算通过了。常菁菁让瑶瑶负责筹备，先租用村小学一间教室，幼儿园园长的人选，大伙都可以推荐。她本来是想开个短会，一事一议，议完了形成决定了，就各司其职去执行。没想到马鸣一下站起来，气呼呼地说："我要提意见！"

大伙都愣了。李小芬问："你给谁提意见？"

马鸣说："咱有的部门经理有私心，损公肥私。"

马鸣说完，屋子里出现了短时的寂静。大伙你看看我，我看看你，都有些茫然。常菁菁心里咯噔一下。从旅游开发公司成立到现在，大伙基本上是团结一心，即使有些意见分歧，有些磕磕碰碰，但是还没有出现过矛盾和纠纷。马鸣这一举动，让她一阵不安：难道内部出了什么问题？她想了想，对马鸣说："马鸣，能不能咱们先聊聊？"

马鸣说："我觉得还是当面提出来好。我这个人直来直去，不怕得罪人。"

瑶瑶在常菁菁耳边说："都是自家人，就让他说吧。"

马鸣见常菁菁示意让他往下说，就把苹苹经常从大食堂往她妈妈"工农兵"的饭店白拿东西，这次给蕾蕾带来的深圳来的几个老同志买的香辣豆腐干也是从大食堂拿了，又收了人家钱装自家口袋的事说了。

苹苹一听就火了，跳到马鸣跟前，指着他的脸说："马鸣你个混蛋听谁造的谣？我从没占公司一分钱便宜。谁占公司便宜，让他生孩子没屁眼。"说完，又对常菁菁说："菁菁你可得给我做证。我管钱用不用心，捞没捞，你们可以查账呀！"

赵明明也生气地骂马鸣："你小子他妈的从哪来的消息？你该不是看苹苹妈妈开饭店挣点钱眼红了吧？你要缺钱赌博，可以借给你三块五块的！"

马鸣一下子火了，抓住赵明明的衣领，抡起拳头就要动手："你他妈的赵明明！我是为了公司好，反遭你的污辱。老子把你的脖子拧断。"赵明明有苹苹在一旁助阵，反手也抓住了马鸣的头发。常菁菁上前去拉，被马鸣推开。李小芬见状，提起炉子上烧开的水壶，威胁说："你们双方再不松手，我就把这壶开水浇上去了。"她这一招果然灵验。赵明明先松了手。马鸣也松开了。

常菁菁非常生气，严厉地批评了他们两个人说："千头万绪的事在等着咱们做。你们却大动干戈甚至要大打出手，丢不丢人？现在，我们不仅是一个村的老乡，一个协会里的同志，还是一个公司的职员。我们的公司，是搞商业的，要参加市场竞争，要争取利益最大化。希望你们好好想一想，这样下去，怎么能搞好？"

李小芬说："赵明明马鸣你们两个混蛋今天都得好好做检讨！"

苹苹不依不饶，哭着闹着要马鸣说清楚，还要常菁菁给她平反昭雪，不然的话就辞职不干了。她说："你赵明明也不能再跟着干。不然我给你玩命！"说完，她夺门而出，扬长而去。

苹苹一走，李小芬又跳起来了："咦，老虎屁股碰不得了啊？我觉得马鸣是为公司着想，也就是为咱大家着想。我支持他！"

会场上出现了骚动。二月说："有错误就不能怕别人批评，又不是故意找茬给谁难看！"瑶瑶说："马鸣是有些冲动。但出发点是好的。"……常菁菁见大伙都说了意见，最后才说："明明和苹苹两口子都在咱公司工作，还都管着一摊子事，为咱公司是出了力，做了贡献的。"大伙都说："是。"马鸣也说："我也承认这一点，不过功是功，过是过，做人要'小葱拌豆腐——一清二白'。对不对明明哥？"

赵明明不好意思地笑了笑，说："我一天到晚长在大棚里，不敢放松一点。对家里的事问得少了。我回去问问苹苹和她妈，要真有这种事，该打就打该罚就罚！"

听了赵明明的话，常菁菁心里很高兴，同时，一个主意在她心里瞬间产生。她对大伙说："我忽然想起来了，这事苹苹妈妈给我说过。她说饭店一开业，村委会的经常带人去那里吃饭，还光记账不结钱。她是小本买卖，赔不起，不想干了。我就给她说，婶子，有了公饭，你可以让大食堂那边送点菜啦油盐酱醋什么的。这事我也忘了告诉明明和苹苹，我做检讨！"

马鸣不信，刚要争辩，常菁菁给了他一个示意的眼神，没让他说话。接着，常菁菁又说："明明你回去劝劝苹苹，就说我向她检讨了。明天我再去给她妈妈做个检讨！"

赵明明赶忙摇头："哪能哪能，她给你检讨还差不多。"不光赵明明，所有在场的人都心知肚明，常菁菁是在给赵明明和苹苹一个台阶。

这时，冯俊才来了。他一坐下，李小芬就冲他嚷道："操，你到挺会算时间，赶着散会来了。"常菁菁问冯俊才有没有要说的，冯俊才犹豫一会儿，说："马凯给我说过，马联合、李小良为首的那些小煤窑筹备处的人，天天到处瞎逛荡，逛荡累了不是喝酒就是赌博，还在村民中间拉拢一下这个拉拢一下那个。他们说许可的几'证'上边很快就要批下来了。"

他这样一说，李小芬先跳起来："操，你是干什么的？那就把他们赶走呀！"

赵明明说："有马坡支持他们，咱们怎么赶他们。"

马鸣火气旺，一拍桌子："要是你们都同意，我自有办法把他们赶走。我他妈的把他们中的一个人的筋给挑了，看看其他人不屁滚尿流。"他看了一眼神情严峻的常菁菁，不好意思地笑了笑，又说："李小芬你也别怂恿我打架……"

常菁菁说："他想干什么就干什么，只要不破坏咱们的景点，就不要理他。至于他们的煤窑能不能开成，自有人管。"她还特别告诫马鸣以后不要和人打架："你现在不是过去的马鸣了，你是九龙沟旅游开发公司的部门负责人，代表的是公司形象。"

快要散会时，李小芬突然四下张望一下，问冯俊才："马凯怎么没来开会？他也是部门经理，应当参加会议。"

冯俊才回答："他让我代他给菁菁请假了。雪莲晚上摔了一跤，他送雪莲去镇上医院……"他的话没说完，李小芬惊奇地把嘴里的瓜子皮吐了出来：

"咦……马凯真够孝顺的。雪莲还不是他婶子,只是他马坡叔的情人,他就伺候得那么周到!"

东东也觉得莫明其妙,说:"马凯回村后,对雪莲的关心那真是无微不至。我看已经远远超过马坡了。马坡对雪莲是什么时候想用就叫过来,而马凯是雪莲什么时候困难他什么时候出现。哎,马凯不会是和雪莲搞姐弟恋吧。现在姐弟恋挺时髦的。"

赵明明瞪了东东一眼:"你别瞎胡乱扯。马凯得叫雪莲姨呢!"

常菁菁看他们越说越远,就让他们打住。她看开短会的计划不能兑现了,就让大家再想想还有什么问题。冯俊才说:"那段陡坡的进度还得加快些,否则到下了雪结了冰,施工难度更大!"

马鸣说:"马凯给我说了,他和那帮子兄弟一天到晚累得屁股冒烟,一睡下都吵着腰疼。"他还没说完,李小芬就嚷嚷开了:"咦……他是不是这些天做那种事累的"。

冯俊才沉不住气了。他站起来说:"董事长我有个建议。咱得定个文明公约,以后谁在开会时说脏话骂人的话和黄话,得给予处分!"

马鸣说:"要处分也得先处分你媳妇。每次都是她嘴里脏话多。我都想象不出来,她要是和你做那事时说脏话你怎么还能有兴趣?"

马鸣的话把大伙逗乐了。李小芬刚要脱鞋子打马鸣,弯下腰又直起来,说:"从今天开始,我李小芬'戒口,一是不嗑瓜子了,二是不说脏话了。不过,对马坡那帮孙子,我还得骂!"

常菁菁催着赵明明介绍肉鸭大棚建设情况。赵明明说:"我讲话不行,让东东说!"东东也没推辞,把施工进展讲了,她说:"再过几天大棚就可以投入使用。我们几个人商量,春节前让苗鸭进棚!让它们和咱一起过年。"

散会以后,常菁菁把马鸣留下来,直截了当地问他:"马凯和雪莲是不是有那个意思了?"马鸣想了想,反问:"董事长,他们俩要真有那个意思,你会反对吗?"常菁菁一下子被马鸣问住了,好大会儿没回答上来。马鸣见她有些为难,对她说:"马凯没说他和雪莲怎么样。他只给我说雪莲不打算和马坡再来往,当然是那种来往,亲戚还得走。"

常菁菁若有所思地点点头。

事实上，雪莲的确不打算再和马坡保持那种不正当关系。自打到大食堂上班，她就把心扑在了上边，一天到晚不闲着。但是，马坡不甘心，他不相信雪莲会下决心割断和他的那种来往。因为在他眼里，雪莲就是个老实巴交的乡下女人，一个无能的女人，是缠在他这棵大树上的藤条，离开他就不能生存。这些年，雪莲一直靠着他接济。她男人在外打工时从脚手架上掉下来，摔成了残废，养家糊口的责任都在雪莲身上。老人看病吃药，孩子上学都要钱，雪莲难为地常常在雪花面前流泪。他把雪莲的男人安排在县城的洗浴中心前台收款，管吃管喝管住，不给工资。她男人明白自己不能养家了，不能做爱了，对妻子睁一只眼闭一只眼……当然，雪莲也给了马坡很多享受。雪莲长得虽说不是非常漂亮，但身材好，皮肤也好，而最重要的是让他放心。她不会出卖他。一个女人和自己的亲姐夫有这种事情，怎么对外人开得了口？她干净，不用像与洗浴中心一些小姐干那事时得戴避孕套，而他最不喜欢戴那玩意儿。常菁菁让雪莲上工地大食堂，他没有反对。他觉得雪莲会认为是他帮她要来的，更感激他，能继续和他保持那种关系。他另一方面是想让雪莲"潜伏"在常菁菁的公司，能给他提供一些常菁菁那边的信息，关键的时候能帮他给常菁菁使点坏。可是，没想到他几次让她过来，她都以"忙不过来"搪塞他。

雪莲不是搪塞他，而是要和他彻底割断那层关系。就在常菁菁她们开会的时候，马凯和雪莲的关系正在发生实质性的变化。

雪莲摔得不轻，虽说没有骨折，但头上的伤口却缝了好几针。马凯说："好险呀，再往下一点就破相了。"

雪莲说："破相好，脸要是变成花的，那个贼就不祸害了。"

马凯知道她说的那个贼是马坡，就狠狠地说："那个贼种，早晚我得收拾他。"雪莲说："你别乱来，别害了自己。"

把雪莲从镇上的医院送回家已经是半夜了。头上雪白的绷带映得她脸色有点苍白。马凯轻轻地抚着雪莲的头发，心疼得够呛。他把雪莲的头放在自己的胳膊上。雪莲说："你不该这样，我不干净。"

马凯说："雪莲，别这么说，你就像你的名字，又干净又美丽。"

雪莲的泪水流下来："马凯，你别宽我的心，我不是个好女人，我脏啊。"

马凯捂住雪莲的嘴："别说了雪莲，别说了。你是个好女人，又好看，心

244

眼又好。"

雪莲说："马凯，你去吧，你是个干干净净的男人，村里的女孩多的是，我不能毁了你。"

马凯用自己的嘴堵住了雪莲的嘴。雪莲推了他一把，没推开，就情不自禁地抱住了。两人热烈地拥吻着，马凯就去解雪莲的衣服。

雪莲用力推开他："不行，不行！"马凯尴尬地站在床前，有点手足无措。雪莲重又偎在他怀里："明天吧，明天，我干干净净地等你。"

第二天雪莲到大澡堂洗了澡。她洗得很仔细，把身上每一个地方都洗得干干净净。回到家，雪莲换上了崭新的床单和被子，穿上了崭新的粉红色内衣，又用桃木在屋里点上了一堆火。农村自古以火为至高无上的洁净，有什么脏的邪的，用明火烤过就视为干净了。雪莲的火烧了一天。红红的烈烈的桃木火，让雪莲变得仙子般圣洁，新娘般喜悦。

晚上，马凯来了。

马凯是第一次，雪莲觉得自己也是第一次。一个女人把心交给了自己心爱的人，她就是第一次。雪莲的第一次很神圣。

第十七章

　　临近春节是外出的村民们返乡的高峰，往年的这个时候，每天都有一群一群的村民们拎着大包小包神采飞扬高声说笑着走进村里。那一刻他们是凯旋而归的将士，手里拎着的是他们的战利品，那些包裹里装着的是他们妻子儿女的希冀和欢乐，是爹妈的欣慰和泪水，是给自己的奖赏和荣誉，是他们在村里安身立命的尊严。至于吃过多少苦，受过几回伤就深深地埋在肚里留待月黑风高的夜里说予自己听。每年的这个时候，村口的大树下每天都有成群的孩童遥望着线一般飘进村里的山路，遥遥的一个黑点出现在路的尽头就会令孩童们心跳不已，那是谁的爹、谁的娘？那是谁的哥、谁的姐？等到了亲人的孩子立刻就拥有了整个世界的幸福，等不到亲人的孩子只有在别人家的鞭炮声里独自泪流。乡下的孩子从童年等到青年，然后就外出，再然后成了被别人等的对象。年复一年。周而复始。

今年却不同。国庆节时，就陆续有外出务工的村民返乡，临近春节时返乡已经接近了尾声。回乡的村民一律臊眉搭眼，不再高声说笑，手里拎着的包明显小了一圈。也有不少回不来的。像深圳的秦晖，提心吊胆地操持着自己的公司；更多的是怕回乡后失去工作，失去待在外面的理由，失去期盼。说到底，回不了家是回不起家。儿女的学费吃穿要钱，老人的赡养要钱，盖新房子要钱，种子农药化肥要钱，这些都是必要的开支，这些都要用血汗去换，相比之下，回家团聚和温暖的亲情就成了一种奢侈，一种高昂的成本。不如除夕之夜朝着老家的方向给爹妈磕一个头，不如秉一杯浊酒举向家乡给妻子儿女一个祝福，不如用劣酒把自己烧成通红的火炭让晦气化为灰烬育肥来年的希望。爹，妈，儿子明年就好了，明年一定回家。儿子，爸明年就有钱了，明年一定回家。今年盼着明年好，明年长袍改成袄。农民工，二三十年前赴后继，把自己最闪光的青春，最光彩的岁月，最精壮的身体给了永远不属于他们的外地，终于干不动了，终于没人要了，儿女就到了自己当年的年纪，接着去重复自己曾经的经历，去承袭自己当年的称号——农民工。而他们盖过的高楼，成就了成千上万的富翁；他们打理过的街道，上演着五彩缤纷的绚丽；他们血汗铺就的道路，承载着这个国家的速度……

雪停后，从镇里到村上的路上结了冰，十几里山路在归乡的情绪里变得急切而遥远。常菁菁、李小芬、东东、华联产、赵明明、马鸣，还有许多许多都曾是农民工的一员，都品尝过春节临近的那份期盼，那份辛酸，那份沉重，那份孤独无助和无奈。常菁菁专门召开了会议，研究决定从腊月二十起，在镇上设立一个返乡农民工接待站，就放在长途汽车站旁边。她从东洲公司借了一辆中巴车，又把她的切诺基也贡献出来，由李小芬负责，上午下午各一趟，把回乡的村民拉回来。虽说回来的人不多，但冰天雪地里坐在接自己的专车上，坐在暖暖和和的软座上，不少人还是流下了泪。九龙沟变了，家乡变了。李小芬动情地跟村民说："明年要是再回来，接你们的就是咱自己的大巴车了。"有的村民说："明年就跟着你和菁菁干了。"

冯俊才的点子多，有些事总想在前头，也想得比较细。他把制作好的宣传九龙沟旅游的光盘交给李小芬，让在中巴车上播放。同时，还印了一些宣传材料和表格在车上发给这些人，以便他们了解自己家乡旅游开发的进程，大棚养殖肉鸭的好处以及承租大棚的办法，愿意下车前填写调查表的可以在车上填写，不愿意填写的可以回家考虑考虑，与家人协商以后再填写。那些回乡过节的人中，有的是闹金融危机企业减员回来的，正愁节后就业的问题，这下喜出望外，回到村里马上就有了新的工作，天降的好事啊。所以，在车上就有不少人填了表，有的要进三华庄豆腐厂，有的要进景点修建队，还有的要承包养殖大棚。也有一部分人说是回家考虑考虑。他们中有的是节后还要回打工的企业，有的则是怕得罪马坡，也有的是不想留在山沟里。

公司例会的时候，瑶瑶和二月建议春节开一个联欢会，让回乡的村民高兴一回。她们的建议得到了所有人的支持。联欢会就交给瑶瑶和二月筹备。

接下来的几天，瑶瑶和二月紧锣密鼓地筹备联欢会。

就在这节骨眼上，九龙沟又发生了一件轰轰烈烈的大事。这件事差点儿让常菁菁改变了人生经历，也差点儿让九龙沟的旅游开发前功尽弃。

腊月二十三，俗称过小年。从这天开始，人们就开始忙活过节。昨天，九龙沟旅游开发公司第一次给职工发工资，很多人不出家门就领到了现金，喜悦之情溢于言表。整个村子里热闹到深夜。常菁菁很晚才回到家，她睡不着，兴奋地在博客上写道：

> 那些老人、妇女以及从城里打工回来的人们，在自家门前领到了工资，一个个高兴的眼神、点钱的动作、小心翼翼地把钱揣进口袋里，摸了又摸……那喜悦的情景，让我看了，高兴得心里流泪……

今儿一大早，她准备出门，刚打开门一下子愣住了。她家的门前围了二十多个人，妇女占了一多半，个个怒目而视地看着她。她惊奇地问："你们，你们有什么事吗？"

马坡的媳妇雪花拉着麻奶奶从人群中走到前边，把麻奶奶向常菁菁面前用力一推。麻奶奶一下子扑倒在常菁菁的怀里。常菁菁赶忙把麻奶奶扶着站好，笑着问："奶奶，您找我有事吗？"

　　麻奶奶冲她笑了笑，看了雪花一眼，见雪花瞪着自己，又板起了面孔。不过，她一直没有开口。雪花指着常菁菁说："麻奶奶前些日子去二闺女家了，昨天才回来。她听说你们趁她不在家，骗她儿子把承包的地流转给你们了，气得和她儿子吵了一架。她这次来就是要把她家的承包地要回去。要不回去就死在你家门口。"她说着摇了摇手中的瓶子："这是剧毒农药，她要喝，让我给夺下来了！"然后，指着这个，又指着那个，说："他们都是在外边打工回来的，都是来要地的！"

　　常菁菁马上明白了，这帮人是雪花，不，更准确地说是马坡指使来兴师问罪的。她竭力让自己保持着冷静，问麻奶奶："奶奶，您儿子多大了？"麻奶奶脱口而出："四十五！"常菁菁说："他给您说我们骗他了吗？"麻奶奶一时语塞，看了看雪花，又看了看人群。人群中有人在笑。

　　雪花急了。她朝人群吼道："你们怎么都装聋作哑了？昨天晚上不还说得好好的，不要回地，要现钱也可以。你们……"

　　人群中有人这才喊开了："常菁菁，你趁早退回我家的承包地，不退就得给现钱！""你不退回地不给钱，俺们就告你！""俺们死在你家门口，让你家过不好年……"

　　这时，雪莲急急忙忙赶来了。她上前拉住雪花，劝阻说："大姐，你这是何必呢。人家菁菁又没招你惹你。"雪花打了雪莲一个响亮的耳光："你个贱货，想找死啊？！"常菁菁见雪花动手打人，就上前拦住雪花。雪花手指着她的脸发了火："常菁菁啊常菁菁，怪不得你拉雪莲跟你干活，你是想让她当卧底，对付她姐夫。你安的什么心？"

　　雪花带着腥臭味的唾沫迸到常菁菁的脸上身上。常菁菁是个爱干净的人，当然不喜欢腥臭的唾沫。她往后退了一步，想离雪花远一点。没想到雪花紧逼一步，跟得更近了，常菁菁想把她推得远一些，更是火上浇油。雪花竟然一只手抓住她的头发，一只手去挠她的脸。常菁菁白净的脸上添了彩，一道血印像一条可憎的虫子斜斜地挂在脸上。正在这时，常菁菁的妈听到门口吵嚷声出来了，看见女儿的脸被雪花抓破，怒不可遏，哇的一声老虎般把雪花扑倒在地，脱下鞋子一边朝雪花脸上打去，一边骂道："你这个死不要脸的烂娘们是吃屎长大的，把自己亲生妹妹送给自己男人玩，不知羞耻。你凭什么打我闺女！"

常菁菁赶紧去拉自己的妈妈。可她妈妈正在气头上，怎么也拉不起来。就在这时，马联合和李小良仿佛从天而降。马联合拉开常菁菁的妈。雪花趁势给了常菁菁的妈妈几个耳光。李小良见马联合拉偏架，悄悄地使了个绊子，让雪花摔了个嘴啃泥。

常菁菁妈妈嘴里还在不停地骂："你这个臭不要脸的，凭什么打我闺女？打人不打脸，骂人不揭短，你今天要不赔我闺女的脸，我就撕破你的脸！"

雪花一边从地上爬起来，一边张牙舞爪地向常菁菁妈妈身边冲："你闺女还要脸？在北京绑了个男人，还和人家姓沈的老板不三不四，又勾引刘日本合着来欺负俺！"

马联合觉得这种场合当然是他发挥作用的地方，不问青红皂白把常菁菁的妈训斥了一通："你这是干什么？像个泼妇蛮横无理！你让老少爷们看一看，听一听，你骑在雪花身上大打出手不说，把你拉开了你还不停地骂。我雪花婶子是个病秧子村人皆知，怎么能这样打她？这不是欺负人吗？你让你闺女回村来办公司搞开发就是想鱼肉乡里，作威作福啊？！"

雪花听了马联合的话，躺在地上干脆不起来，不住地喊着："常家欺负人啦，我的腰要断了！"

常菁菁妈当然也不让马联合："你眼是戴驴套了还是瞎了？你没看见我闺女让她欺负吗？"

马联合这才假惺惺地走到常菁菁面前，仔细地看着常菁菁脸上的血印，那表情分明是在欣赏一幅作品。常菁菁生气地转过身。

二月这时也过来了。她看了一眼，拔腿就跑，边跑边喊："有人欺负常菁菁啦！青年创业协会的人都过来啊！"她这一喊，整个村子都被惊动了。很多人朝常菁菁家跑去。马鸣一边跑还一边骂。后来有人带着夸张地说："就像'文革'两派要打架时一模一样！"

最先赶到的是苹苹。这个过去生怕招惹马坡、是非缠身的女人，赶到后就站在常菁菁的身边，仿佛随时要挺身而出保护她。

马联合问雪花发生了什么事情。雪花让麻奶奶说，麻奶奶不愿说。她又让跟她来的其他人说，点了一圈名字也没有人应。她没办法了，只好朝雪莲身上推，说："雪莲家过去条件不好，都是我这个当姐姐的接济。雪莲为了报答我这个做姐姐的，就把我家的家务活都包了下来。常菁菁让雪莲办大食堂，把她家的地当条件，强迫雪莲必须以地入股。雪莲的老公知道后不同意，要退合同。麻奶奶他们听说退地也跟着来了，要常菁菁退地赔钱。常菁菁没等俺们说话，就张口骂人……"

马联合故作惊讶地说："这种事情太不应当发生了。你们公司财大气粗就可以这样欺负老百姓，不让老百姓讲理呀？"傻子都听得出马联合言语间的幸灾乐祸。雪花听了果然哭天抹泪，边说边骂："俺们怎么知道姓常的财大气粗，心比蛇狠？"马联合借题发挥说："这种事情让整个村都丢人。你们想致富想发财没人怪你们，这年头谁不想致富不想发财脑子肯定有病。但你致富发财不能损人利己。别以为老子天下第一，想干什么就干什么。签了一纸合同顶个屁用。万一你的公司垮台，老百姓找谁要钱去？"

他这番话引起了在场村民的很大反响，一时间，这个吵着撕毁合同，那个吵着兑现现金，把常菁菁的头都吵昏了。

"马联合！"在镇上接村民回来的李小芬突然一声大喊，走到马联合面前，指着他的鼻子说，"操，这儿还有个不要脸的！本来常菁菁和康爷爷都按着不让说，想让你们找个台阶下，没想到你们是给脸不要，得寸进尺。今天你给大家说清楚了，东洲公司给的三百万补偿费你们弄哪个窟窿里去了！"

马联合急了："放你妈的屁，你屙能屙出三百万呀？！"

李小芬习惯地想把手中的瓜子皮扔到马联合脸上，发现自己并没有嗑瓜子，就指着马联合骂道："咦……又给了你一回脸，你还是不要，我们手上有你们和东洲公司签订的合同，收钱的收据。你们想要赖皮也赖不掉。你今天不给大家说清楚钱都哪去了，就别想安生。"

雪莲也哭着对大伙说："雪花她胡说八道，我家的地还没入股，怎么能说起退股？"

苹苹也指着周围的人说："你们谁听雪花造谣谁最后倒霉。看看，她亲娘生的妹妹都不信她了！"

李小芬、雪莲和苹苹的话一落音，围观的人群一下子炸了锅。

"马联合，小芬说的是真的吗？""马联合，你把钱弄哪去了？""马坡个狗日的还想进大牢啊，敢匿那么多钱！把钱拿出来！""雪花你他妈的骗人，真不要脸！"

雪花骂马联合"没屌能"，"你就是瞎咋呼行，到了动真的就孬种了。我看你叔叔也是瞎了眼，用你和李小良还不如养两条狗！"

马联合被围在人群中间，想走又走不掉，被雪花一骂，急得嘴都哆嗦了。他指着李小芬喊道："李小良你狗日的还不赶紧把你妹妹弄走！"

李小良过来就拖李小芬。李小芬对李小良又踢又打。李小良拼命地拉她，李小芬的上衣被拉起来，露出雪白的后腰和肚皮。冯俊才和马鸣不知什么候过来了，冯俊才过去一把推开李小良，扶起李小芬，帮她整理好衣服。李小良见冯俊才上手，终于有了撒邪火的对象，照着冯俊才的脸就是一拳。冯俊才闪身躲过。李小芬冲冯俊才喊道："冯俊才你要是个爷们，就给我狠揍李小良这个狗不吃的东西！"李小良又是一拳打过来，冯俊才不好还手，又是闪身一躲，只是在与李小良身体相错的瞬间照他的后腰一抖手腕，李小良摔了个狗吃屎。就连李小芬都不知道，身材矮小但十分精壮的冯俊才在大学里是散打队的助理教练，身上的功夫十分了得。李小良接下来的几次进攻都被冯俊才轻松破解，并且每次都让李小良摔成狗吃屎。村民们暂时忘了纠缠马坡，全都忘情地观看这场高级别的肉搏。

李小芬在一旁激动得直跺脚："冯俊才，给我打他！扇他的脸，扇他！"仿佛冯俊才揍的不是她三哥，而是她的仇人。

马鸣更是激动得口水都流了出来，跟着嗷嗷直叫唤。

马联合要过来帮李小良，马鸣上前拦住他："你他娘的是疯狗呀，还兴咬群架的，要玩咱俩玩，再开一场！"说着几下扒掉自己的上衣，露出紫红色的膀子开始扎架子。村民们起着哄地撺掇马联合上手，马联合犹豫间被马鸣一个背跨摔在地上。围观的人们的兴致达到了最高潮，嗷嗷的叫唤声狼群一般。其实他们中不少人都是希望冯俊才和马鸣借机教训一下李小良和马联合，这不是打架斗殴，冯俊才斗李小良那是家事，清官难断；马鸣斗马联合也是家事，也不犯法。马鸣像一头被激怒的野兽扑向马联合，双手卡住马联合的脖子把他摁到地上。这时，闻讯赶来的康爷爷照着马鸣的后脑勺就是一巴掌，马鸣看见康爷爷，立刻放掉马联合，钻出人群跑掉了。

人们散开后，雪莲泣不成声地对常菁菁说，马坡和雪花两口子不是人。前些年，她因为家庭生活贫困，经常求马坡，马坡借机霸占了她。让她怎么也没想到的是，雪花作为她的亲姐姐，不但不制止马坡，还帮着马坡。自从常菁菁她们让她办大食堂，她才找回了做人的那份尊严。她早就不想和马坡干那种不是人干的事了。所以，就不再和马坡家来往。今天一大早，雪花就找上门，硬拉着她到常菁菁家闹事。说她如果不来，就把她过去的事给抖出来，让她没脸做人。她说："我这辈子怎么摊上了这样的姐姐姐夫……"

常菁菁劝走了雪莲，她妈妈连拉带扯地把她拉回到屋子里，气急败坏地说："这九龙沟活该穷，一辈子穷两辈子穷，还不到拔穷根的时候。现在你们的公司还没得利，就有人使坏，过一二年你的公司赚钱了，麻烦事会更多。弄不好会出人命关天的事。我琢磨着，要过节了，你还是回北京吧，老老实实给欢庆认个错，以后干点自己能干的事。你和欢庆结婚后，咱再一起劝劝你爸爸去北京。"

常菁菁心里翻江倒海般难受。回到自己的房间，她突然感到房间一下子变得又宽大又空荡，仿佛一口倒扣的黑锅，又好似一片漆黑的海洋，让人心中顿生一种莫明其妙的压抑感。她想如果欢庆此刻在身边该多好啊。一个女人到了困难和不幸的时候，就像一只在风浪中漂泊的船儿，最想回到的是宁静的港湾。此刻，她恨不得马上回到欢庆身边，扑进他的怀抱里。想到这里，就拿出手机给他拨电话。一连拨了七八个，电话通了，但没有人接。她生气地把手机扔在地上。

常菁菁的妈妈在劝过女儿后，又给常乐讲了在自家门口发生的事，当然免不了添油加醋。常乐听完，拄着拐杖过来找常菁菁，听见她在打电话，就没有推门，一直站在门外。常乐是"文革"前的初中毕业生，尽管一辈子都在山沟里种田，但喜欢读书看报，思考问题，在村里是个公认的文化人，这一点对常菁菁影响很大。常菁菁上高中一年级时，有几个男同学追求她，经常给她写字条，她有时随手扔掉，有时放在书包里。常菁菁的妈妈有一次在帮她洗书包时，看到了一个男同学写给她的求爱信，十分恼火，拿去给常乐看。常乐看也没看，让她放回书包里，并再三告诫她不经常菁菁的同意不要翻她的书包。这件事让常菁菁很感动。他等常菁菁挂断了电话，才进了她的房间。他默默地看着常菁菁，脸上带着一丝温存的笑意。

在常菁菁的记忆中，爸爸从来都是这个样子，即使在最困难的时候。她曾给欢庆说过："你们这一代的男人怎么总让人感到没有我爸爸那一代男人有修养有风度呢！"每当面对爸爸的时候，她就会从内心深处生出一种安全感，忧伤、烦恼、痛苦也会减轻。但是这次看到爸爸脸上勉强的笑容，纵横交错的皱纹，头上显而易见的白发，她心不禁一阵酸楚，扭头跑出了家。

村街上的人虽然不多，但是看她的目光都像长了刺，扎得她心里痛，脸上隐隐作痛的血痕也让她愤懑。我常菁菁做错了什么？既然你们不欢迎我，我又何必在这里和你们一争高低。正在这时，一辆从县城来的旅游面包车要走，她跳上了车。上车以后，她又关了手机。

常菁菁从县城上了开往北京的长途汽车。车开动没多大会儿，就开始播放音乐。音乐过后，响起一个女孩甜美的声音："各位旅客朋友，现在向您介绍九龙沟生态旅游区……"常菁菁听出了是她自己配音的、宣传九龙沟旅游的录音。她听了几句就觉得头疼。她现在不想听到关于九龙沟的任何信息。她想让乘务员停止播放，便从座位上站了起来，张了张嘴，马上又觉得不妥。你凭什么让人家停止播放宣传九龙沟的录音？她没有喊出声，又坐下了。乘务员看见她，走过来热情地问道："同志，你有什么事吗？"她慌忙摇头。但是她的确怕听到九龙沟，就用围巾捂住了耳朵。过了一会儿，她感觉到播完了才松开围巾。没想到，车上的乘客听完宣传九龙沟的录音，开始议论起来。

坐在她前边一排的是一对老年夫妇。男的说："我退休前经常到九龙沟去，那儿的生态环境保护得真叫个好。我最喜欢看那儿的梯田，一层一层，波浪起伏。站在山下往上一看，咦，就像读一首诗。"女的说："你怎么没给我说过九龙松？要是知道有这样神奇的树，我早就去看了。"男的抱歉地说："那等咱从北京回来就去看看。你没听顺口溜说：'老人摸了九龙松，越活越年轻。'"说罢，老两口头靠着头，高兴地放声大笑。

坐在老两口旁边的是一个操着浙江口音的中年男子。他伸着头问那位老头："大叔，喇叭里介绍的九龙沟离县城多远啊？"那个老头连想也没想就回答说："不远，也就四十多公里。"中年男子说："下回再来，我一定去那儿看看。"

这时，另一个外地口音的年轻女人不屑一顾地说："看景不如听景。你听他们说得好着呢。什么'村下村'，肯定是骗人的！村下怎么会还有村？"

她的话刚落音，旁边一个戴眼镜的小伙子就接上了："你这位同志太武断了吧？说难听点也有些孤陋寡闻。咱们国家和世界上其他国家的一些古城都发现过城下城。有城下城就不兴有村下村？再说人家介绍得十分明白，是上个世纪70年代初挖防空洞形成的村下村，从哪个角度说也没骗人！"

外地口音的女人不服地反驳道："你不武断，听了就信，好像你见过一样？"戴眼镜的小伙子说："你还别说，我真见过。九龙沟有我一个中学同学，他打电话给我说他们那里开发了'村下村'景点，我开始也不相信，就约了几个在县城工作的老同学去看了。嘿，还真叫人拍案叫绝。'村下村'几乎是仿照村上的村庄建的，当然是上个世纪六七十年代的村庄，有住人的屋子、有存粮的仓库、有磨面的石磨、有吃水的水井、还有牛棚猪圈……完完全全像一个小村庄。"

外地口音的女人听了，沉默了一会儿才说："我就在县城做生意。下个礼拜天我就过去参观。要真像你说得那么好那么真，我请你吃饭！"说完，她主动和戴眼镜的小伙子交换了名片。那个戴眼镜的小伙子说："这顿饭你请定了。给你这样说吧，你去了九龙沟绝不会失望。我听我同学说，他们村团支部书记是个女的，在北京还是个白领，辞职回乡来搞旅游开发，雄心勃勃地要把九龙沟打造成乡村旅游典型呢！"

"这女孩心够野的！"外地口音的女人说。听不出是褒是贬，但能听得出她很惊异。

坐在她前边的一个打扮时髦的女孩嘲讽地说："什么心野，是野心！她回来肯定是想当老板。"

那个开头说话的老头转过脸看了外地口音女人一眼，说："别看俺们这里是山区，又是贫困县，抗日战争和解放战争时期可出过不少英雄人物。咱说的九龙沟，当年就是抗日游击队活动的地方。要我说那个从北京回来的女孩不是心野，而是有雄心壮志！这女孩出在九龙沟，不稀奇。"

戴眼镜的小伙子也跟着说："想当老板怎样，也不是什么不好的事。你问问这车上的人，谁不想当老板？"

听着车上人七嘴八舌的议论，常菁菁突然有些后悔了。她在心里问自己：常菁菁你怎么了？遇到点挫折就坚持不下去，对得起康爷爷和那么多信任你支持你的伙伴吗？对得起沈耀的一片良苦用心吗？但是，这个想法在她脑海中只是一闪，眼前马上又浮现出雪花咬牙切齿的面孔、马联合媳妇张牙舞爪的姿态、马坡阴阳怪气的目光，以及妈妈惊恐不安的眼神……她长长地吐了一口气，又想：算了吧，既然离开了就不要再想。在哪儿都能挣钱，在哪儿都能发展，何必去过那种让爸爸妈妈整天提心吊胆的日子。可能自己这次选择离开九龙沟是正确的。她闭上眼，很快就进入了梦乡。她的确太累了，回乡几个月没日没夜地忙活，还要时时刻刻防备背后射来的冷箭，身子累了，心也累了，真的应该躺下好好睡一觉了。

车进了北京的地界，她又犯愁了：是去找欢庆，还是去投奔杨柳？她在生气离开九龙沟时没来得及想，在来北京的长途汽车上也没想好。去找欢庆，无疑是向他承认自己失败了，也就等于承认当初的选择错了。也许欢庆会像以往那样，亲切地抱着她，让她放声哭出来，释放心中的痛苦。然后，欢庆会帮她再找一份好工作，再然后……可是，她不愿意向欢庆认输。不为别的，为的是那份尊严和骄傲。去找杨柳，杨柳免不了批评她一通，说她做事没有信心，没有坚持。然后，杨柳会让她复职，像以往那样给她压担子，给她发展的空间……可是，她觉得自己没脸面见杨柳。当初给杨柳说得多坚决，多坚定啊！再说，同事也会笑话自己：老板是人人都能当的吗？就凭你常菁菁，哼……一时间她心乱如麻，不知所措。

让常菁菁做梦也想不到的是，她刚从长途汽车站下车，一眼就看见了一个熟悉的身影，是欢庆。她马上想到，一定是李小芬给欢庆打了电话，欢庆到汽车站来堵她。因为她怕李小芬她们找她，劝说她，离开九龙沟以后就一直关着手机。

"累了吧？"欢庆一只手接过她的手提包，一只手亲切地拥抱着她。她强忍着不让自己的眼泪掉下来。可是上了车以后，眼泪还是止不住地一个劲往下流。欢庆拍了拍她的肩膀，说："好了，好了，安全地回来就好。"他说着又下了车，连续打了几个电话。她不知道欢庆给谁打电话，也没有问。她现在不想说话，什么也不想说。路上，欢庆的电话响了几次。他看了看来电显示的号码，没有接。那边打电话的人好像脾气很倔，不停地打。欢庆无奈只好接听。常菁菁没听出对方是谁，只听见欢庆简短地回答："接到了！""我明白！"她马上想到是李小芬打来的电话。

欢庆把车开到她回九龙沟之前他曾带她到过的位于北三环的那座公寓楼。下了车，她犹豫了："难道我就是奔着和欢庆结婚才回北京？""难道我以后就待在这座楼里做一个贤妻良母？""难道……"没等她往下想，欢庆已轻轻挽起她的胳膊上了电梯。欢庆说："你走后，我没心思装修，现在还是毛坯，你不要介意。"

一进屋，首先映入她眼帘的是那张她和欢庆骑在马上亲吻的照片。看到那张照片的一瞬间，她的心中涌起一股暖流，泪水再一次夺眶而出。她觉得自己像一只在风雨交加、波涛起伏的大海上飘摇的小船回到了安全的港湾，多日来围绕着自己的烦恼、忧患、不安和悲伤瞬间即逝。她情不自禁地回转过身扑在欢庆怀里，紧紧地拥抱住他。欢庆捧起她的脸，也像发了疯似的吻她。

偏偏在这个时候，姚渺渺的电话打来了。

"老师，你在哪？我都找你四五趟了。"

"我在……我在路上。"

"那你开车小心点。我等你！"

姚渺渺和欢庆的对话虽然简单明了，但常菁菁刚刚由阴转晴的心上又蒙上了一层阴云。接下来，欢庆说了句有事要做，得先出去，让她心里更不好受。毕竟自己走了两个多月，中间联系也不那么频繁。欢庆和姚渺渺的关系究竟发展到了哪一步并不清楚。这样一想，她又后悔不该跟着欢庆到这个房子来。欢庆前脚出门，她马上开了手机，给李小芬打了个电话。她斥责李小芬说："你李小芬什么意思？看我在九龙沟还没受够是吧，让我回到北京也不利索？你是不是想让我真的疯了你才高兴？"发了一通火，没等李小芬说话就挂断了电话，心里才感到好受了一点。

这才看了看手机，竟然有几十条没读的信息。她想一定是九龙沟的伙伴们劝阻她回北京的，所以看也没看，全都删除了。信息删除了，但电话响了。她看了一眼来电显示，是沈耀。她下意识地看了一眼挂在客厅里的那张她和欢庆的合影，然后按了接听键。

"菁菁你终于开机了。"沈耀的声音很着急，"我一听说你不辞而别，这心都像掉地上了。我赶忙买了飞机票，刚刚下飞机。你现在在哪里，我去见你。"

常菁菁没有回答。

"菁菁你说句话啊！"沈耀比刚才还急，声音有些颤抖，"我专程赶过来，你总不能连面也不见吧？"常菁菁这才不冷不热地问："你是不是想把我再拉回九龙沟？"沈耀说："咱先不说这个行不行。我现在就是十万火急，十分迫切，实心实意想见见你。"

常菁菁正在生欢庆的气，怀疑他和姚渺渺的关系不正常，同时心里窝了很多委屈，想找个人一吐为快，就答应和沈耀见面。

沈耀和常菁菁约的是在她离开北京前那个晚上一起吃过饭的饭店。房间的门一开，沈耀高高大大的个子像座山一样立在她面前。他浑身穿戴全是名牌，人显得很精神，尽管长相年轻，但明显可以看出老成持重。两人落座以后，沈耀点燃一支软中华，深深地吸了一口，故意把目光转向一边，为的是不看常菁菁脸上被雪花抓破的痕迹，以免她难堪。常菁菁理解沈耀的用心，不禁又对他多了几分好感。

两人沉默了一会儿。静寂的屋子里，双方仿佛都能听到对方的心跳。终于，还是常菁菁先开了口。她问："你是追过来看我笑话还是讨债？"

沈耀抽了几口烟，冲常菁菁笑了笑，说："菁菁，难道相处了两个月，我沈耀就给你留下这样的印象？"

常菁菁又说了一句："我承认我失败了。我无话可说，你的钱我背着。一年两年还不清，反正早晚会还你。你别难为我的老乡和那帮伙伴……"说着说着，她的声音哽咽了。

沈耀一下站了起来，冲常菁菁发了火："谁说你失败了？你开发的那些景点还在，正在等待游客到来；你的团队也没散，还在艰苦奋斗；你的合作伙伴也没撤，我此刻就站在你面前。你只不过作为一个将军，一个指挥员，在战役间隙冷静下来思考一下下一步制胜的办法……"他还没说完，常菁菁突然站起来，吼了一句："你别说了！"转身就要向外走。沈耀从身后抱住了她，说："菁菁，你不要气馁。我今天约你出来谈，就是想告诉你，现在的农民不同于上个世纪了，他们讲究实惠。你不让他们得到利益，他们就不会支持你。你一个团支部书记，想带着村里成百上千人搞大事业，仅有热情是不够的。"

"那你是不是说我还要准备牺牲？"常菁菁转过身，指着自己脸上的血痕说，"你看看我这算不算受伤？"然后，又指了指胸口，说："我心里的伤更重！"说着，她的泪水流了下来。

沈耀没有埋怨她，也没有安慰她。他太了解常菁菁，尽管她很悲伤，但不希望别人哪怕是最亲近的人看透。她的自尊心太强。自尊心太强的人，一旦失去自尊，就会精神溃败。沈耀说："我有责任。我这几天太忙，没去看你。唉，告诉你吧，我现在体会到了，没有你的日子就像没有阳光，而没有阳光的生活是阴暗的生活！还是刀郎《冲动的惩罚》里一句词：就算我心狂野，无法熄灭的火……"他的这种表达，既让常菁菁感到宽慰，又让她的怒气消散了许多。同时，又轻松地转移了话题。他见常菁菁停止了流泪，拿出卫生纸想给她擦拭泪水，忽然又改变了主意，用舌头轻轻地舔了起来。常菁菁没有拒绝，让他觉得机会终于到了，又抱紧了她颤抖的身子，把嘴唇贴在她的嘴唇上。

常菁菁的心里非常复杂。沈耀能马不停蹄地追到北京来找她，让她感动的同时，对他的感情增进了一步。沈耀刚才的一番话，又给了她安慰和鼓励，使她感到自己并不孤单，更没有失魂落魄。与欢庆什么也不说，而且丢下需要安慰的她去和别的女孩子约会，相比之下她觉得沈耀更可以依靠。她想："还是李小芬说得对，一个女孩子最需要的时候，出现在她身边的男人才最可靠！"想着想着，她也抱紧了沈耀，并且哭出了声。

沈耀拍了拍常菁菁的肩膀，仿佛在给她鼓劲。接着，他突然把她抱起来放到床上，一边吻着她，一边去解她的上衣。他的这些动作既快又轻，让常菁菁来不及反应。直到他的手触摸到她的乳头时，她才像触了电一样，猛地把他推开，抓起外衣挡住胸前，厉声说道："你要干什么？"说着，摸起枕头向他砸了过去。

沈耀扑通一声，重重地跪在了床前："菁菁，原谅我。我真的太爱你了！"

"那你也不能这样粗暴。我和我男朋友处了快一年，他也没敢这样对我。"常菁菁怒气冲冲地说，"你是不是把我看成社会上那些出台小姐？你，你是污辱我！"说完，她冲进了卫生间。

沈耀犹豫了一会儿，冲着卫生间大声说道："菁菁，我真诚地向你道歉。请你相信我沈耀没有那样看你。我真心真意想让你成为我的老婆。我发誓，从此不再对你轻举妄动！"

过了一会儿，常菁菁穿好了衣服，洗了脸，才从卫生间出来。她见沈耀还跪在地上，就对他说："你看看你还像个男子汉吗？"

沈耀这才站起来，不好意思地笑了笑，说："菁菁，我再次希望你理解我，也希望不要因为这影响了你的选择。咱们一起回九龙沟好吗？"

常菁菁没有回答。

就在这时，沈耀的电话响了。他接听过后，突然又把常菁菁抱到半空："我的常总，好事来了！"

常菁菁照着沈耀的脑袋拍了一巴掌："你怎么说话不算数？又来了！你再这样我真翻脸了！"

沈耀把常菁菁放下来说："是来了！"常菁菁一脑袋雾水："什么来了？"

沈耀说："九龙沟来旅游团了！刚才是李小芬给我打的电话，她让你接她的电话。"常菁菁一下子来了兴致。她刚开了手机，李小芬的电话就打了进来。她的嗓音比过去还高："菁菁，冯俊才今天在网上接到了两份函件，一是咱省城的，一是北京的。北京的 CS 射击俱乐部一支四十多人的团队自驾车年三十晚上到咱九龙沟；省城的步履一族户外俱乐部一支三十多人的驴友队伍年三十的下午到咱九龙沟，也是自驾车。两支队伍加起来将近八十人，在九龙沟待两到三天。蕾蕾也打电话来说，深圳驴友组织的'村下村探秘团'二十多人也要到咱九龙沟过春节，她和秦晖都会随团回来。她急着找你找不到，说再听不到你的声音就取消了……"

"别，让蕾蕾千万别取消。我现在就给她打电话。"常菁菁说完，抬头看见沈耀在一旁笑，也不好意思地冲他笑了笑。她接着给蕾蕾打了电话，证实了李小芬说的消息。

好消息来得太突然，让常菁菁兴奋不已，所有的痛苦、委屈、不平瞬间烟消云散。她实在控制不住自己的情绪，转身走进卫生间里，任凭泪水尽情地流了一会儿。有游客到来，就是对她和伙伴们艰辛创业的最好回报。她马上想到，九龙沟还没有做好营业的准备，一下子来了三支团队，困难一定不少。沈耀看出了她的心思，对她说："你抓紧给李小芬她们布置，让她们先研究一下接待方案。我让我的接待办主任马上赶过去做一下配合工作。"

常菁菁犹豫了。自己生气离开了九龙沟，回去怎么面对李小芬和伙伴们呢？沈耀不等她再停顿，一边用自己的手机拨李小芬的电话，一边说："我刚才已经说过，你就是一个将军、一个指挥员在战斗间隙找个僻静的地方思考下一步制胜办法，又不是逃兵。"说着，他把电话递给了常菁菁。常菁菁刚接过来，就听见李小芬高声叫喊："菁菁，你抓紧回来，我们都在等你。瑶瑶和二月两顿饭没吃了！"她的话刚落音，那边的人你一言我一语说开了。

冯俊才说："菁菁，咱九龙沟来团啦！北京人来九龙沟过年啦！村民们都很振奋。有史以来都是九龙沟人在外面过年，北京这样大城市的人来九龙沟过年还是第一次。"

瑶瑶说："菁菁姐，康爷爷说这是菁菁那孩子给咱九龙沟壮的脸。"

二月说："菁菁姐，你一天不回来我就一天不吃饭。北京的游客来了也让他们饿着！"

赵明明说："菁菁，我明天得去进苗鸭，跟人定好的，你不签字苹苹不给我钱。"

马凯说："雪莲说了，以后谁再惹菁菁，她就和谁玩命！"

马鸣说："常菁菁你要不回来，我就把马坡家给烧了，大不了我再进去。反正旅游开发不搞了，我进去了也有个地方吃饭。"

常菁菁听着大伙的话，捂着嘴，强忍着没哭出声。挂断电话后，她好大一会儿才平静下来。这时，沈耀已经收拾好了行李，说："走吧，还能赶上最后一班飞机。"他见常菁菁迟疑了一下，又说："去拿你的行李吧！"常菁菁摇头说："我没带行李回来。"沈耀笑了："我说中了吧，你就是利用战斗间隙放松一下。"常菁菁也笑了。

临登机时，常菁菁还没接到欢庆的电话。她这回真的生气了，给他发了条短信：

> 我回九龙沟了。你好好陪你的漂亮女生吧！

第十八章

常菁菁回到九龙沟，大家高兴坏了，连夜开会研究春节接待方案。三支团队一百多人，面临的首要问题是吃和住。赵明明说他岳母的小旅店能安排最多二十人吃饭和十个人住宿，东东的农家饭店也大抵如此。华联产说三华庄能安排十来个人。这样一算，也就安排三十多人。赵明明说："沈耀要是早一点把度假村建好，就不用咱愁了。"李小芬"哼"了一声，白了赵明明一眼："你以为游客都能住起度假村？"

马鸣说："嗨，你们怎么都忘记了咱还有个'村下村'，那里冬暖夏凉。我已经住了多少天，啊？那里还有战备用的首长间呢。"冯俊才如梦初醒般地一拍脑袋："怎么就没想起眼皮底下！昏了昏了。除了地下村，知青点也可以住人。知青点有二十多间房子，住四五十个人不会挤。"瑶瑶说："这些地方是可以住。不过，既然是乡村旅游，住村民家里不也可以吗？咱们动员一下，凡是家里宽敞点的，腾出闲房子开旅社。这样，也不用去买被子了。"冯俊才说："瑶瑶说的办法好，我举双手赞成！"李小芬这次没犯嫉妒。她说："这事我来办。给他们送钱的事，谁不干才傻呢！"

接下来讨论吃饭的问题。马凯想出了一个办法，在大食堂里支上两口大锅，组织一帮老娘们包饺子，也可以让客人们自己包，再在知青点场院里点上篝火烧烤，又热闹又实在。还可以让客人们参加正在筹备的联欢会，和村民们一起过年。他还想起了鞭炮和花炮，人家来过年肯定要放花炮，应该提前组织货源。赵明明自告奋勇："鞭炮花炮我来负责。"李小芬专挑他的眼："你他娘的就知道挣钱。"赵明明说："这个钱我不挣，算是公司的，我现在是股东，总不能挖公司的墙角吧？"

常菁菁笑了，说："赵明明同学进步了，口头嘉奖。"

事情安排的差不多了，天快要亮了。李小芬叫唤说："饿了饿了，饿死我了。"马鸣说："准备着呢。"说着从院里的篝火里扒拉出一堆红薯，用衣服兜着放到了桌子上。香喷喷的红薯，吃得大家满脸花。

第二天一大早，各人根据自己的分工忙活去了。

腊月二十八那天，六万只苗鸭进了九龙沟。九龙沟空前的热闹起来。大人孩子都跑到养殖大棚去看鸭子。

孙石头也包了一个养鸭大棚。他开始是坚定支持挖煤窑的，并且因为与女儿的观点不同闹了不少次别扭。眼看着挖煤窑的事迟迟没有进展，小饭店的生意也进项不多，马坡和马联合他们还隔三差五来白吃，他老母亲也吵着骂着让他辞了村委会副主任，不要再跟马坡干。他有意想把饭店停了。东东从外地学习回来，爷俩闹了一场，见了面连话也不说。常菁菁知道这个情况后，耐心劝东东不要和自己的父亲僵局。她说："咱还要带乡亲们共同致富，连自己的父母亲都团结不了，怎么说服别人？"

东东说："我一见我爸就闹心。他心里明明讨厌马坡，却又跟着马坡跑。

就像马坡经常到我家饭店吃饭，都已欠了好几万。我爸心里明明知道马坡在讹诈他，不会还他钱，但还是等待……"

常菁菁说："你要和石头叔改善关系，搞好关系。这是团里交给你的任务。"

东东给了一些材料让孙石头看，还放了自己在沛县拍摄的肉鸭大棚的录像。孙石头心里还不踏实："过去九龙沟不少人家和自己家也养过鸭子，怎么就没富起来？东东、常菁菁这些孩子的话不能全信。"他根据东东带来的宣传画册上的电话，给沛县那边打了个电话。接电话的人告诉他，养鸭大棚确实富了很多农民。这样，他才抱着试试看的态度，包了一个大棚。他对东东说："这棚鸭子如果赔了，得从你出嫁时的嫁妆钱中扣除。"

东东说："要是赚了钱，你就得给我买辆宝马！"孙石头几天没弄明白东东的话。他心里嘀咕："这孩子真的打算干农活了？不然她为啥要买马？"

康爷爷、华爷爷带头承包了养鸭大棚。十几个从外地打工回来的见不出村找到了事做，而且已经签订了销售合同，何乐而不为呢？这样，第一批建的大棚，春节前全都承包了下去。六万只鸭子分别进了三十个大棚。孙石头是一号棚的主人，他别出心裁地在大棚的门上拴了红布，挂了红花。他对人说是图个喜庆。他一带头，其他大棚的主人也纷纷效仿。东东高兴地对常菁菁说："咱一下子增加了六万多个新鲜的生命，春节不想热闹也不行。"

同样是腊月二十八那天，三华庄牌辣豆腐干从九龙沟装车，到省城换乘飞机远行了。

这事还是网络起的作用。蕾蕾在深圳开美容院时，有一位经常光顾她们店的"金卡"会员胖姐。胖姐的老公是一家大的蔬菜供应商，产品供应深圳、广州、东莞等十几个城市。前不久，他在网上看到宣传三华庄牌辣豆腐干的信息后，让胖姐主动找蕾蕾提出要三华庄的辣豆腐干。蕾蕾让华联产先发了一批过去。胖姐的老公送到几家大酒店，客人吃了评价很高。胖姐的老公马上派了个副经理来到九龙沟。他自我介绍说是专门负责对外采购的，蔬菜一类的东西只要品尝一下就知道质量。华爷爷给他盛了一碗热豆腐，他吃了说"OK"。接着就让华爷爷上辣豆腐干。华爷爷给他拌了一盘辣豆腐干。他吃了后笑笑，说："没尝出味来。"华爷爷心里笑了："小子，别给爷爷这儿装了，你是没吃够！"

于是，华爷爷又给他上了一盘。他吃了以后连说了三个"OK"，接着给胖姐的老公打电话汇报，放下电话对华爷爷说："老人家，这合同我签了。"华爷爷说："那就和旅游开发公司签吧！"

合同签订的当日，那边就把款打了过来。华爷爷组织人加班加点生产，于腊月二十八那天发货。之所以选在这个日子，是与鸭子进九龙沟形成对应。一个是进，一个是出。好在是冬天，辣豆腐干装在保鲜盒里，又装在泡沫箱子里，运到深圳时完全新鲜。蕾蕾来电话说两千盒辣豆腐干一个小时不到就分光了。华爷爷乐得到处找常菁菁，笑着说："一天就要两千盒，你想累死我呀？"常菁菁说："咱再上两条生产线，再给你增加二十个工人。"

省城刘记者知道这个信息后，来九龙沟做了一次采访，回去写了一篇新闻报道，题目是《三华庄的豆腐干上了飞机》。

大年三十一早，九龙沟又落了一场雪。下雪，预示着九龙沟正式进入了雪期。银装素裹的九龙沟显现出完全不同的景象。山上的积雪和低垂的云接到了一起，夕阳斜照，明亮的山顶和树林显现出神话般的辉煌。山下的村舍炊烟升起，暖暖的炊烟仿佛凝固在雪地上。暮归的鸟儿无声地从村庄上空滑过，结了冰的水库平展展地伸向辽远的天际。谁家的驴哇的一声长叫，高亢而嘹亮。九龙沟，神秘、宁静而安详。最美的风景还是在沟里，那条树木繁密的沟里，松柏在雪中挺着刚直不阿的身躯，披着白雪的白杨显得更加挺拔。从早上开始，团支部组织的几十个青年就集中到大食堂包饺子。几十个人在一起说说笑笑，打打闹闹，不时爆发出一阵热火朝天的笑声。李小芬、马鸣有了用武之地，一会儿与和面的骂一阵，一会儿又跑到包饺子的那边闹一通子。有人说李小芬是九龙沟的活宝。有人骂马鸣是九龙沟的叫驴蛋子。这种场面，在场的人已经多年没看到了，都说常菁菁为大伙办了件大好事。

常菁菁高兴得流下了泪水。久违了，我的兄弟姐妹们！此刻，她情不自禁地想起了欢庆。如果欢庆在这种氛围里，一定会理解我！

雪莲今天特地换了一件红地带白花的棉袄，显得身材更加匀称。她只低头和面，偶尔抬起头笑一笑。李小芬私下对常菁菁说："看看人家雪莲，比苹苹还大四五岁，却比她还显年少。"她刚说完，又用胳膊肘儿捣了常菁菁一下，示意常菁菁转脸看。常菁菁转过头一看，原来马凯正在帮雪莲往面里加水。他见雪莲额头上有几绺头发落下来，怕沾到面上，轻轻地给她撩了起来。雪莲冲他甜甜地笑了笑。李小芬对常菁菁说："咦……看来你还真的经验不足。你得看雪莲和马凯的眼神，整个一对含情脉脉……"

雪莲和马凯心里的甜蜜，李小芬不知道，常菁菁也不知道。一份甜蜜藏在两个人的心里，化开了山上的雪、地上的霜、湖里的冰，滋润出同样甘甜的勃勃生机。他们的心里，早就春意盎然了。

其实心里藏着甜蜜的还不只是雪莲和马凯，瑶瑶和冯俊才也在自己的心田里种上了甘蔗。不同的是瑶瑶和冯俊才的甜蜜中有一种深深的自责。冯俊才不知道自己是什么时候注意上瑶瑶的，也许是昨天，也许是刚来九龙沟的时候，反正是见了文静的秀丽的瑶瑶，冯俊才就忍不住想多看几眼，看得多了就看到了心里。冯俊才是个内秀的人，外表的大大咧咧和内心的细腻柔情在他身上形成了巨大的反差。对瑶瑶的好感让他觉得对不住李小芬，甚至也对不住常菁菁，即便是他发现最近李小芬背着他和何老板来往，这种自责还是让他不能自拔。

和冯俊才一样，瑶瑶也几乎被同样的自责压得喘不过气来。瑶瑶和李小芬常菁菁都是从小一起长大的玩伴、同学，又是一起创业的好朋友，在瑶瑶的道德词典里，没有"横刀夺爱"这个词，她不可能从李小芬怀里把暗暗爱恋着的冯俊才给夺过来。瑶瑶能做的，就是用她那能说话的眼睛看几眼，再看几眼，把冯俊才看到自己的心里；就是用自己的心去帮冯俊才，帮一些再帮一些，让冯俊才轻松一些，快乐一些，能有更多的机会和自己四目相对，用眼睛说说话，再说说话。眼睛说的话，冯俊才懂，瑶瑶也懂，那是关爱，那是柔情，那是甜蜜。

过了中午，有人沉不住气了，说："旅游团怎么还不来，会不会是下雪来不了，或者是在网上日哄咱？"

于是，现场又是一片争争吵吵。

有的说："这还能骗人，都签了合同，付了定金的，不来，咱也不退款！那是因为他们先违约。"有的说："不是退不退款的事。没有人来旅游咱搞什么旅游开发？这牵涉到信心。没有信心的军队是打不了胜仗的！"有的说：

"眼下闹金融危机，电视上说出国旅游的都少了，谁还往咱这山沟里跑。再说又是过春节。"马上就有人反驳："就是出国游的少了，国内游的才多了。山沟里怎么了？你没看咱的旅游宣传网，我是九龙沟人都急着回来看看，别说城里人了"。

就在这时候，在村口负责欢迎旅游团的人给李小芬打来电话，说："来了，来了……"李小芬明知"来了"是指什么，还故意大声嚷嚷："来什么来，来了你不知道用卫生巾？"说完，她把这消息告诉了在场的人。不知谁带头，大伙纷纷向外跑去。有的腰上系着围裙，有的手上拿着擀面杖。

首先到达的是北京的一支旅游团队。车队进村时，唢呐鸣，鞭炮响，彩旗飘，穿红挂绿画着夸张的红白两色脸蛋的婆娘们踩着高跷，甩着水袖，扭着屁股把车队引到了知青点。北京来的游客见到这阵势兴致勃勃，不少人下车跟着婆娘们的高跷队扭起了秧歌。村里的孩子们撒着欢一边跟着车队跑一边在雪地里打滚。客人们的照相机噼里啪啦响个不停。省城和深圳的团队乘坐的两辆大巴开进九龙沟时，婆娘们又踩了一回高跷，两个小时的时间踩着高跷跑了三趟，老太太们一个个成了花脸。秦晖和蕾蕾从大巴上跳下来，和常菁菁她们一个一个地拥抱，秦晖说好几年也没抱过这么多美女。

知青点场院里篝火已经熊熊燃起，厨房的两口大锅里雪白的饺子鸽子般上下翻飞。客人们人手一只大黑碗呼啦呼啦地吃着饺子，炕上一堆蒜头一会儿就被抢光了。冯俊才操着他的"浙普"喊着："各位大侠，先吃点饺子暖暖身子，一会儿参加联欢晚会。夜宵是烤全羊！"客人们发出一阵欢呼。

吃完饺子，常菁菁招呼三路人马的领队开了个碰头会，强调说条件不好，没想到过年来客人，没来得及准备。领队们说："今天来的都是驴友，驴友不喜欢事事让别人安排，到哪儿都是家，只要你不嫌麻烦就行。"冯俊才带着各团队负责后勤的驴友安排了住处。上个世纪70年代的房子和陈设，呈现着与现代迥异的质朴和固执，热乎乎的火炕弥漫着木柴和泥土的香气，新里新表新棉花的被子散发着令人陶醉的阳光的味道。驴友们非常喜欢，太好了，要的就是这个！看到每间屋子的门后边都放着一堆白色的小布包，驴友们问这是做什么用的？冯俊才说："这里面是生石灰，晚上放在鞋子里，又吸汗，又杀菌除臭。"驴友们由衷地赞叹，细节决定成败，从这小小的石灰包就能看出你们是真心为我们着想的。一个做企业培训工作的深圳驴友说："这些石灰包我想带几个回去行吗？"冯俊才说："行啊，想带就带。"

后来，深圳的驴友回去后做了一个教程，名字就叫"石灰包里的信息"。北京的驴友中有一位回去后写了一篇散文《九龙沟的石灰包》。小小的石灰包只是冯俊才一个实用性的创意，没想到竟成了九龙沟服务的一个标签。

省城、深圳和北京三支团队的到来，也打乱了联欢晚会的节目安排。常菁菁和冯俊才商量了一下，把晚会改成了自助式的，除了事先安排好的节目外，其他的一律放开，谁想表演谁就上台。二月有些顾虑，怕太乱了。冯俊才说："反正是联欢晚会，只要能让大家欢欢喜喜就行。"瑶瑶当即表示赞成："乱了才热闹呢！"对冯俊才的建议，瑶瑶从来就是本能地支持。二月用异样的眼神看了瑶瑶一眼："咦，还真让李小芬说对了，你真跟冯俊才穿一条裤子了。"瑶瑶被她说了个大红脸。

自助式的晚会无疑是一个很好的创意，晚会一开场就十分热烈。华联产爸爸的一曲豫剧一下子就唱暖了冷冰冰的土地，热烘烘的气氛扑面而来。马鸣的《九曲黄河十八弯》，李小芬的《兰花花》唱得村民和驴友们直跺脚。孙石头和"工农兵"表演的《回娘家》边唱边跳，认真得有点搞笑，整个会场乐疯了。驴友们纷纷上台，魔术、乐器、红歌联唱，台上台下唱到了一起，乐到了一起，这个时候再也不用分谁是农民谁是城里人，大家都是米，下到锅里就成了一锅粥。

一直在台下忙活的秦晖不知什么时候上到台上，拿着话筒说："我已经几年没回家了，我跟李小芬唱一个《老乡》吧。"大家鼓起掌来。秦晖和李小芬的嗓子都好，从沈耀那里借来的音响又确实够档次，两个人的合唱十分动情。

老乡见老乡，两眼泪汪汪。

问一问老乡你又要去何方？

吃过多少苦啊，受过几回伤？

是否也和我一样总想闯一闯。

他乡的话你你你会不会讲啊？

他乡的歌你你你爱不爱唱啊？

有没有钱哪寄给你的娘，
想不想念自己的家乡？

唱到这里李小芬已是泪流满面。秦晖的眼睛也是红红的。九龙沟的年轻人，谁没有背井离乡的经历？谁没有身居他乡的辛苦和酸楚？许多人一拥而上，把临时的舞台挤得满满腾腾，台下的驴友们也一起唱起来。唱着唱着就把歌词给改了：

他乡的话我我我，我不爱讲啊，
他乡的歌我我我，我不爱唱啊！
有钱没钱哪，都得养爹娘，
干脆回来建设我家乡！

歌声飞过水库，飞过山峦，在九龙沟的夜空中久久回荡着。九龙沟的隆冬没有了寒意，一群年轻的火热的生命注定要像他们的歌声一样，成为这方土地上的主旋律，成就这方土地的未来。

晚会快要结束的时候常菁菁看到了一个熟悉的身影，那个人端着相机不停地拍摄。常菁菁怕认错了，悄悄走近那人的背后，小声喊："孙志。"那人没反应，继续拍他的照片，趁常菁菁不注意突然转过身咧着大嘴哈哈大笑。果然是孙志。

常菁菁当胸给了他一拳："你小子什么时候又钻出来的？"孙志说："我早就到了，我说过我要来九龙沟拍雪景的。"他等了一会儿也没听常菁菁问欢庆，就主动地从怀里掏出一个包："看看吧，欢庆带给你的。"常菁菁眼睛看着天空，看也没看，愤愤地说："他还能想着我这个山沟里的疯妮子？"孙志说："常菁菁你要不要，不要我可扔了！"常菁菁这才接过来。但是，她没有当着孙志的面看。孙志忙不迭地钻进人群里以后，她才打开，是一包巧克力。她的心里一下子变得暖暖的。她迫不及待地打开巧克力，拿出一块放进嘴里。她深深吸了一口清凉甘甜的空气，面朝北京的方向望去。在这热闹欢乐的除夕之夜，她突然感觉到一种无法排解的孤独。

外面鞭炮响成了一锅粥，驴友们正在欢天喜地地放花炮。赵明明从县城拉回来的一卡车鞭炮和花炮被驴友们分了个精光。五彩缤纷的礼花冲天而起，九龙沟的年夜梦幻般美丽。

第二天早晨，常菁菁早早就起了床。尽管昨天就已经分好工，各个团队都有专人负责，但她还是睡不住。村庄还没有醒来，清晨的微风轻轻走过，没有鸡鸣没有狗叫，山上坡里白茫茫一片，梦一般安静。甘冽的空气里偶尔有燃烧柴草的味道，大食堂的厨房已经热气腾腾了。雪莲从蒸汽里钻出来，冲常菁菁说："您早！早餐有饺子馒头热豆浆，还有热气腾腾的鲜豆腐请问您想吃点什么？"常菁菁说："哟，谁家的媳妇这么漂亮？给我来碗热豆腐吧。"

雪莲手里的刀左右翻飞在豆腐上打了花刀，冒着热气的豆腐放在一只大黑碗里就端到了常菁菁的手里："您要辣子吗？九龙沟的辣子可是远近闻名，辣在口里香到心里呀。"常菁菁说："那就来点吧。"雪莲白嫩修长的手给常菁菁添上鲜红的辣酱。常菁菁顺手拉住了她的手。她轻轻一抹推掉常菁菁的手："先生，厨师的手可是消过毒的，不能乱摸，不卫生。"

常菁菁哈哈大笑："好你个雪莲姐，成精了你！"厨房里的几个妇女也跟着笑起来。常菁菁注意到，所有的餐具都在一只大锅里煮着，卫生是没有什么问题的。再看雪莲等大食堂的职工，个个都穿着雪白的大褂，上边印着九龙沟旅游开发公司的鲜红标记。她心里踏实了许多。雪莲见她东张西望，猜出她还在想事，对她说："你就坐一回甩手掌柜，交给谁的工作，就让谁发挥能耐去。"

常菁菁走到了水库上面的缓坡上。红红的太阳露出半张脸，山头和高处的雪金子一般。她突然发现水库里有个人在滑冰。那个人滑得很远了，已经到了水库的中央。常菁菁怕有危险，喊了一声。过了一会儿，那个人回到了水库边上，冲常菁菁咧嘴一乐，是孙志。常菁菁说："好你个孙志，不怕掉进冰窟窿里喂鱼？"孙志说："这冰，足有一尺厚，砸都砸不开。头一次滑这么大的冰面，真过瘾，多好的冰场啊！"

孙志上到岸上，问常菁菁："想欢庆了吧？"常菁菁没说话。孙志说："可欢庆想你。你小心眼误会了他。"常菁菁这才问了一句："他最近好吗？"孙志说："好，什么都好，就是为你消得人憔悴人比黄花瘦。"

两人正说着话，远处突然传来几声清脆的枪响。常菁菁一愣，孙志也警觉地向枪响方向张望。这时常菁菁的手机响了。冯俊才在电话里喊着："常总，打上了打上了！"常菁菁心里一阵紧张，忙问："谁跟谁打上了？"冯俊才说："哈哈，CS 射击对抗呀，跟真的一样，你过来吧，过过瘾，不说了，对方进攻了！"常菁菁拉上孙志就奔向抗日林。那里，枪声响成了一片，不断有黄黑色的烟雾冒出来。交战的双方穿着不同的迷彩服，依据壕沟、岩石和树木向对方进攻，不断有人中弹，黄黑色的烟雾就是从中弹的人身上冒出来的。双方的武器装备都很先进，进攻和防御的阵势完全像真的一样。孙志边看边拍照。冯俊才中弹受伤了，按照规则他撤离了战场。他陪着常菁菁朝九龙松走的路上，兴奋地说："太好玩了，我今天真的体会到战争的残酷。像我今天这样，要放在当年就光荣了。"

人最集中的是九龙松。很多人聚集在九龙松下，有的仰视，有的注视，目光都很虔诚。龙王庙快要建成了，一些老人们在那儿点燃了香，摆上了供品，虔诚地顶礼膜拜。有一些村民在周边摆了小摊，卖香和用来系在树枝上的红布条，游客们争相购买，甚至你争我抢。他们把那些红布条系在九龙松的树枝上，寄托自己的心愿。因为赶着二月二的工期，龙王庙工地没有停工。冯俊才悄悄地告诉常菁菁："我浙江老家的几个朋友天没亮就来拜九龙松了，说是大年初一烧头香吉利。他们四个人，给了二十万，我没要……"常菁菁说："这就对了。咱已收了人家的旅游门票，不能收黑心钱。"冯俊才说："后来我还是收下了！"常菁菁一听就火了："冯俊才你怎么能这样干，谁给你的权力？你马上退回去，不然我对你不客气。"冯俊才笑了："董事长你别急。我几个朋友说是赞助龙王庙建设的，你说我能拒绝吗？拒绝了，朋友会认为不吉利。我已经想好了这笔钱的用处，还没来得及给你汇报。我想用它建个村卫生室。房子从'知青点'那边腾出几间，装修装修花不了多少，大头用来进设备。"

常菁菁点点头表示同意，又问："人呢？咱这群人里好像没有搞医的。"

冯俊才说："招聘。全省范围内招聘，在报纸电视上做招聘广告。"常菁菁马上明白了冯俊才的用意，指了指他，说："既招聘了人才，又做了广告宣传。你冯俊才行啊！"

地面上热热闹闹，地下也不冷清。马鸣带着深圳"村下村探秘团"的驴友一大早就下到了"村下村"。驴友们人手一份地道平面图，图上标注了交叉口、上下层交汇点、地道网络与地面相对应的位置、出口等信息。马鸣生怕驴友们弄错了，一一交代哪里能出去，哪里不能出去，尤其在华联产爸爸家的出口，他特别交代，这个出口是在华联产爸爸家的厕所里，华联产的爸爸有拉屎的爱好，他拉的屎是鲜屎，很臭，弄到身上臭好几天。

驴友们笑得前仰后合，说："马先生太搞笑了。"马鸣认真地说："是的，鲜屎，很臭的，我让我们村美女闻，她们还拿高跟鞋砸我。"驴友们乐疯了："马先生呀，你能去演小品了。"马鸣一脸严肃，说："这是我的职责。"

上午十点钟左右，李小芬打来电话说韩县长带着几个人来了。常菁菁急忙赶回知青点。设在知青点的办公室给驴友们住了，韩春和孙同几个人只能在外面站着，常菁菁觉得很过意不去。韩春却说："我今天不是副县长，我们都是游客，只有发改委的马书记来现场办公。"

老马笑呵呵地说："新年是好，这头一天就让韩县长拉着过来还债了。"

韩春说："我今天参观参观地下的九龙沟村。小芬给我做向导，菁菁你和马书记走地面，咱们看看谁先到。"韩春说完就和李小芬钻进了地道口。常菁菁和老马嘎吱嘎吱地踩着雪往三华庄走。老马看着玩得起劲的驴友，十分感慨，说："想不到你们九龙沟一下子变得这么火。"常菁菁说："一下子来了这么多客人，我们真是有点措手不及。"老马说："这个景区得进一步做个规划，正儿八经地搞搞基础建设。韩县长拉我来，就有这个意思。"

常菁菁说："那我代表九龙沟旅游开发公司谢谢你了！"

韩春他们从华联产爷爷家的洞口钻出来，与常菁菁和老马几乎同步到了华爷爷家。华爷爷家热闹非凡，从深圳和北京来的驴友们嚷嚷着看绳拴豆腐的表演。华爷爷的一个工人用一根火柴棍粗细的绳子拴上一块两斤左右的鲜豆腐，轻轻一提就把豆腐提了起来。旅游们一边赞叹一边自己试，屡试不爽。接着工人又用杆秤表演钩豆腐，他把杆秤的铁钩子钩在豆腐上，提起一米多高豆腐竟然不破不碎。老马看呆了，说："还真有这样的豆腐，今天是眼见为实了。"韩春说："吃到嘴里才为实，今天让你尝尝。"说着冲华联产的爷爷喊起来："华爷爷，给我们来几碗豆腐！"华爷爷一抬头，说："哎哟哟，县长来了，失迎失迎。"然后冲后面喊热豆腐六碗要辣子！看得出他心情好极了。

韩春说还有几位客人。果然，等了一会儿那几个人就到了。他们刚刚在山上山下看过，一个个兴致勃勃，都说没想到九龙沟变化这么快。韩春说："这得感谢康书记。他几十年如一日带领百姓植树造林，修整梯田，把穷山恶水变成了现在这个样子，如果计算财富的话，九龙沟现在的环境价值要超出一个小煤窑不知多少倍。这一点我们有些干部的认识还不清楚。群众和我们干部不是缺乏智慧，是缺少在蝇头小利面前应有的良知和尊严。"

韩春显得有些激动，沉吟片刻，对那几个年轻人说："你们几个要好好向常菁菁学习！做任何事情，都要考虑广大百姓的利益，不然你就坐不稳。"说完，她把随同来的几个年轻人向常菁菁做了介绍。他们中有大学生村官，有附近村的村干部。韩春又对常菁菁说："九龙沟对周边村镇的带动十分明显，这几个村官一是来参观学习，二是想让我当红娘牵个线，以你们九龙沟旅游开发公司为龙头，建立一个大的跨区域的旅游区，统一调配周边地区的旅游资源。"

常菁菁当即表示同意。那几个村干部更是乐得点头直笑。

深圳的团队临走前要求照一张合影。马鸣被安排在了最中间的位置。按照照合影的规矩，这个位置是给最高领导或者最尊贵的人物的。马鸣懂得这个道理，死活不愿坐。深圳的驴友更犟："哎呀马先生啦，这几天我们都是兄弟啦，这个位子你一定要坐的啦。"

马鸣还是不好意思坐，深圳的驴友又说："哎呀马先生啦，你是我们的明星啦，你那个拉鲜屎的段子很搞笑很幽默的啦。"

李小芬急了："马鸣你别牵着不走打着倒退，让你坐你就坐。"马鸣指着李小芬说："就是这位美女拿高跟鞋砸我的。"驴友们哄堂大笑，拉着李小芬说："那就让这位美女和你坐一起啦！"孙志是驴友们选定的御用摄影师，手上身上全是驴友们的相机，喊里咔嚓一通响，总算把合影照完了。所有的照片上马鸣一律是咧着大嘴幸福得很，李小芬则是一头雾水。

省城和深圳的旅游团队走后，北京的旅游团队也踏上了返程。常菁菁她们还没来得及消停，老知青们又到了。

曾经下放在九龙沟的知青，从网上看到九龙沟旅游开发的消息后，自发地组织搞了一次九龙沟重游。他们事前通知了康爷爷，康爷爷对接待工作做了周密部署。他和华爷爷、"工农兵"等人根据各自的记忆，进一步提供了当年知青点的情景。冯俊才发挥他的策划所长，用三天的时间几乎完全还原了当年的知青点。康爷爷、"工农兵"等老人看后，异口同声地说就是这个样子。"工农兵"还拎来一筐山芋，说："当年知青们和村民同吃同住同劳动，主食就是山芋。有一个姓田的女知青吃山芋就犯胃酸，吐得一塌糊涂，我还以为她怀孕了呢！""工农兵"边说边流泪。赵明明知道后，私下对苹苹说："你妈又想她的老情人了！"苹苹气得打了赵明明一个耳光。

"工农兵"那几天显得非常激动。她专门到县城去了一趟，买了一身新衣服，又做了发型，看上去一下子年轻了七八岁。她还把娘家姐姐找来帮她主持厨房。目的是自己这几天不进厨房，免得身上沾的油烟味几天散发不去。蕾蕾的妈妈、东东的妈妈等几个人同"工农兵"一起到村浴室洗澡。她们几个出来半天，左等右等"工农兵"也不出来。浴室的服务员大姐说"工农兵"光香皂就打了五六遍，用了香皂又用沐浴露。东东妈和蕾蕾妈马上就想到"工农兵"的心思，等她从浴室出来，几个人和她开玩笑说："你要是和老情人约会，千万别让你男人看见。""工农兵"诡秘地笑了笑，然后理直气壮地说："我男人早说了，他真的来了，请他到我们家吃饭呢！"

更让村里一些妇女感到吃惊的是，"工农兵"竟然把三十多年前印着"工农兵"头像的手绢找了出来，捐赠给了知青点旅游景点。苹苹对她妈的这一举动表示理解和支持。

那些知青都已年过半百。他们各自走进自己当年住过的屋子，许久不愿出来。每个人都一遍又一遍地抚摸着当年自己用过的农具和用具。那个第一个考上大学的知青久久抚摸着石板桌上的罩子灯，感慨万端。那个罩子灯，是康爷爷去县城开会时给他带回来的。当时煤油紧缺，实行油票供应。康爷爷动员全村百姓家家少点一刻灯，把节约的煤油给他用。那时，考上大学需要政审，他担心"家庭出身"牵连被刷下来，一连几天吃不下饭。康爷爷知道后，把时任生产队长的常乐和几个干部找去连夜商量，把他提为生产队副队长。这一条就证明了他在九龙沟插队劳动的表现。康爷爷说这辈子就走了那一次"后门"。常菁菁看见他靠着桌子蹲在地上，两手捂着自己的脸，泪水从指缝里流出来。

"工农兵"在人群里左顾右盼，始终没有见到那位曾经和她热恋过的知青。那位当年吃红薯就吐的姓田的女知青拉着她的手轻轻地说："他来不了了。要是去年他还能来，今年不行了。""工农兵"问："小田，他怎么了？"姓田的女知青说："还叫小田呢，得叫老田了！"接着沉痛地说："他走了。病重的时候我们去看他，他还说等病好了和我们一起回九龙沟看看……"

　　"工农兵"的眼泪像泉水般流下来。老田揽着她："大姐，他病重的时候还提到你了。""工农兵"看了看老田："真的？他真的提到我了？"老田说："真的。"她指了指其他的知青："他们也都在，他还惦记你过得好不好呢。""工农兵"呜呜地哭出了声，成了个泪人。其他的知青们围着她，一边喊着她大姐一边安慰她。"工农兵"哭了一会儿，抬起头朝他们一一点头："我知道你们心里也不好受，他不容易，你们都不容易，你们吃的苦受的罪不比我们乡下人少。今天你们能回来我特别高兴，谢谢你们还想着九龙沟。"知青们说："大姐，九龙沟也是我们的故乡呀，我们一直拿这里当家，以后我们会常回来看九龙沟的乡亲。"

　　"工农兵"不哭了，几十年来憋在心里的一段情结终于随着泪水宣泄出来。和她深爱过的那个人其实她是陌生的，陌生得只是一种象征，一种向往。以前她把他存在心里的时候他还活着，现在那个人已经越走越远了，她把他从心里放出来以后，他就再也回不来了。一个人的消失是从物质到精神的过程，你把他放在心里他就活着，这就是人们说的永远活在谁谁的心里。所以她决定放掉他，让他走得安生，走得完整。事后，苹苹的爸爸在深叹了一口气后对"工农兵"说："去了就去了吧，死者为尊。""工农兵"说："你这说的也还算人话。"苹苹爸接着说："幸亏你没跟他，要不就守上寡了。""工农兵"说："放你娘的屁，跟了他守的是死寡，跟了你守的是活寡，就你那面条样的东西，看也不中看用也不中用，还跟我说这个！"

　　知青们在九龙沟待了两天，两天里他们走遍了九龙沟的每一个角落，对旅游开发后的变化连说想不到想不到。冯俊才和他们已经很熟了，征得他们同意后，他在知青点每一间屋子门边都挂上了知青们的名字，有点类似于在深宅大院门前挂上某某府的牌子。知青们看了觉得很好："挂上了我们的名字我们就算是九龙沟的一口人，以后回九龙沟就有住处了。"常菁菁说："下次你们来就可以住上宾馆了。"知青们说："让家属们住宾馆，我们自己还是住知青点，金窝银窝不如自己的狗窝。"

有一位在九龙沟插队时和马坡混得不错的知青，找马坡没找到，就找到马联合，让马联合给马坡带个话："为官一任，造福一方，没想到老马当村委会主任，把九龙沟搞得不错。我们这些九龙沟的编外村民感谢他。"马联合对那个知青了马坡挖煤窑的打算："煤矿一开，这钱会滚滚而来。"那个知青想了想说："你告诉马坡，一挖煤九龙沟就变样，千万别把子孙后代的嘴给堵了。"

老田在离开九龙沟之前找到常菁菁。她拉着她的手说："闺女，我们当年来九龙沟，一半是政治命令，一半是盲目热情。你们现在回九龙沟，一半是市场机遇，一半是时代使命。所以，你们成功了。如果你同意，我想回去后当你们的旅游销售员。"常菁菁说："太好了，阿姨，九龙沟今天有你们当年的贡献。山上的梯田里有你们的汗水，知青林里有你们的身影，荷花湖至今还记着你们的笑声、哭声、歌声啊！"

知青们要走了，约好了"十一"长假的时候带着家属来。康爷爷说："欢迎你们随时回家。"临走时，知青们留下了两万元捐款。康爷爷把这笔钱交给了常菁菁。他嘱咐常菁菁用这笔钱成立一个基金，以后基金多了就可以为九龙沟做许多事了。

省电视台的刘编剧也是在九龙沟过的春节。他临走的时候对常菁菁说："我已经构思了一部新电视剧，名字叫《朝阳沟新传》，你就等着看吧！"

秦晖在家待不了几天。他在深圳的公司有五六十号人，金融危机对他的公司影响很大，订单减少了将近一半，原先的订单也出现了退单。他硬挺着没有裁员，希望自己能挺得过去。常菁菁对他说："你能在家待几天就是对我们的支持。"

蕾蕾很矛盾，决定不了是走是留。李小芬说："蕾蕾你的心态就像周华健的歌里唱的，其实不想走，其实我想留。"蕾蕾被她说得笑了："是呀，留下来陪你们每个春夏秋冬。"常菁菁说："那就留下来。"李小芬说："有这么多的兄弟姐妹在，谁敢欺负你我先阉了他！"马鸣说："李小芬说得对，谁要是敢欺负你，我和李小芬跟他们干。"李小芬说："马鸣你可弄清了，我跟你不一样，我是路见不平一声吼，你是别有用心。"马鸣和蕾蕾被她说得有点不好意思，李小芬不依不饶："你们俩在网上就眉来眼去的还当我不知道，好就好上呗，还他娘的扭扭捏捏的。"蕾蕾说："小芬别瞎说了，马鸣喜欢人家瑶瑶。"

李小芬说："瞎喷吧你，瑶瑶喜欢的是我们家冯俊才。"常菁菁说："李小芬你嘴上有没有把门的？再瞎说给你嘴上安个拉锁，一天放一次风。"

康爷爷春节期间是最清闲的。接待团队的时候常菁菁去找过他几次，每次他都推说身体觉得乏，想歇几天，但常菁菁走后他总是立刻从床上爬起来，悄悄地溜达着这儿看看那儿转转。经过一个春节，康爷爷彻底放了心，这些孩子逐渐成熟了，九龙沟的担子用不着他一个人挑了。

其实，常菁菁她们春节期间接待团队能如此顺利与马坡也有关系。

这一段，马坡很少公开在村里露面。村民们到镇里县里上访没有任何结果，时间长了大多也就泄了气。这就是马坡的太极，你有千钧力，我有泄力招。这种招数不是马坡的创造，全国各地村一级乡镇一级县一级干部几乎人人都无师自通。大年三十，马坡参加了一个出国旅游团飞到韩国去了。马坡是村长，考察团的名称中当然带有农业字样，花的钱当然也是公款。他的那只藏獒不能随他上飞机，被他留在了家里，等他回来时，藏獒对他的态度非常冷淡。他想抚摸它时，竟冲着他吼了几声。

原来，马坡的媳妇对他养那只凶猛强悍的藏獒很不满意。马坡当上村委会主任后，他媳妇也自觉夫唱妇随，身价高了。来找马坡办事的村民多了，有申请批宅基地的，有外出务工开证明的，还有的因计划生育超生找马坡说情不想交罚款的，五花八门，什么事都有。来办事的或多或少都会带些礼品，有的还送钱。马坡的媳妇根据办事的大小、轻重缓急等自我定了个收礼的标准。家里养了只藏獒，很多村民恐惧它的威严，不敢登门，这家伙无疑成了马坡媳妇的眼中钉肉中刺。但是，她媳妇也知道马坡买这只藏獒花了几十万，又不忍心把它当作一只普通人家养的小狗那样杀了吃。马坡出国后，他媳妇一天到晚泡在邻居家里赌博，根本没心思管藏獒。有一天，饥寒交迫的藏獒挣脱了铁索链跑了出去。它刚跑出家不远，就被马鸣发现了。马鸣想了个计谋，把它骗到地道里，又设计捉住了它。他当时非常兴奋，叫来冯俊才，提出一是把藏獒低价卖了，挣的钱给公司，一是把它宰杀了，好好饱餐一顿。冯俊才不同意，说是这两条都不行。两人争执了半天。最后，冯俊才把常菁菁找来了。

藏獒一见常菁菁，不叫了，也不闹了。马鸣气得大骂："这狗日的也有流氓心，见了美女眼睛都直了。"

常菁菁对那只藏獒也是情有独钟。她先是回到家里，把妈妈挂在锅屋里的肉割了一块拿来，让藏獒饱餐一顿。藏獒吃饱了，冲着她摆尾巴，一副亲切友好的神态。常菁菁说："这真是只神狗，通人性。"

马鸣被常菁菁说动了心，也称赞是只不同一般的好狗。冯俊才说："它本来就不叫狗，叫藏獒！"

常菁菁安排马鸣负责好好照顾藏獒。她自己一天中来看了它三次，每次都给它带来它喜欢吃的肉食。

第二天早晨，马坡的媳妇发现藏獒不见了。她大吃一惊，心里十分恐慌。一开始，她想报案，又想去骂大街。后来一想，那样吵开了，马坡回来知道了首先就饶不了她。于是，她找到雪莲，让雪莲私下帮她打听藏獒落到谁家了。雪莲也不好到处打听，就把这事告诉了常菁菁。常菁菁说："你不用急，今天就让它回家。"她劝了马鸣半天，马鸣才答应放了藏獒。在与常菁菁分别时，藏獒竟落了泪水。常菁菁的眼圈也红了。

马坡的媳妇生怕这事传到马坡耳朵里，就偷偷找到马鸣，私下里给了马鸣一万元钱。千叮咛万嘱咐让马鸣不要说出去。

所以，马坡并不清楚藏獒对自己不亲近的原因。

当然，常菁菁也不知道马鸣收了马坡媳妇一万元钱。

第十九章

　　九龙沟春节期间的实战练兵意义非凡，既取得了不少经验，也得到了不少的教训。常菁菁不失时机地开了一个总结会。他请康爷爷参加。康爷爷很高兴地答应了，他还建议常菁菁请马坡也参加。康爷爷说："他现在毕竟还是村委会主任。党政党政，少了一个也不好。我代表党支部，他代表村委会。"

　　常菁菁亲自去马坡家请他。当马坡从二楼上下来，看到已经被他媳妇迎到客厅的常菁菁，一下愣住了。他想，家里来了生人，藏獒怎么也不叫几声呢？难道动物也和人一样识美丑，见了美女就没了自己的脾性？当然，这是他心里想的，没有说出口。

常菁菁开门见山地说明来意后，诚恳地说："马叔，你无论如何都要出席一下我们的总结会，给我们鼓鼓劲。古人说气可鼓而不可馁。一而鼓，再而衰，三而竭。我们2009年的成败，很大程度上取决于这个总结会。"

马坡问："老康头参加吗？"常菁菁说："康爷爷代表党支部，你代表村委会。这一党一政都离不开。"

马坡脸上掠过一丝不快。他说："那我还要亲自出席吗？你知道，我最怕听老康头讲话，从国际到国内，从政治到经济，全是些大话空话，净是没用的，一讲就是大半天，老太太的裹脚布——又臭又长。"

雪花见了常菁菁，一脸的不高兴，对马坡说："那你就讲点有用的。你也该亮亮相了，要不然，人家都以为你犯了什么错误被上级免职了呢。"

马坡瞪了他媳妇一眼："你懂个屁！我这个村委会主任是谁想免职就免职的吗？我是法定的村民选举出来的。没有村民代表大会选举，谁也免不了老子。"说着，他脱下袜子扔给了他媳妇。

常菁菁听得出马坡是说给她听，笑了笑。

雪花也偷偷地白了马坡一眼，起身走到卫生间，端了个洗脸盆出来，把马坡刚刚脱下的袜子泡在水里搓了起来。马坡刚刚脱下袜子，脚上的臭气熏得常菁菁直想呕吐。

马坡说："菁菁爷们，咱爷俩也不是外人。我想问问你，你这个村团支部搞什么加公司就不说了。党支部不干，还不兴团支部干啊？说实话叔是支持你的。可是，你们又要搞什么大棚养鸭，听说以后还要种反季节蔬菜。这是不是有点不务正业了？"

常菁菁笑着解释说："马叔，这就是正业。现在的年轻人都想尽快富起来，团支部如果不适应他们的需求，那才没有号召力和凝聚力。"

马坡说："你也够傻的了。不是叔说你，那个沈老板是对你个人的。他喜欢你。你就自己办个公司自己发财致富呗，何苦拉上那么多人。你没听老人说过，肉落千人口罪落一人担。万一公司赔了，那债务可没人替你担啊。"

常菁菁说："叔，我早想过了。我们有那么多有志创业的好青年，有康爷爷和你支持，只能越搞越红火。"

马坡有点不耐烦了。他说："那你通知老康头，我先讲，他最后讲。我讲完就走。我可不想听他在那儿念经似的讲大道理。"

常菁菁临出门时，马坡又冲她说："菁菁，你那个团支部别揽得太宽了。小心贪多嚼不烂，吃到嘴里噎着。哈哈……"

马坡的话的确给了常菁菁提醒。大棚建起来了，苗鸭也运到了，往后的饲养、防疫、销售，以及还要开发的系列产品，得有专业化的队伍，不能和旅游开发公司搅和在一起。因为旅游开发公司有东洲的股份，而养殖种植是村民自己的事。这个专业化的队伍叫什么呢？她的脑海里反复闪过一连串名字：公司、协会、理事会、合作社？她在回九龙沟之前和回九龙沟后，曾经从网上把全国各地农村一些经济合作组织的组织机构、合作模式、经营方式甚至分配方法都做过研究。回到九龙沟以后，也曾与康爷爷探讨过。她觉得现在是时候了。她找二月谈了一次，让二月抓紧研究一下，做出个方案，提到会上讨论。

正月初八的早晨，常菁菁和一群伙伴正与村民在大食堂吃饭，沈耀打来了电话，说今天是个特殊的日子，他在县城摆了桌宴席请客，让常菁菁无论如何都得参加。常菁菁想了想，想不起今天是什么特殊的日子。因为李小芬不在家，她让瑶瑶和她一道去。

沈耀把晚宴安排在他的东洲大酒店。常菁菁进了房间后，顺便看了一眼菜谱，上边连鱼翅、鲍鱼这类名贵菜都有，而且价格直追北京城。这个贫困的小县和全国大多数的县城一样，在吃的方面并不显得贫寒。农村县城的收入低是指的平均水平，浮在上面的阶层像一只只巨大的八爪章鱼，用无所不能的高效吸盘，把下面的养分财富连同尊严统统吸上去。与之相反，小鱼和虾米们只能用两块钱一瓶的低等烧酒把自己喝得两眼血红。

沈耀不知出于什么目的，把刘县长也请来了，还有两个什么局的局长。一见面刘县长就握着常菁菁的手，半天没有松开，嘴里不住地说："菁菁，原以为你回乡创业会累瘦了晒黑了，没想到比上次见还水灵。是九龙沟的水养人呢，还是你有什么保养的秘诀？"

常菁菁不好意思地说："哪里，您是看花了眼！"

刘县长说："没有，我还没到花眼的年龄。"他突然指了指常菁菁的眼睛："我看你还是双眼皮，说明我的眼没有花，对不对？"说罢一阵大笑。

常菁菁没想到沈耀还请来了她中学时代的班主任。她和班主任老师几年没见，激动地拉着班主任老师在一旁的沙发上聊起来。班主任已经退休。他告诉常菁菁，他现在沈耀在县城的分公司里搞工会工作。"沈总是个好人热心人。他给母校做了不少好事。"班主任一口气把沈耀在母校、在县城、在社会上做的一些善举都摆了出来。常菁菁感到有些奇怪，这个沈耀，今天把班主任老师请来，不是为他做宣传的吧？

果然，班主任老师很快转了话题。他说："沈总这个人事业心太强，只知道干事，个人的事从来不上心，到现在也没有女朋友。老师同学都为他着急，也帮他介绍不少，他都看不上。他说他就要找一个本地姑娘，但是要有事业心、责任心，能干事的！"

班主任老师说到这里，常菁菁已经明白了他的用意。不知为什么，她觉得自己的心跳加快了。

班主任老师观察到了常菁菁的神态变化。接着又说："菁菁你回乡创业是件好事。老师同学对你评价也很高。有的老师说了，如果沈耀和常菁菁能结合到一起，是咱小镇的福气啊！"

常菁菁脸一红，低下头假装看手机信息，没有回答。瑶瑶从常菁菁的表情看出了她的心事，走过来拉着班主任入座。常菁菁顺水推舟地扶着班主任上了桌子。她大大方方地随着沈耀的介绍和桌上的人一一握手，并拿出名片。这也是在北京工作几年形成的习惯。一位局长看了一眼名片，嘲讽地说："九龙沟也搞上旅游了，有钱的话还不如做点别的，挣钱都不会选行当。"

他的话没说完，就被沈耀打断了。沈耀指着他毫不客气地说："你去过九龙沟吗？九龙沟怎么就不能搞旅游了？"

那位局长红着脸，摇了摇头。

刘县长生气了，拍着桌子，严厉地说："想不到堂堂的政府部门局长，连全县最穷的贫困乡都没进过，是干什么吃的？我给你说，九龙沟的旅游值得推荐。再过两年你去看看，方圆几百里恐怕都找不到那样好的旅游景点。"

常菁菁也有点恼火，接着沈耀的话说："局长一定是见过大世面的人，看不上九龙沟可以理解。可是这话不能传到外边，要是在网上传开了还不成了笑柄，你说对不对刘县长？"

刘县长连忙点头，说："就是嘛！对九龙沟搞旅游开发要支持，对菁菁这样回乡创业的更要支持！"他让服务员拿来个大酒杯，倒满了酒，命令那个局长说："罚你喝三杯满的，给菁菁赔礼道歉！"

那个局长果真连干了三杯酒，说："我是没去过九龙沟。咱这个山区县别的不多就是沟多。什么东山沟西山沟，南河沟北河沟……要是都跑一遍，没有三五年的时间行吗？"他借着几分酒意开始发起牢骚："一年三百六十五天，光各种各样的会议就得占去三分之二。我不去参加行吗？不参加说你不重视！除了会议，还有各种各样的检查，从中央到省到市，部门多，项目多。不陪同行吗？哪一项不陪同，评比不过关就要挨板子。不说了，不说了，喝酒！"

沈耀也喊着喝酒。他这时告诉常菁菁，今天是班主任老师的生日。他专程回到县城来给老师过生日。

常菁菁恭恭敬敬地给班主任敬了一杯酒。班主任老师很高兴，又拉着她和沈耀喝了一杯酒，并意味深长地说："这是你们俩的喜酒。"他看常菁菁脸红了，还有点不高兴，又接上说："你们二位合作成功是喜事嘛。"

刘县长喝完酒，带着几分醉意，故意说了些醉话："常小姐，你年轻貌美，沈总英俊潇洒，你们俩要是结成夫妻，那真正是珠联璧合。"

常菁菁这时才明白，刘县长为什么这些天没再给她发信息，也没打电话，原来他当沈耀的说客了。

为了显示一下自己的权威，刘县长在常菁菁给他敬酒时，高声问了她一句："菁菁呀，还有什么困难没有？有没有人欺负你啊？"

常菁菁想了想，直率地说："也没有什么大的困难，就是总觉得有一只看不见的手在扯后腿！"她没有明说有人在筹备挖煤窑的事，因为她相信韩春会告诉刘县长。果然，刘县长听了，神情一下子变得严峻起来。他端起的酒杯又放下，目光环顾了一下四周，很认真地说："我听说了你们那里有两辆车，跑得不是一条道，最近经常闹纠纷。其实说到底，你们的旅游开发，和另一方的挖煤窑目标是一致的，而且是非常一致，都想让九龙沟的老百姓早一点富裕起来嘛！是不是菁菁？"

常菁菁没想到刘县长对在九龙沟挖煤窑是这样的态度，心里顿感一阵凉气掠过。她不便顶撞刘县长，就没有接话。县里那两个局长在一旁附和着刘县长，连说："是，是。"沈耀在刘县长刚开始说话的时候，就起身出去了。班主任老师摸不着头脑，在一旁低着头抽烟不说话。

刘县长又说："两害相权取其轻。这是我从多年工作中总结出来的经验。你们还是要算一算账，看看到底怎样划算，听一听村民的意见。现在是村民自治，要充分尊重村民的意见。"说着，他站了起来，指着电视机里正在播放的节目说："有些专家就是吃饱饭没事干，在那胡说八道。人与自然怎样才能和谐？当然人的生存是首要条件。我这个县长天天愁天天想的第一大事就是全县老百姓当然包括你九龙沟的老百姓怎么能尽快走上小康之路，咱这个县怎样能尽快摘掉贫困帽子。再说近一点，想着老师的工资这个月发了下个月钱从哪里来。菁菁你可以问问你老师，让他一个月拿不到工资，他这个工薪阶层会不会着急上火……"

班主任老师这回听明白了，点点头说："是，是。县长有县长的难处。"

瑶瑶刚要开口说话，被常菁菁用眼神制止了。

刘县长见常菁菁不说话，又改口说："当然，我也不是一定倾向于开煤矿。要是你们那里的煤窑真的不符合开采条件，那坚决不能开采。国家的政策、国家的法律还是要必须执行的。你们开发旅游也是件大好事。我已经交代韩县长和有关部门给你们大力支持！"说完，他端起酒杯，对常菁菁说："菁菁，我喝酒你喝茶，我敬你这个回乡创业的年轻人！"

这时，沈耀叫来几个女服务员，让她们唱歌跳舞给老师助兴。常菁菁当然不便反对。女服务员进来后，包间里的灯光一下子从雪白换成了昏黄。刘县长不等沈耀招呼就主动上前抱着一个熟悉的女服务员跳舞。沈耀和那两位局长在一旁伴着音乐鼓掌。那位女服务员紧身的内衣把胸脯托得像是揣了两只白兔，刘县长的脸几乎就伏到了那两只兔子上。常菁菁假装没看见，扭过脸和班主任老师说话。瑶瑶捣了一下她的胳膊肘儿。她回头一看，刘县长一只手搂着女服务员的腰，另一只手伸到了女服务员的胸前乱摸起来。他以为自己故意侧转身子，挡住了别人的视线，岂不知他的个子比女服务员矮了半截，那只不老实的手更加暴露无遗……

眼下的场面已经让常菁菁和瑶瑶待不下去了。她对沈耀说有事先回去。班主任老师一直笑嘻嘻地看着眼前各种人的不同表演，好像自己只是一名忠实的观众，见常菁菁要走，也提出自己累了，想回去休息。沈耀很明白地把班主任拉到一边，与班主任低声嘀咕了一会儿。

常菁菁同沈耀一起送班主任上车。班主任一手拉着常菁菁，一手拉着沈耀，意味深长地说："过一段时间，我陪你俩到学校走走。你俩的事迹，对学弟学妹很有教育意义。希望你俩好好相处。"

常菁菁笑着说："我和沈总处得很好！"

沈耀也点头说："是，是！"

班主任老师高兴地说："这我就放心了。我希望新的一年里你们处得更好。事业、爱情双丰收。最好能让我在今年吃上你们的喜酒。"

常菁菁脸上一阵发烧。她看了沈耀一眼，沈耀则是一副得意洋洋的样子，好像他马上就可以把常菁菁娶到家中。

老师上车走后，瑶瑶见沈耀好像有话要对常菁菁说，就先上了车。沈耀犹豫了片刻，问："你北京那个律师朋友春节来九龙沟送节礼了吗？"

常菁菁听了这个话题，心里不好受，表面上却装出无所谓的样子，还跟沈耀开了个玩笑："你也没去送节礼啊？"

沈耀乐得哈哈一笑，突然抱住了她，拍了拍她的肩头，安慰她说："这里还有一颗为你狂野的心，别一棵树上吊死！"

常菁菁轻轻地推开了他，转身上了车。车开出很远，她回头看了一眼，见沈耀还在原地站着，心不禁为之一动。也许，沈耀是个好男人。她想。但是，她又不敢往下想。瑶瑶这时开了口："刘县长说话明显有倾向性。要是李小芬今天在，非得和他干起来不可！"常菁菁若有所思地说："这个李小芬，走一个礼拜了，应该回来了。"

李小芬和冯俊才的关系越来越紧张。春节前，李小芬和北京那个何老板又联系上了。春节过后的大年初二，她就请假离开了九龙沟，说是回北京有事，实际上是同何老板约会。这件事她没有对常菁菁隐瞒，一五一十全说了。常菁菁对她的做法很不满意，说她到现在了还脚踩两只船是脑子进水了。

李小芬说："每个人有每个人的追求。"她说："何老板对我李小芬是真心真意有情有义的，近期生意不顺，又和老婆闹离婚。他那么真心实意地爱我，又不是玩我，他是孤男我是寡女两厢情愿我为什么拒绝他？再说瘦死的骆驼比马大，我要和他结婚，得少吃多少苦，少受多少难啊！你有欢庆，又有穷追不舍的沈耀，可能感受不到我的心情。"

常菁菁说："放屁吧你，你和冯俊才不是真心相爱？你对冯俊才怎么交代？"

李小芬说："我又没和冯俊才结婚，冯俊才凭什么管我，我又凭什么对冯俊才守身如玉。他是追我追到九龙沟来了，可是他来了以后根本就不像谈恋爱，还和瑶瑶眉来眼去，说不定都已经上过床了。"

常菁菁说："你越说越不像话。你不相信冯俊才还不相信从小一起长大的瑶瑶。她能挖你的墙脚？"

李小芬说："咦……人心隔肚皮。我又不是瑶瑶肚子里的蛔虫，知道她吃什么拉什么。"

李小芬与何老板私下约会的这事，还是被冯俊才知道了。李小芬不仅不认错，还赶冯俊才滚蛋。冯俊才说："我不仅是你李小芬的朋友，我还是九龙沟旅游开发公司的股东，这里有我的事业。"李小芬无话可说。常菁菁一直想找他们好好谈谈，只是还没找到好的机会。但是，两人一到会上就吵。吵得会议都开不下去。春节期间，两人谈到了分手。

"瑶瑶，你跟我说实话，你对冯俊才是不是真有那个意思？"常菁菁不想让司机听见，搂着瑶瑶在她耳边轻声地问。

瑶瑶丝毫没有犹豫地回答："我喜欢他！打心眼里喜欢。"

常菁菁说："喜欢你怎么不告诉他？"

瑶瑶说："他也明明喜欢我，怎么也不告诉我啊？"说罢，两人都笑了。

回到九龙沟，常菁菁对瑶瑶说："今天就给你个任务，去找冯俊才同志谈心。你是团支部副书记，这是你分内的事。"

瑶瑶踌躇了一会儿，笑着跑走了。

那天，瑶瑶找到冯俊才。瑶瑶什么话都不说，就陪着冯俊才默默地坐着，看冯俊才抽烟。还是冯俊才打破了沉闷，笑嘻嘻地跟瑶瑶说："瑶瑶，你不打算送我点什么？"

瑶瑶不解地问："送你什么？"

冯俊才说："花手绢什么的，好让我擦眼泪呀。"

瑶瑶被冯俊才说得笑了，笑得眼睛湿湿的，还差点笑出了鼻涕泡。

第二天中午，李小芬回来了。她一进办公室，扔了盒巧克力给常菁菁："这是给董事长的节礼！"常菁菁走上前，上上下下打量她一眼，学着她的口气说："咦，又漂亮了！"李小芬说："再漂亮在九龙沟也只能排第二，第一的永远是你。"

两人说笑几句，刚刚坐下，瑶瑶进来了。她拿出一份刚刚收到的县报，指着一篇文章说："有人批评咱九龙沟的旅游了，说得很尖锐。"常菁菁接过报纸，认真看了一遍。那篇文章主要说九龙沟旅游市场不规范，乱收费的现象比较突出。她看完又交给了李小芬。李小芬刚看几行就跳起来："操，这准是马坡个狗日的花钱顾的枪手干的。咱还没正式开业，就来挑刺！再说那些乱收费的也不是咱青旅公司的。他走路踩了两脚屎也怪咱啊？"

常菁菁批评她说："不管是什么人干的，这种事情在咱九龙沟的确存在。没正式开业不是理由。咱得先检讨。"

瑶瑶也说："人家真的踩了两脚屎，咱还真有责任，是咱卫生没搞好。我觉得眼下最需要整顿的是后勤这一块。正式营业以后的游客不同于春节期间的驴友，搞得稍微差一点就会有意见。"

前些日子，整个九龙沟旅游公司一直紧锣密鼓地筹备景点，后勤保障方面准备得远远不够。春节期间，有二三十户村民腾出家里的闲房接待游客，赚了些钱，但是，游客中有人反映有的人家"宰客"和卫生问题。全村已开起了十多家农家饭店。这十多家农家饭店也是良莠不齐，有的卫生达不到标准，有的人手不够。而大食堂主要面对村民，忙不过来。苹苹曾给常菁菁叫苦连天，说是嗓子都喊哑了，嘴皮都磨破了。今天跟这家吵，明天跟那家嚷："专门整治了一次，效果一点不理想，有的人家就是不怎么配合，还有的人家干脆骂咱想搞垄断。这农民没有个组织性没有个条条约束就是不行！"

赵明明那边也提出一大堆困难。三十个大棚六万只鸭子，要吃要喝要保温要防疫，有的人家大棚已经出现了死鸭子。更多的是来问销售问题，担心合同不兑现，鸭子卖不出去砸在手上……

马鸣管的"村下村"那一块，他自己没提出什么问题，但有人向常菁菁反映，"村下村"好像有人在赌博。

村团支部召开青年创业协会和旅游开发公司骨干人员会议，结合县报上的文章，讨论了一阵。常菁菁看时机成熟了，提出成立一个九龙沟农民合作社，按专业分成旅游、养殖、种植、后勤保障等几个专业分社的意见。她把合作社的组织结构和专业合作社的好处、运作方式、分配方法细致地讲了一遍。大多数人表示支持。赵明明和苹苹夫妻俩却提出了反对意见。赵明明说："菁菁你不会是给我下套吧？专业合作社独立经营，万一养殖这块砸了，这钱让我赔啊？"

没等常菁菁回答，冯俊才就开了口："明明你怎么没听明白？这专业合作社是分工，不是独立。这样咱九龙沟就是个集团公司了。比方说吧，常董事长是集团军总司令，你赵明明是总司令领导下的一个军长。"赵明明这才点点头，不说话了。

常菁菁让二月先讲一讲合作社的事。二月把她搜集来的各地的先进经验和做法讲了一遍，最后强调："这不是菁菁姐想出来的，是在电视里报纸上学来的，叫泊来的。"

常菁菁说："从大食堂开业情况看，成立一个后勤保障公司很有必要。后勤保障公司专门负责与旅游有关的后勤保障服务，对大食堂、农家饭店等实行统一管理，像统一采购肉类、蔬菜类、饮料类产品。"

苹苹说："那是不是还要成立专业的洗菜公司，保证菜洗得干净。"二月马上接上说："要是成立专业公司收菜、拣菜、洗菜，定出核算标准，菜一定分拣得好，洗得干净。"

常菁菁说："是这样，北京等一些大城市里的确有专业从事蔬菜生产销售的公司。我一个朋友就是做这个的。他在昌平、怀柔都有蔬菜生产基地，给北京一百多家宾馆饭店供应蔬菜。我们现在还不需要成立这样的专业公司，因为我们村的蔬菜生产还没形成规模经营。可以肯定，周边村的也会有来卖蔬菜的。这样，对咱们村的蔬菜生产户也是个竞争。到了明年旅游旺了，我们就可以成立果蔬公司，扩大水果和蔬菜生产规模，不光咱们自己用，还可以朝周边城市送。"

苹苹建议不要叫后勤保障。她说："咱这山沟里人听不明白。我看叫后勤服务更直接。"

李小芬却不满地嚷嚷开了。她说:"常菁菁你弄了一个旅游开发的事还嫌不够累不够烦,又搞什么合作社把更多人拉进来。你到底想干啥?"冯俊才抢着回答说:"常董事长这样做是对的,是对景区内的资源有效整合,彻底改变混乱局面,有利于大景区建设。"李小芬一拍桌子,吼道:"咦……这样子干啥时才能见效益,才能分红?要干你们干,我不掺和!"说完,她就甩手而去。常菁菁散会后去她家找她,她推说已经睡了,把常菁菁拒之门外。

常菁菁心里感到有些沉重。

第二天,常菁菁把准备建立农民合作社的事向康爷爷做了汇报。康爷爷主持村党支部会做了讨论,村党支部成员一致赞成。她又找马坡汇报,马坡边听边做出一副认真思考的样子,等到她说完了,他才问了一句:"这样做合法吗?"

常菁菁说:"这是完完全全的村民自觉自愿的组织,组织形式、运作方式不存在与法律相悖的问题。就像村里的红白事理事会性质一样。"

马坡没有表态,只是冷冷一笑。

马坡最近没有公开找什么麻烦。其实,他没有闲心找常菁菁他们的麻烦。金融危机爆发以后,煤炭行情不如前几年。沈耀至今对煤窑投资没松口,让刘县长、黄涛都很恼火。马坡也想换个合伙人,但没成功。一是沈耀手里攥着他收到的前期三百万土地补偿费的小辫子,随时可以找他的麻烦,加上刘县长、黄涛和沈耀的关系非同一般,不同意他换人,如果换人就不让他开煤窑;二是不少老板都捂紧了钱袋子,不轻易投资,何况九龙沟的煤窑是个早已被判过死刑的小煤窑。所以,他只能等待时机。常菁菁的旅游公司既给他扬了名,又让他赚了钱。他在市、县回乡农民工就业的经验交流会上做了报告,这是名。旅游开发公司又交了一笔集体林地的租金,他私下里用了,这是利。名利双收的事,傻子才不干呢!

不过,对于建合作社的事,马坡迟迟不表态。康爷爷开了两次村党政联席会讨论,马坡都借故没参加。村党支部讨论通过成立合作社的事,康爷爷把村党支部的决定通知他,他未置可否。

就在常菁菁他们在康爷爷带领下，紧锣密鼓地筹备农民合作社的时候，表面上一直不动声色的马坡，却暗地里跑到镇党委书记黄涛那里，告了康爷爷和常菁菁一状，说康爷爷和常菁菁搞阴谋诡计，想撇开村委会搞一个非法的组织。

黄涛问了九龙沟农民合作社的有关情况后，想了一会儿，说："别的地方有搞这种组织的，上级也支持发展农村合作经济组织。"

马坡急了。他一急就上火，一上火脚气就犯就痒。他脱掉皮棉鞋，隔着袜子就搓了起来。一边搓，一边从黄涛放在茶几上的烟盒里取出一支烟，又用黄涛的打火机点燃了火。黄涛心里不悦，又不好说什么，只是不满地看了马坡一眼。马坡说："我的书记兄弟，不是你说的那么简单。常菁菁搞这个合作社，百分之百是老康头指使的。别的地方的支部＋协会我也参观过，人家是党支部或者村委会带头。老康头为什么指使团支部搞，就因为他心里有个小九九。他明着搞，从讲政治说是和村委会对着干，最起码是个以党代政。他暗着搞，支持挖煤的人比支持他的多，他搞不起来。那个叫常菁菁的妮子也猴精猴精。别看她现在喊的是旅游，其实也是盯着九龙沟小煤窑来的。等他们把这边的事做得差不多了，就会挑明白。到了那时候，咱连边也沾不上了。"

黄涛从抽屉里又拿出一包新的软中华，点上抽了几口，问马坡："常菁菁和那个沈耀到底怎么回事？沈老板是不是很支持她？"

马坡说："这对男女都不是好东西。姓沈的喜欢的是她的相貌身材。"说到这里，他若有所思地看着在自己眼前飘荡的缕缕烟雾，情绪显得有些失落，说："那妮子的确是招人喜爱。我那个侄子有一次对我说，常家的闺女让我上一次就是死也值了。让我把他骂了一顿。"

黄涛笑了："女人还不都一样？你没听人家说过，一关电灯，都是明星……"

马坡说："那可不一样我的书记兄弟。"他还要往下说，被黄涛制止了。黄涛不耐烦地说："你说正经事吧，谁有时间跟你在这闲扯淡！"

马坡说："我看姓沈的很快就会上手。"

黄涛说："你不是前两天才给我汇报说沈耀没戏吗？你说姓沈的是剃头挑子一头热。常菁菁那妮子在北京有了老公，你还见过。"

马坡说："此一时彼一时。现在的女孩子多现实。常菁菁见姓沈的小子确实有钱，又舍得在她身上投资，一次不动心两次不动心第三次还不动心？她是神仙还是铁打铜铸的？"

黄涛犹豫了片刻，问道："刘县长最近又去九龙沟了吗？"

马坡摇摇头，说："刘日本没去，我去找他了。我把县报发表的批评常菁菁他们的文章给刘日本看了。他又吹胡子又瞪眼，当着我的面给县报总编打电话，说你们对青年人创业要扶持，不要打击。这刘日本也奇了怪了。他一开始想常菁菁的好事，一看她是沈耀的人，又转过来把她当闺女样疼着护着。九龙沟的事你黄书记要不撒手不管。我也不管了。就交给姓常的妮子和康老头子折腾去吧。我还回县城开我的桑拿去。好歹一个月也能赚个十万八万。"

黄涛急了："老马你什么意思？你要一拍屁股走了，我媳妇交给你的煤矿入股钱谁还？"

马坡说："我的书记兄弟，那些钱都已扔到小煤窑里了，我的钱沈耀的钱也都扔进去了。有的是请专家论证的咨询费，专家现在出来讲个十分八分钟就要万把块，请到九龙沟一趟又得万把块，比小姐出台费高得多了。有个年轻点的，我给了他五千元，他当时就红脸了，骂我是打发叫花子！还有的钱定了设备、修路，一开工就得上设备。再有的钱给了省城一个朋友办采矿证。实话不瞒你说，我这些年开饭店开桑拿赚的钱全都砸进去了……"

黄涛显然不信马坡的话。他没有直说，而是劝慰他别着急："现在和过去不同了。中央和省市县几级领导三番五次强调对农民不能用强制措施。我这个镇党委书记不是过去那样跺跺脚咱这里的几个山头都晃荡。你先回去看着点，我再想想办法。"

马坡临出门时，黄涛让马坡把茶几上的半盒软中华带上。

马坡走后，黄涛把牛副所长找到办公室。他说："九龙沟那个从北京回来的叫常菁菁的，不但有野心还有贼胆。再不管一管，说不定她还会在镇上闹出个什么非法组织来！"他不分青红皂白，把九龙沟"理事会"定成一个政治事件，派牛副所长到九龙沟村，对常菁菁的"非法活动"进行调查。

村子里的气氛一下子紧张起来。

马坡授意马联合与李小良联系了几个支持挖煤窑的村民，在调查组来调查时编造谎言，说常菁菁亲口给他们说过，只要他们推举她当合作社理事长，她保证让他们在九龙沟旅游开发公司里弄个轻闲但收入高的职务。她说成立合作社就是为了代替村委会，把马坡从村委会主任位子上搞下去。这一条比较恶毒，等于是说常菁菁在搞非法活动。马联合还按照马坡的吩咐，给那几个村民每人两百元钱。

果然，调查组来到九龙沟后，按照马坡的安排找了那几个村民了解情况。那几个村民也按照马联合事前的吩咐，一五一十地说了常菁菁搞"非法活动"的所谓"事实"。其中有一个与马联合是好哥们的还说常菁菁给了他一千元钱，让他给村民行贿。匆匆忙忙地把前面的程序走完，牛副所长拿着来之前已经准备好的材料，向黄涛做了汇报。黄涛又如此这般地向牛副所长交代了一番。

第二天一早七点钟，牛副所长郑重其事地把常菁菁约到镇派出所谈话。他让常菁菁交出手机和车钥匙，然后严厉地问："常菁菁，你知道我们为什么找你吗？"看他那副架势，仿佛常菁菁已经成了罪犯。

常菁菁直率地说："不就是说我搞非法活动，拉你们调查的那几个人推选我当合作社理事长，架空村民委员会，下一步再把马坡搞掉，我当村民委员会主任。我为此给了他们很多许诺。"

牛副所长惊得目瞪口呆："你，你这是什么意思？"

常菁菁一脸严肃："你们作为执法人员，不依法办事，还好意思问我什么意思。我问你，你们到九龙沟搞调查，与九龙沟党组织联系了吗？你们调查的群众是事前别人指定的还是你们自己选择的？你们向九龙沟广大群众了解了吗？再说到底，你们这样做是不是违法？"

她的这一连串问号，让牛副所长额头上冒出了汗。他厉声问道："常菁菁，你不要太张狂。你搞什么组织是不是事实。"

常菁菁回答说："是事实。但是，我们是在村党支部的指导下，在村民自觉自愿的基础上，按照宪法规定进行的。我们还要到有关主管部门进行注册登记。这些程序都是合法的"。

常菁菁早就有思想准备。她担心马坡会从中作梗，所以在网上找了些信息，发现很多地方的农村成立了理事会、合作社等一类的农民合作经济组织。这样，她的心里有了底，丝毫也不担心，更不害怕。

"在农村只有村委会是合法组织，你另搞别的组织就是非法。"牛副所长觉得抓住了证据，得意洋洋地让民警小苏把常菁菁的话记录下来。

常菁菁听了不禁放声大笑，讥讽地说："你不读书不看报不学习，说不清合法与不合法，还口口声声说法！"牛副所长涨红着脸，气急败坏地走了。小苏给常菁菁倒了杯水，低声骂了一句："只有无知者才做得出无耻的事。"

牛副所长出去后，就去找黄涛汇报。他说了经过，为难地说："黄书记，没办法，她做的事不违法，不好给她定罪。"

黄涛很生气，说："你们派出所也太无能了，连个黄毛丫也治不了。你们怎么为地方经济社会发展保驾护航。你不要忘了，是我点名向你们局长要你过来的。"

牛副所长说："我实在是想为你出力，可能力有限。我们那个老所长办事顶针，从不徇情枉法。再说，公安部也三令五申，不准许我们介入经济纠纷……"

黄涛生气了："你听听你听听说的些什么话。我黄涛让你徇情枉法了吗？"他喝了一口茶，深思一会儿，又说："那也不能轻易让她回去。要刹一下她的气焰。不然，村委会工作没法做了。你让她写个保证，今后不和村委会作对，一切听从村委会马主任的。"

牛副所长一脸的不情愿，又不好再说什么，怏怏地走了。他回到所里，没有马上去见常菁菁，坐在办公桌前一连抽了三支烟，才编出了几个条件。其中一条就是让常菁菁承诺不成立农民合作社，一切听村委会马主任的。常菁菁看了，当场就严厉地拒绝了。她说："你们这样做是违法的知不知道？现在是什么年代了，还搞逼供，还搞胁迫。"

牛副所长说："你考虑考虑吧"。说完起身走了。

窗外有人叫开饭了。常菁菁隔窗望去，镇政府机关的人们陆续从办公室走出来，拿着餐具进了食堂。她才觉得肚子有点饿了。人都说生气能气饱，看来并不科学。她这样想着，笑着，自我安慰自己一定不能生气。突然，她看见一辆汽车停在镇政府办公楼前，黄涛从办公楼里出来，正要上车，牛副所长拦住了他，向他嘀咕了一阵。黄涛很不高兴，上了车扬长而去。常菁菁马上明白了，今天的事情是黄涛在背后指使。她不由得感到惊愕。一个镇党委书记，怎么能以权代法，置法律于不顾呢？

第二十章

常菁菁的家里乱成了一团。

常菁菁的妈妈对常乐犯了难："我当初就不同意菁菁回家来搞什么旅游，康老头子三番五次劝说。我不说他对咱闺女没安好心，就冲他一没钱二没有权，被马坡架空了这点，他就不该拉咱闺女蹚这浑水。你呢，你倒好，也跟着给菁菁打气，说些空话套话大话。你也不看看你自己，都理想几十年了，落到现在这个样子，还不是闺女和我伺候着。山上梯田哪一片不是你带人修的，现在也只有你一亩五分地，那些人家谁给你送过一两粮食还是一个西瓜？"

常乐两眼盯着电视荧屏，一句话也不说。床头的小圆桌上的饭菜已经凉了，仍然摆在那儿没动。黄狗很懂事地跳到床头上，钻到他的怀里。他亲昵地抚摸着黄狗的头，像是一对亲密无间的父子。

常菁菁的妈妈一边换衣服一边不停地唠叨："现在好看了，二十几岁的闺女先是被人挠破了脸，现在又进了派出所，让村里人怎么说？咱常家几代人也没有犯过事的，离末了弄得大闺女家无地自容。再说，传到北京欢庆爹妈那里，人家不光笑话闺女，还得笑话咱当父母的没教育好……"

常乐可能是实在忍不住了。他抱起黄狗狠狠地摔在地上。黄狗尽管机灵地一个纵身跳跃，轻轻地落在了地上，但吓得狂叫一声，接着又委屈地钻到常菁菁妈妈的脚下。常菁菁的妈妈心疼地抱起黄狗，哇的一声哭了起来："你有本事把你闺女领回来，冲着小狗发脾气算什么能耐？"

常乐掀开被子，披上棉袄就要下床。马坡突然进来了。他一眼就看出了常菁菁家刚刚发生过什么事情，故意装出不以为然的样子，假惺惺地说："这是怎么啦？老两口吵吵什么，啊？"他转过脸看着常菁菁的妈妈："菁菁她妈，不是当兄弟的没大没小批评你，我老哥是个病人，说严重点是个残废，看着别人一天到晚活蹦乱跳，发家致富，他心里本来就烦。你有什么天大的事不能和他好好商量，非得吵吵嚷嚷，让邻居听见了，得笑话你欺负一个没有力量的人。这和大人欺负两三岁的孩子有多大区别？！你没听人家邻居说，你不想伺候我老哥了，闺女才辞了在北京的好工作回家来的，还傍了个老板……"

马坡这番话十分恶毒。他既批评了常菁菁的妈妈，又讽刺了常乐，还含沙射影地骂了常菁菁。

常菁菁的妈妈当然听得出马坡话中的含义。她用毛巾擦了把脸，故意把身子转了一圈，四下看了一眼，对常乐说："咱们家打扫得干干净净，哪来的臭味，不是你放的臭屁吧？"

马坡心里恼火又不便发作，只得说："嫂子你还是以前那个脾气。你闺女的脾气性格一多半随你。"他接着又问："菁菁呢？这孩子跑哪儿去了。公司里没有，山上沟里也没找到，我想找她商量包一个鸭棚的事呢。听说一个鸭棚一年能赚两三万块钱！"

常菁菁的妈妈说："那可不行。你是大主任，要是一天到晚和那些鸭子打交道，人家得说你是个鸭子了。"常菁菁的妈妈说着，自己先笑了。

马坡也皮笑肉不笑地说："我要真成了鸭子，非得先把你这个大美人当饲料吃了。我大哥到那时候才是人财两空呢。"

常乐从马坡进屋一直没有说话，他心里明白，自己的闺女让派出所带走是马坡从中使的坏。现在，马坡是故意到他家里来嘲弄他的。要是放在三十多年前，他可能会抡起拳头打马坡个头破血流。事实上，那个时候他的确没少了骂马坡。可是，今天他忍住了。不是因为自己的身体状况，也不是因为没有了血气，而是他对马坡这种人失去了认同。人一旦对另一个本来同属于人类的人失去了认同，用句俗话说，就是已经不把他当人看了。你马坡的所作所为，还配我骂你打你吗？

马坡见常乐对自己不理不睬，常菁菁的妈妈拐弯抹角地骂他，觉得索然无味，又不想那么无所收获地离开，索性自己搬了一张椅子大模大样地坐下来，点燃了一支烟，摆出一副旁观者的姿态，仿佛常菁菁家即将上演一场好戏，他一离开就会错过观赏。

常菁菁在派出所里等到下午五点半，牛副所长才回来。他笑容可掬地握着她的手，歉意地说："小常，对不起，今天的事情有误会。我代表派出所向您检讨。"

常菁菁理直气壮地问他："你们非法将我拘禁了十小时，几句检讨就完事了吗？"

牛副所长脸上的笑容瞬间逝去，神情严肃起来："常菁菁你别太张狂，我告诉你这件事情还没有结束。再说，你那边违法乱纪的事还有。你好好想想，实在不愿回去，就待着！看我能不能办了你。"说完，扬长而去。

小苏劝常菁菁："常菁菁，九龙沟现在等着你，需要你，你先回去做你应该做的事。我会把这件事向所长汇报，一定会有个让你满意的结果。同时，你心里明白，这件事情可能并不是坏事，他们之间也得有个互相交代啊。"

常菁菁听信了小苏的话，离开了派出所。一出门泪水就如泉水般涌了出来。她怎么也不会想到，他们竟然真的在光天化日之下公开违法乱纪，连这样拙劣的事情都干得出来。然而，让她更想不到的是，她的那台切诺基不见了。

小苏说："刚才还在院子里，是不是牛副所长开走了。"常菁菁刚要发火，小苏摆摆手制止了她，说："你别着急。我先把你送回村里，然后我马上调查你的车的去向。"

常菁菁不好再说什么。对于小苏的诚恳、诚实，她既说不出难听话，也做不出让他难堪的举动。她上了小苏的车后，小苏告诉她，牛副所长是刘县长的表妹夫，和镇党委书记黄涛的关系也"倍铁"。

常菁菁说："那他就敢无法无天，为所欲为了？"

小苏说："照着黄涛的意思，老所长去年年底就该退休，让牛副所长接班。县政法委和公安局主要领导对牛副所长的表现不满意，不同意提拔他。这样，老所长才又多干了几个月。牛副所长现在天天往县里跑。"

常菁菁说："他是跑官。"小苏"唉"了一声，没再接话。

车子刚刚出了镇子，就看见一支长长的队伍打着横幅向镇上走来。常菁菁开始没想到是九龙沟的村民。走得近了，看清楚了横幅上的大字"还我菁菁清白"、"还我法律公正"。走在队伍前头的是李小芬、蕾蕾、二月、马鸣，人群中还有华爷爷、孙石头、"工农兵"、雪莲。前呼后拥的人中有一些常菁菁不熟悉的，显然是这一路上邻村跟着来看热闹的。

常菁菁本来心情已基本上平静了，可是一看见他们，竟呜呜地哭出了声。

几个老人一拥而上，把她围了起来。华爷爷问："菁菁，他们为难你了吗？"

孙石头说："孩子，你受委屈了。我们一定给你讨个公正。""工农兵"捧着常菁菁的脸，看了又看："孩子，让婶婶看看。看看这满脸的泪水，满脸委屈。"说着自己也哭了起来。

一时间，群情激愤，高喊着要到镇上去把派出所砸了。马鸣等一些年轻人手持着各式各样的家伙冲在前边。

常菁菁立即清醒了。她清楚，如果村民这样成群结队而且又是气势汹汹地闹到镇政府，影响镇政府机关的正常工作不说，还会损害九龙沟的形象，对九龙沟今后的发展不利。想到这里，她上前去拦，但怎么也拦不住，情急之下，她一下跪在地上："父老乡亲们，常菁菁求求你们停下来。"

人群停了下来，但大伙情绪仍然十分激动，欲罢不能，嚷着要闹到底。

李小芬说："操，他们这样做不是冲你常菁菁一个人，而是欺负咱九龙沟父老乡亲。咱不能轻易饶了他们。"

马鸣声嘶力竭地说:"咱先找镇上,镇上如果不给个说法,咱们再找县里,县里不给解决咱就上省城上北京。"

常菁菁说:"咱九龙沟不能乱。今天不能乱,明天不能乱,永远不能乱。如果九龙沟乱了,只是极个别人高兴,而咱们的开发计划,咱们的经济发展就会受到影响。我们成立合作社的目的是什么,不就是让咱村老百姓更团结,把事干得更好吗?我一个人受这点委屈不算什么,万一九龙沟的旅游开发和经济发展受到影响,那就是大事。九龙沟现在需要干事,需要稳定。"

经过她这一番劝说,大伙才跟着她一起回了村。

康爷爷和马坡以及很多村民把常菁菁家的院子挤得水泄不通,连家门前的村街的两旁都站满了人,李小芬说:"比人家办喜事来得还齐。"一时间,常菁菁被堵在门外,连家也进不去。

不知道冯俊才和赵明明从什么地方钻了出来。冯俊才手里拿着几盘鞭炮,爬到常菁菁家门前的一棵树上,把鞭炮系上,冲着人群喊道:"大伙注意了,我现在要放鞭炮。一是庆贺菁菁平安回来,二是驱一驱歪风邪气,三是庆祝九龙沟经济合作社成立。"

人群中爆发出一阵热烈的掌声和呼喊声。

马鸣喜欢热闹,也早已爬到了树上。他在树上站得高看得远,看见站在常菁菁家院子里的马坡,高声问道:"马主任,合作社成立你欢迎不欢迎啊?"

马坡在众目睽睽之下不好不表态,点点头说:"欢迎欢迎。"

马鸣说:"马主任你得大声点,这院里院外人太多,有人听不清。"

马坡被逼到了墙角上,只好大声说:"马鸣你狗日的出老子的洋相啊?我说过了,欢迎!"

马鸣说:"大伙都听见了吧?马坡主任支持咱们的合作社。"

冯俊才点燃了鞭炮,从树上跳下:"马鸣你在上边唱吧。兄弟不陪你了。"

鞭炮声中,常菁菁的妈妈流了泪。常乐也欣慰地说:"咱们家菁菁做了些什么,不光当父母的,就是全九龙沟百姓心里都清楚。所以,咱们不紧张、不害怕、不心虚。"

乡亲们有的宽慰常菁菁的妈妈,有的在骂那些说假话的村民,更多的人指桑骂槐地把矛头指向马坡。

马坡的脸一阵红一阵白，趁人们不注意的时候，悄悄地溜之大吉。

当场，很多村民表态愿意加入合作社。村民们陆续散去后，常菁菁在一帮年轻人的簇拥下进了院子。康爷爷见留下的是团支部和公司一帮年轻人，就拍了拍常菁菁的肩膀："菁菁，你们有事先商量。"

常菁菁的妈妈要去鸭棚看看，被赵明明拦住了，说："婶子，您老人家就放心吧。上午，我已经帮你喂过鸭子了。你那棚鸭子长得特别好。我还给苹苹说，菁菁家那个婶子真是有办法有福气的人，闺女养得好鸭子也养得好，一个个小鸭子长得跟菁菁一样活泼可爱。"

李小芬说："咦……连你赵明明都学会社会了。不容易啊不容易。"说着，她想脱鞋子，一看苹苹站在一旁拿眼睛看着她，就推了赵明明一把。

常菁菁的妈妈乐了："大冷天的快别在院子里冻了，赶快进屋暖和暖和。"

一帮子青年人拥到常菁菁的屋子里，凳子不够，几个女孩子就爬到常菁菁床上。二月在床上蹦了几下，高兴地说："我给菁菁姐踩过床了，这床就可以当喜床了。"

李小芬说："你个傻丫头，还能等着你踩？上次北京那个大鼻子律师来还不喜过了！"

常菁菁给了李小芬一巴掌。不过，她此刻真的想到了欢庆。自己出了这样的事，欢庆知道了还不知会怎样想呢？他保准又会说：你看看不听我的劝吃了亏吧。

冯俊才到底聪明一些。他见常菁菁走了神，忙劝大伙回去："常支书常董事长应该好好休息休息，咱们各忙各的去吧。"

李小芬出了院子又回来，问常菁菁的车怎么不见了。常菁菁如实地告诉了李小芬。李小芬气得满脸通红："操他个姥姥，这和土匪有啥区别。告那个狗日的牛副所长。你不告我告。"说完，又说："我今天带头去闹，是为你常菁菁这个姐们，不是为合作社。我压根就不同意你搞什么合作社。你以为你能当咱九龙沟的救世主，带家家户户奔小康？累死你，气死你！"

常菁菁说："你真打算不参加？"李小芬痛快地回答："不参加。你要再这样啥事都往身上揽，我可不陪你姐姐玩了！"常菁菁笑了："你会吗？"李小芬急了："菁菁，咱说好回来搞开发，当老板，挣钱，你这样啥时能挣钱？你要讲觉悟讲奉献别拉上我！"

傍黑时分，沈耀又来了。

常菁菁开玩笑说："你又搞突然袭击，神不知鬼不觉地就冒出来了。"

沈耀也是一副十分惊讶的样子："菁菁你真是见过大世面了，风吹浪打都不怕。刚从派出所出来就工作。怪不得人都说现在的女同志都是江姐。"

常菁菁说："沈总啥意思，想让我卷铺盖滚蛋啊！"

沈耀连连摇手，说："别，你别再让我第三次到北京请你。我刚才在电话中已经把黄涛骂了一顿。这个人平时看上去谨小慎微，怎么会做出如此荒唐之事？"接着，又说："我给黄涛说了一句话，说给你听听，你听了别生气。"常菁菁看了沈耀一眼。沈耀说："我对黄涛说，你们以后少到九龙沟找麻烦。常菁菁是我的女朋友，她做的一切代表我。这话不错吧？"

常菁菁不好意思地说："谁愿意做你女朋友了？"沈耀说："我同意了啊。你同意不同意，咱俩的事也已经成了百分之五十了。"常菁菁说："谁跟你咱俩咱俩的，什么成了百分之五十了？"沈耀认真地说："是成了百分之五十呀，你想，两个人要是都同意，就是百分之百，我一个人同意了，不就是百分之五十吗？哈哈，成了一半了。"常菁菁也笑了。她突然觉得自己和沈耀之间的感情距离在一点点地缩短。她的事业刚刚起步，需要理解和支持，而作为一个女孩子，她在感情上也需要安慰和呵护。这些天，沈耀总是在她这两方面都很需要的时候出现。让她感激的同时，感情也出现了波动。

沈耀点燃一支烟，抽了几口，接着说："我是认真的。菁菁，你是第一个让我见了就想结婚的女孩，以前我从来没想过和任何女人结婚，我现在是真的想。你想想，要是咱俩在一起，那真是天作之合啊。我保证不小心眼，给你充分的自由。县城的事情我就不用管了，东洲大酒店也交给你，你要是还想搞九龙沟的旅游，就继续搞着玩，要是想去北京发展，就去北京开公司。"

常菁菁感觉到他说的应该是真心话，在她的印象里，沈耀说真话的时候不少，但说真心话的时候不多，就故意逗他："你不是说资金比什么都紧吗？怎么一下子又变得这么慷慨了？"

沈耀说："资金紧是事实，那要看做什么，和你比起来，钱连狗屁都不如，没有你，钱就比爹亲比娘亲。""我有那么重要？"常菁菁问。"比重要还重要。"沈耀说，"有了你，我就是绅士，就是艺术家，就是一完人；没有你，我就是一商人，奸商，混蛋。"

"那我就是你的救世主了？"

"主啊！"沈耀夸张地张开双手，"救救我吧，救救你苦难深重的孩子吧！别让我毁灭。"

常菁菁想笑，又笑不出来，觉得鼻子有点酸，她对沈耀说："打住吧你，我没有你说的那么好。"

"菁菁，我说过，你一天不结婚我就有追求的权利，我会比你的男朋友对你更好。"沈耀说得有点动情，"我不想说什么，只是做着让你比较。有比较才能有鉴别对吧？"

那一刻，常菁菁有点被沈耀感动了，她相信沈耀说的是真心话，她也相信沈耀承诺的都能做得到。任何一个女人，都受不了男人对自己好。对常菁菁来说，尤其是这样。她第一次不自觉地把沈耀和欢庆放在一起做起了比较，这种比较实际上就是一种动摇。发现了自己的动摇，常菁菁不安起来，这种不安使她从沈耀带给她的感动中清醒过来。她摇了摇头，恢复了常态，又揉了揉脸，确信自己换上了平静的表情，然后才跟沈耀谈了一些旅游开发上的事。

这时，冯俊才打来电话，让常菁菁到山上去一趟："常书记常董事长你快过来吧，我有个惊喜送给你。"

沈耀一听常菁菁说上山，要和她一起去，于是二人一起上了山。天已经渐渐地黑了下来，沈耀悄无声息地拉住了常菁菁的手。常菁菁没有推开他的手。不知为什么，她反而觉得自己这时候需要一种力量。

人走在林间的小道上，微风吹来阵阵清雅的气息直扑心脾，就像是在吸吮着氧气，即使心中装满了愁绪的人，也会觉得轻松很多。常菁菁在林间走了一段，加上沈耀不时说几句玩笑话，心情渐渐地好了一些。到了山坡的林子里，他们看到一片空旷地上灯光亮着，冯俊才和马凯，还有几个平时与冯俊才玩得不错的正在忙碌。几个人看见她，纷纷给她打招呼。

"你们在忙什么？"沈耀不解地问。

冯俊才说："我打算再搞一个景点，森林迪吧。你看怎么样？"

冯俊才之所以产生这个创意，很大程度上是李小芬促成的。他是奔着李小芬来的九龙沟，原准备和李小芬一起创业，然后结婚。可是，他春节前发现李小芬还与在北京认识的何老板联系，非常恼火，与李小芬吵了架。他说我为了爱情放弃了在北京的发展，来到你们这个九龙沟，没想到最后得到的是你无情的背叛！李小芬不仅不认错，相反几天不理他。他在最苦恼的时候，一个人跑到水库边的山坡林中饮酒。那几天晚上的月亮又圆又亮，高高挂在山顶上，皎洁的月光透过树的间隙洒在林中，林中一片扑朔迷离，情景交融。他借着几分酒气，在林中又跳又唱。唱着跳着，一个为九龙沟旅游增光添彩的创意在脑海中产生了。他半夜去敲常菁菁家的门，把她从被窝里叫醒："常菁菁，我想到了一个好主意，怕是做梦明天忘记了，所以你必须起来听我说。"

冯俊才绘声绘色地描述了他的森林迪吧创意。常菁菁听了真有点跃跃欲试。第二天，她就召开了团支委会议，把冯俊才的创意给支委们讲了。瑶瑶第一个表示赞成。她说："这也不用多少投资，搞起来看看，有人来就做下去，没人来就停下。"其他几个支委也没提反对意见。李小芬那天没来参加这个会议。事后，常菁菁专门找她谈了，说："冯俊才是个有才气、重感情重义气的好人，唯一的缺憾是现在没有多少钱。但是他以后会有钱。你应当好好珍惜。"

李小芬说话很干脆："我也知道他是个好人而且对我好。光是人好对我好远远不够。我要找的男人必须有钱。现在不是咱们父母那一代，找对象注重感情，什么'只要人好和心愿，喝口凉水心也甜'都是不现实的屁话。你难道不是这样？如果欢庆是个和咱们一样在北京打工的，你能和他处对象吗？"

常菁菁无言以对。李小芬的歪理不是没有道理，再说她也不想和她发生争执。李小芬又说："瑶瑶既然很喜欢冯俊才，你这个当团支书的就帮你的副支书搭个桥，让他们处对象呗，我绝对没意见。再说，瑶瑶比我更适合他。"

冯俊才用了两天的时间把森林迪吧方案设计出来。他对常菁菁说不需要公司投一分钱，他和几个哥们自力更生。没用多少天，森林迪吧就建成了。它充分利用坡上一片树木间隔较大、地面相对开阔的地方，搭建几间简易的草房、草棚，四周放了一些石椅、石凳、树桩等，保留林中天然、纯朴、野性的环境，给迪吧这样一种激情、振奋的场所在形式上一种新的感觉和感受。夜幕降临，山野静寂之时，五彩灯光突然打开，音乐声骤然响起，置身此环境的人，不由自主地会产生一种冲动，一种激情，一种欲望。离森林迪吧不远，就是美丽的荷花湖水库。月光下，满湖流光溢彩。在迪吧蹦累了，坐在湖边观赏湖中月色，更有一种置身人间仙境的感觉。

冯俊才见常菁菁和沈耀一起来的，有些惊奇。但是，他没有表现出来，而是问她："感觉怎么样？"常菁菁连连点头称赞："好！"冯俊才问："你这个团支书、董事长怎么奖励我呀？"没等常菁菁说话，他又主动提出："你就陪我跳支舞吧，也算你验收。"常菁菁当即同意了，和冯俊才一连跳了几曲。冯俊才看有些冷落了在一旁的沈耀，就示意常菁菁邀请他跳。沈耀和常菁菁跳舞时，身子和她的身子贴得很近。她明显感觉到他下身一个硬邦邦的东西在蠢蠢欲动。她紧张的出了汗，一时间心慌意乱，不知所措。就在这时，冯俊才喊了一声："停！"她赶忙推开沈耀，捂着胸口走到一旁，她有种怦怦跳动的心要冲出胸口的感觉。

沈耀被冯俊才拉着说了一会儿话。他临走时对常菁菁说："跟我一起回县城好吗？"常菁菁当即摇摇头，说："慢慢来。我记得刀郎那首《冲动的惩罚》中还有一句：才知道把我的世界强加给你，还需要勇气！"沈耀听后，笑了。笑得有点无奈。

沈耀走后，冯俊才悄声对常菁菁说："我今天做了件有意义的事，虎口救美女！"

常菁菁给了他一拳头。

冯俊才认真地说："菁菁，我把你当哥们了，才给你说真心话。我觉得北京那个律师大哥是爱你，这个姓沈的小子是喜欢你，分量你得好好掂一掂！"

冯俊才的话让常菁菁不能不思考。她在心里承认和欢庆缺少沟通。在沈耀的穷追不舍之下，她也的确对沈耀有了点感情。她有时想起来很矛盾。唉，那就干脆暂且把感情的事放在一边。她这样安慰自己。

欢庆这些日子的感情波动很大，细心的姚渺渺发现他稍闲一点的时候，总是双腿高高抬起架在办公桌上，头靠在沙发椅背上，看上去是在闭目养神，而双眉却是紧皱。

有人说不管是男人还是女人，没有恋爱时，可能不会因为男女之间的事烦恼，而一旦恋爱了又突然失去，总会有一段备受煎熬的阶段，有的甚至影响一生。欢庆想用工作来冲淡心中的郁闷，然而，工作毕竟有结束的时候，忙碌过后，闲下来时，失落感、孤独感就会袭来，无法挥之而去。他不知道会不会失去常菁菁，也想象不出他们的感情像一根从中间被剪断了的绳子，在一段时间之后再硬生生的重新续上，会是一种什么样的方式。他曾想过去找她，甚至设想过种种相见后，四目相对，相互品尝眼神中的想念和哀怨时的那种愉悦及甜蜜。然而，真要丢下所有的事情不管，他却做不到。也无从做到。他没法儿让即将开庭的案子改变日期，更没法儿让满眼期待的当事人对他的缺席失望。他的肩上承载着一种责任，一种道义和希望，他没有权利随便剥夺别人的希望，卸下自己肩上承载的责任和道义，他不能！

　　屋内隐约传来电话声，他以一种不变的姿势，依然靠在阳台的防护栏上，望着远方。电话在固执地响着，一遍又一遍。他没有转身要离开阳台，走进屋里的意思。电话声突然戛然而止。门铃随后响了起来，在连续不断的叮咚声中，夹杂着姚渺渺高一声低一声地呼叫："老师！"他靠在护栏上的身体蓦地直起，有些烦躁地猛一转身，脚步很重地走到门口，"呼啦"一下用力打开了门，瞪着眼睛问道："你在门口叫什么叫！让邻居听见影响多不好！"

　　站在门口的姚渺渺见他一脸怒容的样子，一下子愣住了，拿在手中的东西"啪"的一声掉在了地上。随即四散开来，满地都是……

　　欢庆看着发愣的姚渺渺和满地被抛弃般的水果，突然觉得自己有些过分。他愧疚地蹲下身来，将散在地上的水果，一个个捡起，放进已经破裂的水果袋里。当他再次起身，看见姚渺渺的眼里蒙上了一层水雾，接着汇集成大滴大滴的眼泪，顺着脸颊滚落下来……他小心翼翼地把她拉到屋里，满脸歉疚地说："对不起，其实，我真不是故意的。"姚渺渺用手揩了一下泪水，突然紧紧抱住了他。他也抱紧了她。两人就这样拥抱了一会儿，嘴唇和嘴唇贴到了一起。欢庆感觉不是抱着姚渺渺而是常菁菁，把她越抱越紧。当他说出"我们结婚吧"这句话时，姚渺渺恍然大悟地主动推开他，拿起水果袋默默走进厨房。她调整好自己的情绪，将洗好的水果放进沙发前面的水果盘里。欢庆暗中观察着她的脸色，见她已经恢复到了一副若无其事的样子，心里暗暗松了一口气，身体整个儿放松下来。他拿起水果，使劲咬了一口。水果的甘甜汁液瞬间让他的心情变得愉快起来，他一口接一口地贪婪地吃着。他知道这样姚渺渺才会高兴，才能高兴。

姚渺渺从厨房里出来，见欢庆狼吞虎咽的样子，忍不住偷偷笑了起来。原本心里的那份郁闷和委屈，早已被欢庆的吃相冲淡了，消失了。她悄悄地把自己带来的磁带放在录放机里，不一会儿，凤凰传奇的《等爱的玫瑰》歌声响起：

      我要向前飞
      我是等爱的玫瑰
      ……
      心中潜藏着待放的花蕾
      如果你给我真实的安慰
      我愿为你展现我的美……

她走到沙发的另一头轻轻坐了下来。就在她抬头时，看见了挂在墙上的欢庆与常菁菁的合影，心里又难受起来。她在心里妒忌常菁菁，但却没有恨，她很奇怪自己的这种感觉。她每次来欢庆的家，就会有意无意地看到这张欢庆与常菁菁骑马相拥、深情相依的照片，她也曾不止一次地从欢庆喝醉后，不断重复的故事里听到关于她的事情。每一次听到欢庆痛苦而泪流满面的讲述，她也会暗自流泪，心痛不已。她不知道自己那是为什么，但她知道心痛的感觉，仅仅是为欢庆，为何要流泪，她无从找到答案。

她总是在心里哽咽着吟诵着叶芝的一首旧诗："当你老了，头白了，睡思昏沉／炉火旁打盹，请取下这部诗歌／慢慢读，回想起你过去眼神的柔和／回想它们过去的浓重的阴影／多少人爱你年轻欢畅的时候／爱慕你的美丽、假意或者真心／只有一个人爱你那朝圣者的灵魂／爱你衰老了的脸上痛苦的皱纹……"就在此时此刻，她忽然明白了，爱和情是由两个字组成的一个词，因而也必须由两个人来完成。这时她也才突然发现，欢庆并没有听她放的那首歌。她悄悄地起了身，悄悄地离开了。

其实，欢庆对姚渺渺的印象相当好。姚渺渺善解人意，勤快聪明。在工作上，她因法律知识滚瓜烂熟与欢庆配合默契；在日常生活中，她总是适时而不失礼节地与人融洽相处。在欢庆为案子苦恼而一筹莫展的时候，她会想方设法为他理清思路，找出新的线索；当欢庆伏案阅卷忘了吃饭的时候，她总会默默为他备好热气腾腾的饭菜，适时提醒他要注意身体。欢庆在酒桌上应酬，喝得酩酊大醉时，她也会毫无怨言地将他送回家里，关怀备至地为他守候一夜。她所做的一切，欢庆都默默记在心里，把自己所有的经验一览无遗的全部都教给了她。

欢庆的妈妈打心眼儿里喜欢上了姚渺渺的聪颖和漂亮，重要的是她看上了她毕业于正规大学的学历和出生家庭的背景，认为只有像她这样的女孩子，才配得上做欢庆的女朋友和他们家的儿媳妇。她几乎每天都要打一个电话给姚渺渺，让她和欢庆一起回家吃饭。尽管欢庆心里还是想着常菁菁，但表面上不能不应付他妈妈。在没有应酬的时候，他也曾拉上姚渺渺搭他的车一起上他家里吃饭。姚渺渺一进门，他妈妈就拉着她聊天。他妈妈几乎把姚渺渺当成了准儿媳般看待，逢人便说姚渺渺是她儿子欢庆的女朋友。而姚渺渺似乎并不反对欢庆妈妈的这种做法，反而带着几分羞怯与心甘情愿默默应允。

夜深人静的时候，他的脑海里也会浮现出姚渺渺的影子。他多次在内心深处问自己，曾经与常菁菁的点点滴滴和深情厚谊，会不会在姚渺渺的情意和母亲的亲情感召下土崩瓦解？有几次夜深人静的时候，他差点就打电话给姚渺渺了。他知道，只要这个不同一般的电话一打，他和常菁菁就算完了。常菁菁远在老家九龙沟，可是欢庆把她关在心里时她就和他在一起，形影不离，如果欢庆打开自己心里的门，常菁菁就会一下子飞出去，像一只自由的鸟儿，并且永远不会飞回来。欢庆不会把门打开，他像一只笼子把常菁菁紧紧锁在心里，他手里的电话就像一把钥匙，只要他拨了姚渺渺的号，只要他把姚渺渺约进门，他心爱的鸟儿就会一去不回，鸟儿的家就是蓝天和山峦。

欢庆强迫自己把姚渺渺电话号码中的两个数字颠倒过来记，并且按颠倒过来的号码拨出电话。那个电话是一个男人的，问他是哪一位，欢庆说打错了。过了几天，百无聊赖的欢庆又打了一次，那个男人说："兄弟哎，你不能老打错啊。"欢庆说："打错了有什么？值得你生气？"那个男人说："兄弟哎，我没生气，我就是说你打错了。"欢庆说："你就是生气了。"那个男人说："好好好，你说生气了就生气了，莫名其妙。"又过了几天，欢庆再次按那个号码打了过去，那个男人真生气了，说他神经病。欢庆说："我就是神经病怎么了？"那个男人说："我不跟神经病说话。"

欢庆平时像个绅士，说话办事有理有节有板有眼，可是他觉得想常菁菁的时候自己变得有点像个无赖。这个时候他就给自己倒上一杯酒，举起来对自己说，欢庆，为无赖干杯，然后一饮而尽。

他所在的律师事务所的同事都知道常菁菁离开北京了，又见姚渺渺和他暧昧，便有意无意地将他和姚渺渺说成一对，更有甚者当着他和姚渺的面开他们的玩笑，说他们真正是才子配佳人。这种玩笑越开越离谱，甚至有人开玩笑说让姚渺渺干脆搬到欢庆家算了。两个人一个未婚一个未嫁，加上又有共同语言，在事业上也可以并驾齐驱，是再好不过的绝配了。说得欢庆面红耳赤，借故逃离现场，独自躲进了洗手间里。而姚渺渺则在一阵哄笑声中含羞带怯地目送着欢庆逃离的身影，暗自伤感不已。

姚渺渺走后，欢庆放下吃了一半的苹果，也没心事再看电视，而是陷入了苦恼之中……

经过了一段时间的反复思考，欢庆确认了自己心中想要的那份情感。除了工作，他在生活上开始有意无意地疏远姚渺渺，也不再带她去见他妈妈。虽然他妈妈也曾背着他独自将姚渺渺请到家里，而欢庆却推脱有事避免和她同时出现在父母家里。他的这些软拒绝没有逃过聪明的姚渺渺眼睛，虽然她表面上仍然一如既往的礼貌对欢庆，并时不时地对事务所的同事解释着她和欢庆紧紧只是师生关系，但她的内心却充满了无尽的感伤。

孙志了解欢庆，有天晚上，他把欢庆请到了一家咖啡厅。一坐下，孙志就开门见山地说自己去了九龙沟。"你怎么又跑哪儿去了？常菁菁一定得怀疑是我让你去做监工的？"欢庆说。孙志装出一副不以为然的样子，说："你也太没劲了吧，哥们。你既然和常菁菁不交往了，有什么权力不让别人追求她！实话告诉你吧，我就是喜欢常菁菁，就是想见她。"欢庆恼了。他一手抓住孙志的领襟，把他从椅子上拎起来，一手抓起一个酒瓶，对准孙志的头："你，你他妈的怎么重色轻友。你明明知道我没有忘记她……"孙志毫不相让："你就一个伪君子！你口口声声爱常菁菁，忘不了常菁菁，其实你根本就不是真心爱她，你也根本就没把她放在心上。你说现在不是上个世纪了，一封信甚至一句话都能表达爱情。那你怎么不想一想，怎样去爱一个当代的女孩子。你爱的女人在创业，而且是艰苦地创业艰难地创业艰辛地创业，她需要资金支持，需要道义支持，需要法律支持，更需要感情支持。这些方面，你给了她什么？"

欢庆松开孙志，端起酒杯大口大口地喝了几杯啤酒，不知是酒已喝多了还是生气，脸涨得通红。

接着，孙志讲了常菁菁被人诬陷，在镇派出所被滞留了几个小时的事。他还没讲完，欢庆就忍不住跳了起来："她常菁菁为什么不告诉我？"孙志说："她凭什么要告诉你？你真正关心过她吗？你最近看过她的博客吗？你上过九龙沟的网站吗？"孙志的一连串问号，仿佛扔过来的一颗颗重磅炸弹，让欢庆目瞪口呆。孙志又说："你知道在常菁菁最困难的时候是谁出现的吗？就是你的情敌沈耀！我要是常菁菁，早和沈耀上床了！"

欢庆已经酩酊大醉。他举起一张凳子就要往下砸，孙志抱住了他。他发现孙志已是泪流满面。

欢庆醒来时已是凌晨两点。他准备给常菁菁写信。可是，打开电脑又犹豫了。他竟然不知应该怎样称呼她。称她亲爱的，她还会接受吗？他没有把握，心里有些忐忑不安。告诉她自己一直想她，她又会不会觉得是开玩笑？考虑了一会儿，他才决定先看看常菁菁最近的博客。在大年三十的一篇博客里，她详细地描述了与一些游客一起吃水饺、放鞭炮、开联欢会的情景，字里行间跳动着舒畅、真挚。这篇博客的跟帖有几百个，其中有在外打工没有回家过节的，这些人中既有九龙沟的，也有附近市县的，还有其他一些省市的；也有一些大城市的年轻人，居然还有旅居国外的华人青年。他们除了表达思乡之情，以及对九龙沟春节的热闹、祥和向往外，对常菁菁大加称赞。有一篇跟帖这样写道：

　　我知道你是从那片山沟里出来，在北京打拼几年又回到那个山沟创业的。你之所以把九龙沟的春节描述得那样生动，那样浪漫，那样热情，那样魅力，除了你对九龙沟的感情之外，更重要的是，这些都是你和九龙沟的年轻人创造的，是你们自己的作品，自己的成果。作为一个当代青年，我由衷地敬佩你和你团支部的年轻人。你让我懂得了，创业是多么快乐，是多么自豪，多么伟大……祝你和九龙沟的年轻人每天都在创业中快乐生活！

　　这篇跟帖，暴露了常菁菁的身份。于是，后边的跟帖几乎都是赞扬常菁菁的。有一个跟帖说九龙沟是新时代的《朝阳沟》，常菁菁是新时代的银环。接着就有跟帖问："那栓宝是谁？栓宝是不是跟她回九龙沟了？"于是，出现了几十个讨论这个话题的帖子：有的说常菁菁是回乡青年创业的好榜样，但现在的社会没有栓宝式的人物了；有的说即使有栓宝，栓宝也不可能跟她回山沟；有的说像这样的好女孩不愁没有栓宝爱，如果真有个栓宝存在，没跟她回九龙沟，那就不是真栓宝，也不是真男人；甚至有的主动提出自己愿意当栓宝，到九龙沟和常菁菁一起创业……不知是什么人，把常菁菁和沈耀在一起吃饭，一起登山，一起搭肩照相的照片都发到了网上，有几十张，还说这就是"栓宝"。欢庆读着读着，竟然笑出了声。他噼里啪啦地写了几句话，贴了上去：

　　　栓宝不是谁想当就当的。今日的银环和栓宝也不需要像上个世纪50年代时在村里同吃同住同劳动。他们也许经历的是比那个时代的栓宝银环更严峻的考验，但我相信他们会挺过去……

　　九龙沟村农民合作社经过一场风雨洗礼，不仅没有被摧垮，相反成长得更坚强。常菁菁在康爷爷的指导下，按照国家关于农村经济合作组织的相关法规，在村民自觉自愿的基础上，又做了大量工作，最后又依法进行了登记注册。合作社成立的第一次大会，在"村下村"里当年准备做战时指挥部的大洞里召开。村里的青年人兴奋异常，好奇地围着康爷爷、华爷爷和马鸣他们问长问短。康爷爷和华爷爷等一些老人按当年自己了解的情况，实事求是地向他们做介绍。马鸣介绍时添油加醋，说得神乎其神，当然他也没少了自吹自擂。不知是哪个老年人无意中说出了当年一个男知青和本村一个女青年在防空洞里做爱的事，惹得一片哄笑，接下来这个打听那个女青年是谁，那个猜测男知青和女青年后来的命运，调皮的说得更邪乎，说是发现地上有沤烂的卫生巾。李小芬骂道："咦……你们家那个年代就用卫生巾了？那个女青年不会就是你妈吧？"

马鸣也接上说："小芬说的对，那时候咱乡下女人别说用卫生巾，连见也没见过。我听说有人进城看见地上乱扔的卫生巾，还骂城里人真他妈的造孽：烙馍卷红糖吃不了就扔，拾起来一尝，血腥血腥的还带着屎……"他还没讲完，李小芬的鞋子就扔了过去："马鸣你能不能吃柳条屙柳筐——瞎编！让人恶心。"

洞里又是一阵哄堂大笑。

也许有了这样的前奏曲，会议开始后气氛不错。大家很快就通过了理事会的几个章程，选举了理事会成员，常菁菁高票当选为理事长。康爷爷、华爷爷和赵明明、马凯、冯俊才等人也都当选了。宣布结果时，有人对冯俊才提出了异议，说他是外地人，户口不在九龙沟，九龙沟也没他的地，不应当让他当理事会成员。

常菁菁耐心地说："要论户籍、论承包的土地这些条件，冯俊才的确不够格，但是要论对九龙沟旅游开发的贡献，尤其是九龙沟今后的长远发展需要，一个冯俊才这样的外地人还不够。咱们到城里务工，天天讲着城乡二元结构，户籍政策不合理，咱们自己就不应当也搞这样的政策。"

康爷爷也说："人家小冯是个不错的人才。他来的时间不长，干了很多事，大家也都看到了。要我说，咱九龙沟今后就得多招一些这样的人才。别说是外地的，就是外国的、外星球的咱也要。"

康爷爷的话一落音，礼堂里响起一片热烈的掌声，还夹杂着几个年轻人吹的哨子声。

在村民期待的目光下，常菁菁走上了临时搭建的讲台。她虽然准备了讲话稿，但到了会上又没好意思拿出来。眼前的一张张面孔，有的过去熟悉而后几年不见，现在又重新看到；有的这些日子里虽然每天都能见到，但有时是欢笑有时又是痛苦，今天充满了期待……她的眼睛潮湿了，声音也有些悲壮："前天发生的事，老少爷们都知道。在派出所里，他们问我你们搞的合作社是不是合法时，我理直气壮地回答，我们的合作社是符合党和国家政策以及法律的，是九龙沟村民自己的经济合作组织！"

"好！说得好！"马鸣叫起来。周围响起一片叫好声和掌声。

"他们又问我，你们搞这个组织想干什么？想夺权吗？我就回答一句话：不，我们恰恰是要维护全村百姓的合法权利，实现共同致富！"

哗，哗……如同瀑布般的掌声在地下礼堂里久久响起，声音洪亮而且回音绕壁。接下来，与会人员一致通过了合作社章程。

散会时，瑶瑶悄悄把一个东西塞到常菁菁手里。常菁菁一看，是一张麻将牌。她没来得及多想，就有村民围过来向她咨询入股的事。

接下来的整个正月里，九龙沟都处在忙忙碌碌之中。作为重点工程的龙王庙工地从早到晚都是热火朝天。有一天，常菁菁在工地上休息的时候，问冯俊才是不是和李小芬闹矛盾了？冯俊才愣了一下，没有马上回答。过了一会儿，好像思考成熟了，才对常菁菁说："我打算和她彻底分手了！"他说这句话时没有一点痛苦的表情，相反如释重负地深深吐了口气。

常菁菁早已料到了这一点。像冯俊才这样把事业和情感都看得很重的男人，不会纠缠在只会给自己带来烦恼的感情游戏之中。她笑了笑，问道："那你不会离开九龙沟吧？"冯俊才坚决地摇摇头，认真地回答："我还等着你出嫁到北京以后，接你的班呢！"

那些天，冯俊才像发了疯一样，早晨五点，他就出现在工地上；晚上十点，他还在工地上挑灯忙碌。瑶瑶几次想去工地看他，又不好意思。她让常菁菁把她给冯俊才买的羊绒围巾带给冯俊才。常菁菁接过来给她扔在桌子上："瑶瑶，你说真话，你喜欢冯俊才吗？"瑶瑶犹豫一下，点点头，说："有人说现在的爱情观早已随着社会变革发生了变化：爱情也是股份制，女人投入青春美丽，男人投入金钱财富。可是我认为，真正能够天长地久、生死不渝的爱情的基础，还是共同的志向、共同的追求。我觉得冯俊才是我心目中的……""你瑶瑶是怎么啦？既然你喜欢他，就拿出勇气来！"瑶瑶说："我和小芬是好姐妹，这种事……"她的话没说完，就被常菁菁打断了。常菁菁说："那你就不敢去爱了？你要是不敢爱，可别后悔被别人抢了先。"瑶瑶愣了一会儿，抱着羊绒围巾向山上跑去。那天晚上，她就住在了冯俊才的地窝子里……

龙王庙在正月底建好后，赶上了二月二龙抬头的日子。

二月二在民间被称为春龙节。据传说，每年农历二月初二是天上主管云雨的龙王抬头的日子。有句自古传下来的谚语说："二月二，龙抬头；大仓满，小仓流。"常菁菁她们在北京时知道，二月初二还是老京城流传至今的一个"节令"。她和李小芬曾在前年二月二那天去先农坛看过皇帝耕田的表演。农历二月二这天差不多是在惊蛰前后，"惊蛰一犁土，春分地气通"。明朝和清朝前期的帝王为了让人们不误农时，每年二月二都要到先农坛内耕地松土。她们见过一张名为《皇帝耕田图》的画，画面上是一个身穿龙袍的皇帝正手扶犁把耕田，身后跟着一位大臣，一手提着竹篮，一手在撒种，牵牛的是一位身穿长袍的七品县官，远处是挑篮送饭的皇后和宫女。画上还题了一首打油诗："二月二，龙抬头，天子耕地臣赶牛，正宫娘娘来送饭，当朝大臣把种丢，春耕夏耘率天下，五谷丰登太平秋。"对于画上那个皇帝，人们也是众说纷纭，有的说是朱元璋，有的说是康熙，还有的说是乾隆……在常菁菁的家乡，每到二月二这天早晨，家家户户都会打着灯笼到井边或河边挑水。她小时候有一次跟着奶奶去水库打水，不小心滑到了水库里。从井里或河里挑水回到家，接下来就是点灯、烧香、上供等一系列活动。这一天的民间活动可谓五花八门，丰富多彩，比如接"姑奶奶"等。

二月二，除了是龙的生日，还是土地爷的生日。过去，到了这一天，家家户户都要祭拜土地，进香祭神，九龙松之所以多年来到了二月二人流不断，恰恰因为有个龙字，而且是九条飞腾的龙。所以，到了这天，来拜九龙松，来摸九龙松的排成长队，从树下一直能排到村口。今年，九龙沟搞旅游开发，路好走了，景点多了，来的人也比往年多了。当天来九龙沟的游客一下子爆满。接下来一连两个礼拜也是每天游客盈门。

好在村民经济合作社成立以后，常菁菁他们很快就抓了整顿，所以，不管看的、玩的、吃的、住的，都井井有条，没出大乱子。

冯俊才高兴地说："九龙沟旅游的春天才刚刚到来。"

九龙沟的春天真的来了，而且是轰轰烈烈地来了。山上坡上，杏花开了，桃花开了，梨花开了，苹果花开了。崖上沟畔，山花开了，野花开了，点点片片，烂漫到天边。冰冻了一冬的九条小河，一层一层的冰挂融化了，欢快地流向荷花湖水库。微风过去，湖面泛起层层涟漪。艳阳暖照，水鸟斜飞。空气里，一丝甜、一脉香、一缕泥土的芬芳、一派阳光的醇冽。九龙沟，像一个不羁的少年，撒着欢地扬撒着自己的奔放和活力。

一个月后，九龙沟养殖大棚第一茬鸭子出圈了。东东早在一周前就怂恿赵明明和华联产去找常菁菁要求，搞一个隆重的仪式。她说："三个月了，咱们看着这六万只小鸭子一天天长大。说句心里话，我真舍不得它们……"

华联产也动情地说："它们也是活灵活现的生命，识人性，有感情。只要我朝它们中间一站，它们就会争先恐后地拥到我身边，嘎嘎嘎地和我说话。想想它们就要成为餐桌上的美味佳肴，我，我心疼。"说着，他呜呜地哭了。

赵明明也不住地抹眼泪，说："我这个鸭司令就要送第一批将士赴难去了。说什么也得给它们搞一个送别仪式。公司不出钱，我自己掏腰包。"

常菁菁看他们三个人个个情绪激动，也受到了感染。她当即拍板决定，咱们搞一个送行仪式。

刚好，韩春带着信访局的同志和农行的叶行长等一行来九龙沟。他们到的时候，仪式刚刚开始。从养殖大棚到山下，一路上排列着几十辆运输鸭子的大卡车。车上都披上了五彩缤纷的彩条、贴上了红纸白字的标语，挂上了常菁菁委托孙志设计的九龙沟肉鸭的标志图案。由中老年人组成的高跷队、秧歌队来回穿梭，引得那些外地来的司机和周边村的人们跟前跟后地观看。有两个技术熟练的老头，还在高跷上玩起了格斗，赢得一阵阵欢呼和喝彩声。韩春的车子被堵得很远，她们一行一路走着一路观赏，心情分外的好。

最热闹的地方是养殖大棚区里。装进笼子的鸭子，好像知道要告别九龙沟，一起嘎嘎嘎嘎地叫着。六万只鸭子的叫声，响彻整个九龙沟。九龙沟人倾村而出，笑声响成一片。有的老人感慨万端地说："九龙沟多少年没有这样热闹了。"

瑶瑶第一个发现了韩春一行。她想告诉常菁菁，见常菁菁被人群围了个水泄不通，不好进去，随即灵机一动，高声喊道："韩县长来了！"

人群自动地闪开了一条路，韩春一行在一片热烈的掌声中走了进去。

常菁菁满面春风地迎上前，紧紧握住韩春的手，说："韩县长，你来的正是时候，请你给我们的大部队送行仪式剪彩。"韩春弯腰抱起一只鸭子，怜爱地抚摸了一会儿，对常菁菁说："这是你们自己的事，你们该怎么进行怎么进行。我只是一个普通的参观者。"说完，她突然把头转向叶行长："老叶，这养殖大棚是你们银行支持的，你应当讲几句。"叶行长的脸一红："我们的工作没做好，应当检讨。"

常菁菁见时间不早了，就大声宣布仪式开始。她提出的第一项内容，是给养殖户兑现鸭款和承包费。三十多个养殖户从公司董事会一帮年轻董事手中接过了分别不等的现金，最多的三万，最少的也有一万。三个月，一茬鸭子收入了这么多，他们高兴的心情难以言表。有个上了年纪的老人激动地竟呼起了"共产党万岁！毛主席万岁！"的口号。

孙石头对他说："老爷爷，毛主席他老人家已经走了三十多年了。"那个老人眼一瞪："我知道。我是说在菁菁这帮孩子身上，看到了毛主席他老人家当年教导的为人民服务的精神。"

那个老人这样一说，在场的老人都说："对，是这个理。"

鸭子装车的时候，场面一度失控。康奶奶抱着装鸭子的笼子，不让别人抬。二月把她拉开了，她又去抢回来。就连华联产、东东也一边哭一边帮着装车。孙石头也恋恋不舍地在大棚前转来转去。韩春到的时候，他拉着韩春的手，激动地说："韩县长啊，菁菁带着俺们找到一条致富的路了。我现在明确地说，我反对挖煤窑！"

信访局的同志当即记下了孙石头的姓名、年龄、职务，又单独和他谈了一会儿。孙石头听说是信访局的同志，主动帮着约了一些村民，向信访局的同志反映情况。

浩浩荡荡的车队离开九龙沟时，很多人跟了一程又一程，一直到车队在视线中消失。

韩春看见第二茬那么多活泼可爱的小鸭子，高兴得不住地笑。叶行长怀里一下子就抱了四只小鸭子，还得意洋洋地唱了起来："生产队里养了一群小鸭子，小鸭子见了我就嘎嘎嘎叫，我见小鸭子心里就想笑……"

韩春问："你们这一棚鸭子什么时候出售？"华联产回答说："再用两个多月。"韩春又问："这些养鸭子的村民每只鸭子收入能有多少钱？"华联产回答："我们算过了，按现在的市场价格，每只鸭子净收入两元钱。一个大棚两千只净收入四千块。"接着，他从购买苗鸭算起，到饲养、防疫、运输、销售等一一向韩春做了说明。常菁菁等他说完，接着说："我们算了一笔账，物流环节的费用有些高，我们正打算等养殖专业公司收入多了，自己买几辆车搞运输，村民的收入可能会再高出一点。"

韩春马上对叶行长说："行长，这对你们来说可是好事。你不是有金融租赁业务吗？你们先投资买几辆车，租给她们。"

叶行长点点头："可以，可以，互利互惠嘛。"

接下来，常菁菁带着韩春一行又看了九龙文化园，水库景观带，韩春越看越高兴，说每次来九龙沟都有新的变化，新的面貌。在九龙沟感受到了一股蓬勃的朝气。她问叶行长："九龙沟扩大旅游开发的规划已经县发改委批准了，景区中的现代农业观光园区贷款的事什么时候能落实？"

叶行长说："正在协调之中。你韩县长交代的事，再难我也会办好。这叫前期投资。"

韩春问："你这话什么意思？"

叶行长笑笑："开个玩笑，开个玩笑！"

韩春严肃地说："我们现在处于一个新的历史时期，各种利益关系发生了深刻变化，中央为什么在这个时候提出科学发展，到了一个县一个乡一个村应当怎样落实在工作中，都值得一个基层干部尤其是基层负责同志好好思考。同时，也值得你们做金融工作的同志思考。中央提出新农村建设，是一个长远的伟大的战略。新农村建设需要资金支持，你们搞农村金融的责无旁贷。农村经济发展了，农民收入增加了，生活富裕了，在银行行业中，受益最直接或者说受益最大的还是你们农村的金融机构。"

叶行长边听边点头，脸一阵红一阵白，很不自然。他转脸又问常菁菁："常董事长，你们的养殖大棚准备扩大吗？"

常菁菁说："早有计划。搞第一批大棚时，村民没见到实惠，还不相信，所以只有少数人承包了。现在，大伙的积极性上来了，都要签订承包合同。我们打算再建三十个。"

"大概需要多少资金？"

常菁菁早已胸有成竹。她告诉叶行长，事实证明，还得搞高质量的大棚，

316

用钢结构，"这样，加上购苗鸭，饲料，一个大棚的投资约需两万元左右。不过，两茬就可以收回投资"。叶行长当即表示："明天我就让业务部门来和你们签订贷款合同。我保证是低息。"

其实，常菁菁已经听明白了叶行长话中的意思。最近，有消息说刘县长因年龄原因要到政协工作，韩春要"转正"，叶行长说的前期投资，无非是在讨好韩春。她心里暗想，如果叶行长这样的人把持着农村金融机构的权力，资金投向看着领导的眼色，新农村建设步伐怎么能够加快呢？

马坡听说韩春来了，专程从县城赶回来，以村委会主任的身份陪同。他兴致勃勃地向韩春介绍了他在韩国参观见闻，好像成果颇丰。

"你们去济州岛了吗？"韩春问。马坡兴奋地说："济州岛是个好地方。"

韩春问："那里有个民俗村你们看了吗？"马坡点头说："看了。"

韩春突然停下脚步，目不转睛地看着马坡："你觉得他们开发的那样一个旅游项目怎么样？我今天看了九龙沟，感触很深。九龙沟虽然不完全是民俗旅游，但可以朝这样一个目标发展。让国内外游客到九龙沟，可以看到千百年来劳动人民的生产生活场面。比如你们的梯田，那就是生存的一种写照。比如你们的生态保护，那也是人与自然和谐的一种形态。"

马坡一时瞠目结舌。眼前年轻的女副县长的一席话，让他心灵感到震撼。

常菁菁同样感到了震撼。然而，同样的感觉并不会产生同样的思想。常菁菁的想法是下一步怎样按照韩春说的，打造以民俗旅游为特色的旅游品牌，把九龙沟的旅游开发搞起来。山西有乔家大院、王家大院，我们搞好了，就是民俗沟。将来，可以带动周边山区很多地方搞这样的旅游开发。马坡想的与常菁菁截然不同。他想的是这沟那沟都不如金沟。开了煤窑可以大把大把地挣钱。

在参观的路上，韩春不时停下来和村民说话。有的村民拉着韩春的手，说："韩县长，你对咱九龙沟很支持，我们感谢你感谢政府。"

还有的村民故意当着马坡面夸奖常菁菁，说："人家团支部青年协会才是真正给老百姓办事，不像有的人只会从老百姓口袋里掏钱抢钱，就差屙屎撒尿没要钱了。"

马坡脸一阵红一阵白，当着韩春的面又不敢发作。

"你们都参加村合作社了吗？"韩春问。在场的群众都说参加了。一个村民说："我们家没钱包大棚，就是因为参加了合作社，合作社租了一个大棚给我。这合作社就是好。"

韩春看了马坡一眼。马坡冲她笑了笑，说："我是支持合作社的。不信，你可以问问菁菁。"

中午，韩春要到大食堂吃饭，马坡说那儿太乱，硬是拉着韩春和叶行长到了"工农兵"的农家饭店。没想到，韩春刚刚端起碗，随着一阵吵嚷声，从外边拥进来十几个村民。他们大都是些老人，领头的还是麻奶奶。她怀里抱着小孙子，一进来就跪在饭桌前，让韩春叶行长和常菁菁都感到措手不及。

马坡也故意嚷道："你们这是干什么？"

"韩县长啊，世上有送子观音，我们不叫你送子观音，叫你送福观音，求求你赐给我们九龙沟老百姓一点幸福吧。"麻奶奶说。

韩春愣怔片刻。她放下手中的碗筷，上前拉着麻奶奶："大妈，您老人家先起来，有话慢慢说。我不是送福观音，但我是你们选出的副县长，为你们造福是我和所有公务员的职责。"

麻奶奶看了马坡一眼，不仅没有站起来，反而把额头贴到地上："韩县长啊，我们九龙沟的百姓这些年受尽了苦，到现在也没有几家有存款的。我们是守着金山受穷。我们沟里有煤窑，挖出来就是钱。有人说开煤矿就是印钞机。可是，康支书和一些人不知打的什么主意，就是不让挖煤。我们有个好主任马主任要挖煤，他死活不同意。县里也有人挡着拦着……"

这时马坡咳嗽了一声。常菁菁马上明白了，这是马坡故意导演的一场闹剧。他们一行人到了农家饭店时，马坡曾出去打了一会儿电话。麻奶奶这些人，肯定就是马坡招呼来的。后来，事实果然验证了常菁菁的判断。马坡打电话给马联合和李小良，让他们动员一些人来找县长"闹一闹"。李小良担心找不到人。马坡当时就表态，凡是来的每人给十元钱。当后来知道这个真相时，常菁菁她们都难过地流了泪，同时，也感到了肩头担子的重量。瑶瑶说不能再让九龙沟的百姓被人花十元钱甚至于一包烟就做昧良心的事。

韩春很平静。她从麻奶奶的话中嗅出了些味道。前几天，她的确就九龙沟小煤窑的事同刘县长交换过意见。刘县长的意见是旅游开发和挖煤窑不冲突，挖煤挣的钱还可以补贴旅游。韩春则坚决反对。县长和副县长之间工作上的意见分歧会传播到老百姓中，而且是麻奶奶这样年纪的老太太说出来，让她不能不有些生气。她用威严的目光看了马坡一眼。马坡迅速避开了韩春的目光。韩春弯下腰，对麻奶奶诚恳地说："您老人家要是不起来，我也学你跪下了。"

麻奶奶还在犹豫，马坡冲她吼了一声："你胆大包天，真敢让县长给你跪下，看我不剥了你的皮。"麻奶奶听了这句话，麻利地站了起来。

韩春接过麻奶奶怀里的孩子，亲切地拍了拍，亲了亲："这孩子几岁了？"

"四岁。"麻奶奶回答。韩春说："这孩子和我的孩子同岁啊！以后，我把我的孩子带来，让两个小家伙认识认识。"她这一句话，一下子拉近了同麻奶奶的距离。麻奶奶紧张不安的脸上露出了笑容。

"孩子有福气。老奶奶这样疼他。"韩春说。

"嘴上疼心里疼都没用，关键得有钱。"麻奶奶说。她的这句话让马坡很满意，在一旁忍不住地偷着笑。他以为笑容不明显别人看不出来。马坡总是以为自己比别人聪明，与众不同。这种自作聪明自以为是的个性帮着他的灵魂一步一步地走向深渊。

韩春拍了一下麻奶奶的手，说："大妈您说得太对了。经济基础决定上层建筑，看来马克思他老人家与咱们普通百姓想的一样。如果单纯为了这一辈子下一辈子赚钱，九龙沟煤一出来，变成了现钱，老人孩子都能过上几年几十年幸福日子。等孙子长大了，山秃了，林没了，煤采完了，九龙沟的水变黑了，至于他们吃什么，还能不能过幸福生活，奶奶也看不见了，也管不着了。要是全国都这样，咱们的后代还有个安身活命的地方吗？"

"那怎么行？要是真有那一天，谁还辛辛苦苦养儿子孙子干什么？让他们活着受罪？让他们骂老一辈子缺德？""工农兵"在一旁说："养儿孙不就是为了传宗接代。麻婶比俺们懂的理还多，就是不知听了什么人的歪理，一时没明白。对不对麻婶？"

麻奶奶听出了韩春话中深层的含义，又被"工农兵"变相地打了一巴掌，张口结舌，半天再没说出一句话。

韩春问马坡她的话对不对。马坡满面笑容地连连点头。

韩春强调："再说，你们村后山里的那座小煤窑，各种条件符不符合要求还要进一步考证。万一盲目开起来，出了事，那可不得了！”说着，她严肃地对马坡说：“马主任，看来你的担子不轻啊！”

马坡脸红了一阵，假惺惺地点点头。

常菁菁从韩春怀里接过麻奶奶的孙子，一边逗着他，一边对麻奶奶说："奶奶，咱马上就办幼儿园了，我们商量一下，觉得您带孩子心细，过去还在城里做过保姆，想请您老人家当个顾问，您愿意吗？"麻奶奶一愣："顾问是干啥的？"常菁菁说："这么说吧，您就是每天去看看孩子的饭菜做得怎么样，玩得怎么样，听话不听话。幼儿园的老师负不负责任……"麻奶奶似乎听明白了，可目光里依然带着疑问："菁菁呀，你不恨奶奶？"常菁菁摇摇头："奶奶您说哪去了？我打小就知道您老人家是好人。""可，可是奶奶爱管闲事，嘴皮子锋利。""奶奶，该管的闲事就得管，以后我们还打算设个建议奖，谁提的建议好、有用处就奖谁！""工农兵"接上说："麻婶那您还不得月月拿奖。"麻奶奶高兴得满脸红光。她瞪了马坡一眼，抱着孩子走了。

麻奶奶他们走后，韩春找了间房子，单独与马坡谈了一会儿。他们出来时，常菁菁看见马坡脸涨得通红，额头上还有几滴没来得及擦干净的汗珠。旁边有人说："天气还贼冷，马主任脑门上怎么就直冒汗了？"

韩春一行临走时，常菁菁把她送到村口。韩春深有感触地告诫她做任何事情不能着急，更不能冲动。韩春上了车以后，突然又下来，看着常菁菁的眼睛，问她："你现在最缺什么？"

常菁菁直截了当地回答说："缺资金。"

韩春说："这只是一个方面。"

常菁菁不好意思地说："缺管理经验。"

韩春说："这也是一个方面。"常菁菁还想再说缺人才，被她制止了。她说："你现在还缺一个重要的东西，就是情感支柱。我觉得你以前的性格不是这样。你现在有些忧郁，容易急躁，这不仅仅是工作不顺造成的，更主要的是情感方面。我是过来人，也有过感情问题。感情问题处理不好，往往对精神造成杀伤。你说对不对？"

她的话的确一针见血，说到了常菁菁的痛处。常菁菁点了点头，那一刻，泪水竟然也不知不觉地掉下来。韩春拍了拍她的肩膀，然后亲切地拉着她的手："菁菁，不要为难自己的感情。"

韩春的车已经走远了，常菁菁还愣怔地站在村口。一阵微风吹来，夹带着渐渐复苏的泥土香气。可是，她的心里却有点隐隐的疼。她意识到，在欢庆和沈耀之间，自己不能再犹豫了。

晚上，忙完工作回到家中，她打开了电脑，看了下网上的留言。其中一个"愿意做栓宝"的人引起了她的兴趣，在网上与那人聊了起来。

她问："你是谁？"

对方答："我是老虎！"

她笑了："我已经见识过你了。你的意见我们采用了。"又问："你想吃人，可是你长没长锋利的牙齿啊？"

对方答："我不是吃人的老虎，是人见人爱的老虎。"

她说："那我们这儿还没有老虎，就把你请来吧，好让人们观赏！"

对方说："那敢情好啊。"接着，话锋一转，问："网上看到，你放弃了在北京收入不错的白领工作和如火如荼的感情回乡创业，你觉得值吗？"

她答："人和人的想法不一样，评判值与不值的标准也不一样。"

对方问："就依你的标准回答我的问题吧！"

她答："我在前不久回答朋友的提问时回答过这个问题。每一个时代，在一个国家，一个组织中，都有这样一群人：他们具有远大的理想和抱负，把人民大众的利益看得至高无上，并随时准备为实现理想抱负而献身……如果人人都以自己是凡夫俗子为由，不想加入其中，那么这个群体就会越来越小，国家也就会没有希望……"

对方停了一会儿，好像在沉思，接下来问道："你是否认为自己的想法很高尚？"

她答："我个人认为，每个人的心里，高尚和卑贱在同一起跑线上，关键在于你跑向的目标……"

对方："哈哈哈哈……明天再聊吧。你一天下来肯定很累，好好休息，但愿没打扰你。"

常菁菁愣了一会儿。这个人真有意思，讨论问题不等说完就离线！

不过，这一会儿网聊，的确让她把心里的话说了出来，觉得身心一下子轻松了许多。

第二十二章

人们常说好事成双。九龙沟前天送走大棚养殖的第一批鸭子，昨天与银行的业务人员签订了低息贷款合同，华联产和东东今天又去进苗鸭。村民中要求承包肉鸭大棚的越来越多，常菁菁他们决定再建五十个大棚以满足村民的要求。

然而，事物常常表现出两面性。没想到的是，祸事也跟着来了。

一周后的一天，常菁菁和蕾蕾去县城办事，晚饭后才回村。刚进村，就看见一辆警车鸣着笛在村中停着。常菁菁还没反应过来，蕾蕾就急了："坏菜了，那不是'村下村'的出入口吗？"常菁菁一下子就想到了瑶瑶曾塞给她的麻将牌，急忙往那儿赶。蕾蕾着急地拨马鸣的手机电话，听到的回答是"你所呼叫的电话已关机"。她们到了地下道入口被一名警察拦住了。蕾蕾指着常菁菁对警察说："这是我们领导。"警察没好气地顶了她一句："聚众赌博，领导也有责任！"

不知是警车闪烁的红灯过于招摇还是有人招呼，不一会儿工夫来了很多村民。蕾蕾看这架势有点害怕，拉着常菁菁的手不停地抖。瑶瑶、李小芬、冯俊才、苹苹也都到了。

出入口的门打开后，几名警察带着马鸣和几个年轻人出来了。马鸣看见常菁菁和蕾蕾，不好意思地低下了头。在场的人群一下子寂静无声。带头的又是牛副所长，他四下看了一眼，厉声问："你们旅游开发公司的头头在不在？"

李小芬上前一步："咦……你的眼睛是摆设啊？有什么事冲我说吧？"牛副所长问："你是干什么的？"李小芬理直气壮地回答："我就是你要找的负责人。"牛副所长火了："你充什么充？就你这样还是负责人？撒泡尿照照，你像吗？"他的这句话惹恼了李小芬。李小芬上前抓住了他的衣领："操，你算什么警察？会说人话吗？你姐姐你妹妹是不是撒尿当镜子？"

牛副所长本来就是来找茬的，他见李小芬盛气凌人，哪里能忍受，掏出手铐就把李小芬铐了起来："操你妈，你别给我太张狂！我现在就以妨碍执法拘留你！"

围观的人群一片骚动。

马鸣撞了牛副所长一膀子，又要用脚踢他，被常菁菁拦住了。常菁菁对牛副所长说："有什么话对我说。"她又指着李小芬："你把她放了。"

冯俊才对牛副所长说："你执法也应当讲文明，不能对群众张口就骂。错是你先犯的，法是你先违的。如果你这样随意抓人，九龙沟的老百姓不答应，法律也不答应！"

人群中有人喊："打电话报警，警察乱抓人！"

李小芬面不改色地说："姓牛的，我告诉你，你有种今天就把我带走。等你把我送回来时，我要你三拜九叩头！"

常菁菁毫不犹豫地对牛副所长说："把李小芬放了，我跟你们去。"又说："谁给你这样的权力，你就不想后果？"牛副所长听了常菁菁的话，想了一会儿，把李小芬的手铐打开了。他虽然没有把常菁菁带走，却当众宣布让旅游公司停业整顿，等候处理通知，并把"村下村"的出入口都贴上了封条。

警车拉着警笛离开了村子。围观的人们却久久不肯离去。有的说："这是报应！马鸣不是个好鸟，你们让他管'村下村'，不是给他创造机会嘛！"有的说："这旅游怕是搞不下去了。前几天抓了董事长，今天又抓了个小经理，再往下还不知轮到谁呢！"

蕾蕾气得哭着说："谁犯法谁就得被法律追究，这与旅游开发扯不上。再说，董事长那是冤案！"李小芬也骂："你们说三道四，满嘴屁话，就不怕良心被狗叼了去！"

这时，不知谁说了一句："那几个赌博的都是外村人，是马联合找来的。怎么马联合没事？"

人群中沉默了一会儿，马上又爆发出一阵愤怒的呼叫声。有的说这是马联合设的诡计，陷害马鸣！有的说马联合背后还有人，他们想搞垮旅游公司。还有的说得更难听："做这种缺德事的人生孩子也没屁眼！"

让常菁菁感到奇怪的是，马坡、马联合等人一直没露面。她看时间不早了，就劝乡亲们回家："马鸣是我们青年创业协会的，也是旅游开发公司的员工，他的事我们一定会管到底，请大伙放心！"

直到人走得差不多了，马坡才出现。他摆出一副十分惊奇的样子，问了问情况，然后对常菁菁说："这个马鸣就是狗改不了吃屎。我建议你别管他了。"

常菁菁说："如果我们不管他，就等于放弃了责任。"

马坡又说："好，好，我和你一起去趟派出所。不管怎么说，他也是我没出五服的侄子。"

马坡和常菁菁、李小芬到了派出所，牛副所长好像早已得知了信息，正在等他们。没等常菁菁开口，马坡把牛副所长叫到另一间屋子里去了。李小芬四下望了一眼，说："等着瞧吧，马和牛勾搭一起，下不了狗崽子！"

过了一会儿，牛副所长和马坡回来了。马坡说："牛所长对咱九龙沟的工作一直很支持。他说这次就不拘留马鸣了。"牛副所长一副很为难的表情，对马坡："马主任，你老是给我出难题。"转过头又对常菁菁说："看在马主任面子上，马鸣就不拘留了。但是，你们公司要交两万罚款！"

李小芬一下跳起来："两万，那可是一个肉鸭大棚好几茬的收入。你还是把他拘留吧！"

牛副所长板起了脸，把办公桌的抽屉拉开一半，严肃地说："我这也是看你们刚起步，不想让你们太大损失。再说，马鸣上回打伤马联合的事还没了结。实话告诉你们，我这里关于你们公司的举报信，随便拿出来一封，就让你们吃不了兜着走……"

牛副所长以为这几句话就会把常菁菁和李小芬镇住。他不明白的是常菁菁和李小芬已经不是传统的那种老实巴交、逆来顺受的农村姑娘。他的话刚说完，李小芬一下子站起来，一边朝牛副所长走过去，一边嚷嚷着："什么狗屁举报信？你拿出来让我们见识见识！"

常菁菁虽然坐着没动，说话也很平静，但话语也很尖锐："牛副所长，你既然接到举报信，就应当调查，不然就是失职。"

牛副所长没想到弄巧成拙，一时面红耳赤。他关上抽屉，说了一句："你们乐意就闹吧！"然后走了出去。

马坡急了，对常菁菁说："菁菁，你们真不懂事。我磨了半天嘴皮和脸皮，好不容易让牛副所长不找你们茬子。你看看，你看看，又让你们给搅乱了。我说你还想不想在九龙沟干了？"李小芬毫不在乎地说："咦……我们不吃他派出所的不喝他派出所的也不欠他派出所的，又不违法，他能怎么着？"马坡说："你不犯法保不准其他人犯法。马鸣聚众赌博是不是犯法？有人对游客强买强卖犯不犯法？有人乱收费犯不犯法？再说，让你关门三个月，你就会急得哭……"

马坡的话让常菁菁一下子清醒了。九龙沟的旅游还没走上正轨，尤其是环境还比较差，难免有一些问题。如果和一些权力部门关系搞不好，今后工作的确受影响。牛副所长刚才那句："不想让你们太大损失"已经说得很明白。就是说不想让你受损失有办法，想让你受大损失也有办法。想到这里，她对马坡说："马叔，对不起。我们刚才有些冲动。怎么办，您定吧。从私说您是长辈，从公说您是村委会主任是领导。我们听您的。"马坡得意地摸了摸常菁菁的脸，说："这就对了。"他又起身出去了一会儿，回来后对常菁菁说："牛所长说了，你们也不用交现金了，那辆切诺基车就当罚款吧！不然你们一停业整顿几个月，损失更大！"

后来，常菁菁他们才知道，那辆车被牛副所长酒后开到沟里，报废了。常菁菁多次要求赔偿，还要向上级反映。牛副所长找到马联合，马联合说出了马鸣的软肋。两人商量了一番，由马联合负责从邻村找人，到"村下村"玩麻将。马鸣在洞里久了，也觉得寂寞，有人来陪着他玩，还交场租费用，一举两得，就没有推脱。他想过给常菁菁汇报。马联合说等到年底，你一下子交给公司几万块钱，那才既有面子又有成就。马鸣信了。一次两次过去，来人又提出小赌，马鸣开始不同意，后来经不住马联合和来人的软磨硬泡就默许了。今天晚上，来的几个人要喝酒，于是他就去买酒，没想到回到洞里就被警察堵上了，牌桌上放了几万块钱……

回到九龙沟，蕾蕾看见马鸣，生气地打了他一巴掌，对他一顿数落："你马鸣不是说不再赌了吗？男子汉说话不算数，还算什么男子汉！你这个错犯得让菁菁的车没有了。"马鸣等她数落完，也没解释，拧着头说："狗日的马坡马联合，系了个套让我钻。我饶不了他们！"

常菁菁等马鸣走后，对蕾蕾严肃地说："咱也不提一帮一，一对红那句过时的话了。我反正把马鸣交给你了。他如果再去赌博，就是你的任务没完成，考核时就扣你的分。"

蕾蕾笑着说："怎么，你还搞绑架？"

这时，二月来叫常菁菁，说是康爷爷叫她过去。她跟着二月到了康爷爷家，见华爷爷也在，心里马上明白了康爷爷找她的原因。她把马鸣被派出所带走的经过如实地讲了一遍，然后痛心地说："我这个团支部书记有不可推卸的责任。这些天光忙着抓旅游开发，团的工作，青年的工作放松了……"

华爷爷给常菁菁倒了一杯茶，看着她喝下去，反过来安慰她说："你能认识到这一点很不错。旅游开发的事千头万绪，够难为你的了。"

康爷爷没再提马鸣的"村下村"赌博的事，问常菁菁："报纸上电视上有人替农村和农民打抱不平，说农村穷农民苦。你觉得咱们村也好，咱们镇也好，说大一点整个全国农村农民最苦的是哪些？"

康爷爷提出的这个题，常菁菁回来这段时间做过一些思考。她实事求是地回答："就咱们村来说，温饱问题已经解决了。虽然还不富裕，但说不上生活苦。我觉得精神方面连温饱也达不到。一些人知识水平不高，科学技术不懂，在城市打工和生活被边缘化，在自己的家乡又缺乏必要的施展自己的舞台，往前看，是看不到头的迷茫……"

康爷爷边听边点头。常菁菁说完后，他沉思了一会儿，说："要是在过去，你当面说这些话是批评我，我接受不了。现在，你说这些话，我打心里承认。"

物质上的财富需要逐步创造，精神上可以先丰富起来。这是常菁菁从康爷爷话中得到的启发。晚上的例会时，她把康爷爷的话说了让大伙讨论。李小芬态度比较积极，说："我过去听人说没有文化就没有生机，还不相信。我都担心自己再待下去会疯。"苹苹说："你那是在北京几年烧的。你要什么样的文化？唱歌演戏？"李小芬朝苹苹扔了一个瓜子皮："咦……苹苹你自己有没有发现越来越娘们了。文化就是唱歌演戏啊？那你和赵明明天天也在搞文化，叫性文化！"苹苹没理李小芬。她说："现在的年轻人比较讲究实惠，不能吸引他的活动他不会参加。"

瑶瑶说："那可以引导。"苹苹说："你有本事引导他们？"瑶瑶还要和苹苹争辩，冯俊才却抢先开了口："苹苹你也不能总是抱怨。抱怨能让你发家致富吗？抱怨能让你回到十八岁吗？要我说，天天只会抱怨的人是没出息的人。瑶瑶的意思说得很明白了，引导，就是要有人在前边引着……"苹苹瞪了他一眼，"哼"了一声，把脸扭向一边。

碰头会散了后，冯俊才和瑶瑶一起走了。常菁菁和李小芬、苹苹同路回家。走在狭窄的村路上，苹苹轻轻撞了常菁菁一下，示意她仔细听一听从两边人家屋子里传出的声音。她用心听了一下，每隔一两家，就可以听到麻将声和为了出牌的争吵声。经过她中学的一个同学家时，她犹豫了一下，走了进去。那个青年不在。他爸爸一提起他十分生气，说他没有一个晚上在家待过，都是到镇上去赌博。他爸爸诚恳地说："菁菁你是村里的团支书，现在又是董事长，你可得帮我管管他。他信你的话。这一点，我这个当爹的有把握。"

常菁菁说："我尽力吧。大叔您也别老是和他生气，得平心静气地和他谈谈。一次不行就两次。过几天给他找个事做，让他没时间去赌博。"那个青年的爸爸忙说："你千万别让他下井挖煤。俺就这一个大头儿子，万一……反正他妈和我说过了，就是给一万两万一个月，也不让他下井。"

常菁菁说："那就给你们家一个养鸭大棚吧。"那个青年的爸爸点点头，说："这敢情是好事，只是家里没现金投入。"常菁菁说："先不用你们投资。咱们有几种方式，你们家可以先用承租的方式。等到第一茬肉鸭卖出去，有了收入，你们家再投资。"那个青年的爸爸愣怔地看了常菁菁好大一会儿，目光充满了疑惑。他显然不相信有这样的好事。

出了那个青年家，李小芬感叹地说："看来反对开小煤窑的人还是多。"

苹苹突然想到碰头会后，瑶瑶是和冯俊才一起走的，就低声问李小芬："小芬，冯俊才被别人抢走你不在乎？"李小芬说："咦……你以为我在乎他呀？告诉你吧，我早对他腻歪了。只要我愿意，追我的男人能把你家院子挤满。"

苹苹说："你这是啥话，怎么挤我家院子？"李小芬说："这你就不懂了吧！你就见过赵明明裤裆里的家伙，所以叫没见过世面。我让那些男人到你家院子里排着队，让你见识见识……"苹苹拧着李小芬的耳朵，恶狠狠地说："没想到你这几年学得这么坏。我倒是无所谓，你不该当着菁菁说这样的脏话。"李小芬说："我就是说给菁菁听的。你还不知道吧，菁菁到现在还没见识过……"常菁菁把手里的矿泉水瓶子塞进了李小芬的嘴里。苹苹又用劲往里推了推："这才让你见识见识个大家伙。"

回到家中，常菁菁连夜用手提电脑打出了一份九龙沟团支部普法教育计划。第二天，她把这个计划提交到团支部，果然有人反对。反对最激烈的是李小芬。她说："现在人都忙得团团转，一个当成两个人用，谁有时间上你的班。再说了，在咱九龙沟这地方根本用不上法。"瑶瑶针锋相对地说："你李小芬这话就不对了。怎么叫九龙沟不需要法？难道咱九龙沟是世外桃源？你不能因噎废食，个别人不依法办事，就否定九龙沟人都不懂法。再说，要是过一段时间村里班子换了，新班子不懂法行吗？"李小芬朝瑶瑶扔了个瓜子皮："咦……操你个瑶瑶，怎么净是和我针尖对麦芒地顶着干？"常菁菁火了："小芬你能不能正经点儿。这是开会！要我说你首先要进普法班学习。你看看你，张口就骂人，抬手就打人，整天一副秃子打伞无法无天的样子……"说着，她自己扑哧一声笑了。

李小芬感到委屈："我操你个常菁菁，我骂人打人还不都是因为你。你不领情就算了，还把账记到我的头上。苍天啊大地哪，我怎么进了万恶的旧社会？"她说笑过后就低着头在一旁嗑瓜子，发信息，一直到散会都没再发言，瓜子皮扔了一地。

团支部通过了办普法学习班的决定，并一致同意把这项工作交给团支部副书记瑶瑶负责。常菁菁把自己做的学习计划交给了瑶瑶。她在杨柳的公司工作时，兼职做过一段人力资源管理工作，做培训计划得心应手。瑶瑶看了，佩服得五体投地："菁菁，你不怕失业，就是不搞旅游开发，当个中学的教导主任也绰绰有余。"

常菁菁说："我还有个想法，请你考虑一下。能不能让蕾蕾当班长，让马鸣也当个召集人，比如学习委员。"瑶瑶明白常菁菁的用心，说："我看可以。马鸣这种人是顺毛驴，喜欢'戴高帽子'，也就是得多捧着点。他在高一时是年级篮球队长，那个年级篮球队在全校拿了第一。高二时，他因为打一个队员被撤职，他就不卖力气了，高二年级的篮球队就落到了全校后边。到了高二下半学年，他又当了篮球队长，结果一跃又到了全校前列。"

瑶瑶三天后就把普法班办了起来。她也动了不少脑筋，开班时不是以普法教育的名义，而是选择了两部法制内容的电影作为开班第一课，所以参加的青年人不少。蕾蕾给马鸣施加压力，让他保证学员人数。马鸣没有让她失望，连骂带拉，真的把一些不愿参加普法学习的青年都拉来了，而且学得很认真。蕾蕾对他说："你要管好这个班，首先要自己学得好，才有说服力。"

普法班开班的当天晚上，常菁菁网聊时又碰上那个自称老虎的人。她把这一消息告诉了他。

他说："你那个地方的确应该好好扫一下法盲。不光是年轻人，村干部首先不要当法盲……"

常菁菁愣了一下，问："你来过我们这里？"

老虎没正面回答，反问："听说你们那里还有小煤窑？是不是要开了？"

常菁菁觉得有点蹊跷，这个人是什么人呢？怎么这么熟悉我们这里的情况？见她没回答，他又说："你上次说的那番话对我影响很大。看来你的想法是对的……"

第二天上午，苹苹来找常菁菁，说马联合通知她，县里镇里明天要来人检查九龙沟旅游情况。马坡让旅游开发公司负责接待。苹苹问常菁菁接待不接待。常菁菁说："不管来多少人我们都接待，即使马坡不安排我们也要主动接待。"苹苹说："咱们的钱也不是白来的，让这帮白眼狼吃我看着就有气。你不知道，他们点着名要这要那。"常菁菁说："肚子里有气就揉揉，变成个屁放掉，咱先不算这个账。"

没想到，下午苹苹又跑来告诉她，一共来了四个人，是坐马坡的车来的。他们带着个很大的箱子，找了头牛车拉到沟里。中午吃饭时，四个人加马联合和李小良，喝了三瓶白酒二十瓶啤酒。她说："我妈都说看了揪心的疼。他们说话时，我妈妈偷偷听了几句，好像是和挖煤窑有关。"李小芬说："咦……这算啥稀奇的？我早就给咱菁菁董事长说过，操蛋马坡不会放弃挖煤窑，只是煤炭行情不太好，投资的不积极，他前一段在卧薪尝胆罢了。"

常菁菁一直在观察马坡的动静，不仅是观察马坡，就是见到沈耀或者和沈耀通电话时，她也在试探沈耀的态度。同时，她也通过互联网关注和观察煤炭行情。她和康爷爷都一直坚持认为马坡不会放弃挖煤窑。现在听了苹苹的话，她更加坚信康爷爷和自己的判断是正确的了。她左思右想觉得应该给沈耀打个电话。

沈耀一开口就是玩笑："哎呀，好感动啊！大美女想我了？"常菁菁说："你就贫吧。九龙沟旅游五月就要正式开业，现在千头万绪，你这个股东不管不问，不够意思吧？"沈耀说："你要这样说，我可要告你了。从公说，你对股东不信任，我可以在股东会上控告你；从私说，你这是冤枉朋友，我请求法庭调查……"他的话没说完，常菁菁就笑得连眼泪都流了出来。

沈耀很得意，说："我正打算明天过去。你不打电话来，我准备给你个突然袭击。"

第二天上午，沈耀果然如约而至。常菁菁问他想到哪里看看。他想了想说："到沟里看看吧。我还是比较喜欢自然景观。"说完，他马上又改口："当然，每个人有每个人的兴趣，我不反对别人对其他景观感兴趣。就像说恋爱经验样，有人说男人追女人要含蓄要温柔要让女人觉得你有文化。我就不同意。男人嘛，在追自己真心喜欢的女孩子时，应当大胆应当勇敢应当一往无前。台港有个著名作家在公交车站遇上个漂亮女孩，马上就勇敢地上前递名片并表达自己的心愿。后来，这个比他小二十几岁的女孩子成了他的夫人。再后来，他讲到这一点时说，如果没有勇气走出那一步，只能对美丽望洋兴叹。因为这种美丽是瞬间即逝的。"

常菁菁说："你的比喻也太夸张了。"

上车以后，沈耀问常菁菁："派出所把车赔你了吗？"常菁菁摇摇头，说："车让那个牛副所长开到沟里摔得粉身碎骨。"接着，她把那个牛副所长查马鸣聚众赌博，又让公司以车抵罚款的事说了。沈耀说："别生气了，不就一台旧车吗？为一辆旧车和他们打官司不值得，影响你的名声也影响你的事业。我再送你一辆新车。"常菁菁说："算了吧。我觉得这样跑着很好。"沈耀问："你要去县城呢？"常菁菁回答："坐公交车呗！"沈耀又问："你要接客人呢？"常菁菁回答："租车。"接着又补充道："或者打电话让你派车。"沈耀笑着说："我越来越发现只有你才配做我沈耀的老婆。"说着，用空闲的手握紧了常菁菁的手。

这时已经到了沟前，车无法再往里开，沈耀停了车。常菁菁趁势跳下车，避开了沈耀刚才的话题。

走在水库北面的缓坡上，沈耀的兴致很高。春天的风有些干燥，但水库改变了九龙沟的小气候，湿润的空气使人神清气爽。这片缓坡是水库到山和沟的过渡地带，就像一曲乐章中的舒缓的行板部分，有了它，九龙沟就有了节奏。缓坡靠近水库的一边，住着二十多户人家。站在高坡上看这些人家的农舍沿湖岸错落有致地排开，犹如图文并茂的国画。再往上就是水库的堤坝，堤坝的上边是九龙文化园。马坡要开的小煤窑就在缓坡尽头的山沟里，这面缓坡是山沟里的煤矿通向外界的唯一通道，只要小煤窑一开，九龙文化园、湖边的人家就没有了，九龙沟的节奏就没有了。然后是堤坝面临着威胁，以及整个九龙沟地区的生态灾难。常菁菁带沈耀走到缓坡的中间站住了，她望着前方宽阔平展的湖面问沈耀："马坡是不是又找你谈挖煤窑的事了？作为朋友和合伙人，我希望你能真诚地告诉我。"

沈耀说："不是马坡，是我那个老同学也就是你们镇的书记黄涛。他前天到县城请我吃饭，把刘县长也拉上了。"常菁菁问："刘县长怎么说？"沈耀回答："刘县长还是老态度。说旅游和挖煤不冲突。"常菁菁问："那你怎么回答的他们？"沈耀抽着烟，没有回答。常菁菁推了他一下："怎么，很难回答是不是？"沈耀这才说："我告诉你常菁菁，跟你说句最实际的话。开煤窑，是马坡的主意，但是，从镇到县都有领导支持。这就不一样了。黄涛找过我不是一次两次了。我如果不是故意拖着，恐怕早就动工了。"

常菁菁一惊，浑身一颤："什么证都没有，他们也敢动工？"

沈耀清楚地看见常菁菁的胸脯不停地起伏。因为他站在常菁菁旁边，看的也是侧面。那是波浪式的侧面，让他激情燃烧的侧面。他按捺住冲动，接着说："你这里一个事一个事的出，又一个事也没彻底解决。要是换别人，可能早就扔下这摊子跑了。"常菁菁固执地问："你是不是要帮马坡？"沈耀直率地说："我不是帮马坡，是帮自己。我是商人，当然要挣钱。我不参与，别人也会参与，与其别人参与，还不如我参与。"说完，他又指着下面宽阔的水库湖面，动情地说："这么好的地方，谁都不想毁了。我的本意你知道，我确实想支持你把九龙沟的旅游搞起来，不光是因为我喜欢你，还因为我觉得九龙沟有开发价值。我也知道，我投那三百万连建度假村的权利都没真正拿到。因为马坡并没有办好手续。不过，你们接过来了，扛起来了，你不觉得占了最大便宜的是我吗？"

常菁菁没想到沈耀会坦诚地说出这么多的真话。她不解地问沈耀："为什么说占了最大便宜的是你？为什么不是马坡？"

沈耀笑笑，说："你呀菁菁，你是太实在了。马坡什么便宜都没占到，反倒把自己弄到了监狱的大门口。你想，他拿了那三百万，往小了说是挪用公款，往大了说是贪污公款。我呢，我的权益不会受任何损失，我既可以建度假村，因为我有合同；我也可以在你们的旅游公司占一笔股份，还是因为我有合同。马坡其实大可不必再拉我加入开煤窑的行列，但不拉我又不行，因为我付过了土地补偿费，他要用地也得我同意。你说谁划算？"

常菁菁看了看沈耀，说："你真的很坦诚。可我还是不敢相信你的坦诚"。

沈耀说："不光是你，许多人都不相信我的坦诚。坦诚是我做事的风格，是我的个性。反过来，我心眼也挺多。心眼多和坦诚不矛盾。"常菁菁："说正经的，又贫上了。你说开煤窑的事有办法阻止吗？"沈耀说："这么说你是拿我当自己人。我告诉你，这件事你阻止不了，不管是对镇里、县里还是对所有参与的人，各方面的利益太直接了。"说完，反过来问常菁菁："你现在既然已经涉足了商界，为什么对能让你挣大钱的小煤窑不动心呢？你这个村团支部书记，说到底就一凡夫俗子，难道你还想在政治上发展，做一个大政治家？"常菁菁沉思了片刻，认真地回答说："不错，我的确只是个凡夫俗子，普通的山村青年。但是，这并不等于说我就可以没有责任感，就不要考虑九龙沟老百姓的利益和子孙万代的吃饭问题，对吗？也许眼下你还不理解我和我的团队。但是，再过几十年，当我们白发苍苍的时候，看着那时更加美丽富饶的九龙沟，心里才不会留下遗憾。因为，康爷爷、我父亲他们传下来的责任，我们尽到了。"

沈耀边听边点头，但笑容有些勉强。常菁菁问他："你有办法阻止他们挖煤窑吗？"他也坦诚地回答："我说过，有了你，我就是绅士，就是一好人；没有你，我就是一奸商，混蛋。如果不是为了你，我不会和镇里县里闹翻。你知道外地人怎么评价咱这带人吗？说义气，为朋友不怕两肋插刀，而你一不小心得罪了他，他就背后捅你两刀。有人写举报信说我偷税漏税，到九龙沟投资是洗钱。"

常菁菁一愣："什么人干的？"沈耀说："不说了。我身正不怕影子斜。当然我不会放着钱不去挣，九龙沟我不祸害别人也会祸害。我没有那么高的境界，除非你嫁给我。这不是要挟，我得衡量值不值。"

常菁菁笑了笑："你还真是一混蛋。"沈耀说："需要解释的是，做混蛋不是我本来的愿望，你能使我成为一个完美的好人，可是你不愿做。这是你自私懂吗？"常菁菁又好气又好笑："什么逻辑！"沈耀把胳膊搭在常菁菁的肩上，接着有些激动地说："混蛋逻辑。黄涛骂过我不止一次，说你沈耀脑子进水了？现在的爱情是股份制，男的投钱，女的投色。你投了钱，可姓常的妮子不投色，你还不觉醒。到最后你会赔了夫人又折兵……"他说这些话时，眼睛一直观察着她的神情。

沈耀的话像重锤敲打着常菁菁的心灵。他的这些话，李小芬也曾对她说过。然而，从沈耀嘴里说出来，却让她感到受到了污辱。她原本已经对沈耀生出的好感或者说感情的苗子，像被一阵疯狂的冰雹袭击，开始倾斜了。倾斜向欢庆了。她轻轻地推开沈耀的胳膊，指了指天上的太阳，长长地吐了口气，说："九龙沟是阳光普照的地方！"

和沈耀谈完，常菁菁反倒觉得轻松了许多。她现在的心境就像一个出远门的行者，原本最担心的是恶劣的天气，担心雾和霾、风和雪，现在风来了，雪来了，反倒踏实了。她现在的选择要么是找个背风的地方躲起来，要么硬着头皮往前走，赌上自己的前程甚至身家性命。她知道，当乌黑的云像山一般压过来时，她必须靠一股心气硬撑着。说好的花一样的景色就在远方，就在自己的心里。一个倔强的行者只会往前走，一个成熟的行者知道什么叫迂回。常菁菁显然属于前者。回到家里，她躺在床上想了一会儿，心里对沈耀生出了一丝愤懑：好你个沈耀，把感情也当作交易的商品了！她想发条信息骂沈耀，又忍住了。与此同时，她对欢庆的思念却越来越强烈，便在邮箱里给欢庆写了一封信。

欢庆，我知道你还在生气。我要告诉你的是，我的气至今没消。

从我提出回家那天起，你就生气，和我闹别扭。你知道我有多伤心吗？虽然你生气、闹别扭是在乎我，我理解。但你不理解我，甚至不了解我。

这几年，在杨柳等朋友的鼓励支持下，在你的帮助下，我得到了很好的成长条件。我有了固定的工作、不薄的收入，同时读完了大学；你真心实意地爱我，准备和我结婚成家，生儿育女……这一切，在一些人看来是相当不错的条件，对于我这样一个来自偏远山区的农村女孩，应当是具有很强的诱惑力；即使在你看来，也对得起常菁菁了。这正是你不理解我、不了解我的原因所在。

我们这些"80后"的农民子女，与父辈是两个迥然不同的群体。我们高中、初中毕业后就进城务工，对归宿点的认同与父辈不同。我们中多数人在城市生活几年甚至多年，适应了城市的生活节奏、生活方式、生存状态，与父辈挣了钱回家、将原籍农村作为自己的归宿相比，我们普遍怀有彻底融入城市的愿望，很多人坚守着"打死也不回农村去"的底线。所以，我回农村创业，你不理解非常正常。但是，你想没想过，我和我同等情况的兄弟姐妹们在城里生活的感受？……我们大多数人具有初中及以上文化程度，能操作电脑和使用网络，而且不少人具有强烈的学习意识，受教育的程度与父辈不同。因而，对职业的期望与父辈不同。父辈们只关注找工作或者收入情况。我们在择业时则既重视职业特点，又关心工作收入和工作环境，大多数不愿做超负荷和环境差的体力劳动。我们同你们城里的同龄人一样，习惯于城市的繁华和快节奏的生活方式，追求较高的生活质量。我们强烈地希望城乡差别尽快缩小，城乡统筹的方针能够尽快落实。尤其重要的，也是容易被你和很多城里人不注意的是，我们同样在追求人生的价值……如果仅仅为了做一个北京人家的媳妇，在北京有一个稳定的家，我当然不会选择回乡创业。但那毕竟不是我的追求，不是我人生的终极目标。也许你不理解，会问我的人生终极目标是什么？我现在可以回答你。我的人生目标就是在时代的潮流中冲一回浪，成功了，我自豪；不成功，我也为这个经历自慰。我不愿像一片枯叶随浪漂泊。我觉得那不是人生。小芬也说过，当富豪家的二奶，票子、房子、车子……一切应有尽有，可以少奋斗二十年、三十年。然而，那只能叫生存。精神健康，心情愉悦，自由自在，这才叫生活。所以，她和我一起回乡创业。

你也许看到了，但不会像我们这些农民的子女一样去深思：现在农村中年轻人外出务工的多了，农村劳动力结构状况非常堪忧。假如我们这些农民的子女全都留恋城市，对家乡的发展不管不问，那么，农村与城市的差距何时能够缩小，城乡统筹发展又如何实现？再过几十年，当我们白发苍苍的时候，带着自己的后代踏上故乡的土地，而故乡面貌依旧，我们又该怎样回答后代的责问……我相信，不，是坚信，会有更多农民的子女投身家乡建设。我这绝不是喊政治口号，也不是表明自己的思想觉悟。这的确是我的真实情感。有些人和他们做的事，在一段时间可能还是相当长的时间里不被人理解，甚至被看为"另类"，但是，只要他们做的是有意义的事，终究会得到社会的认可，历史的认可……

欢庆，过去，我们都忙于工作，见了面不是流连于公园，就是拥抱于影院，或逛荡于商场……我们之间心与心的交流太少了。这些话，我是第一次向你说。希望你能认真读一读我的心声。

常菁菁一边写信，一边流泪。最后实在写不下去，就关了机。

后来，欢庆告诉常菁菁，他看了常菁菁没写完的信，心里很激动，一夜也没睡好。

第二天凌晨两点，他醒来了，第一件事就是给杨柳打了个电话，约杨柳见一面。他着急地说："就今天上午吧。我上午有点时间……"

第二十三章

　　常菁菁接到杨柳要亲自带团来九龙沟旅游的电话时，高兴得跳了起来。自她回九龙沟后，一直通过电话和网上同杨柳保持着联系。她最初的一些思路、计划，大都是杨柳帮着出主意、提建议。杨柳因为业务很多，工作很忙，前些日子没来过。她在电话中告诉常菁菁："听说你们'五一'准备试营业，我不能再不来看看，帮一帮你这个小妹妹、老朋友了！"

　　杨柳带来的这批游客是北京一个社区退了休的老头和老太太。他们过去在企业工作，大都是一线工人，没有机会出差，有的连北京城都没出去过。退休以后，有外出时间了，可是手中积蓄不多。杨柳这次组织他们到九龙沟旅游，没有收取他们的服务费用。她说："这些老头老太太没多少钱，但他们回去后可以替你们做宣传。这些人的子女、亲朋好友，加上老街坊、老同事，将来都可能成为你们的游客。"常菁菁说："我们也定了试营业的优惠条件，只要不赔本就行。"

杨柳和游客到后，常菁菁诚恳地对杨柳说："姐，你一定得帮我把他们对景点、设施、服务的反映真实地告诉我，以便我们改进。"杨柳指了下她的额头，说："你说错了，不是反映给你而是骂你个狗血喷头。"

北京的这些老人对每一处景点看得都很认真，还追根溯源地询问景点的来历，听得津津有味。他们中有的曾在农村生活过，对九龙沟的一草一木都感到很亲切。一位姓周的大妈从进了九龙沟就一直拉着常菁菁的手不松开，亲热得像她的母亲："小常啊，我不叫你老板老总你别见怪，过去我们在厂子里对比我们小的厂长、车间主任都这么叫。那时候当干部的和工人的感情可好了，不像现在一些老板财大气粗，动不动就骂工人甚至打工人。你现在这么年轻当老总，手下管着那么多人，对人家可得尊重啊！"这位大妈的话，让常菁菁觉得心头暖融融的。中午，在大食堂用餐时，几个老太太争先恐后地下厨房，要每人做一道拿手菜。整个食堂里喜气洋洋，仿佛是一家人团聚。雪莲也很高兴，说是没想到在自家大门口认了几个北京的亲戚。她把马凯也叫过来帮忙。大食堂的几个妇女很快发现了问题："马凯这小子过去都是叫雪莲姨，怎么改口叫雪莲姐了？""经过马主任批准了吗？哈哈……"

正要吃饭时，二月急急忙忙来找常菁菁："菁菁姐，你赶快回家吧，你们家来客人了。"常菁菁说："等吃了饭再回去。客人就让我爸爸妈妈招待吧。我这是工作。"

二月把她拉到一边，悄悄告诉她："你未来的公公婆婆来了。"常菁菁的第一反应是不可能。他们怎么会到九龙沟来呢？再说，他们要是到九龙沟来，欢庆一定会事前打电话通知她。有可能是二月认错了人，把来九龙沟旅游的当成欢庆的父母了。

二月属于比较调皮的女孩子，平时爱和人开玩笑。有一次，康爷爷正在开会，她突发奇想跑到会场，眼睛红红的，一脸焦急样，告诉康爷爷家中失火了。大家一听都急了，一边劝康爷爷快点儿回家，一边起身想去康爷爷家帮忙。康爷爷却不急不躁，问二月火烧到了什么地方？二月说已经烧到屋顶棚了。康爷爷说那就没办法救了，让它烧吧。旧房子烧了让你爹妈给我盖新的。二月急得眼泪都掉下来了。康爷爷招手让大家坐下继续开会。常菁菁当时沉不住气，拉着瑶瑶就要走。二月却破涕为笑："看看，到底还是有人信我的话吧。"她那时才明白二月是在开玩笑。所以，二月说欢庆的父母来了，她半信半疑。二月有点儿急了："菁菁姐，这次我没和你开玩笑。"常菁菁说："你就是那个'狼来了'的孩子，有一天让狼把你给吃了，看有没有人去救你！"二月真急了："常菁菁！你想一想，我又没见过你未来的公公婆婆，不存在认错人嘛！你要不回家，万一你爸你妈和你公婆打起来，可别怪我没通知你啊。"

二月这样一说，常菁菁坐不住了。她向杨柳简单说了一下情况。杨柳听了一脸惊异："不会吧，欢庆也没告诉我！"说完，她又推了常菁菁一把："快回家吧，这可不能耽误。"常菁菁临出门回头看了一眼，见杨柳正和旁边一位老太太偷着笑。她没多想，急忙往家中赶。由于走得快，加上心急，没走多远身上就出了汗。她也顾不上形象了，把外套脱了拿在手上。欢庆的爸爸妈妈这时候到九龙沟来，而且事前也不打个招呼，到底是什么意思呢？是因为她的任性让欢庆感情痛苦，作为父母看不下去，来找她兴师问罪？还是他们没办法阻止欢庆，来做她的工作，让她放弃欢庆？或者是他们思想通了，认可她在农村创业，按照老规矩来与她爸爸妈妈商量办婚事的事情？她越想脑子越乱，心里也越着急。她想给欢庆通个电话问一问缘由。可是翻遍了衣服的口袋，也没有找到手机。手机丢到哪去了呢？是丢在哪个景点了，还是丢在食堂了？真是屋漏偏逢连阴雨！

就在这时，马鸣骑着摩托车过来了。他现在是旅游公司的保安部负责人。这家伙现在再也不赌博了，为了铭志，他还把自己平时用不着的左手的小指切掉了三分之一。手指切了后，上网的时候才发现有好几个字母打着费劲，又后悔不已。常菁菁说："你不赌就不赌呗，干吗非得搞得这么郑重其事，以后找媳妇都受影响。"马鸣乐得直眨眼皮，额头上的皱纹全都绽开了，像山坡上的层层梯田。他说："我啥也不影响，怎么会影响讨媳妇呢。我不赌了，就凭哥们这块头这形象，那媳妇还不是不尽长江滚滚来啊。"他这话虽然有点吹牛，但确实也有几个女孩子追他。有邻村的，也有本村的，他和蕾蕾的关系有了进展。他听说常菁菁要回家，就让她上摩托车，要送她一程。常菁菁说："你先把手机借我用一下。"马鸣问："是长途还是本地。"常菁菁说："打给北京。"马鸣犹豫了一下，一边给她手机，一边嘱咐她长话短说。虽然这是一个微不足道的细节，却让常菁菁很高兴：学会精打细算也是他的一大进步。

常菁菁拨通了欢庆的手机。可是没等她说话，他就挂了，然后又关了机。要是在过去，她会很冷静很理解：他要么在开会，要么在出庭。可是今天不同以往，他关机后，她气得火冒三丈，如果不是借用的马鸣的手机，常菁菁一定会把手机摔了。

"你怎么了，脸色那么难看？"马鸣瞪大眼睛看着她。"没怎么。你和蕾蕾的事怎么样了？"她反过来问马鸣。没想到，她这样一问，突然间把自己心中的烦闷转嫁了出去。马鸣神情显得有些不安："是不是蕾蕾托你问的？"常菁菁对他说："不是。"他长长地叹了口气："蕾蕾说她已经在南方生活习惯了，还打算回深圳去。我虽然上过高中，但不是考上的，是学校以篮球特长生招去的。这几年过去，跟老师学的那点知识早已像吃到肚子里的饭一样变成屎了，又没有其他技术，到城里怎么生存？再说，就凭两个人都在城里打工，一辈子也甭想买一套房子。你说那怎么办？"常菁菁说："你们这是什么狗屁道理，我在北京也准备结婚了，不是回来了吗？照你这么说我男朋友也得和我分手？！你马鸣就不能在九龙沟好好干出点名堂。她在城里做她想做的事，你在农村干你该干的事，这与感情、与夫妻有什么必然关系吗？"马鸣说："不说了，送你回家。"他一拧油门，摩托车箭一般飞驰而去。

同马鸣的几句话，让常菁菁的心情平静了许多，所以，走到家时，脸上的笑容、说话的口气都很自然。

爸爸和欢庆的爸爸不在，妈妈告诉她，欢庆的爸爸刚坐下喝了口茶，就嚷着让常乐带他到村里看看。她爸爸拄着拐棍带欢庆爸爸出去了。妈妈说："你爸几个月没下地了，今天也不知怎么了……"

欢庆的妈妈见了常菁菁，表现得异常热情。她先是把常菁菁拉到离摆着茶杯的桌子几米远的地方，帮她拍打了一下身上的尘土，又跟着她进屋里看着她洗了脸，坐下后还把茶杯推给了她："这茶刚泡上一会儿，我还没有来得及喝，你先喝吧。这茶是上次欢庆来带的吧，和咱们家平常喝的茶一样。"

常菁菁的妈妈看着欢庆妈亲热的样子，心里很乐，脸上神采飞扬。常菁菁却紧张起来。欢庆的爸爸把她爸爸叫出去，是不是单独谈她和欢庆的事？欢庆的妈妈对她这样热情，是不是也有话要对她和妈妈说？他们此行的目的何在，想谈什么，想说什么？欢庆为什么不告诉她也不接她的电话？一连串的问号在常菁菁的脑子里翻着跟头。

　　欢庆的妈妈问："我看来的游客还不少嘛。人手怎么样，能忙过来吗？你这个当老板的可别累着了。"常菁菁对欢庆妈妈提出的问题一一做了回答，心里却在想，您想说什么就赶快说吧，别折磨人了。

　　"我们刚才去过九龙松，你们公司那个小姑娘给我们讲了讲它的来历。讲得很好啊！欢庆爸爸说走了很多地方，看了很多旅游景点，还没遇上你们那个小姑娘那样讲得生动感人让他差点儿掉泪的导游。关键是要坚持，不能开头时服务态度很好，过了一段时间就起变化。更重要的是不能宰客。"欢庆妈妈做过街道干部，能说会道，看问题往往也一针见血。一说到景点，常菁菁来了兴致，她把九龙沟的几个主要景点介绍了一遍。

　　"看来你对九龙沟的确是感情很深啊！"欢庆妈妈在常菁菁说完后，显得深有感慨。她这句话才让常菁菁恍然大悟。欢庆曾给她说过，用过去话说，他妈妈是社会工作者。原来，这老太太套话来了。她丝毫也不后悔，丑媳妇迟早要见公婆，况且自己也不是丑媳妇。自己把真实想法说了，至于她怎么想，怎么做，那是她的事，听天由命吧。她等着欢庆妈妈说下文时，她却偏偏不再往下说，提出到处看一看："菁菁你去忙你的，那么多游客要照顾。我和你妈妈一起走一走，看一看。说不定会和你爸爸他们老哥俩碰上呢。"

　　常菁菁的妈妈当然不会拒绝欢庆妈妈的要求，陪着欢庆妈妈走了。她们一出门，常菁菁赶紧找手机，手机就在包里，刚才一紧张竟然没找到。她给欢庆拨通电话后，张口就问："欢庆你什么意思，搞突然袭击啊？"

　　"你说什么突然袭击？"欢庆有点莫明其妙。常菁菁把他爸爸妈妈到九龙沟来的事对他说了，也把自己心乱如麻的状态告诉他。他听了一连串大笑："你要是不说我还真想不到，老头老太太会跑到你那个九龙沟去。"常菁菁说："骗三岁孩子呢你？他们一定是商量好了来我们家谈事情的。我告诉你欢庆，咱俩的事是咱俩的事，不要让你爸爸妈妈掺和。你爸爸妈妈要是对我爸爸妈妈说了让他们接受不了或者难受的话，我跟你没完。"欢庆说："常菁菁你说绕口令呢？什么我爸爸我妈妈你爸爸你妈妈。我告诉你，我爸爸妈妈不是你想象的那种人。你以为他们到你家是去抢儿媳妇，美得你。实话给你说吧，你就当他们是两个老年游客，或者是到你们家走亲戚的。"

挂了电话，常菁菁心情轻松了许多。但欢庆的爸爸妈妈的突然来访还是让她有点儿犯嘀咕，见到杨柳时，她把心事给她简单说了一下。杨柳听后思考片刻，拍拍她的肩膀，让她伸出手，用食指在她的手心写了一个字喜字。

有一个老人向常菁菁提出去看看老井。他说："这个老井的水质太好了，喝了让人感到身上有劲。"接着，他又严肃起来："小常姑娘，有一个苗头你要引起注意。我在其他地方旅游时，见到一些旅游景点管理混乱，最主要是欺诈游客。你比如本来就是当地本色的土菜，大家也喜欢吃，这就好嘛！可偏偏要加上一个营养，多收钱，收高价钱，就让人不痛快了。有一个卖桃子的写着养生桃，这桃子与人参嫁接了还是用鹿茸施的肥啊？"

他的话说得几个老人哈哈大笑。常菁菁却感到脸上发烧。她隐隐约约感受到了一种潜伏着的危机。

果然不出所料，下午三点，常菁菁陪杨柳一行刚到抗日林时，苹苹就打来电话，告诉她北京来的游客中有一位游客想买几个桃子，称好了又嫌贵，与卖桃子的村民争吵起来。他要投诉，可是四处找不到投诉箱。于是，他找到了公司办公室。常菁菁赶到公司时，值班的告诉她，那个游客现在接待室里。推开接待室的门，她一下子惊得目瞪口呆。让她怎么也想不到的是，那个投诉的游客就是欢庆的爸爸。

"我这个不讲理的游客给你添麻烦了吧？"欢庆爸爸脸上的怒气还没有消退，说话也带着明显的不满。他旁边的凳子上放着一只装着桃子的塑料袋，里边有七八只桃子。常菁菁一时不知怎么回答，也不知该做些什么，愣怔地站在那里。怎么偏偏是他呢？这样一传开，村里人就会把目光聚焦到她的身上。如果稍有不慎，处理不好，就有偏袒一方的嫌疑，引起各种各样的议论不说，还容易被人利用来做文章。如果处理结果让欢庆爸爸不满意，会给他留下无能的印象，今后真的和欢庆结婚，又怎么面对他？那一刻，常菁菁真正感到遇上一个大难题。但是，容不得她多想，也容不得她犹豫，欢庆的爸爸在面对面地看着她，等着她表态；与他纠纷的那家村民甚至全村人，也在背后看着她。常菁菁见他面前的茶杯已经空了，给他续上水，笑呵呵地说："您老人家先消消气。我先代表公司给您赔礼道歉。我们一定会尽快调查，研究出一个处理的意见，在您离开九龙沟之前，给您一个满意的答复。"

欢庆的爸爸耐心地听完，点了点头。临走时，他又说了一条意见："你们把一个游客晾在接待室这么长时间不管不问，不太好吧。一个公司，不能只重经营而不重管理。管理可是一门大学问。"

欢庆的爸爸走后，常菁菁把李小芬、二月和苹苹找了来，简单向她们讲了一遍。李小芬当即表示是那个村民的错："咦……干吗说你的桃子是养生桃子？别说咱们九龙沟，就是全中国也是第一次听说。这不是欺诈游客是什么？"苹苹冷冷一笑，讽刺地说："你倒是会拍董事长马屁啊。"李小芬指着苹苹的额头，笑着说："我长这么大还没见过马屁是什么样，你脱了裤子让我瞧瞧。"苹苹没有和李小芬吵，她说："那个游客是欢庆的爸爸。这事要怪就怪董事长，你要事前给我们打个招呼，我们什么事都会安排好，不会发生这样的事情了。"二月说："别说是常菁菁未来的公公，就是她亲爸，现在是以一个游客身份来的，咱们往大了说要把他当成上帝，往小了说要把他当成主顾！你这种思想就不是搞市场经济的思想。"

常菁菁急了："你们就直接说处理意见吧。"

二月一下子犯难了："那个卖桃子的村民，不是咱们公司安排的，公司没有权力处理他。不过，他是合作社村的成员，可以由合作社开会讨论处理意见嘛。"苹苹显得很不安。她说："那个卖桃子的姓马，是马坡的堂弟。这件事弄不好，马坡会借机挑起姓马的家族找咱们的麻烦。"李小芬说："你别拿马坡吓唬俺们，怕他呀？凭什么？要是前怕狼后怕虎，就什么事也不用干。"

常菁菁其实心里很明白，这件事一定要处理，客人是谁只是一个表现形式，实质是九龙沟的旅游开发软硬件配套要走的路还很长很长。这事不能光用村民素质来解释，要有一整套行之有效的办法来约束，而这一整套行之有效的办法现在还没有制定。看来只能提交村民理事会处理了。本来，她以为如果把欢庆爸爸与村民纠纷提交合作社理事会，欢庆爸爸可能不会同意，没想到他非常赞成。欢庆妈妈也很支持。那个村民的工作，常菁菁交给马鸣去做，她再三叮嘱他要耐心，先弄清情况，再问清那个人的意见，千万不要发生什么冲突。

吃晚饭时，马鸣来找她，余怒未消地说："妈的，我差点对他动了手。"他说找到那个村民时，那个村民毫不迟疑地承认了他卖养生桃的事，而且振振有词："你们说九龙沟千亩桃树没有养生的，可我这就是。现在电视里报纸上养生的广告铺天盖地，就差狗屎猪粪没上去了。我的桃子又新鲜又好吃，就是养生嘛。我没有欺诈游客，是那个游客欺负乡下人。"

"你的桃子用了什么营养，还能养生？"马鸣的脾气直，一听那人的话就火了。那人笑了："我他妈用的是屎尿浇的，那不就是营养。我绝对没用过一点农药、化肥。"马鸣压住火，耐心地劝他承认错误，向游客赔礼道歉，听听游客有什么要求。没想到他还火了："怎么着，你马鸣改姓了？胳膊肘儿向外拐。不就是那个姓常的姑娘的公爹吗？她回来搞旅游开发，赚父老乡亲的钱还不够，还让她公爹来欺负咱。你小子不帮姓马的说句话，还帮外姓人使劲，算他妈什么东西。"马鸣听那人骂他，火气一个劲儿从心里朝外冒："人家常菁菁根本就没提她公爹的事，也没说让你赔礼道歉的话，是我给你找个台阶。你要是不识好歹，那就到合作社代表会上找难看去吧。"

常菁菁听了马鸣的话，觉得既好笑又可气。好笑的是那个村民关于养生桃的歪理邪说和他赚钱的方法。可气的是他不承认自己的错误，而且把这样的事与家庭关系联系在一起，处理起来难度加大。马鸣见她为难的样子，也跟着着急，说："我再去找他说说。他要是愣不讲理，还不认错，我就把他家的桃树都给拔了。"

常菁菁赶忙制止了他："你这样做只能帮倒忙，相反会让矛盾激化。这件事你就别管了。交给孙石头大叔吧。你在普法学习班结业考试拿的第一是不是假的？"马鸣挠着头笑了："对，对，要依法办事。"接着，他问常菁菁："你记得我给你说过的一位'博士'网友吧？"常菁菁一愣，问："怎么啦？"马鸣凑到她耳边，神神秘秘地说："她人来了！是个女的。你见不见？"常菁菁问："在哪？"马鸣说："在我家！"常菁菁说："马鸣你小子千万别像报纸上报道的，欺骗网友啊！"马鸣笑了："那个'博士'就是蕾蕾。我问她为啥说自己姓窦，她说我逗你玩！"常菁菁听罢，笑得前仰后合。

马鸣自从赌博事后，消沉了一段时间。后来，他为了防止马联合一伙对九龙松和龙王庙下黑手,带着一帮哥们在山上筑起了堡垒,安营扎寨。这件事被人发到了互联网上,不少年轻人发帖子称他们是新时期的"森林敢死队",还有的千里迢迢专程赶来慰问他们。蕾蕾在网上看到了这个消息,以"窦博士"的名义参加了讨论。她和马鸣成了网友。因为她了解马鸣和九龙沟的实际情况,所以她的话一说就说到马鸣的心上,非常吸引马鸣。那时,马鸣不知道她的真实身份,还以为她是个男孩子,口口声声称她"哥们"。"博士"劝他学点法律。你们用住在山林里被动防范的办法不是长久之计,应当依据法律保护沟里的环境。你们的合作社可以定规矩。另外,你们吃住在林里,久而久之也会对林中造成污染。马鸣把自己的经历、感受、想法通过网上对话讲给了"博士"。"博士"问他:"你在城里打工可能会比在家乡搞旅游开发来钱快,挣得多,你为什么不出去打工?"他答:"在城里打工,到了晚上那种不安和寂寞你们城里人无法了解。我们在城里没亲人,也没钱消费,有时聚在一起不是赌博就是喝酒谈女人。在这儿,我是股东,我也是主人,有话就说,有屁就放,心里舒畅,精神快活。尤其是晚上和那么多伙伴一起无拘无束,热火朝天地玩啊闹啊,睡觉都睡得香。人活的是一种心情,这不是钱多钱少能比的。""博士"问他对个人的前途有什么考虑。他回答说现在全力以赴地帮着常菁菁把旅游开发搞好,个人问题过几年再说。"博士"说:"你们家乡那个地方不错,真的搞好了,比城里生活还要舒适。你们那里环境好、空气好,就像个大花园,超市有了、饭店有了、学校有了,听说路也修得差不多了。中央现在提出新农村建设,对农村的投入逐年增加。你们抓住机遇再干几年,就会更好。"马鸣曾对常菁菁说他的那个网友"够棒的"。"博士"有一次问他有没有喜欢的女孩?他回答说:"本村有一个,过去在深圳打工,现在也回来了,在一个公司里。我身上缺点多,老惹事,不敢接近她。""博士"骂他在感情方面做的不像男子汉,说:"'80后'的男孩子就要敢爱敢恨!"过了一段时间,他邀请那个网友到九龙沟看看。蕾蕾这时才现真身,弄得马鸣很不好意思,说蕾蕾真他妈的真人不露相,平时看着也就九龙沟一美女,没想到在网上聊起来还真有水平,弄得自己天天学习还怕跟不上。从此,他们的关系不断升温,用马鸣的话说那是与时俱进。常菁菁说:"你们是真正的网恋!"

互联网在当今生活中的作用的的确确不可估量。马鸣的"森林敢死队"不仅在互联网上赢得喝彩，他也得到了蕾蕾的重新认可，而且惊动了省里一位领导。那位领导做了批示，要求市县两级党委政府严肃处理破坏生态环境，损害回乡创业青年和老百姓利益的事。这样，马坡挖煤窑的计划只好先搁浅。马坡非常恼火。他找黄涛商量了几次。黄涛一时也没有办法。没有开采证，谁敢提着脑袋干？

马坡专程去了一趟省城找沈耀讨主意。

沈耀说："你不是已经交给人家五十万让帮着办许可证吗？"马坡说："多半是被骗了，等我腾出手来再弄他。"沈耀说："你要是有本事弄人家就不用让人家骗了。你那个小煤窑八成是开不成了，国家现在对小煤窑管得越来越严，别指望了。"马坡说："让你这么说，黄了？"沈耀生气地拍着桌子，说："你当初拉我投资时就没说过挖煤窑的事，把我给涮了。后来，刘县长、黄涛都问过你手续能办下来吗，你拍着胸脯吹牛皮，说是你关系铁。"马坡说："奶奶的，我就不信这财我发不了。当初开洗浴中心搞特殊服务，有人劝我别沾黄赌毒，我说不沾那玩意儿谁到我这洗浴。反正九龙沟山高皇帝远，咱黑着干"。沈耀冷冷地说："你别冒险。你冒险别拉上我。"马坡说："你睁一只眼闭一只眼，我他妈的就敢黑着干。"沈耀说："去球吧你，你手上拿着我的三百万，一头套着我一头套着常菁菁，你就没想过，有一天翻了车，扫地出门的是你吗？告诉你吧，常菁菁用的地都是和村民签订了协议的，受政策和法律保护。你当初以为自己是村委会主任，在九龙沟是老子天下第一，想不给村民补偿费，村民又不懂法，就没把协议当回事。现在，麻烦大了！"

马坡张口结舌，沈耀几句话点得他像只蔫巴茄子，惨兮兮地看着沈耀："这么说，你不想干了？你不干，你的钱我无法还你了！"沈耀瞪了马坡一眼："我这个人最恨别人敲诈！"

马坡到了镇上，快快不乐地把见到沈耀的事给黄涛说了，然后表示很失望："黄书记，如果姓沈的不投资，煤窑不开了，你的投资也打水漂了。"

黄涛也急了，不高兴地说："你小子没长进。沈总从来没说挖煤窑，但也从没说对钱不感兴趣。他那么个大老板，能跑九龙沟跟你折腾去？你总得让他看见煤吧，只要你出了第一车煤，我敢保证，他会求着你给你送钱。"马坡说：

"姓沈的话也不说明白，捂着一半露着一半，谁知道他葫芦里卖的什么药？"黄涛想发作，又抽了口烟压下来："我说你是猪脑子啊？人家投钱是为了赚钱，你什么证都没有，又连个煤影子都没见到，人家凭什么捧着钱送给你？你以为你是谁？还是那句话，你得让人家见着煤！"马坡说："我的书记兄弟，我这不是给你商量吗？你跟我上什么火啊？"黄涛说："不上火黄瓜菜都凉了，你知道现在的行情吗？你知道现在的煤价，下个月的煤价吗？"

马坡有点意外："不是说现在的行情不好吗？"黄涛又好气又好笑："要不怎么说你是猪脑子呢？行情行情，行里的事情，就你整天不读书不看报的，你知道个狗屁！"马坡说："你太小看我了，我会上网。"黄涛说："快别提你上网了，你上网就是看大奶子光屁股，除了这你还会个啥？"马坡不好意思地笑了笑："那也是上网呀。你说，现在煤炭是个什么行情？"黄涛说："你上网查查，去年年底是多少钱一吨，今年三月份是多少钱一吨？四月份又是多少钱一吨？我告诉你，宏观上，煤价是月月涨，微观上，煤价是天天涨。这下明白了吧？"马坡坐不住了："操，我以为还是去年那个价呢。"黄涛说："所以说你要让沈总见着煤，我敢说，只要是做生意的，见着煤就跟见着钱一样，唰啦啦的票子不由他不动心。听爹的听娘的，最后还是听钱的。"马坡附和着："是的，爹亲娘亲，抵不过钱亲。"黄涛说："现在只能是走一步看一步，出了问题我这里能顶着就顶着，顶不了还要看刘县长的。"马坡说："刘县长那不也是自己人吗？"黄涛白了他一眼："谁跟你是自己人？你以为刘县长真能入你这个伙？狗屁，刘日本比他妈的鬼都精，比他妈的神仙都难对付，他支持你只不过是要政绩，不是为了从煤灰里扒拉钱。"

马坡说："怎么着他弄女人的事也在咱手里攥着呢，还怕他反水？"黄涛正色道："马坡我警告你，你他妈的趁早死了这条心，到什么时候你也别想拿这个要挟刘县，你要是不知好歹，死都不知道怎么死的你信不信？"马坡没见过黄涛这么厉害过，眨巴了一下眼睛说："我不就是这么说说嘛。""说说？"黄涛依旧不依不饶："想都不能想，刘县跟我不一样，你以为是个人就当得了县长？就凭刘县的人品，在这个县，跺跺脚都是一场地震。"

马坡不明白，那个长得跟日本鬼子似的县长怎么会有那么大的能耐，看来上面的事情不像他想得那么简单。上面的事情跟他关系不大，现在要紧的是沈耀到底出不出钱，他问黄涛："你说沈耀听不听刘县长的？"黄涛沉吟了一会，说："这不好说，在政界刘县是个响当当的人物，在商界，那就是沈总。这两个人，说不好谁听谁的。"马坡挤巴挤巴眼，说："这孙子现在听常菁菁那熊妮子的。唉，英雄难过美人关。这回我服了。我要是当初生个和常菁菁一样漂亮的闺女，现在啥也不用干，躺在家里享清福。"

黄涛说："别说那些没用的。就你那熊样生个闺女也不会好看哪去。"他抽了一口烟，然后郑重其事地告诫马坡："你不要老和常菁菁太过不去。"马坡说："是不是姓沈的对她还不死心啊？我看那熊妮子心还在北京那个律师身上。那妮子贼精，日哄着他，不会轻易让他上床。我敢说他可能连那妮子的妈妈还没摸着，值吗？"黄涛说："你懂个屁？你只会搞那些给了钱就脱裤子的。越是难得到的东西，越是珍贵。冬虫夏草不就是草吗？为什么那么值钱？你好好想一想吧。"

马坡似乎明白了。他边点头边说："我就是死也得拉姓沈的垫背！"

马坡回到九龙沟后逢人就笑，一副洋洋得意、趾高气扬的样子。他听说欢庆爸爸与马姓村民纠纷的事后，认为有文章可做。在召开村民理事会前，他召集一些马姓村民到他家开会。他一开始就抬出家族这个招牌，说前一阶段实在是太忙，原先匿名账目上说的那三百万事出有因，那是一个朋友托他投资挖煤窑的，煤窑不开，那笔钱就得还给人家，受人之托忠人之事这是老理。

"我挖煤窑为了什么？"他把桌子拍得啪啪响，慷慨激昂地说："我首先是为了咱姓马的！现在常菁菁这些人不仅坏了挖煤窑发财的好事，而且想独吞九龙沟的资源。我这次到省城见到一个朋友。那个朋友告诉我，常菁菁找过他，让他帮助把九龙沟煤窑的开采方案重新设计。这说明什么？说明常菁菁反对咱挖煤、保护环境是假。她的真实目的是自己开煤窑，挣大钱。"

马坡的这一计谋相当恶毒。他的话音刚落，人群中就响起一片骂声。有的还吵着要到家里去找常菁菁，甚至有人要砸九龙沟旅游开发公司。马坡怕把事情闹大不好收拾，就提出在开会时，当面向常菁菁提出，给她个难堪。马联合也说："要想富，就赶常菁菁走，大家一起赶。"

马坡偷偷摸摸干的事，常菁菁当然不知道。她在忙着合作社的社员会。因为杨柳和北京游客第二天要离开九龙沟，这个会晚饭后得开，好有个交代。

她把欢庆的爸爸请来参加，又让马鸣通知了那个卖桃子的村民。欢庆的爸爸果然如约来到，那个姓马的村民却没有来，并且让人捎来话说，那十元钱的桃子钱说什么也不能退，赔礼道歉也根本不可能。他的这一做法让与会的村民们非常反感，就连不少马姓村民也觉得说不过去。农村的事情就是这样，开会实际上是提供了一个说理的场合，有理没理你到了场，说明你有诚意，你给大家面子。反之你就首先丢了印象分、情感分。会上大家认为九龙沟的脸面是全体村民的，养生桃的事让九龙沟丢了面子，你一个人因为十块钱丢了一两千人的面子，咱这面子也太不值钱了。所以，会上的决议几乎一边倒，要求卖养生桃的村民必须向游客赔礼道歉，同时退回十元钱，还有的提出对他要加倍处罚。

欢庆的爸爸适时站了出来。他态度诚恳，谈吐很有礼貌："我很感谢九龙沟的父老乡亲们心存公道，有你们这些话，我就心满意足了。那十元钱是多收了，但毕竟我也吃了桃子。要让我说意见的话，钱就不必退了，处罚也没必要。我走的时候还想再买点他家的桃子，希望他这次能公平交易。九龙沟是个好地方，有发展前途。要让我提意见的话，我就说一点，那就是《沙家浜》里阿庆嫂的一句话——'来的都是客'。待客首先要诚实、诚信、诚恳，这样才有更多的人来。"欢庆爸爸的话音刚落，会场上就响起一片热烈的掌声。

欢庆爸爸虽然这样表了态，但会上仍然按照章程规定，决定给那个卖桃子的村民加倍罚款，并在会上做出检讨。孙石头当场表示，九龙沟的大好光景不能让个别人给砸了。不管是谁，都得按章程办。

会议开到这里本来很顺利，马联合的媳妇突然站起来，给正要离开会场的欢庆爸爸提了个问题："我听人说，你儿子和菁菁正谈恋爱。按照俺们这里的叫法，你就是菁菁未来的老公公。对吧？"常菁菁万万没有想到有人会在村民理事会上提这样的问题。她一时心乱如麻，不知局面会怎样发展。她看了欢庆的爸爸一眼，见欢庆的爸爸神态自若，心才稳定了一些。马联合的媳妇一边说，一边站起来向欢庆爸爸走去。李小芬一看，急了，几乎一溜小跑，快步走到马联合媳妇前边，拦住马联合的媳妇："操，你怎么到处蹦。有什么话就站在那儿说，现在是开会。"

马联合的媳妇问欢庆爸爸："常菁菁在北京干得好好的，和你儿子好了不短时间了，她怎么突然跑回来了？是不是你儿子和她商量好，让她回来抢俺们的资源？这事你知不知道。"马联合的媳妇话刚落音，会场上响起一片骂声。有的骂马联合的媳妇故意找茬，有的骂马联合的媳妇存心捣蛋，有的骂马联合的媳妇下贱，还有的高喊着让马联合的媳妇滚蛋。马姓家族的人见马联合的媳妇引起了众怒，都低着头不说话。

欢庆的爸爸等会场上平静下来后，笑呵呵地说："我现在正式回答刚才这位女同志的问题。不过，我要倒过来给你说。第一，我知不知道常菁菁从北京回来，我可以明确地告诉你过去不知道，今天来了才知道；第二，是不是我儿子和常菁菁商量好，让她回来抢资源，我也可以用一句话回答，我儿子就是因为她回来才和她闹别扭；第三，你一开始就问到我儿子和她谈恋爱的事，我老伴明确反对，我呢，是没有表态。所以，你一开始问我这个问题我不好回答。现在我也不能马上回答你，因为我要先问问菁菁。"

常菁菁一时头晕目眩。她不知欢庆的爸爸往下会说些什么。万一是让她难堪的话自己怎么办？

欢庆的爸爸面向常菁菁，大声说："菁菁，你看着我。"常菁菁把目光移向欢庆爸爸。会场上所有人的目光也都集中到欢庆的爸爸和常菁菁身上。

欢庆的爸爸说："我问你一句话，请你如实回答我。你愿不愿意成为我们家的一员？"常菁菁强忍着没让自己的泪水落下来。她使劲点了点头。李小芬叫了一声好，带头鼓起掌，会场上立即响起排山倒海般的掌声。欢庆爸爸在掌声停息后，环顾四周，又大声对会场上的人们说："我感谢九龙沟的父老兄弟给我培养了这么好的儿媳妇。"

会场上突然安静了一会儿，人们好像没听明白，又仿佛不愿相信。华爷爷首先带头鼓掌，接着，掌声、欢笑声、叫声、口哨声轰轰烈烈，离欢庆爸爸不远的"工农兵"竟站起来，拥抱了欢庆的爸爸。

欢庆爸爸离开会场后，会场过了很长时间才平静。常菁菁的心情也平静下来。接着又讨论了几个问题。最热烈的是养殖场扩建、苗圃扩大种植和成立花卉中心等几个关系到大伙切身利益的事。有人说肉鸭大棚让老头老太太看着就行了，豆腐干厂和其他的事让妇女多做点，男劳力还得找点挣钱的事。马凯说咱的龙王庙、水库景观带、三华庄复旧等工程，让外来的游客称赞。咱们可以组建一个专业的复旧建筑队，到几个大城市去承接工程。与会的人们几乎一致同意。这个会议，决定了许多实事，大家都比较振奋，常菁菁也觉得非常高兴。

马坡原来动员的几个准备在会上提出挖煤窑的人，没有一个带头发言的。

康爷爷后来评价那次村民理事会开得非常成功。

回到家时，欢庆的爸爸妈妈都在等着常菁菁。时近五月的九龙沟夜晚，不凉不热，气候宜人，人坐在院子里，头顶一轮明月，身边一片朦胧，仿佛置身于诗画之中，心情格外清爽。还没进门，常菁菁就听到欢庆爸爸妈妈一阵阵的笑声，一下子感到轻松了许多。

"你得感谢你叔叔婶婶这次九龙沟之行。"爸爸没等她坐下，就开门见山地说。按照乡下的规矩，常菁菁没嫁给欢庆之前，对他爸爸妈妈只能称叔叔婶婶，否则就会被别人笑话。

欢庆的爸爸摆了摆手："不说这些了，我看得出，菁菁这半年多工作没白做，父老乡亲现在已经开始接受她了。不过，要想让父老乡亲承认你，认同你，支持你，还得有个过程。"

欢庆妈妈好像怕欢庆爸爸把话说完了，赶忙打断欢庆爸爸的话，说："你这个旅游开发公司现在还没见着大效益，所以，你不能急。我在街道工作这些年，经历了风风雨雨，什么人没见过，什么事没见过啊。早二十多年，街道居民只要居委会一声招呼，哪个不争先恐后，现在呢，没有利益的事，谁还朝前凑？所以说呀，你要让老百姓拥护你，你就得让他们得到实惠。"

欢庆爸爸妈妈的话，让常菁菁如同坠入云里雾里。听他们话中的意思，是鼓励她在九龙沟创业。那么，他们对她和欢庆的婚姻又是什么态度呢？这样一想，常菁菁心事又重了。常菁菁藏不住心思，心里有了什么事情，都会在脸上表现出来。欢庆爸爸妈妈说话时，她一直没有笑容，即使偶尔一笑，也很勉强。欢庆的爸爸看出了这一点，为了缓和一下气氛，突然提出让她带他去森林迪吧去玩："我听你们导游小姐介绍你们的森林迪吧很有个性，我想去那蹦蹦迪，放松一下。"

欢庆妈妈说有点儿累了，就留在家中同常菁菁爸爸妈妈聊天。

森林迪吧人很多。杨柳带着她的游客也来了。常菁菁和欢庆的爸爸到后，连个座位也找不到。冯俊才有点儿不好意思，一连说了几个抱歉。欢庆的爸爸却丝毫没有在意，活动活动身子就去蹦迪了。

瑶瑶也在森林迪吧帮忙。李小芬和冯俊才彻底分手了。其实只要两个人意识到了分手的可能，自然就有了分手的理由。冯俊才也表示理解。他对李小芬说："你要说是因为我没钱才不嫁给我，我丝毫不生气，不埋怨。爱情和婚姻是两码事。"但是，冯俊才找到常菁菁，表示很喜欢九龙沟，尤其喜欢这群创业的年轻人。他要求留在九龙沟。常菁菁他们都表示同意。瑶瑶的态度更积极。前几天，瑶瑶与冯俊才公开了恋爱关系。李小芬虽然心里不高兴，但还是请冯俊才与瑶瑶吃了顿饭。她向瑶瑶提了个要求："人家冯俊才要是和你结婚，就算'倒插门'，你不能对不起人家！"瑶瑶说："你就放心吧。"冯俊才说："我怎么听着你们像是交接一个物件？"瑶瑶告诉常菁菁，冯俊才有个新的想法或者说叫创意，把水库周边的道路整修一下，搞个景观带，同时建一个森林体育场。他已经在设计图纸。这个森林体育场建成后，可以承接部分体育项目比赛、训练，还可以作为一个新的景点。常菁菁让瑶瑶转告冯俊才："你跟他说，有多大能耐都使出来。"瑶瑶说："你不会亲自跟他说？"常菁菁说："没有你说的亲切。"

这时，华爷爷找了过来。他告诉常菁菁，他和孙石头代表合作社找那个卖桃子的村民谈了，也说了欢庆爸爸的态度。那人听了以后，表示愿意接受合作社大会的决定，明天欢庆爸爸走时，他要当面赔礼道歉。常菁菁听了长长舒了一口气，对华爷爷说了一大堆感谢的话，最后又把他送回家。路上华爷爷问："我们的酱豆干很受欢迎，省城和县城有不少家大餐馆要下订单。菁菁，订单这东西可靠吗？"常菁菁对华爷爷讲了订单就是订货单子。现在很多地方在搞订单农业。她把华爷爷送回家后，又返回去接欢庆的爸爸。这时已是晚上十点多钟，山上的夜风有点儿寒意。风吹着两边的树叶哗哗地响，仿佛一个庞大的合唱团。

"你们县团委经常有人来吗？"欢庆爸爸突然问了一句。

常菁菁开始一愣，没有反应过来，顺口回答说团县委要在九龙沟建一个青少年爱国主义教育基地，教育青少年保护生态环境，经常有人来。说完，她才想起有人用手机发她和孙同在一起照片的事，心一下子变得沉重了。看来，欢庆的爸爸妈妈也知道了这件事。与其让他再问下去，不如实事求是地说清楚。于是，她把与孙同交往的情况向他说了。同时，也说到了照片的事和她的态度。

欢庆爸爸听了以后，没有提出任何疑义。他对常菁菁说："为了你和欢庆都能好好工作，我和他妈都想让你们尽快完婚。你觉得怎么样？"

常菁菁情不自禁地喊了一声"爸爸"，差点儿哭出了声。

回到家里，她给欢庆打了个电话。她先是把欢庆骂了一通："你是什么意思，让你爸爸妈妈来我们家提亲也不事前说一声。你以为我嫁不出去吗？我告诉你，我们这儿嫁闺女的规矩多了，你要是不照着做，想让我嫁给你没门！"

欢庆也不相让："我爸爸妈妈去你们家我根本不知道。你说什么提亲更是胡扯淡。你能嫁出去我就娶不上老婆了吗？我也告诉你，等着做我老婆的女孩子排着队呢。你家有规矩，我家规矩更严。"

他们俩在电话里吵成了一锅粥，不同的是，这粥里加了蜜，甜到了两个人的心里。最后，还是欢庆先挂了免战牌。他说："你是不是有钱了，打着长途电话来吵架。"常菁菁对他说："我太激动了。"

回到自己的屋里，常菁菁很久也没有睡意。和许许多多的女孩一样，常菁菁过去也喜欢随时记下自己的心情，回九龙沟后事多了，心也常常处于烦躁状态，所以写的少了。她打开电脑，发现邮箱里有一封没读的信。打开一看，是杨柳发来的。杨柳在信中说：

> 丫头，我喜欢上经你们梳妆打扮的九龙沟了，回去会向董事会建议，向九龙沟投资。有句话该是对你说的时候了，前两次孙志来，和我这次带你未来的公婆来，都是欢庆的主意。从你和欢庆身上，我更加深了对"两情若是长久时，又岂在朝朝暮暮"的理解。

常菁菁的泪水一下子涌出了眼眶。

第二十四章

　　天快蒙蒙亮时的山村，宁静而又神秘。从山里的林子中奔涌而出的乳白色的雾，在山口开始分散，有的一层层地升腾，仿佛巨大的蘑菇；有的一排排地向前，犹如波涛汹涌；有的一团团地飘舞，好像飞天的仙姑……山坡上各种花果草木的清香，随着微风四处飘散，让山村的空气更加醉人。

　　突然，接连几声震天动地的爆炸声，把整个九龙沟都惊醒了。

　　听到爆炸的声响，常菁菁从梦中惊醒。她的第一反应是地震了！她穿着睡衣跑到爸爸妈妈的屋子里，赶忙去拉爸爸，想把他背出屋。爸爸没动。他仔细听了听，十分肯定地对女儿说："不是地震，是放炮！"常菁菁的妈妈嗔怪地说："你是做梦吧？谁这时候没事放炮？"常乐说："不是放的鞭炮，是炸药！"

爸爸的话让常菁菁马上想到，放炮可能与马坡有关。因为这些天不时有人在小煤窑的洞口那边转，还有人往那里送过东西。她急忙回屋换了衣服就向外走。常乐叫住了女儿，叮嘱说："这次可能是大动作，你千万要冷静。"妈妈帮她拿来了围巾，她接过来随便朝脖子上一围就跑了出去。

村街上已经有人在跑在喊，有的站在自己家门前互相打听着发生了什么事情。常菁菁突然和一个人撞了个满怀，那个人叫了一声："哎哟，我的娘来！"她才看清是瑶瑶。二人什么也没顾上说，一口气跑到公司。刚打开办公室的门，赵明明、李小芬、蕾蕾、东东、二月就都到了。李小芬问发生了什么事情。见没人回答，又走到门口冲着村街上喊了几声："操你妈，什么人干的，有种的站出来。"

常菁菁他们毕竟没经历过这种突发性事件，一时间手足无措。她打马凯和马鸣的电话，两个人都关了机。李小芬打冯俊才的电话，冯俊才没接。李小芬瞪眼问瑶瑶："冯俊才不是在山上吗，怎么连个屁也不放？"瑶瑶说："他这几天每天都睡得很晚，昨天可能又加班加点了！"李小芬"哼"了一声："咦……你还要当人家的媳妇呢，一说就'可能'。你怎么不说他可能和别的女人睡了！"瑶瑶没理李小芬。

这时，苹苹和她妈妈、孙石头和华爷爷也脚前脚后赶到了。华爷爷循着飘散在空中的硝烟味道看去，十分肯定地说是爆炸，地点就在小煤窑洞口附近。然后，就和常菁菁他们一起向沟里赶。李小芬到了门口又想起了什么，返回屋里四下看了看，顺手摸了一把扫帚。

从村里到沟里只有一条过去的马车牛车能行驶的路。那还是集体经济时，生产队经常用马车牛车运东西修的。后来实行了联产承包，村民的地零星分散，不用马车牛车，路也渐渐失修，加上山洪冲击，很多地方倒塌。旅游开发公司为了开发沟里的景点，前些日子对这条路进行了修整，但还没来得及铺上水泥。沟里阴霾重，露水大，路上的泥土带着潮湿。大家一边跑一边观察，见泥土路上有很多零散的脚印，不下三四十人在凌晨进过沟里。

华爷爷刚跑了一阵就气喘吁吁，汗如雨下。他说："咱这沟里除了抗战时响过枪炮声，很多年都很太平了。如果没有人故意搞破坏，不可能发生爆炸。"李小芬一路上都在不停地骂，听华爷爷这样说就更上劲。她说："要是坏人搞爆炸，肯定少不了马坡那帮子。"赵明明说："如果是马坡那帮子，肯定少不了李小良。"李小芬说："要是查出有李小良参与，就把他的下身割了。他不是做梦都想着找老婆吗，就让他当一辈子太监。"

他们跑到沟里时，天已经蒙蒙亮了。爆炸地点果然是早已封堵了几十年的小煤窑洞口。周边的十几棵大树被连根拔起，横七竖八地倒在地上，表皮破裂，露出苍白的躯体，还有几棵大树身体虽然倾斜，但仍倔强地站立着。爆炸的气浪卷起的大大小小的石块，落满了山林之中。散落在树枝树梢上的碎石粒不时往下掉，有一小块落在李小芬的头上，她"哎哟"叫了一声，摸摸头上没出血，又破口大骂："马坡我操你个姥姥，我头上真要起了包，我就把你下身割了喂狗！"

华爷爷看了看爆炸地点，洞口虽然没被炸开，但炸了一个大坑。他十分肯定地说："这炸药的威力很大。"李小芬说："狗日的马坡真要动手开矿了！他们把炸药运上山来，马鸣马凯怎么没看见呢？眼睛夹腚沟里了？"

这时，瑶瑶和冯俊才匆忙跑来了。李小芬上前揪住冯俊才，扬起拳头，吼叫道："你冯俊才跑哪儿去了，发生这么大的事你屁也不放？"瑶瑶赶忙解释，她跑到冯俊才住的窝棚，看见窝棚倒塌了。她扒拉了一会儿才把冯俊才拉出来。冯俊才被爆炸的气浪震得昏了过去。她连喊加踢才把他叫起来。冯俊才好像还没有完全清醒。李小芬在他脸上轻轻打了一巴掌，他才睁大眼睛，四下看了看。当他看到抗日林中倒塌的大树时，一下子跪在地上，仰天大叫："为什么？这到底是为什么？"瑶瑶抹着眼泪，痛心疾首地说："这不是要毁掉九龙沟吗？"

常菁菁那一刻出奇的冷静。她既没喊没叫，连一句话也没说。她在想着做这种事的是哪些人？为什么放了几炮又停下了，是示威、是试探，还是威胁、恐吓？她见华爷爷气得浑身发抖，想走过去安慰他。突然，几十个手持棍棒的蒙面汉子从天而降，一个个摆出跃跃欲试的架势，为首的一个高个子大声说道："我们要在这儿挖煤，想要命的趁早给我屎壳郎搬家——滚蛋！"

常菁菁听大个子的口音不是本地的，心里有些疑惑。她朝前走了两步，站在大个子对面两米的位置，平和地对他说："这片集体林是我们旅游开发公司承租下来的。我们与村里有合同。你们是从哪儿来的？不管做什么也应当先给我们打个招呼……"李小芬也走到常菁菁身边，对她说："别跟他们废话。你看不见他们一个个如狼似虎，你还给他们讲道理。"接着，用手中的扫帚指着蒙面人骂道："怪不得你们蒙着面，原来都是没有脸的鬼。什么人什么时候同意你们开煤窑了？啊，你怎么知道这有煤？"

那个大个子一时语塞，站在他身后的一个中等个子蒙面人捣了一下他的后腰，又在他耳边低声咕噜了几句，他才哈哈大笑，说："老子拿人家的钱，人家老板让我干啥我就干啥。有话你给老板去说。""你们老板是谁？"李小芬问。大个子说："是谁你又不跟他搞对象，你管得着吗？"李小芬火冒三丈："操，你们明火执仗地抢别人的地盘还牛气冲天。我问你个不要脸的，你有许可证吗？"瑶瑶也说："我们都是九龙沟的人，怎么不知道要开煤矿？"大个子说："你又不是村长凭什么要你知道。"瑶瑶说："你们肯定不是九龙沟人，要是九龙沟的人怎么就不为九龙沟的生态环境想一想。"大个子说："我还他妈的想生态呢，我想生活，想生人！你愿意跟我生吗？"

李小芬一听，脾气上来了，骂了一句："看来你有娘生没爹管，我今天就当一回你爹，管管你！"挥着手中的扫帚向大个子打过去。常菁菁觉得李小芬的做法鲁莽，几次大声喝令制止她，她根本听不进去。冯俊才去拉她，身上也挨了她一扫帚。大个子蒙面人迟疑一下，后边那个中等个子的人推了他一把。他就势抱住李小芬，夺下她手中的棍子，把她按倒在地上，又是拳打又是脚踢。冯俊才本来保持着克制，见李小芬挨打，一手摸一块石头冲了上去左右乱抢。蒙面人群先是乱叫，接着有几个冲过来围住冯俊才。瑶瑶和二月、蕾蕾也冲了上去。华爷爷喊叫了几声，想制止双方斗殴，但没人理睬。老头子急了，从地上捡起一根粗一点的树枝也加入到了混战的队伍。那一刻，常菁菁的血液直往上涌，她不顾一切地站到了华爷爷的前边，用身体挡住华爷爷，一边用力把压在李小芬身上的大个子推开。蒙面人中不知谁喊了一声"那个女孩是头"。于是，几根棍子同时向她身上打来。其中一棒打到了她的头上。她先是觉得一阵疼痛，接着一阵晕眩，浑身松软倒在地上，昏迷过去……

常菁菁醒来时，发现自己躺在县医院的病房里。她最先看见的是爸爸苍白的面孔。爸爸一下子变得苍老了许多。看见她醒来，爸爸长长地吁了一口气，脸上露出些许微笑。接着，她又看到满面泪水的妈妈、义愤填膺的康奶奶、脸上青紫的赵明明、神思恍惚而且惊恐未定的瑶瑶、二月和苹苹、蕾蕾，还有痛苦不堪的孙石头、"工农兵"等村里很多乡亲。

瑶瑶刚开口就泪如雨下："他们简直就是土匪、流氓。一点道理不讲，一个招呼不打就来抢。"赵明明说："那个大个子后边那个胖子，肯定是马联合。别看他哇着东北口音，我能听出来。"蕾蕾说："听那个大个子的口音不是本地的。他不是说有人给他们钱了吗？这就说明有人花钱雇凶。这也太黑了吧！"

常菁菁四下看了一眼，问："华爷爷怎么样了，他老人家没受伤吧？"

赵明明说："华爷爷没受伤。他去找康爷爷，要和康爷爷一起去县委县政府反映！"

围在病房里的乡亲们也是你一言我一语。有的说："九龙沟真要是让他们挖煤，有这样一群如狼似虎的狗腿子，那咱九龙沟就暗无天日了。"有的说："他们也没经过咱九龙沟人同意就动工，太不把咱们当回事了。咱们联合起来告他们。"

常乐看出常菁菁心浮气躁，乡亲们再火上浇油更容易让她冲动。他好言好语劝乡亲们先回去。医生和护士也说病人需要休息，把病房里的人往外赶。

等大伙恋恋不舍地出了病房，他才抚摸着常菁菁的头，说："菁菁，爸知道你的心比头还疼。"常菁菁的妈妈在一旁一直不住地叨唠："你看看你这事闹的，现在怎么收拾？过安安稳稳的日子了，非要回来搞什么旅游开发。同学朋友和老亲舍邻的钱扔进去了不说，命也差一点儿搭上……"

常菁菁心里非常难受。但是，不知为什么，她此刻竟然没想到放弃。到了这个时候，正义与否已经退居其次，占上风的是她不信邪的性格。她朝爸爸妈妈坚强地笑了笑，说："我没事，你们不要担心。我就不信他们用棍棒能把九龙沟的天遮住。"

这时马鸣来了。马鸣一进来，其他人不顾护士阻拦又一拥而入。

蕾蕾问马鸣："你不是在林子里看着吗，怎么见不到你人？"马鸣说："我现在顾不着和你解释那么多。我就是来看一眼菁菁。她没事，我就放心了。我已经约好了一帮子兄弟，一会儿就去把那帮子人收拾了。他们来黑的咱也来黑的。"常菁菁说："你不能再犯错了。我早说过八百遍，咱不是跟土匪抢山头争地盘，咱是法律承认的公司，要用法律和他们说话。"马鸣说："你让我学法我学了，你让我守法我守了。可结果呢？上回的事省领导也批示查处，查来查去，到了镇上给拖黄了。你那台切诺基赔了吗？没有吧！你被他们非法拘十个小时又怎么样了？九龙沟办事不能讲法，对他们只能用拳头和木棍，以牙还牙，以血还血。他们不是叫你头上流血了吗？我就叫他们身上烂洞……"蕾蕾见常菁菁痛苦地抚摸头上的绑带，就推了马鸣一下，说："你听菁菁的，别逞能。"马鸣说："董事长既然把治安交给了我，我没有办好是我的失职。我有错有罪都要让我把事情办完。我现在要尽职尽责戴罪立功。"说完，他头也不回地走了出去。常菁菁喊了他几声，他理也没理。常菁菁赶忙嘱咐蕾蕾跟上："不管你用什么办法，不能让马鸣再动粗！"蕾蕾应了一声，追马鸣去了。常菁菁又对赵明明、瑶瑶、苹苹和二月说："你们也都回去，各人管好各人的事。越是这个时候，咱越不能乱了阵脚。你们学学冯俊才，他这会就在自己的岗位上！"

瑶瑶他们走后，常菁菁问常乐："爸，还有谁受伤？"

常乐低下头，犹犹豫豫没有开口。常菁菁的妈妈抹了把眼泪，嗔怪地说："就你伤最重。医生说打你头上那一棍子偏了，只有外伤出了点血。如果打在脑门或后脑勺上，你这时候就看不见我和你爸了！"说完，又哭出了声。

常菁菁让常乐赶快给马鸣打电话。马鸣的手机一直占线。她又给冯俊才打电话。冯俊才果然在山上。他说："咱协会的公司的人都来了，自觉组成了看护队，一边看护，一边清理，现在已经基本平稳了。你先安心治疗，有事我给你汇报。"她又给蕾蕾打电话，蕾蕾说还没追上马鸣。她告诉蕾蕾无论如何也要追上马鸣，劝阻他别去和马联合李小良他们打架："问题不是出在他们身上，把他们打死也没有用。他要是不听，你就给他来横的！"打完这个电话，她心里才稍稍平静了一些。

人在最困难的时候，容易做出平常看来不合情理的选择；而人在最无奈的时候，更容易铤而走险。马鸣不完全是出于对九龙沟旅游开发公司负责，也不完全是为了好向常菁菁交代，更多的是出于他丢了面子。因为旅游开发公司的治安是他负责的。他和马凯、冯俊才在几天前就发现了小煤窑那边增加了人，而且大多操着外地口音。蕾蕾让他把这事向常菁菁汇报一下，他不以为然："董事长千头万绪的事，事事都让她管，那还要我们这些人干熊！"

昨天后半夜，马凯出去小便，发现小煤窑那边突然增加了人，还有动静。他回来告诉了马鸣。两个人琢磨了一阵，一致断定小煤窑的人要有动作。他当时生气地说："不能再等了。我看找些哥们来，把他们赶走散熊！"马凯也同意他的意见。这样，他就下了山，骑着摩托车去了镇上。蒙面人对常菁菁等人动手的时候，他正在和几个哥们商量围攻和赶走蒙面人的措施。那些哥们说各人去约各人的兄弟，等他的招呼。他还没回到村里，在半路上听说常菁菁被打伤住进了医院。他到医院看了常菁菁一眼，然后就邀集了七八十个村里村外的哥们，直奔事发地点而去。他邀集的那些人，有的带着刀，有的还带着土炮。蕾蕾打通他的手机电话，告诉他常菁菁不让他打架。他说："我不能靠别人，那样我就不要在这片土地上混了。"说完他就关了手机。

马鸣他们一行人到出事地点转了一圈，没看见蒙面人，只有冯俊才和旅游公司一些人守在那里，就问："小煤窑的人到哪去了？"冯俊才说："打完就不见了！"马鸣骂了句："孬种！"接着扯着嗓子对山上山下喊："有种的出来单挑，别净干些偷鸡摸狗拔蒜苗的下三烂事！"他的那伙哥们也跟着起哄，有的喊，有的骂，有的还唱。这时，马联合和李小良带着几个人过来了。马鸣上前打了马联合一拳头："狗日的，你装什么孙子，你叫来的人呢？出来咱们分个高低！"马联合脸上露出惊讶的表情："莫明其妙！你小子说什么呢？"马鸣说："你不是要开煤窑吗？我告诉你们，谁再进这里一步，我砸断他的狗腿！"马联合见马鸣这边人多，光棍不吃眼前亏，灰溜溜地走了。临走，他指着马鸣，恶狠狠地说："马鸣你小子别得意。我会让你哭都找不着牙！"马鸣马上高兴地给常菁菁打电话，说："董事长，那帮狗日的吓跑了，沟里又插上咱的大旗了。"

常菁菁意识到更大的麻烦可能会出现，告诫他说："你现在有事要听冯俊才的，千万不能再胡来。"马鸣说："我已决心守住沟里，如果有人敢再来侵犯，老子就和他打一场阵地战！"他找来的那帮子哥们也在一旁起哄地唱道："敌人胆敢来侵犯，把它彻底消灭净！"

常菁菁在电话里听到他身边的一伙子人吵吵嚷嚷情绪高昂，又说了一遍："马鸣你千万不要干混事。"马鸣说："董事长，你就好好养伤，啥事也别管，出了天大的事情与你没关系。我这帮哥们也不要一分钱报酬。我们就是路见不平一声吼。"常菁菁急得哭出了声，骂道："你这个混蛋！你会坏了大事啊。"

　　马鸣把电话挂断，并且关了机。

　　常菁菁强忍着头痛，挣扎着跳下病床。常乐拦住她，劝她不要着急。她哪里还能听进去，气急败坏地推了常乐一下，常乐弱不禁风的身子向后一仰，如果不是常菁菁的妈妈上前抱住，肯定会摔得不轻。这是她第一次对爸爸如此粗鲁。她也赶忙上前扶住爸爸，泪水一下子落了下来："爸，对不起……"

　　常乐没有责怪女儿。他请来医生又给女儿做了一遍检查。医生说常菁菁的伤不重，但前一阶段过于疲劳，加上精神连日处于紧张状态，休息不好，身体素质下降，所以头上挨了一棒后昏迷一阵。回家后好好休息几天，伤口好了再工作。这样，常乐和妻子、女儿离开医院。一路上，常菁菁的妈妈一边哭，一边重三道四地不住地唠叨。

　　常菁菁回到村里先开了个骨干人员会，强调要保持稳定："任何人不能动打架的念头，不能请外边的人来掺和。"她回到家里时已经夜间十一点，刚刚打开电脑，就听见有人敲她家的大门。妈去开了大门，接着又敲她的门："菁菁，你看看谁来了！"

　　是欢庆！好几个月没见欢庆，常菁菁第一眼看见他，就发现他消瘦了许多。他的目光还是那么生动，笑得还是那么亲切，她真想扑到他怀里好好痛哭一场。但是，她忍住了。不是因为妈妈在旁边，是她从心里还在和他较劲。她低下头一边打字，一边冷冷地问："你来干吗？"妈妈想搬凳子给他坐，也被她制止了，说："他自己没长胳膊没长手，还要你伺候他，本事不小。"

　　妈妈嗔怪地说："你怎么这样与欢庆说话。"

　　"你说我怎么和他说话，磕头迎他？跪拜服侍他？"常菁菁第一次这样没好气地顶撞妈妈。常菁菁的妈妈正要发火，欢庆给她递了个眼色，然后亲热地挽着她的胳膊，一边向外走一边说："大婶，您别怪菁菁。看着她平安，我就放心了。"

欢庆和常菁菁的妈妈出去后，常菁菁忍不住捂着嘴哭了。哭了一会儿，她把窗帘拉开一条缝向外偷偷看去，发现妈妈和欢庆正站在院子里低声说话。又过了一会儿，她再看时，还在说着。她生气地拉开门，对欢庆嚷嚷："欢庆你有完没完？你是来找我妈还是找我？！"说完重重地关上了门。又过了一会儿，就在她沉不住气，快要再一次发作的时候，门开了，欢庆嬉皮笑脸地走进来，说："怎么，网友老虎千里迢迢来看你，你要拒之门外？"她挥拳向欢庆打去："早猜出是你了！"然后扑到他的怀里，泪水像泉水一样奔涌而出。

　　欢庆一边吻她，一边安慰："我听你妈打电话说你受了伤，头像炸弹一样，嘭的一声爆炸了！我马不停蹄地往机场赶，那阵子又急又气，有半个小时两眼一抹黑，什么也看不见。"

　　常菁菁急了，一边扳着欢庆的脸看，一边责备地说："你那么着急上火干啥，我要真有大难还不告诉你！让我看看你的眼睛，现在没事了吧？"

　　欢庆说："不对，我眼里还有个不是东西的东西。"常菁菁说："我怎么看不见，该不会是……"欢庆用嘴堵住了她的嘴，然后笑了："我眼里就你这个东西。"

　　常菁菁用了用劲，把欢庆抱得更紧了。她仰起头，欢庆的双唇就堵上了她的嘴。和以往的拥抱不同，以往的拥抱多少都带点羞涩，而这次他俩表现出的都是热烈和投入。常菁菁有点眩晕，血液里涌动着燥热和不安，身体紧紧地贴着欢庆，迎合着欢庆的拥抱扭动着。欢庆像是受到了鼓励，抱起常菁菁放到床上。常菁菁问："你背着我和那个姚渺渺做过对不起我的事吗？"欢庆摇摇头："没有，我只是把她当作我的小妹妹。"常菁菁又问："那你有没有和别的女人做过爱？"欢庆坦诚地说："如果没有过别的女人，就不会让我更珍惜你。你是让我想结婚的女人。和你在一起，总有一种欲望，而且时间越长越强烈，仿佛永不消失的电波。"他说着又上到她身上。

　　常菁菁奇怪自己竟没有任何的反抗。欢庆褪去她最后一层内衣，她下意识地捂住了自己最私密的位置。欢庆的双唇再一次堵住她的嘴时，她又张开双臂迎合着欢庆。欢庆和她共同推垮了她二十多年的戒防和期待，欢庆固执地、顽强地进入她身体的深处时，她觉得自己沸腾了……事后，欢庆赤裸裸地跪在常菁菁身边，他低着头像犯了错误的孩子，嘴里不停地嘟哝着："你真的是，你真的是。"常菁菁闭着眼睛轻轻地问："什么？"欢庆躺到她身边，紧紧抱着她说："你真的是第一次。"常菁菁突然觉得一阵酸楚，伏在他怀里嘤嘤地哭起来。欢庆用唇拭去她的泪水，像是对她说，又像是对自己说："我一定好好爱你，一辈子好好爱你。"

常菁菁很感动。她用嘴找到了欢庆的唇，用身体紧紧地贴着欢庆，这一次她很主动。当欢庆再一次进入她身体的时候，她找到了李小芬说的那种感觉。此后的两个人完全处在忘我的亢奋中，他们不知道自己在说什么，只知道自己想做什么，他们一次次地把自己贡献给对方，一次次地从对方那里攫取着无与伦比的欢乐，直到再也无法调动自己的身体。

再也动不了了。常菁菁枕着欢庆的腹部，懒懒地看着欢庆已经毫无斗志的物件，她已经没有了羞怯。欢庆抚摸着常菁菁的头发和肩膀，轻轻地但又是很坚决地说："嫁给我吧。"常菁菁使劲点点头。她完全陷入到幸福和快乐之后的慵懒和眩晕中，也完全地享受到了李小芬无数次向她炫耀的男女之欢。这种欢乐竟是如此无与伦比如此精彩绝伦，从此她再不想失去。

欢庆的肚子咕噜噜响起来，常菁菁说："你肚子里的抽水马桶响了。"欢庆突然想起饿了，忙说："哎呀，肚子里空了。"常菁菁坏笑着说："是我把你掏空的。"欢庆更坏地笑着："是我把你给装满了。"常菁菁砸了他一枕头："坏蛋！"然后要带他去找吃的。

欢庆一愣："你这山沟里夜间也有吃的？"他又摸了摸常菁菁头上的绑带，关切地问："你能行吗？"常菁菁故意昂起头，一副无所谓的样子。

走在村街上，常菁菁觉得自己的腿软软的，就靠在欢庆的身上。欢庆也觉得自己已经迈不动步子，也靠着常菁菁。两个人像是喝醉了，互相依靠着走在深夜的山村，走在春天的山村。

村街上，少有的安静，疏灯几点，有风，不冷。常菁菁把欢庆带到东东家的饭店。东东家的饭店是村里唯一的二十四小时营业的饭店。东东见欢庆来了，非常高兴，打电话又把李小芬、瑶瑶、二月喊了来。

李小芬看到欢庆，有些惊奇："咦……怎么着，《朝阳沟》里是女银环追男栓宝追到农村，你是男栓宝追女银环追到农村，真的想同常菁菁一起在九龙沟创业了？想通了？"

欢庆笑了笑："就你们现在的实力，还顾不起我！"

这顿饭，他们一直闹腾到凌晨两点多钟。回家的路上，常菁菁依在欢庆的肩膀上，诚挚地说："过去我和你在一起，心里总感觉有压力，今天好像一点也没有了，你说是为什么。"欢庆想了想说："那是因为过去你自己心里有道沟。"

常菁菁一愣："我？你没搞错吧？"

欢庆说："就是你。这是一道城乡之间难以跨越的沟。现在你跨越了它。"过了一会儿，他又意犹未尽，说："随着咱们国家经济社会快速发展，随着城乡统筹的步伐加快，这道沟一定会在我们每个人心中消失。"

欢庆以为常菁菁睡得晚，不会起得太早，可是他醒来时发现常菁菁已经不在屋子里。他看看表，七点一刻。如果在北京，他已经在上班的路上。他拉开窗帘，温暖的阳光"哗"地泻了一地。他突然联想到自己泄了时的情景，也像这阳光进入房间那样猛烈那样不可阻挡，那样温暖那样可爱。这样想着，他微微地笑了。

桌子上放着常菁菁留下的纸条："宝贝，好好睡吧。起来后记着吃东西。晚上回来好好爱你。"他把纸条放在胸口上，对着阳光幸福地眯上了眼睛。他慢慢地想明白了，同所有在城市务工的农村青年的梦想一样，常菁菁过去的愿望是在城市拥有一套属于自己的房子，拥有一个爱自己的人，拥有自己的家。其实，他已经都给她准备好了。但是，她还打定主意，毅然决然地回乡，说明她的确是想干一番属于自己的事业。他要想得到她，首先要支持她的事业。

常菁菁的妈妈见窗帘拉开了，过来叫欢庆吃饭。她告诉欢庆，今天是养殖场扩建和第三批苗鸭入棚，以及水库景观路动工"三喜临门"，常菁菁六点多一点就出门了。她说："菁菁走时留下话，让你休息休息，然后到山上沟里转一转。"

欢庆说："我没时间转了。我这次来是带着任务的。我得把一些法律上的事帮菁菁她们公司梳理梳理，不然的话，她往后的工作更难干。"

常乐赞赏地点点头，是该好好梳理梳理。接着，他对欢庆说了几个重点问题。欢庆一边听一边思考。等到常乐讲完，叹了口气，歇下来后，他对他说：

"大叔，您老人家别着急。这些事我都会帮菁菁整明白。"

接下来的一天中，欢庆在村里分别找了一些人了解情况。欢庆找李小芬时，一开始故意逗她说："你们在村委会外另立山头，搞个合作社组织，是搞违法活动你知不知道。"李小芬朝他挥了挥拳头："咦……你是什么狗屁律师，还不如我们知道的法律多。你以为我们像过去大爷大娘叔叔婶婶那样的农民，人家不想让懂法律就不学法律，做事也随心所欲。俺们这之前就打听过，法律允许搞经济合作组织。俺们的章程、宗旨以及选举形式，既不违反宪法也不违反村民自治法，再说，村党支部批准了，工商局登记注册了，是符合法律的。"欢庆问："那你们选举中有没有违背村民意愿的事？"李小芬说："狗屁，只有少数捣蛋分子才这样说。我告诉你，常菁菁的得票率百分之九十五，你说说明什么？"欢庆问："那为什么有人说你们违法？"李小芬说："镇上那个姓黄的书记说我们违法就违法。马坡说在这个镇上，黄书记的话就是法律。"欢庆说："这是什么混蛋逻辑！别说他一个镇委书记，就是县委书记、省委书记也不敢说自己的话就是法律。他连法律是什么都不懂，谈法律不是亵渎法律吗？"

李小芬乐了："咦……好你个欢庆，拿我打趣来了？我问你，你敢帮我们告姓黄的吗？"欢庆说："那有什么不敢。我个人认为，姓黄的不是挑战法律吗？咱就用法律应战，看看最后是谁失败。"

欢庆的话给了李小芬很大的鼓舞。她觉得九龙沟像一堆被雨水浇湿的柴草，而欢庆的话像一团火，把这堆柴草点燃了。她反过来挑逗欢庆说："这么说，你这个大律师胆子挺大。"欢庆理直气壮地说："不是我胆子大，是我手中的法律威力大。"李小芬说："你要是真有胆量，我让你做件事你敢不敢？"

欢庆看了李小芬一眼。李小芬说："你敢不敢当着常菁菁的面抱我，亲我？"说完放纵地笑了，欢庆也笑了。接着，李小芬又把欢庆带到康爷爷家。

康爷爷一早到苗圃整理树苗，刚回到家，正在吃饭，看见欢庆先是一愣，继而高兴地拍了拍他的肩膀："小爷们，我料到你会来找菁菁。"

李小芬说："我还没吃饭。"康奶奶马上就把饭端上来了。李小芬端起来就吃。康奶奶说："二月还没回来，你把她的饭吃了，她肯定会去你家连吃三顿。我这个外甥女从来不做赔本的买卖。"

康奶奶的话说得大家都笑了。

康爷爷没等欢庆开口，神情凝重地说："我过去总以为自己对市场经济知识欠缺，现在看来还是个法盲。搞现代农村管理，不仅要讲政治，懂经济，还要会用法律，依法办事。欢庆，有你这个法律顾问，我们以后的工作就好做了。"康爷爷说完，又问常菁菁打没打退堂鼓。

欢庆说："这得听她自己的。我们在生活上、事业上都搞 AA 制，这样大家都好。"康爷爷没听懂欢庆的话，李小芬在一旁解释说："AA 制就是，就是咱说的合伙。比如两人一块吃饭花了一百元钱，每人付五十元。"康奶奶说："这叫夫妻呀？"李小芬说："咦……奶奶你这就不懂了吧。这叫公平公正。"

谈到寻衅的那伙蒙面人，康爷爷不安地说："我听你华爷爷说，那些人当时蒙着面，事后一下子烟消云散，像钻到地里了。"他告诉欢庆：华爷爷找到他以后，他去医院看了常菁菁。当时，常菁菁还没醒。他和华爷爷然后去了县政府，找到了刘县长。刘县长一听说常菁菁被人打伤了，十分恼怒，亲自给公安局长打电话，让公安局火速派人去九龙沟。他说："公安局的人赶到时，蒙面的那伙子人一个不见了，就看见马鸣带着一帮子人在那儿垒壕沟，有的身上还带着刀、铁棍。公安局的人说这回抓了个现行。马鸣一看那架势，撒腿跑了。公安局的这会儿正在找他呢！"

欢庆边听边思考，说："我个人认为，有人给那伙蒙面人通风报信，所以他们才撤得那么快那么干净。看来，他们是有组织的。"李小芬说："咦……这么说刘日本刘县长也有问题！"欢庆说："不一定是刘县长有问题，但是肯定有人有问题。"

说着说着，华爷爷来了。华爷爷见了欢庆，热情地握住了他的手，夸奖说："你是个很好很好的年轻人。没有你，菁菁下不定回乡的决心，也坚持不到现在。我和联产他爸爸以及一些老少爷们说起菁菁时，没人不说菁菁有福气，上天让她摊上了个好男孩。"

欢庆被华爷爷的一席话说得有点不好意思："爷爷，你们对菁菁的支持很大。没有你们的支持，她也待不下去。"华爷爷皱紧了眉头，说："没想到现在有的人为了钱什么道德良心也不要了。我和老少爷们商量过了，就是砸锅卖铁，也得支持菁菁到法院起诉那几个人。如果法庭需要证人，九龙沟的老少爷们都可以为她做证。"说着，华爷爷的眼圈红了。

华爷爷的话春风般吹进欢庆心里，让他感到暖融融的。他想，九龙沟的人真好。有这么多支持常菁菁的父老乡亲，再难的关口她也能闯过去。

一天里，欢庆马不停蹄地找人谈话做笔录，孙石头、"工农兵"和很多村民反映了马坡的问题。他中午饭是在山上同冯俊才一起吃的。常菁菁也忙着养殖场的事，没有和欢庆联系。直到晚上，两人才一起回到常菁菁家吃饭。

吃饭的时候，常菁菁的妈妈一会儿看看常菁菁，一会儿看看欢庆，好像有话要说，却又说不出口。末了，还是常乐先开了口，说："我们家菁菁不懂事，惹你爸爸妈妈生气了，等什么时候见了你爸爸妈我要当面赔礼道歉。"

常菁菁的妈对常乐说："他们俩要是不能结婚，你这辈子恐怕也见不到人家欢庆父母。"她这句话明显是在投石问路。常菁菁生气地看了她一眼。

欢庆当然听出了常菁菁妈妈话中的意思。他说："叔婶，我这次来就是想让菁菁和我一起回北京几天做结婚登记。"

常菁菁的妈妈听了，满意地笑了。常菁菁对妈妈问的事有点不乐意，加上心里还在想着小煤窑的事，见欢庆也已经吃饱了，就拉上他向外走。她带着欢庆出了村子，沿着沟里的路往山上走。一路上音乐声不绝于耳，加上浓郁的花香，让人心情格外舒畅。他们不时碰上几个也往山上走的青年，有的认识常菁菁，和她打招呼，开几句玩笑。有的不认识常菁菁。常菁菁就告诉欢庆："这是邻村的。"欢庆觉得很奇怪，他问："你们今晚是不是搞什么活动？"常菁菁说："我们每天晚上都有活动。"

到了山坡上一片林子里，只见五彩纷呈的灯光，激情昂扬的音乐，近乎疯狂的人们，更生动更迷人更具诱惑力。欢庆情不自禁地脱口说道："这不像个野外迪吧？"常菁菁说："我们叫森林迪吧！"接下来，她告诉欢庆森林迪吧是冯俊才的创意。欢庆问："是不是李小芬的朋友？他俩现在怎么样？"

常菁菁说："如果他俩处得好，就不一定有这个森林迪吧了。"她把冯俊才创办森林迪吧的经过简单给欢庆说了一遍。接着，又说："村子里从城里务工回来的年轻人多了，不能总是让他们上网吧、看电影，还得来点刺激的。"

欢庆说："是呀，人在得意和失意的时候都需要寻找平衡，最好的方法是发泄。"

常菁菁介绍，森林迪吧开业的第二天，周边几个村的年轻人就来了，一个星期后，县城也有一些年轻人闻讯而来。他们说在这样的迪吧玩得更开心更热烈。县城的一位青年建议把青年迪吧改名为森林迪吧，常菁菁他们也认为这个建议好，于是采纳了他的建议。县电视台、市电视台都播出了这个森林迪吧的专题，等于给白做了广告，来的人更多了。瑶瑶提出让顾客来一回就"上瘾"的设想。为此，她和冯俊才没少动脑子，在服务项目上别出心裁地设置了"月明情深"，就是每周五晚上，如果有月亮就不打灯光，让人们在月光朦胧的林子里尽情蹦跳。"一泻千里"，就是让一些因工作压力太大，精神高度紧张，心理过于疲惫的人到这里无拘无束，放开情绪发泄。马鸣尤其对这个项目倍加称赞。他说来打一会儿沙袋，心中的烦闷就会烟消云散。后来有人说九龙沟的旅游之所以吸引人，就是有不少人性化的项目。每天晚上，这个森林迪吧都有一百多人。迪吧的定价是五元钱玩一晚上，但酒水和夜宵的消费远远超过售票收入。

常菁菁和欢庆到时，森林迪吧已经来了七八十人，热气腾腾，生机勃勃。她拉着欢庆在一个角落里坐下，问他感受如何。

欢庆说："谈不上来感受，只是想参加蹦迪。"他怕常菁菁头痛，就一个人加入了蹦迪的行列。在北京时，常菁菁多次同欢庆去迪厅蹦迪，那些迪厅里人山人海，十分嘈杂，空气也污染严重，而这里空气新鲜，视线开阔，山上的野风时而豪放，时而轻柔，让人心旷神怡。一束束明媚的月光洒在水库的水面上，水随着山风吹拂波动，仿佛一个个月亮姑娘在跳着欢快的舞步。

这时，马凯神神秘秘地出现在常菁菁面前。常菁菁刚要问他躲哪儿去了，他便把常菁菁拉到一个暗处，紧紧张张地说："雪莲不见了。我琢磨是马坡使了坏。"常菁菁也一下子紧张起来："你是说雪莲被马坡害了？"马凯摇摇头。常菁菁急了："你说痛快点！"

马凯告诉常菁菁，凌晨，马鸣下山后，一直在暗处盯着小煤窑那边动静的他，听见有铁锤和钢钎的撞击声，于是就偷偷地绕到那边看了一眼，发现他们正在打洞，准备放炮。当时，他就一个人，回去喊人来不及了。于是灵机一动，混到那群人里。

常菁菁问："你就不怕被他们发现了害了你？"马凯说："那些人都是马联

合四下凑到一起的，不是一个地方的人，互相认识的不多。我要没底，哪敢混进去。"他接着说他混进去以后，听他们议论，马联合答应给他们每人一千元钱，让他们先把洞口炸开，还许诺小煤窑开工后，让他们都过来挖煤挣钱。爆破以后，那帮子人就要走。马联合让他们再等一等。常菁菁带人赶到后，马联合又提出，每人给他们再加一百块钱，把上来的人打跑。他说："马联合就混在他们中间，喊着让动手打人的就是马联合！""那些人跑哪儿去了？"常菁菁问："你这一天是不是一直和他们在一起？"马凯点点头，说："他们本来有的在附近的工地，有的在咱镇上，都没走远，还等着小煤窑开工下井呢！"常菁菁又问："这与雪莲有啥关系？"马凯生气地说："关系大了。马坡马联合他们商量事时，李小良有些犹豫。马联合个狗日的出主意，让把雪莲叫去陪李小良睡一夜。雪莲不干，跑了出来。她找到我说了马坡他们要动硬的。我让她回去向你汇报。从那时起，她就没了消息！"

常菁菁想了想，把欢庆和冯俊才叫了过来一起商量。欢庆说："这就好办了，把打你的那个大个子抓着，不就水落石出了！"冯俊才问："公安局还有人在咱村里没撤，要不要先向他们报案？"马凯连连摇头说："不行，不行！牛副所长是马坡的人。他们现在要抓的是马鸣。"常菁菁问："马鸣在哪里你知道吗？"马凯故意把眼睛转向一边，看了看，然后答非所问，低声说道："这事还是交给我和马鸣吧。我哥俩保证给你一个惊喜！"说完，他转身要离开，常菁菁抓住他的胳膊肘儿，对他说："你听着，也告诉马鸣，你们再干违法的事，我就炒了你俩！"马凯说："放心，就是怕你担心，才回来告诉你一声。最迟明天让你见结果。不过，雪莲的事麻烦你抓紧些找找。"他走了几步，又转回来对常菁菁说："别忘了给蕾蕾说一声！"常菁菁说："找到雪莲，还要给她说吗？"马凯说："想不到常书记也开上玩笑了，你就跟她说说吧，省得她担心。"

回家的路上，欢庆疑疑惑惑地问常菁菁："你们村那个马坡不是一直拉着那个沈老板吗？沈老板难道不知道姓马的想开小煤窑？"常菁菁说："沈耀开始不知道，后来也不支持。我琢磨马坡这样干是想把他逼上梁山。"

欢庆想起在网上看到的常菁菁和沈耀在一起的照片，以及一些帖子上说的她和沈耀的关系，有些嫉恨，说："你怎么那么了解姓沈的，是不是和他的联系很频繁？"常菁菁一听就火了："你别总是这样用怀疑的目光看我行不行。你是不是觉得我还不够累？"说完，她把欢庆带到洗浴中心："你给我好好冲一冲你的脑袋瓜子，把那里边的脏东西都冲洗干净。"

回到家里，常菁菁麻利地上了床。这一次是她迫不及待地想要欢庆，动作甚至有些粗鲁。欢庆受到了鼓励，迅速进入了她的身体。她立刻感觉到一种荡气回肠的畅快。事完以后，她偎在欢庆的怀里问欢庆感觉怎么样。欢庆很坦率地告诉她，和她做爱的感觉用任何语言和文字都无法描述。

欢庆问："你总不能在九龙沟长期干下去吧。你要是长期干下去我怎么办？"常菁菁说："这个问题问得好，两个办法供你选择，一是咱们俩分手，二是咱们结婚后你在北京再找一个二奶。"他一听笑得前仰后合："你真不是个东西，还有劝自己老公包二奶的。你以为你这是什么精神，大公无私啊！"

常菁菁也笑了。两人笑着抱到一起。

欢庆对常菁菁说："有件事没来得及与你商量，我就自作主张办了。你千万不要生气。"常菁菁以为欢庆又在逗她，假装生气地说："你已经自作主张办了，就是想让我生气。"欢庆说："这事不能不办。"常菁菁问："有什么事不能不办，还这么着急。"欢庆说："我让孙志明天开车过来。"

常菁菁说："是来接你吗？你干吗那么着急回去？是不是想姚渺渺了？"

欢庆说："你别说，我还真有点想她了。我让孙志把她也带上一起来。那么多法律文书要起草，我一个忙不过来。"

常菁菁一下骑到他的身上："你是不是身子还没空，留着劲了？"

欢庆一用力，把常菁菁压到身下："我让你试试我还有没有劲……"

没想到就在这时，常菁菁的手机响了。她看了一眼来电显示，脱口而出："是沈耀的电话。"欢庆快快不乐地把身子一躺，说："看看你这，睡觉都不安生。"常菁菁吻了一下欢庆，才打开接听。

"菁菁，我刚听说你受伤了，严重吗？"

"没什么大事，就是破点皮！"

"你不在医院住着，跑回家干吗？天大的事也没有生命重要！"

常菁菁没说话。欢庆低声嘀咕一句："还挺关心你啊！"

沈耀说："我一听说，心都要跳出来了。我给刘日本打电话了，让他必须好好查一查，严惩凶手。"

常菁菁没有应声。沈耀"喂"了几声，以为她头痛，就说："你先休息吧。我明天从省城带个专家过去帮你看看。你要留下什么后遗症，我下半辈子可就惨了！"他说完挂断了电话，欢庆却生气了，常菁菁喊他几遍，他身子也不转，也不回答。常菁菁骂他一句："小心眼。"他才一骨碌翻了个身，冲着常菁菁说："明天我就会会这个姓沈的。"

第二十五章

　　第二天一早，孙同来到了九龙沟。他告诉常菁菁，韩春在省城开会听说九龙沟发生的事，打电话让他先到九龙沟慰问常菁菁和青年创业协会的同志，还给九龙沟青少年爱国教育基地带了十万元建设经费。他还告诉常菁菁："团县委已经定了，五四青年节前要在你们这儿开个全县农村团支部书记现场会，推广你们'支部＋协会＋公司＋农户'的经验。"

　　在村街上，孙同和常菁菁遇到二月和佩戴着九龙沟青年志愿者袖章的十几个青年。他们正在清理路边的排水沟。孙同与他们一个个亲热地握手，夸九龙沟青年志愿者组织得好。

九龙沟青年志愿者，是九龙沟团支部这几个月来全力建设的一支队伍。二月有热情，也有亲和力，很受年轻人的欢迎，团支部就把志愿者这个工作交给了她。她请来了团县委的同志给志愿者培训，又设计了九龙沟青年志愿者的旗子、袖章。一开始，志愿者的工作主要放在旅游上，如给游客做导游，照顾上了年纪、行动不便的老年游客等。后来，常菁菁和瑶瑶商量了一下，建议增加一条村容村貌建设的内容。二月专门向村民发了征求意见函，在村民提出的三十多条意见中，选出了八条今年要办的事情。这八件事情同旅游也有密切联系。志愿者刚组织时，村里有些人不理解。二月做了第一件事后，那些不理解的人就改变了看法。她们做的第一件事是根据孙同在网上给常菁菁的建议，清理垃圾，整理村街。九龙沟的村街是土路，晴天尘土飞扬，雨天一片泥泞，一旦积水多天都不干，大人走到那里就像跳绳一样跳过去，有些孩子走到那里常常不小心滑倒。二月提出修村里这条路。旅游公司出钱买石子水泥，她带着志愿者用了二十多天的时间把路铺成了。她还发动村民在路边植树种花。有的临街的村民门前空地大，过去用来堆放柴火或者一些农具等杂物，既影响美观又影响出行。她和志愿者动员那些村民把空地腾出来，由她和志愿者负责统一设计，统一规划，统一施工，建成了一片片不同风格的小园林，有的搭了葡萄架种葡萄，有的围了栅栏养花卉，有的种西红柿、辣椒……省报的一位记者来看后，写了一篇名为《小小庭院春满园》的文章，引起了很大的反响。这件事情做好后，志愿者在村民心目中的地位一下子提高了很多，支持率也高了。二月接着带领志愿者又用半个多月的时间，把村头一个废弃的水塘和打麦场改造成了村民花园。这个废弃的水塘与打麦场挨在一起，过去是给打麦场浸水用的。每年小麦和其他农作物上场之前，必须用水浸几遍打麦场，再用石碾轧几遍，使打麦场的地面坚固、平整。实行联产承包以后，家家户户在自家的地头打麦子，生产队的打麦场就闲置下来。打麦场一闲置，水塘也没了用武之地，渐渐地变成了一潭死水。后来，又有村民朝塘里倒垃圾和粪便，水塘成了粪便池，臭气熏天，风吹过时飘荡在村里，成了标志性的气味。二月带着青年志愿者拉了几百车土，把水塘填平，然后与打麦场一起重新整修。她又到市园林公司请来一位专家，帮着对村民公园进行规划。规划方案很现实，既省钱又美观，而且功能齐备。很多村民看了，都觉得实实在在。打麦场和水塘过去没有树。二月她们一边植树，一边从山里移植来几十棵大树。团县委和县文化局、县体委等单位，对这个村民花园很重视，投了一些文化、体育设施，有适合老年人运动的健身器材，有适合青年人锻炼身体的单双杠，有适合儿童玩耍的滑梯等。二月还专门搞了一片广场舞台，组织志愿者每周演出两个晚上。她对常菁菁和瑶瑶说："等到明年这个时候，村民公园就会更吸引人。"

经过志愿者的建设，村容村貌变得漂亮了许多。过去，村街上猪羊乱跑，随处大小便，现在村民们都很自觉地圈好猪羊。如果谁家的猪羊跑到村街上，就会受到村民的指责，感到面子上无光。一个村民在省城工作的儿子儿媳周末回九龙沟，看到自家大门前的空地变成了花园，非常惊讶。儿媳妇听说是青年志愿者干的，还专门把二月和几个青年志愿者请到大门前留了个影。

半个月前，孙同来过一回。他一边走，一边看，一时高兴和激动，竟搂着常菁菁的肩膀拍了几下："了不起，农村青年志愿者是团的工作在新时期的创新。从九龙沟青年志愿者身上，我感受到了一种新的生机。"

不知谁用手机拍下了常菁菁和孙同并肩行走的照片，并把照片发到了网上，下面加了一句话："和常菁菁一起的是县里的官员，两人的关系不清楚。"

常菁菁很生气，但不是因为照片本身，而是对偷拍照片的人。她清楚这个人是九龙沟的，也差不多能猜出是谁。这条彩信影响自己事小，她担心的是影响孙同，其实，孙同也看到了网上的照片。他在县机关食堂吃饭时，有人和他开玩笑，说："你这个青年人的头头，千万不能近水楼台先得月，把美女都搂自己怀里。"当然，也有人私下里议论："孙同要犯大错误，栽大跟头了！"孙同的夫人却给常菁菁发了条短信，说："孙同傲得很，能让他交口称赞你应当自豪。"

当时，常菁菁也收到了欢庆发来的彩信，那条彩信和她收到的彩信一样，是旁边附了字的她和孙同一起的照片。欢庆一个字也没加，只是把别人发给他的彩信又转发给了她。她当时觉得一股热血涌上心头，浑身都在发抖。前几天欢庆的爸爸妈妈来时，他爸爸问过她的那句话，已经说明他爸爸妈妈也看到了网上的照片。这次见欢庆，她问他为什么只发回一张照片给她。欢庆说："那还不明白，警钟长鸣呗！"

孙同和欢庆在村街上遇上了。他握着欢庆的手，笑逐颜开地问欢庆："网上有张照片你看到了吗？"

欢庆点了点头。

孙同说："这么说咱俩是情敌了？"欢庆笑了："我愿意做你的情敌。不过……"孙同打断了欢庆的话："别不过了，怎么能不过呢？日子还得慢慢地过。"二人笑着拥抱到一起。常菁菁在一旁也不好意思地笑了。

就在这时，常菁菁的手机响了起来。电话是李小芬打来的。李小芬告诉她，沈耀现在到了公司找常菁菁，问她见不见。常菁菁丝毫也没犹豫地说："当然要见，为什么不见？"李小芬说："你那不是有欢庆和老孙吗？操，我是为你着想，你别不识好歹。"常菁菁说："我都不怕你李小芬怕什么？"李小芬调皮地说："咦……看来我还多想了。你常菁菁喜欢在男人们中间挑起战争吧，比我有雄才大略！操，我服了。"

常菁菁挂断电话后，把这事给欢庆和孙同说了。她特别注意观察欢庆的表情。欢庆刚才还有说有笑，一脸阳光，马上就变得阴霾重重，眉头紧锁。但是，为了不让孙同看出自己的心理状态，他又马上装出笑眯眯的样子，那样反倒显得不正常。常菁菁心里既高兴又不安。她高兴的是欢庆在乎自己，不安的是他和沈耀见了面会不会出现不愉快。

孙同说："我就不和沈老板见了。我得开个志愿者座谈会，给他们鼓鼓劲。"

欢庆找不到理由，而且他也想和沈耀见一面，就和常菁菁一起到了公司。

没等常菁菁介绍，沈耀就十分热情地握住了欢庆的手："你是欢庆吧，咱们在北京街头见过一面。你是大律师，久闻大名，久闻大名！"欢庆轻轻一笑："久闻律师的大名，对沈总来说不是很好的事吧。"

李小芬在一旁拍着手说："咦……你们这些男人见了面就喜欢相互拍马屁，好像谁不拍谁一下就不亲切。操，要是老虎的屁股，看你们还敢不敢拍。"

欢庆说："就你李小芬狗嘴里吐不出象牙。"

李小芬："象的嘴里又能吐出狗牙呀？还不都一样。"

你来我往简短的几句话，把接待室里的气氛一下子搞得轻松下来。几个人谈笑中喝着茶聊了一会儿，欢庆说："你们还有工作上的事谈，我先出去走走。"常菁菁见欢庆的围巾忘记在屋里的椅子上，赶忙拿起来追到门外。她踮起脚尖帮他系围巾时，身子自然向前倾斜，紧紧贴着他的身子。他轻轻地搂住了她的腰。这一连串细小的动作，被沈耀隔着玻璃窗看得一清二楚。

李小芬也找了个借口忙活去了。屋里只剩下常菁菁和沈耀两个人，气氛一下子又变得尴尬了。常菁菁倒了杯茶，没像过去那样送到沈耀手里，而是放在了他旁边的桌子上。沈耀走到窗前打电话，声音很低，说话时也不看常菁菁。常菁菁拿了一份今天刚到的报纸，低头看着，也没看沈耀。沈耀打完电话，在常菁菁对面坐下，才开口说："常菁菁你这人也太没情义了吧。你男朋友来了，就对我不亲热了？"常菁菁脸一红，笑了笑，说："怎么不热情了？非得拥抱你啊？"沈耀说："只要你不把我和马坡一样当敌人看就不错了。"常菁菁说："我也没把马坡当敌人，是他把我们当敌人。"沈耀说："常菁菁呀，这事业做大了境界也不一样了啊，越来越像领导了。"常菁菁笑了："与时俱进。"她已经不是几个月前的那个焦虑内敛的女孩了。

不用沈耀说，她也对沈耀的来意猜得出几分。她开门见山地问："你是为挖煤窑的事来的吧？"沈耀说："也是也不是。"

常菁菁说："你别跟我兜圈子，这是意料之中的事，有话就说吧。"

沈耀说："第一，我是来看你。你想想，女朋友被人打伤，我能不急吗？顺便来催刘日本督察办案……"

没等他说完，常菁菁脱口而出："又是刘日本，那个刘日本靠得住吗？"

沈耀说："你别看扁了刘日本，这么给你说吧，没有两把刷子谁能当得了县长？"常菁菁说："我不是怀疑他的能力，我是说他这个人。"

沈耀笑笑："你呀，还是感情用事。我告诉你，刘日本绝对是个人物，他从一个普通农民做到县长，得过五关斩六将吧？"沈耀指了指自己的脑袋："刘日本这里好使。"

常菁菁说："你说的不错，可是如果心眼不好，脑子再好使也只能干坏事。"

沈耀看了看常菁菁，突然笑出声来："你是说他色吧？不错，这个人最大的毛病就是这个，并且还不掩饰，刘日本贴的就是这个标签，谁都知道他色，谁都不敢跟他亲近，这家伙反而犯不了什么大错误。这家伙，精啊。"

让沈耀一说，常菁菁反而更糊涂了，这个刘日本，堂堂的一县之长，什么标签不好贴？贴一个色的标签！她摇了摇头："不懂。"

沈耀说："不懂就不懂吧，反正你知道他跟黄涛不一样就行。再说，他也干不了多长时间了。"接着又说："刘日本这次真恼马坡了。他说狗日的马坡胆大包天啊！他给黄涛打电话，说把马坡给我捆了。可是黄涛回话说还没调查清楚，不知什么人放的炮。"

常菁菁不想再提那个刘县长。其实，刘县长昨天给她发过一条信息，一是向她慰问，说是一定会严肃查处；二是劝她不要过于执拗，没必要和想挖煤窑的人闹来闹去。她对刘县长的那条信息很反感，只回了一个不高兴的表情符号。她打断了沈耀的话说："你还有没有第二？"

沈耀说："第二，是想和你商量挖煤窑的事。这些天我一直在考虑。一个村子里搞旅游的和想挖煤的这样打来打去，到头来会怎么样啊？"

常菁菁说："你不要混淆黑白。我们可从来没和谁打来打去。再说，你说商量挖煤窑的事，也是我意料之中的。你要是不考虑不犹豫那就白在世面上走了。"常菁菁说这话是有底气的。一是她已经知道国家对开采小煤窑有政策规定，在地质结构、生产安全、环境保护等各方面必须合格；二是九龙沟的老百姓已经尝到了旅游开发的甜头，看到了希望，反对挖煤的人数直线上升，形成了压倒性的优势。农民合作社绝对不会通过挖煤窑的决议。即使马坡后边的比他大的人物，也不能不正视民意。

沈耀说："我没看错你，有勇有谋。我已经考虑好了，如果可能，我还会全力以赴支持你搞旅游开发。"

常菁菁感动地握住他的手。她的泪水在眼眶里转了几圈，强忍着没流下来。沈耀还是很会讨好人，拿了张纸巾递给她，说："别那么伤感。你要伤感，我这个失恋的大男孩还不跳水库？"常菁菁擦干了泪水，笑了笑说："我不是伤感，是感动！"

沈耀说："我还是实话实说吧。去年金融危机以来，我的公司遇到了困难，我不说你也知道。现在随着经济逐渐复苏好了一点。马坡、黄涛追着我，刘县长也找我。他们说煤炭行情变了，要赶快上。作为商人，你说我投还是不投？投，说老实话我从来不做违法的生意，更不敢冒顶风作案的风险；不投，我又有些不甘心，万一他们捣弄出煤来……"

常菁菁说："弄了半天是要跟我解释这些？你就不能顶住他们的压力？"

沈耀摆摆手，说："要顶住的不是马坡一个人，是和他联在一起的利益集团。"他若有所思地抽着烟，心里仿佛在权衡着利弊。过了一会儿，他把烟头在烟灰盒里使劲摁几下，果断地说："所以，我想把马坡送进去……"

常菁菁明白他说的"送进去"的意思，问："你给他下了一个套？"

沈耀点点头："可以这么说吧，不过你这话说得不太好听，在商场上哥哥这样做这叫作智慧。也可以说什么来着？对，为民除害啊这是。"

常菁菁愣了一会儿，对沈耀说："你这家伙真是够毒的。你既然知道马坡那样做是犯罪，为什么不制止？"

沈耀冷冷一笑，然后严肃地说："我制止得了吗？你看看官方的公开报道，每年数以万计的各级官员因腐败倒下。他们哪一个不知道自己伸手是犯罪？哪一级党委不是三令五申让他们为政清廉而且还有严格的制度。问题在于他们的价值观念变了。就说马坡吧，他回来当这会村委会主任，就是奔的钱。"

他又要点烟，被常菁菁夺了下来。她动情地说："你就不能少抽几口？年纪轻轻，不考虑身体。"沈耀也被她感动了，又接着说："我长这么大，最恨两种人，一是骗子，二是强盗。谁骗了我，或者说谁不择手段从我这里拿走了不该拿的东西，我一定报复他！"

常菁菁问："你们做老板的是不是都有这样的心态啊？我看一些新闻报道中报道的那些贪官，大多数是倒在老板手里。"

沈耀开了句玩笑："那你跟老板打交道也得小心啊！"

常菁菁认真地想想，问沈耀："接下来的事呢？你怎么办？你不是说不甘心吗？"

沈耀说："没什么甘心不甘心的。有利而且能挣钱的事我还要做。度假村我还是想做的。这你知道，刚开始我就告诉你了。不过站在九龙沟的立场上，你不会允许我做那么大，不会让我占那么多的地。是不是？"

常菁菁说："你也忽略了一个法律问题。你以为你支付过土地补偿费，地就是你的了。其实，马坡没给你办手续，还不是你的。"她见沈耀看着她，又说："从这几次试营业的反应看，住的问题是个瓶颈，确实需要配套。要不沈总结合我们的新农村改一改方案？"

沈耀问："你是不是有什么考虑了？"

常菁菁说："还没考虑清楚。杨柳姐上次来时给我说过，很多乡村旅游坚持不下去，原因之一是一开始规划就没搞好。我们九龙沟现在的格局有点乱，人也多，村里有景点，景点里有住户，得好好规划一下。我初步想了想，先把山上三华庄的几十户村民迁下来，配合旧民居改造，建一个农民新居。同时把养殖场也迁到镇上的工业园区去，现在，周边村大棚养鸭也起来了，我想再引进一个肉鸭加工厂，拉长产业链……"沈耀没等她说完，一下子抓住了她的手："好，你有战略眼光。我愿意和你长期合作。"

常菁菁轻轻地把手抽回来。

沈耀突然话锋一转，忧心忡忡地说："常菁菁咱们是好朋友，我不能对你隐瞒。可能，可能你还得考虑引进其他投资……"常菁菁这才想起他刚才已经说了一次"可能"。这个"可能"意味着什么，她心里很明白，于是冷淡地问道："你是因为我和欢庆吗？"

沈耀急了，忽地站了起来，情绪激动地在屋子里走了几圈。常菁菁从来没见他这么激动过，心里不免有点紧张。一会儿，沈耀停住了，说："在你常菁菁眼里，我沈耀是这种小肚鸡肠的人啊？你也太小瞧我了吧？"常菁菁忙换了笑脸，抱歉地说："不是，不是。我不是那个意思。沈总你千万别误会。"

沈耀看出她有些紧张，没再往下说。他重又坐下，一气喝干了杯中的水，点了一支烟抽了几口，才说："本来是我们自己的事，不想告诉你。可是，我现在没有把握说完全能够摆平。万一摆不平，我就不能保证你们后边的投资。所以，我必须先和你通个气。"

常菁菁又急了："沈总，什么你们我们，咱们是一家人，不是一家人也是好朋友。你有事可以说出来，看看我能帮你多少。"

沈耀笑着摇摇头，然后坦诚地说："我过去'就想着你的美，闻着你的香味'。但是，'就把你忘记吧，应该把你忘记，这是对我冲动的惩罚'，过去的就过去了，从现在起，还叫我沈哥好吗？"常菁菁发自内心地叫了声"沈哥"。沈耀突然抱了常菁菁一下："从现在起，沈哥不追你了，咱俩不是一个路数的。沈哥就给你做哥。"常菁菁又叫了声"沈哥"。她觉得自己的眼睛湿润了。

沈耀问常菁菁还有什么问题要他解决。常菁菁想了想，说："我想请你去找一找马坡。"沈耀一愣，继而问："挖煤窑的事啊？"常菁菁摇摇头，把雪莲下落不明的事告诉了他。沈耀想了想说："好吧，我试一试。你又欠我一个人情啊！"

沈耀拍拍她的肩，走的时候扔下一句："你那个韩春行情看涨啊。"

下午，孙同又召开了团员青年座谈会。冯俊才和瑶瑶到的比较晚。他们俩进屋时，会议已经开始，孙同正在讲话。冯俊才向常菁菁招了招手，样子神神秘秘，但脸上却是兴高采烈。常菁菁不好离开自己的座位，就向他招了招手，示意他到自己那边去。

冯俊才递给常菁菁一摞纸，低声说："你看看吧，这都是网上下载的。"

常菁菁看了一眼，果然都是网上下载后又打印的材料：

九龙沟沟里一声炮响，给我们送来了深远的想象。为什么在这样一个地方，竟然有蒙面人猖狂？他们对手无寸铁的一群回乡创业的热血青年大打出手，还炸毁了他们创业建起的旅游景点……

还有一篇报道，也是说九龙沟的，题目是《抗日林里的勇士》。这是省城刘编剧写的。文章大意是说，他在九龙沟采访时见到林子里住着两个马姓青年，原来是自愿护林的。他们用一些林木搭了一座房子，房子四周用石头垒起了一个个掩蔽体，摆出一副决一死战的样子。接着，刘编剧还写了一段马鸣讲的笑话。马鸣说："我从小就最爱看那些打仗的电影电视剧。枪炮一响，光着膀子往上冲，弄不好就能混个将军当当。我说我爸，你怎么不早出生几十年，让你儿子赶上打日本人，现在你儿子当了将军，你是将军的亲爹那多威风。我爸听了摸起扫帚把扔在我身上。他说你狗日的要是被枪子打死了呢？"

刘编剧的文章后边，也出现了很多跟帖。不用猜，常菁菁也看得出第一篇是冯俊才的杰作。她又看了看网上下载的帖子，来自全国各地，内容都是声讨蒙面人和蒙面人后边的人。她心里咯噔一下，手中的一摞纸掉在地上。她弯腰去捡时，额头又碰到桌子上。她又气又急，给孙同简单说了句"我出去一下"，就把冯俊才和瑶瑶叫到了会议室外，严肃地说："冯俊才呀冯俊才，你这不是捅了马蜂窝吗？你把事情捅到互联网上，不光影响咱九龙沟的名声，也影响咱们县咱们省的名声。万一哪一级领导生了气发了火，首当其冲的是咱们。"

瑶瑶说："菁菁你别着急。有个帖子你看看就明白了。"她说着，从一摞纸里挑出一张，指着给常菁菁看。咱们省的省委书记也上网看到了这个事，还给网民做了回复，说是一定严肃查处这件事，同时，他还诚恳要求网民对省委和全省的工作给予监督。

常菁菁看了省委书记的回复，激动得跳了起来。

冯俊才不满地说："常书记以后少发脾气。你也不是不知道，总书记、总理都在网上与网民聊天，听取网民对国家大事的意见。咱有互联网不用，还是用那些写信、上访的老办法，不是给自己找麻烦吗？"

瑶瑶也说："网民不仅同情咱、支持咱，还要到咱这里旅游，来看看美女团支书和董事长。我先给你打个预防针，'十一'时，游客可能会爆满。"

晚上，孙志和姚渺渺到了。

"菁菁姐。"姚渺渺一见面，热情地拥抱常菁菁。不过，常菁菁明显感觉到她的肩膀有点抖。

常菁菁不禁打量着眼前这个比自己小几岁的阳光女孩，甜美的笑容，美丽的大眼睛，俏丽的脸上，有着那种仿佛永远也不会随着时间的流逝，而渐渐老去和消逝的光泽。虽然自己看她的眼神里充满着毫不在意与轻蔑，但心里却暗暗嫉妒着她的这份与生俱来、天然雕琢的美丽。她身上绝对没有任何化妆品的遮掩和刻意的修饰，显得清新，透着活力。

"这儿的空气真是新鲜。"姚渺渺深深地呼吸了一下，好像在品尝九龙沟的新鲜空气，然后又称赞说，"菁菁姐，你的眼光很独到。"

"谢谢你！"常菁菁说，口气有些冷淡。

"你还在生我老师的气吗？"姚渺渺突然单刀直入地问，口气却颇有些调皮。常菁菁反问了一句："你觉得我应该生他的气吗？"

"呵呵，没生气就好。我过去多次要求来看看，老师总是坚决反对、百般阻挠。这次他主动让我过来，我可高兴了。见到你我更高兴。"姚渺渺说到欢庆时噘起了小嘴，然后又舒展开来，笑容渐渐浮现在了脸上。

"我有什么可见的。"常菁菁说，"我就一介乡姑。你见了一定大失所望吧？"

"因为我嫉妒你，所以……"

"嫉妒我什么？我哪一点值得你嫉妒？"常菁菁打断姚渺渺的话，问道。"就凭我老师对你的感情，就值得我嫉妒。"姚渺渺说。常菁菁看见她的眼神里，含着一丝黯然。

"其实，我一直都很喜欢老师。甚至到了哪怕是得到他的一丝关怀和笑容，我都会憧憬好久的程度。但是，无论我使用什么样的情感攻击方式，他都不为所动，心里只有你一个人的位置。明知道这一辈子都不会得到他的感情，可自己偏偏就不愿意放弃。哪怕是只待在他的身边，看着他，就心满意足。"姚渺渺望着远处，仿佛自言自语地在对着大地、树木和空气倾诉，"我不知道自己什么时候才能让自己走出这份根本无望的情感困惑。在老师来你这里的日子里，我就像没有了灵魂的躯壳，虽然整天按部就班地行走在时间的轨道上，但自己的灵魂，却跟着他来到了这里。他让我在深夜里绝望地哭泣和呐喊，放弃希望，却又重新点燃。即使有一天，当我看到你们牵手走上婚姻的红地毯，我也不知道自己会不会释然。"她缓缓转过身，眼里含着泪水，嘴角挂着一抹凄楚的笑。

"所以，你应该为拥有这样一个重情的男人而庆幸。当今社会，像老师这样痴情爱一个人的男人为数不多了。这也是我为什么要死皮赖脸地追随他的原因。没有去老师为你们准备结婚的新房时，我怎么也不能理解他为何对我的情感攻击不为所动，以为他是个有生理缺陷，或者是拥有另类情感归宿的人。当那晚他醉酒，我送他回家后，看到客厅墙上和床头，你们合影的照片时，我终于明白了他拒绝我的原因。虽然，心中很失望……"姚渺渺说到这里，苦涩地笑了笑。

接着，她又感慨地说："尽管如此，我心里还是忘不了他，仍然期待着奇迹出现。说句真话，我真想在你们感情出现冷场和裂痕的时候，乘虚而入，我也确实这么干了，但仍然没有得逞。"她看着常菁菁，原来的苦涩笑容变成了自嘲。

"你和欢庆？……"听完姚渺渺的一番表白，常菁菁心里对她的那份嫉妒和敌意，一下子变成了疑惑，萦绕在心头。

　　"我和老师，只是我自己的一厢情愿而已。他对我，毫无感觉。"姚渺渺说，"路上，孙志告诉我，他开的老师的这辆新车就要留在九龙沟了，是老师正式向你求婚的礼物。"

　　常菁菁看着她眼神里的那份失落与自嘲的笑容，萦绕在心头的疑惑，瞬间被悔恨占据。她突然对眼前这个女孩充满了敬仰之情，紧紧地拥抱着她，一句话也说不出口，只有泪水无声地流了下来。

　　饭后，常菁菁带着姚渺渺去了森林迪吧。姚渺渺很快就被乡村这么热闹的场面深深打动了，她深有感触地对常菁菁说："长这么大，就没有真正看到过这么热烈的场面，和融入这么真挚的氛围。"她说："我在九龙沟走了一趟，真的很羡慕你常菁菁，因为你身边有这么多的拥护者和支持者。你让我也做一天试一试。"

　　常菁菁知道姚渺渺说的是真心话。她想，如果不是自己的坚持，这辈子也不会亲身体验到被别人拥护和支持的感觉，更不会有机会融入到这种热烈而真挚的氛围当中来。这些都是人生的精神财富，是金钱买不到的。

　　欢庆也似乎被这种氛围感动了。那天夜里，他搂着常菁菁说："在九龙沟亲眼目睹了你们创业的种种艰辛，也见证了你们公司的不断进步和完善。我觉得你常菁菁的眼光和选择没有错，九龙沟很快就会成为凤凰，飞上天了。"

　　常菁菁听着欢庆由衷的话，笑着说："九龙沟的今天，也有你的付出和劳动在里面。我虽然选择没有错，但如果没有你的情感这根支柱，我也不会坚持走到今天。"

　　欢庆告诉常菁菁，虽然省委书记对九龙沟发生的事情做出了批示，但是，他和姚渺渺的法律调查还要往下做。他说："批示只是领导个人意见。领导个人意见不能代替法律。"

第二十六章

　　九龙沟小煤窑洞口爆炸事件在网上公开后，被炒得沸沸扬扬。省委书记和市委书记都做出批示，要求严肃查处。即将离任的刘县长刘日本召集公安、环保、安全生产、工商等部门的主要负责人开了个专项会，他仍然是用吹胡子瞪眼、拍桌子的方法，严厉要求各部门全力配合省、市调查组的工作，并且借此机会在全县开展一次专项整顿，对于违法违纪开采小煤窑的，不管涉及到谁，坚决查处。

　　省、市调查组到九龙沟勘察了小煤窑洞口爆炸现场，召开了几次座谈会、案件分析会，初步意见是有人为了开采小煤窑，想炸开上个世纪那次封闭的洞口，可是，究竟是谁所为，却一时没有结论。大多数九龙沟人认为是马坡所为，但又没有证据，而且马坡那几天不在九龙沟。你说他想开采小煤窑，他想是想，但你没见他炸洞口。那些蒙面人一时又找不到。马联合、李小良也不承认参与了事件。马坡还唆使马联合、李小良等人一口咬定是常菁菁指使人炸洞口。当然更没有证据。眼看调查就要搁浅了，常菁菁她们十分着急。就在这关键时刻，马鸣和马凯立了功。

马鸣从山上逃走后，与马凯电话联系上了。马凯把见到常菁菁的经过给马鸣说了一遍。马鸣不满地说："这样做不行那样做也不行，真累！"马凯说："菁菁也是为咱们好。她要是马坡那样，让咱净拣违法的干，咱还不跟她干呢！"两人密谋了一夜，决定把蒙面大个子作为突破口。蒙面大个子是东北人，在附近一家工地开铲车。马鸣说："这些人半年回不了一次家，一说找女人放松放松，肯定急不可耐。咱就带他到马坡在县城开的洗浴中心找小姐。到时给公安局打个电话，说是有卖淫嫖娼的。抓住个现行，让他交代到九龙沟搞破坏的事，还能让马坡的洗浴中心被罚款，说不定还要停业整顿。这叫什么来着……"

马凯说："叫一石二鸟，一举两得！"马鸣说："叫什么都行，反正得好好出口气。这不算违法吧？"

马凯笑了："不违法，也不是什么好点子。哎，马鸣你发现没有，咱哥俩搞坏蛋组合，马坡和马联合爷俩的坏蛋组合不算对手！"两个人大笑，笑罢又商量起细节。

他俩设了个计，把那个蒙面大个子哄到洗浴中心，让他叫了个小姐，然后报了警。公安接到马凯和马鸣的报警电话，一刻也不怠慢，风驰电掣而至，把正在和小姐做爱的大个子抓了个正着。刘日本听到报告，立即下令："你们给我连夜审问，不管牵涉到谁，都要依法查处！"大个子交代了马坡和马联合叔侄花钱雇用他们炸开小煤窑洞口和打人的事。由此带出了马坡贪污挪用公款、行贿和非法开采等罪。

雪莲虽说被马坡在洗浴中心一间房子里关了一天一夜，从法律角度说构成了非法拘禁罪，但她被沈耀要出来后，姚渺渺找她了解情况，她坚决否认马坡拘禁她，而是说马坡请她去帮着做账。她还拿出一份与她老公签订的"离婚协议书"，说就是在这期间签的，"我姐夫帮我说了不少话！"常菁菁听了，不仅没有对雪莲反感，相反多了一份敬重。

马坡被依法逮捕后，交代了镇党委书记黄涛利用职权谋私，参与煤窑股份，以及收受贿赂的犯罪事实。黄涛也受到刑事处理。雪莲既没承认马坡非法拘禁她，自然也没说刘县长睡过她。刘县长的生活作风问题也就无法查证，再说又到二线做了政协主席，只承担了个"领导责任"。

黄涛被捕后，除了刘日本，没有任何一个在职干部去看他。黄涛见了刘日本，哭得稀里哗啦，鼻涕糊了一脸。刘日本不忍看，一句话不说就走了。刘日本心里很难受，倒不是他跟黄涛有多么深厚的关系，他是惋惜。一个县，上百万人，能坐上镇党委书记位子的人寥寥无几，黄涛苦苦修行十几年，因为对利益的欲望而使多年的道行毁于一旦，值吗？刘日本问着自己。

马坡入狱后，托人捎话要见康爷爷。康爷爷二话没说，去了看守所看他。

跟黄涛一样，马坡也是哭得稀里哗啦。马坡说知道自己干的不是人事，知道九龙沟不把他当人看，知道自己对不起康爷爷，对不起常菁菁和旅游公司。他只求康爷爷一件事，就是把他在县城的饭店和洗浴中心托管给旅游公司，好让自己出狱后有碗饭吃。

回到九龙沟，康爷爷把马坡的意思给常菁菁和冯俊才说了。常菁菁和冯俊才把马坡的意见拿到会上讨论。冯俊才认为，公司正好也要在县城设一个接待中心，马坡的洗浴中心可以按股份形式投入，利润除了给马坡的老婆做生活费外，剩余的可以挂在公司的账上，由马坡支配。

沉默了许久，大家同意了冯俊才的意见。李小芬自从李小良被捕后像换了个人，没有提出反对意见。常菁菁见李小芬心事重重，就坐到她身边，李小芬朝她笑了笑："干吗？安慰我呀？"常菁菁说："不需要？"李小芬说："我就是想，杀人不过头点地，我三哥还有马坡，也是挺可怜的。"说着流下泪来。会后，常菁菁又征求了沈耀的意见，他表示完全支持。

马坡的媳妇不愿待在九龙沟看一些人的白眼，听一些闲话，就搬到县城去了。她本来就不喜欢马坡养的那只藏獒。马坡出事后，她认为是那只藏獒给她家惹的祸，就想把藏獒卖了。可是，九龙沟没人买得起，于是，她就把藏獒扔在家里，实际上是把那只藏獒遗弃了。常菁菁很关心那只神狗藏獒的命运，她在雪莲的陪同下，主动去找马坡的媳妇，提出由她负责领养藏獒。藏獒的主人还是马坡，等到马坡出狱后，尊重马坡的意见，或者还给他，或者按市场价格付钱。雪莲在一旁劝："你把它交给菁菁比交给任何人都放心。"马坡媳妇同意了。常菁菁把藏獒领回家，大黄狗见了藏獒不但没有畏惧和反感，而且和藏獒十分亲热，大有相见恨晚的感觉。常乐说："狗与狗之间和人与人之间一样，也讲究缘分。"

马联合和李小良尽管是受马坡指使做了些坏事，但他们的行为毕竟触犯了法律，也被追究了法律责任。李小良被公安机关带走的时候，当着很多村民给他父母下跪，高举着被铐的双手，凄惨地喊了一句话："爹呀娘呀，儿子到了三十七八还不知女人是啥样子。儿子这辈子不能给二老传宗接代了！"

李小良的父母哭得直不起腰。在场的人听了都落了泪。李小芬追着警车边跑边喊："哥，你放心吧，我把钱给你攒着，等你出来给你讨老婆！"

唯一安然无恙的是沈耀。整个事情的发展过程基本都如沈耀所料。

刘日本离任后，沈耀到办公室来看他，沈耀说："你这个县长有意思，别人离任了都是说好话送人情，你倒好，离任了反倒要开杀戒。"

刘县长点着一支烟深深吸了一口，然后眯着眼从吐出的烟雾中看着沈耀："我为什么这样做其实你很明白，早开了杀戒，恐怕我早就下台了。这个县长做到现在我才刚明白了一点点。"他一仰脖子干了一杯酒，又说："我后悔莫及的是眼睛只盯在钱上，害了一些基层干部啊！"

沈耀说："明白了也该离任了，照这么看，你还是不明白的好。我接触的领导不少。我看，一个真正的政治家必须具有远大的政治理想和抱负，要站得高，看得远。这是上次到九龙沟旅游的一个老干部的话。你充其量只是个干部，不是政治家。"

刘县长沉思了许久，自言自语道："我吃共产党的饭这么多年，不敢说对得起共产党，至少没挖共产党的墙角。"

沈耀笑着说："这一点我相信，可是我觉得你还是晚一点明白的好。"

刘县长苦笑一下："笑话我是吧？还是早明白的好。好多事，你越怕，它越来，你不怕了，反而没事了。"

沈耀说："你指的是九龙沟开煤窑的事？"

"什么事都这样。"刘县长说，"黄涛和马坡都说九龙沟那煤窑可以开采。

我一直是睁一只眼闭一只眼，希望真能顺顺当当地挖出煤，没想到，嗨！"

沈耀说："没想到出了个领头的常菁菁是吧？"

刘县长说："现在想想，不出常菁菁，也会出李菁菁、张菁菁，我这个穷县长一开始就被钱给压得直不起腰了。"

沈耀说："那你现在离任了再开展整治，不怕弄一屁股屎？"

刘县长掐灭烟头，神色平静地说："弄两屁股屎也要干，自己拉的屎自己擦，总不能睁着眼睛让韩县长给我擦屁股吧？"

沈耀笑了："你呀，说到底还是改不了，你让美女县长给你擦屁股？还睁着眼睛？美得你！"

刘县长愣了一下，旋即哈哈大笑："好你个沈老板，什么话到了你嘴里就变了味了。"

晚上，刘县长破例自己出钱请沈耀喝酒。不去东洲，也不去其他的高档场所，两个人找了一个街边的小酒馆，要了一瓶白酒对着喝。沈耀给一个刘县长熟悉的服务员打了个电话，说刘县长在，让她来陪着喝酒。那个服务员说："刘县长？刘日本？他不是下台了吗？"沈耀一生气就挂了电话。刘县长笑了笑："你就别张罗了，人家说得对，我现在下台了。"

沈耀打趣说："让刘县长素着，不合适了！"

刘县长说："你也别刘县长了，还是刘日本吧，你们背后不都是叫我刘日本吗？正好现在也不当县长了，叫别的也别扭。"他又问："你对常菁菁那妮子那么好，到头来这样不明不白地完了？"

沈耀说："那妮子想过和我好，但现在的选择是对的。她没欺骗我，还和我诚心诚意地一起做事，我不怪她。"

刘县长说："再过十年二十年，九龙沟就是人间天堂。到那时，我去那里安家。"

那天沈耀和刘日本在街边的小酒馆里喝到很晚，刘日本说，这才叫喝酒。

这件事出来后，常菁菁打电话把沈耀骂了一通，说他花钱害人。沈耀不停地笑着，说："这种事情多了，他们向我要钱，可是我的钱是劳动得来的，谁要是想拿那是要付出代价的。"常菁菁又问："你公司的事处理了结了吗？"沈耀沉默了片刻，没有正面回答，而是把话题引到下一步的合作上。他说董事会已经研究过了，准备国庆节后开工建设度假村，"我们同意改变原先的方案，对度假村进行重新设计，把它做成旅游开发的配套项目。整个度假村都是由二到三层的建筑组成，所有的房子都是依山傍水，有的露台直接伸到了水面上。这个度假村建成后，可以容三百多人食宿，到时候制约九龙沟旅游发展的瓶颈问题就解决了。"

　　九龙沟的春天和夏天是在不知不觉间实现交替的。如果把九龙沟的春天比作是一位火辣辣的单纯少女，而夏天则是一位美丽成熟而又多情的少妇了。山上山下的万物在不知不觉间发育丰满，坡上沟里，各种树木和不知名的灌木，把一抹绿、一片黄、一簇白、一派红，五彩缤纷层层叠叠铺排到天边。田边地头，紫的白的红的粉的野花在太阳下盛放。从天和山相接处飘落下来的九条小河，在蓝天下以各自不同的曲调歌唱着汇聚到荷花湖水库。荷花湖水库波澜不兴，平展展地推出一派辽远和开阔。絮般的云浴在湖底，漂洗成雪一样的白。天高，日暖，风轻，云淡。

　　初夏的九龙沟开始成熟了。

　　"五一"试营业三天，每天游客爆满，各种各样的车子从沟里排到山外。十几家村旅店住满了人，有的还提前一个星期订房。大食堂每天也有几百人吃饭。村里的劳动力都用上了还不够，又从邻村招了几十个人。有的农家一天收入超过一千元。二月组织青年志愿者在村民中进行了一次民意测验，结果，村民对旅游开发的支持率达到百分之九十多。

　　马凯用"变脸"来形容九龙沟。九龙沟的确日新月异。村中的柏油路已与村外的水泥路相通，道路两边的一个个庭院花团锦簇。村中花园已初具规模。村民的生活也在悄悄地变化。大食堂不仅解决了游客用餐和一些只有老人孩子家庭的吃饭问题，全村许多人家也在大食堂用餐，解放了很多妇女劳动力。一些在外打工的，纷纷写信来，向团支部和旅游开发公司表示感谢。

　　从"五一"过后，每天清晨常菁菁都要带着村里的团员青年沿着水库跑步，一方面锻炼身体，一方面看看九龙沟，怎样才能使它更美好。这项活动是两个月前在孙同的建议下开始的，效果非常好。村里人过去没有体育锻炼的意识，认为每天从事农业劳动就是锻炼。团支部做了很多宣传工作。一开始，是团员青年参加，后来瑶瑶又把小学的学生带来参加，再后来很多村民也参加了进来，到现在，有些老人带着孩子也参加进来了。省、市电视台都来报道过，说九龙沟的全民健身活动搞得有声有色。

各个景点的施工效果也带来了意想不到的商机。当初搞景点建设时常菁菁和冯俊才都坚持"恢复原貌"的原则。所谓恢复，就是修旧如旧。施工时正值受金融危机影响大批在外打工的村民回乡，回乡村民中有很多是能工巧匠，他们以极低的材料成本实现了难以置信的复旧效果。常菁菁在冯俊才的建议下成立了旅游开发公司下设的环境工程部，后来又把工程部改成了公司，马凯任经理。"五一"试营业后，周边的一些城市的旅游景点和旅游机构来九龙沟考察，看了九龙沟的景点，纷纷称赞施工水平高。有的城市来人邀请他们去帮着建设仿古景观。马凯负责的环境工程公司已经在周边几个大城市干了好几个月。他还把雪莲要去做了主管会计。常菁菁经常接到马凯的电话，这家伙越干订单越多，恐龙、廊桥、古建，什么都有。估计今年又要在外面过年了。他告诉常菁菁，雪莲准备嫁给他了。

团县委对九龙沟土生土长的公司在外地承接工程非常重视，汇报给了县长韩春。韩春立刻打电话找常菁菁核实，得到常菁菁肯定的答复后，韩春比常菁菁还高兴。韩春说："这完全不同于外出打工，你们又走出了一条新的路子。"常菁菁心里美，嘴上却说："韩县长过奖了，我们也是瞎撞误碰。"韩春说："常菁菁你少跟我玩谦虚，你准备好，我会组织全县的村委会主任和团支部书记到九龙沟参观的，不用你掏钱，食宿自理。"

韩春的兴奋是有道理的，自从二十多年前第一代农民工背井离乡外出出卖劳力，到现在应经是第二代了，两代农民工在遥远的城市里，生活在社会的最底层，谋取着自己的身上衣、口中食、头顶的片瓦、儿女的学业、父母的欣慰和已经被剥夺的支离破碎的尊严。城市的风吹草动，首先受冲击的还是这些最底层的农民工。现在九龙沟把他们组织起来，用城市教给他们的技术和管理经验重新回到城市，他们从雇工变成了主人，从低眉顺转而昂首挺胸。这种转化绝不是简单的身份的转变，而是一次革命性的觉醒，最广大的农民身上隐藏的巨大的创造力一旦焕发出来，将改变整个地区甚至全国的经济发展格局。

养殖场大棚已经发展到五十多个，三华庄的豆制品厂也搬到了镇工业园区。赵明明和华联产、东东在销售上也下了功夫，北京的许多超市都能见到九龙沟的肉鸭和三华庄的豆制品。周边的一些城市的需求量也不断加大。华爷爷说三华庄豆制品厂的生产能力已经饱和，要占领市场，下一步只能在周边地区的城市建厂，北京的厂址已经基本选定在海淀的北安河，就等"十一"后马凯的工程公司去北京施工了。

九龙沟用了将近一年的时间进行着脱胎换骨的蜕变。常菁菁心里清楚，造成这种蜕变的不是她，而是九龙沟的乡亲，她自己的作用充其量只是导火索或者药引子。常菁菁和她身边的年轻人一样，在旅游开发的过程中逐渐成熟起来，每个人都能独当一面，每个人都能挑起自己身上的担子。九龙沟开始成熟了。

常菁菁有点想结婚了。

马坡被抓，村民委员会面临改选。村党支部搞了一次村民民意测验，大多数村民提议让常菁菁当村民委员会主任。康爷爷为此专门找常菁菁谈了一次。他说："村民拥护你，说明你一年的工作没有白做。你应当感到高兴，我也为你感到高兴。前几天我在县上开会见到韩县长。韩县长让我给你捎个口信，说她为你各方面的发展感到高兴。韩县长还说县里已经做了决定，对你这样回乡创业的年轻人给予政策上、资金上的大力扶持。"

康爷爷说的韩县长就是韩春，韩春已经是这个县历史上的第一个女县长。

事实也正像康爷爷说的那样，昨天，县政府研究室、发改委、财政局、农业局等七八个部门组成的工作组到了九龙沟，同旅游开发公司的人进行了座谈，又找了一些村民了解情况，最后还实地参观了一些景点、养殖场、豆制品厂、编织厂、大食堂等。他们临走时与常菁菁个别交换意见，明确表示县里打算将常菁菁和九龙沟旅游开发作为典型，不仅要大力宣传，还要给予投入，并且把九龙沟列为全县新农村建设试点村。

常菁菁当场表示，不希望把她作为什么典型，因为她没有在九龙沟扎根一辈子的打算。今后，九龙沟只是她的事业的一个部分或者说一个分公司。至于说投入，九龙沟的确需要，但他们不希望是无偿的，因为县财政并不富裕，如果每个村都"等、要、靠"政府的投入，政府还要不要办别的事情？县里各局办的领导对常菁菁的表态给予了高度评价。

对于康爷爷提议让常菁菁作为村委会主任的候选人，常菁菁有点为难。她经过一个晚上的思考，心里有了主意。第二天一早就给欢庆打了个电话。她把自己的想法给欢庆说了。欢庆表示支持，让她找康爷爷好好说一说，别让康爷爷失望。所以，从山上下来常菁菁就找了康爷爷。她对康爷爷说："我觉得有一个村委会主任的人选，比我更合适。"她坦诚地说："我考虑了一下，我现在是村民经济合作社的理事会主任，又是旅游开发公司董事长，再兼村民委员会主任不利于互相监督，更不利于村民自治和民主管理。"

康爷爷说："你说的是有道理，但是总要有人做这个村民委员会主任，除了你，我还没觉得谁更合适。"

常菁菁推荐了冯俊才。她说："这个人大学毕业，但没有书生气，在管理上尤其是农村经济管理上有自己的主见；有经营头脑，但私心不重，当然不是说没有私心杂念，现在，如果谁还敢拍着胸脯说自己没有一点私心杂念，那一定是骗人的。还有一点很关键的，是他已经打算与瑶瑶结婚，在九龙沟安家。他有了这份心，就会带领乡亲们把九龙沟建设好。我们要选的村委会主任，必须有发展能力，有敬业精神，有一颗公正的心。"

康爷爷犹豫了一会儿，说："小冯是个好料子，可他的户口不在九龙沟，不知能不能选他当九龙沟的村民委员会主任。"

常菁菁说："这都有先例。这几年，有很多大学生到农村当村官。他们的户籍也不在当地。他现在在九龙沟工作，就是九龙沟的村民，是村民就应当有参选的资格。中央再三提出要打破城乡二元结构，咱们还能人为地去搞条条框框吗？"

康爷爷说："要请示一下镇人大。"早饭后，他就骑着自行车去了镇里。中午的时候，他从镇上回来，高兴地告诉常菁菁镇人大同意她的观点。

常菁菁听了心里轻松了许多。实事求是地说，她不想当村民委员会主任，除了给康爷爷说的那些理由外，还有自己的私心。一旦旅游开发公司正常运营，她和欢庆结了婚，就打算在北京注册一个九龙沟旅游开发分公司。这样，她的时间就可能大半放在北京。如果做了村民委员会主任，根本不可能两边兼顾，将来有了孩子，在九龙沟的时间可能就更少了。当然，这些话对康爷爷是说不出口的。

与康爷爷谈完后，常菁菁又找到李小芬，谈了关于冯俊才参选村民委员会主任的事。李小芬开始不接受，说："常菁菁你不是要赶我离开九龙沟吧？你这家伙需要的时候想着朋友，不需要的时候就把哥们踢开，忒不仗义了。"

常菁菁针锋相对："李小芬你少跟我得了便宜卖乖，你以为你的那点心事我不知道啊？！你是不是已经在省城注册了一个公司？"

李小芬的脸微微一红："靠，合着你什么都知道。我是注册了一个超市类的连锁公司。现在中央号召搞新农村建设，我这也是响应中央号召。我先从咱九龙沟做起，在全省投资建设一百家农村超市，名字叫惠农超市连锁有限公司。你支持不支持？"

常菁菁说："打住打住，高调就不必唱了，还是说说你的何老板吧。"

李小芬在北京认识的那个何老板，做过房地产，后来做超市，在北京、深圳等地有几十家连锁店。他听说冯俊才到九龙沟来后，多次给李小芬打电话，劝李小芬不要和冯俊才在一起。李小芬说："你要对我有真情，就拿出点实际行动来。我总不能当你一辈子情人吧。冯俊才虽然没有你有钱，但他为了我能关闭北京的小公司到九龙沟来，你能做得到吗？你以为你是皇帝，可以三宫六院七十二妃？"

何老板被李小芬骂了一通后，有一两个月没再与她联系。春节前有一天李小芬突然接到何老板的电话，说他到了县城，约李小芬去见面。李小芬去见了他。他告诉李小芬，他的老婆与他已经离婚，带着孩子出国了。他决心和李小芬结婚。他还向李小芬提出了来农村开连锁超市的想法。就是那次李小芬到县城与他约会，让冯俊才知道了，同李小芬闹得很僵。李小芬的性子比较倔，属于"抽刀断水水更流"那种。冯俊才越是和她僵持，她越是与那个老板频繁约会。她有一次对常菁菁公开挑明她的原则："我这个人不能没有爱，包括情爱、性爱，一个礼拜没有性爱，就得自慰。他冯俊才想让我主动找他，做梦去吧。"何老板一个月前在省城租下了一个商场，注册了超市连锁公司，股东是他和李小芬。李小芬之所以没有马上离开九龙沟，是因为她还念着和常菁菁的友情，还有就是想把九龙沟的超市先建起来。

李小芬的话让常菁菁挺感动。实际上李小芬是个活得挺严肃的人，她尊重自己的想法，不隐瞒自己的观点，敢作敢为。她知道自己不适合冯俊才，适合冯俊才的是瑶瑶。她放弃冯俊才实际上是爱的另一种表现。常菁菁又把为什么选择冯俊才做村民委员会主任的想法跟她说了。她想了想，觉得冯俊才的确比较合适，就没再坚持反对。她说："要是冯俊才选上了，我要同冯俊才好好谈一次。你狗日的如果不把九龙沟的事办好，我饶不了你。还有，我哥哥李小良跟你打过架，以后他回来了，你不能记仇，不能报复！"

常菁菁被她逗笑了。

李小芬说："我就要离开九龙沟了，你不生我的气吧？"

常菁菁扭过脸。她不想让李小芬看见自己眼里的泪水。李小芬把她的头转了一圈，一边流着泪一边说："菁菁姐，我这辈子都感谢你，是你让我找回了尊严，找到了自我。我也不想这时候离开你。可是，我又真的有点受不了你……"常菁菁知道李小芬说的"受不了"所指，打断她的话说："小芬你放心，你的投资，你们家的投资，我保证用不了几年都会升值！"

李小芬是晚上悄悄离开的九龙沟。她走时已经夜间十二点多，常菁菁办公室的灯还亮着。她对着那团灯火，投去了深情的一瞥……

李小芬走后的第三天，蕾蕾也回深圳去了。不过，她回深圳是常菁菁亲自送的行。常菁菁和马鸣一直把她送到省城上了飞机。

　

冯俊才对让他做村民委员会主任的事，一点儿没谦让。他说："我也在脑子里过滤了一下，九龙沟还真的是秦晖和我做村委会主任最合适，秦晖在深圳，那就是我了。你常菁菁比我合适，但你肯定不会在九龙沟待一辈子，回乡创业，并不等于回乡定居。你的事业不仅仅在九龙沟。瑶瑶、二月、联产、蕾蕾、赵明明、苹苹、马凯、马鸣……你排一排，他们哪一个现阶段适合做村委会主任啊？"

常菁菁问他李小芬是不是找过他。他也直言不讳地说："李小芬说的那几条，根本就是多余的话，我冯俊才是什么人，她应当最清楚。我跟她说了，你就把心放在肚子里吧。"

常菁菁和冯俊才又交换了新农村建设方面的意见。他提出了几个很好的建议。他说不能像有的地方那样，把新农村建设简单理解为新村建设，首先要根据九龙沟现在的实际情况做一个新农村建设的规划，第一年干些什么，第二年干些什么。常菁菁笑着问他打算上任后先做什么事？他好像已胸有成竹，说："第一件事是把村民自治的事情做好，推进村里的民主管理和民主建设、村民自治，理顺与村党支部、村民理事会、村里其他组织的关系，既不缺位，也不越位。同时，要发展生产。中央关于新农村的要求第一条就是生产发展，科学发展观也是强调第一要务是发展，村委会义不容辞要带领村民把生产发展起来，让村民生活尽快富裕起来。"听得出来，他对村民委员会的工作早已开始考虑了。

常菁菁不禁对他有几分敬意。她认为一个男人应当有责任感，有自信心，才能把事情做好。她同时也为李小芬放弃冯俊才而替她惋惜。

由于冯俊才准备的比较充分，他在村民大会上的演讲得到了充分认可，全票当选为村民委员会主任。当然，这其中还有一个重要原因，是他来到九龙沟十来个月的时间里的确做了几件让村民满意的事。九龙松文化园、抗日林、森林迪吧，这些九龙沟的旅游亮点都有他的血汗。他正在规划建设的森林体育场，也受到省体育局的重视并投了资，计划中的划艇基地也得到了省体育局的认可；他为了让九龙沟的冬天旅游也吸引人，正计划把荷花湖建成一个滑冰场；他还根据城市墓地紧张的情况，到县、市民政部门申请，建一个较大的墓地。这样，清明前后九龙沟来扫墓的也是游客。他从老家请来的投资商，正在镇工业园兴建肉鸭加工厂……

康爷爷在选举结束后感叹地说："老百姓讲究实惠。你让他看到了实惠，他才拥护你。"

冯俊才上任后的第一件事，就是和村民理事会一起商量新农村建设规划。二月在带领青年志愿者建村民花园时，请来的专家就是按新村模式做的设计，所以，有现成的规划图纸和方案。这些日子，村民们每天在村民花园活动，对它的设计中的一些问题提出了意见。旅游公司根据村民的意见，结合九龙沟的实际，做了些调整和修改，又提到村民理事会上讨论，最后提到村民大会上通过。冯俊才表示："新农村建设的目标中有管理民主这一项，是针对村级组织提出的要求，我们一定要带头实践。"他给自己和村民委员会定了十条要求，第一条就是凡是涉及村民的事情，必须经过村民大会决定。

按照规划，要把三华庄住户从山上搬迁出来。华联产的太爷爷、爷爷丝毫没有犹豫就答应了。新的三华庄是旅游开发公司以用新房置换其旧房的方式盖起来的，三华庄二十多户人家对新房的质量、功能都很满意。经过协商，确定在"十一"国庆前搬家。华联产的爷爷还主动提出把一些古旧的生产生活用具留下，供游客参观。

"十一"国庆期间要到九龙沟的游客不断增加，网上统计已经四五千人。这一次常菁菁不再紧张了，由于事先做好了预案，与周边旅游景点的合作化解了客流集中的矛盾。沈耀老家所在的村与九龙沟一山之隔。那个村子里有几棵几百年历史的银杏树，还有一大片枝繁叶茂的树林。坐落在半山坡上的树林，看去就像一幅巨大的色彩绚丽的油画，甚为壮观。他那个村的村民委员会主任来找常菁菁几次，希望把那里列为九龙沟旅游公司的一个景点。沈耀主动提出，如果常菁菁同意，他出钱在山上修一条人行的景观路。

马鸣不同意："姓沈的小子不知又憋着什么坏主意。他再有钱，咱们不稀罕。"冯俊才和瑶瑶都认为可行。冯俊才说："很多游客喜欢看我们村的梯田景观。看梯田要上山。上了山再到那个地方就不远了。这样，既可以增加我们的旅游收入，也可以带动他们那里的旅游。"

马鸣看着常菁菁，希望常菁菁拒绝。常菁菁拍拍马鸣的肩膀说："马鸣哥哥看问题要与时俱进了。"马鸣说："我不管什么与时俱进，只要你和小冯兄弟说行就行。"他这一段时间性情改变了很多，不仅不再动辄出拳头，说话时脏字也少了。二月开玩笑说："用马鸣嘴里脏字少了打一与九龙沟相关的谜语——九龙沟干净了。"

常菁菁又征求公司其他领导的意见。他们也同意冯俊才和瑶瑶的意见。这样，她才拍板，同意与沈耀家乡那个村就旅游开发合作。

常菁菁和瑶瑶、冯俊才的入党申请已被批准，即将成为中国共产党的预备党员。宣誓是"十一"前举行的。康爷爷说："在新中国成立六十年的前夕举行这样的活动，我这心都像燃烧了一样。"

留在村里的所有党员都来了，康爷爷穿了一身崭新的西装，那是二月专门给他买的。常菁菁看了老党员们一张张饱经沧桑的面孔，心里有一点酸楚，九龙沟已经有些年头没举行新党员入党宣誓仪式了。三个年轻人对着鲜红的党旗举起自己的右手时，不少老党员眼里含着泪花。康爷爷领着他们宣誓时，声音止不住地颤抖。常菁菁这一刻也心潮澎湃，泪水在眼睛里打转。

入党宣誓完毕，冯俊才出人意料地抱住了常菁菁："说，常菁菁，谢谢你！"常菁菁愣了一下，拍了拍冯俊才的后背："也谢谢你！"

常菁菁打算辞去村团支部书记职务，并推荐"90后"的二月为团支部书记。她小范围地征求了一下意见，被征求意见的人都很支持。

最让全村关注和高兴的事儿，是国庆期间九龙沟要举办常菁菁和欢庆、瑶瑶和冯俊才等几对新人的婚礼。二月主动把婚礼的事接过去，说是由她和志愿者承办。婚礼的地点放在村民花园。

这天，杨柳打来电话，对常菁菁表示祝贺。常菁菁提了一个要求："姐，你能给我当证婚人吗？"

杨柳说："你不是有康爷爷吗？"常菁菁说："康爷爷是康爷爷，他是主婚人。你和孙志是证婚人。"杨柳说："让我沾喜气，我当然是求之不得啊，晚上我就飞过去！"二月开始履行她的职责，她半认真半玩笑地警告常菁菁："你是新娘，要拿出个新娘的样子！不要想着自己是董事长、团支书、合作社理事会主任。你就是九龙沟一个普通的、要出嫁的女孩。你要是耍董事长的脾气，把欢庆吓跑了可不能怪我啊！"常菁菁说："他跑就让他跑，我才不稀罕。"二月打开手机："我现在就给欢庆哥哥打电话，你敢不敢把这话说给他听。"常菁菁赶忙去夺二月手中的手机。

正在这时，手机响了。电话是欢庆打来的。他问常菁菁知不知道孙志等一帮朋友给他起了个什么样的绰号？

常菁菁还没说话，二月就喊开了："咦……不会叫你栓宝吧？"。

欢庆的声音一下提高了："你还好意思笑啊？他们就叫我傻栓宝。"

二月和屋里的年轻的朋友都听到了欢庆这句话，笑成了一团。

赵明明突然推门而入。他一脸的忧郁和沉闷，打破了屋里欢乐的气氛。二月忙问："明明哥，怎么了？"

赵明明说："天要塌了！"接着，他告诉常菁菁她们，沈耀的东洲公司准备从九龙沟撤资了。他说："东洲公司房地产那块拖欠银行贷款还不起，银行起诉了他们。"他的话没落音，屋子里的人们就吵吵开了。

常菁菁悄悄地走到屋外，抬头看着晴朗的天空和远处花一样的山峦，心情一点儿也没觉得沉重。她的眼前出现了沈耀自信而又坦诚，从容而又坚定的笑容。"沈耀能渡过这一难关，一定能！"她心里想。

当她返回屋子里时，所有人的目光都集中到她的脸上。她见自己的伙伴们脸上也恢复了自信，清了清嗓子，大声问了一句："你们看，天能塌下来吗？"

屋子里寂静了一会儿，接着大家异口同声地高喊："不能！"

（全书完）

图书在版编目(CIP)数据

花开岁月 / 肖彭著. —北京：中国言实出版社，
2015.6
ISBN 978-7-5171-1331-7

Ⅰ.①花… Ⅱ.①肖… Ⅲ.①长篇小说—中国—当代
Ⅳ.①I247.5

中国版本图书馆CIP数据核字（2015）第092076号

责任编辑：王丹誉　　史会美

出版发行　中国言实出版社
　　　　　地　　址：北京市朝阳区北苑路180号加利大厦5号楼105室
　　　　　邮　　编：100101
　　　　　编辑部：北京市西城区百万庄大街甲16号五层
　　　　　邮　　编：100037
　　　　　电　　话：64924853（总编室）64924716（发行部）
　　　　　网　　址：www.zgyscbs.cn
　　　　　E-mail：zgyscbs@263.net
经　　销　新华书店
印　　刷　北京温林源印刷有限公司
版　　次　2015年8月第1版　　2015年8月第1次印刷
规　　格　710毫米×1000毫米　1/16　26印张
字　　数　406千字
定　　价　55.00元　　ISBN 978-7-5171-1331-7